BUZZ

© 2021, David Duchovny
© 2024, Buzz Editora
Publicado mediante acordo com Farrar, Straus and Giroux, Nova York.

A editora agradece a permissão de reproduzir trechos de
"In-A-Gadda-Da-Vida," letras e música de Doug Ingle.
Copyright © 1968 (renovado) Cotillion Music, Inc., Ten East Music, e Iron
Butterfly Music. Todos os direitos administrados por Cotillion Music, Inc.
Todos os direitos reservados. Utilizado com permissão da Alfred Music.

Título original *Truly Like Lightning*

Publisher **Anderson Cavalcante**
Editoras **Tamires von Atzingen e Diana Szylit**
Editor-assistente **Nestor Turano Jr.**
Analista editorial **Érika Tamashiro**
Estagiária editorial **Beatriz Furtado**
Preparação **Leandro Rodrigues**
Revisão **Tatiana Custódio e Natália Mori**
Projeto gráfico **Estúdio Grifo**
Assistente de design **Júlia França**
Capa da edição original **June Park**

*Nesta edição, respeitou-se o novo*
*Acordo Ortográfico da Língua Portuguesa.*

---

Dados Internacionais de Catalogação na Publicação (CIP)
(Câmara Brasileira do Livro, SP, Brasil)

---

Duchovny, David
    Real como um relâmpago / David Duchovny
    Tradução: Cristiane Maruyama
    São Paulo: Buzz Editora, 2024
    Título original: *Truly Like Lightning*
ISBN 978-65-5393-136-7
1. Ficção norte-americana I. Título.

24-216185            CDD-813

---

Índice para catálogo sistemático:
1. Ficção: Literatura norte-americana, 813

Tábata Alves da Silva, Bibliotecária, CRB-8/9253

---

Todos os direitos reservados à:
Buzz Editora Ltda.
Av. Paulista, 726, Mezanino
CEP 01310-100, São Paulo, SP
[55 11] 4171 2317
www.buzzeditora.com.br

# REAL COMO UM RELÂMPAGO

# DAVID DUCHOVNY

Tradução **Cristiane Maruyama**

*A West e Miller: que saibam que são
eles os milagres pelos quais estão esperando.*

*E a Margaret, minha primeira professora,
que valoriza a palavra escrita acima de tudo.*

Não apenas seu manto era extremamente branco, como toda a sua pessoa era gloriosa além de qualquer descrição, e seu semblante era real como um relâmpago.

**Joseph Smith descreve o anjo
Morôni, em 21 de setembro de 1823.**

## PARTE I
### Joshua Tree
7

## PARTE II
### O tempo passa rápido
### no Rancho Cucamonga High
151

## PARTE III
### Expiação de sangue
341

### Um homem exaltado
455

### Agradecimentos
473

# PARTE I
# Joshua Tree

Parado ali, boquiaberto diante deste espetáculo monstruoso e desumano de pedra e nuvem e céu e espaço, sinto uma ganância e uma possessividade ridículas tomarem conta de mim. Eu quero saber tudo, possuir tudo, abraçar toda a cena intimamente, profundamente, totalmente...

Edward Abbey, *Desert solitaire*

# 1

Bronson estava inquieto naquela manhã. Ele foi acordado pelo brilho de um relâmpago silencioso. Bem antes do amanhecer, saiu de casa sem pensar muito, deixando Mary e Yaya na cama enquanto adentrava sozinho o deserto frio. Aquilo lhe pareceu ser chuva, e chuva nessa parte de Joshua Tree era um evento, uma mensagem divina de um deus mesquinho fazendo seus comunicados. O deus de Bronson era aquele anunciado pelo anjo Morôni, a divindade do Livro de Mórmon, que era considerado uma piada para as grandes cidades, as elites costeiras de seu país. Os mórmons geralmente eram conhecidos por seus costumes polígamos esquisitos, mas também, paradoxalmente, por seu estilo de vida alvíssimo, bem cuidado, que incluía abstinência de café, álcool, cigarro e sexo antes do casamento, como se não aderir aos modismos do século XXI fosse motivo para não ter crenças.

Não havia nuvens, mas, caramba, parecia chover. Bronson continuou se aventurando, um cego na noite, o som de suas botas de caubói pisando a areia e os cascalhos, movendo-se tanto para longe como para perto de algo. No bolso, ele brincava com suas *pedras de vidente*: duas gemas cor de jade sem valor que ele usava para cobrir os olhos quando queria rezar profundamente, olhar para dentro e ver o que estava escrito na parede do céu. O deserto parecia estar dentro do cronograma para receber os dois terços dos setecentos milímetros de precipitação média pluviométrica anual. Poderia ser a mudança climática. Poderia ser um rebanho pecaminoso e rebelde. Para sua família, Bronson era um fazedor de chuva, como os antigos viajantes que costumavam andar pelo Meio-Oeste assolado pela seca e lançavam mão dessa magia. Ele podia sentir o aviso da pressão barométrica a comprimir seus ossos. Talvez fosse apenas uma habilidade de prever o tempo. Ele não entendia, só sabia que parecia ser capaz de fazer chover.

Como o profeta mórmon Joseph Smith, Bronson não teve acesso a uma educação formal. Por conta própria, leu grande parte da história traduzida da civilização ocidental, bem como da oriental. Você seria perdoado se tivesse presumido que esse caubói mórmon montado em um cavalo no meio do deserto de Mojave, ao lado do Parque Nacional Joshua Tree, não era tão familiarizado com Shakespeare, Nietzsche, Lao-Tsé e Marco Aurélio quanto qualquer professor titular em Pepperdine, a escola que ele abandonou antes do fim do segundo ano (depois de um joelho lesionado e um ombro sempre dolorido que interromperam sua carreira no beisebol) para perseguir seu gosto por velocidade, caos controlado e belas máquinas, atuando como dublê em Hollywood.

Era bom estar em movimento. Bronson possuía tanta terra, tanta poeira implacável, quilômetros de nada, imunes à mão humana da era do Antropoceno. A mãe de seu pai, Delilah Bronson Powers, deixou para ele esse Éden de cactos e cascavéis. Ao longo da infância de Bronson, seu pai, Fred, contava-lhe histórias da lendária família Powers, visionários compradores de terra que fizeram de Los Angeles a cidade norte-americana por excelência, erguendo-a, dizia ele, do deserto até o Pacífico, como uma miragem feita pelo homem. Fred Powers lamentou sua sorte como vendedor de carros, casado três vezes, jogador amador de pôquer, golfista agressivo e responsável pelo esquema de pirâmide nas ligas menores de beisebol. Impedido em muitos campos de golfe de praticar seu ofício mais lucrativo, o homem manteve vários disfarces e perucas no porta-malas de seu Cadillac para se esgueirar pelos gramados e tirar alguns dólares de atores famosos e médicos ricos antes que o suor comprometesse a cola e seu bigode falso caísse. Fred poderia ter sido um ator. Era bonito para tanto. Um homem charmoso e bom em imitar sotaques. Mas ele não precisava de amor ou admiração. Desejava apenas os poderes que o mundo lhe havia negado e só queria ser temido por um mundo que não prestava atenção a ele.

Expulso da família por pecados não especificados (ao menos foi o que disseram ao filho) e forçado a viver na miséria de West LA ("oeste de Bundy, sul da Sunset!", gritava ele, como uma maldição), sua aparência e sua saúde se desvaneceram rapidamente enquanto ele fumava dois pacotes de Kent e bebia uma garrafa de Smirnoff por dia. Quando esporadicamente visitava Bronson — isto é, quando se lembrava de que todo segundo sábado do mês era sua vez de ser pai —, Fred lia repetidamente *O príncipe e o mendigo* de Twain para o menino, enchendo o garoto impressionável de infinitos direitos, mas sem dar nenhuma pista sobre como reivindicá-los, como se a certeza e a ambição fossem as únicas habilidades necessárias para a vida. Ele dizia: "Você é o príncipe pobre. Você é a realeza de Hollywood, parente do grande espadachim Tyrone Power". Criações e fantasias. Mas para o menino, seu pai era uma aparição encantadora, todo-poderoso, excêntrico, que surgia de vez em quando para lembrá-lo de seu verdadeiro destino, como em qualquer matinê de sábado, uma espécie de Grilo Falante às avessas — "nunca permita que a consciência seja seu guia". Ele era o fantasma do pai de Hamlet redivivo. Na realidade, o pai não ensinou a Bronson nada além de um ressentimento livre e inquieto e o amor pelo beisebol e pelos Dodgers.

Bronson podia se lembrar claramente de que, em 1974, seu pai, doente, o levou ao Grauman's Chinese para assistir à estreia do filme *Chinatown*, o épico thriller de Polanski e Towne sobre água, ganância e incesto na Los Angeles dos anos 1930. Fred encheu a cabeça de Bronson com a mentira de que a família Mulwray, do filme, era como um retrato cinematográfico da família Powers (isso era mentira, é claro: Mulwray era um substituto perfeito para Mulholland — a verdadeira realeza da Califórnia).

Sentado em uma matinê naquele teatro escuro no Hollywood Boulevard, Bronson ficou maravilhado com a forma como seu pai deve ter moldado esse jeito único de se mostrar despreocupado ao observar Jack Nicholson, criando, assim, marca pessoal. Ou, talvez, Nicholson estivesse imitando seu pai. Fred afirmou conhecer a estrela de cinema porque ganhou milhares de dólares dele nos campos de golfe. Ele se inclinou para o filho, arqueou uma sobrancelha arrogante e exclamou: "Filho da mãe, aquela é a minha sobrancelha! Jack está me imitando, me roubando".

No clímax do filme, quando o indescritível incesto é finalmente revelado, Fred pegou a mão do filho e a apertou com força. Na memória de Bronson, foi a primeira vez que seu pai segurava sua mão. Algo pesado e sem palavras aconteceu ali com eles, como uma bênção sombria. Bronson virou para ver o pai chorando enquanto os créditos subiam, o que era outra novidade. Quando Fred faleceu no ano seguinte, não deixou para o filho nenhum dinheiro ou habilidades de comunicação, mas sim um temor e um desgosto por sua ascendência, tendo deixado sementes da raiva para a próxima geração — causada por direitos de primogenitura perdidos, superioridade genética não reconhecida, inimaginável riqueza e influência negadas. Como uma espécie de DNA psíquico, Fred replicou, forjou e cunhou na alma impressionável do filho uma cópia dos ressentimentos que uma longa vida de fracassos e fraudes imprimiu em sua própria alma. Bronson cresceu carregando inconscientemente aquele chip paterno, com um sentimento de recompensa não recebida e de direitos e nobrezas não reconhecidos.

Apesar de Fredrickson Powers, filho único, ter sido expulso do clã e morrido antes de sua mãe, Delilah, Bronson, aos trinta e poucos anos, sem economias, com muita dor no corpo, ossos quebrados e uma dependência crescente, mas gerenciável, de opioides, um dublê na ativa, muitas vezes maltratado, ficou pasmo ao descobrir que tinha herdado um pedaço considerável, que ele nunca imaginara, de um deserto completamente vazio em Inland Empire. Por que ele? Não sabia. Ele nunca conheceu a avó. Ele entendeu que isso era um *foda-se* para seu pai. E ele sabia que cada *foda-se* contém no seu lado oposto uma bênção. Ele era o filho de seu pai rebelde, e esse era seu direito de nascença e sua bênção. O Mendigo foi reconhecido como Príncipe. E, hoje, enquanto cavalgava rápido por suas terras, podia sentir a bênção em seu corpo como um abraço.

Delilah Powers se converteu à Igreja de Jesus Cristo dos Santos dos Últimos Dias, conhecida como LDS, por volta dos quarenta anos. Para seu filho Bronson, Fred zombou dessa conversão: "É só porque ela quer foder o Donny Osmond. E isso lhe dá licença bíblica para ser a idiota repressiva que ela sempre foi. Deixa eu lhe dizer: aquela cadela mesquinha tem raiva de regras". A conversão foi um sucesso. Delilah, como o próprio Brigham Young, mascou fumo a vida inteira — uma fraqueza de caubói que ela compartilhava com o neto. Mas agora ela desistiu de mascar, desistiu de suas seis xícaras de café e desistiu de seu Johnnie Walker Black Label, e se mudou de Los Angeles para o condado de San Bernardino, que ela sabia ter a maior concentração de mórmons da Califórnia, cerca de dois por cento de uma população de quase dois milhões de habitantes.

De fato, os mórmons fundaram San Bernardino em 1851, estabelecendo os parâmetros da cidade e a estrutura inicial do governo. Mas, em meados da década de 1850, mesmo com a intensificação das tensões entre os mórmons e o governo dos Estados Unidos, os líderes religiosos locais da LDS se irritaram com o controle rígido de Brigham Young, e o posto avançado mais ocidental dessa religião foi abandonado. Brigham Young chamou todos os fundadores mórmons de San Bernardino de volta a Salt Lake City em 1857. A maioria deles, cerca de três mil, obedeceu e deixou San Bernardino. Mas a cidade e os seus arredores cresceram a ponto de se tornarem o quinto maior condado dos Estados Unidos. Há muito a presença mórmon já não predomina, tendo sido substituída pelo Walmart, pela Amazon e por aqueles que recebem apenas um salário para trabalhar e manter os armazéns abastecidos e cheios. A atual

San Bernardino também é uma das mais degradadas em um estado com abomináveis índices de poluição. Mas a marca dos mórmons, os fantasmas e os nomes permanecem.

A única cláusula que Delilah Powers inseriu em seu testamento para seu neto, Bronson, era que os executores (todos os anciãos do alto escalão do LDS) deveriam se certificar de que ele "demonstrasse com uma prova de boa-fé a sua conversão ao mormonismo" para receber a herança. Mormonismo? Bronson não sabia nada sobre o assunto. Ele pensou que poderia ser algo como a cientologia, que ele havia experimentado por cerca de um ano a mando de um atorzinho idiota de sucesso mundial de quem foi dublê em alguns filmes de ação. No começo, ele foi atraído para a órbita da cientologia porque compartilhava do desdém dessa igreja pela psicologia, tanto em seu modelo quanto na forma de tratar as pessoas. Bronson instintivamente odiou o reducionismo de olhar para o próprio umbigo e da "cura pela fala", que seguia o rastro de todos os males até chegar a traumas familiares precoces, com a pessoa voltando a ser criança e falando obsessivamente como um papagaio sobre a mamãe e o papai. Bronson tinha muitas alucinações, via clarões que o cegavam como relâmpagos, que o deixavam de joelhos, seguidos por intensas e debilitantes enxaquecas que duravam três dias. Passou por alguns exames, e nada foi encontrado. Conversou com um terapeuta, que não chegou a lugar nenhum. Foi sumariamente diagnosticado com depressão e lhe prescreveram tanto a oração (a Universidade Pepperdine era um campus cristão e árido) quanto um inibidor seletivo de recaptação da serotonina, o Prozac, que o ajudou por algum tempo. Ele não se sentia mais feliz, mas pelo menos o Prozac reduziu os clarões e as enxaquecas.

Como um promissor homem de ação, Bronson se tornou um buscador de sua própria cura. Em L. Ron Hubbard, ele encontrou um vigarista extravagante que procurou substituir a cosmologia neurótica de Freud. Embora o chamado ao poder e as promessas de ficar limpo do passado fossem atraentes, Bronson não se conformava com aquela vibe obediente e otimista ou a arrogância dos "mestres do universo" seguidores de Ayn Rand. Além disso, Hubbard, como Freud, tinha um jargão pseudocientífico que apitava no radar detector de merdas de Bronson. E a atmosfera supersecreta, estilo filme B e ficção científica? Bronson não podia ser próximo de um alfa e um ômega chamado Xenu. Ele não pagaria a taxa de cobertura do esquema de pirâmide para se juntar à Sea Org e festejar com John Travolta, Tom Cruise e o resto do pessoal já limpo até que o vulcão entrasse em erupção e todos os *thetans* presos fossem libertados.

Em comparação, o mormonismo, o cavalo negro do século XIX e acessório americano do cristianismo, foi uma brisa bastante simples de abraçar. E por milhares de hectares de deserto intocado?! Por esse valor, ele peidaria "One Bad Apple" sem desafinar, através de um buraco de fechadura. Bronson imaginou que teria que esconder suas tatuagens e fazer um teste com algum velho fodido chamado Brigham, Jedediah ou Uriah. Então o dublê durão Bronson, tomando mais pílulas e transando com mais mulheres do que talvez fosse prudente, arranjou um *Livro de Mórmon* e uma biografia de Joseph Smith e, mesmo sem ter sido um bom aluno ao longo da vida, se preparou para brilhar na sua farsa.

Mas aconteceu uma coisa engraçada enquanto ele estudava para sua audição espiritual. Ele começou a entender. *A sentir*. Claro, a maior parte era uma bobagem semitransparente vendida na grande tradição norte-americana do pensamento positivo mundial de P. T. Barnum a L. Ron Hubbard, de Werner Erhard a Deepak Chopra e Tony Robbins, de Jemima Wilkinson a Marianne Williamson e Elizabeth Holmes, mas havia algo mais. Escondido sob a reputação como o mais sério e repressivo dos cultos religiosos norte-americanos, a visão mórmon original de Joseph Smith era uma rejeição do evangelho branco de sucesso, um repúdio à seleção econômica divina calvinista. O fim dos tempos aqui foi reivindicado pelos nativos americanos (lamanitas) e as raças mais escuras, e os industriais e capitalistas brancos (nefitas) foram condenados, precisamente porque adoravam o dinheiro e o sucesso mais do que Deus e a justiça. Para o caubói dos filmes, essa era uma verdadeira pérola revolucionária obscurecida pela fumaça e pelos espelhos daqueles que vendiam essa ideia.

Embora Bronson não tenha sido capaz de dizer na época, sua paixão pelo mormonismo foi construída pelo desgosto de seu próprio pai pela classe dominante. Fred tinha sido um rebelde sem adversário, e Smith escolheu os mesmos inimigos, mas lutou contra eles de forma mais poética e poderosa — os que detinham o poder, os contadores de dinheiro e os árbitros da moralidade sexual, os bem-sucedidos, os donos desta terra —; como Fred, Smith os chamava de falsos. Bronson foi criado à sombra da alienação de seu pai ao status quo, a mesma de Joseph Smith, o que o tornava vulnerável a esse ataque, a esse chamado para destruir o homem.

O menino que havia em Bronson, criado nos faroestes, mas sempre interpretando os indígenas em vez de caubóis, ficou emocionado com o fato de que a terra seria devolvida aos lamanitas no fim dos tempos e que os europeus seriam chamados de *gentios* — estrangeiros nesse novo solo norte-americano. Bronson estava dolorosamente ciente de que ele era apenas um caubói de fachada porque, chegando tão tarde na história, ele não tinha escolha além de fazer o que lhe diziam para fazer, em vez de ser um personagem. Os dublês ficavam onde os caubóis iam para morrer. Todas as habilidades reais do caubói, não mais exigidas pela economia do século XX, eram parte integrante da cartilha do dublê, pois a existência do verdadeiro oeste e dos verdadeiros caubóis foi nostalgicamente relegada aos faroestes. Os dublês tendiam a mascar fumo, arrastavam-se como caubóis estereotipados, andavam e falavam devagar e com as pernas arqueadas como John Wayne. Notoriamente, John Ford atribuiu o apelo misterioso e duradouro de John Wayne, cujo nome de nascimento era Marion Morrison, à sua facilidade em uma sela — ele "ficava bem montado num cavalo".

Bronson, um metro e oitenta e um, oitenta quilos de músculos, ligeira semelhança com um Montgomery Clift mais viril, também ficava bem em um cavalo, em uma moto ou em um helicóptero. Não importava a velocidade, a falta de coordenação, preparação ou atenção que pudessem pôr a vida dele em risco, Bro — como a classe de dublês o chamava — sempre estava bem. Na verdade, uma das razões pelas quais ele desistiu dos filmes foi porque começaram a usar todos aqueles efeitos especiais gerados por computador na pós-produção e tornaram tudo mais seguro no set. Por que expor um homem a fogo e explosivos de verdade se esse fogo pode ser pintado de forma tão convincente por algum nerd com um computador? Bem, porque homens ousados como Bronson treinaram para encarar o fogo de verdade — é por isso.

Quando ele estava se recuperando do joelho machucado depois de jogar beisebol em Pepperdine, a garota que ele namorava e que fazia parte da equipe de mergulho o levou para conhecer o trampolim da piscina em que os mergulhadores praticavam. Ela pensou que poderia ser uma maneira de manter seu equilíbrio para jogar beisebol. Ele estava cético, imaginando que aquilo fosse para crianças, como um castelo inflável. Não executava certos exercícios desde o ensino fundamental, mas na hora ficou impressionado com o quão exigentes e atléticos eram os movimentos. Adorou aprender a mergulhar de cabeça para baixo, girando, o céu e o chão trocando de lugar. Ele tinha um talento giroscópico aguçado, seu corpo se aclimatava naturalmente, solto no ar, sempre sabendo como e quando se endireitar. Impressionada, sua namorada disse: "Você tem uma habilidade inata para saber se localizar no ar, cara". Os mergulhadores queriam que ele tentasse entrar para a equipe, mas ele não queria assumir nada sério. No ápice de seus saltos mais altos, ele podia ver o oceano a apenas algumas centenas de metros da Pacific Coast Highway. Passava horas no ar assim, leve como um pássaro, distraído como uma criança.

Durante algum tempo, Bronson tinha pensado em ser ator, ambição que por vergonha não compartilhava com ninguém, e acabou decidindo que aquela era uma vida muito mimada e falsa. Mas quando deu um salto mortal naquele trampolim e mergulhou, divertindo-se com seus próprios dons naturais, começou a se perguntar como poderia permanecer com esse sentimento por mais tempo, e a se questionar sobre o que os dublês faziam. E, talvez um dublê, ao substituir, sem ser visto, o ator mais "valioso" em circunstâncias perigosas, seja, na verdade, o ator mais importante. E, no entanto, anos depois, mesmo tendo sucesso nessa área, ele sabia que era um fantasma, um eco dos homens reais e dos caubóis reais. Bronson era um dublê, uma sombra, e, quando fazia mais de um papel principal em um filme, sentia-se ainda mais distante da autenticidade — a sombra de uma sombra lançando outra sombra na tela grande do cinema. Essa impotência dos últimos dias corroeu sua alma discretamente, até que ele leu sobre Joseph Smith e ouviu os primeiros sinais de um chamado, aquilo que Descartes chamara de "a sagrada música do eu".

De acordo com Joseph Smith, a autenticidade, a substância e a essência da vida ainda existiam, e você podia escrever sua própria história, sua própria bíblia — "portanto, porque você tem uma Bíblia, você não precisa supor que ela contenha todas as minhas palavras, nem deve supor que não mandei escrever mais. Pois ordeno a todos os homens, tanto no Leste como no Oeste, e no Norte e no Sul, e nas 'ilhas do mar', que escrevam as palavras que eu lhes digo". A Bíblia ainda está sendo escrita. Todo mundo tem uma bíblia dentro de si. Todo mundo é uma bíblia.

Joseph Smith, de vinte e quatro anos, cujo nome pode ter o significado de "homem comum", de alguma forma foi o autor de uma verdadeira declaração da independência espiritual emersoniana, representando uma contrapartida religiosa à sua precursora, a independência política de 1776. Bronson leu em algum lugar que Thomas Jefferson tinha riscado todos os milagres em sua cópia do Novo Testamento, deixando apenas os ensinamentos e as parábolas de Jesus. Mas onde estava a graça nisso? Essencialmente, Jefferson tinha cortado todos os momentos dignos de filme no livro antigo, não deixando lugar para um dublê transformar água em vinho, expulsar demônios, tocar leprosos ou retornar dos mortos. O que era um dublê senão a realização, por meio de uma preparação meticulosa, de um milagre? Esses truques de mágica de machão tinham sido a alma da vocação de Bronson, e agora o excitava que Smith tivesse acertadamente subvertido a tendência jeffersoniana, excessivamente racional. Smith parecia determinado a apagar tudo, menos as façanhas e os milagres, sua "trilha sonora", os "maiores sucessos de Jesus Cristo". Joseph Smith era a magia, o pai espiritual de Bronson e guru em seu novo estilo de vida. Foi a visão de mundo improvisada e vital de Smith, mais do que os eventos duvidosos descritos em sua bíblia, que sussurrou a verdade para Bronson: a presença, e não a ausência, do aqui e agora, e não de qualquer outro lugar.

A conversão de Bronson não foi tão inesperada quanto pode parecer à primeira vista. Alguns anos antes, ele já tinha se amolecido em relação a Deus, ao participar das reuniões dos Doze Passos dos Narcóticos Anônimos. Uma ex-namorada, ao encontrá-lo desmaiado em seu carro na frente da casa de um vizinho, terminou a relação com um bilhete, que deixou no para-brisa rachado: "Você precisa de um psiquiatra, de uma terapia em grupo ou de uma mãe". Bronson não tinha paciência para a lenta psicobobagem da terapia. Não, ele não era de conversa, mas de ação, e era isso que os Doze Passos prometiam: determinação, nada de ficar de mãos dadas tagarelando e procrastinando. Ele queria dar passos ousados em direção ao futuro, e não se recostar languidamente em um sofá, olhando para o teto. A presença de um poder superior nas reuniões dos Doze Passos havia escondido uma noção de Deus em seu cérebro, e os slogans parabólicos funcionavam como preceitos essenciais dos sermões perdidos de Cristo, conforme ditado a um certo Bill W., fundador dos Alcoólicos Anônimos. A oração de 1944 do teólogo Reinhold Niebuhr sobre todos os lábios anonimamente abstinentes — "Deus, conceda-me a serenidade..." — era a ampla porta de entrada para Cristo. Um Bronson teimoso e amante de animais primeiro murmurou baixinho e transpôs a oração da serenidade para "Cão, conceda-me a serenidade...", mas os Passos o batizaram, gradualmente preparando esse agnóstico para a crença. Abandonando a transcendência química, ele se ajoelhou diante de Deus, a droga.

Embora Bronson, no Segundo Passo, "viesse a acreditar que um Poder maior do que nós poderia nos restaurar a sanidade", esse poder superior não tinha rosto e, consequentemente, faltava imediatismo, intimidade. Então, primeiro, durante algum tempo Bronson imaginou esse poder superior como um Mestre Yoda, depois como um Mr. Clean (o próprio Bronson era um banheiro a ser limpo), depois como uma espécie de orbe de olhos azuis, pulsante, brilhante, orgástico e andrógino, mas nada confuso — nenhum imago o atingiu, e isso era um sério problema de escala e reverência, atrapalhando sua recuperação. Por fim, ele começou a se sentir uma fraude naquelas reuniões porque ainda estava tomando seu Prozac, e isso era uma droga, não era? Seu compromisso parecia meio inútil e vazio. No Sexto Passo, ele tinha voltado a usar e estava à beira de desistir do programa, ou talvez estivesse desistindo de desistir.

Mas, à medida que Bronson lia mais profundamente sobre Joseph Smith, seus inofensivos e metamorfos nascentes Doze Passos começaram a entrar em foco. Bronson começou a ver a recauchutagem bíblica semialfabetizada de Smith como a verdadeira história da origem dos Estados Unidos e aceitou que sua tese central poderia ser seu direito inato à vitalidade original e um antídoto para a entropia do atraso — os milagres não acabaram, eles ainda acontecem. Freud olhou para trás, para mamãe e papai, Hubbard olhou ainda mais para trás, para vidas passadas, os Doze Passos chafurdaram tanto em erros e emendas do passado, e apenas Smith olhou para a frente: vaqueiros ainda podiam ser vaqueiros em cavalos selvagens em qualquer lugar dos Estados Unidos: "uma voz do Senhor no deserto de Fayette, Condado de Seneca... A voz de Michael nas margens do Susquehanna".*

Essa proximidade com o divino, geográfico e temporal, gerou em Bronson um renascimento orgânico. Por que Bronson Powers — que jogava tão bem na posição de interbases, abandonou a faculdade, tornou-se viciado em analgésicos e vivia seu auge como dublê — não podia ouvir a voz de um anjo em Hollywood, em Vine, Fairfax e Highland? À medida que sua espiritualidade florescia, despertava uma curiosidade que ele nunca experimentara. Sua nova fé o deixou sedento de conhecimento.

Quando ficou claro para Bronson seu fascínio pela bravura física e pelo desafio da morte, ele procurou o melhor do mundo nessa área e conseguiu ser aprendiz do lendário dublê Dar Robinson. Dar instantaneamente viu potencial em Bronson e incutiu no jovem impulsivo a importância de nutrir uma paixão pela preparação metódica para fortalecer o senso cinestésico sobrenatural que ele havia descoberto naquele trampolim de Pepperdine — o gênio felino que sempre sabe onde seu corpo está no espaço. Mas Bronson precisava agora de outro mentor que trabalhasse a arte da queda etérea para lhe ensinar um sentido cinestésico-espiritual, enquanto sua alma caía de cabeça para baixo em sua própria quintessência eterna. No entanto,

---

\* Joseph Smith. "Carta à Igreja, 7 de setembro de 1842". In: *Joseph Smith Papers*, 2:473-4.

Bronson estava sempre impaciente e não conseguia identificar nenhum guru vivo e próximo para fornecer essa orientação mística. Sempre com pressa, como um homem convencido de que morreria jovem, Bronson não esperou o professor aparecer; ele aprendeu sozinho. Foi quando começou sua verdadeira educação, um autodidatismo raivoso. Ele levou a sério a audácia do discurso de Smith no funeral do Ancião King Follett: "Até Deus já foi como somos agora, e agora Ele é um homem exaltado, e está entronizado nos céus distantes. Esse é o grande segredo". Ele procurou espíritos afins nos livros sagrados da humanidade e nas histórias de conversão relâmpago de Saulo de Tarso, Aquino, Bunyan, Milton, Merton, Niebuhr, Malcolm X. Devorou o cânone ocidental como um estudante de pós-graduação se matando para as provas finais. Abraçou a todos como se estivessem vivos, sem ordem cronológica: Platão, Foucault, Rousseau, Donne, Shakespeare, Melville, Whitman, Blake, Rabelais, Kierkegaard, Stevens e Girard. Caprichosamente inseriu seus heróis intelectuais na ordem dos rebatedores, como se jogassem beisebol: Emerson, rebatedor simples, rápido e aforístico, foi o primeiro. Nietzsche arremessava (principalmente bolas curvas e surpreendentes). Dickinson estava sempre tentando fazer uma *walk* ou ser atingida por um arremesso e não deixar pontuar. Os grandes estavam falando uma língua que ele entendia agora, sussurrando *bons mots*,[*] um coro cantando em seu ouvido. Essa fome onívora por conhecer o melhor do que já foi dito e pensado agia como uma anfetamina natural, pondo seu cérebro em um trampolim mental, literalmente estourando através de seu crânio finito e preso a ossos para, então, tocar o infinito. Essa não era uma missãozinha qualquer ou uma moda passageira. Bronson raramente dormia e nunca estava cansado.

Freud não servia para ele — ao contrário de Marx. De repente, se apaixonou pelo mundo como um organismo, na ver-

---

[*]  "Boas palavras." Em francês no original. (N. T.)

dade, passou a ver os Estados Unidos como um ser, não como um objeto, fascinando-se com o macrocosmo externo em lugar do microcosmo interno. Devorou livros didáticos de história norte-americana, começando por Richard Hofstadter, depois se radicalizando ainda mais com *A People's History of the United States*, de Howard Zinn, que ele tinha como uma continuação e companheira da bíblia mórmon, a *Pérola de Grande Valor*.

Ele visitou o legado de Delilah e construiu clandestinamente um galpão do tamanho exato da cabana de Thoreau. Ninguém nunca o havia visto naquelas terras, ninguém se importou. Quando não tinha um trabalho para cumprir, Bronson passava semanas lá, solitário e sem distrações; enchia seu porta-malas com garrafões contendo água da torneira de Los Angeles e sobrevivia com manteiga de amendoim e maçãs, apenas lendo, lendo, escrevendo notas nas margens dos livros. Pela primeira vez, reconheceu em si mesmo o começo de uma inquietação pelo que aconteceu — uma "raiva por encomenda", que seu pai havia identificado na mãe, Delilah, raiva que aparentemente havia pulado uma geração e estava viva nele. Como seu pai, Bronson nasceu um homem com dons e energia prodigiosos, mas destituído de um sistema ou de mentor oportuno que pudesse aproveitar essa energia. Fred Powers estava morto, destruído ao longo dos anos pelos relâmpagos rebeldes de seu próprio demônio, mas seu filho tinha encontrado o lugar aonde sua avó, do além-túmulo, o levara. Bronson sentiu a legitimidade sagrada, uma calma descendo como o espírito santo, mas era uma calma enérgica, selvagem e ambiciosa.

Quando chegou a hora de Bronson se sentar para seu teste de demonstração de boa-fé com um velho representante da igreja e executor responsável pelo testamento de Delilah (também chamado de "Ancião") e provar sua *bonafides*\* mórmon, ele estava mais do que pronto para provar seu valor. Na espe-

---

\*    De *bona fides*, expressão latina que significa "boa-fé". (N. T.)

rança de despistar Bronson, o Ancião começou perguntando se ele tinha conhecido sua avó Delilah. "Não me lembro dela", respondeu Bronson. "Talvez eu a tenha conhecido quando era muito pequeno."

"Bem, você deve ter causado uma boa impressão a ela. Ela o amava ardorosamente."

"Sim, eu era uma criança de três anos supercharmosa", brincou Bronson.

"Ela foi sua benfeitora secreta. Foi ela quem pagou pelos seus estudos em Pepperdine, sabia?"

"Eu não sabia disso", respondeu Bronson, e imediatamente se sentiu meio tonto. Por que nunca se perguntou como havia conseguido estudar em Pepperdine? Ele tinha aceitado a explicação do pai de que era ele quem estava pagando as mensalidades. Obviamente, mentira do pai caloteiro, mas Bronson nunca foi a fundo para descobrir.

"Não sei se ela me amou com a mesma intensidade com que odiou meu pai, filho dela", disse Bronson, e isso parecia um epitáfio adequado tanto para essa velha misteriosa e repentinamente poderosa que ele nunca conheceu quanto para seu pai morto há muito tempo.

O mais velho dos Anciões apertou os olhos e tentou intimidar Bronson, pedindo-lhe para identificar as escrituras da bíblia mórmon de cor. Antes de responder, como que para reduzir a importância da memorização e da adesão cega para a fé, Bronson citou Smith, palavra por palavra: "Não sou culto, mas tenho sentimentos tão bons como qualquer homem". E então ele pregou, capítulo e versículo, cada citação que vinha à cabeça do Ancião, da mais óbvia à mais obscura.

No final da primeira hora, ele fez o Ancião recuar, atordoado pelas heresias contra a ordem estabelecida que Bronson guardava, escondidas à vista de todos, e que agora revelava ao lado das ortodoxias. Esse Ancião, como tantos "santos dos últimos dias" modernos, preferiu descartar a poligamia, como se fosse um apêndice humano, afinal, era uma relíquia inútil, um anacronismo sem dentes e uma crença marginal. Mas Bronson atacou essa linha de pensamento, alegando que era o princípio central de Smith e uma restauração da poligamia praticada no Antigo Testamento. Todos os seres exaltados devem ser unidos a um cônjuge eterno, proclamou Bronson, de modo que um homem tem o dever de estabelecer, de selar o casamento, pois uma única mulher não seria, nem poderia ser elevada. Foi uma reviravolta em relação ao "é melhor casar do que queimar" do apóstolo Paulo, que igualava a solteirice sexual à condenação, ou em relação à cosmologia mórmon, para a qual, no mínimo, ela representava outra rodada de reencarnação e prisão terrestre, mantendo o céu à espera. A natureza celestial do casamento superava em muito os escrúpulos que os séculos XIX e XX tinham com o conceito de múltiplos parceiros. Isso era uma questão concernente a sua alma eterna, Bronson afirmou, e não uma questão de sexo e risadinhas adolescentes, ou de manipulação política.

"Prefiro ser um polígamo do que um hipócrita e adúltero", disse Bronson. Ele tinha os fatos na ponta dos seus dedos manchados de nicotina. "1852: Brigham Young conta ao mundo sobre a prática, até então secreta, da poligamia. Brigham mostra a profundidade de sua crença na necessidade de ter cinquenta esposas. Isso chama a atenção das pessoas. 1856: a Convenção Nacional Republicana denuncia a poligamia e a escravidão como 'relíquias gêmeas da barbárie'. 1862: o governo aprova a primeira legislação federal, a Lei Morrill Antibigamia, assinada por ninguém menos que Abraham Lincoln. Mais leis federais antipoligamia são aprovadas em 1882, como o Edmunds Act e, em 1889, saudamos o manifesto de Penrose, aprovado pelos líderes da LDS, que nega que a Igreja tenha direito de anular qualquer tribunal civil, além de negar a doutrina da expiação de sangue. 1890: o quarto presidente da LDS, Wilford Woodruff, traz à luz um manifesto que informa que o casamento plural dos *Santos* não é mais um desígnio de Deus. Caramba! Seis anos depois, em 1896, uma mágica é realizada, Utah se torna o quadragésimo quinto estado com a proibição da poligamia formalizada em sua Constituição. Coincidências engraçadas."

Durante a entrevista, Bronson foi se dando conta de que também estava pregando para si mesmo, como nunca havia pregado para ninguém antes. Era a primeira vez que articulava para um estranho suas novas crenças e sua paixão. Tinha consciência de sua satisfação sádica em fazer o Ancião se contorcer, era inegável que o prazer de ver aquele rabo gordo, complacente e metido, mexendo-se em suas *garments* do templo,\* porém, mais do que isso, Bronson, o buscador, agora também era Bronson, o pregador. Em uma espécie de arte performática não planejada: Bronson estava consagrando sua própria conversão pessoal, ungindo-se corajosamente antes que o homem mais velho tivesse a chance de fazê-lo. Ele apresentava ao Ancião, em tempo real, a ousadia de um homem convertido.

O velho tentou passar ao próximo passo. Quinze minutos após o início daquele exaustivo sermão cheios de explicações, ele estava mais do que pronto a assinar o acordo, mas Bronson, com confiança maior a cada minuto, começou a pressioná-lo a respeito do modo como a Igreja tratava os negros e os indígenas do continente. Depois de listar algumas atrocidades cometidas contra os nativos americanos quando os mórmons avançaram para o Oeste no século XIX, que o Ancião classificou como meramente uma competição por recursos, Bronson citou, sem erros, uma carta de Joseph Smith para Noah Saxton, datada de 4 de janeiro de 1833, na qual Smith descreve "índios" como aliados de Israel, e a América como a terra prometida, à qual os gentios podem se unir se aceitarem o evangelho mórmon.

---

\*　*Temple garments* é um tipo de roupa íntima tradicional dos mórmons. (N. T.)

"É a terra deles", disse Bronson, "e onde os puritanos de Plymouth Rock usaram a bíblia para roubar aquela terra, Smith nos deu a bíblia mórmon como a única maneira de compartilhar esta terra, a única maneira de sermos tão santos quanto os nativos das Américas, os lamanitas. Smith é um antídoto e uma correção divina, não uma continuação do destino manifesto." O Ancião começou a suar. Bronson intensificou ainda mais a pregação, varrendo os cantos mais estranhos e menos canônicos da visão de Smith e a possibilidade de ensinamentos secretos que não eram apenas polígamos, mas dolorosamente politeístas. Havia uma abundância em Smith — uma pluralidade de esposas e deuses, e homens se tornando deuses — que inspirou Bronson e assustou os líderes mórmons que publicamente mantinham um perfil mais discreto com relação a ensinamentos, na esperança de permanecer silenciosamente ao lado da elite cristã norte-americana. Bronson provocou o Ancião ao aludir a rumores de que Smith havia tentado negociar com o México e a França, como uma nação mórmon à parte dos Estados Unidos.

"Isso seria traição", disse o Ancião.

"Só se o senhor acreditar em países", respondeu Bronson. "O senhor acha que Deus organizou o mundo tendo em mente os Estados Unidos e suas leis?"

O velho não sabia que esse seria seu próprio teste, sua prova de valor. A mente do Ancião começou a vagar, por algum motivo, para a localização de onde se sentaria durante a temporada no Marriott Center da BYU para a próxima campanha de basquete. Começou a pensar no estúpido mascote, Cosmo, o Puma. O velho estava em pânico. E com vontade de fazer xixi. Então, desligou-se. E Bronson continuou pregando ininterruptamente por mais oitenta e cinco excruciantes minutos.

Ao final da entrevista, o Ancião quase implorou a Bronson para se exilar em seu pedaço de terra e, por favor, ficar por lá, onde não criaria nenhuma agitação na fé a que ele agora era bem-vindo a se juntar. O velho não queria impulsionar aquele franco-atirador na hierarquia da Igreja. E certamente reconheceu que, embora Bronson soubesse mais sobre o mormonismo do que a maioria dos mórmons, tratava-se ali de uma versão muito pessoal e idiossincrática da fé, quase uma religião própria de Bronson. A Igreja dos Santos dos Últimos Dias tinha travado uma longa e estratégica batalha para ser aceita na corrente principal da separação entre Igreja e Estado nos Estados Unidos, desde a minimização da poligamia, para que Utah alcançasse a condição de Estado (como Bronson havia apontado), até a validação de uma geração inteira de figuras nacionais confiáveis como George Romney, pai de Mitt. Em cada ponto de inflexão em que, para ganhar aceitação norte-americana, a Igreja Mórmon abrandou aspectos *antiestablishment* da visão de Smith (poligamia, batismo dos mortos, expiação de sangue), Bronson não recuou. O homem estava intransigente, sem nenhum tato. O Ancião não queria ser mais rígido com esse iconoclasta ardente do que o Grande Inquisidor de Dostoiévski fora com o próprio Cristo. Bronson não era apenas mais um mórmon tradicional, como vemos cristãos tradicionais. Ele era um homem mais perigoso, um originalista e um verdadeiro crente.

O Ancião deu a Bronson o selo de aprovação LDS que Delilah havia exigido antes de ir para o grande além e desejou-lhe o melhor, bem longe, nos confins do deserto. Bronson aceitou a herança e esse banimento amigável, e mudou-se, algum tempo depois da virada do milênio, após um período de apropriação e construção, para o lugar que era seu direito de nascença. Ele criaria uma família livre das feridas que uma sociedade de homens injusta infligira a seu pai, e que seu pai havia infligido a ele. Finalmente se encontraria em seu estado mais puro e simples lá em Joshua Tree, um caubói-índio honesto, real, trabalhador. Poria ordem em um deserto do qual se levantariam almas livres, que retornariam para curar o mundo. Ele se voltaria primeiro para dentro, para que então seu legado pudesse se voltar para fora.

Isso poderia ter se passado há quinze anos? Mais? Talvez. Bronson não sabia mais como contar o tempo desse modo. Não tinha mais relógio ou calendário. O dia começava com o nascer do sol e terminava com o anoitecer. O deserto tinha estações, mas eram sutis e resistentes à ideia do tempo mensurado em um calendário. Parecia que ele estivera ali desde sempre. Nascido na sela, incubado entre as rochas quentes, amamentado com veneno de cascavel. Anos vivendo fora de tudo com seus livros, com energia solar e eólica, água de poço, galinhas, vacas, ovelhas, carne de cobra, fazendo seu próprio queijo e cuidando de seu próprio jardim, ele mesmo matou o tempo, estava vagando por esse deserto desde sempre, e chegara ali ontem.

Bronson raramente entrou na "civilização" — a pequena Pioneertown (população: 574), a média Joshua Tree (população: 7.414), ou a grande San Bernardino (população: 209.924) — mas, quando o fez — quando precisava de sementes, enlatados, gado, gás ou peças para eu caminhão Ford F100 de 1968, ou de uma de suas sete motocicletas "Frankenbike", construídas por ele mesmo ao longo dos anos, ou, ainda, de um painel solar consertado ou trocado —, ele tentou o melhor que pôde tampar os ouvidos e não ouvir nada sobre como o mundo estava girando. Sabia que as Torres Gêmeas haviam sido derrubadas, mas seu lugar era um mundo enclausurado e atemporal, onde a palavra internet não existia, tampouco o celular, os Estados Unidos nunca tiveram um presidente negro e Donald Trump não era nada mais que um falido corretor de imóveis tentando esconder a calvície. E, no entanto, de alguma forma, sem esse conhecimento aparentemente vital, ele continuou a respirar. Sua terra, para ele, era o mundo, uma paisagem física e mental, e nada lhe faltava. Ele a batizou de "Agadda da Vida" em homenagem à forte e misteriosa música da banda Iron Butterfly.

No início, para construir além de seu pequeno casebre de leitura, ele precisou da força de sua classe de dublês malsucedidos de Hollywood para cavar o poço e ajudá-lo com o solo. Ele teve a sorte de o lençol freático estar a cerca de noventa metros de profundidade, pois em alguns lugares no deserto essa distância pode chegar a quase seiscentos metros. Conseguiu emprestado um equipamento de perfuração — então o poço lhe custou menos de cinco mil dólares, o que, mesmo assim, quase o levou à falência. Seus irmãos dublês eram tão prestativos e caridosos que trabalhavam por dias de graça e, sem eles, Bronson nunca poderia ter feito Agadda da Vida surgir do pó sozinho. E, ao menos durante uns meses no começo, alguns velhos amigos de bebedeira vieram e passaram um tempo com seu amigo sempre sóbrio, ex-infernal e recém-mórmon. Mas Bronson não era mais tão simpático como costumava ser. Os homens agora descobriram que tinham pouco em comum além do trabalho e da bebida. Depois de cerca de seis meses, com cada um cuidando de sua própria vida, Bronson não recebeu mais visitas.

Desde então, apenas um ou outro guarda-florestal fez contato, mas a maioria deles foi dissuadida de se aventurar mais longe por causa dos avisos de "proibido entrar" e dos assustadores espantalhos apocalípticos, bem como devido a rumores de que o próprio Bronson tinha escondido armadilhas, minas terrestres e as tenebrosas estacas punji. Dessa forma, Bronson criou uma área ampla, assustadora e estéril ao redor do complexo que ele gostava de chamar de *zona proibida*, como no filme *Planeta dos macacos*.

Bronson poderia andar a cavalo por uma manhã inteira e não chegar nem perto do limite de suas terras. Dessa forma, ele se parecia com uma figura bíblica. Um relâmpago iluminou a paisagem brevemente. Ele soltou um grito de guerra, um grito rebelde, até mesmo um canto Haka Maori e outras vocalizações de guerreiros que ele havia personificado durante seus anos atuando, enquanto bandidos haviam passado de indianos a ingleses, russos, árabes e assim por diante. Mais relâmpagos, como se fossem uma resposta. *Aí está*, pensou Bronson. *O sinal*. Seguido por um trovão que ecoa dentro do estômago. O trovão era Deus limpando a garganta, prestes a falar. Mas ainda sem chuva, sem precipitação.

Bronson refletiu sobre a palavra. *Precipitação. Precipitado. Precipício*. Sim, o deus da chuva o chamava para a beira de um penhasco, e a chuva seria o sinal, o relâmpago mostraria a ele o lugar, mostraria o caminho, e ele traduziria o trovão. Ele se obrigou a desistir do Prozac ao entrar no deserto, e agora passou a ver esses relâmpagos como o que ele acreditava que sempre foram — visões. Não alucinações, mas *visões*. Pois o deserto o tinha curado das enxaquecas que surgiam após esses episódios. Nesta noite, não era certo para Bronson se os relâmpagos se originavam em seu cérebro ou nos céus. Era um sinal de doença recorrente ou um bem-estar celestial, mas entender isso não o interessava mais. Talvez fosse as duas coisas. Era seu dever vigiar e ouvir as preciosidades. Mas, Senhor, ele estava perturbado por novos pensamentos.

Bronson olhou para a frente, para onde ficavam as cidades, além das montanhas de San Jacinto — não conseguia distinguir nenhuma luz no chão, mas sabia onde o mundo moderno começava porque sua poluição luminosa fazia as estrelas murcharem e perderem o brilho. As estrelas não podiam competir com a interferência feita pelo homem. Bronson não queria se aproximar daquela merda. Desceu do cavalo e caminhou em direção a três pedras talhadas: uma maior e duas menores. Não faziam parte da paisagem natural. Elas foram esculpidas e colocadas ali com muito cuidado. Ele passou as mãos ao longo de cada pedra como se estivesse lendo braile. Então olhou diretamente para as estrelas. O relâmpago não foi real. Não havia nada, a noite estava clara como se fosse dia. Bronson enfiou a mão no bolso, tirou as pedras de vidente, aquela tecnologia absurda, segurou--as sobre seus olhos e novamente olhou para o céu, tentando ler a escrita pontilhista de Deus.

"Eu Vos imploro por orientação, por perdão, mas Vós não me dais nada além de ruídos vazios. Por que Vós secastes tudo e me virastes as costas?"

Bronson esperou por uma resposta. O deus do deserto não lhe deu nada além do silêncio. Ele sabia que sua impaciência, sua carência, sua luxúria, seu orgulho, sua falta de gratidão eram todos pecados, agora agravados pela raiva. Enquanto, em lugar de uma chuva vivificante, eram os pecados mortais que caíam em cascata, ele gritou: "Estou zangado com Vossa ausência, Pai, por vos manterdes distante de mim".

Seu cavalo bufou. *Pelo menos alguém está me ouvindo*, pensou Bronson. Ele se lembrou de algo importante dito por um de seus anjos sombrios, o capitão Ahab: "Agora te conheço, espírito claro, e agora sei que tua verdadeira adoração é o desafio". E ele sabia que isso não era blasfêmia. A piedade tímida era um abraço morno, e Bronson estava ansioso para trotar por seu Deus — ele era o último caubói de verdade e ia laçar a porra da verdade. Sua fé desafiadora estava viva, com maldições e recriminações, cuspindo, punhos erguidos e dedos médios, ela continuava viva. Apesar de ser superado e ultrapassado, Bronson lutou com seu Deus. Ele sabia o que os antigos sabiam, que a oração e a violência eram vetores irmãos em todos os tempos. Ele sabia que onde ele estava, Deus esteve uma vez, e como Deus tinha sido homem, o homem seria Deus. Deus e o homem eram o mesmo, em estágios diferentes. Ele estava realmente ouvindo no breu escuro e quieto para si mesmo, para seu futuro, um eu melhor e aperfeiçoado.

Bronson estava em casa ali, e com um Deus do Antigo Testamento em Joshua Tree. E estava em casa com a lenda de que a planta semelhante a uma árvore fora assim batizada pelos colonos mórmons por uma semelhança que viram nela com Moisés estendendo as mãos para o céu em oração enquanto Josué lutava contra Amaleque, em Êxodo 17. Ao contrário de Moisés, cujos braços cansados foram erguidos por Arão e Hur,

Bronson não precisava de ajuda para manter as mãos levantadas o dia todo — sua postura de oração era semelhante à de um boxeador. Lutar era sua oração.

Ele nasceu no país certo, mas com a cor errada, no século errado, com o pai errado e a mãe errada. Ele deveria ser um *lamanita*, um nativo americano, um israelita. Seu espírito deveria assumir um corpo no tempo dos milagres e da autenticidade, quando os homens podiam ser homens, vaqueiros e profetas. Mas não importava, Smith lhe mostrara, da forma como um relâmpago revela o que a escuridão esconde, o que ele realmente deveria ser. Ele foi iluminado por Joseph Smith e viveria da maneira antiga nos últimos dias.

Mais relâmpagos, mais trovões e nada de chuva.

Insatisfeito e agitado, sua raiva latente por pedidos não respondidos, Bronson enfiou as pedras de vidente de volta no bolso. O amanhecer estava chegando e o brilho das estrelas sobre o deserto vazio estavam diminuindo naturalmente com o sol prestes a nascer. Ele beijou as três pedras, montou novamente em seu cavalo e rumou para casa. Com certeza, Deus tentava lhe dizer algo, mas estava se fazendo de difícil, então Bronson agora teria que esperar. Ele sabia que ninguém deve desistir cinco minutos antes do milagre acontecer, mas tinha duas esposas e dez filhos em casa à espera dele para tomar o café da manhã e lhes dar as instruções para o dia.

## 2

"Maldita chuva do sul da Califórnia", vociferou Maya Abbadessa enquanto saía de seu bangalô alugado na Princeton Street em direção ao Tesla preto fosco que ela ainda não podia pagar, estacionado naquela quadra. Maya era uma figura incongruente em qualquer lugar, menos em Santa Monica: usando seu vestido preto justo de empresária *millennial*, saltos altos da mesma cor e mochila de pelúcia em um dos ombros, com um tapete de ioga roxo saindo da mochila como um ponto de exclamação neon. Com os ombros nus, ela estremeceu ao se lembrar do que um bom amigo do Leste tinha comentado sobre como viver e se vestir para encarar a atmosfera misteriosa atravessada por catástrofes bíblicas ocasionais que é o tempo no sul da Califórnia — "Está quente *e* está frio. No mesmo dia".

Era uma manhã de sexta-feira, e Maya teve que fazer as malas para um fim de semana de trabalho, daí o visual impositivo e chique, sensual e zen. Seu trajeto até a Praetorian Capital, onde encontrou emprego depois de se formar na Wharton School of Business, três anos atrás, tinha apenas um quilômetro e meio, dava para ir caminhando, mas não de salto alto. Maya queria pegar um daqueles patinetes Bird e ir deslizando para o trabalho como uma criança de dez anos faria, mas ela não podia suar, senão sua roupa ficaria obscena. Seus planos para o longo fim de semana tornaram impossível estar de carro. Se você pensar em como encontrar postos de recarga durante os quase quinhentos quilômetros de ida e volta até o deserto, que era para onde ela estava indo logo após o trabalho hoje, o unicórnio elétrico de Elon Musk mais parece um antigo Edsel. Ficar sem bateria no Mojave era algo possível de acontecer e passar por isso estava fora de cogitação. Os novatos, os Radicais da Praetorian, teriam uma sessão semiaprovada de ecstasy / mescalina/ cocaína/ Tequila Casamigos / charuto cubano / viagem de Corona / escapadela de fim de semana / sessão de "quem cospe mais longe" (um fenômeno não coberto pelo currículo da Wharton) em Joshua Tree neste fim de semana.

Essa seria a primeira estadia de Maya no deserto. Esses fins de semana eram quase míticos (o que acontece em Joshua Tree fica em Joshua Tree) para as ficadas imprudentes, péssimas viagens de ácido e ideias inusitadas de negócios que surgiam como lava de um vulcão adormecido, causando devastação semelhante a Pompeia ou, então, o feliz milagre de mais imóveis havaianos. E o setor imobiliário era a principal área de atuação da Praetorian. Dizia a lenda que a ideia de comprar a propriedade Neverland de Michael Jackson uma década antes veio de um dos radicais chapados — já demitido — depois de ver uma escultura de Bubbles, o chimpanzé de Michael Jackson, na obra de Jeff Koons, ficar vívida como uma animação e flutuar diante dele, sussurrando a frase enigmática "Terra... do Nunca" em seu ouvido, juntamente com uma oferta de 250 milhões de dólares. O nome do macaco, Bubbles, foi tragicamente esquecido pelo suposto titã imobiliário, já que esses homens e mulheres levavam tudo ao pé da letra em suas vidas e brincavam com números, não com palavras.

A viagem de um quilômetro e meio até os escritórios da Praetorian poderia levar de três a trinta e cinco minutos nas artérias entupidas do tráfego ao oeste de Los Angeles. Os escritórios estavam localizados em um complexo que ocupava um quarteirão inteiro na Colorado Avenue, que também abrigava as redes de televisão HBO, AMC e Hulu, junto com inúmeros escritórios de advocacia e outros negócios. Ao entrar na avenida, Maya parou em um estacionamento subterrâneo. Você poderia medir o status "pretoriano" de uma pessoa pelo quão perto de Hades sua vaga de estacionamento estava — Maya ficou um andar mais perto da luz do sol ao longo de seus três anos lá, mas, definitivamente, ainda era uma Perséfone presa ao lado de Satanás. Para chegar aonde queria, tinha que atravessar praticamente o prédio inteiro.

No entanto, como um bônus, ela às vezes deparava com celebridades entrando e saindo de reuniões com os porteiros, que os ajudavam a encontrar seus carros. Nicole Kidman uma vez perguntou se ela tinha chiclete ou uma bala de menta. E ela não tinha. Isso foi muito chato. Maya estragou tudo uma vez ao confundir Seth Rogen com Jonah Hill e falar totalmente sem graça *Superbaaaaad* para ele, percebendo a gafe só uma semana depois. Foi *super bad*. Keanu Reeves uma vez segurou a porta do elevador para ela. Ele era legal e isso foi legal. Maya disse a ele: "Você é o melhor".

Keanu respondeu: "Obrigado". Essa era uma história que ela costumava contar.

O fundador da Praetorian realizou o clássico sonho americano vivido por Robert Malouf. Tratava-se de uma história de sucesso com cifras bilionárias. Filho de um carpinteiro, imigrante palestino em Culver City, Malouf tinha se transformado em um Gatsby, apesar da completa calvície que lhe trazia uma leve semelhança com Stanley Tucci nos dias bons, e com o Nosferatu de Klaus Kinski nos dias ruins. Ele era dono de um jatinho, playboy e jogador de polo com bilhões em ativos, dívidas e conexões de poder nos Estados Unidos, na Europa, na Rússia e no Oriente Médio. Apesar do desastre de Neverland, Malouf era o único pretoriano dono de 40 bilhões de dólares em ativos. Um pensador extremamente louco e não linear, que acorda cedo, e um gênio em dobrar as barreiras financeiras e identificar ativos em dificuldades e imóveis subvalorizados. Embora o mercado tenha se retraído depois da crise do subprime de 2008, Malouf expandiu seu portfólio em uma gigantesca onda de compras e conquistou as maiores vitórias de sua carreira.

Sua missão de negócios "alt-cap" — que ele chamou de *capitalismo altruísta* — permitiu que famílias de classe média, como aquela em que ele foi criado, permanecessem em suas casas mesmo com dívidas e inadimplentes, famílias cujo imóvel havia perdido muito valor após o crash. E ele fez isso. Um salvador do sonho americano. O fato de essas famílias terem passado de proprietárias de um imóvel à condição de inquilinas dele, e por valores que continuavam subindo, não era culpa dele, mas sim consequência de um exagero em sua pequena ganância e da dívida contraída por esses proprietários. Praticamente sozinho (contava com a ajuda de seus compadres nos bancos que faziam empréstimo — Steve Mnuchin, da One-West, Jamie Dimon, da JPMorgan, entre outros), Malouf se aproveitou da crise do subprime de 2008 como pivô para se proteger da perda financeira e, com a ajuda do poderoso Obama, transformou a propriedade de pequenas casas americanas, principalmente no Oeste, em um tipo de servidão feudal. Antevendo o futuro — na verdade, criando o futuro — ele apostou o dinheiro que valia cada propriedade do contribuinte americano e arrecadou bilhões emprestando milhões para devorar milhares de execuções hipotecárias modestas de otários que perderam suas economias de toda uma vida para a miragem do subprime e da hipoteca reversa. "Mas eles não perderam suas casas", ele gostava de dizer. "Nós somos os mocinhos."

Mas essa jogada lendária foi quase dez anos antes, ele mesmo tinha faturado grande parte daquele mercado, e havia rumores de que os dias e as melhores ideias de Malouf tinham ficado para trás, e que ele havia se cercado de simpatizantes que o protegiam do que realmente estava acontecendo. Dois negócios nos últimos anos renderam mais de 4 bilhões de dólares em perdas e causaram a demissão de um presidente da empresa, e não havia dúvida de que o conselho pretoriano agora tinha seus olhos onívoros em seu fundador. É nesse ponto que Maya se via chegando. Ela lhe contaria a verdade, a dura verdade, e assim salvaria a pele dele. Ele teria que ouvir de uma mulher, uma jovem que sabia de tudo o que estava acontecendo no setor, ela seria a única com coragem suficiente para segurar o espelho para ele e lhe dar a notícia. E isso era o que ela mais queria fazer. Estava pronta, era a hora certa.

Embora pudesse ser generoso consigo mesmo e muitas vezes pegasse seu avião particular (ganhando de seus subordinados o apelido de *Rei Learjet*) para viagens aéreas de cinco minutos do aeroporto de Hollywood Burbank para o aeroporto de Santa Monica, Malouf podia ser assustadoramente mesquinho com seus funcionários. Diz a lenda que certa vez um ex-assistente lhe entregou uma nota fiscal do lava-jato depois de mandar limpar sua McLaren. Malouf, percebendo uma cobrança adicional de um dólar e meio por algo chamado "cokie", parou o jovem na porta do escritório, entregando-lhe a nota para verificar o que tinha acontecido, e então curiosamente perguntou o que era um "cokie" e por que ele estava pagando um e cinquenta por isso. O assistente riu do erro de impressão. "Ah, é um cookie, enquanto eu esperava o carro peguei um cookie, eles escreveram errado com um 'o' só." Malouf sorriu, acenou com a cabeça, balançou o dedo e disse: "Nada de cokie". E então ele demitiu esse homem por colocar a mão no pote de cookies, descontando um dólar e meio de seu último pagamento.

Malouf era uma presença que estava sempre sorrindo e sendo gentil, demonstrando ser um homem que não tinha preocupações enquanto brincava diariamente com milhões de dólares. Sua saudação habitual, "Como posso ajudar?", era inesperada, embora fosse nítido que se tratava mais de uma pergunta retórica do que uma oferta real de assistência. Os novatos, e Maya era um deles, sabiam que a resposta correta para "Como posso ajudar?" era "já estou resolvendo isso, chefe", seja lá o que "isso" quisesse dizer. Bastava responder assim.

Ah! Como Maya queria isso, fazer uma grande pontuação que a colocasse mais perto de ser uma protegida do grande homem, tornando-a sua favorita. Uma visão ousada e inusitada, como aconteceu no caso de Neverland, só que lucrativa. Ela já estava imaginando ganhar seis dígitos, com uma boa comissão e um bom passeio sobre as palavras mais doces do negócio imobiliário — participação nos lucros — ela poderia realmente começar a lucrar alto. Seu pai morreu quando ela tinha três anos, ela não se lembrava dele. Talvez por isso não tenha se sentido mal por tentar agradar um homem mais velho como Malouf. Sabia que isso talvez fosse meio errado, mas não pervertido, apenas complicado, afinal, ela acreditava que o fim justificava os meios — qual é o problema de querer ser ótima em seu trabalho? Algumas pessoas carregavam suas feridas até a idade adulta para machucar outras, outros se valeram disso para governar o mundo. Agradar uma figura como Malouf, estilo Daddy Warbucks, só traria grandes coisas para si. Ela só sairia ganhando. Ela sabia as regras do jogo.

O local de trabalho pretoriano era um ninho de víboras em forma de fraternidade, principalmente entre os homens na faixa dos trinta anos. Ali, Maya era a única mulher. Inseguro sobre sua própria capacidade intelectual, Malouf não gostava de se cercar dos caras mais inteligentes da sala, em especial os oriundos de Harvard/Wharton. Ele preferia os esforçados das faculdades comunitárias, gostava de contratar os retardatários, os alunos com nota abaixo da média com algo a provar a todos aqueles que os subestimaram no ensino médio e na faculdade — os humilhados são sempre gratos a quem os exalta. O bem mais valioso aqui não era o aprendizado dos livros, era a lealdade completa. Muitos encontraram, ou encontrariam um dia, uma lealdade não correspondida ao chefão.

Agindo como um verdadeiro bajulador de famosos, Malouf nomeou como "Radicais" o seu mais novo grupo de assassinos, emulando aquele apelido usado nos agentes exagerados da agência de talentos CAA de Michael Ovitz entre os anos 1980 e 1990. Malouf era obcecado por cinema desde criança. Seu pai o levava para trabalhar na construção de cenários para filmes da Paramount, Fox e Warner Bros.

Foi no estúdio da Paramount, em 1963, construindo cenários para *Robinson Crusoe em Marte*, que Bobby Malouf, com nove anos, perdeu o dedo indicador esquerdo com a serra elétrica de seu pai. Ele se lembrou em detalhes ultrarrealistas da expressão de seu pai passando da raiva ao horror. Ele ainda podia ver o pai recuperando o dedo coberto de serragem e sem vida como uma fina iguaria decorada com uma leve cobertura, enfiando-o no bolso do macacão na vã esperança de que pudesse ser recolocado e que seu filho pudesse ser curado. Malouf conseguia se lembrar do silêncio da viagem ao hospital em um carrinho de golfe, um pano de prato ensanguentado, bordado com a frase "Orai e vigiai" sobre sua mão latejante. Desde pouco depois daquele dia, ele nutria sonhos de vingança, de ser dono do negócio que castrou seu pai e pegou seu próprio dedo, de possuir um estúdio como Murdoch possuía a Fox — essa era a sua maior obsessão.

Maya era a única mulher entre os Radicais. Ela era leal e esperta, além de culta. Com essa combinação inegável, ela se sobressairia. Ela queria e precisava se distinguir dos meninos leais e puxa-sacos, e ao mesmo tempo mostrar ao patrão que, como mulher, uma brilhante mulher, trazia um fator XX para esse jogo machista, que sua capacidade de ser mulher enfrentando o jogo dos homens de forma inteligente era algo útil, que ela sabia se impor e entrar numa luta mesmo com seus sapatos salto quinze centímetros. Ela poderia ser tudo e ela queria tudo.

Os últimos dois anos da hashtag #MeToo trouxeram uma estranha sensação de impotência empoderada para uma jovem na linha de trabalho de Maya. Ela podia sentir os olhos dos homens mudando para ela nervosamente durante as conversas para ter certeza de que ela não estava ofendida, ao mesmo tempo que queria ser reconhecida, desejando crédito para se sentir incluída. Mesmo quando a conversa girava em torno de algo neutro, como futebol, ela podia sentir os homens desejando que ela se juntasse e aprovasse a conversa tradicionalmente masculina no local de trabalho. Por causa do que sua mãe sofreu nas mãos de filhos da puta, e a mãe de sua mãe, e todas as mães, remontando a Lilith, Maya agora tinha o poder de destruir a vida dos homens apenas com um aceno de mão e algumas palavras. Ela detinha os códigos nucleares. Ela seria uma Shiva justa ou caprichosa? Os caras não sabiam, então eles estavam sempre pisando em ovos. E embora gostassem dela, a odiavam por isso. Ela era uma coisa impossível, era dona e serva ao mesmo tempo.

E não era apenas sobre questões sexistas ou misóginas que ela era a voz simbólica da autoridade — por alguma lei de opressão, embora ela fosse branca, cisgênero e heterossexual (tudo bem que ela beijou de língua uma garota do segundo ano da faculdade, mas isso realmente não contava), Maya agora era a pessoa a quem recorrer se uma discussão de repente mudasse de tom e se tornasse um possível racismo ou homofobia. Ser juíza de toda injustiça social era um trabalho para o qual ela não tinha se candidatado. Droga, ela nem entendia as questões do gênero feminino. Maya tinha apenas vinte e sete anos. Isso foi exaustivo e chato, além de profundamente desonesto. Ela sabia que tudo que precisava era de um campo de jogo equilibrado para vencer. Tudo o que queria era ser tratada da mesma forma que todos.

Maya achava que a mudança radical no local de trabalho costumava ser cheia de reiterações e demorada, mas também sentia naquela veemência há muito reprimida uma exagerada correção psicossocial, como no mercado de ações ou imobiliário, e que as coisas, com o tempo, voltariam a um lugar melhor, até a um lugar melhor do que agora, tornando-se um novo normal. Ela sentiu que o poderoso pêndulo voltaria em breve, esmagando algumas cabeças. No seu íntimo, ela temia o ímpeto reacionário da potencial vingança masculina, que já rastreava a partir desse momento. Assim foi na repercussão do caso Roe versus Wade, bem como seria para a mulher inocente na rua.

Enquanto isso, Maya não queria investir demais nessa situação e no que ela sentia ser um poder exagerado, ilusório e amplamente negativo. Dessa vez, foi ela quem começou a falar do tamanho dos peitos e se eles são de verdade, o tamanho do pau, chupar pau, pelos de boceta, bundas e orgasmos. Foi ela quem disparou e insinuou primeiro — abrindo caminho e escancarando a entrada, acenando para os meninos entrarem na brecha: a garota legal e divertida dando o aval para os homens se entregarem nostalgicamente a uma boa, velha e suave misoginia, além de brincadeiras e travessuras sexuais do século passado. Mais um papel que ela realmente não queria cumprir, mas era assim que tinha de ser.

A porta do escritório sempre ficava aberta quando um colega a visitava. Uma política de segurança, uma transparência literal contra possíveis litígios. E por aquela porta aberta, Malouf apontou sua careca brilhante, enquanto batia suavemente como um aluno tímido desejando uma conversa com um superior. "Como posso ajudar?", ele perguntou, curvando-se na entrada como homens altos fazem, mesmo quando não têm razão para isso.

"Já está a caminho, chefe."

Maluf sorriu.

"Eu ouvi... na verdade, não ouvi nada sobre você ir a Joshua Tree neste fim de semana com os Radicais."

"Sim, eu queria participar dessa bobagem. Quero dizer... na verdade, não queria."

"Bem, se eu tivesse ouvido algo a respeito, e eu não ouvi, teria aconselhado você a não ir, porque a maioria das coisas ruins acontecem no deserto. Mas não vou aconselhar isso porque nem estou ciente do que está acontecendo."

"Entendido."

"E, se você ignorar minha sugestão e for ao deserto, não me surpreenderia em nada ao ouvir, mais tarde, que terá sido você quem bebeu demais, comeu demais, vomitou demais e transou mais do que todos aqueles filhotes imaturos e exibidos."

"Claro que não."

Maya teve a sensação de todas essas linhas de comunicação se cruzando entre eles — flerte, exibição, inibição, ressentimento, idade, sadismo, domínio, submissão — uma bagunça retorcida, como quando você vive sob fios de alta-tensão se batendo no vento e espera que não aconteça um curto-circuito, e sabe que, mesmo que eles nunca destruam sua casa, o fato de viver nessa vibração sombria, com o tempo, pode causar câncer.

Mesmo com seu novo poder adquirido, Malouf parecia estar dizendo, *você é apenas um brinquedo para mim*. Ela podia ouvi-lo assobiando cinicamente por baixo de sua aparente preocupação — não se trata de sexo, e sim de dinheiro. O dinheiro sempre vai ganhar. O dinheiro supera a indignação. Maya não discordou e se perguntou se ele sabia que ela estava em seu time. Mesmo jogando esse jogo havia apenas poucos anos, Maya tinha uma habilidade inata. Eles sorriram inofensivamente um para o outro, e ela se lembrou de algo que tinha lido sobre as origens sociais do sorriso — mostrar os dentes afiados aos amigos, sem demonstrar raiva, era como exibir armas em um show de paz da Guerra Fria.

"Volte do deserto com o maior peixe", disse ele, sorrindo ou fazendo uma careta benevolente — com ele, era difícil dizer a diferença. Seu rosto era único, mas difícil de definir, difícil de lembrar quando você estava longe dele. Maya muitas vezes pensou que havia um aspecto estranho de pareidolia em Malouf — ela teve que pesquisar no Google coisas como "ver rostos nas coisas" antes de encontrar esse termo, que descreve o fenômeno psicológico que faz com que alguém veja padrões em estímulos aleatórios, às vezes levando a atribuir características humanas a objetos. Certa vez, ela tentou explicar aquilo a um amigo: "olhar para meu chefe é como ver um rosto em um pedaço de torrada ou Jesus Cristo em uma batata frita — é tipo, eu sei que ele não é um objeto inanimado, mas seu rosto parece o rosto de um objeto inanimado se um objeto inanimado pudesse ter um rosto". Era difícil explicar. E Maya ainda estava nesses devaneios quando ouviu Malouf acrescentar seu outro grito de guerra favorito: "Traga-me um unicórnio".

"Um rebanho inteiro. Esse é o plano. Ou um cisne negro." Maya piscou.

"Assim que se fala! Qualquer uma dessas espécies ameaçadas. Estou feliz por nunca termos conversado."

"Eu também."

"O quê?", Malouf perguntou, fingindo estar horrorizado e pondo o indicador direito e o dedo médio esquerdo para a frente, como um crucifixo, o que o fez parecer, paradoxalmente, um Drácula de nove dedos invocando o poder da Cruz, enquanto simultaneamente mandava ela se foder. Ambos deram uma risada meio forçada. Malouf saiu do escritório deixando a porta aberta atrás de si.

## 3

O café da manhã da família Powers estava quase pronto e todos já tinham feito suas orações quando Bronson chegou de sua frustrada petição a Deus antes do amanhecer. Cerca de duas dúzias de ovos foram recolhidos dos galinheiros pelas crianças mais novas: Joseph, mais conhecido como Little Joe, tinha cinco anos. Lovina, conhecida como Lovina Love, ou ainda como Lovey, tinha seis. Os três pães foram assados por Yalulah, ou Yaya, sua segunda esposa. Hyrum tinha onze, Ephraim, ou Effy, tinha dez. Os gêmeos Deuce e Pearl tinham dezessete. Alvin, ou Little Big Al, tinha sete. Palmyra tinha onze. Solomona tinha doze e Beautiful tinha treze. Os porcos foram alimentados, as vacas foram ordenhadas, o feno foi dado aos cavalos, as avestruzes foram cuidadas. Todos se lavaram e agora estavam sentados com um apetite de quem já tinha cumprido um dia inteiro de trabalho. Mais tarde, depois do café da manhã, os filhos do meio, Palmyra, Solomona e Beautiful, cuidavam dos jardins e das árvores frutíferas. Bronson e Yalulah — ela tinha formação em literatura — então conduziam a sala de aula durante cinco a seis horas, recebendo uma profunda ajuda, quando o tema eram artistas visuais e musicais, de sua outra esposa, Mary. Dessa forma, sem influência externa, nem mesmo noticiário, cada dia tinha a mesmice de uma ilha, com poucas variações.

Houve uma terceira esposa-irmã e mãe, Jackie, que morreu de câncer anos antes. Ela não procurou tratamento, não quis sair de casa, proibiu Bronson de trazer qualquer analgésico ou mesmo aspirina da civilização, e sua morte foi lenta, dolorosa e macabra. Jackie só aceitava analgésicos e remédios naturais da região — aprendeu e ensinou muito sobre remédios nativos para fadiga e membros inchados — o *ocotillo* e a malva do deserto para amenizar o líquido que saía de suas feridas, e a papoula da Califórnia para a ansiedade. Ou o deserto a curaria ou ela não seria curada.

Bronson ficou admirado com a teimosia, a fé e a genialidade de Jackie para lidar com a dor. Ela tinha dito: "O sofrimento é o guru. Deixe meu sofrimento ensinar as crianças". O que isso ensinou a elas era difícil de dizer, era um fruto que ainda não tinha amadurecido. Seus próprios filhos, Deuce e Pearl, acharam difícil, no final, olhar para ela ou não vomitar em sua presença, por causa da visão dos tumores tão horríveis, e do seu cheiro tão fétido. Meio-morta, coberta e colonizada por tumores que não paravam de crescer, ela permaneceu na cama por quase dois anos, aparentemente incapaz de morrer, como em algum mito grego obscuro. Todas as noites, Bronson pensava em acabar com a miséria da esposa sufocando-a com um travesseiro, mas não ousou contrariar o misterioso plano de Deus para ela. A vontade dela e seu sagrado masoquismo foram infinitos e santos. Bronson a amou profundamente, como um homem ama uma mulher, mas agora Jackie se tornou a seus olhos uma mártir, e seu amor por ela virou algo transcendente. Quando o fim misericordiosamente chegou, Bronson construiu e esculpiu com as próprias mãos um caixão requintado, e toda a família ajudou a cavar uma sepultura para ela nas terras do deserto sem fim, exatamente a área que Bronson tinha visitado naquela manhã e que serviu como templo natural e sagrado da família.

Pearl e Deuce eram pequenos quando Jackie seguiu as promessas de Bronson para que vivessem no deserto, e eles tinham vagas lembranças do mundo lá fora. O sono deles era assombrado por prédios altos, estradas e selvas de asfalto densamente povoadas, caixas coloridas mágicas, brilhantes e cheias de rostos amigáveis e paredes de água horizontais verde-azuladas rugindo — cenas que eram realmente oníricas e surreais para eles, que não sabiam de onde vinham essas imagens mentais nostálgicas e futuristas. Os sete filhos mais novos, filhos de Bronson, eram a tábula rasa do deserto — tudo o que conheciam do mundo moderno, exceto os pássaros/tubarões de metal trovejantes que voavam nos céus, eram esse pedaço de terra seca e o que liam e viam nos livros de seus pais. Eles sabiam sobre aviões o tanto que o resto do mundo sabe sobre marcianos. Você pode achar que eles estão privados de tudo, mas não os chamaria de infelizes. Eles estavam ocupados demais para se sentirem tristes.

A falta de estímulo externo causou um grande descontentamento nos mais jovens. O adolescente é um adolescente: seja nas ruas de Hollywood ou na superfície da Lua, eles não obedecem a ninguém, e Bronson sabia disso. Isso o incomodava, mantendo-o acordado à noite como qualquer pai — afinal, *como preparar meus filhos para um mundo que abandonei?*. O projeto inicial, como Bronson, Jackie, Mary e Yalulah tinham planejado, era o de criar uma geração de revolucionários espirituais que pudessem ver através do status quo a porcaria que o mundo era. Uma ninhada de Joseph Smiths. Quando chegasse a hora, e essa hora estava chegando para Deuce e Pearl, as crianças, criadas na estufa da fábrica de cérebros do deserto, seriam soltas no mundo para torná-lo um lugar melhor.

Essa era a Missão Mórmon para eles: os próprios filhos. Os quatro pais, que também eram os professores, quando chegaram ao deserto concluíram que estavam também irremediavelmente vislumbrados e feridos pela forma como eles mesmos, e todas as crianças na atual América, tinham sido criados, e que, por mais que tentassem remover a cegueira dos olhos, sempre seriam atraídos de volta para sistemas de pensamento ilusórios e aprisionados a hierarquias utópicas pelos padrões inconscientes de seus primeiros anos, que vinham até mesmo de antes que tivessem aprendido a falar. Os adultos estavam indefesos contra a prisão invisível. Esse não seria o caso de seus filhos: eles seriam livres e, quando chegasse a hora, ensinariam seus contemporâneos a sê-lo.

Mas, à medida que o dia de libertar seus filhos mais velhos se aproximava, Bronson não conseguiu dormir por várias noites, sua mente girando com essas perguntas que quase o faziam cavalgar na escuridão em busca de respostas. Em especial, uma pergunta que ele sequer conseguia pronunciar, parecendo mais uma nuvem escura, um presságio interrogativo. Ele não conseguia traduzir isso em palavras. Bronson olhava para aquela nuvem, procurando formas ou palavras, e depois se afastava com medo de repetir as linhas mais tradicionais da ansiedade dos pais — quando as crianças estão prontas para sair de casa? Elas se aventurarão no mundo como inocentes e serão corrompidos? Iriam para a faculdade? Mas então ele argumentava consigo mesmo que a própria sociedade é a doença. Elas podem aprender e curar essa doença sem se infectar? Existe uma forma de evitar a doença mental incurável que infecta todos as pessoas? Eles podem estar no mundo, mas sem pertencer a ele?

Conforme as crianças cresciam, essas questões se tornavam ainda mais urgentes. Ele não tinha respostas, mas se aproximava o momento em que as respostas seriam exigidas pelo tempo e pelo destino. Essas eram as conversas que Bronson sempre tinha com as esposas. Esses foram os argumentos. E, embora ele fosse o único homem da casa com duas esposas-irmãs, a família era uma pequena aldeia democrática. As esposas tinham vozes fortes e singulares, e se votassem juntas contra Bronson em uma questão e ele perdesse, como aconteceu no plantio de abacateiros (que ele considerava um tremendo desperdício), ele acampava no deserto por alguns dias, esperando o mau humor passar e enterrando essa questão no local sagrado onde tinha sepultado e batizado seus dois bebês que morreram. Pedia orientação e perspectiva aos espíritos e depois retornava renascido, limpo de ressentimentos. E, um ou dois anos depois, seria ele quem plantaria mais abacateiros para suas amadas esposas. Se ele e Jackie foram os visionários originais, aqueles com olhos para ver, todos os adultos eram iguais, os principais motores, e ele sabia que não estava completo sem elas.

Depois do café da manhã com a cozinha limpa e arrumada, a família ia para a "sala de aula". Era o maior cômodo da casa projetada por Bronson, construída e mobiliada com a ajuda de cenógrafos, pintores cênicos, soldadores e carpinteiros do sindicato com quem ele fez amizade ao longo de seus anos trabalhando como dublê, falando besteiras em filmagens e se divertindo em festas depois do trabalho. Os homens que o ajudaram a construir a casa por décadas montaram cenários robustos — quartos falsos e mundos falsos —, desde o pátio dos fundos do *The Brady Bunch* até o corredor de Versalhes.

A casa ficou pronta em poucos meses e, embora tenha sido construída por homens especializados em fazer falsificações para ganhar a vida, foi forjada para resistir a tudo: do calor ao frio e a todo o vento do deserto. Grande parte da mobília veio de enormes armazéns nos fundos da Warner Bros., Universal, Fox, Paramount e Sony. Peças — até mesmo um trampolim antigo, que tinha sido usado em filmes e depois guardado para um eventual uso futuro — foram furtadas e recicladas nessa casa escondida no deserto. Era bem possível que uma ou outra cadeira, cama ou mesa tivesse sido vista em um filme ou um programa de tv famoso. Durante uma limpeza há alguns anos, Bronson puxou uma etiqueta da parte de baixo de um sofá que o identificava como "Bev Hills 90210/ Casa dos Walsh".* Bronson jogou fora a etiqueta e ficou com o sofá.

Então, a maioria das crianças da família Powers nunca tinha visto um filme ou mesmo um aparelho de TV na vida. E estavam vivendo em meio a várias parafernálias do showbiz que deixariam fãs e colecionadores loucos de inveja. Bronson poderia ter gostado da ironia, mas ele não era do tipo que gostava de ironia. Em vez disso, achava que a ironia generalizada da cultura que ele deixou para trás era a evidência maior de sua decadência, de sua impotência e da falta de energia original. Só havia sentido e

---

\* No Brasil, a série *Beverly Hills, 90210* também é conhecida como *Barrados no baile*. O trecho faz referência ao sofá da casa dos protagonistas Brandon e Brenda Walsh. (N. E.)

prazer no lixo e em ataques indiretos, passivo-agressivos, "engraçados", contra um status quo arraigado.

Bronson sentia um prazer quase sexual em ser eficiente, em economizar, e na justiça poética. Por exemplo: ninguém usava esse móvel real/falso, ele foi comprado e seus fabricantes foram pagos. Coisas perfeitamente boas, bem-feitas, que estavam apenas acumulando poeira — seria pecado não as levar para quem pudesse usá-las, e dar-lhes vida novamente. Essa atitude combinava com uma visão de mundo advinda do Batismo Mórmon dos Mortos, como Bronson o entendia, e sua visão de almas na pré-vida e na vida após a morte — como um enorme depósito de almas esperando para serem reutilizadas. Não havia necessidade de Deus fazer nada, cabia ao homem descobrir a melhor forma de usar o que Deus e os ajudantes de palco da IATSE Local 33 já tinham feito.

Se a decoração estava fora de moda ou se não havia estilo nenhum ali, Bronson não se importava. Para ele, estilo era algo apenas superficial, apenas a forma pela qual o capitalismo faz você comprar coisas novas. Deus era um reciclador: almas, plásticos e poltronas devem ser reutilizados. Esse foi o tipo de fluxo de pensamento associativo que Bronson tentou modelar e incutir em seus filhos durante o horário escolar. Ele queria ensiná-los o que pensar, claro, só que mais importante que isso era ensinar a como pensar, e como refletir sobre o que se pensa. Não o ensinaram a pensar, por culpa de um pai problemático e uma pedagogia norte-americana ineficiente, e estava determinado a não deixar que seus filhos sofressem o mesmo. Para ajudá-lo, foi abençoado com suas esposas, que eram especialistas e conheciam assuntos que ele não dominava. A sala de aula foi concebida sem horário definido, com centros de aprendizagem onde as crianças podiam gravitar conforme seu desejo e curiosidade. Yalulah tinha imaginado algo como uma sala de aula montessoriana. Havia um canto de ciências, núcleos de matemática, pintura, engenharia, química, música, literatura e recantos de história — com um "professor" de pé ou próximo em cada um. Bronson ensinava história e religião. A mãe Mary ensinava artes visuais e música, e Yaya ficou com o resto.

Mary fora criada em Elizabeth, Nova Jersey, e foi adotada aos onze meses pelos Castiglione, uma grande família italiana. Ela tinha outros oito irmãos. Era um espírito livre que não se adaptava a regras e largou o ensino médio em seu primeiro ano para pegar carona para o Oeste, até não ter mais para onde ir, acabando por dormir em Venice Beach por alguns meses, onde teve que se virar mais uma vez. Ela comia muito pouco, fabricava e vendia drogas e outras coisas quando necessário, mas, em pouco tempo, em meados dos anos 1990, ela deixou de ser uma menininha sem habilidades e sem dinheiro e se tornou uma artista de rua transgressora (engolia espadas, comia fogo e fazia contorcionismo no calçadão de Venice), além de ser grafiteira, skatista e gritar orgulhosamente que era bissexual. Pequena, musculosa, ela parecia um menino com seus cabelos escuros grossos e ondulados, que às vezes tingia de roxo ou de verde. Tinha a pele morena lisa e olhos castanho-amarelados que pareciam brilhar no escuro. Sua constituição física parecia indestrutível, e ela colocaria qualquer droga ou qualquer pessoa em sua boca.

Mary nunca conseguia ficar quieta. Seu corpo e sua mente estavam sempre em busca de um grande sistema, a "Resposta", para explicar a loucura de sua existência. Ela tinha lido o pretensioso livro de Marianne Williamson, *Um retorno ao amor: Reflexões sobre os princípios de "Um curso em milagres"* (quase trinta anos antes de sua improvável e peculiar candidatura presidencial), e o curtiu por um tempo (ou seja, achava Williamson sexy), mas longe daquele balbucio de amor bruxesco, etéreo, feiticeiro. Ela era uma viciada em drogas e alcoólatra que tinha passado quatro vezes por todos os Doze Passos. Para Mary foram quarenta e oito passos — e contando.

Na verdade, ela conheceu Bronson em uma reunião dos Doze Passos em Fairfax e Highland — durante a fala de outra pessoa, ele descaradamente estendeu a mão debaixo da mesa para segurar e acalmar as mãos sempre inquietas dela. Mary ficou surpresa porque não se afastou nem deu um tapa naquele cara atrevido, e em vez disso percebeu que, a partir dessa atitude, sua mão parou de tremer, acalmada por aquela palma grande e quente. Ela o manteve lá pelo resto da noite. Ao final, só pegaram algumas rosquinhas amanhecidas, pularam o café depois da reunião e foram direto para a cama.

No começo, eles se aproximaram pela semelhança da origem de seu vício: ele, para lidar com a dor de ser um dublê, e ela, por sua vida de artista de rua, engolidora de espadas. Bronson via Mary como um espelho feminino de si mesmo. Maravilhado com sua flexibilidade e força, ensinou a ela os fundamentos — como atirar, como andar de moto, como cair, como levar uma pancada — e a introduziu no trabalho de dublê. Ela já sabia lutar, era natural dela. Mary adorava a emoção do trabalho, o perigo e o dinheiro. E, mesmo depois de se separarem, Mary teria uma carreira legítima e rentável, se quisesse. Bronson sempre a instigou a ser um espírito livre, sem limites, e suspeitava que sua história juntos de alguma forma não estava terminada. Mais de uma década depois, quando Bronson estava se mudando para o deserto, encontrou Mary de repente, e perguntou se ela mudaria para morar com sua esposa, Jackie, porque ele estava fazendo uma espécie de comuna/kibutz mórmon. Mary tinha se tornado mãe solo apenas alguns meses antes. Sua primeira resposta à proposta dele foi: "Sou praticamente lésbica hoje em dia".

Ao que ele respondeu: "Uma sapatão engolidora de espadas... que desperdício".

No momento em que Bronson se reconectou com Mary, ela não estava mais fazendo muitos trabalhos como dublê, porque a irregularidade dos shows e as longas horas seriam impossíveis de conciliar sem a ajuda de alguém ou sem uma creche. Farta de trabalhar na rua, de ser bartender, ou de trabalhos temporários, uma combinação de sugadores de alma que mal pagavam uma babá para ajudá-la, ela pensou *Por que diabos não?*. Mary então se tornou a segunda seguidora de Bronson.

"Tudo bem, Bro", ela disse, "mas, antes de me casar com você, tenho que conhecer sua esposa. Ela é fofa? Se eu descobrir que você vai comprar o kit da família Manson, eu acabo com você." Ela conheceu Jackie e elas se deram surpreendentemente bem. Bronson podia ver as formas de sua nova existência se compondo, recombinando seu passado com seu presente. Enquanto os gêmeos de Jackie, Pearl e Deuce, se revezavam segurando a filha de Mary, Beautiful, Mary se casou com Bronson. A noiva e o noivo usaram smokings pretos.

Os Castiligiones eram católicos e essa foi a criação religiosa de Mary. Mas, tendo se rebelado e vivido sem regras em sua vida adulta, ela se sentiu aliviada pelo regresso à estrutura e à coerência que a familiaridade da fé cristã/mórmon lhe deu. Se a entrada de Bronson para a salvação foi uma raiva furiosa por encomenda, Mary se animou com uma coisa mais simples, menos volátil, como uma agenda, uma lista de tarefas que deu forma a seus dias amorfos. Se pressionada, ela provavelmente pensaria que a maioria das especificidades das histórias de origem que conhecia e a própria lenda de Joseph Smith eram besteira, mas o vetor, a aspiração, ela sentia que eram verdadeiros — e a caridade, o foco no outro e a responsabilidade caíram perfeitamente bem nela. Mary só tinha vivido para si mesma e para o momento, ou seja, sobre areia movediça.

Isso mudou quando ela se tornou mãe e Bronson voltou para ela. E mudou ainda mais profundamente dentro do deserto, dentro da família. A religião e o dever familiar tiveram o mesmo efeito calmante em sua alma, sobrepujando seu desejo de se inquietar e vagar; a mesma coisa que aconteceu quando a mão de Bronson pousou sobre a dela anos antes. Mary ainda tinha seus momentos de pânico desenfreado aqui e ali, mas não sentia falta de ficar nas ruas.

A terceira das esposas-irmãs, Yalulah Ballou, nasceu no leste do Estados Unidos, com dinheiro ianque, e foi estudar o ensino médio em uma imitação da pastoral Putney em Vermont. Depois foi para Bennington fazer faculdade, onde estudou inglês e foi editora da *Bennington Review*.

Após a formatura, ela foi para o Oeste, como Fitzgerald e Faulkner fizeram antes dela, na esperança de escrever para filmes ou televisão. Imaginou-se em uma existência mais selvagem, mais improvisada do que o plano de realeza que seus pais haviam delineado para ela. Incapaz de vender qualquer coisa rapidamente, Yalulah acabou aceitando um emprego como supervisora de roteiro no set de um programa de televisão para aprender os podres dos bastidores e se sentir mais próxima da ação, o que era muito melhor do que ficar sentada na casa que seus pais compraram para ela em Los Feliz, observando o cursor piscando o dia todo, continuamente checando o insignificante número de palavras escritas.

A natureza seca e clerical do trabalho bateu de frente com a imagem que Yalulah fazia de si mesma como artista. Ela se sentia miserável o dia todo, certificando-se de que atores e atrizes de ressaca tinham regurgitado os exatos "ses", "es" ou "mas" dos escritores de quinta categoria, também de ressaca. Se esse era um caminho ainda não trilhado, ela preferiria não o seguir. Foi quando conheceu Bronson, que estava trabalhando no set da Paramount. Com sua família, que remonta ao *Mayflower*, e sua identidade forjada em livros e estrutura narrativa, ela viu o dublê sempre bronzeado como um caubói da vida real e quebrador de regras, uma complicação de segundo ato, uma encarnação do lado B de Springsteen. Nem simples nem bonita, Yalulah Ballou foi apelidada de "jolie laye" por uma de suas tias francófilas, e dita "tão angular e incasável quanto um Picasso" por outra. Sua impaciência rapidamente a deixava vermelha e ela tinha uma tendência a assustar homens bonitos com sua sagacidade mordaz, mas isso não aconteceu com Bronson. Ele acalentava a raiva e a língua afiada dela, e achou sua aparência desequilibrada muito exótica em meio a todas as belezas simétricas e plásticas de Hollywood. Ele a batizou de Yaya em homenagem ao álbum *Get Yer Ya-Ya's Out*, dos Rolling Stones.

Yaya e Bronson se encontravam nos cantos cavernosos dos estúdios e roubavam trinta minutos da hora do almoço se beijando na semiescuridão, isolados por cenários e telas verdes enquanto sons de martelos batiam nos sets próximos e os rádios das equipes de construção escondiam e inspiravam os sons de seus encontros. Eles procuravam cenários que não estavam sendo usados ou estavam escondidos, faziam amor rápido e silencioso em salas de estar sem teto que tinham pias falsas sem canos e paredes que podiam se separar e voar em grossos cabos de metal — quase brincando de casinha onde estrelas de cinema brincavam de casinha. *A redatora e o dublê* — ela começou a pensar que essa era uma boa ideia para um roteiro, e o chamou de *Palcos do amor*: os dois personagens principais eram pobres e humildes, mas se amavam no mundo todo e em dezenas de casas exóticas, hotéis com vistas para oceanos (cortesia de gigantes fotografias de fundo de alta definição), montanhas e até o horizonte da cidade de Nova York — sem nunca terem saído do estúdio da Melrose Avenue —, uma metáfora de mudança sem mudança, ou o vazio da riqueza, ou a magreza de identidade, ou qualquer outra coisa. E então Yalulah percebeu que nunca escreveria esse roteiro e talvez fosse melhor assim, e talvez ela estivesse apenas se apaixonando.

Mas eles não tinham nenhum compromisso sério. Eles não eram namorados. Bronson era apenas sexo casual, então Yalulah ficou muito mais triste do que esperava quando ele disse que estava deixando aquela vida e se mudando para o deserto com duas outras mulheres. Yalulah se surpreendeu consigo mesma ao perguntar a Bronson se poderia ir com ele. Ele sorriu e disse: "Sim, se você se tornar minha terceira esposa". A família dela, que morava no Leste, entre Providence e Boston, se sentiu derrotada. O coração escarlate de sua mãe estava partido e seu pai, humilhado. Mas, repitamos, ela vinha de uma daquelas famílias clássicas anglo-saxãs, brancas, protestantes e podres de ricas com sete filhos que pareciam quase projetados numericamente para resistir até se deleitar com um ou dois filhos desviando de forma colorida e trágica dos escritórios de advocacia e conselhos de caridade para um caminho maluco e decadente. Como uma Doris Duke ou uma Edie Sedgwick. Embora ainda possa ser sussurrado sobre seus pais, os "Ballous de Providence", que eles tinham uma "filha em um culto sexual hollywoodiano e, pior ainda, uma mórmon...", Yaya não tinha notícias deles havia mais de dez anos. Ela vivia em um suave estado de alerta, pensando que eles poderiam tentar encontrá-la e "desprogramá-la" a qualquer momento.

Mas, com o passar dos anos, o pavor e a paranoia recuaram para uma possibilidade cada vez mais monótona e distante. Ela não sentiu mais falta deles. Ou de LA. Ou de tentar escrever. Agora, em vez de supervisionar um roteiro para uma comédia de meia hora, ela tinha quatro filhos com Bronson e mais seis de uma extensa família e tinha que cuidar do rebanho. Arrependimento era um luxo para o qual ela não tinha tempo, e que não estava em seu DNA ianque. Se ela não fosse a escritora que pensou que seria, então seria a mãe de escritores, artistas e revolucionários. Honestamente, a coisa mais difícil foi desistir da Starbucks.

À medida que sua paixão física por Bronson se abrandou ao longo dos anos e com o nascimento dos filhos, ela se sentiu atraída por Mary, e as duas se tornaram amantes. Por um momento inebriante, os três compartilharam não apenas uma cama, mas uma paixão vertiginosa e triangulada. Após a morte de Jackie, durante algum tempo Mary e Bronson até reacenderam uma conexão física por intermédio de Yalulah, mas isso também foi passageiro.

Yalulah se viu, com a bênção de Bronson, se apaixonando por Mary. Tempos atrás, Bronson já tinha sido ciumento. Em uma de suas bebedeiras, nocauteou um sujeito que perseguia as ex-namoradas dele. Agora, como não se sentia mais incompleto, não se sentia mais ameaçado. Esse amadurecimento não aconteceu da noite para o dia. Quando percebeu pela primeira vez que Mary e Yalulah haviam se apaixonado uma pela outra, Bronson passou muitas noites emburrado deitado entre as duas mulheres, sua presença era como um pênis melancólico, proibitivo e bloqueador. Ou fazia uma cena, suspirando, deixando o leito conjugal para dormir sozinho, longe delas e levando consigo o travesseiro. Bronson pensou em proibi-las, usando as escrituras como argumento. Pensou em deixá-las ou chutá-las de volta para o mundo. O que significava para ele, como homem, ver esse tipo de amor nascendo sem sua presença? Ele questionou repetidamente a si mesmo e a seu Deus, até que a resposta veio na forma de silêncio: nada, absolutamente nada. Era amor e todo amor era bom.

A raiva natural e sexualmente potente de Bronson sobreviveu, mas se tornou mais condizente com a de outros combatentes de meia-idade, como seu "mano a mano" com Deus. E Bronson não era tolo. Conhecia o poder transgressor e sensual de Mary e seu brilho brincalhão. Ele amava Mary e Yaya, e amava que elas se amassem. Eram corpos e almas. Eles teriam seus fluxos e refluxos. Teriam suas estações. Oscilariam, expandindo ou retraindo, todos os três juntos, naturalmente, em órbitas elípticas, um casamento eterno e inviolável de mentes verdadeiras. Elas se conheceram por intermédio dele. Elas encontraram seu amor uma pela outra amando-o. Por meio de Maria para Jesus, no culto da Virgem, e por meio de Bronson para Mary e Yaya em Agadda da Vida. Ele era uma presença invisível em seu amor. Era uma trindade humana tão mística, díspar e entrelaçada quanto a Santíssima Trindade.

Yaya ensinou todos os filhos a ler aos três anos de idade. Ela compartilhou os deveres de literatura e história da escola com Bronson, além de ioga e meditação. Hoje, Yalulah estava ensinando às crianças mais novas *O dragão do meu pai*, de Ruth

Gannett, e *The Bat-poet*, de Randall Jarrell — com possíveis excursões a *O último dos moicanos*, de Fenimore Cooper, *Folhas de relva*, de Whitman, e *Uivo*, de Allen Ginsberg. A aula de história supervisionada por Bronson com cerca de uma hora de duração trataria da hagiografia de Eugene V. Debs. Em filosofia, falaria sobre Lao-Tsé, René Girard e Nietzsche. O dia escolar sempre culminava com uma leitura da *Pérola de Grande Valor* (Smith, Abraão e Moisés) ou do Velho Testamento.

Yalulah passou a ensinar os adolescentes *O casamento do céu e do inferno*, de William Blake, texto revolucionário do final do século XVIII que ela havia apresentado a Bronson na época que se conheceram. Ela ainda estava se divertindo com as fantasias de Pigmaleão/Sam Shepard na tentativa de educá-la como um caubói ainda iletrado — outro cenário de um roteiro que nunca existiu e, se Deus quisesse, nunca existiria. Blake, um gênio estranho, simples e misterioso, funcionou igualmente bem para crianças mais velhas e mais novas.

Ela pediu a Deuce, o filho de Jackie, que lesse em voz alta aquelas palavras de mais de duzentos anos. O jovem, alto e bonito, embora ainda esguio e desengonçado com as pernas longas como as de seu pai, leu: "O homem não tem corpo distinto de sua alma, pois esse Corpo é uma porção da Alma, discernido pelos cinco sentidos, as principais entradas da Alma nesta era. A energia é a única vida, e vem do Corpo, e a Razão é a circunferência limitada ou externa da Energia. A Energia é o Deleite eterno…".

"Amém", gritou Bronson. E, dirigindo-se às crianças mais novas agrupadas em torno de uma área de pintura a dedo: "'A energia é um deleite eterno', diz o bardo. Quais são os cinco sentidos?".

As crianças se mexeram alegremente e olharam para o teto, pensando. Little Big Al disse: "Visão, audição, paladar, olfato e tato…".

"Muito bem."

"E peidos", riu Joseph, o irmão de cinco anos.

"Peidos não fazem sentido", disse Lovina Love, a irmã de seis anos.

"Peidos *não são* um sentido. Isso estaria sob a rubrica de cheiro e som," respondeu Beautiful, prestativamente.

"E, às vezes, gosto!", desafiou Little Joe.

"Eca, ele tem razão, Beautiful. Os puns do menino transcendem até a classificação genial de Blake." Bronson riu. "São seis, o sexto sentido foi descoberto por Little Joe Powers."

"O que Blake quer dizer?", perguntou Yalulah, conduzindo-os de volta ao texto. "Ele quer dizer que Deus é energia", respondeu Deuce. "E a alma do homem é como um pequeno pedaço de Deus separado de Deus e cercado por um muro chamado Razão."

"Então como, se somos limitados por nossas mentes racionais, fazemos para conhecer Deus?", perguntou Bronson.

"Por meio da fé", Deuce respondeu.

"Como Joseph Smith disse", Beautiful recitou, de cor, "'Não existe matéria imaterial. Todo espírito é matéria, pode ser mais fino ou puro, e só pode ser discernido por olhos mais puros. Não podemos ver, mas, quando nossos corpos estiverem purificados, veremos que tudo é matéria.'"

"Sim", afirmou Bronson. "Todo espírito é matéria. Muito bem, Beaut."

"Talvez", disse Yalulah.

Bronson franziu a testa e olhou curioso para ela. Como a compreensão de Bronson sobre os maiores clássicos era semelhante à de um estudante precoce do ensino médio ou de um calouro da faculdade, ele frequentemente se submetia a Yaya em questões literárias. Ele era autodidata, e tinha chegado aos livros do mundo tão tarde que quase ficou cego por seu próprio entusiasmo juvenil e lutou para não os engolir inteiros nem ser engolido por eles. Apesar de estar na meia-idade, sua mente acadêmica ainda estava, e talvez para sempre, em lua de mel com os livros. Yaya, por outro lado, cresceu como leitora, frequentou as melhores escolas, nasceu em uma mansão. Seu entusiasmo ainda estava vivo, com certeza, e ela o transmitiu às crianças, mas foi temperado por anos de sedimentação mental e familiaridade.

Pearl, irmã gêmea de Deuce, que estava supervisionando uma sessão de música com Mary para os pequenos, interrompeu "Hey Jude" para gritar do outro lado da sala de aula.

"O corpo", disse ela. E, sem perder o ritmo, voltou para cantar o refrão "Na Na Na Na". Pearl, que, além de Deuce, era a única criança ali que se lembrava do mundo exterior, teve aulas de piano quando muito jovem. A visão de mundo de Bronson, segundo a qual a América começou a dar errado e a ficar sem esperança após os anos 1960, foi refletida em seu currículo musical e de história. Assim, como Platão, que insistia que os poetas fossem banidos de sua República perfeita, Bronson, o arquiteto de uma sociedade mórmon aperfeiçoada e sob o domínio de sua primeira esposa, Jackie, que era naturalmente linha-dura, queria banir toda música de sua República de Agadda da Vida. "Os Amish não têm música", disse ele, "e eles estão bem."

Certa vez, Bronson ouviu Yalulah cantando "Wild Horses" como uma canção de ninar para uma das crianças, e mais tarde, naquela noite, antes de dormir, advertiu-a. Ele também gostava da música, não era essa a questão, mas o princípio, argumentou: uma música poderia ser um cavalo de Troia para gerar uma infecção mental, e os Rolling Stones não existiam. "Eu sou o sistema imunológico", disse ele. Yalulah não estava convencida do perigo de Jagger, mas sentiu que talvez essa não fosse uma batalha pela qual valesse a pena morrer. Não insistiu mais.

Mas Mary, uma amante da música, negociou pacientemente com ele. E desde cedo ficou claro para ela que Pearl tinha um dom. Ela costumava ouvir a jovem cantarolando belas melodias de sua própria autoria. Bronson os chamou de *hinos sem palavras*. Após a morte de Jackie, Mary conseguiu que Bronson permitisse que Mozart, Brahms e Bach entrassem no Agadda da Vida.

E, depois de meses de argumentação e apoio de Yalulah, os Fab Four foram admitidos no reino. Bronson até entrou na onda e voltou de uma viagem à civilização com um velho fonógrafo da sala de suporte de algum filme de época. Bronson também conseguiu trazer um velho piano vertical de um armazém da Fox, encontrou algumas guitarras usadas, livros com aulas de guitarra de Mel Bay amarelados e baquetas para baldes de plástico. As crianças aprenderam a brincar sozinhas e depois ensinaram umas às outras. Certa manhã, Mary entrou na sala para ouvir Pearl tocando a linha de violões de "Blackbird" perfeitamente. Fazer música tornou-se seu entretenimento. Eles não eram os Jacksons, eles não iriam assustar os The Osmonds ou a Família Partridge, nem sequer eram os The Cowsills, mas se divertiam.

"O corpo", repetiu Pearl, um pouco mais alto. Bronson se virou na direção de Pearl como se tivesse se assustado com um barulho alto, mas depois disfarçou com um sorriso um pouco envergonhado. "O corpo, hein?", e meditou a respeito.

Mary observou os olhares dos dois se encontrarem, pôde ver a conexão entre eles, tensa como as cordas que unem os alpinistas uns aos outros em uma montanha íngreme. "O que você quer dizer com 'o corpo'?", perguntou a filha adolescente de Mary, Beautiful.

O pai de Beautiful tinha impressionado Mary. Ele fora um modelo masculino com pernas musculosas de dublê e habilidades de engolir espadas no calçadão de Venice, muitas luas atrás. "Sr. Beautiful", como Mary o apelidou, ficou ao redor dela como um cachorrinho de rua no calçadão por alguns dias, mostrando que deixava notas de vinte dólares em seu estojo de espada enquanto fazia malabarismos com motosserras. Então ele continuou por ali por alguns meses, fazendo trabalhos de impressão, redecorando o velho tapete de praia estilo surfista de Mary e fazendo amor com ela antes de se mudar para Vancouver para ser ator.

Ele se foi muito antes da barriga de Mary começar a aparecer e ela ficar inchada. Mary sabia o nome verdadeiro do Sr. Bonitão, mas já tinha se esquecido dele. Ele pode ter feito sucesso nos filmes, afinal, era carismático e ambicioso, ela não fazia ideia. O Sr. Beautiful não sabia nada sobre a existência de uma filha, e ela não sabia nada sobre ele, exceto o nome. Para todos os efeitos práticos, a jovem era um milagre nascido de uma Virgem Maria de Venice e, no que dizia respeito a Mary, era exatamente isso que Beautiful era.

Pearl parecia ter mais de dezessete anos, com os longos cabelos pretos de sua mãe, grandes olhos verdes e uma expressão desafiadora em seu rosto de linhas retas. Sem ser solicitada, ela elaborou: "Não precisamos de purificação, já somos puros. O corpo é toda a alma que os sentidos podem acessar em nosso mundo caído. O único caminho para Deus não é através da fé, mas através de nossos corpos. O corpo não é uma parede, é um portal. O corpo é o único Deus que podemos tocar, Deus preso pelo tempo." Ela ergueu o queixo e sorriu.

As crianças pararam de cantar e a sala ficou em silêncio, suas cabecinhas girando para Bronson para ver sua resposta. Você quase podia ouvir partículas de poeira assentando no chão. Yaya pareceu por um momento querer silenciar Pearl, mas isso era algo que ela nunca faria com seus alunos. Bronson assentiu por mais alguns instantes do que o habitual, parecia que Pearl o tinha enfeitiçado, causado um curto-circuito. Mary viu em Bronson um olhar que ele costumava dar a Jackie às vezes quando ela o provocava, um prazer desconcertado. Bronson respirou fundo. Joseph cutucou o nariz nervosamente. Bronson bufou alto, então se levantou e saiu da sala.

Momentos depois, eles ouviram um homem gritar, um comando e um cavalo sair correndo. Yalulah entregou a Deuce a cópia gasta de *A People's History of the United States,* com a lombada rasgada e colada várias vezes, e disse-lhe para ler o próximo capítulo em voz alta. Ele folheou para descobrir onde eles tinham parado.

"Capítulo catorze", ele começou, "'a guerra é a saúde do Estado...'"

# 4

A viagem dos escritórios da Praetorian, em Santa Monica, até o Parque Nacional Joshua Tree durava cerca de três horas. Para Maya, isso significava três horas andando na traseira de um suv Mercedes G preto, inalando uma combinação profana de maconha e charuto cubano que emoldurava as palavras das bocas dos Radicais pretorianos. Eles tocaram a música *du jour* em um volume altíssimo. Fazer rap junto com as letras misóginas, centradas no dinheiro e obcecadas por status, era um dos últimos refúgios em que os homens caucasianos podiam se referir livre e entusiasticamente às mulheres como vadias e putas. Era realmente um tipo de *blackface* moderno. Os Radicais foram capazes de expressar coisas, até mesmo JJ, que era afro-americano em sua certidão de nascimento — foi um verdadeiro show de menestréis para ele também — das quais nunca poderiam se safar com seus rostos brancos privilegiados. Os Radicais estavam se entregando a uma espécie de nostalgia filosófica enquanto faziam sinais incompletos e incoerentes de gangues e cantavam juntos: "*I ain't sayin' she a gold digger/ But she ain't messin' with no broke niggas*".*

Pelo menos ela não tinha que jogar golfe com eles no dia seguinte. Os Radicais tinham um plano duplo para o fim de semana — a noite de sexta-feira com bebedeiras e drogas épicas para construção de confiança, contação de histórias e sessões de quem cospe mais longe no deserto enquanto ficavam em um dos acampamentos de Joshua Tree, seguindo-se um check-in no sábado para recuperação no Mojave Hotel, enquanto os rapazes iam aos locais de trabalho e Maya ia ao spa. No domingo, todos se encontrariam e arrastariam seus corpos destruídos, bocas secas e olhos vermelhos de volta ao mundo real. Claro,

---

\*  "Eu não estou dizendo que ela é uma interesseira/ Mas ela não está brincando com um cara falido." (N. T.)

estava de acordo com a interpretação sexista não jogar golfe, e, embora Maya soubesse que muitos negócios eram feitos no campo e no buraco dezenove, ela odiava aquele jogo, odiava tudo ali — as roupas, as viseiras, o ritmo, a linguagem e o tempo. Além disso, os dedos de seus pés estavam um caco. Ela ficaria mais do que bem se hidratando, bebendo água com rodelas de pepino o dia todo e fazendo manicure e pedicure depois de uma noite selvagem.

O SUV parou no acampamento Black Rock, mil e duzentos metros acima do nível do mar, por volta das sete da noite, quando o sol começava a se pôr e o céu tomava as feições de um cartão-postal. Eles descarregaram as barracas do carro e começaram a trabalhar. A vinte dólares por noite, pelo menos o Black Rock tinha água, vasos sanitários com descarga e grelhas de churrasco. Para os Radicais, era como se eles estivessem morando em uma favela. Uma vez que as barracas estavam seguras, foi a vez do peiote, o MDMA, a ayahuasca — o Pai, o Filho e o Espírito Santo *du Jour* — participarem da busca moderna da viagem do deserto. Cada um pegou seu veneno.

Maya tinha experimentado MDMA na faculdade, em Penn, e gostou, mas acabou associando-o a dançar a noite toda com sentimentos de amor, e ela não queria nenhum amor em sua barraca esta noite. Ela tinha ouvido falar recentemente sobre ayahuasca, mas tinha certeza de que seria melhor ter um mediador lá ou algum tipo de xamã para acompanhar a viagem. Tinha feito um curso de introdução à antropologia (conhecido como "Easy-A 101") na Penn, no qual eles leram Carlos Castañeda e aprenderam sobre a cultura do peiote. Ela escolheu o pequeno botão seco do cacto *Lophophora williamsii* e esperou o início dos efeitos da mescalina por cerca de trinta minutos.

Na aula de introdução à antropologia, ela aprendeu como a mescalina funciona quimicamente e gostou da ideia de um agonista da serotonina. Ela tinha pouca compreensão do mecanismo da droga como produto químico de bloqueio e inibição da serotonina. Ela entendia que a serotonina era um tipo de substância química que estimulava a alegria e o bom humor, mas muito dela não era bom para o foco. Então, se você estivesse com muita serotonina, você não seria capaz de priorizar ou hierarquizar a realidade ou seus sentidos — sons e cores e gostos e sensações estariam todos presentes na intensidade máxima, elas atacariam de uma só vez. Então, a conclusão (dada a ela por um amigo que estava cumprindo seu curso de ciências fazendo a aula de "Física para poetas") foi que essa era uma viagem que não acrescentava nada, simplesmente tornava você incapaz de editar o mundo. Enquanto você viveu o resto de sua vida em uma pequena prisão dos sentidos que você, mesmo que de forma improvisada, criou através de gerações de mecanismos químicos de sobrevivência, o que você conseguiu com a viagem foi a verdade, toda a verdade, e nada além da verdade, o caos do mundo, tudo de uma vez.

Ela não estava se sentindo muito bem, então pegou outro botão de mescalina, engolindo a pílula amarga com um pouco de rosé morno. Quando a droga fez efeito, os Radicais estavam tocando uma mistura confusa de Jay-Z e Florida Georgia Line. Eles mudaram de lugar, embora ela não se lembrasse disso, perto das lareiras, e os jogos começaram sob um céu noturno claro e frio que parecia grande demais para ser verdade.

Havia uma miscelânea, um elemento *Senhor das moscas* nos procedimentos da noite, em que os Radicais pareciam apenas meio instruídos sobre o que deveriam estar fazendo, como se tivessem recuperado o ritual em antigas tábuas de pedra e em um idioma que não conheciam. Eles sabiam que isso deveria ser sagrado, mas não tinham ideia de como proceder. Na melhor das hipóteses, isso seria como uma palestra TED muito boa, mas o próprio Ted, ou qualquer tipo de líder visionário, não estava ali.

Eles começaram com um exercício de construção de confiança que provavelmente foi tirado das aulas de atuação, em que uma pessoa fecha os olhos e cai para trás, confiando que a pessoa atrás dela vai segurá-la. Eles o chamavam de "jogo do apanhador no campo de centeio", porque cada vez que alguém pegava um camarada em queda, o que estava caindo tinha que tomar uma dose de uísque de centeio. Entendeu? Eles pareciam ter feito isso por três dias, e Maya percebeu que sua noção de tempo tinha desaparecido. Quando chegou a vez de ela ser a pegadora, ela deixou esse cara chato e sabe-tudo, JJ, cair e bater a cabeça no chão. Ela não tinha tomado a decisão de antemão, mas, quando JJ se jogou, Maya deu um passo para trás e fez um gesto como um matador evitando o touro. Todos os Radicais caíram na gargalhada.

"Que porra, Maya, que porra é essa?", JJ disse, enquanto passava a mão na cabeça.

Maya não se desculpou.

"Pegou isso? Porque é assim que é lá fora, mano."

"No deserto?", choramingou JJ, enquanto verificava os dedos para ver se havia sangue no couro cabeludo.

"Não, não no deserto, JJ", pregou Maya. "A parte da confiança aqui sou eu ensinando você como realmente é lá fora, o macro lá fora — é a lei da selva, mas você pode confiar em mim que eu sempre vou lhe dizer como as coisas são, eu sempre vou apoiar você."

"Besteira, você literalmente não me protegeu."

"Mas em um sentido macro, maior, eu protegi. Eu protejo."

JJ não estava convencido.

"Acho que estou sangrando."

"Eu acho que você é um molenga."

Bem, talvez não soasse muito como um discurso TED da parte dela, mas, de acordo com Maya, isso tudo faz parte do jogo.

Essa não era realmente a personalidade de Maya. Na verdade, se um dos homens tivesse feito isso, ela teria se esquivado dele. Mas ela sabia que esse era o comportamento competitivo que tinha que exibir se quisesse ser aceita como um dos caras, como um tubarão. Ela sabia que foi JJ quem cunhou o apelido de Maya no escritório — HH para Hope Hicks.

E ela sabia o motivo: Hope Hicks, assessora de imprensa de confiança de Trump antes de ele se tornar presidente, era uma bela modelo sempre bem maquiada e bem-vestida que, sem dúvida, fez Donny Drumpf se sentir sexy. Sem nenhuma qualificação aparente além de seu rosto bonito e sua lealdade, Hicks acabou trabalhando na Casa Branca, em uma posição de influência com amplo poder e diversas ramificações. Hope, como seu chefe, estava irremediavelmente desqualificada para seu trabalho quando Trump passou de ator de reality show e lavador de dinheiro imobiliário a presidente dos Estados Unidos. Isso é o que JJ estava dizendo quando chamou Maya de "HH de Malouf".

E, embora Maya secretamente sentisse que Hicks era uma figura mais trágica do que ridícula, presa pela super e pela subestimação tanto de homens quanto de mulheres, ela ainda tinha que se distanciar de qualquer indício de que era meramente decorativa. Então, esta noite, Maya sabia que, se quisesse se livrar do apelido de HH para sempre, teria de humilhar JJ, teria de distorcer sua natureza para superar os homens, se desviar dos idiotas para não ser apanhadora no campo de centeio.

"Jesus, JJ, pare de ser uma putinha tão chorona." Um dos outros Radicais, talvez o alfa, Darrin, entrou na conversa, enquanto o resto dos homens gargalhava como um coro grego moralmente atrofiado e inarticulado.

Maya estendeu a mão para JJ ainda atordoado no chão. Ele olhou para a mão como se não tivesse certeza de que ela iria puxá-la e dar uma de Lucy/Charlie Brown para ele novamente. Ela piscou e sorriu. Ele agarrou a mão dela, que o ajudou a ficar de pé, dando-lhe um tapinha condescendente no topo de sua cabeça para garantir, como um primata preparando outro primata para recebê-lo de volta ao bando depois de uma briga. Missão cumprida.

Darrin se levantou.

"Eu entendi. Aqui na Praetorian, estamos fazendo o trabalho de Deus. Qual é o melhor golpe imobiliário de todos os tempos?"

Os Radicais começaram a responder: Manhattan, o Valley, os Hamptons, ou talvez aquele dia tranquilo na Geórgia, quando os Radicais desceram, como gafanhotos sob medida, via Bluetooth, nos tribunais dos condados e abocanharam mais de cem casas hipotecadas em uma manhã. Darrin estivera em um desses tribunais naquele dia claro, aos vinte e três anos de idade, a pasta cheia de cheques bancários, e sorriu ao lembrar daquela conquista quando ainda era tão jovem. Mas, ainda assim, ele dispensou todas as suas respostas. "Paraíso", disse ele, suas pupilas tão dilatadas que seus olhos pareciam inteiramente negros. "A Igreja Católica diz: 'Ei, há um lugar chamado Paraíso, onde tudo é perfeito e você pode ir morar lá depois de morrer se você se juntar a esse clube chamado Igreja e pagar suas dívidas ano após ano'. Você receberá um pedacinho de terra no Paraíso, e os imóveis são infindáveis lá em cima porque tudo é fodidamente inventado — eles podem continuar vendendo até o inferno congelar, essa bolha nunca iria estourar. Melhor esquema Ponzi de todos os tempos. O Vaticano age como um cafetão trabalhando com imóveis infinitos, mano!"

"Paraíso! Paraíso! Paraíso!"

Os Radicais gritaram como se o Paraíso fosse um time de futebol.

Maya observou os homens latindo em aprovação à percepção de Darrin. E Maya concordou, não era uma visão tão ruim. Mas ela se sentiu com falta de ar, pois sabia que a mescalina poderia causar certa dificuldade respiratória, então tentava não entrar em pânico. Temia que sua respiração não fosse mais parte de seu sistema autônomo, passando a depender de um esforço consciente. Sentiu que precisava pensar para respirar e, ao controlar conscientemente a respiração, ela estava, de fato, começando a hiperventilar. Que situação patética. Ela vomitou.

Os Radicais aplaudiram. "Boa!", alguém gritou — é o que você diz quando alguém acerta uma bela tacada de golfe e tira a bola de um lugar difícil.

Todos estavam gargalhando. E começaram a cantar "Fé no investimento! Fé no investimento! Fé no investimento".

Rindo à luz do fogo, eles pareciam macabros. A viagem deu uma guinada.

Ela sentiu um calafrio de pânico na nuca, mas não queria que a vissem como fraca, não queria pedir ajuda. Sua respiração ficou mais apertada, difícil, e, mesmo estando do lado de fora, ela se sentiu claustrofóbica. O céu parecia muito baixo, como se ela pudesse bater a cabeça nele. Maya visualizava uma imagem: se pudesse decolar em um carro e dirigisse com a cabeça para fora da janela, o vento forçaria o ar para dentro de seus pulmões, assim como um tubarão deve continuar a nadar para fazer correr água e oxigenar suas brânquias imóveis.

Esse é o último pensamento coerente de que ela consegue se lembrar até se ver literalmente ao volante de um carro em alta velocidade por uma estrada deserta, o pé grudado no pedal e ela com a boca aberta para fora da janela, como um cachorro feliz. O velocímetro marcava 140 km/h.

Ela não conhecia aquele carro. E não era o suv em que os Radicais tinham viajado. Pareceu-lhe engraçado demais o fato de estar dirigindo um veículo estranho. Mas havia algo muito sério. Será que o tinha roubado? Certamente nunca havia roubado um carro antes. Não, tanto ela quanto a mescalina pensaram. Não tinha roubado, porque não existia propriedade particular, tudo é de todo mundo, portanto roubo é uma designação quimérica, capitalista, burguesa. Maya não precisava saber como chegou ao volante ou onde conseguiu as chaves. Tudo o que sabia era a diferença entre o que estava fora e o que estava dentro, o local e o estrangeiro, o ar do deserto e o ar dentro de seus pulmões, tudo estava sendo apagado pela serotonina sagrada que continuava agindo. Ela sentiu o aperto deixar seu peito como um pássaro voando, e então pôde respirar de novo. Estava respirando novamente. Um inseto voou para dentro de sua boca escancarada — Proteína, ela pensou, somos todos um, obrigada por seu sacrifício, senhor — e engoliu o bicho. O velocímetro atingiu 160 km/h.

Maya não tinha ideia de por quanto tempo estava dirigindo, mas em algum momento precisou desacelerar, por causa da estrada. Se ainda havia uma estrada, ela tinha se tornado mais aderente, macia e traiçoeira. Em sua mente expandida, ela tinha ligado o piloto automático. Ou seja, ela não dirigia mais conscientemente e relegou esse ato a uma função corporal básica, como respirar, piscar ou ter o coração batendo. E o movimento funcionou, ela estava viva e em sintonia com aquela máquina reluzente, e dirigia na escuridão completa em algum lugar ermo nas profundezas do Mojave. As rodas giraram e perderam tração quando o carro deu uma guinada para o lado, espalhando areia e pequenas pedras, e parou. Maya respirou fundo.

Parecia o fim de um filme, mas ela estava ficando cada vez mais chapada. O segundo botão do peiote acendeu com um rugido silencioso. Maya imaginou-se envolvendo com seus braços e pernas um foguete que explodiu no espaço, enquanto ela acenava com um chapéu de caubói, como Slim Pickens em *Dr. Fantástico*.

Ela saiu do carro e olhou para o céu. Tinha dirigido para tão longe das luzes da estrada ou da luz ambiente da cidade que as estrelas pareciam hieróglifos brilhantes, piscando como cursores em uma tela e esperando para serem rotulados. Ela viu um aglomerado curvo de estrelas que lhe pareciam uma encruzilhada, ou uma flecha, ou um sinal de "maior que", ou o logotipo dos uniformes de Star Trek apontando em uma determinada direção. Seus pés começaram a se mover para onde a seta estava. Ela andou rápido, e ainda mais rápido quando fechou os olhos, seguindo o sinal no céu em sua mente. Aos poucos, passou a ouvir música. Devia ser a música do universo, uma música eletrônica melódica que os planetas faziam enquanto dançavam um ao redor do outro, a música das esferas. Maya tirou os olhos das estrelas e seguiu para onde seus ouvidos a chamavam. Parecia que ela só podia lidar com um sentido de cada vez.

Quando alcançou uma elevação, suas pupilas gigantes tentaram se contrair contra uma luz que dançava no chão algumas centenas de metros à frente. Seu primeiro pensamento foi *é uma nave espacial caída*. Mas, quando seus olhos focaram e ela se acalmou, viu que se tratava de uma fogueira com formas humanas agrupadas ao redor. Algo lhe disse para se esconder, então ela se agachou. Maya ouviu a música das esferas se transformar nos Beatles — o refrão "Na na na/ Na na na na" de "Hey Jude". Em seguida, vomitou até não restar mais nada em seu estômago.

A música parou e ela pôde ouvir vozes humanas cortando o ar frio. Surgiu-lhe o pensamento de que ela talvez tivesse esbarrado em uma tribo perdida de humanos, talvez até mesmo pré-humanos ou neandertais do deserto. Como eles conheceram o catálogo de músicas dos Beatles, ela entenderia depois. De vez em quando espiava por cima da elevação para olhar melhor nos humanoides primitivos. Maya supôs que era provavelmente uma família extensa de primatas primitivos, como *Homo habilis* ou *Homo erectus* — a terminologia que aprendeu no maldito curso de introdução à antropologia vindo de roldão novamente! Eram cerca de quinze deles, embora toda vez que ela tentava contar até dez ela falhasse e tivesse de começar de novo. O grupo consistia em três ou quatro adultos dos sexos masculino e feminino e um grupo de pessoas mais jovens, muito parecidos com crianças e adolescentes humanos modernos. Ela viu um homem, que julgou ser o líder, se levantar e falar. "Nós somos o animal mal criado à imagem do pior animal cósmico primitivo. Nós somos os macacos nus", disse ele. Maya assentiu e pensou *uau! Ou esses seres estranhos falam inglês ou eu posso entender sua língua primitiva.*

Atrás do macho alfa, ela notou algumas pedras empilhadas como se fossem uma lápide, e então algumas pilhas próximas, menores, como sepulturas para animais de estimação, algumas minissepulturas que a deixaram triste, mas que ao mesmo tempo achou fofinhas. "Own", disse para si mesma.

Então o macho continuou: "Quando eu estava aprendendo acrobacias, Dar me disse para ficar com os treinadores de animais, estudar os animais, como eles se movem. Sempre me dei melhor com as pessoas que se davam melhor com animais. Esse treinador tinha uma cicatriz em forma de meia-lua na bochecha, porque um jovem chimpanzé o atacou enquanto ele dirigia. Ele tinha um macho e uma fêmea no banco de trás. O macho estava cuidando do treinador, sabe? Procurando insetos no cabelo dele, o que é um ato de submissão, mas naquele caso foi um ardil, porque, de repente, o chimpanzé imobilizou seu treinador com uma chave de braço — eles são cinco vezes mais fortes que um homem — e, em seguida, mordeu a bochecha dele, bem aqui. Removeu a carne, foi uma mordida de verdade, havia sangue em todos os lugares. A fêmea gritava, chateada, mas não o ajudava. Ele não culpou o chimpanzé, é isso que um chimpanzé faz — desafia o macho dominante. Ele foi capaz de parar o carro e sair correndo; o chimpanzé tentou segui-lo, pronto para abatê-lo, e meu amigo correu de volta para o lado do passageiro e bateu a porta antes que o chimpanzé pudesse matá-lo ou arrancar suas bolas. Isso é algo que eles gostam de fazer, é muito eficaz. Somos cerca de noventa e oito por cento idênticos aos chimpanzés. Os outros dois por cento são Deus. Sem Deus, somos todos chimpanzés. Então, estou de olho em você, Deuce". Todos riram, mas parece que os mais jovens ficaram inquietos.

*Puta merda*, pensou Maya, *que porra está acontecendo aqui? Um homem-macaco primitivo falando sobre macacos — uma merda estranha.* Uma mulher adulta, pequena e musculosa, com longos cabelos escuros, estava em pé, dramaticamente iluminada pelas chamas. Ela falava aquela mesma língua que Maya podia entender.

"Quando eu fazia acrobacias, fui aprendiz de um cara lendário, que na época tinha cerca de sessenta e cinco anos e era treinador de animais havia mais de quarenta e cinco. Um dia, estávamos em uma locação e tivemos de lidar com um monte de babuínos para o filme. Às cinco da manhã alguém me acorda. É o velho, dizendo: 'Venha comigo para o celeiro, eu tenho que baixar o babuíno e preciso de você lá no caso de ele querer me pegar'. E eu fiquei... tipo, 'como assim? O que você quer dizer com *baixar o babuíno*?'. Mas ele se vira e sai. Eu me visto e o sigo até o celeiro, onde há um grande macho enjaulado. Babuínos são nojentos, mesquinhos. O velho fecha a porta do celeiro e tira a camisa. Ele abre a gaiola e na hora os dois começam a se atacar, socando e mordendo um ao outro, lutando o mais violentamente que podem, e ambos estão batendo bem."

Enquanto Maya ouvia essa parábola, tudo parecia um filme legendado — ela via as palavras incorporadas e exibidas na tela preta da noite como se fosse um filme. Perguntou-se se essas almas primitivas podiam falar em imagens que eram projetadas para fora. Ela viu luzes verdes subirem do chão para o céu, transformando as estrelas em cifrões. Esse era o presságio? Ela tinha vindo aqui para que o deserto estéril se transformasse em dinheiro? Mas como? Esses minerais preciosos disparados para o céu estavam se transformando em dólares? Prata, ouro, petróleo? Seria esse o unicórnio que ela levaria para Malouf? Ou talvez um resort? Ela traria um unicórnio resort para Malouf? Um outro TwentyNine Palms, só que muito maior — vinte e nove mil palmeiras? Outra Vegas? Ela estava no lugar certo agora, ela sabia por que tinha ficado tão chapada, possivelmente roubado um carro e dirigido tão longe. Mas ainda não tinha a resposta que viera buscar.

A primata fêmea continuou sua história e, enquanto falava, o grupo ao seu redor parecia se transformar em macacos também, e andava para a frente e para trás na luz pulsante do fogo entre humanos e macacos como um monte de pinturas de Jesus em luz negra. "O babuíno acertou feio o velho algumas vezes e eu pensei em entrar, puxar Hank para fora do celeiro. Mas eu sabia que, se o babuíno ganhasse, seria o fim de Hank como alfa, e senti que ele preferiria morrer a ser um beta. E você não imaginaria, aos sessenta e cinco anos, o velho Hank parecia estar no limite com o grande babuíno, quando de repente a maré mudou: Hank está montado no macaco, socando sua cabeça e seu corpo inteiro, quando o babuíno começa a choramingar. Então Hank para um momento. Ele se levanta, suando, sangrando e todo arranhado, bate no peito como um gorila alfa de costas prateadas, e aponta para a cabeça. O babuíno pula e em seguida pula nas costas de Hank e começa a limpá-lo. Veja, depois da batalha, Hank estava dando as boas-vindas ao babuíno por estar de volta ao seu devido lugar na hierarquia."

Uma mulher mais jovem se levantou e disse: "Isso é tudo besteira de macho. E os bonobos?".

"Pearl..." avisou a mulher mais velha de cabelos escuros que estava contando a história do babuíno, gesticulando para que ela se afastasse. Mas isso não impediu a garota, que continuou: "Os bonobos são quase idênticos aos chimpanzés e também noventa e oito por cento como nós, mas são matriarcais e resolvem conflitos através do sexo e da afeição física, em vez da violência. Isso também é da natureza humana. Somos chimpanzés e bonobos, e podemos escolher o melhor caminho".

Maya se levantou e caminhou em direção a eles. "Saudações", disse ela, "Meu nome é Maya. Sou um *Homo sapiens* do reino de Santa Monica."

Os hominídeos se voltaram em sua direção. Eles pareciam chocados com a presença dela. Ela viu um jovem macho saltar e assumir uma postura atlética, parecendo apontar algo para ela, seguido de um zumbido e uma picada em seu braço esquerdo. Ela olhou e viu uma flecha saindo em um ângulo quase reto de seu tríceps. Não tinha acertado em cheio nem profundamente, mas ela estava sangrando e olhou para cima para ver que o pequeno hominídeo estava recarregando seu arco. Antes que Maya pudesse dizer outra palavra, o macho alfa atacou o pequeno que empunhava a flecha e confiscou seu armamento. Ela olhou novamente para o braço sangrando, agarrou a flecha que estava meio pendurada e a tirou. A flecha caiu no chão como o final de uma piada de mau gosto, e ela perdeu a consciência.

Maya acordou e se viu na sela de um cavalo a galope, seus braços em volta da cintura de um homem que ela nunca tinha visto, sua única mão enorme e áspera segurando seus pulsos para que ela não caísse. Ele tinha cheiro de suor e fogo. Ela não ouviu nada além do som da respiração ofegante do cavalo e do vento em seus ouvidos. Sentiu-se perdida, mas segura. Tentou dar uma olhada no rosto do homem, mas viu apenas longos cabelos escuros e uma barba curta sob a luz do luar. Ele se virou para olhar para ela. Seus olhos eram como duas estrelas em chamas, suas pupilas pareciam relâmpagos. Ela ainda estava muito chapada e retornando cada vez mais. As luzes estavam perdendo seus rastros, os sons perdiam seus ecos.

Seu braço latejava. Ele estava enfaixado de forma limpa, uma mancha de sangue escorrendo. "Obrigada, Bronson", ela se ouviu dizer. Como sabia o nome dele? Como num passe de mágica, o cavalo se transformou em um cavalo de ferro e Maya, com os braços ainda cruzados na cintura do caubói salvador, voava ao longo da noite desértica em uma motocicleta. Ela segurou firme, olhou para as estrelas e desmaiou novamente.

Quando acordou, já era o final da tarde de sábado e parecia que alguém tinha retirado toda flexibilidade e força de suas costas. Havia um curativo limpo em seu braço e ela usava um roupão de algodão grosso, sua pele toda oleosa por causa do que deve ter sido uma massagem da qual ela não conseguia se lembrar. Havia uma mulher búlgara a seus pés perguntando de que cor ela gostaria de suas unhas. Pretas ou vermelho?

"Pinte-as de preto", ela disse. "Por favor."

A manhã de domingo chegou sem aviso a Joshua Tree e Maya, com as costas travadas e doloridas, entrou com cuidado no carro com os rapazes. Ela mediu muito as palavras que dirigiu aos Radicais no caminho de volta para Los Angeles. Tudo começou com a sua ausência na noite de sexta-feira, que ela era uma fodona que tinha roubado (emprestado, ela emendou) um Maserati e foi fazer um passeio pela noite apenas para, então, retornar horas depois em uma moto com um caubói silencioso e uma porra de uma flechada no braço! Épico! Era quase verdade, e ela deixou por isso mesmo.

Fingindo não estar impressionada consigo mesma, tentando parecer desinteressada por sua aventura (não fora nada de mais), ela perguntou e ficou sabendo que os rapazes não tinham feito nada excepcional. JJ, sem dúvida ainda sofrendo por ter sido derrotado por Maya, tentou atravessar a lareira. Uma baboseira sobre a mente ser superior ao corpo dita por alguém que afirmou ter visto Tony Robbins fazer aquilo.

É óbvio que não deu certo. Ele agora estava com os pés queimados e enfaixados elevados no carro, seus estigmas retratados em um band-aid bege, vergonhoso se comparado à marca de sangue que representava a coragem de Maya. Ela estava a caminho de se tornar uma lenda, mesmo quando os Radicais acabaram se cansando por não saber quem era o caubói desconhecido que, sem dizer uma palavra, a deixou em segurança e depois desapareceu misteriosamente no deserto. Para falar a verdade, ela não sabia quem era o herói silencioso montado num cavalo-motocicleta, mas com certeza iria descobrir sozinha e sem dizer a ninguém. Como uma esfinge, recusou-se a dar detalhes sobre os eventos da noite de sexta-feira. Sem opções, os Radicais passaram a uma excruciante repetição verbal de cada um dos trinta e seis buracos de golfe que jogaram no sábado. As dissertações acaloradas sobre as divisões justas e a duração exata dos benefícios da ressaca, do limite superior de tiros certos conseguidos com a ajuda da tequila e as vantagens de tacos de golf 3-irons em relação a 5-woods foi um sonífero perfeito — e, mais uma vez, Maya foi desmaiada até sua casa, totalmente desinteressada.

# 5

De volta à Princeton Street, Maya tomou um banho demorado e quente e foi direto para a cama, com o cabelo ainda molhado. Ela podia sentir o corpo voltando, magoado com ela pelo trauma das drogas da noite de sexta-feira. O braço estava bem, não doía muito, não parecia estar infeccionado. Ela esperava ficar com uma cicatriz decente para guardar para a história. Por volta das três da manhã, ela acordou de sonhos que não recordava que eram como brasas se apagando de sua longa noite de alucinações com cogumelos e preparou um expresso triplo. Sentou-se diante de seu computador para pesquisar a parte do deserto em que ela tinha, tanto psíquica quanto literalmente, tropeçado.

Suas pesquisas iniciais no Google revelaram alguns fatos interessantes, mas nada excepcional. O parque em si era enorme — 790.636 acres, 3.196 quilômetros quadrados. A principal cidade próxima era San Bernardino. Um passeio em um Maserati não roubado e em alta velocidade pelo parque pode levar algumas horas. Enquanto lia esses fatos facilmente acessíveis a qualquer pessoa, ela se sentiu como uma detetive dando os primeiros passos significativos para rastrear um homem e uma mulher. A mulher era ela mesma, nas horas perdidas daquela loucura feliz induzida pelo peiote, e o homem era esse tal Bronson. Maya pensou que aquele caubói e sua família extensa não eram posseiros — ela nutria imagens vagas de haver sido enfaixada por uma das mulheres em uma casa bem administrada com muitas crianças ao redor, incluindo o merdinha que tinha dado uma de Rambo com ela. Ela sabia que essas coisas tinham acontecido, mas também estava ruminando coisas e filmes vistos sobre a família Manson no Spahn Ranch (a sutil semelhança sonora entre Manson e Bronson). Ela queria tentar descobrir alguns fatos antes que memórias reais se distorcessem para sempre, como trepadeiras selvagens, misturando falsas memórias com associações de palavras.

Mas este não era um assassinato para desvendar e nenhum crime tinha acontecido, exceto por aquele garoto que lhe atirou uma flecha, e isso poderia ser arquivado como uma espécie de assalto para ser lembrado em uma data posterior, mas, se a família Bronson não era composta por posseiros, vagabundos ou assassinos fugitivos, eles eram proprietários de terras em uma parte intocada e provavelmente infinitamente valiosa da Califórnia. E, se fossem proprietários de terras, poderiam ser vendedores de terras. O parque foi estabelecido apenas em 1994. Não fazia muito tempo que toda essa "terra deserta" edênica era de propriedade privada. A Praetorian estava no negócio de comprar terras. Uma parcela grande e intocada ao lado de um tesouro nacional, o Parque Nacional Joshua Tree, valeria incontáveis milhões em possíveis direitos de mineração — ouro, prata, petróleo... Em possíveis direitos para desenvolvimento habitacional... Um resort? E se a terra particular estivesse, como as famosas Twentynine Palms, nas águas do Oásis de Mara? Ou quem sabe algo maior, mais chamativo e mais foda do que isso, de acordo com as tendências hollywoodianas de Malouf.

Teria sido a terra designada pelos indígenas e, portanto, possivelmente zoneada para estabelecimentos de jogos de azar? Foda-se o Mohegan Sun, vamos construir uma segunda Vegas. Agora estamos falando de bilhões. Isso atrairia a sede de Malouf por uma pontuação final para reforçar seu legado à medida que ele se aproximava dos sessenta e poucos anos. Ele poderia ser a reedição do gângster Bugsy Siegel. Uma figura sexy e digna de cinebiografia que o Warren Beatty da próxima geração interpretaria. Malouf iria gozar com essa ideia.

A família de Bronson não parecia mundana ou rica — na verdade, eles pareciam muito pobres. Será que queriam ganhar dinheiro? Será que ela de fato, como pensava, havia descoberto uma tribo primitiva perdida na América ou, melhor ainda, descobrira um buraco de minhoca no tempo da pré-história, e seria a salvadora, comprando terras áridas e "inúteis", e poderia reeducá-los de maneira moderna antes de realocá-los nos prazeres fáceis e nas sabedorias acumuladas da civilização capitalista tardia do século XXI? Ela poderia ser uma boa pessoa, nessa história de se sentir bem *e* ganhar muito dinheiro. Todo mundo sairia ganhando. Essas eram as fantasias absurdas girando na consciência de Maya enquanto a cafeína fazia efeito e ela clicava aleatoriamente em seu notebook, esperando uma pista para abrir janelas para novos mundos ou liberar alguma percepção valiosa.

Quem era esse tal de Bronson? Ela pesquisou no Google "Bronson sobrevivente" e "caubói Bronson", e acabou caindo em uma típica série de TV de 1969, *Then Came Bronson* — "um repórter desiludido deixa o emprego e começa a vagar pela estrada em sua motocicleta". *Ah, nessa época era mais fácil viver*, pensou. Depois digitou "Bronson montado em um cavalo", apenas para ser conduzida eufonicamente por um beco sem saída por cerca de dez minutos, "best of *BoJack Horseman*", o que felizmente, por obra do algoritmo, a levou para a obra de um ator chamado Charles Bronson. Ela nunca tinha ouvido falar desse ator machão e bigodudo dos anos 1970, mas serpenteava pelo fio que apresentava sua vida que aparentemente era recheada de sucessos de bilheterias. *Desejo de matar* soou como um filme incrível. Ela iria procurá-lo em algum momento na Netflix, no Hulu e na Amazon. Maya estava no IMDB vasculhando os títulos de Charles Bronson quando seus neurônios esgotados se lembraram das histórias que o macho alfa havia contado ao redor da fogueira, sobre uma briga de macacos ou algo assim. Ele comentou que havia sido dublê — talvez tenha estado no cinema também, como seu homônimo. Teriam algo em comum?

Ela caçou no IMDB "Bronson Dublê" para ver se essa pessoa genérica poderia ter um perfil de Hollywood. E de fato ele tinha. Quando ela viu os créditos listados para "Bronson Powers, Dublê", ficou sem ar. A lista de filmes em que ele trabalhou tinha três páginas, era impressionante. Não havia biografia na página, nem detalhes pessoais, já que os dublês geralmente eram heróis desconhecidos, mas o último crédito de Powers foi *Independence Day*, o blockbuster de ficção científica de Will Smith de 1996. Desde então, ele estava sumido. Mas ele não tinha sido morto ou abduzido por alienígenas, afinal. Parecia que havia desaparecido no deserto por décadas, dado frutos e se multiplicado. Maya não sabia que estava procurando por esse homem em particular, mas o encontrou. Quando a manhã chegou, Maya sabia quase tudo que a internet tinha a oferecer sobre um ex-dublê de meia-idade chamado Bronson Powers, e tinha os planos iniciais para mostrar a Bob Malouf.

# 6

O contato com o mundo exterior exigia uma limpeza completa. O templo, local sagrado onde Jackie e dois bebês foram enterrados e onde realizavam reuniões semanais em volta da fogueira, foi demolido e realocado. Acima de tudo, Bronson sabia que as crianças enterradas nunca deveriam ser encontradas. Haveria muitas perguntas. Os minúsculos caixões feitos à mão foram desenterrados, a lenha meio queimada foi recuperada e a areia, varrida por Bronson e seus filhos. Os sinais de presença humana foram apagados. Eles fariam outro santuário. O que tornava o local sagrado era a presença dos entes queridos batizados. Sem eles ali, tratava-se apenas de terra estéril. Uma vez que Bronson removeu seus filhos e sua amada esposa do abraço da terra, o lugar se tornou um palimpsesto, nada digno de nota.

Ninguém jamais encontraria o lugar onde a mulher surpreendera sua família. Era o deserto em silêncio novamente. Apenas os assustadores espantalhos caseiros e desgastados pelo tempo e as placas de "proibido invadir" permaneceram. Essa foi a parte fácil, o trabalho físico. Processar como essa intrusão perturbou a bolha — esse já seria um trabalho de limpeza psíquica mais escorregadio. Fazia dez anos, pelo menos, desde que as crianças mais velhas, ou as esposas, tiveram contato real com um estranho, quando alguns antigos colegas de trabalho apareceram para ajudar Bronson a cavar um segundo poço e trabalhar em algumas trilhas. Dez anos desde que sentiram o cheiro de um mundo fora de sua pequena tribo, e a primeira vez que os mais jovens foram expostos a tal contaminação. Bronson sabia dos desejos e medos que esse contato suscitava, então agora só podia imaginar a intensidade crescente disso em seus filhos e em suas mulheres.

Havia o problema da contaminação espiritual, mas havia também a suspeita incômoda, mais premente e prática, de que outros intrusos pudessem fazer o mesmo. A mulher foi ferida e, embora não tenha sido grave e ela parecesse grata pelo atendimento, ela tinha sido agredida e poderia causar problemas. Bronson fez orações para compreender o assunto, mas não conseguiu ver o caminho. Ele a deixou na calada da noite sem falar com ninguém, depois de levá-la de volta no Maserati (foi divertido, ele teve de admitir), então Mary veio buscá-lo e levá-lo de volta para casa a cavalo. Ele desapareceu sem deixar vestígios. Foram fantasmas na noite. Bronson fez o melhor que pôde, mas agora, pela primeira vez em uma década, as coisas estavam fora de seu controle e ele tinha consciência disso. Tudo isso despertou a sua raiva por encomenda. Ele reconheceu aquela sensação familiar, de tanto tempo atrás, e odiou sentir aquilo de novo.

Bronson foi primeiro conversar com o menino de onze anos, Hyrum, que tinha acertado a intrusa com a flecha. Ele encontrou Hyrum pela manhã cuidando da vaca leiteira. O filho de Mary, a quem dera o nome do leal irmão e discípulo de Joseph Smith, parecia mais à vontade com os animais do que com os irmãos. Hyrum era uma criança selvagem cuja natureza se adaptava perfeitamente ao trabalho agrícola e à dura subsistência da vida no deserto. Ele adorava suas tarefas — pentear os cavalos, dar banho nos porcos, colher os ovos das avestruzes e ordenhar a vaca. Também tinha muito interesse quando chegava a hora do abate dos animais. As outras crianças pareciam entender a necessidade de matar por comida como se estivessem diante de um grande quebra-cabeça com peças soltas, sem sentido — não havia maldade, apenas atenção. De cabelos ruivos e indomado, Hyrum nunca demonstrou muito interesse em aprender com os livros, como Deuce e os outros. Ele era como seu pai: natural no trampolim. Em muitas noites, Bronson podia se levantar e sair de casa, fingindo fumar um cigarro, e se assustar vendo a silhueta de seu filho voando pelo ar, lançando sombras noturnas — pulando, caindo, caindo e se desenhando sobre a tela noturna, quase escondendo a lua. Quando viu seu filho nesse momento tão particular, tão desprotegido e tão absorto, Bronson pensou no que Joseph Smith tinha dito sobre si mesmo: "Sou uma pedra bruta. O som do martelo e do cinzel nunca foi ouvido em mim e nunca será. Desejo somente o aprendizado e a sabedoria do céu".

Era claríssimo que Hyrum também lembrava, assustadoramente, o pai de Bronson, em especial nos olhos e na expressão desafiadora de sua boca voltada para baixo. O garoto podia ser um dublê, tamanha era sua habilidade em montar e atirar. Por mais que tentasse, Mary nunca conseguia se ver em seu filho. "Eu o carreguei na barriga, mas ele é cem por cento seu", dizia. "Ele é o seu clone."

"Eu acho que ele é mais clone do meu pai. Hyrum é como um carneiro selvagem do deserto. Ele saiu chateado do útero", respondeu Bronson, incapaz de esconder sua admiração.

"Como eu disse: filho de peixe, peixinho é." Mary riu, Bronson não.

Hyrum estava quieto. Ele geralmente só falava se falassem com ele. Como sempre, usava um colar de dente de tubarão que ele mesmo fez. Aquele deserto já havia sido um imenso mar, e o menino encontrou um monte de fósseis de dentes de peixe, variando do tamanho de uma moeda de dez centavos a um dedo, enquanto vagava livremente pelo que havia sido o fundo de um oceano pré-histórico. Ele estava acariciando o cocuruto de uma vaca idosa, Fernanda (em homenagem a um amado herói de beisebol de Bronson — o corpulento e grande Fernando Valenzuela, dos Dodgers). Bronson começou a acariciar a cabeça de Hyrum exatamente da mesma maneira, e o menino afastou a mão do pai.

"Como você está se sentindo, filho?"

"Sentimento?", o menino respondeu, como se nunca tivesse ouvido a palavra. "Você quer dizer o que estou fazendo?". No mundo dele, apenas existia o verbo *fazer*.

"Você sabe que disparou sua flecha em uma mulher, Hy."

"Achei que fosse um coiote."

"Coiote, hein? Poderoso grande coiote. Andando em duas pernas."

"Eu já vi coiotes grandes andando assim."

"Sei."

"Pode ser. Ele veio para nos matar."

"Você estava com medo?"

"Medo?" Mais uma vez, foi como se ele não soubesse o significado da palavra, como se nunca tivesse ouvido ou considerado aquele conceito.

Quando tinha sete anos, Hyrum desenvolveu uma grande pústula sob a axila. Yalulah, que treinara em curso intensivo como paramédica enquanto se preparava para se juntar a Bronson no deserto, lancetou o furúnculo e drenou dali mais de um quarto de xícara de pus sangrento, apertando e amassando até esvaziar. Bronson segurou seu filho enquanto sua esposa drenava o pus. A dor deve ter sido lancinante, mas era impossível saber apenas olhando para o impassível Hy. O menino nem precisava ser segurado. Ele apenas olhou curiosamente para os olhos de seu pai, como se procurasse pistas sobre o que um humano vulnerável deveria sentir, enquanto uma de suas mães o abria. E era exatamente dessa forma que ele estava olhando para Bronson agora.

"Se eu quisesse realmente acertar, eu teria acertado. Eu só queria imobilizá-lo."

"Bem, garoto, você acertou uma mulher, não uma coisa."

"Mulher."

"Você tem que saber que mais pessoas podem estar vindo agora, e você não pode mais imobilizar nenhuma delas, ok?"

"Por que mais pessoas têm de vir? Eu gosto do jeito que está."

"Eu também gosto do jeito que está. Não estou dizendo que virão. Estou dizendo que é possível, e, se eu não estiver por perto, você não pode simplesmente atirar nelas."

"São elas ou nós."

"Não são elas ou nós. São elas *e* nós. Elas ali", ele apontou para sudoeste, "e nós aqui. Ok? Segure aqui, Peregrino." Bronson estendeu a mão.

"Ok."

Bronson apertou a mãozinha do menino, que era notavelmente calejada e forte para sua idade. "Eu já disse o quanto você me lembra meu pai?"

"Não."

"Bem, pois lembra. Você se parece com ele, uma versão ruiva dele."

"Como ele era?"

"Não sei como responder a isso, Peregrino."

"Você que puxou o assunto."

"Verdade. Pois bem, ele era muito engraçado."

"Eu não sou muito engraçado."

"Não, eu acho que você não é. Embora isso seja meio engraçado."

"Eu não entendo."

"O nome dele era Fred."

"Fred?" Hyrum riu do nome, como fazem as crianças.

"Sim. E ele não era um bom homem, Hyrum. De jeito nenhum."

"Muito obrigado."

"Veja, você é engraçado como ele." Hyrum não achou graça.

Bronson não sabia por que tinha trazido seu pai para a conversa e agora desejava não o ter feito. Ele só sabia que seu filho era um mistério para ele, como seu pai tinha sido, de alguma forma inalcançável, primitivo e sombrio. "Algo mais?", perguntou. "Você parece ter outra coisa em mente."

O garoto respirou algumas vezes, dizendo meio titubeante, mas ao mesmo tempo firme: "Se eu quisesse acertar seu... coração, o coração dela... eu teria acertado. Eu não erro. Acertei onde mirei. Exatamente".

"Eu acredito em você, Hy. Você é o nosso melhor atirador."

O menino se iluminou.

"Melhor que Deuce?"

"Muito melhor que Deuce. No arco, na arma. E no estilingue."

"Melhor que você?"

Bronson fez uma pausa dramática falsa, como costumava ver os atores forçadamente fazerem nos filmes de ação, quando os diretores diziam: "Seja engraçado!". Os caras musculosos sempre pensaram que poderiam ser engraçados, o que geralmente significava arquear um músculo da sobrancelha. Ele segurou o indicador e o polegar a uma pequena distância e assentiu, levantando a sobrancelha que seu pai disse que Nicholson tinha roubado dele. O menino, seu menino, essa pedra áspera, sorriu largamente. Ele ainda tinha alguns dentes de leite.

Naquela noite, Bronson deitou-se com Mary e Yalulah, todos na mesma cama. Os três fizeram amor juntos pela primeira vez em anos, como se precisassem dos três corpos para reafirmar algum círculo quebrado e formar um bloqueio contra intrusos. Bronson sentiu que elas queriam mantê-lo em sua cama. Fazia tempo que não sentia isso. Mantê-lo perto assim parecia tanto um desejo quanto um medo de sua ausência — ele estaria lá, sim, mas também não estaria em outro lugar. Havia algo que eles estavam tentando extrair para diminuir a distância, e não funcionou.

No escuro, exausto, ele ainda se sentia sozinho de um lado da cama, as duas mulheres juntas do outro lado. Todos eles observavam a própria escuridão compartilhada.

Mary falou primeiro: "Acho que estamos com problemas". Yalulah, muitas vezes a voz da mediação, foi rápida em desarmá-la: "Bem, tivemos guardas-florestais algumas vezes ao longo dos anos e nada de grave aconteceu".

"Hyrum atirou uma flecha em algum guarda-florestal?", Mary desafiou.

Bronson se mexeu.

"Não, ele não atirou. Ele não tinha idade suficiente." Todos riram, eles ainda podiam rir disso, da natureza sem limites de seu filho selvagem.

Quando Mary parou de rir, disse: "Você não pode culpar Hyrum por tudo".

"Ninguém está culpando Hy, parece quase um milagre que isso não tenha acontecido antes." Yalulah estava tentando ajudar Mary a proteger seu filho contra a culpa.

Mary se virou para olhar na direção de Bronson, no escuro. "Você a trouxe aqui, uma estranha dentro de nossa casa, Bro."

Acusado, Bronson continuou com os olhos na escuridão, sem se virar para nenhuma das esposas.

"O que eu deveria fazer? Deixá-la para morrer sozinha? Ela nunca encontraria o caminho de casa. Estava drogada demais."

"Talvez."

"Talvez?"

"Talvez não aconteça nada", Yalulah interrompeu. "Faz quase uma semana."

"As coisas já estão acontecendo", Mary continuou. "As crianças estão fazendo perguntas. Eu estou fazendo perguntas."

"O que você quer dizer?", perguntou Yalulah.

"Não seja cega. As crianças estão ficando mais velhas. Mesmo antes desse incidente, senti que talvez elas quisessem mais, especialmente Pearl e Deuce."

"Não é Pearl", disse Bronson.

As duas mulheres ficaram em silêncio por quase um minuto. A conversa estava em uma encruzilhada: cada caminho conduzia a um tipo diferente de escuridão.

Mary continuou: "Mesmo sem isso, está chegando a hora em que teremos de tomar algumas grandes decisões sobre as crianças mais velhas. Faculdade".

"Sim, sempre dissemos que eles iriam para a faculdade", concordou Yalulah. "Mas o problema não são esses dois anos."

"Dois anos não são nada. Você pisca e se passaram dois anos", disse Mary.

"Ir para a faculdade... e depois?", perguntou Bronson.

"Não temos como saber", Yalulah suspirou.

"Eu preciso saber", disse Bronson com firmeza.

"Como? Como podemos saber? Não tem como, Bro. Só porque seu pai não lhe ensinou nada, não significa que você tenha que ensinar tudo a seus filhos", disse Yalulah, com a maior delicadeza possível, sabendo que Bronson odiava ser colocado no divã daquele jeito.

"Então, toda a nossa conversa", Mary continuou falando diretamente a Bronson, "sobre liberá-los de volta ao mundo era besteira?"

"Ninguém está dizendo isso", disse Bronson. "As crianças nos trouxeram aqui, mas talvez tenhamos de manter os olhos abertos para mais milagres. Talvez Deus tenha outros planos. As crianças estão felizes aqui."

"Estão?", perguntou Mary.

"O que você quer dizer?", perguntou Yalulah.

"Quero dizer", Mary respondeu, "que não temos nenhuma referência para comparar. Nem eles."

"Nós podemos perguntar a eles", ofereceu Yalulah.

"Perguntar o quê?"

"Quando eles tiverem dezoito anos... perguntar se querem ficar ou ir."

"Eles podem ter dezoito anos agora. Não temos acompanhado o tempo dessa forma. Eles podem ter dezenove anos. E por que dezoito, afinal?", Bronson argumentou. "Dezoito é uma designação arbitrária. O governo diz quando você é adulto? Por que não treze? Por que não vinte e um? Trinta? Tão arbitrário quanto um maldito limite de velocidade. Besteira."

Os três ficaram em silêncio novamente, analisando o cenário. "Deuce está bem", Bronson finalmente acrescentou ao silêncio carregado, escolhendo o caminho mais óbvio. "Que mais você quer, Mary?", perguntou.

"Nada", Yalulah respondeu pela mulher que ela amava.

"Nada", concordou Mary, suavemente. "Mas nada dura para sempre. Ao vir para cá, nunca dissemos que seria para sempre."

"Levamos a eternidade dia a dia", disse Bronson, e na mesma hora aquilo lhe pareceu um lugar-comum vazio.

Mary o ignorou, soltando um gemido. "Nós somos os piores pais do mundo?"

"Somos os melhores", rebateu Yalulah. "Você viu o que está acontecendo lá fora? É um desastre."

"Como você sabe?", perguntou Bronson. Eis uma pergunta muito boa. Como ela poderia saber?

Yalulah se sentou na cabeceira da cama. "Porque fui à cidade uma ou duas vezes por ano nos últimos anos. Sentei e tomei um café na Starbucks em San Bernardino e observei o mundo. Depois, com meu cartão da biblioteca, usei um computador público e fiquei assustada com o que as luzes me mostraram lá fora."

"Yalulah Putnam Ballou!", Mary ofegou, indignada. "Sua cadela sorrateira! Como assim?!"

"Nunca desconfiei", disse Bronson. "Você tomou café?"

"Você tem um cartão da biblioteca? Isso é tão... sua cara." Mary sorriu, se divertindo.

"Sim, eu tomei um *frappuccino mocha* gigante. Ou três. E, porra, eu adorei. É nisso que você quer se concentrar agora, Bro?"

"Você bebeu álcool?"

"Talvez."

"Você é foda, irmã", disse Mary, com uma risada.

"Bem... eu tomei uma cerveja. Uma Corona gelada com limão! Foi celestial. E não estou brincando. É muito pior do que você pode imaginar. Todos eles têm seus próprios telefones agora. Ninguém olha ninguém nos olhos. Há algo horrível chamado *mídia social*. E isso é ainda pior. Como quando Sartre disse "o inferno são os outros..." ele devia estar profetizando isso. Inferno são outras pessoas com telefones. Você deve ter visto as mudanças, Bro, quando você foi para San Bernardino."

"É verdade, eu vi as mudanças e está ruim, acelerando, mas...", Bronson balançou o dedo mostrando reprovação, "eu não tomei café. Não há liberdade sem obediência, querida."

Ele beijou Yalulah no topo da cabeça, e ela olhou em seus olhos, desafiadora. "Em meio a todo esse barulho, você ainda vai ficar cismando com a Starbucks?"

"Eu sou um homem da lei, Yaya." Ele sorriu, usando para si mesmo a velha terminologia ocidental da TV. "A lei de Deus, a lei mosaica, a lei de Cristo, a lei mórmon. É o chão sob meus pés. É como eu fico de pé. Eu não posso escolher aquilo em que devo acreditar a partir de um menu. Ou eu acredito em tudo ou não acredito em nada. E, se não acredito em nada, não sou nada. Então aceito tudo sem questionar."

Yalulah rosnou.

"Já terminou, xerife?"

"Jesus, Bro, é só uma xícara de café", Mary interrompeu.

"O ultraje das exigências de Deus é uma validação precisa de sua santidade." Esse era um dos aforismos que Bronson criou. Isso fez Mary sorrir, e ela prontamente cumprimentou Yalulah. Bronson apertou a mandíbula. "E a cerveja, se estiver sendo rigoroso."

Yalulah deu de ombros.

"Sim. Mas eu quero estar aqui. Meus filhos estão aqui. Eu nunca mais quero voltar lá. Vocês dois estão aqui. Meu amor está aqui."

Mary aproveitou a oportunidade para trazer de volta à conversa o tema das crianças.

"Eles vão sair para o mundo? As crianças? Em algum momento? Se for o caso, bem... Caramba. Que porra estamos fazendo? Como as estamos preparando para isso?"

"Com o nosso mundo aqui", afirmou Bronson.

"Não, Bro, aqui não é o mundo lá fora." Mary se levantou da cama.

"Aqui é o Éden", disse Bronson, tentando acalmar as esposas. "E uma cobra entrou no jardim. Mas Deus também criou a cobra. A cobra sempre fez parte do jardim. Onde o caminho é ruim, o obstáculo é bom. Veremos nosso caminho através disso. Juntos. Com o tempo, nos será mostrado o caminho, como sempre aconteceu."

Os três permaneceram em silêncio, à espera de um golpe que não aconteceu, mas sabiam que aconteceria. O primeiro sinal de luz do dia estava espreitando pela fresta das janelas. Bronson conseguiu falar de si, era tudo o que podia fazer. Agora, ele as deixaria sozinhas por algumas noites, deixaria que chegassem a seu próprio entendimento, e então todos conversariam um pouco mais. É assim que sempre fizeram. Ele faria com que se sentissem um pouco perdidas com sua ausência. Havia outro quarto para ele, outra cama.

Agora o sol estava nascendo e havia trabalho a ser feito.

"Hora de fazer os donuts", brincou Bronson, ao sair da cama. As decisões teriam de esperar. Ele se vestiu, primeiro com *garments* do templo, enquanto citava seu antigo patrocinador do grupo dos Narcóticos Anônimos: "Não viaje para o futuro. As expectativas são ressentimentos futuros".

"Ai, tudo bem", respondeu Mary. "Apenas me mostre como não criar expectativas e eu ficarei bem."

Yalulah beijou Mary, levantou-se e, enquanto vestia sua própria *garment*, sorriu esperançosa. "As crianças podem ser guardas-florestais e ter todo o tempo para descansar."

Mary balançou a cabeça e virou-se para a parede, os olhos abertos.

"Mas qual é o plano? Tipo, o que vamos fazer?", ela perguntou. "Quero dizer... agora? Hoje, o que eu faço?"

"Esperamos a cobra", disse Bronson, partindo para começar mais um dia no paraíso.

# 7

Em sua mesa pretoriana, alguns meses após o lendário desastre-revelação de Joshua Tree, Maya separou alguns slides impressos do PowerPoint preparando-se para emboscar Malouf com uma apresentação que enlouqueceria completamente sua mente gananciosa. Nas semanas seguintes aos eventos no deserto, enquanto pesquisava o enigmático caubói Bronson Powers e os valiosos imóveis que ele havia herdado de seus ancestrais inimaginavelmente ricos, barões da terra, ela fez sua primeira tatuagem. Entre companheiros e colegas de classe, ela era a única ainda virgem no quesito tatuagem. Agora, praticamente tinha feito uma "cicatriz autorreflexiva". Logo acima do local onde levou a flechada, acrescentou um desenho, uma imagem preta simples, feita com traço fino, de uma cobra engolindo sua cauda, o Ouroboros. Sem cores, linda pra caramba.

Essa foi uma decisão irônica e muito corajosa, pois Maya sofria de ofidiofobia: ela tinha verdadeiro pavor de cobras. Um fato triste que ela descobriu muito jovem, ao conhecer o Kaa, dublado por Sterling Holloway, no filme de animação *Mogli, o menino lobo*. O "encontro" não correu bem. A mera menção de uma cobra a fez congelar, e, quando ela assistiu à série *Planeta Terra*, seu dedo ficava posicionado nervosamente sobre o botão de avanço rápido, para o caso de Richard Attenborough, reverente como um padre, encontrar algum tipo de serpente. E, já que queria fazer um acordo com o deserto, ela sabia que tinha que de alguma forma chegar também a um acordo com o réptil, afinal, o deserto era o habitat natural dele. Disse a si mesma que a cobra em seu braço era uma espécie de inoculação contra seu medo mortal e, além disso, o Ouroboros era uma espécie de cobra suicida, aquela coisa que fazia desaparecer a si mesma. Todo mundo saía ganhando.

Ela se organizou extremamente bem para estar pronta para a etapa crucial, e não queria alertar Malouf sobre seu esquema até que tudo que ele precisasse fazer fosse usar sua presença e seu dinheiro, aparecendo como o salvador montado no cavalo branco. Esse era o tipo de negócio que o chefe adorava. Mas a proposta de Maya também tinha seu lado complicado. Tinha de convencer Malouf de que ela era como um daqueles jogadores de xadrez rápido do Washington Square Park, em Nova York, que comanda cinco partidas ao mesmo tempo. Seu esquema envolvia antecipar alguns movimentos em vários tabuleiros com diferentes conjuntos de adversários, e ela esperava contornar o instinto dominante de Malouf, que buscava gratificação instantânea, com um olhar mais sóbrio para o jogo ao longo do tempo.

Maya foi levada ao amplo escritório do chefe pelo primeiro assistente masculino da vida de Malouf, cortesia da desenfreada fobia da hashtag #MeToo que varreu legitimamente as mídias sociais em geral e a cultura empresarial pretoriana em particular. A janela imensa que cobria a parede inteira com uma vista sem arranha-céus de Los Angeles até o azul do Pacífico iluminava a sala de Malouf, que parecia perdido em sua *GQ Magazine*. Sem dúvida, aquela era uma fonte de tortura para ele: ver pessoas que pareciam ainda mais ricas, cada vez mais jovens, mais bonitas e mais especiais do que ele. Com a careca brilhante, ombros magros e corpo musculoso e comprido, a silhueta de Malouf parecia — Maya pensou nisso pela primeira vez — o de uma cobra humana. Ela estremeceu com essa ideia.

Maya continuou observando Malouf até o momento em que ele percebeu sua presença e rapidamente trocou a revista por um livro grande e pesado, fingindo estar muito entretido com ele. O livro em questão era *The Accidental Species: Misunderstandings of Human Evolution*, de Henry Gee.

Maya pigarreou. Malouf demonstrou surpresa, como se tivesse sido sacudido de profunda contemplação, e se levantou de maneira cavalheiresca. Ele estava vestindo calça jeans bege e uma camiseta preta de duzentos dólares. Maya supôs que ele tinha jogado polo ou iria fazê-lo. Em um cavalo. O mais próximo que ela tinha passado disso tinha sido brincar de polo aquático com os colegas em uma piscina.

"Aí está você", disse ele, gesticulando com sua mão de quatro dedos para que ela se sentasse. "Maya Abbadessa. Meu nome favorito e minha garota favorita. Ouvi dizer que você fez uma tatuagem. Irreverente. Posso ver? Deixe a porta aberta, por favor, Trevor. Sente-se, srta. Wharton. Como posso ajudar?" Ele esperou que ela se sentasse primeiro.

Sua mesa estava sempre vazia: não havia bagunça, computador ou papel, com exceção daquela revista onipresente e de uma pilha de livros teóricos de capa dura, que pareciam ser do mesmo tipo do *Uma breve história do tempo*, de Stephen Hawking (ou a edição mais recente do livro que absolutamente todo mundo não está lendo, *O capital no século XXI*, de Thomas Piketty) — livros que prometiam tornar a ciência, ou a economia, fácil para os leigos, e entregar a chave para o universo sem o incômodo da matemática, das minúcias do marxismo ou da física, em menos de quatrocentas páginas. Livros que indicavam ao mundo que Robert Malouf era mais do que uma máquina de fazer dinheiro — ele tinha interesses, curiosidade, alma. Maya já tinha visto Malouf carregando ostensivamente livros desse tipo. Ela o vira andando por aí com *Sapiens: uma breve história da humanidade*, de Yuval Harari, e durante quase um ano ele parecia lê-lo como um estudante ansioso. Hoje, ela espiou uma pequena pilha vertical e viu *O gene egoísta*, de Richard Dawkins, *The Soul of an Octopus*, de Sy Montgomery, *Y: The Descent of Men*, de Steve Jones, e *12 regras para a vida: um antídoto para o caos*, de Jordan Peterson. As lombadas dos livros estavam todas até rachadas demais, eles tinham muitas páginas dobradas, como se alguém em um departamento de adereços de filme quisesse fazê-los parecer bem lidos e digeridos.

Maya entregou a ele a capa grossa de sua apresentação. Malouf aceitou graciosamente e depois a jogou no lixo sem hesitar. "Não gosto de ler sobre negócios e não gosto de rastros de papel", disse ele, parecendo muito com seu bom amigo, o atual ocupante da Casa Branca. "Eu prefiro as palavras ditas."

Maya engoliu em seco e começou a narrar, inicialmente, do que se lembrava de memória sobre Bronson Powers e suas terras. Ela lhe disse para pensar no clã Powers como os Mulhollands. "Como Chinatown", ele murmurou baixinho, reverentemente. Ela então soube que o tinha fisgado. Uma história de Hollywood.

Ela disse a ele que a terra fora comprada por milhares de dólares e agora valia possivelmente bilhões — estava madura para ser despida de seus minerais preciosos. Obviamente ouro, prata e cobre, mas também, intrigantemente, tungstênio, que de repente se tornou bastante valioso como componente de baterias de carros elétricos. As sobrancelhas grossas de Malouf dançaram quando ele se imaginou cumprimentando todas as celebridades orgulhosas de seus Teslas.

Maya chamou a atenção de Malouf para a iniciativa Opportunity Zone, sobre zonas de oportunidade, inserida no projeto de lei republicano que aprovou corte nos impostos em 2017. "Veja o que Michael Milken está fazendo em Reno. Você poderia fazer isso em San Bernardino, com suas conexões — aposto que poderia obter a classificação da área como zona de oportunidade e se qualificar para uma grande redução de impostos."

"Esse é o Mnooch." Malouf sorriu, referindo-se a Steven Mnuchin, o ex-Rei do Foreclosure, produtor de *Lego Batman: o filme* e atual secretário do Tesouro dos Estados Unidos. "Ele é o melhor, um bom amigo."

Encorajada, Maya então teceu cenários para a construção de resorts exclusivos. Ela viu Malouf recuar um pouco diante dessa ideia, porque a Praetorian recentemente tinha perdido um bilhão de dólares comprando uma empresa de gerenciamento de resorts, que até então estava indo muito bem. Porém, ao ter substituída a administração prévia por uma nova e inexperiente, em seguida foi decretada a sua falência. "Mas", disse Maya, "eles começariam do zero neste caso." Ela trouxe à tona o arqui-inimigo e competidor feroz de Malouf, Barry Sternlicht, e inspirou visões de derrotá-lo e superar Vornado, Starwood e Mack-Cali, até mesmo encurralando Blackstone. Ela não parava de se lembrar de que Malouf tivera alguns anos ruins, que o conselho estava começando a agir contra ele, que talvez ele precisasse dela mais do que ela dele. Sempre vulnerável à ideia de dar uma cartada de mestre, Malouf, que não tinha o pensamento sequencial como seu forte, tinha muito mais dificuldade em momentos de estresse para ter uma epifania, uma jogada rara e certeira.

Quando ela terminou, Malouf lambeu os lábios. Em sua cabeça, dançavam as visões de milhares de cassinos Mohegan Suns. Ele tentou conter sua excitação. Havia ganhado bilhões comprando casas baratas para as famílias norte-americanas, mas, quando sofreu o grande golpe, como em Neverland, sua reação foi praticamente igual.

"Já passei por isso, vivi isso, saquei. San Bernardino é uma merda. Acredite em mim, eu sei."

"Assim foi Vegas. Assim como Reno."

"Reno *também*."

"Sim, talvez Reno seja uma merda hoje", insistiu Maya, "mas, novamente, vamos ver o que Milken está fazendo lá com as zonas de oportunidade Trump/Mnuchin." Malouf se permitiu um sorriso: ele poderia ser um criador de mundos. Em sua mente, ele já era.

"Milken é um maldito gênio. Ele é um verdadeiro gângster. Ainda bem que ele parou de usar peruca, né? Estou intrigado. Eu costumava descrever meu atual nível de excitação como 'meio demais', mas não faço mais isso, faço?"

"Não", disse Maya, sorrindo.

Ele foi mais incisivo.

"Qual é o problema, então? Qual é o plano? Como posso ajudar?"

"Bem, aqui temos o maior obstáculo e a maior oportunidade — esse Powers parece ser um mórmon fanático, como eu disse, o que acho que inicialmente é um impedimento para vender, mas, como em todos os épicos, o impedimento se tornará a oportunidade."

"Essa é uma posição muito filosófica. Normalmente, quando sou persuadido pela filosofia, perco dinheiro."

Ela se acomodou para contar a história, sabia que fazer acordos tinha tudo a ver com saber contar histórias, aquelas com finais felizes.

"Lá, ele tem seu próprio mundo privado. Fui de carona até os arredores de sua propriedade, o tamanho e os limites são impressionantes. Ele poderia ter acesso ao Oásis de Mara — que valeria incontáveis milhões —, até mesmo aos direitos minerais. Mas não há registro das crianças nas escolas próximas, então ele está ensinando seus filhos em casa, e aqui está a chave. Se ele fosse um mórmon de Utah como a maioria desses caras são, não seria um problema, porque Utah tem leis muito brandas para o ensino domiciliar, mas, veja só, isso não acontece na Califórnia."

"Deus abençoe a Califórnia."

"Sim, porque o Golden State tem algumas das leis de educação domiciliar mais rígidas do país. Você pode imaginar o currículo criacionista, do *Livro de Mórmon*, a anticiência que está sendo imposta a essas crianças inocentes? Isso se estiverem recebendo algum tipo de instrução. Quero dizer, no melhor dos casos, podemos ter uma situação como a dos irmãos Angulo, presos pelo pai em casa, e, se for algo mais sombrio, podemos ter outra versão da família Turpin."

"Quem?"

"Há fotos na apresentação que você jogou no lixo", ela brincou.

"Ah, fotos... por que você não disse isso?" Malouf poderia se divertir tirando sarro de si mesmo se fosse ele quem controlasse a intensidade e a duração da zoeira. Isso o fez se sentir conhecido e querido.

Maya se levantou e pegou sua apresentação do lixo, indicando as páginas com as fotos. Ela pairou sobre Malouf, apontando enquanto falava, ciente de que seus corpos estavam se tocando e que seu seio esquerdo estava fazendo contato não intencional com a parte de trás do ombro dele. Ela ficou momentaneamente insegura de que seus implantes não seriam o suficiente nem pareceriam reais, mas prosseguiu. "O caso da família Angulo fala de sete crianças que foram criadas em um apartamento em Nova York por anos, sem nunca terem saído de casa. Tudo o que fizeram foi assistir a filmes, milhares de filmes. Fizeram um documentário sobre eles em 2015."

"Um filme, hein? Legal. Parecem índios. Quem os interpretou?"

"Não teve atores. Era um documentário."

"Certo."

Ela virou a página para ele.

"E os Turpins, aqui na Califórnia, mantiveram treze crianças trancadas em uma casa por anos. Os Turpins ficarão na prisão pelo resto de suas vidas."

"Hum... brancos de merda. Eles precisam de uma governanta. Acho que sei aonde você quer chegar com isso."

Na verdade, ele não sabia, a história era dela, e era uma história original, surpreendente, e ela sabia que ele não sabia disso, mas o acertou em cheio.

"Tenho certeza de que sim", disse ela enquanto voltava para o seu lugar em frente a ele, "mas me deixe explicar tudo, porque eu ensaiei o discurso no espelho, em casa. E é aqui que preciso do meu gigante poderoso."

"Eu?"

"É claro!"

Ele sorriu e se contorceu em seu assento quando seu saco foi puxado.

"O gigante aqui é praticamente só músculo." Ele piscou.

"Preciso de acesso, por intermédio de você, a um membro influente do conselho de educação, alguém assim, que cumprirá nossas ordens."

Malouf bateu todas as nove pontas dos dedos em uma espécie de postura de oração enquanto Maya dizia a si mesma para não olhar para a mão deformada dele. Ele gostava de exibir as mãos. Sabia que isso deixava as pessoas desconfortáveis. Sabia que isso lhe havia garantido simpatia, repulsa, além de incutir autoconfiança e uma falsa sensação de superioridade nos adversários. E todos eram adversários. "Meus filhos adultos estudaram em Crossroads", disse ele, espiando por cima dos dedos, "meus filhos mais novos estudam em Crossroads hoje, meus filhos ainda não nascidos da esposa que ainda não conheci estudarão em Crossroads. Fiz doações substanciosas para eles. Participo do conselho. Conheço todos naquele mundo. O que você está pensando?"

"Estou pensando em acionar discretamente o conselho de educação, sem fazer alvoroço, encontrar alguém que possa lidar com serviços sociais, e então vamos ao deserto para dizer 'olha, senhor mórmon, não sei se você é como a família Angulo ou a família Turpin, mas, no mínimo, sua educação domiciliar não está à altura do que precisa ser ensinado, no século XXI você não pode ensinar que os antigos israelitas colonizaram o Novo Mundo, você não pode ensinar que a pele escura é um sinal da maldição de Deus e a pele branca é uma bênção.'"

"Não, acredito que você não possa ensinar isso", disse Malouf.

"Além do fato de que você tem várias esposas, seu filho da puta nojento e pervertido..."

"Espere aí. Perdi o fio da meada." Ele fingiu surpresa, depois sorriu e acrescentou: "Brincadeira. Prossiga. Conte mais".

Maya riu e continuou.

"Nós começaremos a partir do abuso infantil, e nos mostraremos para a mídia como salvadores, caso chegue a esse extremo, mas também estaremos do lado dele, do lado mórmon. Vamos dizer que o conselho de educação tem intenção de chegar a uma decisão mais radical, que querem tirar os filhos dele, e que queremos pensar em um acordo."

"E podemos fazer isso?"

"Sim. Porque nós somos os mocinhos."

"Nós somos."

"E queremos comprar esse local. Não queremos que o governo o confisque."

"Qual é o acordo?"

"É aí que podemos ser criativos. Vamos dizer: nos venda metade de sua participação nesta terra e faremos com que essa dor de cabeça desapareça, e ainda prometemos não construir ou vender direitos de mineração nos próximos vinte anos, uma promessa que romperemos assim que quisermos. Você poderia conseguir em um único movimento o que normalmente demoraria muito mais tempo para acontecer, você não estaria fodendo com as casinhas verdes na Baltic Avenue, você estaria construindo grandes hotéis vermelhos na Broadway."

"Isso foi uma referência ao *Monopoly*?"

"Acho que foi, sim."

"Uau."

Malouf olhou para o mar pela janela, depois voltou a olhar para Maya.

"Pode ser. Você acha que o mórmon vai aceitar?"

"Não sei. Ainda não o conheço."

"Ele não conhece você."

"Ele não me conhece."

"Há alguém mais farejando por aí?"

"Ninguém."

"Sem Vornado? Sem Sternlicht?" Eram os dois competidores com que Malouf sempre se preocupava, sempre prontos para atacá-lo. "Sem Tom Barrack? Colony? Nada de Steve Dwarfzman?", ele perguntou, referindo-se ao diminuto Steve Schwarzman da gigante Blackstone.

"Não vejo como. Quase não há registro desse cara ou de sua terra. Ele é como uma tribo perdida em si mesma, talvez desde a virada do século. Eu tropecei nele e então tive que investigar."

"Ele está pagando os impostos pela propriedade?"

"Não consta nenhum registro."

"Mas ele não é como aquele cara do Ammon Bundy, é? O pecuarista que decidiu um dia que as terras federais são do povo? Acho que ele também era mórmon."

"Não, Powers é o único dono da terra."

"Surpreendente."

Eles se sentaram acenando um para o outro e se observando.

"Sabe", disse Malouf, "parece que me lembro de rumores de que Sternlicht tentou fazer uma grande jogada há cerca de dez anos que não deu certo. Talvez tenha sido isso. Talvez esse cara não venda."

"Talvez ele não vá vender", Maya imaginou, "provavelmente não vai."

"E se os filhos dele estiverem felizes e não for como a família dos brancos de merda?"

"A família Turpin."

"Turpin, isso. E se as crianças estiverem bem?"

"Provavelmente, mais um motivo para não vender."

"Então poderia não dar em nada." Malouf suspirou. "E para que então fazermos tudo isso?"

Maya foi agressiva e disse: "Nós vamos apostar. Você não estaria sentado onde está sentado se não apostasse. Você é um jogador que faz apostas altas". Ela percebeu o quanto ele gostou desse elogio descarado, enquanto se mexia alegremente em seu assento. Ele se regozijava e ela podia ver que aquilo era bom para ele. "Eu sou? Eu sou." Ele sorriu. "Números grandes?"

"A vantagem é enorme. Centenas de milhões. Um bilhão. Mais. Eu quase não quero colocar um limite nisso."

"Então não coloque. Desvantagem? Exposição?"

"Nada mal. Alguns milhões por terras adquiridas por centavos e pelas quais ninguém mais deu nenhum lance. Um roubo."

"Então, nós mantemos isso em sigilo. Prossiga. Qual é o próximo movimento?"

Darrin enfiou a cabeça pela porta.

"Ei, chefe, você tem cinco minutos?"

Malouf mostrou seu olhar número um, que contém uma mistura de tédio e desprezo, que congelou o jovem na porta.

"Saia daqui, Darrin, você não vê que estou fazendo negócios de verdade com a adorável Maya Abbadessa?"

"Desculpe, chefe. Desculpe, Maya." Darrin saiu de fininho como um cachorro com o rabo entre as pernas.

Malouf voltou os olhos escuros para Maya. "O que você estava dizendo antes de sermos rudemente interrompidos pelo meu antigo cortesão favorito?"

Maya mal conseguiu esconder seu sorriso, e Malouf notou sua alegria. Ele piscou para ela continuar. "Dizemos algo como 'sr. Mórmon, não queremos que você perca nenhuma de suas terras, mas estamos tendo problemas para encontrar uma saída para esse dilema. Estamos aqui para ajudar'."

"*Como podemos ajudar?*"

Maya meneou a cabeça respondendo à piada interna. Malouf estava respondendo como uma foca treinada às suas instruções oportunas. "Exatamente. E eu inventei uma jogada."

"Uma jogada em que investiremos menos do que poderíamos investir e que valerá centenas de milhões?"

"Uma aposta de bilhões que também nos alinha com as políticas educacionais do grande estado da Califórnia."

"Eu sinto falta do modo como Schwarzenegger costumava dizer 'Califórnia' com seu sotaque. Você não sente?"

Malouf era o tipo de jogador de golf que gostava de conversar enquanto outras pessoas jogavam, para ver se ainda conseguiam se concentrar na tacada. Não era casual, era parte do jogo para ele.

Maya se manteve firme.

"Nós diremos que vamos fazer uma aposta."

"Quem? Você e o Mitt Romney?"

"Sim, estou apostando que um cara como esse Powers — fora da sociedade, macho da montanha com um harém — tem um ego de bom tamanho..."

"Pode-se afirmar isso."

"Sim. E o orgulho vem antes da queda, então dizemos: 'Você acha que está fazendo as coisas tão bem aqui em seu mundinho, mas isso não está claro para o governo...'."

Malouf levantou a mão.

"Vou pedir para você parar."

Maya sentiu a chicotada. Ela estava subindo tão rápido que o teto de vidro a pegou de surpresa.

"O quê? Sério?"

"Ah, olhe para seu rosto. O bico. Você é adorável quando está desapontada, sexy."

"Eu não entendo. Você não gosta da ideia?" Ela soou para si mesma como uma criança de seis anos cujo pai não gostou de sua pintura a dedo, e imediatamente se odiou por isso.

"Gosto que estejamos ajudando as crianças. Gosto muito disso. E eu sou um jogador, mas não aposto tanto em coisas como aposto nas pessoas. E vou apostar em você. Eu amo você, então eu amo a jogada, mesmo sem conhecer, o que me faz amá-la ainda mais. Além disso, estou pensando que um homem com várias esposas pensa bastante com seu pau, e você com seu rosto bonito, sem a minha careca brilhante, incentivará esse mau hábito a continuar. No mínimo, um cara antiquado como esse subestima as mulheres. Deixe ele subestimar você. *Capisce*?" Ah, o italiano ruim do homem palestino, a falsa conversa de mafioso, as referências ao *Poderoso Chefão* — parece que os únicos filmes que esses capitalistas pretorianos já tinham visto além de pornografia eram *O Poderoso Chefão 1 e 2*, *O sucesso a qualquer preço*, *Pulp Fiction* e *Um maluco no golfe*. Estranho, porque Malouf parece um homem que iria gostar de *Cidadão Kane*.

Malouf continuou.

"Essa jogada é legal? Sinto que devo perguntar."

"No geral, sim. Eu não chamaria isso de ilegal."

"Extralegal? Adjacente à legalidade?"

"Acho que é mais algo que a lei ainda não viu e, como tal, caberá a nós dobrar os critérios legais às nossas próprias demandas. Quando chegar a hora."

"Como regra, sinto que a máxima do meu bom amigo sr. Koch, de dez mil por cento de conformidade com a lei, pode ser um pouco exagerada, um pouco... fundamentalista."

"Estou buscando algo em torno de cem por cento de conformidade."

"Encontrei o ponto ideal em cerca de oitenta por cento. Ninguém é perfeito." Ele deu de ombros comicamente, como Jack Benny.

"Posso trabalhar com isso."

"E não repita isso."

"Repetir o quê?" E os dois riram da própria esperteza.

Malouf assentiu e colocou o dedo sobre seus lábios, surpreendentemente cheios e sensuais, para que ela ficasse quieta. "Me parece", disse ele, "que você é uma jogadora de xadrez. Você gosta de mover as pessoas ao redor do tabuleiro em vez de peças de madeira. Certo? Mas você pode despertar a velha empatia quando precisar, não é?"

Maya gostou dessa descrição de si mesma. Isso a deixava lisonjeada, embora ela também gostasse de pensar em si mesma como uma amante e uma pessoa espiritualizada ainda em desenvolvimento. De algum lugar no fundo de sua mente, ela se lembrou da história da fogueira dos chimpanzés e dos bonobos, e que nós, humanos, descendíamos de ambos, então Maya sentiu os dois, o chimpanzé guerreiro e o bonobo apaixonado. Ela era uma jogadora de xadrez de peças humanas com coração e com simpatia por suas vítimas vencidas e ensanguentadas. Todo o pacote. Então ela saiu daquele devaneio de autoengrandecimento. Malouf estava soprando elogios à sua maneira, para distraí-la, deixando-a exatamente assim. A gentileza de um homem como Malouf fez seu alarme soar. Ela sabia que a bajulação exagerada era uma das armas mais sutis de seu chefe.

"De quanto tempo você precisa? E de quanto capital?", perguntou ele.

"Posso precisar de um ano", ela respondeu, "talvez um pouco mais, talvez menos, e o capital é quase nada. Talvez cem mil ou mais, talvez... Você pode manter tudo em casa, sem empréstimos..."

Ele riu da ninharia de que ela precisaria, uma risada genuína, como um garotinho. "Deixar em casa... está certo, eu tenho cem mil nas almofadas do meu sofá."

A revista tinha ficado aberta sobre a mesa de Malouf, mostrando um anúncio em que um jovem com abdome sarado e molhado e de beleza genericamente familiar, vestindo apenas uma sunga e um relógio brilhante, olhava para eles, aparentemente exibindo algum tipo de desafio absurdo e vazio. Ela não sabia se ele estava vendendo um perfume, um filme ou um relógio, ou se era apenas um olhar desafiador. Malouf fechou a revista, como se de repente tivesse dito algo descarado, e a jogou para o lado.

"Pensei que você fosse minha garota de Wharton, meu cara dos números, meu homem de rosto lindo, minha garota que segue as regras. Esta é uma luta defensiva — como nas brigas de rua."

"Eu sou ambos. Tudo isso."

"Isso me deixa feliz e triste."

Malouf girou a cadeira para ficar de frente para a janela. Maya imaginou que ele estivesse olhando o caminho até a água e, para além disso, até o Havaí, onde possuía uma bela propriedade em Kauai, da qual muitas vezes falava como um retiro espiritual, mas nunca visitava, seu "Lake Isle of Innisfree",* real e imaginário. Ou olhando ainda mais além daquele refúgio não utilizado, sabe lá Deus por quê.

"Você sabe por que eu amo a água?" Ele praticamente confessou a pergunta, com seus pensamentos distantes, como se os dois fossem velhos amigos.

---

\*   Referência ao poema de William Butler Yeats sobre um local idílico. (N. E.)

"Você não surfa?", perguntou ela, trazendo à tona um dos muitos rumores que pairavam sobre Malouf como uma auréola. Seus adoradores, os Radicais, às vezes competiam para ver quem poderia atribuir os talentos e feitos mais estranhos ao chefe misterioso, como aqueles comerciais do "homem mais interessante do mundo". Malouf ensinou Kelly Slater a surfar. Malouf criou vison na Rússia, com Putin. Malouf foi o verdadeiro inventor da margarita. Malouf era o serial-killer Assassino do Zodíaco. Malouf era o marinheiro sobre quem o hit dos anos 1970 "Brandy" foi escrito. Malouf ensinou Chuck Norris a lutar.

"Ah, não, eu não sei nadar. Eu cresci pobre. As pessoas pobres não aprendem a nadar — isso é um "extra". Porém, eu tenho dois iates agora. Você vai sair comigo algum dia no *Santa Maria* — esse é o mais bonito — e vai ver que eu gosto de ir nele, mas não de estar nele." Ele a convidou para o iate. Isso foi como o bar mitzvah para os Radicais pretorianos. Marcava que ela tinha chegado à maioridade, era digna. Ela se sentiu plena.

"Mas", ele continuou, "você sabe por que eu amo trabalhar onde sempre posso ver a água?"

Ela estava ficando um pouco ansiosa com esse desvio repentino, e esperando que Malouf estivesse momentaneamente se tornando filosófico antes de mostrar suas garras capitalistas mais uma vez, simplesmente criando uma história de fundo ou uma narrativa moral para tornar a matança palatável. Ele continuou no que era para ele uma veia profunda e poética: "Eu amo o mar porque ele está sempre mudando, mas continua o mesmo mar — você sabe o que quero dizer? Veja por si própria".

Maya se levantou e ficou atrás de Malouf. Ela olhou para além da cabeça careca e brilhante em direção à Mãe Eterna — e lá estava ela, o fim da América, esperando, rolando e voltando, mudando a cada momento, sempre a mesma.

"Como as pessoas... Você precisa olhar além do movimento, da fumaça e dos espelhos, das ondas — para ver sua essência imutável."

Ele parecia ter se hipnotizado.

"O mar sempre me diz a mesma coisa."

"E o que seria?"

"Você é um homem morto, Malouf. Peguei a porra do seu dedo e terei o resto em breve. Em breve você irá embora e eu continuarei aqui." Cada afirmação foi enfatizada por um gracioso gesto de mão, como uma onda quebrando suavemente. "Nada importa. O que você está olhando, seu careca de merda de nove dedos? Foda-se."

Ela tentou mudar o tom.

"Uau, o mar é meio escroto."

"Sim, mas isso me deixa feliz, me coloca no estado de espírito certo para tomar decisões."

Ela estava um pouco confusa com a estranha mudança de humor dele e com o que essa tagarelice oblíqua exigia dela. Ela deveria massagear seus ombros agora? Dizer a ele que tinha ouvido que Sternlicht usava uma peruca e tinha disfunção erétil? Ou que Schwarzman usava suspensórios? Dizer que ele também seria imortal, especialmente se ele fizer esse acordo? Que seu estilo de vida perdulário, de negócios poluidores, e seu consumo de energia negligente podem muito bem matar esse inimigo, o mar, no qual ele não pode nadar? Seria um pensamento feliz para um homem com tanto medo da morte? Que seu nome e seus monumentos sobreviverão ao mar cada vez mais quente, sem peixes e que adoece a cada dia mais?

Teoricamente, Maya se preocupava mais com a saúde do planeta e de seus animais: ela bebia suas margaritas com um canudo reutilizável. Mas também não entendia por que tinha que reduzir seu uso da Terra verde de Deus só porque as gerações anteriores tinham sido tão perdulárias. Ela iria procurar maneiras de ser mais consciente, mais verde, eventualmente, mas primeiro ela tinha que conquistar objetivos. Como um namorado ou marido ou filhos, o Green New Deal podia esperar até que ela estivesse bem sentada em seu pé-de-meia. Ela percebeu sua própria hipocrisia escorregadia sobre o assunto, e isso a fez se sentir mal, mas não o suficiente para estimular uma ação ou mudança. Uma vez que ela tivesse poder, alguma segurança e dinheiro o suficiente, começaria a mudança, faria uma virada para o bem, para a caridade e a conservação para as gerações futuras. Como Bill Gates. Como um irmão Koch reverso. Mais como a sua versão pessoal da ex de Jeff Bezos.

Malouf se afastou do Pacífico para encarar Maya mais uma vez.

"Conheço o cara perfeito. Ele sempre quis entrar no conselho Pretoriano. Se eu oferecer isso, ele fará o que eu disser. Eu vou juntar vocês. Talvez você consiga descobrir, *killer*." A água sussurrou isso para ele. Ele aceitou.

"Você é incrível. Perfeito", disse ela.

"Eu sou? Eu sou."

Maya se abaixou e beijou espontaneamente o topo de sua cabeça oblonga, como você faria com um cachorro amado ou uma criança pequena. Na mesma hora, sentiu que fez algo errado e estranho. Ela estava muito perto dele. Malouf fez outra longa pausa — ele parecia quase à beira das lágrimas — e então continuou: "Depois que eu juntar vocês, no entanto, vou me afastar e confiar em você, *killer*. Eu não vou saber os detalhes do que você está fazendo, e nem vou querer saber. Você estará no comando. Moralmente, será a cara desta empresa, até que façamos um acordo. Se a perguntarem, você negará que estou envolvido em quaisquer detalhes, você é tipo um agente duplo, eu não sabia de nada. Só fale comigo sobre esse negócio pessoalmente e em particular. Não me envie mensagens de texto ou e-mail. E absolutamente nada escrito em papel. Nem me chame para falar sobre isso, só cara a cara, *mano a mana*. Se der certo, eu cuido de você, acredite em mim".

"Acredite em mim" era outro dos tiques verbais de Malouf. Era uma frase meio arcaica, mas Maya gostou, parecia quase um mantra caseiro para ela, fazia sentido além de sua brevidade gramatical, como um haicai circular. Você acredita em mim, eu acredito em você, acredite em mim — uma promessa e uma ameaça. Ela sabia que qualquer homem que habitualmente usasse tal frase sobre sua própria confiabilidade não era um homem confiável, mas a confortava ser questionada sobre sua crença, sua confiança. Mesmo que ela de fato não tivesse muita escolha, sua crença já tinha sido vendida àquele homem estranho e infinitamente carente quando ela se juntou a Praetorian e aceitou seu dinheiro.

"Sim, senhor, EU acredito", disse ela.

"Se você falhar, será o alvo principal. Eu serei um maldito fantasma. Você também pode confiar nisso. Acredite em mim."

"É claro."

Eles ficaram em silêncio absoluto, ambos balançando a cabeça, mas respirando rápida e profundamente agora, como se tivessem feito uma corrida de revezamento juntos e terminassem a prova bem à frente dos adversários. Ele estendeu a mão grande, áspera mas bem cuidada. Ela pegou e a apertou. Era surpreendentemente dura e cheia de calos, provavelmente por empunhar um taco de polo.

"Mostre-me", disse ele, se virando para ela.

"Te mostrar o quê?"

"Você sabe, *killer*. Mostre-me."

Ele estava provocando, erguendo as grossas sobrancelhas. Ela percebeu que ele agora a estava chamando de *killer*, o que era muito melhor do que HH. Ela também notou que isso fez seus mamilos ficarem duros. Ela esperava que seu sutiã fosse grosso o suficiente para esconder essa reação involuntária. Espere, mostre a ele o quê? Seus peitos?

"A tatuagem", disse ele.

Oh. Ela arregaçou a manga para revelar a cobra recém-nascida. A cicatriz ainda estava descascando, mas o desenho estava perfeito. A cobra era lisa e permanente. Ela era destemida.

# 8

Foi a terceira manhã consecutiva em que um corrupião se empoleirou do lado de fora da janela do quarto de Mary, cantando. Era raro ver essas pequenas aves amarelas e pretas, exceto nos braços de uma "árvore de Josué", então Mary ficou encantada quando, na primeira vez que ele apareceu, uma canção distinta e gentil chamou sua atenção e ela abriu os olhos para encontrar um par de olhos negros curiosos, uma sombra tímida de uma cabeça girando e questionando em seu parapeito da janela, a apenas alguns centímetros de distância. Mas... três dias seguidos? E o que era estranho, até mesmo incomum: antes de qualquer luz matinal. Ela não era de presságios, deixava a interpretação dos sinais e maravilhas para Bronson e suas pedras, mas parecia que Deus estava dando um tapa na cabeça dela. O que isso poderia significar?

Mary olhou para Yaya, que dormia ao lado. Quem era essa mulher velha? Essa mulher que ela havia amado profunda e completamente — a fonte de tamanho prazer físico e companheirismo — estava velha. Ela se lembrou da música do Talking Heads — "esta não é minha linda esposa". Às vezes sua mente era como uma estação de rádio antiga (pois a música que ela cresceu amando certamente já seria antiga). Fazia anos desde que ela de fato ouviu qualquer uma das músicas em sua lista de reprodução mental diária, apenas Beatles Beatles Beatles, e ainda assim sua mente tocava faixas profundas em rotação familiar, o sulco de sua memória imaginado como o sulco espiral de um disco de vinil.

Um passarinho. Ela se lembrou de que Bob Marley cantou "Three Little Birds". Ela sentia falta do reggae. Ela sentia falta de Tom Petty and the Heartbreakers, imaginava se ele ainda estava vivo. No último show dele a que ela foi, ele parecia tão frágil, cabelos louros finos e incolores emoldurando os dentes grandes, zombeteiro, mas gentil: ele estava feio e bonito lá em cima, totalmente no comando, gritando: *Você não tem que viver como um refugiado.* Talvez Bronson estivesse certo, talvez as canções fossem cavalos de Troia, objetos brilhantes repletos de significados dúbios. Ela estava vivendo como uma refugiada? Mary aprendeu ao longo dos anos a se manter vigilante em relação a trazer males inconscientes a seu paraíso espiritual, mas eles estavam lá, em sua memória, aguardando.

*Esperar é a parte mais difícil.* Ah, cale a boca, Tom. O corrupião voou para longe, seu trabalho estava feito, sua mensagem indecifrável estava entregue. Mary saiu da cama silenciosamente para não perturbar sua esposa-irmã.

Estava frio pra caramba. Ela nunca se acostumou com o quão frias e sombrias eram as manhãs no deserto. Nunca admitiria, mas sentia cada vez mais a dor do frio em seus ossos. Mary sentiu o próprio rosto enquanto escovava os dentes. As linhas em seus olhos e nos sulcos ao redor de sua boca pareciam mais profundas hoje do que ontem. Ela sabia que não podia ser assim, a mudança não acontecia tão rapidamente, e que tal pensamento devia ser uma indicação de algum estado de espírito doentio ou fraqueza. Não havia espelhos aqui ou em qualquer lugar da casa. Claro, havia janelas nas quais ela poderia observar um reflexo, mas essa era uma imagem nada clara, em geral era imprecisa e indulgente, ou era facilmente descartada, como um espelho deformado de um parque de diversões. Mesmo assim, Mary percebeu que também tinha envelhecido como Yaya. O ressecamento e a destruição de sua juventude pelo implacável sol de Mojave foram quase bem-vindos à Mother Mary. Quase. Ela cravou uma unha interrogativamente nas linhas ao redor de seus olhos, tentando estabelecer uma medida humana no tempo, para sondar as profundezas da mudança.

Então Mary sabia que, sem espelhos ou meninos de sua idade, sua filha Pearl não tinha ideia de como ela tinha se tornado bonita. Houve momentos em que Bronson estava no deserto em comunhão com seu Deus pouco comunicativo, e

Mary escovava o cabelo de Pearl pela grande janela da cozinha, inclinando a garota para que ela pudesse ver a si mesma no reflexo da janela, provocando-a a contemplar como se anunciava o poder da beleza pós-adolescente, como se tivesse sido esculpida em pedra por um grande artista enquanto a cara de criança aos poucos deixava seu rosto. Mary esperou para punir a garota por sua vaidade, mas Pearl apenas olhava fixamente, sua cabeça estava em outro lugar, indecifrável, e então seus olhos refletidos se encontraram com os de Mary no vidro, o grande deserto vazio ainda visível emoldurado diante delas. Perguntando. Perguntando o quê? Eu sou bonita? Por que eu sou bonita? Para onde foi sua beleza? O que significa beleza? Para que serve toda essa beleza?

A magnitude da beleza de Pearl parecia perigosa para Mary, como uma tentação do próprio Deus. Mary estava orgulhosa e aterrorizada com isso. Ela queria que Bronson trouxesse protetor solar de uma de suas viagens à cidade, para proteger contra danos, mas ela se absteve de pedir por medo de que ele interpretasse isso como uma espécie de orgulho de si mesma ou das crianças. Era tão grata a Bronson por aquela vida, por sua visão, e queria que ele soubesse disso, que soubesse de sua devoção a ele, ao mormonismo. Era sua prova viva diária. Agora ela era novamente uma cristã, como tinha sido quando criança. Fez isso para salvar a si mesma e sua filha, Beautiful. E, ao contrário de Yalulah, ela nunca se aventurou além de sua propriedade nos anos seguintes. Ela se conhecia muito bem para não fazer isso. Quando criança ou adulta, Mary nunca teve limites, a vida para ela era tudo ou nada. Se ela saísse, se pintasse fora daquela tela, não encontraria nada além de drogas e caos do outro lado. Mesmo que ela às vezes olhasse para um cacto e pensasse: *Como diabos posso fazer tequila com isso?*. Ela poderia ser perdoada. Ela havia sido perdoada.

Mas também era uma questão de saúde, não era? Câncer de pele. Se for a Vossa Vontade, ela supôs. Uma pílula difícil para um pai engolir. Sempre que podia, porém, ela fazia Pearl, Beautiful e as outras crianças usarem chapéus de abas largas. Todas as crianças, mas especialmente Pearl, que, por sinal, não gostava de usar chapéus. Ela não gostava de ficar escondida, na sombra.

Mary vestiu suas botas Ugg antigas, desbotadas de sol e forradas de lã, sua única extravagância. Ela exigia que Bronson trouxesse pares novos da civilização sempre que um par se deteriorava, depois de muitos anos. Silenciosamente, ela caminhou até a parte da casa que ela chamava de *ala das crianças*. Todos estavam dormindo, exceto Hyrum, obviamente. Pelo que conhecia dele, aquela criança selvagem poderia ter dormido do lado de fora, procurando ovos de cascavel nas sombras do deserto, que ele fritaria no café da manhã e que nenhuma das outras crianças comeria. Lovey, Beautiful, Little Joe, Little Big Al, Effy, Palmyra, Solomona. Todos os dez, contados, e que respiravam o novo dia, exceto Hyrum. E Pearl. Deuce sim, mas não Pearl. Talvez Pearl estivesse ordenhando. Ela era uma garota americana. "Ok, ok, Tom, pare de cantar para mim, agora vá se foder."

Mary deslizou silenciosamente como um fantasma em suas botas Ugg macias, pensando em Pearl e nas fantásticas colagens que costumava fazer com os rótulos coloridos dos enlatados que Bronson trazia de suas viagens à cidade. Aqueles rótulos familiares, até nostálgicos, eram irrelevantes para Mary, mas mágicos para a menina, seu único contato com o mundo, e você podia vê-la perplexa entre as imagens sem referência para ela, colando-as, recombinando-as, pintando sobre elas, procurando pistas e expressando seus desejos como naqueles bilhetes de refém feitos de páginas de revistas nos filmes. Aquela criança impressionante tinha meio que reproduzido uma sensibilidade Pop Art de Warhol sem nunca ter visto nada dele. Mary não sabia o que a garota estava tentando dizer sobre o mundo, mas sabia que estava *interessada nele*. Talvez fosse apenas isso.

Mary se viu se aproximando do quarto dos fundos no qual, nos últimos anos, com uma frequência cada vez maior, Bronson passava as noites sozinho. O mais silenciosamente que pôde, abriu a porta rangente. Ela ficou surpresa ao ver Pearl primeiro, de lado, de frente para a porta, dormindo. Isso era curioso, e, quando seus olhos se ajustaram à escuridão e observaram o resto da sala, ela teve a sensação de uma terrível profecia sendo cumprida. O significado do canto do corrupião. Pois, ao lado de Pearl na cama, de modo desarmônico, estava um velho. Esse foi o primeiro pensamento dela. Há algo errado com essa imagem: o velho era Bronson Powers.

Pearl abriu os olhos, sonolenta, inocente e livre, e olhou para Mary. O rosto da garota estava radiante, corado, a pele do queixo um pouco irritada e vermelha, não de sol, mas talvez de beijos. Pearl continuou fitando a mãe com seus olhos claros e desafiadores, sem piscar, parecendo se comunicar — *Não há nada de errado com isso. O que você esperava? O que mais existe para mim? Ele salvou nós duas. Não existe outro. Eu sou uma mulher agora, uma mulher bonita. Este não é meu pai. Isso é tão natural quanto o sol nascendo agora, e os animais comendo uns aos outros e fodendo uns aos outros. Natural e real como o sangue, como o sangue que flui de mim mensalmente. Eu amo e sou amada. Isso não é mentira. Esta é a aliança. Esta é a verdade. É para isso! É para isso que serve toda essa beleza.*

Mary baixou o olhar, deu um passo para trás e fechou a porta. Demorou um pouco até que ela pudesse se mover. Ela se sentiu hipnotizada e foi para algum lugar profundo e solitário em sua mente. Quando voltou a si, estava na cozinha preparando o café da manhã. Pela primeira vez em anos, suas mãos tremiam incontrolavelmente. Ela cortou o dedo fatiando o pão e ficou vendo o sangue escorrer.

# 9

O grande homem, em seu carrão premiado, um Bianco Icarus Metallic Lamborghini Aventador, levou Maya ao aeroporto de Santa Monica. Era o carro mais caro em que Maya já tinha andado, superando o Maserati que ela havia roubado naquela noite no deserto. A viagem de carro durou apenas cinco minutos. Após passarem por um portão privado, Malouf dirigiu o veículo de meio milhão de dólares direto para um jato multimilionário na pista, "porta a porta", ou melhor, da porta do carro para a porta do jatinho.

Do lado de fora, esperando com os dois pilotos e um comissário de bordo, estava Randy Milman, velho amigo de Malouf e corretor imobiliário de menor porte que, estrategicamente, ocupava uma cadeira eleita no conselho de educação. Uma semana atrás, Milman fez uma visita à propriedade dos Powers perto de Joshua Tree para observar o complexo. Ele tinha ido com uma pessoa do serviço social de San Bernardino para ver como as crianças estavam sendo tratadas e educadas.

Malouf não queria ter uma reunião a distância com Milman em seu escritório, então estavam usando o jato apenas para conversar e voar para Luxivair SBD, a instalação privada no aeroporto de San Bernardino onde pegariam Janet Bergram, a assistente social, e poderiam conversar confidencialmente com ela também.

Quando havia um negócio que Malouf considerava arriscado, ele gostava de estar fora dos escritórios da Praetorian. Afinal, lá ele não era apenas um cidadão comum, ele era o CEO, e havia regras que se aplicavam em um escritório de negócios que poderiam pegá-lo desprevenido. Qualquer detalhe pode mudar completamente a história. Ele também sabia que um jato particular era um forte persuasor para um cidadão comum, um ponto positivo grande e brilhante na balança das coisas, e acreditava firmemente em seu próprio charme no contato direto com as pessoas. A maioria delas não gostava que o passeio terminasse, e eles podiam estender a conversa para manter o passeio. Foi isso que Malouf explicou a Maya enquanto estavam a caminho do hangar, o motivo do voo para San Bernardino e para lugar nenhum. "As pessoas são mais simples do que você pensa, são como pássaros", disse ele.

"Eles gostam de estar no ar?"

"Não, *killer*", respondeu ele, "eles gostam de coisas que reluzem." Ele também sabia que aceitar uma carona em um jato particular poderia levar a uma posição comprometedora para quase todos, e o diário de bordo do jato da Praetorian registraria esses quatro passageiros para serem chamados de volta ou enterrados, se fosse necessário.

"Olhe para Clinton e Dershowitz no diário de bordo de Epstein", disse Malouf. "Nada bom."

Se Malouf estava um pouco irritado por Milman ter trazido seu filho de sete anos para o passeio, ao menos não demonstrou. Maya estava ciente desse tipo de comportamento, em que pessoas ricas, mas não super-ricas, como Milman, invejavam os brinquedos grandões dos homens com quem às vezes confraternizavam. É como se Milman pensasse que Malouf não merecesse tanto luxo. A inveja que Milman nutria por Malouf era proporcional ao seu ódio, e ele agiria de acordo, participando sem gratidão. Milman agia como se soubesse, embora não tivesse certeza, que estava trabalhando para a rede de Malouf, sem saber a real extensão dela e, por isso, imaginava que estava sendo pouco valorizado. Então fazia questão de, ao aceitar os trabalhos, levar o máximo de coisas gratuitas que pudesse para equilibrar um pouco a balança.

Isso lembrou Maya de um antigo *game show* que ela viu, meio chapada, na TV Land em uma noite solitária. Chamava-se *The Diamond Head*. Um competidor é colocado em uma cabine de vidro e, dentro dela, liga-se uma espécie de ventilador forte. Essa máquina tinha o nome de *Money Volcano* ou *Cash-n-ator*, que sopra notas de todos os valores (com uma nota da sorte no valor de dez mil dólares) por alguns segundos. O competidor tem que agarrar, rápida e desesperadamente, o máximo de notas que conseguir, um ato muito mais difícil e, claro, tentador: o dinheiro, a fortuna no ar, flutuando como uma aparição diante de seus olhos. Como a maioria dos programas de jogos norte-americanos, a graça que havia ali era revelar como as pessoas se humilhavam por dinheiro. Na verdade, ponderou Maya, talvez não haja nada mais norte-americano do que isso, e ela pesquisou no Google o *Cash-n-ator* para descobrir sem surpresa que, na verdade, aquele era um jogo comum em fliperamas, em barracas de parques de diversões, bastante popular em bar mitsvás. Seu tempo no *Cash--n-ator* era a promessa de realizar o sonho americano.

O capitão deu ao filho de Milman algumas asinhas de metal baratas para colocar na lapela. O menino ficou feliz da vida. Prontinho: conquistado por uma ninharia. Malouf lhe deu um tapinha na cabeça. Todos se viraram e entraram no *Cash-n-ator* de Malouf para o breve voo até San Bernardino.

"Lembra-se do Typhoon? O restaurante que ficava aqui no aeroporto de Santa Monica?", perguntou Malouf enquanto todos se acomodavam.

"Sim", disse Milman. "Eles não foram presos e fechados por servirem bifes de golfinho, ou algo assim?"

"Não era um golfinho, apenas uma pessoa cruel comeria o Flipper — era carne de baleia."

"Prenderam o chef?"

"O chef pagou sua dívida com os mamíferos e cumpriu sua sentença com serviços comunitários. Ele é um bom amigo meu, e preparou a comida para nosso pequeno passeio hoje, então me permita oferecer a vocês alguns dos meus pratos favoritos do menu do querido Typhoon — torrada de escorpião." Malouf fez um floreio exagerado para a comissária de bordo servi-los.

"Ah, obrigado, Belinda", ele balbuciou, enquanto um garçom colocava um prato coberto entre os quatro e levantava a tampa para revelar o que parecia exatamente uma torrada de camarão apenas com a forma inconfundível de um escorpião grelhado perfeitamente no pão, como um fóssil em pedra.

"Eca", disse o menino.

"Não seja um maricas, Jackson, coma o escorpião", disse Milman ao filho, enquanto dava uma mordida no aracnídeo frito.

Malouf sorriu como um lorde das trevas, tanto quanto Hades deve ter feito quando viu Perséfone comer aquelas sementes de romã. Em seguida, piscou para Maya para ter certeza de que ela estava aprendendo as lições, aprendendo o pequeno e chamativo preço pelo qual a maioria dos homens venderia sua alma. Ela observou enquanto Belinda punha mais pratos na mesa.

"Isso é carne de baleia?", perguntou Milman, apontando para um pedaço de sushi.

"Céus, não." Malouf piscou. "Eu nunca vou contar o que é. Vocês dois têm coisas para conversar. Vou levar Jackson até a cabine, se não houver problema." Maya observou como os muito ricos como Malouf adoravam brincar de ser diferentes, usando "senhor", pedindo permissão obsequiosamente, parecendo afirmar seu próprio poder por essa demonstração floreada de subserviência. "Por aqui, senhor", disse ele, indo embora com o menino.

"Então", Maya perguntou a Milman, enquanto delicadamente mordiscava seu próprio escorpião, "como foi com Powers?"

"Para ser honesto com você" — a boca de Milman estava tão cheia que era difícil entender o que dizia — "essas crianças estão recebendo uma educação incrível. Eu não teria escrúpulos em mandar um filho de dez anos para uma faculdade comunitária amanhã, e o filho de sete anos deles faz Jackson parecer um retardado. Pensei em deixar Jackson lá para aqueles mórmons educarem. Não apenas os livros, mas aquelas crianças eram disciplinadas e educadas, trabalhavam duro em casa, podiam caçar, atirar e cozinhar..." Milman cuspiu o que poderia ser um pedaço de escorpião do fundo de sua garganta na bochecha de Maya. Ela não vacilou. Em vez disso, ela assentiu, sorriu e enxugou com indiferença. Mas isso não era uma boa notícia, e Milman sabia disso.

"Você se importa se eu pegar?" Ele pegou o pedaço de torrada de escorpião de Maya.

"Fique à vontade", disse ela.

Ele continuou enchendo a boca com o escorpião. Esse cara era um verdadeiro idiota. Ele certamente não concorreu a sua posição no conselho de administração por causa de sua grande preocupação com o bem-estar das crianças e dos jovens e pelos 15 mil dólares por ano, mas sim por momentos exatamente como este, onde os super-ricos podem cortejá-lo quando estiverem preocupados com seus superfilhos. Ele continuou: "Tendo dito isso, eles também ensinam às crianças um monte de merda louca, merdas mórmons que vão contra a política pedagógica pública, pelo menos por enquanto. Quem sabe o que vem a seguir, se Trump for destituído e aquele velho Pence ou algum maluco religioso como esse mórmon entrar. Separação de Igreja e Estado? Nunca. Tudo depende da porra da Igreja. Embora a Califórnia seja bastante independente nesse sentido, hein? É como se fôssemos nosso próprio país dentro das fronteiras dos Estados Unidos. Somos a quinta maior economia do mundo, seus putos. Devemos nos separar". Maya apertou os lábios e concordou, tentando fazer Milman sentir que ela estava impressionada com sua consciência política e seus vislumbres banais e concisos.

"Lavo as minhas mãos", disse Milman, com a consciência limpa ou inexistente, "não me importa o que eles fazem naquele buraco de merda esquecido por Deus. Se uma árvore de Josué cai no deserto e ninguém ouve, ela caiu? Quem se importa com essa porra? Não o conselho de educação. Não posso falar pelos serviços sociais, no entanto. Janey ou qualquer que seja o nome dela. Ela é uma puta, uma verdadeira benfeitora. Mas ela é um peão. Boa sorte com ela. Acho que ela já me odeia. Você acha que isto é realmente carne de orca, Free Willy? Você pode dizer que é mamífero, tem aquele sabor *umami*. Porra, Malouf. Você gosta de trabalhar para ele?" Ele virou uma dose de uma garrafa de saquê de quatrocentos dólares como se fosse refrigerante, fez um bochecho com o líquido para desalojar qualquer pedaço de casca de escorpião de suas gengivas e arrotou. "Ouvi dizer que uma mulher tentando conseguir um emprego na Praetorian é como fazer um teste para se tornar uma Raelette, você sabe, uma cantora de apoio para Ray Charles, antigamente, sabia?" Ele queria que ela se interessasse por suas histórias de velhos, suas crônicas exóticas de um mundo anterior. Ele mexeu as sobrancelhas para cima e para baixo. Maya teve vontade de socá-lo na testa para fazê-lo parar. Ela se perguntou se ele iria gostar de apanhar.

Milman sabia que Maya tinha que prestar atenção nele, mesmo que apenas por cinco minutos ou pouco mais que isso, e ele iria aproveitar cada um desses momentos. Continuou: "Ray Charles era um negro cego: e cantor. Como Stevie Wonder antes de Stevie Wonder. As Raelettes dançavam e cantavam atrás dele ao piano. Ele era como um Deus. Me entende?".

"Perfeitamente."

"Então você sabe como se tornar uma Raelette?"

"Suponho que você tinha que ser capaz de cantar", ela respondeu, piscando lentamente para sugerir sua crescente impaciência.

"Claro, isso ajuda. Mas, para realmente se tornar uma Raelette, você tinha que deixar Ray fazer *aquilo*." Ela forçou um sorriso e assentiu enquanto ele ria de sua própria piada.

"Os bons velhos tempos, hein?", disse ela.

"Exatamente." Ele disse isso engolindo de uma vez só outro grande pedaço de sushi, com mais saquê. "Essa merda é como manteiga, manteiga de carne, imagine que baleia é esta, é tão boa. Estou salivando como um são-bernardo. Estamos todos indo para o inferno, é melhor aproveitar."

Maya sorriu para si mesma porque Malouf estava sutilmente acostumando Milman, através de uma série de microtransgressões, a ser um parceiro no crime. Ele começou a fazer esse babaca burlar suas restrições alimentares como forma de levá-lo a cometer delitos mais sérios com a promessa tácita de que, se continuasse jogando sem riscos, aos poucos, esse estilo de vida de comedor de baleias poderia cada vez mais estar disponível para ele e sua prole.

"Janet, não Janey. Janet Bergram." Maya olhou para o sashimi de baleia enquanto Milman o mergulhava no molho de soja com baixo teor de sódio. "Aqui está uma dica imperdível: as pessoas gostam quando você acerta seus nomes." Milman, percebendo que seus cinco minutos haviam terminado, sorriu.

"Que seja."

"E não diga *puta* na minha frente, idiota", repreendeu Maya.

Isso o congelou, deixando-o de boca aberta e no meio da mastigação.

Maya podia ver a carne da baleia quase descendo em sua garganta. Ele engoliu em seco e disse: "Foi mal. Não fique chateada comigo, garota. Não atire no mensageiro. Apenas digo que ela é aquele tipo de pessoa que deixa o ambiente carregado".

Maya sentiu seus ouvidos estalarem de leve com a mudança de altitude. Em pouco tempo, estavam descendo para Luxivair, no aeroporto de San Bernardino, e se encontraram com Janet Bergram, uma mulher afro-americana de meia-idade, baixa e robusta, com sapatos clássicos. Logo em seguida, estavam subindo de volta ao céu. Malouf deu uma olhada em Janet Bergram e soube que ela era imune ao seu show de luzes, seu *Cash-n-ator* e seus canhões de camisetas.

"Eu tenho certeza de que você foi muito bem tratada até aqui, certo?" Malouf sorriu, colocando uma mão em suas costas, uma mão que fez Janet virar o pescoço para realmente olhar como se um pombo de repente tivesse pousado ali.

"Eu peguei um táxi", respondeu ela. Como assim, um táxi? Quem diabos pega um táxi? Ela realmente não estava falando a mesma língua que eles. Ela não ficaria impressionada com escorpiões ou baleias em sua bandeja. Malouf olhou momentaneamente para o mar. Maya torceu para que ele não viesse com sua mania de "sou minoria também, sou árabe", como ela o vira fazer em tais situações. Ela olhou para ele como se dissesse "eu entendi".

Mesmo tendo que se curvar no teto baixo da cabine do jato, Malouf ainda pairava sobre Janet, aproximando-se dela e usando sua altura para forçá-la a olhar diretamente para ele. "Certifique-se de dar a Maya um recibo do táxi e nós a reembolsaremos."

"Isso não é necessário."

Malouf procurou uma saída como um ator que tinha esquecido de sair do palco, e então se desculpou, voltando à cabine com Milman e Jackson. Maya sentiu que era importante fazer Janet saber que ela não era como Malouf. "Esses sapatos são tão inteligentes", disse ela. "Eu uso esses saltos como uma idiota o dia todo." A mulher assentiu. Ela claramente não tinha interesse em sapatos, sensata ou o oposto. Deixando de lado a comida exótica e possivelmente ilegal, Maya mergulhou de cabeça.

"O que você achou da situação dos Powers?"

"Aonde estamos indo?", perguntou Janet.

"Acho que não vamos a lugar nenhum. Gostaria de ir a algum lugar?"

Janet olhou enjoada pela janela.

"Eu não gosto muito de voar, incomoda meu estômago. O que é aquilo?" Ela apontou para os restos de escorpião e baleia de Milman.

"Torrada de escorpião", disse Maya, como se o exótico pudesse se tornar o mundano no decorrer de um voo de vinte minutos. Janet arrotou e conteve a vontade de vomitar. Maya correu para tirar as sobras.

"Entendi. Vamos ser breves?" Maya se sentou e se aproximou de Janet. "Antes de tudo, quero que você saiba que Robert

Malouf e a Praetorian Capital estão doando cem mil dólares para o sistema escolar de San Bernardino."

Janet assentiu. A soma não era insignificante, faria uma pequena diferença. Se o resto do dia não valesse nada, ela poderia viver com isso. Ela agradeceu a Maya e disse: "Mas não vou ser comprada por cem mil".

"Eu não estava sugerindo..."

"Meu único trabalho é avaliar o bem-estar das crianças, certo? A família Powers é um caso fascinante. Eu não sei de nada, não me importo com imóveis, então, por favor, mantenha esse maldito idiota, Milman, longe de mim."

"Exatamente. Sim. Feito. Ele vai ser jogado do avião quando estivermos sobre a água."

Janet Bergram não sorriu. "As crianças estão limpas e bem alimentadas", disse ela, "parecem receber muita atenção. Você não está olhando para um caso do tipo Turpin. Eles são muito diferentes porque não compartilham a mesma cultura ou referências culturais, não têm celulares ou computadores, embora eu não ache que isso seja necessariamente uma privação."

"Nem eu", disse Maya, falando da boca para fora que odeia celulares, como todos os adultos fazem pouco antes de comprar o mais novo modelo.

"Aqui está a lei." Janet retomou a fala e continuou. "O estado da Califórnia não é fã de educação domiciliar. O código educacional do estado nem sequer menciona explicitamente esse tipo de ensino. No entanto, existem estatutos relevantes. Um deles diz que eles precisariam estabelecer uma escola particular em sua casa. Eles não fizeram isso. O outro diz que eles teriam que contratar um professor particular ou possuir credenciais de ensino da Califórnia. Embora todos eles pareçam capazes de ser credenciados, eles não o são. Finalmente, eles teriam que matricular seus filhos em uma escola pública que oferece estudo independente. Obviamente, isso também não aconteceu. Eles deveriam manter um arquivo com o trabalho das crianças. Eu pedi isso a eles. No entanto, eles me mostraram alguns trabalhos lindos. Fiquei muito impressionada com o nível de aprendizado. Essas crianças estão sendo educadas rigorosamente, ainda que de forma um tanto idiossincrática. Novamente, você mencionou a família Turpin e a família Angulo... aqui não temos nada disso. As crianças estão ao ar livre o tempo todo, muito saudáveis. Não vi nenhuma evidência do que eu consideraria abuso infantil, embora tenha essa situação polígama com as várias esposas, o que é algo... não ortodoxo."

"E ilegal", acrescentou Maya. Mas ela havia antecipado essa suave censura de centro-esquerda. Ela sabia que as crianças Powers estavam sendo bem educadas. Ela sabia que a declaração de missão da Assistência à Criança e à Família de San Bernardino era "proteger crianças em perigo, preservar e fortalecer famílias e desenvolver ambientes familiares alternativos". Com essa ausência de perigo iminente, Maya sabia que Janet Bergram provavelmente não sugeriria removê-los de sua casa, e que, se os Powers decidissem aceitar o blefe da Praetorian, eles poderiam muito bem virar o jogo e sair ganhando. Mas essa era a abordagem mais direta e prosaica, e Maya imaginou que não seria tão fácil. Então ela voltou atrás.

"Você sabia que a Bíblia Mórmon realmente ensina a inferioridade das raças de pele escura?", perguntou Maya, franzindo a testa e mostrando desaprovação.

"Sim, eu sei. Mas, além do espanto em ver outro ser humano pela primeira vez em anos, os olhares que recebi dessas crianças não eram do tipo que eu recebo de muitos garotos brancos no sistema escolar de San Bernardino."

"O que você quer dizer? Eles me olharam como se eu fosse de Marte."

"Eles me olharam como se eu fosse de outro planeta também. Curiosidade saudável. Mas nenhum daqueles garotos mórmons olhou para mim diferente porque eu sou preta." Aquilo caiu como um tapa. Maya não sabia o que dizer.

"Desculpe, eu não sei como é viver isso", disse Maya. Seguiu-se um silêncio constrangedor, que Janet se contentou em prolongar. Maya acrescentou: "Eles atiraram uma flecha em mim".

"Como assim?"

Maya mostrou a Janet a cicatriz em seu braço. Janet franziu os lábios. "Bem, acho que você ganhou, mas a menos que queira apresentar queixa e tentar iniciar um processo criminal, não vejo como isso justifica tirar as crianças de seus pais. E não posso afirmar, não com certeza, que essas crianças estariam melhor, por qualquer métrica quantificável, se removidas de seus cuidadores atuais. Acho uma perda de tempo. Para mim. Tenho casos em San Bernardino que são muito, muito piores e mais urgentes. Você tem ideia do número de casos em que estou trabalhando no momento?"

"Bem, eu sei que o padrão recomendado de número de casos para você seria algo como... trinta a quarenta e cinco?"

"Sim, exatamente. E eu tenho sessenta e sete. Com as crianças Powers, seriam mais dez."

"Certo, dez crianças."

"Gostaria de encerrar o caso Powers por causa das outras sessenta e sete famílias. Mais de cento e cinquenta crianças cujas vidas e futuros dependem de eu fazer meu trabalho todos os dias e não voar em um jato particular. Tenho um menino de seis anos cujo trabalho era alimentar o pit bull de seu pai. O cachorro emagreceu porque a criança às vezes se esquecia de alimentá-lo. Então, por isso, o cachorro perdeu uma briga e teve que ser sacrificado. O pai decidiu ensinar uma lição ao garoto, fazendo-o trocar de lugar com o cachorro. O garoto foi forçado a dormir do lado de fora em um pequeno galpão com uma coleira e comer comida de cachorro por um mês."

Maya balançou a cabeça, inconformada com a cruel estupidez.

"Agora multiplique isso por cento e cinquenta", acrescentou Janet.

Maya tentou mostrar compreensão.

"Eu aprecio sua preocupação com sua comunidade. E eu compartilho dela."

"Compartilha? Você já pôs os pés em San Bernardino? Quero dizer, eu sei que você voou sobre a cidade..." Janet sorriu.

"Sim, eu já estive lá." Maya fez o possível para ignorar o sarcasmo. "E tenha certeza de que adoraríamos ajudar, que nosso uso da terra nas proximidades criará milhares de empregos temporários e centenas de permanentes, e trará bilhões para a comunidade."

"Como o Walmart. Sim, eu ouvi o tom."

"Sim, como o Walmart, mas ainda melhor. Mas temos que chegar lá primeiro, nos mudar para o bairro, o que nos traz de volta às crianças Powers — eles estão sendo preparados para serem adultos, para entrar no mundo e no local de trabalho? Quero dizer, além de aprender essas maluquices anticientíficas e racistas, que podem ser vistas como abusivas?"

"Sim, na era de Trump, infelizmente, essas idiotices anticientíficas ou as ideias raciais pseudocientíficas se tornaram populares. E, em certas partes do país, vemos escolas públicas pressionadas para, digamos, ensinar o criacionismo junto com a teoria da evolução. Ou então vemos as escolas particulares andando, ou melhor, pisando em ovos nesse assunto ou até seguindo a mesma linha de pensamento. As crianças estão sendo usadas como peões e ou como cobaias em guerras culturais dos adultos."

"Isso é vergonhoso", disse Maya, e ela realmente quis dizer isso. Janet estava balançando a cabeça com ceticismo, prestando atenção à hipócrita linha de argumento antirracista seguida por aquela jovem branca.

"Eles estariam melhor em uma escola pública em San Bernardino? Pode ser. Talvez não", Janet se perguntou. "Estou tendendo a olhar de outra forma e deixar a situação como está."

Maya perguntou: "E quem decide, em última análise? Você ou a lei?".

Janet olhou para Maya fixamente. "Deixe-me lhe dizer uma coisa, senhora..."

"Maya, por favor. Maya Abbadessa. Pai italiano, mãe mexicana." Ah, sim, ela foi capaz de trabalhar a coisa da mãe mexicana perfeitamente nessa conversa com uma mulher afro-americana. Tirando a diferença gritante no guarda-roupa entre elas, esse era um acordo entre minorias. Era assim que as coisas deveriam ser vistas. "Mas me chame de Maya."

Janet olhou para a mulher branca à sua frente.

"Maya: ninguém dá a mínima para essas crianças no deserto. Você também não dá a mínima. Meu coração não se aperta por elas. Essas crianças estão vivendo com a herança delas. Elas vão ficar bem. Preocupo-me com as crianças desfavorecidas de San Bernardino. São sempre as mesmas. Crianças que não são brancas, cujos pais não estão sentados em uma mina de ouro, que trabalham em dois empregos ou trabalham por um salário insignificante. As crianças na fronteira."

De repente, Maya ficou com sono, como costumava ficar quando uma palestra começava. Ela chamou a atenção de Belinda e murmurou: "Espresso, por favor, duplo".

"Crianças na fronteira. Entendi", disse Maya, e deu um sorriso triste e empático. Janet respondeu revirando os olhos. Mas essa indignação com "o sistema" era exatamente o que Maya esperava, e ela poderia usar seu artifício pessoal — essa era a abertura, pequena, mas visível, para a jogada com a qual ela provocara Malouf — o ponto fraco dessa boa mulher, onde sua raiva e sua integridade se encontravam. Janet Bergram pode não estar pessoalmente à venda, mas ela ainda pode ser manipulada para agir de acordo com sua visão pessoal de justiça e sua ambição para cuidar das crianças, se ela puder se ver como uma possível salvadora.

"Você está certa, Janet. Talvez eu não me importe tanto quanto você com as crianças. Isso é compreensível, afinal, esse é o seu trabalho. Mas eu também tenho um emprego, e meu trabalho é ganhar dinheiro. E quando eu ganho dinheiro, outras pessoas ganham dinheiro. Seu efeito reverbera."

"Não como antes. Se é que já aconteceu alguma vez."

"Vejo que você está um pouco presa em um lugar difícil. Quer dizer, estou apenas falando baboseiras aqui", ela mentiu, com seu plano bem incubado pronto para nascer, "mas e se você se afastar dessas crianças e me der um pouco de tempo, e me deixar configurar uma espécie de métrica que permitiria quantificar, de forma científica, se essas crianças Powers estão sendo prejudicadas ou não?"

"Não acho que isso seja possível."

"Não, não é possível, mas é viável."

"O que você quer dizer?"

"O que você acha de não denunciar essas crianças, não dar nenhuma recomendação agora, ou fechar oficialmente o caso? E, enquanto isso, sua atenção está onde deveria estar — nas crianças de San Bernardino, como o garoto pit bull, que precisa muito de você. Nós podemos fazer um teste, pegamos três dos garotos — ele tem dez... pegamos três das crianças e as colocamos na escola pública de San Bernardino por um ano e, no final do ano, comparamos todo o crescimento, seus níveis de desempenho acadêmico e bem-estar emocional, com o das crianças que ficaram em casa. E, caso as crianças que ficaram em casa se saiam melhor, eu perco — os Powers ficam com tudo. Mas, de qualquer forma, você ganha, porque então você irá pressionar o sistema escolar para ser melhor. Armada com os resultados, você vai jogar na cara daqueles cuja falta de atenção e financiamento paralisaram as escolas locais e exigiremos mais dinheiro para as crianças de San Bernardino com as quais você se importa tanto".

"Isso é loucura", disse Janet.

"É?"

Maya deixou Janet em silêncio imaginando o cenário que se passava em sua cabeça, por mais complicado e improvável que ele parecesse. Então, expôs sua verdadeira visão.

"Se as crianças se saírem melhor em San Bernardino, que é o cenário mais provável", continuou Maya, "a Praetorian vence e estabelece uma presença lá, e nós canalizamos milhões para o bairro, todos os barcos subindo na maré alta, com crianças nesses barcos. De qualquer forma, você chamará dinheiro e atenção para um sistema falido."

Janet não conseguiu esconder sua curiosidade por essa estranha aposta, pelo menos pela possibilidade de benefício econômico. Momentaneamente, ela perdeu seu habitual olhar entediado e desdenhoso, seu orgulho e sua hipocrisia. Se as crianças se saíssem melhor em San Bernardino, Janet poderia se ver como uma heroína para sua comunidade, trazendo milhões de dólares em negócios, alguns dos quais inevitavelmente investidos em obras públicas e educação pública para as crianças.

Mas ela poderia fazer tudo sem chamar atenção? Sabia que poderia fechar seu pequeno arquivo sobre os Powers e eles cairiam no esquecimento e desapareceriam no sobrecarregado sistema. Através de toda aquela baboseira, ela começou a ver o *Cash-n-ator* como uma possível fonte de coisas boas.

Maya havia usado seu poder de seduzir almas. Agora, ela esperaria Janet preencher os espaços silenciosos e mostrar seu próprio interesse crescente por si mesma. Agora ela deixaria a mulher se revigorar. Janet começou a falar mais alto, o que a denunciava.

"As escolas locais precisam muito, muito. E os critérios pelos quais você julga o crescimento ao longo do ano serão necessariamente um tanto subjetivos, não?"

"Sim, mas faríamos o que pudéssemos para torná-los o mais objetivo possível. Talvez fazer com que todos façam um teste padronizado antes e depois do ano?"

"Claro. Isso é um começo."

Maya estava com a faca e o queijo na mão. Mas, antes de continuar, ela queria deixar Janet falar. Ela queria que Janet continuasse levando essa ideia adiante. Para trabalharem juntas, ela precisava de cumplicidade. Elas se encararam por alguns longos segundos.

Janet cedeu novamente e perguntou em voz alta: "Então, as três crianças — elas continuam no sistema escolar de San Bernardino e, se tudo der certo, também depois, na faculdade. Mas o que acontece com as crianças que ficaram em casa?".

"Ao vencermos, eles precisariam se mudar, a família toda, de volta para a civilização. Para o bem das crianças e para cumprir a lei da terra. Porque foi isso que nosso pequeno experimento social nos ensinou. Seu instinto e a lei estão satisfeitos de qualquer maneira. Essa é a moral da história."

Janet Bergram, funcionária pública com mestrado em serviço social e *Juris Doctor*, que recebia 68 mil dólares de salário anuais brutos e que pagaria sua dívida estudantil até a morte, olhou pela janela de um avião particular, o mundo a seus pés. Ela olhou além das nuvens e se permitiu sonhar em fazer tanto bem para as crianças de sua cidade natal, e para as crianças desse estranho enclave mórmon que ela não sabia que existia até algumas semanas antes. Ela não gostava dessa Maya, essa mulher meio mexicana à sua frente, mas não desgostava dela... com certeza, ela era ambiciosa e gananciosa, mas também era criativa.

Janet tinha certeza de que era mais esperta do que Maya, poderia dar conta dela. Só uma tola pagaria o tanto que ela pagou por um par de sapatos. Ela conhecia os sapatos Manolo Blahnik por causa de *Sex and the City*. Janet serviu sua comunidade por muito tempo e ansiava por fazer algo grande por todos eles, para capacitá-los a dar um grande salto. Eram apenas três crianças que nem sequer tinham registro ou número de seguro social. Ela sabia muito bem que eles poderiam facilmente ficar escondidos por um ano em uma escola e ninguém teria que saber — nem o governo local, nem seu chefe, nem o conselho de educação. O fim poderia facilmente justificar os meios.

"Sabe, Janet, posso ser franca?" Maya sorria para ela, quase a provocando. Ela sabia que alguns burocratas, em seu íntimo, se imaginavam como heróis rebeldes quando se olhavam no espelho. "Você fala sobre como você não tem poder, você fala sobre a inação do governo, você fala sobre a falta de imaginação e a burocracia lenta, o que você faria se tivesse o poder — e aqui está uma oportunidade de dar um fim nessa burocracia, aqui está a chance de ser uma dissidente, uma inovadora, uma defensora visionária das dezenas de milhares de crianças em seu distrito. Eu não posso acreditar que você vá se esconder atrás de algumas dessas mesmas barreiras burocráticas e deixar passar esta chance de uma vida."

"Essas três crianças não têm CPF. Eles mal existem." Janet falava quase para si mesma, convencendo-se de algo que Maya já a havia convencido. A faca e o queijo na mão. Mas Maya era tão boa no que fazia que queria ver Janet envolvida nesse acordo como se a ideia tivesse partido dela mesma.

"Isso mesmo. Nosso teste terminará em cerca de nove meses e ninguém notará. Três garotos dos quais ninguém nunca ouviu falar vieram para a cidade e passaram um ano em uma escola pública local e depois se mudaram para outra cidade e outra escola. Acontece o tempo todo."

Janet suspirou. *Acontece o tempo todo.*

"Se eu desistir do caso, fechá-lo ou não puder mais atuar nele... Você terá que obter a permissão dos pais, é claro, para entrar neste acordo — um acordo cuja legalidade, ou qualquer natureza vinculativa, será altamente discutível. Eles teriam que entrar de boa vontade, deixar três crianças se mudarem para San Bernardino e irem para a escola. E eu não vejo isso acontecendo."

"Deixe comigo."

"Se você os ameaçar ou coagir de qualquer forma usando meu nome ou a autoridade de minha agência ou do governo da Califórnia..."

"Como eu disse, deixe isso comigo. Não vou mencionar seu nome. Tudo que eu preciso é que você encerre oficialmente o caso e vá embora neste momento. Veja as outras crianças. Elas precisam de você. Esse foi o seu instinto. Não estou pedindo sua ajuda ou envolvimento: só estou pedindo que você não atrapalhe, não chame atenção para a família ou para nós. Isso se encaixa em sua missão."

"Como assim?", perguntou Janet.

Maya disse de cor: "A missão da Assistência à Criança e à Família de San Bernardino é cumprida em 'colaboração com a família, uma ampla variedade de órgãos públicos e privados e membros da comunidade'. Isto é a Praetorian: uma agência privada. Isto é o que eu sou — um membro da comunidade. Essa é a nossa colaboração".

Janet assentiu. Sim, ela poderia ter problemas, mas o lado positivo não teria feito valer a pena? A agência estava lamentavelmente com falta de pessoal, na verdade, vinte e dois por cento dos cargos em seu setor estavam vagos. O sistema não estava funcionando. Talvez o sistema precisasse de uma sacudida. Ela não tinha ideia de como Maya faria os Powers concordarem com isso, mas talvez isso não fosse mais preocupação sua. Ela poderia simplesmente encerrar o caso por um ano, voltar sua atenção valiosa, mas sobrecarregada, para os mais necessitados. Ninguém conhecia ou se importava com alguns mórmons no deserto.

"Para onde vamos de novo?", perguntou Janet, cansada.

"Lugar nenhum. Estamos passeando. Lá é San Bernardino", disse Maya.

Janet olhou para baixo e, sim, ela conseguiu distinguir alguns pontos de referência familiares, e aquele era o Aeroporto de San Bernardino, quase diretamente abaixo deles. Sua cidade, cheia de tantas histórias tristes, parecia pequena, simples e tranquila lá embaixo. Ela podia ver a coisa toda em sua simplicidade geométrica. Seu estômago estava esquisito. Janet teve um momento de pânico em que imaginou que aquelas pessoas não a levariam de volta à terra firme até que ela lhes desse o que queriam, como um refém em um avião particular.

"Você quer dizer que estamos apenas voando em círculos? Jesus Cristo."

Maya sorriu e assentiu. Ela tinha vinte e sete anos e fazia grandes negócios em um jato particular. Milhões, talvez bilhões de dólares estavam flutuando ao redor da fuselagem do *Cash-n-ator* por causa dela. E as crianças poderiam até se beneficiar. Ela se sentiu bem consigo mesma.

Janet Bergram, que ganhava trinta e três dólares por hora, balançou a cabeça, incrédula com o desperdício — de tempo, petróleo, comida, energia e a pura ousadia do movimento em vão e, por baixo disso tudo, o poder potencial para o bem. Achou que fosse vomitar.

Ela repetiu para si mesma: *voando em círculos*.

## 10

Era a segunda vez que Maya visitava a família Powers no deserto, mas era a primeira que ela podia relatar. Maya não se lembrava de nada substancial daquela noite em que estava chapada de peiote, alguns meses atrás. As estradas não pareciam familiares, depois não havia mais estradas, e então eles tiveram de andar de quadriciclo na trilha até chegar o momento em que não havia mais trilhas. Maya estava começando a pensar que a coisa toda tinha sido uma alucinação. Embora o terreno fosse sempre igual, também resplandecia uma beleza dura. O guarda-florestal que ela tinha contatado para levá-la Joshua Tree adentro apontou o que achava que poderia ser interessante, ostentando seus conhecimentos como guia. "Setecentos e cinquenta espécies de plantas vasculares encontradas aqui."

Maya ia pesquisar no Google mais tarde, mas "plantas" foi o suficiente. Ele não conseguiu perceber que ela não estava muito interessada. "Metade são plantas sazonais que florescem na primavera. Então, dependendo da época em que você vem, é como um planeta diferente. Aqui costumava ser um mar, mas não há muita água agora, obviamente, então não há muita energia para queimar, e energia é tempo: o tempo é diferente aqui no deserto. Lento. Não é o tempo do homem. Tempo da rocha, tempo da areia, tempo do lagarto, tempo geológico. Olhe para aqueles cactos saguaro."

"Ah, é assim que você pronuncia?"

"Sim, *sawaro*. Eles podem viver duzentos anos. Aqueles caras ali conheceram Abe Lincoln. Imagine isso. Parecem homens fazendo coisas diferentes com os braços. Eles ficam em pé! Esses bichos me assustam, às vezes. Os cactos são para as árvores o que o homem é para os insetos exoesqueléticos. Eles, como nós, são macios por fora, duros por dentro, têm seus ossos, sua madeira, sua integridade estrutural por dentro. Já viu um cacto morto? Você verá a madeira. Você pode usar a madeira para imobilizar uma perna quebrada. Os nativos faziam isso. Os primeiros espanhóis que moraram aqui chamavam as árvores de Josué de *izote de desierto* — a adaga do deserto. Essa é a nomenclatura que prefiro. Não se preocupe, não haverá um teste." Maya assentiu e forçou um sorriso. Ele estava deixando Maya sonolenta. "Ali é onde o idiota do Trump, por meio do Departamento de 'Má' Gestão de Terras, quer deixar a empresa Eagle Crest Energy construir uma hidrelétrica e drenar os poucos aquíferos que existem neste mundo cheio de secas."

"Ah, já ouvi falar da Eagle Crest", disse Maya, sem opinar.

"O diabo, se quer saber. Eu tenho que cuidar da minha pressão arterial quando penso naquele palhaço." Ele respirou fundo algumas vezes e sacudiu as mãos para se livrar das energias ruins.

"De qualquer forma, você verá coelhos, lagartos com chifres, ratos cangurus, tartarugas, se tiver sorte." Maya estava corajosamente tentando sorrir para o guarda-florestal que estava se exibindo, dando sermão, como um taxista orgulhoso de sua cidade favorita. "Os predadores aqui são o coiote e a cascavel de Mojave, o lince, a águia dourada, você também deve ter cuidado com as tarântulas." O guia observou o rosto dela fechar.

"Não é fã de aranhas? E do Homem-Aranha?"

"Eu não gosto de cobras", disse ela, meio que se encolhendo involuntariamente.

"As cobras são incompreendidas", disse ele. "Elas realmente só se mexem quando são cutucadas."

"Eu estou aprendendo a lidar com isso."

"Cobra não é para todo mundo. O que você está fazendo aqui, se não se importa que eu pergunte? Pesquisa? Você é de Hollywood? Netflix?"

"Algo parecido."

"Maratonar séries na Netflix."

"Isso é o que os jovens dizem."

"O governo?"

"Eu realmente não tenho liberdade para dizer."

134

"Ah, entendi. Ultrassecreto. 'Não tenho liberdade para dizer'... isso é tão legal."

Ele sorriu e verificou seu GPS.

"Eu nunca estive neste lugar a que você quer ir. Ouvi falar dele, mas nunca fui. Achei que fosse uma lenda. De acordo com este aparelho, não serão mais de dez minutos agora. Caminhada difícil."

Após cerca de trinta minutos, uma casa finalmente se tornou visível como uma miragem à frente, parecendo oscilar no terreno plano. "Algo está balançando. Olhe para ela acenando para nós. Você sabe por que o calor faz ondas assim?"

"Ondas de calor? Não sei."

"Tem a ver com a refração", disse ele, orgulhoso. "Quando a luz passa entre substâncias de diferentes índices de refração — ar quente e ar mais frio — quando se mistura, faz vibração e agita a luz, parece ondulada."

"Que legal."

"Não, está frio e quente", disse ele. "E é apenas mais uma maneira de o deserto mexer com sua cabeça. Ver não significa acreditar."

O som do quadriciclo deve ter percorrido quilômetros sem impedimentos no deserto, porque toda a família estava esperando do lado de fora da casa, parecendo mais guardas do palácio do que um comitê de boas-vindas.

"Eles estão esperando você? Porque não parecem tão amigáveis."

"Mais ou menos."

"Para mim, está parecendo que é 'menos'."

"Se você quiser esperar aqui, tudo bem. Eu não quero que eles se sintam emboscados de jeito nenhum. Eu posso andar o resto do percurso." Eles estavam a cerca de duzentos metros de distância agora.

"Sim, acho que ficarei aqui. Cascavéis, linces, animais do deserto — eu os conheço. Povo do deserto? Não muito. Esse é um animal que eu não consigo ler. Eles parecem estranhos para mim e, honestamente, ouvi histórias de que eles têm armadilhas escondidas como nos filmes de terror. Já viu *Quadrilha de sádicos*?"

"Não."

"Bem, o deserto pode ser enganador, mas o ser humano é ainda mais. Se precisar, estou aqui. Quanto tempo você vai ficar?"

"Pode ser cinco minutos, pode demorar um pouco."

"Merda. Vá fazer o que tem de fazer. Você está me pagando pelo dia. Estou aqui se precisar de mim. Apenas assobie."

"Obrigada."

Maya saiu do quadriciclo e caminhou em direção à casa. Quando ela se aproximou, as crianças mais novas a olharam como se ela fosse um animal que tivesse escapado do zoológico, e ela procurou aquele que tinha atirado flecha nela. Embora suas memórias daquela noite fossem desconexas e surreais, ela manteve uma imagem de seu agressor ruivo tão clara como se ele tivesse sido cunhado em uma moeda comemorativa. Ela foi até ele.

"Oi, meu nome é Maya", disse, fazendo uma reverência.

"Eu sou Hyrum. E me desculpe por acertar você. Achei que fosse um coiote."

Maya riu.

"Pegou pesado. Coiote feio, hein?", ela brincou.

"O quê?", perguntou Hyrum.

Ela despenteou seu cabelo louro-avermelhado, que estava sujo, grosso e emaranhado com areia, lembrando pele de animal. Aquele menino parecia com o que ela lembrava dos desenhos nos livros sobre Huck Finn que lia na sua infância.

"Hyrum", disse uma das mulheres se aproximando deles e puxando o menino para longe dela. Maya não conseguiu distinguir se a mulher estava protegendo o menino dela ou protegendo ela do menino. A mulher se apresentou sem estender a mão.

"Eu sou Yalulah. Você me conheceu na outra noite, mas provavelmente não se lembra."

"Desculpe, eu não estava bem"

"Não, você não estava. Não toque nas crianças, por favor. Eles não tomaram vacinas e não têm defesa contra bactérias e vírus que você possa ter trazido."

"Oh", Maya respondeu, mortificada. "Eu não tinha pensado nisso."

"Não teria como. Como está seu braço?", Yalulah perguntou. "Não deve ter sido infectado. Aquele menino pode não tomar banho, mas mantém suas flechas limpas."

"Bom saber." Maya tentou amenizar a situação.

Bronson, que estava parado sob a sombra do telhado, deu um passo à frente e disse: "Achamos que você voltaria. Entre e vamos sair do calor". E então ergueu a voz: "O rapaz ali também quer entrar?".

"Estou bem!", respondeu o guarda de imediato.

As crianças estavam se aproximando do estranho de uniforme, fascinadas, como motoristas que desaceleram no local de um acidente. Bronson impediu os garotos. "Ei, Beautiful, Deuce, Pearl, me ajudem aqui. Todos vocês... Vocês têm trabalho a fazer. Deixem o homem em paz. Não toquem nele." Maya percebeu que estava com medo e desejou que o guarda-florestal e sua arma no coldre entrassem com eles, mas ele estava agindo como um idiota e, para ser justo, ela só o contratou para transporte, não para proteção.

Uma vez dentro da casa, Bronson levou Maya, Yalulah e a mulher de cabelos escuros para o que ela imaginou ser uma enorme sala de aula. Livros por toda parte, conjuntos de química, pinturas e instrumentos, nada de que Maya se lembrasse da outra noite. Yalulah estava intensamente vigilante e Maya estava ciente de que estava marcando todos os lugares em que Maya tocava e que esterilizaria a área assim que saísse. Bronson começou: "Você conheceu Yalulah, esta é Mary, você pode falar na frente de todos nós. Nós somos um".

"Quer um pouco de água?", perguntou Mary. "Hoje está quente como a boceta do diabo."

**137**

Bronson deu uma risada e então advertiu sua esposa.

"Mary..."

"Obrigada. E obrigada por cuidar de mim naquela noite", disse Maya, enquanto Yalulah saiu para buscar água.

Maya continuou.

"E sinto muito pela atenção indesejada que minha visita trouxe para sua família. Mas aqui estamos".

"Sim, aqui estamos. Em casa. Minha casa. Onde você está?", Bronson perguntou.

Maya notou seus antebraços quando ele se inclinou para a frente em sua cadeira, os mais fortes que ela já tinha visto, tão musculosos quanto as raízes de uma pequena árvore. Ela tinha namorado homens musculosos e ratos de academia antes, mas nunca tinha visto nada tão natural e funcionalmente poderoso quanto os antebraços desse homem. Maya entregou a cada um deles um cartão que a identificava como vice-presidente da Praetorian Capital. Cada um deles olhou para o cartão da mesma forma desdenhosa, exatamente como se ela tivesse lhes entregado um cocô laminado brilhante. Da forma mais sucinta que pôde, Maya expôs os cenários que a família Powers estaria enfrentando agora. Ela disse que a nova posição do governo sobre essa família fora da rede era como uma caixa de Pandora que, por mais que tentasse, não conseguiria fechar depois de aberta. Maya se desculpou por isso, pois sabia que ela própria era o motivo dessa exposição. Ela lhes mostrou recortes dos Turpins e dos Angulos.

"Não estou dizendo que vocês são como os Turpins, mas a lei pode ser um instrumento contundente se você a envolver e nenhum de nós pode saber onde ou como termina."

Mary olhou para a xerox do artigo do jornal.

"É 2018?", perguntou ela, olhando para Bronson também.

"É 2019. Esse caso foi no ano passado."

"Meu Deus. Tempo. Uau. Ah... então você está nos acusando de abuso infantil?", perguntou Mary.

"Não estou acusando ninguém de nada. Não sou policial, nem advogada, nem representante do estado da Califórnia. Na verdade, estou tentando manter a polícia, os advogados e o Estado fora disso."

"Estamos ouvindo", disse Mary.

Bronson olhou para sua esposa e disse: "Você está ouvindo. Eu não". *Bom*, pensou Maya, *já há rachaduras entre eles*. Mary poderia ser a fissura, de onde toda a rachadura se iniciaria, então Maya se concentrou nela. Depois de apresentado o primeiro cenário, em que sua empresa compraria uma parte da terra, o que permitiria aos Powers ficarem onde estavam enquanto eles lhes davam o dinheiro de que precisariam para as disputas com o governo — para pagar seus impostos sobre a terra, ou se realocarem total ou parcialmente, ou usar o dinheiro para entrar em ações judiciais, se achassem adequado.

"De jeito nenhum", disse Bronson. "Esta terra é inteira nossa."

"Isso mesmo!", Yalulah gritou da cozinha.

Maya não sentiu nada positivo de ninguém do trisal em relação a essa primeira opção. E, enquanto falava, também pensava na logística desse arranjo. Eles não eram um, eram três. Quem fazia sexo com quem e com que frequência? Eles faziam tudo juntos o tempo todo ou meio que alternavam? Bronson tendia mais para uma delas? Maya não se conteve. *É bobagem, mas é da natureza humana se perguntar*, pensou. Para ela, Mary era lésbica. A maneira como Mary a olhava era intensa. Ou talvez fosse ódio, pois este se parece muito com a atração sexual. Além disso, definitivamente havia muita coisa confusa nessa merda de novela entre esses três. Esses três mórmons faziam terapia juntos? Eles tiveram retiros quádruplos?

Maya tinha que parar com esses pensamentos. Enquanto ela fazia piada com a situação, aquelas pessoas poderiam muito bem ser a família Manson. De qualquer forma, ela não era nenhuma especialista. Ela conhecia muitos pais monogâmicos que ferravam com seus filhos com maestria. E depois que seu pai morreu, sua mãe ficou com Bill, seu padrasto, para sempre, e ainda eram pais de merda apesar da configuração tradicional, então tanto faz... quem diabos sabe? Façam como quiserem... mandem bala, mórmons.

"Isso é besteira", disse Yalulah, enquanto voltava com uma jarra de água. "Uma vez que vendermos um pouco, é ladeira abaixo. Você continuará querendo mais e mais, os governos mudarão e continuarão mudando as leis, e teremos que vender mais e mais, e, antes que você perceba, meus filhos estarão vivendo como zumbis nos subúrbios."

"Eu entendo que você se sinta assim", disse Maya, que, sentindo a boca seca, tomou um gole de água. "E os direitos minerários?"

"Não vou vender direitos minerários para que você possa perfurar e rasgar o solo sob nossos pés", disse Bronson.

"Essa é outra ladeira abaixo na qual você está tentando nos colocar", acrescentou Yalulah.

Maya observou Yalulah notar exatamente onde seus lábios tocavam a borda do pote de vidro, um contato entre o mundo exterior e o dela a ser higienizado o mais rápido possível. Maya estava secretamente satisfeita que a família Bronson não estivesse sendo fisgada na primeira opção, pois ela foi feita para não dar certo. Maya começou com alguns chavões rápidos da escola de negócios. "Existem quatro tipos de acordos na vida — o ideal, o talvez legal, o sem acordo e o acordo real. O acordo ideal não temos. Infelizmente, vocês também não têm a opção legal de não fazer um acordo, e não quero que isso seja uma provação para sua família — então o acordo que estou procurando é o acordo real, e aqui está o que pode ser o acordo real. Porque discordo de Janet Bergram e do estado da Califórnia, que muito possivelmente retirariam seus filhos daqui."

Assim, ficando do lado deles e traindo sua promessa a Janet de que não usaria o nome dela, Maya lançou-se na ideia da grande aposta — eles fariam um teste secreto de boa-fé, comparando o aprendizado das crianças que ficavam em casa com o das crianças que estudavam na cidade. Se as crianças se saíssem melhor em casa, a Praetorian iria embora. Se as crianças se saíssem melhor na cidade, então os Powers poderiam fazer um acordo e vender um bom pedaço de terra para a Praetorian com a promessa de que a empresa seria o menos invasiva possível ou Janet Bergram tornaria essa família conhecida pelas autoridades, e o inferno poderia muito bem começar ali.

Quando ela terminou, bebeu o resto de sua água. Yalulah pegou a jarra vazia e desapareceu na cozinha. Ninguém disse uma palavra. Mas o aspecto de Mary havia mudado. Ela não estava mais olhando para Maya como se quisesse estrangulá-la. Ela tinha o olhar de uma pessoa que está perdida recebendo instruções para voltar para casa. Maya ouviu um vidro se quebrando no lixo.

Bronson olhou para suas botas com curiosidade, como se não tivesse certeza de por que elas não andavam sozinhas e o tiravam daqui.

"Essa é a coisa mais idiota que já ouvi. Parece uma péssima história de um filme ruim." Ainda sem olhar para cima, continuou: "Para o seu acordo eu digo 'de jeito nenhum'. Você pode ganhar muito dinheiro aqui?".

"Sim."

"Eu não confio em você."

"Acho que você não tem muita escolha."

"Parece que", Mary interrompeu, "temos a opção de confiar nela ou no governo. Prefiro confiar nela."

Surpreso, Bronson olhou para Mary, como se estivesse tentando ver através dela. Maya sabia que casais de longa data falavam em código e estava alerta para decifrar esse código triplo, mas não tinha certeza. Yalulah voltou, secando as mãos.

"Podemos esperar eles saírem", disse Yalulah. "Eles vão ficar entediados. Outra coisa vai chamar a atenção deles. Eu digo para não fazemos nada."

Maya tentou derrubar esse argumento, mentindo novamente sobre o envolvimento de Janet exatamente do jeito que havia prometido que não faria. "Você poderia tentar, mas eu não apostaria nisso. Essa mulher que trabalha para o estado, Janet Bergram, não é uma pessoa do tipo que vai embora e esquece as crianças. Estatuto 48.293, subseção C: o tribunal pode ordenar que qualquer pessoa condenada pela subdivisão A (a disposição de enviar seu filho para a escola ou obter a documentação apropriada e as provas de que o filho está sendo educado) deve matricular imediatamente o aluno na escola apropriada." Pessoas normais ficariam intimidadas por uma mulher nomeando e numerando estatutos para eles, mas a família Powers não se assustava facilmente.

"Duvido disso", disse Yalulah. "Aquela senhora parecia muito impressionada com nossa escola, como ensinamos. E, além do mais, isso é apenas papelada." Mary e Bronson olharam para Yalulah para ver se ela queria continuar aquela briga.

Bronson por fim desviou o olhar, mas Mary manteve seu olhar em Yalulah quando algo profundo e difícil se passou entre eles.

"Yaya...", disse Mary.

Já Yalulah olhou para baixo e balançou a cabeça por um bom tempo. Nada aconteceu, mas algo importante tinha sido decidido. Maya de alguma forma sentiu o peso da sala mudar para onde Mary estava sentada. Yalulah suspirou profundamente. Parecia magoada. Ela pegou a mão de Bronson e disse: "Isso pode ser um teste para nossa fé".

"Certamente é", disse Bronson.

"A força da nossa fé e o que ensinamos aos nossos filhos. Qual é a nossa fé se não puder sobreviver a um desafio exterior?", Yalulah sondou.

"O que você está fazendo, Yaya?"

"Não é mais tão simples, Bronson", acrescentou Mary, enigmaticamente.

Yalulah continuou.

"Os Amish não têm seu Rumspringa, quando os adolescentes saem por um ano ou mais e, se voltam, voltam para a fé com o vigor renovado, porque escolheram este mundo a partir do livre-arbítrio?"

"Nós não lhes demos livre-arbítrio, Bro", afirmou Mary.

"Não demos liberdade?" Bronson estava incrédulo. "Eles são tão livres em suas vidas quanto os nativos."

"Não falo desse tipo de liberdade. Na mente. Da vontade. Contra a tentação. Como tínhamos antes de vir para cá", disse Mary.

"E como isso funcionou para você?", Bronson exigiu saber, agora parado bem entre Mary e Yalulah, como se tentasse impedir que se juntassem. "As crianças estão livres para pensar livremente, livres do pensamento de massa, do desespero daquele mundo e de uma cultura doente." Maya recostou-se, fascinada, esperta o suficiente para não atrapalhar aquela unidade enquanto ela lutava, e processava: eles não pareciam mais um mitológico ser de três cabeças.

"Em Kirtland", disse Yalulah, "aonde o próprio Joseph Smith não queria ir, eles dobraram a Igreja em um dia."

"Você está falando sobre uma missão?" Bronson pedia esclarecimentos. "A missão deve acontecer aos dezenove anos."

Mary assentiu. Ela pegou a mão de Yalulah e disse: "É um teste de fé e uma missão. Talvez seja para as crianças mais velhas, então talvez seja alguns anos antes. De qualquer maneira, eles logo irão para a faculdade, certo?".

"Eu não sei sobre isso. Isso é daqui a alguns anos."

"Sim, Bro", concordou Yalulah, acalmando-o e pressionando-o ao mesmo tempo. "Você mesmo diz, não podemos escolher como em um 'menu' aquilo em que acreditamos da fé. Como podemos impedir nossos filhos de uma missão se a missão faz parte de sua fé?"

Mary continuou.

"Talvez este seja o sinal que você estava esperando. O sinal que você desejou ver enquanto cavalgou no deserto. O sinal para lhe dizer quando mandá-los de volta ao mundo."

Bronson estava incrédulo por ver que parecia que suas mulheres estavam do lado daquela outra mulher, aquela estranha, e as bases que sustentavam sua vida começaram a cair — todos os pensamentos e medos que o mantinham desperto à noite, que perturbavam seu sono, estavam sendo encarnados e dublados ali na sua frente. E estavam caindo feito peças de dominó. Ele tinha que parar com isso. Apontando para Maya, disse, exigindo uma resposta: "Como vocês sabem que ela não é uma tentação? Um obstáculo a ser superado?". Normalmente, era o domínio de Bronson interpretar presságios e traduzir a vontade invisível de Deus em coisas que podiam ser vistas. Mary tinha usurpado aquele lugar e parecia relutante em abandoná-lo.

"Onde o caminho é ruim" — ela devolveu a ele suas próprias palavras, em pregação — "o obstáculo é bom."

"Você acha que esse emissário capitalista, essa garota de recados, é enviado por nosso Deus?"

"Deus trabalha de maneiras misteriosas", disse Mary.

Maya pensou ter ouvido algo próximo ao desprezo na voz dela.

Preso entre elas, Bronson olhou nos olhos de Yalulah e depois nos de Mary. Por um momento, ele pareceu derrotado, como se tivesse ouvido suas próprias palavras transformadas em bastões pelas mulheres que amava para depois se voltarem contra ele. Não parecia com o caubói e super-herói da cabeça de Maya, e sim com um marido de programa de comédia enlatado, velho, quase à morte. Ele balançou a cabeça e olhou para as botas novamente, imaginando a velocidade com que mundos, que por anos orbitam em elipses pacíficas, podem colidir de repente e se destruir uns aos outros. Bronson era um sistema solar completo, e no momento havia muito, muito para acompanhar.

Maya sentiu que aquele era seu momento de atacar, de jogar a cartada final em um alvo ensanguentado. "Naquela noite, quando seu filho acertou uma flecha em mim. Não me lembrava muito disso, mas acabei lembrando aos poucos. Você falou, em seu discurso na fogueira, algo sobre macacos bonobos?" Bronson olhou para ela e Maya continuou: "E também me lembro de dois túmulos, talvez três. Duas lápides pequenas e uma maior para algo muito pequeno, como um animal de estimação ou algo assim". Maya sabia que não eram sepulturas de animais de estimação e deixou que eles também soubessem que ela sabia. Essa era uma ameaça séria, pura e simples.

Ninguém se mexeu ou disse qualquer coisa. Maya engoliu em seco tão alto que ela mesma se assustou. A respiração de Bronson ficou mais rápida e mais superficial e ele ficou agitado.

"Foda-se. Foda-se, inferno."

Bronson rapidamente saiu da casa e suas esposas o seguiram, e Maya as seguiu. Quando todos saíram, ele estava andando em direção ao curral de cavalos e chamando as crianças, todas as crianças. Os jovens, alertados pelo tom inquieto na voz de Bronson, abandonaram tudo que estavam fazendo e correram para o curral. Três belos cavalos balançavam tranquilamente o rabo. Uma adolescente bonita, que Maya supôs ser a filha mais velha, estava montada em um cavalo. Bronson alinhou as crianças na cerca de madeira. "Qual dessas crianças você quer que eu mande para uma escola pública em San Bernardino e quais você quer que eu mantenha?". Sua voz estava tão cheia de uma raiva meio descontrolada que Maya instintivamente deu um passo para trás e suas costas roçaram em um cavalo, então ela deu um passo à frente novamente. Era um animal enorme.

Maya tentou manter a calma. "Bem, eu acho que sua família é quem deve decidir isso."

"Eu não disse que vou fazer isso, ou algo do tipo, mas, se eu dissesse, quais crianças você quer tirar da família para 'o próprio bem' delas?"

"Não sei." Maya estava começando a se sentir ansiosa, sua boca estava ficando seca. Sentia-se perto de alcançar seu objetivo, mas também muito distante dele. Ela sentiu que poderia ser enganada ou magoada. Ouviu o guarda ligar seu quadriciclo e se aproximar lentamente.

"Bem, eu com certeza não vou escolher", respondeu Bronson, cuspindo em seguida. "Como se chamava aquele filme? *Sofia*? *Sofia* alguma coisa? Ela tinha que escolher. Não estou escolhendo. Você sabe por quê?"

"Não."

"Porque eu vou ganhar. Não importa quem você escolher. Meus filhos estão melhor aqui e, depois de um ano, eles voltarão para cá e você verá que estou certo."

"Há uma boa chance de isso acontecer."

"Ah, tem? Uma boa chance? Vá em frente, Sofia. Faça a escolha."

Maya olhou para as crianças, para as mães e para Bronson. Quando as crianças perceberam o que poderia estar acontecendo, alguns dos mais novos começaram a chorar. Maya se sentiu uma merda, mas isso era um negócio, ela tinha que ter sangue frio, como uma espécie de lagarto do deserto.

"Você está bem, senhora?", perguntou o guarda, a uma distância segura.

"Sim, obrigada", Maya gritou, e voltou sua atenção para o grupo de crianças alinhadas como se estivessem na frente de um pelotão de fuzilamento.

"Bem..." Ela ganhou tempo, pensando: Janet Bergram e ela haviam escolhido duas crianças mais velhas, estudantes do ensino médio, e uma mais nova — talvez do ensino fundamental — como o melhor grupo de teste. E Mary, a mãe, tinha acabado de dizer que as crianças mais velhas provavelmente iriam para a faculdade em breve, então esse parecia o caminho a seguir, essas crianças estariam saindo de casa em breve, de qualquer maneira. Não seria nada demais. Hora de crescer e deixar o ninho. E é assim que acontece. Ela viu o garoto de aparência mais velha.

"Ele", apontou. "Qual o seu nome? Quantos anos você tem?"

"Deuce", disse o jovem.

"Deuce é o mais inteligente de todos nós", disse Bronson. "Ele vai acabar ensinando os professores. Ele tem dezesseis, dezessete, dezoito... por aí. Nós realmente não acompanhamos as idades assim."

"Ok, Deuce." Maya ficou aliviada. "Ele vai ser um calouro no ensino médio, então."

Ela podia ver que Deuce não estava feliz, ou pelo menos queria fazer seu pai saber que ele não estava feliz, talvez por não querer trair o pai. Talvez o garoto estivesse com medo. Claro, é assustador sair de casa pela primeira vez. Ele vai ficar bem. Mas Maya definitivamente achou que viu algum alívio nos olhos de Mary, e começou a pensar na mulher como uma aliada secreta em potencial.

"Acho que você agora também vai querer escolher um mais novo, certo?", zombou Bronson.

"Sim. Faltam dois", disse Maya.

Mary disse: "Deuce tem uma irmã gêmea, Pearl". Ela apontou para a menina bonita no cavalo. "Nós não separamos os gêmeos. E um missionário precisa de um companheiro. Esse é o caminho. Pearl também irá."

Mary olhou para Bronson quando disse isso, não para Maya, nem para a garota, Pearl. Ela parecia estar desafiando o marido a contradizê-la. Bronson olhou fixamente Mary por um segundo, com um olhar de incredulidade no rosto, e depois de choque e vergonha. Bronson traiu e se sentiu traído. Baixou os olhos, depois olhou para o céu, como se quisesse apoio. Só então Mary fixou os olhos em Pearl no cavalo. Maya notou que algo se passou entre elas, mas não sabia o que era e talvez nunca pudesse entender até que ela mesma se tornasse mãe. O amor, a proteção, o pedido de desculpas e a orientação que Mary estava enviando para a menina foram retribuídos em igual medida com decepção, competição e raiva voltando para a mãe. Pearl então olhou para Bronson e ele não olhou de volta para ela.

"Fodam-se todos vocês!", gritou Pearl. Ela chutou o cavalo em que estava montada. O animal disparou a galope, deslizando em meio a uma rajada de areia, pulou a cerca e logo desapareceu na distância.

"Pearl!", chamou Mary.

"Deixe-a em paz", disse Bronson, com um toque de veneno. "Ela vai voltar, não tem para onde ir."

"Acho que está indo bem até agora, não? Falta mais um, um jovem, como você disse. Você já tem dois filhos de dezessete anos, você quer um garoto de dez anos? Ephraim? Três pelo preço de um. Você quer outra garota? E a sua menina, Mary? Isso satisfaria você? Que tal Beautiful?"

Duas crianças, Ephraim e Beautiful, deram um passo à frente. Mary parecia tentar conter qualquer reação, mas torcia as mãos com tanta força que Maya podia ver pequenas manchas de sangue começarem a surgir em seus dedos.

Maya olhou para as crianças. Sua visão estava embaçada. Percebeu que estava chorando, então enxugou os olhos para limpá-los, o que só serviu para levar grãos de areia que a fizeram lacrimejar ainda mais. Bronson entregou-lhe um lenço, e o almíscar dele a repugnava. Quando voltou a enxergar, Maya pensou que poderia vomitar. Talvez devesse, mas não tinha previsto uma cena como essa. Ela não conseguia pensar. Tudo o que podia ver era a porra do garoto com aquela porra de arco e flecha, o garoto que acertou nela, Hyrum. Era o único nome que ela tinha certeza entre todos os nomes mórmons malucos e nomes hippies inventados. "Hyrum?", disse ela.

De repente, tudo aconteceu muito rápido. Maya ouviu o cavalo atrás dela fazer um estranho e agudo barulho, empinando, e sentiu o ar cortando em suas costas. Hyrum, incrivelmente rápido, como se estivesse em um filme reproduzido em velocidade aumentada, colocou uma flecha em seu arco e mirou no coração de Maya, que ainda ouviu Mary gritar: "Hyrum! Não!", como desde sempre fazem as mães quando seus filhos estão prestes a fazer algo violento e estúpido. Maya não conseguiu se virar, mas ouviu o guarda, atrás dela e distante, gritar e começar a correr em direção a eles, sacando sua arma, e, ela supôs, apontando para o menino. Ela viu isso em sua própria mente, sabia que deveria estar acontecendo. Então, se sentiu entrando em um momento especial, como um momento sagrado. Se sentia tanto presente quanto ausente no corpo e na mente, em algum lugar entre o aqui e agora e uma premonição do que estava por vir.

De repente, tudo ficou lento. Maya viu os dedos do menino se soltarem suavemente, como se libertassem um pássaro; viu a flecha voar em sua direção, sentiu que podia vê-la em trezentos e sessenta graus. Mesmo que o tempo desacelerasse, ela não teria tempo para se mover. O objetivo era certo. Ela estava morta. Sabia que ia morrer agora. O menino tinha tentado matá-la antes, e agora ele iria terminar o trabalho. Ela manteve os olhos abertos e esperou a picada da flecha através de sua carne até o coração, torceu para que fosse rápido e não muito doloroso, torceu para que não a acertasse no rosto. Ela merecia aquilo? Estava simplesmente tentando ganhar dinheiro, vencer na vida. Isso foi um pecado, o pecado? Isso era justiça pela dor causada pela separação dessa família estranha? Ela pensou brevemente, mas completamente, nas coisas que não faria na vida. Crianças. Grécia. *Hamilton*. Ela deveria ter tomado mais sorvete. Sua bunda branca estava prestes a ser um acessório inútil em um cadáver, uma coisa do passado, comida de minhoca. Pensou em seu próprio pai, esperava vê-lo novamente, se houvesse vida após a morte. Ela sintonizou o som do eixo que voou para mais perto dela, rasgando o ar, e então, curiosamente, ao que parecia, errou, continuou passando e fez um som alguns metros atrás de sua orelha esquerda.

Foi só então que ouviu o chocalho. Ela se virou, e ali na terra, na frente do cavalo assustado ainda empinando e batendo os cascos, preso no chão se contorcendo, sangrando e morrendo, estava uma grande cascavel furiosa, a centímetros de sua perna. A cobra parou de se contorcer e morreu pela flecha que atravessou sua boca aberta e agressiva. Parecia pronta para ser dissecada em uma aula de Ciências.

Maya desviou seu olhar da cobra para o garoto. Hyrum ainda estava apoiado em um joelho, o braço esquerdo estendido em punho segurando o arco, os dedos direitos em uma armação petulante, cotovelo no alto da orelha onde ele soltou a corda do arco. Ele tinha um sorriso no rosto: daqueles confiantes, de quem sabia que acertaria com uma única chance.

# PARTE II
# O tempo passa rápido
# no Rancho Cucamonga High

Quando você é um Jet, é um Jet o tempo todo.
Desde seu primeiro cigarro tragado até seu último dia de vida.

Stephen Sondheim, *Amor, sublime amor*

## 11

Não havia nada de especial na tarde de seis de agosto, nada que a destacasse como um divisor de águas entre duas estações. Era só mais um dia quente de um verão seco em Rancho Cucamonga, uma cidade com pouco mais de 175 mil almas no condado de San Bernardino, na Califórnia.

Ainda fazia quase quarenta graus nessa cidade desértica que em 2006 levou o 42º lugar na lista de "Melhores Lugares para Viver" da revista *Money*. Hits de verão (como a incontornável "Old Town Road") continuavam tocando alto nos carros da avenida principal (pitorescamente chamada de Mainstreet), como se todos estivessem tentando manter a atmosfera de meados de julho. Quanto melhor era o carro, e havia muitos Porsches e Ferraris nas mãos de adolescentes querendo parecer gângsters, mais altos os alto-falantes, e mais baixos, os graves. Em Los Angeles, as estrelas do Lakers, LeBron e Anthony Davis, nadavam em dinheiro enquanto entravam em forma no ginásio do Staples Center, ao passo que os Dodgers já pareciam prontos para a nova temporada. Tudo que era de se esperar no verão, como de costume, em todo o sul da Califórnia. Se havia alguma brisa no ar, era mental, já que as aulas estavam prestes a recomeçar, marcando o fim de um ciclo para todas as crianças e todos os adultos, já programados para um novo calendário escolar.

Mas esse não era o cenário para os recém-transferidos filhos da família Powers, que tinham acabado de se mudar para uma casa de quatro quartos (alugada pela Praetorian por três mil e duzentos dólares por mês) no número 6000 do quarteirão de Catania Place, que ficava a uma curta distância a pé do Rancho Cucamonga High (um dos três colégios da cidade, situados a oito quilômetros um do outro), onde as crianças estavam matriculadas para o próximo ano letivo. Os cérebros desses filhos da natureza estavam habituados ao deserto, livres de marés civilizadas. Não haveria uma transição suave, seria um antes e um depois tão brusco quanto o antes e o depois de Cristo. Amanhã seria o primeiro dia de escola das vidas de Deuce, Pearl e Hyrum, e eles realmente não tinham a menor ideia do que esperar.

A mudança aconteceu em meados de agosto, para que se aclimatassem aos poucos à casa de Catania Place, como fazem os mergulhadores que emergem das profundezas do mar. Cada um ganhou seu próprio quarto, fato inédito para as crianças. Fora isso, o mero ato de fechar a porta e estar só, com privacidade, já era uma revolução para os três. Portanto, qualquer que fosse o choque cultural esperado e previsto, coisas mundanas como nunca ter ficado completamente só, Mary considerava impossível prever quais seriam as repercussões. Ao pensar neles, lembrou-se da expressão *peixe fora d'água*. E não gostou nada disso, afinal os peixes morrem sufocados fora da água, não é? Que ditado mais estúpido. Eles eram mais como a metade de um bando de leões retirados da savana e largados sem aviso nos subúrbios.

Com a assistência invisível de Janet Bergram, Maya tinha escolhido o Rancho Cucamonga High porque se tratava de um dos melhores colégios do condado de San Bernardino. Todas as escolas públicas de ensino médio da cidade ganharam a distinção Silver no ranking de 2015 do *U.S. News & World Report*, e foram nomeadas para o prêmio California Gold Ribbon School pelo Departamento de Educação da Califórnia. As duas decidiram que a cidade de San Bernardino, a verdadeira jurisdição de Janet, com seus empregos e armazéns do Walmart, bicos que mal rendiam um salário mínimo a famílias sobrevivendo com muito custo e se desdobrando em vários empregos, seria um choque de realidade muito grande para que as crianças conseguissem prosperar no sistema. O objetivo final de Janet, tão diferente do objetivo de Maya, era ficar na surdina e então chamar a atenção para as necessidades negligenciadas das crianças e das escolas públicas locais e, de fato, San Bernardino recorrera ao Capítulo 9 do Código de Falências dos Estados Unidos em 2012. Janet, no entanto, também sabia que a melhor maneira de ganhar seria matricular as crianças Powers em uma escola que já funcionasse bem. Sua esperança era utilizar uma bem-sucedida escola pública de primeira linha para prevalecer nesse teste pouco ortodoxo e depois chamar a atenção para as escolas mais carentes e menos prósperas. Janet garantiu uma promessa de Maya de que, se a Praetorian vencesse, uma parte dos ganhos seria destinada aos bairros e às escolas mais carentes de recursos no condado, especialmente na forma de empregos em um possível resort a ser construído.

Maya queria a melhor escola disponível. Embora os garotos Powers estivessem bem à frente até mesmo de universitários graduados em História (até 1968) e Literatura mundial (também 1968) — parecia que tinham lido quinhentos livros para cada livro lido por seus colegas — e Engenharia prática, havia lacunas exploráveis em Biologia, Sociologia e Matemática avançada, e em Ciências em geral. Eram com essas lacunas que Maya esperava capitalizar e ver ali um grande avanço ao longo do ano.

A maior fraqueza da qual Maya percebeu que poderia tirar vantagem, entretanto, foi a inabilidade das crianças, que nunca passaram por uma situação parecida, de se sair bem em um teste padronizado como o ACT ou SAT. As notas baixas que os garotos Powers tiraram quando fizeram seu primeiro teste em julho não refletiam sua inteligência ou preparo, mostravam apenas que não estavam acostumados a tais testes. Maya sabia disso e, simplesmente expondo as crianças ao longo do ano a essas provas que mediam essencialmente um aprendizado padronizado, ela poderia reivindicar ganhos educacionais enormes, embora majoritariamente ilusórios, em relação às crianças da cidade.

A aclimatação adulta de Mary estava sendo confusa, mas de outra forma. Se as crianças estavam lidando com o choque do novo, ela estava lidando com o choque do velho. Após se refugiarem dentro de casa por alguns dias, espiando as pessoas pelas janelas como se fossem peixes em um aquário, a família saiu do ar-condicionado e aventurou-se em caminhadas pelo bairro, uma visita ao redor da escola, chegando até mesmo a ir à praça de alimentação no shopping. Ao passar diante das lojas do Victoria Gardens, Mary, Deuce, Pearl e Hyrum pareciam ao mesmo tempo em transe e superestimulados, como zumbis de *The Walking Dead* com TDAH, duas referências da cultura pop que o grupo não entenderia. Tudo era demais — escolhas demais, cores demais, cheiros demais, pessoas e sons demais. Deuce se queixou que seus ouvidos doíam. As crianças sempre levaram uma vida tão quieta, literalmente silenciosa, que sem dúvida seus ouvidos estavam fisicamente doloridos pela imersão sinestésica. Ela notou que Hyrum ocasionalmente recuava de um ataque invisível: o menino estava assustado porque podia "ouvir a luz".

A estratégia de enfrentamento de Hy parecia consistir em gritar "Cucamonga!" a plenos pulmões a cada poucos minutos, como se quisesse espantar a cidade. Isso mesmo depois de Deuce lhe explicar que *kukamonga* significava "lugar arenoso" para os Tongva, indígenas que originalmente ocuparam a área, e que não era o palavrão que Hyrum esperava que fosse. Tal conhecimento, contudo, não o dissuadiu de usar a palavra como um impropério para todos os fins.

Mary reparou que Deuce estava começando a prestar atenção às garotas no Victoria Gardens, as vozes agudas, os óculos escuros Dior, as bolsas Louis Vuitton falsas, todas batendo perna em grupinhos de quatro garotas ou mais. E que imediatamente começou a prestar atenção a si mesmo: ela o pegou várias vezes verificando o próprio reflexo nas muitas vitrines e espelhos do shopping. Comparando-se com os outros garotos, muitos dos quais tinham tatuagens e piercings, ostentando cortes de cabelo modelados e coloridos, Deuce se sentiu constrangido pela primeira vez ao comparar seus cabelos soltos e compridos, sua camiseta do Charlie Brown (escolhida por Mary na Target porque o rapaz adorava os quadrinhos do Schulz), que até ele poderia perceber que não eram descolados. Em sua inocência, no entanto, Deuce não sabia que nome dar a isso, ele estava ciente da insidiosa sensação de comparação/desespero apenas por suas reveladoras manifestações físicas: apreensão, frio na barriga, suores frios.

Quando se olhou em um dos onipresentes espelhos do shopping, viu refletido um jovem de aparência possivelmente decente e cheio de espinhas que se vestia como um menino de dez anos.

Fez um sinal da paz para si mesmo, imitando uma pose que tinha visto outros garotos fazerem, e mostrou a língua. Pearl o viu fazendo a careta e cutucou seu braço. Hyrum gritou: "Cucamonga!".

A molecada no shopping era muito barulhenta e tirava fotos sem parar, fazendo poses esquisitas e nem um pouco naturais, caretas, fotos de si mesmos segurando os telefones, fazendo sinais da paz entre uma variedade aparentemente infinita de outros gestos com as mãos, como se todos eles tivessem frequentado a mesma escola de etiqueta gestual. Mary tinha a impressão de que as garotas se vestiam meio como prostitutas ou como assistentes de agentes funerários, enquanto os garotos se vestiam como se fossem muito gordos, com as calças caindo e expondo as cuecas de grife. Ou como se fossem muito magros, usando calças jeans com elastano tão apertadas que mais parecia papel-filme enrolado em suas bundas. A bem-intencionada Janet explicara aos garotos Powers as diferentes tribos da microssociedade escolar com as quais eles nunca tinham interagido — emos, atletas, nerds, patricinhas, mauricinhos — uma língua literalmente estrangeira caindo em ouvidos surdos. Ela também tentou ensiná-los sobre mídias macrossociais e celulares, além da cultura de maratonar seriados na Netflix. As crianças simplesmente a encararam sem entender. Eles não tinham pontos de referência, nenhum esquema abstrato para ponderar sobre aquilo, mesmo na teoria— jamais tinham assistido à televisão. Nunca tinham visto uma torradeira. Agadda da Vida estava a menos de duzentos quilômetros de distância, mas o que estavam vivendo ali era de outro planeta.

Janet Bergram não conseguia deixar de se preocupar com a família, mesmo estando fora do caso, que estava encerrado. E, embora não tivesse tempo sobrando, deu um jeito. Ela se sentia meio responsável por eles, então fez uma visita extraoficial, como amiga. Mary ficou contente. Achava que Maya era jovem demais para realmente compreender o que estavam passando. Janet sabia do que estava falando, estava acostumada com crianças e conhecia a área. Percebendo que as crianças estavam bastante deslocadas, puxou Mary de lado e disse: "Você tem um baita de um pepino nas mãos, mas, antes que comece a arrancar os cabelos, saiba que pode contar comigo, a qualquer momento. E, se tem uma coisa que eu sei sobre crianças é que elas são resilientes, são como mudas de árvore: dobram, mas não quebram. Já vi crianças que foram criadas à base de televisão e sucrilhos darem a volta por cima e levarem vidas produtivas. Seus filhos não são ignorantes, só são inocentes, inexperientes, há uma grande diferença aí. Eles são inteligentes e foram amados e isso faz toda a diferença: o amor. Continue a amá-los e eles vão ficar bem. Eu sou formada em psicologia infantil e direito, tenho mestrado em serviço social e estou a um telefonema de distância".

Mary continuou balançando a cabeça em silêncio por muito tempo depois que Janet parou de falar.

"Mas, do jeito que está olhando para mim agora", Janet tentou quebrar o gelo, "estou mais preocupada com você do que com eles."

"Eu não sou como uma muda", suspirou Mary, e então perguntou, sem nenhuma pitada de humor: "O que é Netflix?".

Embora caminhassem num grupo fechado, tal e qual presas fazendo um círculo para se protegerem de predadores, não havia como mitigar a atenção que Pearl recebia, em especial de garotos de sua idade. Porém, o mais repugnante para Mary foi perceber um número excessivo de homens adultos reparando em sua filha de dezessete anos, alguns enquanto passeavam com os próprios filhos. A Mary, não pareceu que Pearl estivesse incomodada com a atenção. De fato, perturbadoramente, a moça parecia revidar mais prontamente aos olhares dos homens mais velhos do que aos de seus pares. Mary sentiu uma profunda pontada de remorso, mas angariou uma determinação igualmente profunda para lutar o melhor que pudesse. Não sabia como lutar, só sabia que lutaria. De sua parte, Hyrum continuava puxando a gola da camiseta Old Navy, reclamando que ela o estava estrangulando.

Mary já estava preocupada com Hyrum. O menino desenvolvera uma alergia no corpo inteiro por causa dos materiais sintéticos com os quais sua pele nunca tivera contato e também pelos aditivos do sabão que usavam. Ele precisou ir ao médico para ser vacinado contra poliomielite, sarampo e rubéola. Os outros dois filhos tinham nascido na civilização e, naturalmente, na infância, tomaram suas vacinas, mas Hyrum não tomara. Enquanto o médico, pedindo desculpas, enfiava agulha após agulha nele, Mary observou o menino cerrar o punho. Ela apenas pegou a mão dele. Aquele médico nunca soube o quão perto esteve de ser esbofeteado.

Na saída, Hyrum ganhou um pirulito vermelho da gentil enfermeira e Mary observou suas pupilas dilatarem ao provar pela primeira vez na vida o açúcar processado. Após algumas lambidas hesitantes, esticou o braço e analisou o doce, observando-o de todos os ângulos, como se tentasse determinar seu poder. *Tantas coisas novas sob o sol... não posso protegê-los de tudo isso. Não posso protegê-los de nada*, pensou Mary.

"Gostou desse pirulito?"

"Pirulito?", repetiu o menino, sorrindo com a palavra boba. "Sim, por que é tão vermelho?"

"Corante vermelho número dois", Mary ouviu-se dizer, surpresa ao recordar-se de uma controvérsia da FDA enterrada e inutilizada em sua memória de juventude.

Na verdade, durante toda a semana, Mary foi tomada incessantemente por lembranças que não acessava havia anos. Eram memórias de tudo o que achava que tinha esquecido. Sentiu-se curada de um tipo benigno de amnésia. Agora seu cérebro parecia o de outra pessoa: cheio, pulsando desconfortavelmente em seu crânio. Seus pensamentos estavam em um turbilhão. Sentia-se sobrecarregada, tonta, e desejou achar um jeito de impedir as associações aleatórias que borbulhavam em seus pensamentos.

"Tem gosto de felicidade", disse Hyrum, mordendo e triturando o doce duro em seus molares posteriores e engolindo os cacos. "Cucamonga! Quando posso tomar mais vacinas?"

A família continuou passeando pela praça de alimentação. Nuggets de frango, burritos, sushi — um leque de comidas desconhecidas. McDonald's, Taco Bell, Jamba Juice ad infinitum — esses locais poderiam muito bem se tornar templos budistas coloridos para aquelas crianças.

"Que parte do frango é o nugget?", perguntou Deuce.

"As bolas", arriscou Hyrum.

"É toda a carne que você não pode comer, além de bicos e rabos, moídos, prensados e fritos", respondeu Mary.

"Credo", exclamou Deuce.

"O que há de errado com bicos e rabos?", perguntou Hyrum. "E bolas?"

Mary ficou ligeiramente animada para comer pizza. Deu dinheiro a cada um dos filhos e deixou que escolhessem o que queriam comer. Livre-arbítrio. Era assim que fariam. Não iria passar o ano inteiro controlando o paladar deles no cabresto.

Portanto, se esse era o experimento para salvar a família, a família teria de se salvar. E ela pediria umas fatias de pizza com a massa bem fina.

Quando chegaram em casa, superestimulados e exaustos, os quatro se amontoaram na cama de Mary e dormiram por cerca de três horas, um sono errático e agitado, enquanto suas barrigas faziam barulhos estranhos por terem comido uma quantidade tão grande de junk food de uma só vez.

Hyrum foi o único que se mexeu: foi ao banheiro para vomitar os três Big Macs e depois foi para a sala de estar e entrou num transe diante da televisão, mas sem se entreter com a altamente elogiada programação de outono da NBC.

O resto da família acordou com alguém batendo na porta da frente. Mary foi atender e notou Hyrum na frente da TV.

"Você não ouviu a porta?"

"Não. Meus ouvidos não estão funcionando direito", disse o garoto.

Ela acendeu as luzes.

"Por que você está sentado no escuro?"

"Não está escuro, a luz da TV está acesa", disse ele, apontando para a televisão.

"O que está assistindo?"

"Nada."

"Como nada? Você está vendo alguma coisa."

"Não. Só estou olhando."

Mary abriu a porta e deu de cara com Maya Abbadessa carregada de sacolas plásticas cheias de presentes — roupas, livros, uma guitarra nova e um amplificador.

"Feliz Natal dos seus amigos da Praetorian Capital", disse ela. "Ah, espera aí, vocês comemoram o Natal?"

"Sim, comemoramos", disse Mary, dando um passo para o lado e ajudando a carregar as sacolas de compras. "Mas não em agosto."

"E tem mais uma tonelada de sacolas no meu carro."

Maya fez três viagens para trazer tudo.

"Presentes de volta às aulas. A Praetorian queria que vocês tivessem celulares, por questões de segurança, então aqui está um para Mary, a capinha do Dodgers é para Deuce, a da Hello Kitty, para Pearl, e a do Mogli, para Hyrum."

Eles pegaram os celulares e os examinaram como se fossem rochas lunares, afinal nunca tinham sequer usado um telefone fixo.

"Os aparelhos já estão configurados para vocês... Só estamos pensando mesmo em sua segurança, não dá para viver no mundo de hoje sem um celular, e não queríamos que vocês ficassem em desvantagem."

Os três começaram a explorar seus aparelhos, tentando entendê-los.

"Ligue para o meu celular", Pearl pediu a Deuce.

"Qual é o seu número?"

Mary mostrou-lhes as funções básicas. Os irmãos começaram a gritar seus números e ligar um para o outro.

"O meu tem uma câmera", disse Hyrum. O telefone de Pearl vibrou e ela deu um gritinho de prazer e surpresa.

"Pressione o verde da tela para atender." Maya instruía os garotos como se estivessem em um santuário e ela fosse uma sacerdotisa com acesso especial a deus. "Todos eles têm câmeras, lanternas e calculadoras para a aula de matemática. Também trouxe um monte de roupas. Eu só queria que vocês se sentissem confortáveis, que se enturmassem amanhã."

De sua parte, Hyrum estava averiguando o peso de seu telefone para avaliar que tipo de arma ou projétil poderia produzir com ele.

"Oh, que vestido bonito", disse Pearl, vasculhando uma das sacolas de compras.

"Eu também achei... não é lindo? Sexy, mas elegante."

"Isto aqui custa mil dólares?", perguntou Hyrum.

"Não precisa se preocupar", disse Mary, falando sério, embora as roupas parecessem mesmo ser bonitinhas e charmosas. Pearl saiu da sala para experimentar o vestido.

"Não quero me enturmar", disse Hyrum.

"Não precisa se enturmar, Hy", disse Mary.

"Não consigo vestir essas calças por cima do meu *garment*", resmungou Deuce, lutando com a roupa íntima mórmon, que estava toda embolada.

"Isso me leva a outra questão: falando em se enturmar", começou Maya, "existem muitos mórmons em suas escolas, mas eles não usam isso... como é que você chama, '*garment* do templo'? E é tão diferente, sabe... Eu estava pensando se vocês não poderiam deixar para usá-lo só em casa, pelo menos no começo."

"De jeito nenhum", disse Hyrum, com os olhos voltados para a TV.

"O que você acha, Mary?", perguntou Maya.

Mary tinha odiado as roupas íntimas no início, sentiu-se assexuada por elas, e além disso não eram práticas, especialmente no calor. Sabia que era um dos aspectos mais idiossincráticos da fé, no qual os não mórmons tendiam a se concentrar, ridicularizando-os, tanto que, antes mesmo de se converter, já tinha conhecimento da existência de tais peças. *É fácil e preguiçoso*, pensou, *tirar sarro dessa roupa íntima de aparência arcaica e da proibição de café e álcool*. E depois havia o boato agressivo de que, por causa da proibição ativa e rigorosa de relações sexuais antes do casamento, as garotas mórmons eram especialistas em sexo oral e anal. Dessa maneira, segundo diziam, elas tecnicamente permaneciam virgens de acordo com as escrituras. Até se lembrou do termo "abraço de boca mórmon", usado antigamente para se referir a um boquete. A cultura de massa na qual Mary atingira a maioridade era tola e obcecada por sexo e, como uma espécie de ser pansexual, ela já havia desistido daquilo antes mesmo de largar tudo e fugir com Bronson. E, a julgar pela volta que tinha dado no shopping hoje, a cultura não parecia ter amadurecido nem um dia desde que ela sumira no mundo — quando muito, parecia mais jovem e ainda mais retrógrada.

"Eu também trouxe algumas roupas íntimas mais comuns para vocês, meninos. Para você também, Mary", acrescentou Maya.

E, embora Mary soubesse que era uma alma do tipo tudo ou nada, suscetível a qualquer ladeira escorregadia em qualquer montanha moral, estava tentando ser uma mãe flexível, aberta, quem sabe até, que deus lhe valesse, "descolada". Sabia que certamente Bronson não gostaria nada daquilo, mas durante a maior parte do tempo ele também não usava seu *garment* do templo.

"Bem, você pode fazer o que achar melhor enquanto estivermos por aqui, Deuce", Mary decidiu de repente. "Se quiser experimentar as calças sem o *garment*, vá em frente."

Deuce saiu correndo com algumas roupas e voltou momentos depois.

"Ainda acho que não servem", disse ele. "Olha só, está apertada nas coxas, mas muito folgada na cintura."

"É assim mesmo. Chamamos de jeans skinny."

"Não parece ser muito prático... Eu não conseguiria trabalhar usando isso aqui."

"Creio que não, é mais pelo visual", disse Maya.

"Visual?"

"Sim, é meio rebelde. Achei que ficou ótimo com essa camiseta. Charlie Brown com jeans skinny. Um Greg Brady repaginado."

Mary riu, havia entendido a referência. O velho seriado *The Brady Bunch*, outra memória retornando à vida, como um zumbi. Pearl voltou do quarto com o vestido azul-claro, deslumbrante. O esplendor da jovem era tão evidente que ninguém conseguiu dizer nada. Exceto Hyrum, que ergueu os olhos da TV e disse: "Cucamonga!", ao que Maya acrescentou um "Uau".

"Que visual é esse?", Deuce perguntou.

Maya riu quando viu que ele estava brincando. Deuce tinha estado muito sério e assertivo até aquele momento. Nenhum deles tinha feito nem sequer uma piada na frente dela. Achou que aquilo era um bom sinal. Se um adolescente não pudesse ser irônico, seria um inferno ir para a escola. Afinal de contas, para terminar o ensino médio, só rindo muito.

Pearl retirou o *garment* por iniciativa própria antes de experimentar o vestido curto, que expunha suas coxas. Mary olhou para aquela jovem mulher e teve vontade de chorar por causa da beleza florescente da menina e de sua súbita maturidade. O amor que sentia por essas crianças perfurou seu coração com mais força do que Deus jamais conseguira fazer. Esse era seu segredinho sujo: seu orgulho sombrio.

Mary sabia que Pearl a odiava agora, com a intensidade que só uma filha pode odiar a mãe ou a madrasta, e, embora ela entendesse o motivo e se sentisse com razão, não havia dor como aquela infligida por uma garota de dezessete anos zangada porque se sente incompreendida pelos pais. Essa dor, misturada ao orgulho, dominou Mary por um instante, e ela ficou paralisada. Nunca foi boa em lidar com fortes emoções. Quando criança, engolia-as com comida e engordou, depois as enterrou sob o rugido de motocicletas, drogas, sexo, e nos perigos da profissão de dublê — caramba, engoliu seus sentimentos até com espadas no calçadão de Venice. Então se deu conta de que agora ainda não era melhor do que antes em administrar tudo isso. Seu peito estava apertado, sua cabeça rodava. Já sentia falta de Yalulah. Sentia falta até de Bronson. Sentia falta da trindade no topo de sua casa. Sentia-se ilegítima e despreparada como mãe solteira.

Mary, então, engoliu as lágrimas. Lançou um olhar de desaprovação para Maya, e então se virou para Pearl.

"Trate de achar outro visual", ordenou, soando como o fantasma de sua mãe. "Você não vai usar isso no seu primeiro dia de aula."

**12**

Malouf se distraía facilmente com uma novidade, qualquer que fosse. À medida que os meses de verão passavam entre partidas de polo, festas na praia de Malibu, obtenção de fundos políticos em Santa Barbara, trâmites do divórcio de sua terceira esposa e as trepidações da reconciliação com a segunda, Malouf perdeu todo o interesse pelo acordo de Maya com os Powers. Como consequência, ela começou a desaparecer de seu radar.

Essa falta de persistência era instintiva para o homem, mas também era um estilo de gestão. Malouf adorava cachorros e autoproclamava-se um especialista autodidata em comportamento animal (daí os calhamaços sobre evolução, polvos e papagaios em sua mesa), e sabia que a melhor maneira de treinar um cão era pelo reforço irregular. Um cão aprenderá um truque mais depressa se for recompensado aleatoriamente por fazer uma tarefa, o que, contraintuitivamente, será mais eficaz do que lhe dar uma guloseima toda vez que obedecer a um comando.

O cão entra em um estado de agitação pelo desconhecido, sem saber como agradar o dono e, portanto, empenha-se mais para fazê-lo. "Eu sentei uma vez e ganhei uma recompensa, depois sentei mais algumas vezes e não ganhei, devo ter feito algo de errado. Vou sentar mais rápido e direitinho da próxima vez." Era assim que Malouf imaginava o processo de pensamento canino.

Ele gostava de pensar como um cachorro. Na verdade, os únicos livros que Maya o viu realmente lendo, e não apenas usando como objetos de decoração, eram sobre treinamento de animais — cães, macacos, golfinhos, baleias — os mamíferos superiores, mas também pássaros inteligentes, como papagaios e corvos. Tentar pensar como um humano não era diferente para o chefe. "Os humanos, a maioria dos humanos, exceto os vencedores, Wharton", confidenciou certa vez a Maya, "são animais de rebanho. Eles querem hierarquia. Quando se casar, vou ensinar a você uma receita especial:

Síndrome do Menor Reforço." Ele nunca lhe disse o que isso significava, mas esse era o mundo da Praetorian, com todos os filhotes capitalistas de Malouf abanando o rabinho atrás de favores, fazendo truques para seu dono caprichoso, jamais sabendo quando estavam fazendo a coisa certa para agradar o alfa. E, assim, sadomasoquismo era rebatizado como "cultura corporativa", e a incapacidade de se concentrar por qualquer período, de selecionar ideias, aliada a uma latente disposição violenta, "alfa", poderia ser renomeada como "perspicácia de negócios", ou mesmo mitificada como "gênio".

Para quem sabia onde procurar, os sinais preocupantes estavam por toda parte, e a tendência não estava a favor de Maya. No final de setembro, ela foi até o escritório de Malouf para compartilhar uma atualização sobre o desempenho das crianças Powers na escola: pareciam estar indo bem. Ele estava ao telefone e a dispensou com um mero aceno. Ela se demorou o bastante à porta para ouvir que ele estava falando com seu tosador de cães. Pouco depois, ela passou para lhe entregar alguns dados e Darrin estava sentado em frente ao chefe. Não a convidaram para entrar, mas, enquanto ela estava parada à soleira da porta, Malouf lhe perguntou se gostava de carros.

"Claro", disse Maya, "amo meu Tesla."

"Ecochata! Moinhos de vento dão câncer." Darrin fungou, girando os braços estupidamente como uma turbina eólica.

"Já dirigiu uma Lamborghini?", perguntou Maluf.

"Não", ela respondeu. Não lhe parecia grande coisa, não era vidrada em carros. Ele jogou uma chave para ela.

"Toma! Dá uma voltinha no meu possante."

Darrin interveio, insolente.

"Cuidado, chefe. Ela rouba Maseratis, você sabe."

Malouf piscou lentamente algumas vezes para demonstrar sua irritação.

"Sim, eu sei que ela é veloz e furiosa, já ouvi essa história, mas o que ela roubou de mim ultimamente?"

Maya não estava gostando nem um pouco desse negócio de "ela" pra cá, "ela" pra lá.

"Então, vá dar uma voltinha", continuou Malouf, "e depois aproveite para mandar lavar e encher o tanque antes das duas da tarde, ok?"

Jesus. O filho da puta estava ordenando que ela, com seu MBA da Wharton, lavasse a porra do seu carro. Agora, sim, ela queria roubá-lo. Maya riu como se estivesse participando da piada, novata caindo no trote, hahaha, mas o que queria mesmo era gritar. No lava-jato, pensou em comprar um "cokie" às custas dele, mas achou melhor não o fazer.

Começou a passar mais tempo na academia, tentando suar a ansiedade, na expectativa de ter outra boa ideia enquanto puxava ferro. Sua bunda estava definidíssima. Fantasiava trepar com o treinador. Até voltou a fazer viagens alucinógenas com cogumelos quando estava sozinha em casa, na esperança de ser atingida por um raio de inspiração, mas só o que conseguiu foi algumas cicatrizes no rosto, resultado de pegar pesado com algumas espinhas durante algum estupor chapado, ansioso e autocrítico.

Caminhando pela gentrificada Santa Monica com suas modestas casas multimilionárias, Maya sabia que tinha entrado em cena tarde demais. A corrida do ouro já tinha terminado por aqui. Pensou em cenários e números, apostando em terras que agora eram indesejadas, mas que poderiam vir a ser favorecidas quando as mudanças climáticas varressem Malibu do mapa com incêndios, Santa Barbara com deslizamentos de terra ou um grande terremoto mandasse Venice para o fundo do oceano e, de repente, lá estivesse Culver City à beira-mar. Alguém já ouviu falar da cidade de Carpinteria? Esses pensamentos apocalípticos a deixaram de mau humor, e Maya sabia que Malouf preferia o jogo de curto ao de longo prazo, e foi por isso que ele esfriou em relação ao acordo com os Powers.

Certa manhã, seu assistente lhe disse que Malouf queria vê-la, e uma sensação de mau presságio tomou conta dela. Entrou no escritório e foi recebida com um grande sorriso.

"Aí está ela! Minha estrela", disse Malouf. "Sente-se."

Maya se sentou, dizendo: "Não tenho notícias do deserto. Vai demorar um pouco…".

Malouf a interrompeu, levantando a mão.

"O que os olhos não veem, o coração não sente. Hoje sou eu que tenho notícias." Ele arqueou suas grossas sobrancelhas, convencido de que sua dicção arcaica era irresistivelmente encantadora. "Tenho um acordo no qual gostaria que você se envolvesse, tirasse vantagem."

"Maravilha", disse Maya, mas já sabia que não ia gostar quando soubesse onde isso ia dar, porque ele falava com uma estranha afetação, brincalhão, sádico.

"Não sei se você já sabe, mas a Praetorian comprou os direitos do catálogo de filmes Hammer. Conhece os filmes da Hammer?"

"Na verdade, não", disse ela, temendo que todos os seus cenários de trabalho mais sombrios estivessem prestes a se tornar realidade.

Ele mostrou um livreto grosso intitulado *Filmes Hammer: um legado de horror*, e o entregou a Maya. Ao que tudo indicava, a Hammer Film Productions Ltda. era algum dinossauro dos filmes de horror gótico. Fundada em 1934, e responsável por preciosidades como *O sangue de Drácula* (1970), *Drácula no mundo da minissaia* (1972) e o provocativamente intitulado *A lenda dos sete vampiros* (1974). Muitos deles estrelado pelo formidável Christopher Lee, de quem ela achava que já tinha ouvido falar.

"Muita coisa de vampiro, né", disse Maya.

"Pois é, não é incrível?"

"Sim", foi o que disse, mas não era essa a resposta que queria dar, porque ela não via graça nenhuma.

Passando os olhos pelos intermináveis, chamativos e gritantes títulos *Maníaco* (1963), *Paranoico* (1963), *Fanatismo macabro*

**168**

(1965) — seria uma trilogia? O catálogo de filmes B saltava diante de seus olhos, enquanto Malouf prosseguia: "Tudo isso veio bem antes de *Crepúsculo*, *The Walking Dead* ou qualquer uma dessas merdas. E agora nós possuímos todos esses títulos, e eu gostaria de descobrir se há algum diamante bruto aí no meio, só esperando por um remake. Tipo, *Homem-Aranha* não passava de um quadrinho meia-boca para crianças, certo? Há trinta anos, as pessoas teriam morrido de rir se alguém dissesse que o *Homem-Aranha* estouraria nas bilheterias e seria um queridinho da crítica. *Batman*? Uma porcaria. Uma comédia para crianças. Na TV, com Adam West, era ali o lugar dele até se transformar na indústria bilionária que comeu Hollywood".

Maya assentiu. Ah, então era isso. Um esquema furtivo e lambe-cu de barganha com celebridades. Malouf queria brincar em Hollywood, uma distração nova e brilhante, então comprou aquele gueto de propriedade intelectual. Agora queria gentrificá-lo e lucrar em cima disso. O primeiro passo no caminho para ter um estúdio e se tornar um proprietário no mundo que escravizara a alma artística de seu pai, pagando-lhe uma ninharia por um trabalho extenuante, e o deformara quando menino. Seu Moby Dick, seu Rosebud. Enquanto isso, Malouf poderia bancar o amiguinho de algumas estrelas, pagando-lhes cachês astronômicos para que emprestassem seus nomes à imbecilidade.

"Tipo, quem era Robert Downey antes do *Homem de Ferro*? Um ator decadente. E quem era o *Homem de Ferro* antes de Robert Downey? Um herói sem graça. Quero que você me encontre outro *Homem de Ferro* aí, para a gente fazer o *reboot*, e eu encontro outro Robert Downey."

"Como posso ajudar?", zombou Maya, copiando a frase que era marca registrada de Malouf e, olhando para o catálogo, disse: "Gosto de *Os ritos satânicos de Drácula*. Tem nome de vencedor do Oscar. Que tal Meryl Streep?".

Uma leve provocação. Malouf gostou.

"Você ri, mas eles riram de Stan Lee, não riram?"

"Stanley quem?"

"Stan Lee... Stan Lee. Stan Lee, da Marvel."

"Estou brincando, chefe. Eu não sei, não era nascida, eles riram de Stan Lee?"

"Provavelmente. Tinham todo o direito."

"Então, não entendi muito bem o que você quer que eu faça."

"Acho que você tem um lado artístico. O lance do deserto mostrou verdadeira imaginação, visão, um senso real de drama e planejamento. Eu não sei no que vai dar, mas gosto que você pense fora da caixa. Não confio em nenhum dos outros Radicais aqui com essa coisa de arte. Eles realmente gostam desses filmes."

"Não sei bem se isso pode ser chamado de arte."

"É arte se dissermos que é arte. Crie os padrões pelos quais será julgada. As pessoas agora escrevem teses de doutorado sobre Batman. Quero que você leia todo o catálogo, veja todos os filmes e me traga um relatório. Quero que escreva sinopses e sinalize ideias que podem ser interessantes."

"Não me entenda mal, senhor, mas não seria melhor contratar alguém com experiência em Hollywood? E o seu amigo Rob? Ele parece ser um cara inteligente." Maya estava se referindo a Rob Lowe, um amigo de Malouf. Já tinha visto Lowe no escritório, sempre sorridente, amigável e bonito, como um retrato de Dorian Gray ganhando uma bela vida. Por que não faziam o remake disso?

"Não!", ele trovejou. "Rob é um cara superinteligente, pode crer, mas a experiência é o inimigo, caralho! Os últimos quatro anos não ensinaram nada a você? Quero olhos novos nessa porra."

"Mas tem cento e cinquenta e oito filmes aqui", reclamou Maya.

"Isso foi rápido! Olha só, Wharton... Você é boa com números."

## 13

Havia três mil quatrocentos e trinta e seis alunos matriculados no colégio Rancho Cucamonga High naquele mês de agosto. Cinquenta e um por cento dos Cougars eram hispânicos, e treze por cento, afro-americanos, com uma adição tardia de mais dois alunos na classe júnior, Deuce e Pearl Powers, elevando a porcentagem de crianças brancas para catorze por cento. Hyrum tinha onze anos e foi matriculado em Etiwanda Intermediate, um colégio de ensino fundamental ali perto, começando no sétimo ano. Deuce e Pearl tinham apenas uma aula juntos, História avançada. Os dias eram longos, mas as semanas pareciam curtas, e os meses, ainda mais curtos. Havia tanta coisa para fazer e tanta novidade. Mal conseguiram assimilar todas as mudanças e já era início de dezembro.

Janet Bergram parecia ter profetizado quando dissera que não importa se é amor mórmon, amor muçulmano, amor judaico, amor negro, branco, heterossexual, gay, cis ou trans — crianças que foram amadas são adaptáveis e resilientes. Porque era disso que Deuce precisaria — resiliência. Ele não era um garoto descolado, não sabia como agir dessa forma, mas tinha uma serenidade e uma boa vontade naturais que corriam sério risco de serem diminuídas por seus novos colegas. Tinha um coração enorme que verdadeiramente amava seus semelhantes, mas até então de forma abstrata. Era como se alguém tivesse destilado todas as melhores qualidades dos radicais universitários do final dos anos 1960, como Abbie Hoffman, Mario Savio e Jerry Rubin, e engarrafado seu otimismo ingênuo. Ele era inteligente, era socialista, mas não era rabugento como Bernie Sanders — era engraçado e envolvente com os adultos. Deuce seria o garoto-propaganda perfeito da educação domiciliar e da família polígama. Ao receber a atualização trimestral sobre seu progresso acadêmico, Janet enviou uma mensagem: "Você está fu...do, que bom que estão bem ;) Deuce para presidente lol."

Os professores o adoravam. Ele era brilhante e todos insistiam para que fizesse mais aulas avançadas. No Natal, pelo menos três professores o presentearam com um exemplar de *A menina da montanha*, de Tara Westover. O professor de inglês perguntou se ele havia pensado em escrever um livro de memórias assim. Deuce respondeu humilde e discretamente: "Ainda não".

Embora estivesse tirando o atraso e alcançando os colegas em Ciências, e progredindo para ter uma média excelente nos testes, ele também sofria bullying. Com mais de um metro e oitenta de altura e menos de sessenta quilos, Deuce apresentou um caso muito grave de acne cerca de um mês após a mudança para Rancho Cucamonga. As causas podiam ser o choque da mudança, a separação da família, a primeira exposição aos antibióticos na carne e aos conservantes na comida, não importava... o rosto de Deuce estava todo manchado, cheio de espinhas e dolorido. Isso, é claro, chamou a atenção desdenhosa de um atleta antiacadêmico em sua aula de História, quando o garoto tentou iniciar um grupo de estudos sobre Howard Zinn para contrabalançar a visão histórica mais tradicional ensinada pelo livro didático adotado pela escola — o antiquado *The American Pageant*, de Thomas Bailey.

Deuce começou a receber bilhetinhos em seu armário com os apelidos "cara de ralador", "cara de pizza" e "senhor das espinhas", e prescrições falsas para Roacutan, que ele teve de pesquisar no Google para descobrir o que era. Nunca tinha pensado em sua pele antes, nunca havia sido forçado a pensar em seu rosto como algo que atrairia ou repeliria as pessoas. Uma tarde, um atacante de cento e quinze quilos do time de futebol americano o abordou de repente no corredor, no intervalo entre as aulas, e simplesmente lhe deu um tapa no rosto com tanta força que Deuce quase perdeu a consciência. A mão do rapaz ficou suja de pus e sangue das espinhas de Deuce. Isso levou ao apelido de "El Seboso".

Deuce extravasava os sentimentos na guitarra que Maya tinha dado à família. Mary podia ouvi-lo tocando em seu quarto noite após noite, os botões de volume e os pedais de efeitos eram como brinquedos novos para um garoto que só tinha um violão com cordas de náilon comprado numa loja de departamentos. Ele tocava com alma. Certa noite, Mary o encontrou chorando na cama, e o filho confidenciou sua confusão e mágoa pelo que tinha acontecido. Mary sentiu fúria e repulsa ao saber disso, mas garantiu que ele era um jovem muito bonito e que faria como Cristo dando a outra face, baixando a cabeça, fazendo seu trabalho, e que o ano logo terminaria. Hyrum advogou por vingança, encorajando o irmão a revidar como homem e dar uma surra no jogador de futebol.

Deuce passava horas no banheiro olhando e apertando as pústulas raivosas nas bochechas e na testa. Ele acabou se tornando bastante retraído e, como se não estivesse sobrecarregado o bastante com seus trabalhos escolares e se sentindo desconfortável com o dinheiro que a Praetorian gastava com ele, arranjou um emprego em uma franquia local de fast food chamada BurgerTown. Essa lanchonete era, como o nome indica, uma espécie de McDonald's do interior, menor, com vinte e cinco franquias na Costa Oeste. Deuce foi criado sem outra noção de tempo além do nascer e do pôr do sol, e todas as horas puxadas de um dia de vida em uma fazenda no deserto. Por isso, adorava trabalhar, ter um emprego, bater ponto e cair no travesseiro com o corpo cansado, sentindo-se um trabalhador honesto.

BurgerTown se tornou um refúgio improvável para o menino. Foi ali, entre os trabalhadores mexicanos, em sua maioria imigrantes, com salários abaixo do mínimo, que Deuce começou a se sentir em casa. Ninguém zombou dele lá. Por causa da dificuldade de comunicação, os outros trabalhadores olhavam para além da máscara de carbúnculos e viam a alma doce, humilde e trabalhadora escondida.

Eles lhe ensinaram espanhol, apresentaram-lhe o futebol, e todos jogavam juntos atrás do restaurante durante os intervalos e até nos fins de semana. Deuce nunca tinha brincado com uma bola, e era tão descoordenado quanto um cachorrinho. Os outros caras o apelidaram carinhosamente de "Dos a la izquierda", abreviado para Dos ou Izzy porque, como um dançarino que diz ter dois pés esquerdos, ele não conseguia controlar a bola com nenhum pé. Mas Deuce estava tão ansioso e se esforçou tanto que eles continuaram jogando juntos, com ele eventualmente no gol, já que, por sua altura e envergadura, começou a brilhar um pouco naquela posição. Ele adorava deitar o corpo todo, mesmo no asfalto, para tentar fazer defesas. Era realmente muito bom, um pouco natural, na verdade, e isso levou a outro apelido de trabalho, que ele secretamente estimava, "Salvador", que se transformou em Sal e Sally.

O que ele tinha aprendido sobre as raças de pele escura nas escrituras mórmons não se traduziu na prática quando ele falou e interagiu com pessoas negras e com seus colegas de trabalho mexicanos, que ele assumiu serem os lamanitas que Bronson tinha ensinado. Eles vieram de Jerusalém por volta de 600 a.C., entre os habitantes originais das Américas. Mas, quanto mais Deuce aprendia na escola, mais percebia, de forma imediata e clara, as limitações históricas de Joseph Smith e da Bíblia Mórmon. Ele passou muitas horas pesquisando o mormonismo no celular e no computador da escola. Apesar de suas óbvias deficiências intelectuais e do fato de seus colegas de classe zombarem dele, o que poderia ter enchido de raiva uma outra alma, além das acusações contra o pai que o havia criado assim, ele entendia os dois lados: a desordem deste mundo grande e belo que começava a conhecer e a "raiva por encomenda" de seu pai, bem como sua opção de se retirar para uma existência rigidamente circunscrita no deserto.

Optando por passar despercebido, Deuce gastava grande parte de seu tempo livre sozinho na biblioteca da escola, que muitas vezes estava bem vazia. Ele não era apenas um aluno excepcional; também tinha as tendências autodidatas amplas e associativas de Bronson. Uma vez, tarde da noite, lendo em seu celular debaixo das cobertas para que Mary não soubesse que não estava dormindo, ele se deparou com estas palavras sobre a Bíblia de Joseph Smith escritas por um de seus autores favoritos, Mark Twain, em *Roughing it*:

> O livro parece ser apenas um detalhe prosaico da história imaginária, com o Antigo Testamento como modelo, seguido por um tedioso plágio do Novo Testamento. O autor trabalhou para dar às suas palavras e frases o som e a estrutura pitorescos e antiquados da tradução das Escrituras na versão King James, e o resultado é um vira-lata — metade loquacidade moderna e metade simplicidade e gravidade antigas... Sempre que ele achava que seu discurso estava ficando muito moderno — o que acontecia a cada frase ou duas — ele colocava algumas frases bíblicas como "muito dolorido", "e aconteceu" etc., tornando as coisas satisfatórias novamente. "E aconteceu" era seu animal de estimação. Se ele tivesse deixado isso de fora, sua Bíblia teria sido apenas um panfleto.

E, como dizem, foi isso. Deuce não viu nenhum argumento ou remédio contra Twain. Um gigante intelectual norte-americano tinha vencido sumariamente um gigante norte-americano mentiroso, e com humor. Com a lâmina da racionalidade, Twain atingira a raiz, e a árvore foi derrubada imediatamente. E Deuce perdeu a fé.

Como foi perceber que sua educação espiritual havia sido uma piada? Você poderia ficar amargo e revidar, alegar abuso, vitimização. Isso serviria para a maioria das pessoas. Ou poderia rir junto com a piada e ser grato por seus pais terem se importado com o cultivo de um aspecto espiritual nos filhos. Ele olhou em volta e viu todos os seus colegas, e suas vidas espirituais não cuidadas, indicando como seus pais mostraram Deus: num serviço meia-boca e sem paixão. Um amigo morno. O Deus Americano da Prosperidade, de John Calvin a Oral Roberts e Paula White. Por mais insuficiente que se sentisse agora, Deuce tinha recebido de Bronson uma genuína paixão religiosa e espiritual por uma divindade selvagem e indomável, irracional. E, mesmo que o objeto da fé ardente de Bronson fosse agora visto como equivocado por um garoto de dezessete anos, este era circunspecto o suficiente para valorizar a característica primordial de seu imenso espírito: agora ele podia esvaziar e se preencher com uma fé que lhe parecia mais apropriada e esclarecida, seja ela qual fosse. Deuce se sentia maior, e isso foi um presente. Também se sentia vazio, outro presente, e estava pronto para se reabastecer.

Bronson tinha trabalhado o coração de Deuce, expandido-o sob pressão teológica como um músculo, e agora Deuce iria esvaziá-lo de ensinamentos mortos e indignos e preenchê-lo com um evangelho social mais moderno, baseado em fatos, que ele estava no processo de conceber. A partir de Joseph Smith e Bronson, Deuce tinha sido criado sem as distrações eletrônicas de hoje e, naquele silêncio e paz sagrados e humanos, recebera a capacidade de acreditar em milagres dos últimos dias, além de uma atitude voltada para o futuro, e sentiu que um milagre estava acontecendo com ele agora, enquanto seu espírito se esvaía de contentamento, e nessa pausa sagrada ele esperava por um novo deus, um novo propósito. Deuce fora edificado por Deus Pai, e seu padrasto, para obedecer e servir, mas agora ele seria o autor da nova causa, nas ruínas, salvando o que era útil. A criança dava à luz um novo homem. E, embora deixasse Bronson e Joseph Smith para trás, ele sempre teria como lema de sua vida uma citação de Smith que seu pai lhe ensinara quando ele tinha treze anos: "águas profundas são aquelas em que costumo nadar, isso tudo se tornou uma segunda natureza para mim".*

E assim o anjo Morôni embalou suas pedras de vidente e roupas íntimas descoladas e pegou o último voo de volta para uma Salt Lake City mais acolhedora. A crença de Deuce não se-

---

\* Joseph Smith. "Todos os santos, 1º de setembro de 1842". In: *PWJS* 571.

ria mais tão pura, não poderia ser, mas o que essa criança cheia de sabedoria tinha certeza era de que sua capacidade de acreditar com pureza, íntima e radiante, estava intacta. Ele sabia que seu pai o tinha enchido com mentiras e evasivas brilhantes. Agora que ele esvaziara tudo, seu coração era um lugar imenso, reverberante e faminto.

Deuce passou uma tarde cheia de emoções na biblioteca, assistindo ao musical *O Livro de Mórmon* no YouTube, e riu pra caramba, mas também chorou, porque sabia que ele era o alvo da piada, ele e sua crença. Deuce sabia que a crença tinha sido pura. Ele havia acreditado naquela merda idiota com todo o seu coração. Mas também percebeu que nunca tinha sido um mórmon de verdade, que seu sistema de crenças era muito mais idiossincrático e anti-institucional. Ele ficou sabendo que foi criado na religião de seu pai, Bronson Powers. Então as farpas machucaram, mas não foram muito profundas. Deuce estava ansioso para falar sobre tudo isso com Bronson. *Ei, pai, adivinhe... você não é realmente um mórmon. Talvez não.*

E, quando o número final do musical de sucesso passou inofensivamente da ironia implacável para algo que se aproximava de uma celebração sincera da imaginação pessoal, quando o *Livro de Mórmon* foi substituído pelo bobo *Livro de Arnold*, Deuce voltou a sentir um grande apreço pelo que tinha chamado a atenção de seu pai para aquela religião em primeiro lugar. Deuce se perguntou se outros mórmons poderiam olhar além do desprezo fácil que se sente naquele musical para o seu maior objeto de respeito, como os criadores do mundo fantástico de South Park abraçaram, de contador de histórias para contador de histórias, um espírito escritor do criador dos mundos Joseph Smith. Sim, o *Livro de Mórmon* real não era científico, era copiado e obviamente improvisado por um líder carismático, organizador e criador de mitos, mas em seu coração inquieto o mormonismo buscava se aliviar do peso esmagador do passado, das velhas histórias, com uma vontade de abraçar o novo: novos deuses, novos povos e heróis, novas histórias. Descrevendo brilhante e falsamente sua nova religião como uma restauração da antiga, Joseph Smith escapou da história por meio da imaginação, de mentiras e vontade. Embora não pudesse segui-lo por mais tempo, Deuce sentiu que entendia seu pai muito melhor do que antes e o amava ainda mais.

Assim libertado espiritualmente, Deuce voltou sua atenção para a práxis e a ação espiritual, onde as coisas realmente acontecem, onde tudo havia assumido a forma de uma nova trindade obsessiva — mudança climática, controle de armas e Donald Trump. Sem amigos, à noite, ele se uniu a Mary assistindo a *All In*, com Chris Hayes, e depois *The Rachel Maddow Show*, enquanto ambos alimentavam seu ódio e descrença por Trump, por meio desses representantes sarcásticos da MSNBC. Mary estava orgulhosa da adaptação pela qual Deuce estava passando, parecendo superar alguns trotes iniciais. Ela estava muito mais preocupada com Pearl e Hyrum. E Trump.

## 14

Embora compartilhassem um útero e cinquenta por cento do mesmo material genético, Deuce e Pearl não poderiam ter sido almas mais diferentes, e essa diferença foi desenhada com um forte contraste no colisor de hádrons de adolescentes que era o colégio Rancho Cucamonga High. Primeiro, Pearl estava com saudades de casa, pelo menos era o que parecia, mas aquilo de que ela sentia falta era a atração sexual secreta, crescente e explosiva que ela nutria por Bronson nos meses anteriores à partida do deserto. Ela sentia um vazio e nada poderia preenchê-lo. Pearl não sabia, mas estava com o coração partido. Ela tinha perdido sua mãe e seu amante.

Ela se distraía facilmente, não se concentrava nos trabalhos escolares, e, para piorar as coisas, por ser a garota nova tão bonita e que não ligava para os meninos, acabava recebendo muita atenção deles e, com isso, as meninas começaram a excluí-la. Sozinha, sem pertencer a nenhum grupo, recebeu um curso intensivo sobre a dinâmica das garotas malvadas. Tendo crescido apenas com irmãos, Pearl não estava familiarizada com esse mesquinho darwinismo social, com essa cultura vergonhosa. Mas seu forte senso natural de independência manteve sua cabeça acima dessas águas. Ela não sentiu uma necessidade esmagadora de se juntar ao rebanho, ou aos rebanhos de subgrupos menores, como os atletas, as patricinhas, os drogados, nem mesmo de se alinhar por raça ou orientação sexual. Tudo parecia ridículo para ela, tantas máscaras, e nenhuma se encaixava bem nela. Ao contrário de Deuce, que encontrou a companhia de que precisava entre seus colegas de trabalho do BurgerTown, Pearl não se importava se as outras garotas zombassem dela. Ela não era vaidosa, mas sabia que era linda, que fora amada e desejada por um homem, e essa era uma forte arma secreta. Mas isso não significava que não se sentisse solitária ou banida às vezes.

Nos primeiros meses do ano, excluída da amizade das meninas por causa de sua sensualidade distante e misteriosa, e parecendo inacessível aos meninos porque seu coração ainda estava visivelmente em algum lugar do deserto, Pearl se mostrou arrogante, distante e desinteressada. Uma "vadia metida". Estava sem amigos. E, ao contrário do metódico Deuce, ela não podia abandonar racionalmente sua fé, pois isso significaria abandonar Bronson. Secretamente, em seu coração ela poderia se unir a Bronson através da reflexão sobre a doutrina: algumas noites ela os imaginava lendo a mesma escritura juntos.

Mas começavam a aparecer rachaduras em sua devoção religiosa. Sua crença infantil tinha sido contaminada pela atração sexual que sentia por Bronson, e, consequentemente, o fato de estar longe de sua atenção e de suas afirmações diárias enfraqueceu fatalmente sua fé. Quando Bronson a tomou como amante, ele se tornou muito humano e comprometeu a pureza do relacionamento com Deus que existia por intermédio dele. Ironicamente, ao amá-la, ele cruzou muitas fronteiras entre autoridade e apego e fez com que ela deixasse de ser uma crente. Pearl estava perdida, mas ainda não sabia disso porque não tinha um destino em mente. Sua fé agora, tal como era, tinha sido esvaziada por sua raiva e confusão. Agora ela não podia se apoiar na fé mais do que podia se apoiar no vento. Ela se sentia ferida e precisava ficar bem.

Como em muitas escolas, junto com o problema de bullying durante o horário escolar, que, por cortesia das mídias sociais, pode se estender até vinte e quatro horas por dia, sete dias por semana, havia uma próspera cultura de drogas no Rancho Cucamonga, e Pearl caiu em seu furacão. Essa era a única coisa que fazia com que se sentisse inteira novamente, tornando suportável esse exercício de matar o tempo por um ano. Ela começou bebendo café, a droga de entrada dos mórmons. Depois comprou cigarro eletrônico e recebeu grátis de um dos garotos traficantes que queriam transar com ela uma anfetamina, o Adderall, como uma espécie de kit inicial de chapação. Esse foi o ponto de virada. O Adderall a fez se sentir como Bronson, focada e livre ao mesmo tempo. Quando os efeitos passaram, a maconha e a nicotina a ajudaram. Embora muitas vezes estivesse chapada e não se dedicasse muito, ainda tirava notas B e C porque na maioria das matérias estava alguns anos à frente de seus colegas.

Certa tarde, no final de novembro, Pearl estava fumando no banheiro feminino enquanto cabulava uma aula de História. Ela gostava de ver Deuce durante o dia, mas naqueles últimos tempos a maneira como ele a olhava, parecendo saber que ela estava afundando, a fez se sentir culpada. Pearl sabia que estava projetando a situação, mas isso não fez com que ela parecesse melhor ou menos real. Era simplesmente isso: ela estava faltando a uma aula que frequentava com seu irmão e ainda tinha uns bons quarenta minutos a mais para matar no banheiro.

Pearl ficou se imaginando um pouco com Bronson, que homem ele era comparado com os garotinhos, como seu peito era peludo. No dia que ela se deu conta disso, quase desmaiou. Bronson tinha um cheiro único de homem.

Dez minutos se passaram. Pearl pensou em orar (obrigada, Pai Celestial, por Tua joia sagrada, proibida e escondida), mas realmente não estava com vontade de agradecer naquele momento. Então, pensou, sem entusiasmo, em se masturbar, mas também não quis. Ela tragou o cigarro eletrônico e começou a cantar "The Long and Winding Road". Como alguns de seus irmãos, Pearl tinha um ouvido perfeito, mas, ao contrário deles, ela cantava com uma profundidade de sentimento que desmentia sua idade. Pearl cantou como se soubesse sobre o que estava cantando. Ela cantou como uma mulher vivida.

As notas musicais ecoavam no banheiro vazio com pouca ressonância harmoniosa dos ladrilhos e do metal, então Pearl não percebeu outra garota entrar para fazer xixi, e continuou cantando quando a porta foi aberta. Sem que ela soubesse, sua voz viajou para fora o suficiente para que um menino chamado Josue a ouvisse. Da mesma forma que Ulisses ficou encantado com as sereias, sem pensar nas rochas duras que o esperavam, Josue, um aluno do segundo ano, entrou no banheiro das meninas. Guiado pela melodia, ele caminhou em transe pelo corredor, simplesmente abriu a porta e entrou como se fosse a coisa mais normal.

"Oh, meu Deus", Josue perguntou, "o que é isso?"

Levou alguns momentos para Pearl perceber que ele estava falando com ela.

"O quê?"

"Que música é essa que você está cantando?"

"'The Long and Winding Road'", respondeu Pearl, com naturalidade, atrás da porta.

"Foi você quem escreveu?", ele perguntou para os pés dela, a única parte que podia ver.

"Não! O que você é, estúpido? Essa música é dos Beatles!"

"Ah, sim, isso é como música clássica."

"Você quer dizer rock clássico?"

"Quem é você? Você tem a voz mais incrível..."

E então a garota que estava calmamente cuidando de seus negócios na outra cabine abriu a porta e gritou para Josue: "Você está brincando comigo agora, moleque? O que você está fazendo aqui no banheiro das meninas enquanto eu faço xixi?".

"Merda", disse Josue, de repente percebendo o que tinha feito e onde estava, e estabanado, quase caindo, "Eu... eu... eu... ouvi ela cantando e eu..."

Pearl saiu de sua cabine, baforando calmamente. Ela não conhecia nenhum desses idiotas. A outra garota estava superchateada. "Vou levar você ao diretor", ela gritou para Josue, e então, virando-se para Pearl, disse: "Isso é invasão de espaço seguro! Esse cara é como um estuprador, certo? Você é uma testemunha!".

"Ele não tentou estuprar ninguém."

"Eu disse 'como um estuprador'. Estupro é um termo amplo."

"É?"

"Você está de brincadeira? Ele é um estuprador do espaço! Você vai me apoiar ou não, irmã?"

Pearl deu de ombros.

"Te apoiar para quê?"

"Ah, meu Deus, você é uma vadia", gemeu a garota, deixando Josue e Pearl para trás e chamando a segurança aos gritos.

Josue parecia prestes a vomitar. Pearl deu de ombros para ele também. Ela vinha aperfeiçoando seu desdém naqueles últimos meses.

"Qual o seu nome?", perguntou ela.

"*Hosway*", disse ele. "Prazer em conhecê-la."

"Claro." Eles se encararam. "Como se soletra 'Hosway'?"

"J-O-S-U-E. Jose com um 'u' a mais."

"Você já esteve no banheiro de uma garota antes, Josue?"

"Nunca."

"O que achou?"

"Muito legal."

A garota estava gritando no corredor.

"Me ajudem! Segurança! Pervertido!"

"Você tem uma ótima voz", disse Josue.

"Você já disse isso."

Ouvido em pé, Josue começava a ouvir a crescente comoção lá fora.

"Talvez você devesse fugir", disse Pearl.

Josue considerou isso, então respondeu: "Provavelmente seja tarde demais".

Pearl concordou.

"Provavelmente."

A porta se abriu novamente e uma professora entrou no banheiro com um segurança, que agarrou Josue pelo braço e o empurrou para o corredor.

"Cara, você está machucando meu braço, não estou tentando ir a lugar nenhum", Josue reclamou para o guarda.

"Você está muito fodido", ameaçou a outra garota.

"Você está bem, querida?", a professora perguntou a Pearl, colocando um braço em volta dela.

"Estou bem", disse Pearl, afastando-se dela.

"Desculpe, mas vamos precisar de uma declaração sua, querida."

"Você precisa de uma declaração minha?"

"Sim."

"O ensino médio é uma merda", disse Pearl, impassível.

"Ops", riu Josue. "Lá vem história."

"Não aconteceu porra alguma", acrescentou Pearl, exibindo sua rápida aquisição do estilo de linguagem do ensino médio, e começou a caminhar pelo corredor na outra direção.

"Espere", a professora chamou. "Qual é o seu nome?"

"Pearl", ela respondeu, sem diminuir o passo.

"Pearl do quê?"

"Pearl de Jackie-san."

"O quê?"

Pearl desapareceu na esquina.

"Aquela é a nova garota mórmon", respondeu a outra menina.

## 15

Tirar Mary, Deuce, Pearl e Hyrum do ambiente de Agadda da Vida foi uma árdua tarefa física e emocional. A dinâmica familiar tinha mudado de maneiras insondáveis e continuava mudando diariamente, estabelecendo-se em novas e estranhas configurações. Little Joe começou a urinar na cama. Palmyra queria aprender a falar francês. Little Big Al estava convencido de que seus irmãos foram levados pelo câncer que tinha matado uma de suas mães, Jackie. Lovina Love criou uma fantasia complexa, de que seus irmãos não voltariam porque foram abduzidos por alienígenas para experiências horríveis que sempre começavam e terminavam na bunda. Yalulah repreendeu Bronson quando ele incitou Lovina a descrever as misérias centradas no ânus que haviam acometido seus irmãos, mas Bronson só ficava rindo como um adolescente.

Em setembro, Bronson e Yalulah plantaram a alfafa sozinhos pela primeira vez. Embora a área da fazenda fosse inferior a vinte acres, sem os adolescentes ela parecia interminável. Eles precisavam de alfafa, uma boa fonte de proteína, para o gado e para si mesmos. Em meados de novembro, Bronson plantou o trigo duro e teve de fazer tudo sozinho. Quando trouxe as crianças mais novas para ensiná-las sobre irrigação, sobre como funcionava a preparação de pequenas mangueiras perfuradas para pingar (e economizar) água e sobre como fazer a manutenção daquilo, por vezes elas mais atrapalhavam que ajudavam. Bronson explicou por que as áreas cultivadas eram mais baixas que a casa e o poço, e como tinha escolhido os locais com cuidado para que a água usada para banhos e limpeza da casa fosse reutilizada com pouco esforço, pois ela escorria ladeira abaixo, até os canteiros do solo, para irrigar as plantações.

Explicando para as crianças suas conquistas construídas duramente naquele deserto, ele se sentiu renovado em sua missão quixotesca, sua batalha de amor e ódio com os elementos de Deus, mais uma vez. Bronson esperava que as crianças também se apaixonassem por aquela vida, mas não estava certo de que isso acontecesse.

Ele mostrou como reaproveitou o material antigo de um paraquedas que tinha guardado da época das acrobacias, pendurando-o em torno de um dossel feito de hastes de metal leve, e impedindo assim que os produtos queimassem sob o sol implacável do deserto, enquanto também permitia que houvesse luz suficiente para que as plantas crescessem. Essa foi uma das inovações de que mais se orgulhava. Infelizmente, as crianças mais novas não ficaram exatamente impressionadas com isso e se interessaram mais em ouvir sobre a função original do material do paraquedas, que desafiava a gravidade, flutuando suavemente dos céus.

Bronson também plantava as cenouras no final do inverno e as colhia com as crianças no início da primavera. Fazia o mesmo com as cebolas sazonais plantadas no meio do inverno e colhidas no início do verão. Ainda havia o quiabo e as batatas. Cuidava das uvas, bem como das ameixeiras e dos pessegueiros. Rezou para que nada acontecesse com o poço este ano, porque não sabia como lidaria com esse tipo de catástrofe previsível — a cada sete anos, às vezes um pouco mais, acontecia algum problema com a bomba ou um filtro precisava ser substituído, e seria impossível consertar sem os braços de Deuce, Pearl e Mary. Ele vivia com medo quase constante de que a bomba movida a energia solar falhasse. A falta de água assombrava seus sonhos.

Alguns dias, Bronson sentia o peso da idade em sua lombar e no crescente declínio de sua força, que antes era esmagadora. Muitas vezes, nos sets de filmagem, ele ganhava algumas centenas de dólares a mais fazendo queda de braço com lutadores que o superavam em peso em até quarenta e cinco quilos. Com certeza, vencia qualquer briga de verdade. Quando foi dublê de Stallone no filme que é considerado uma verdadeira ode à queda de braço, *Falcão — o campeão dos campeões*, Bronson também dobrou seu salário enfrentando cara a cara, ou melhor, braço a braço, os profissionais.

Agora ele se via com cãibras e meio travado de vez em quando. Não que ele não pudesse trabalhar usando as mãos do jeito que costumava fazer, mas a impressão que dava era que o dia em que não seria capaz de fazer mais nada se aproximava muito mais rápido do que ele gostaria. Bronson precisava que a próxima geração começasse a trabalhar logo. Ele mesmo nunca gostou de caçar, era algo que fazia para sobreviver, e com a ausência de Hyrum, havia menos carne selvagem na mesa. Nenhuma das crianças mostrou a alegria natural de Hyrum pela caça, a alegria de aperfeiçoar sua mira e habilidade, ou a pura satisfação instintiva de matar. Ainda assim, as refeições das crianças geralmente continuaram próximas ao que eram antes, exceto pelo fato de que não havia mais rolinhas, esquilos, antílopes de cauda branca e lebres da Califórnia à mesa, bem como o deleite ocasional de um pato-real, e, durante uma lua azul, uma raposa cinzenta que Hyrum emboscaria, flecharia e arrastaria para Yalulah estripar, limpar e cozinhar.

A escola também sofreu sem a liderança e a presença dos irmãos mais velhos. Nem Bronson nem Yalulah eram bons nas artes visuais em que Mary se destacava e ensinava com uma verve tão contagiante. Yalulah estava preocupada com o fato de que, mesmo se as crianças alcançassem um excelente nível educacional, no final do ano seriam julgados deficitários em relação ao que as crianças de Cucamonga houvessem aprendido. "Isso é besteira, Bro", ela disse, "é manipulado. Eles levaram três de nossos professores e depois querem nos julgar?"

"A mudança estava prestes a acontecer, Yaya, eles apenas nos forçaram a adiantar o processo, eu acho."

"Não sei se posso prepará-los para testes padronizados. Esse é exatamente o tipo de aprendizado que evitamos. Trata-se de memorização mecânica para programar robôs. Eles estão nos fazendo jogar o jogo deles."

"Eu sei que é frustrante, você ensinou muito a eles aqui."

"Não é um teste justo."

"Não, não é. Mas o teste não importa, Yaya. Trata-se realmente de sobrevivência. Esse é o teste. Este é sempre o teste."

"Se o teste não importa, por que estamos fazendo isso, então?"

"O teste é o teste. Isso não tem nada a ver conosco versus eles, ou com o caminho deles versus o nosso, o ensino deles versus o nosso. Isso tem a ver conosco. Este é um teste nosso. Esse é o único teste."

"O teste é o teste?"

"Do nosso orgulho e dos nossos pecados."

"Que pecados?"

Bronson respirou fundo e olhou para baixo, como um homem olhando para uma criança caída dentro do poço. Mas não era uma criança que havia caído, ele podia ver, enquanto seus olhos e sua mente se ajustavam à escuridão; era o anjo portador da luz, Lúcifer. Ele olhou para a fera em pessoa e piscou primeiro. "Soberba. Luxúria. Preguiça. Inveja. Nossos pecados são inumeráveis e inomináveis. Nós somos humanos."

"Então certamente estamos perdoados? Por que temos que passar por um teste para ganhar o perdão por sermos como Deus nos fez?"

Bronson não respondeu. Ele não queria e não podia fazê-lo. Esfregou a testa.

"Você está com dor de cabeça de novo? Há quanto tempo você tem tido dores de cabeça? Está bebendo água? Estamos trabalhando mais, então você tem que beber mais água. Deixe-me fazer para você um emplastro de *yucca baccata* hoje à noite", disse a esposa, sentindo o calor em sua cabeça.

"Não", disse ele, afastando a mão de Yaya e apertando a cabeça entre as mãos, "sem dor de cabeça."

Yalulah foi buscar um copo de água.

"Coloquei um pouco de suco de raiz de papoula nele."

"Obrigado, Yaya. Se sobrevivermos, se não cedermos e não desistirmos, ganharemos melhores condições. E guarde as minhas palavras, vamos sobreviver."

Yalulah respirou fundo e suspirou.

"Sinto falta de Mary."

"Eu sei que sente."

"E Jackie."

"Sim."

"Você sente falta dela também?"

"Claro, Yaya", ele sussurrou. "Sinto falta dela todos os dias. *Yucca baccata* — ela pensou que essa planta ia salvar sua vida."

"Bronson?"

Yalulah parou um momento para sinalizar que queria levar a conversa para águas mais profundas.

"Oh-oh. Sempre que você diz meu nome completo assim, acho que alguma merda vai acontecer. Você e Mary. Manda." Ele fez a cara cômica de um ator de cinema mudo que acabou de notar um piano prestes a cair sobre si.

"Não, querido, é só... Eu sei que quando Jackie morreu você não tinha ninguém."

Bronson balançou a cabeça.

"Eu tinha você e Mary. Tinha minha família. Tinha meu trabalho. Tinha meu Deus."

"Não, Bro. Mary e eu nos apaixonamos, egoisticamente, eu acho. Eu sinto muito."

"Não se desculpe por causa do amor. Deus é amor."

Ela pegou a mão dele.

"Nós o deixamos sozinho com sua dor. Deixamos você e Pearl sozinhos com a dor."

"Pare com isso, Yaya."

"Não. Você precisa ouvir isso. Nós forçamos você a se afastar."

Bronson tirou a mão da dela.

"Não. Não, eu não. Isso nada mais é do que psicologia. As coisas que você está dizendo não são reais para mim, apenas palavras, falso testemunho."

"Elas existem. A psicologia existe. Ela existe tanto quanto Deus."

"Não para mim, Yaya. Não para mim. Eu tenho que trabalhar no poço. Com licença." Bronson voltou a esfregar a cabeça e foi embora.

As crianças mais novas permaneciam persistentemente atormentadas pelo medo de serem levadas como seus irmãos foram. Yalulah viu aquilo como uma reação psicológica ao trauma que exigia conversas sobre sentimentos e maior transparência e vulnerabilidade. Bronson considerou isso uma fraqueza de fé, que exigia mais estudo das escrituras. Beautiful começou a se concentrar no Apocalipse na Bíblia, e aludia muitas vezes a uma inquietação assustadora sobre algum apocalipse sem nome, uma fera bruta se curvando em sua direção. Ela estava convencida de que a besta assumiria a forma de um dragão de fogo, e o fogo era uma preocupação real no deserto. A família enfrentou diversos pequenos incêndios florestais isolados ao longo dos anos, mas Beautiful achava que em breve chegaria o incêndio que consumiria a todos. Ela adotou um pronunciamento obscuro de Joseph Smith como uma espécie de canção de ninar, meio mantra: "Noé veio antes do dilúvio. Eu vim antes do fogo".

Essa menina precoce de treze anos misturou o imaginário apocalíptico com uma leitura literal de Dante, *The Second Coming*, de William Yeats, e *Fire and Ice*, de Robert Frost, para criar uma profecia de destruição com detalhes horríveis. Pearl tinha sido a mentora, confidente e defensora de Beautiful, sempre capaz de convencer a garota imaginativa a sair de um precipício que ela mesma criara. Sem a influência mediadora de Pearl, Beautiful tendia a flutuar em uma escuridão criada por ela mesma, povoada por suas fantásticas imagens literárias. Yalulah podia ver os ingredientes de uma escritora na garota e encorajou Beautiful a manter um registro de suas imagens e histórias. "Ela tem um cérebro adulto no corpo de uma criança", disse a Bronson, "e precisamos ter certeza de que o cérebro não destruirá o corpo antes que ele tenha a chance de crescer. O material do dragão de fogo? Isso é apenas a puberdade falando. Sua mãe está fora e ela está prestes a atingir a puberdade — tempestade perfeita. Ela está encontrando as palavras mais loucas para expressar mudanças e sentimentos que não consegue descrever."

"Eu não sei sobre a puberdade, mas ela me assusta às vezes", disse Bronson. "Quando Beautiful descreve as feições do dragão, juro por Deus, é como se ela estivesse descrevendo a minha aparência. Eu sinto que ela está com medo de mim, chateada comigo, me julgando."

"Por quê?"

"Não sei." Bronson massageou suas têmporas. "Outro dia, acordei no meio da noite e ela estava parada na porta, olhando para mim, como em um filme de terror ruim, parecia *A profecia*."

Yalulah riu daquela lembrança da cultura pop. Bronson riu também.

"Oh Deus, *A profecia*. Não penso nessa porcaria há séculos. Talvez você tenha sonhado com isso."

"Sim, talvez."

"Não", disse Yalulah, estendendo a mão e esfregando a cabeça de Bronson para ele. "Toda garotinha ama seu pai."

Bronson se afastou um pouco do toque dela e inclinou a cabeça instintivamente, se defendendo daquele clichê aparentemente inofensivo.

"Você a chama de escritora, mas talvez ela seja mais uma profetisa. É isso que me assusta."

"Já pensei", disse Yalulah, "que, enquanto ela via Jackie sofrer por tantos anos, talvez Deus estivesse intervindo nela. Você se lembra de como ela não saiu do lado de Jackie e de como esteve envolvida com os rituais do enterro?"

"Sim. Foi sagrado."

"Foi de partir o coração. E, Deus me perdoe, eu estava com ciúmes. Inveja de como ela amava aquela mulher, inveja de como todos a amavam."

Bronson olhou para Yalulah, surpreso com sua vulnerabilidade, e anuiu. "Isso não é psicologia. Isso é um pecado."

"Eu sei que é", disse ela.

Bronson aceitou sua confissão.

"Talvez... é assim que Deus faz um profeta, ferindo o humano logo cedo."

"Como você?"

"Não sou profeta, Yaya, só consigo ver alguns passos à frente. Muito pouco. E eu luto por pistas. Imploro por restos. Beautiful vê todo o caminho e isso flui para fora dela em uma grande articulação. Deus escolhe falar com ela, não comigo."

"Não, Bro, ela é uma escritora. Mas ela ainda é apenas uma criança. Você sabe... não são as cascavéis bebês as mais perigosas porque não conseguem controlar seu veneno? É assim. Ela ainda não aprendeu o controle, a maestria. E, de qualquer maneira, o escritor é um tipo de profeta. As palavras são para o mundo como os presságios são para o tempo."

"Como Joseph Smith."

"Sim. Espero que ela seja uma escritora melhor do que ele."

"Ela já é."

Ambos foram capazes de rir disso, mas Beautiful incomodou Bronson. Seu dom da visão em palavras deve ter vindo do próprio Deus através do amante desconhecido de Mary, pois eles não tinham o dom das palavras, e essa habilidade existia na criança, como uma sedutora visitação divina. Seu talento inesperado era evidência de que Deus a tocava, então, ele raciocinou, todas as palavras dela deviam ser de Deus. Ter uma criança como ela sob sua responsabilidade era um sentimento maravilhoso. Embora Yaya pudesse aplacar seus medos na hora, ele cada vez mais voltava a interpretar os pronunciamentos poéticos dela literalmente, tentando analisá-los em busca de profecias e pistas ocultas, como se faz com textos bíblicos. O fogo começou a consumi-lo também, embora ele mantivesse seu horrível fascínio em segredo. Em meio ao deslumbramento de Beautiful com o apocalipse, a conversa sobre o câncer com Little Big Al e a fixação de Lovina em bundas, os jantares da família Powers eram animados, inquietantes e incomuns.

A nova constelação, com um casal tradicional à frente dessa família pouco tradicional, poderia aproximá-los mais profundamente, com mais intimidade, porém Yalulah sentiu Bronson se afastando progressivamente. Sozinha e solitária, ela se viu cada vez mais voltando às suas formas originais de pensar e raciocinar em busca de ajuda. Estava mais à vontade com a psicologia simples e os termos técnicos que aprendeu nos tempos de criança rica, privilegiada, em escolas particulares. Yalulah voltou a uma versão pré-mórmon de si, mais jovem. Ela diagnosticou Bronson como um obsessivo compulsivo (sua raiva por encomenda), viciado (ele não trocou as drogas por Deus?), deprimido, até bipolar, constantemente triste, em uma espiral de autorrecriminação e vergonha infantil não resolvida, uma velha ferida que foi reaberta quando seu mundo se partiu. Ele sabia como viver e dominar em seu pequeno reino, e a perda de controle deve ter lhe parecido uma falha de caráter. E não tinha sido isso. Ela sabia que não era, mas ele sabia? Pensar nele nesses termos era doloroso, mas reconfortante para ela. Yalulah gostava de coisas arrumadas e em caixas. Palavras e termos faziam tudo parecer administrável.

Ela supervisionava roteiros, afinal, e queria libertá-lo de seu próprio inferno, mas não sabia como. Bronson não dava a mínima para a psicanálise e sua terminologia pós-bíblica arrogante, aparentemente rigorosa, e ela temia que ele levasse essa linguagem ainda mais dentro de si mesmo. No entanto, ela continuou pedindo que ele olhasse para a própria vida dessa maneira. Bronson se recusou a reconhecer o mapeamento psicológico do cérebro de meados do século XX ou a existência de um ego, um id ou um superego. "Mostre-me onde eles estão e eu acreditarei em você. Mostre-me esse ego em um raio X, como se eu pudesse ver minha coluna, e eu acreditarei."

"Não é assim que funciona. Você só precisa ter fé."

"Ah! Fé. Então é apenas outra religião, e uma falsa religião. Eu tenho a verdadeira, não preciso de outra, e você também não. A verdade está escondida bem ali na palavra, Yaya — psi*cuaná*lise — parece que estou sendo fodido por trás por algum cara austríaco." Ela não riu. Ele se referiu à psicologia como, citando vagamente Karl Kraus, "a doença para a qual ela pretende ser a cura". Ele murmurava coisas como "Eu não vou culpar meu pai por tudo. Que bem essa merda edipiana faz a alguém? Sou um homem de cinquenta e cinco anos reclamando da mamãe? Repugnante".

"Eu vou ouvir se você quiser reclamar da sua mamãe."

"Não, obrigado."

Ele nunca tinha falado sobre sua mãe com ela, nunca. Yalulah nem sabia o nome da mulher. Melhor assim. A própria Yalulah trabalhou tanto para se distanciar de suas próprias origens ianques que não julgaria o palimpsesto do passado de Bronson. Mas será que a chave de tudo estaria nos pais dele? Como se diz a um profeta do deserto que acha que ele está tendo uma crise de meia-idade corriqueira? Se Bronson acreditasse que havia um ego, isso certamente seria um golpe para ele. Ela não sabia como começar aquela conversa e, com poucos recursos, havia tanto trabalho novo a ser feito que ela adormecia antes de deitar sua cabeça no travesseiro, logo após o pôr do sol de cada dia.

Bronson parecia piorar com o passar dos meses. Ele ficou mais sombrio e menos comunicativo, como se estivesse perdido, ou como um homem que tivesse perdido algo, alguma parte de si mesmo, e precisasse de tempo e orientação para se ajustar a essa perda. Ele costumava ser frio e distante quando não estava trabalhando na terra ou consertando a casa. Dormia cada vez mais sozinho, falava e ria menos e passava mais tempo no deserto, longe dela e das crianças. Parecia, de certa forma, ter regredido, parecia mais com o mal-humorado transgressor de regras que ela conheceu em Hollywood anos antes, e menos como o paciente criador de regras que havia se tornado. Bronson sobreviveu como um quebrador de regras, prosperou como um criador de regras, mas ele poderia sobreviver e prosperar sendo ambos ao mesmo tempo? Ou essas identidades duplas e conflitantes o paralisariam?

Yalulah agora temia realmente por ele, e, sem Mary ali para interferir ou ser sua confidente, ela sentiu um pânico sendo costurado em seu coração, como a colheita do que haviam plantado — regado diariamente pela dúvida, um turbilhão de discórdia a ser colhido. Ainda nem era Natal. Apenas três meses tinham se passado do início do teste, e ainda faltavam seis: mais seis meses desse sonambulismo inquieto? Ela sentiu vontade de fugir.

## 16

A menos de cem quilômetros de sua esposa-irmã insone Yalulah, Mary, consumida pela preocupação com Hyrum, também não conseguia dormir. O garoto passou as duas primeiras semanas do ano letivo dentro de casa como um animal enjaulado. Ela tentou convencê-lo a sair, mas ele dizia: "Lá fora nem é lá fora. Está tudo dentro". Ele sentia falta de seu ar livre na natureza como se tivessem lhe arrancado uma perna. Naquelas duas semanas em que ele ficou entorpecido e mudo na frente da TV, pelo menos ela sabia onde ele estava.

Mary o estimulou a tentar entrar para um time esportivo, talvez isso suprisse a emoção competitiva e a independência de que ele estava sentindo falta, talvez até o envolvesse na camaradagem de um time, talvez ele fizesse alguns amigos, mas ele nunca tinha ouvido falar de nada disso: jogos — futebol americano, futebol, basquete —, sem falar nas regras ou em como jogar. As crianças de hoje eram especializadas e treinadas tão profundamente que Mary descobriu, depois de conversar com o treinador de basquete da oitava série, que era muito difícil ser um iniciante, mesmo sendo tão jovem quanto Hyrum. Mary mencionou que o garoto era um excelente arqueiro e *sniper*. Ao ouvir essa palavra, o treinador recuou e olhou para ela de forma estranha, e disse que aquilo não era mais considerado esporte, mas prometeu ficar de olho nele, dizendo que ele parecia atlético e talvez fosse mais fácil tentar luta livre ou atletismo na primavera, encontrar um esporte em que sua capacidade atlética pudesse levá-lo a superar as habilidades motoras mais finas.

Essas foram as duas primeiras semanas. No começo, tudo o que ele via era o Discovery Channel e *Largados e pelados*, mas logo passou para *The Walking Dead*, *Stranger Things* e *Black Mirror*. Ele gostava principalmente de coisas animadas — *Rick e Morty*, *Uma família da pesada* e *Os Simpsons*. Mary não conseguia acreditar que *Os Simpsons* ainda estivesse no ar. Estava no ar quando ela foi para o deserto com Bronson, quatro mandatos presidenciais atrás. Ela nunca entendeu o humor dessa série, mesmo naquela época — achava que a ironia era como açúcar, ou um substituto sintético do açúcar, descia fácil, mas não a sustentava e deixava um sabor artificial na boca.

Depois de assistir a *Family Guy* com Hyrum, ela se sentiu ainda pior por haver rido do sotaque de Peter Boston e das brincadeiras surreais e horríveis. Além de não conhecer a maioria das pessoas de quem eles estavam tirando sarro no programa, ela se sentiu suja por compartilhar da maldade e da presunção, o que a fazia se sentir inferior por se sentir superior. E quanto à cultura em geral — tão maldosa, e feita para adolescentes. Ela se sentiu velha e com medo, como se tivesse desaprendido a se comunicar. Ela nem sabia como se defender nesse novo mundo. Mary deixou Hyrum sozinho com a televisão, ela não precisava conhecer essa nova linguagem, mas, para Hyrum, era uma necessidade. Naquela sala escura, ele estava aprendendo algo, já que ele nunca foi o aluno dos livros — sua fé estava na ação, no movimento, na alegria tola da infância. Mary orou para que essa alegria estivesse sendo ministrada de alguma forma por meio dessa tecnologia.

Então veio uma mudança radical que Mary nunca vislumbrou: Hyrum começou a usar as calças baixas e largas, e começou a xingar muito — experimentando umas palavras de baixo calão e até o *D'oh* de Homer Simpson sempre que podia. Foram-se a inocência e a inovação do palavrão "Cucamonga!". Mesmo passando mais tempo na frente da TV, ele parou de assistir à programação. Hyrum começou a jogar *Fortnite* e ficou obcecado pelo jogo. E Mary, feliz porque o garoto estava mostrando um interesse por alguma coisa, apenas o encorajou. Bem, não exatamente encorajou, mas também não o fez se sentir mal por estar fazendo algo indevido.

Ela sabia que ele não estava rezando, mas Hyrum nunca foi muito de ficar parado. Mary se perguntou como ele se sentia sobre sua religião, até que um dia ele disse: "Ei, mãe, sabe que outra palavra o pessoal usa por aqui para dizer 'mórmon'?".

"Não sei, Hyrum, qual?"

"Idiota." E foi embora. Mary entendeu o que ele quis dizer, pois Hyrum não escondia nada.

Em pânico com a violência do videogame, Mary ligou para Janet Bergram e ela lhe disse que já esperava por isso, e que ela não deveria esmagar os interesses da criança, mas prestar atenção aos seus entusiasmos, por mais estranhos que lhe parecessem, com um respeito desinteressado. Janet disse que antigamente as crianças costumavam sair no quintal ou "ir para a floresta" para ficarem sozinhas. Mas agora a floresta se foi, e os pais modernos tinham muito medo de deixar seus filhos saírem. Do seu ponto de vista, esses jogos eram os únicos lugares de aventura em que um menino poderia estar sozinho e em segurança. O que parece ser um ato doentio é a resposta a um chamado muito saudável em um menino pré-adolescente — a necessidade masculina de sangue, vitória e solidão em um mundo sem mulheres. Janet riu. "Espere até que as mulheres se tornem parte da equação."

*Velhos tempos?*, Mary se perguntou. Ela não era velha para aquele menino. Apenas alguns meses antes, Hyrum estava passando dias sozinho no deserto tendo aventuras reais e se levantando cedo deus sabe para fazer o quê, e agora ele senta em uma sala escura matando tempo e pessoas virtuais, conversando com estranhos, alguns dos quais provavelmente eram adultos predadores e pervertidos. Mary não gostou, mas entendeu aonde Janet queria chegar. O deserto estava cheio de perigos que Hyrum conhecia. As ruas estavam cheias de perigos humanos que ele desconhecia. E, afinal, Mary raciocinou que ele estava conversando com outros jogadores on-line, a despeito de serem predadores imaginários ou não. Ele estava fazendo amigos invisíveis, mas estava fazendo amigos.

De sua parte, Mary passava o horário escolar na academia, o Equinox local. Ela encontrou um refúgio, como uma igreja, onde se sentia segura e protegida. Ela poderia passar anonimamente do simulador de escada para a bicicleta ergométrica. Ir para sauna, fazer uma aula de ioga ou zumba, tomar um suco sozinha e estar em casa às três da tarde. Ela não podia acreditar que seus anos no deserto a transformaram de uma engolidora de espadas do calçadão de Venice em uma rata de academia com medo de sair para andar nas ruas dos subúrbios. Mary disse a si mesma: "eu me conheço e, se ficar fora do agito, não entrarei em nenhuma confusão". Este é um lugar seguro. Eu me sinto bem aqui. Os músculos de seu abdômen reapareceram. Ela conheceu algumas pessoas, que tinham filhos como ela, alguns mais velhos, outros mais jovens, e memorizou os nomes de metade deles. Também conheceu alguns mórmons. Mary até fez planos para jantar e tomar chá e falar sobre as crianças, mas nunca os levou adiante. Pelo menos vivia uma vida social razoável.

Ela sentia falta de Yaya. Sentia falta do seu corpo, do seu cheiro e de sua companhia. Por um lado, sentia certo alívio por estar na presença de todas as mulheres no vestiário. Não que estivesse tentada a fazer algo, mas não pôde deixar de notar que todas raspavam suas virilhas. Mary reparou que as mulheres olhavam para as suas partes íntimas como se ela fosse um animal selvagem ou um mamute peludo pré-histórico, então resolveu se depilar. Mary nem se lembrava como era estar em uma sauna, mas depois de anos de calor seco no deserto, estar ali no vapor úmido era uma sensação nova e bem-vinda. Ali, ela observava, escondida dentro de um manto de névoa. Às vezes as outras senhoras nem sabiam que ela estava lá, ouvindo e aprendendo. Grande parte da conversa feminina nessa espécie de casulo era sibilante e chata, mas era regada a cheiro de eucalipto e mostrava uma maravilhosa irmandade. As mesmas velhas preocupações, apenas manifestadas de forma distinta. Em vez de o bicho-papão para crianças ser a maconha, era o Adderall: um medicamento controlado que os jovens vendiam ilegalmente. Mary ouviu o termo TDAH pela primeira vez e o memorizou para poder perguntar a Janet Bergram a respeito.

No início de uma tarde, sozinha no vapor, Mary de repente teve vontade de rezar. Havia meses que ela não sentia vontade de fazer nada além das orações obrigatórias em grupo durante as refeições com as crianças. A oração nunca veio naturalmente para ela, surgia quando se sentia carente, quando precisava implorar ou mostrar sua devoção a Bronson. Mas, no fundo, ela sabia que aquela era realmente uma maneira de falar consigo mesma, de desacelerar o suficiente para conhecer os próprios pensamentos. Essa é provavelmente a verdadeira razão pela qual ela não fazia isso havia tanto tempo: ela não queria saber dos seus pensamentos ocultos.

Incapaz de ver mais de um palmo diante do nariz por causa do espesso vapor, ela se lembrou do anonimato do confessionário de quando era criança. "Pai", ela sussurrou, "agradeço ao senhor por este corpo e esta vida." E então ela parou, se sentindo falsa. Quanta baboseira, ela não se sentia grata. Este não havia sido um bom começo. Talvez ela não pudesse orar, mas podia falar com seu Deus, e isso era oração, não era?

"Me sinto desanimada", confessou. "Estou tão zangada e confusa com o Senhor. Eu nem sei o que pedir, ou a quem pedir perdão." Ela fez uma pausa. Aos poucos, foi desacelerando, foi se centrando, ficando mais real. Havia passado meses apavorada, sozinha, ficando cega. Ela inalou o vapor profundamente e imaginou seu coração envolto em uma amorosa nuvem branca. "Acho que só quero saber — se sou uma... se eu fui... uma mãe ruim."

Dizer isso em voz alta ressaltou o peso das coisas não ditas que continuavam onipresentes, e Mary gemeu. No meio do vapor, a voz de uma mulher disse: "Todos nós pensamos que somos mães ruins. Só as mães ruins não pensam assim".

Mary recuou assustada, sua bunda nua deslizando um pouco ao longo do banco de azulejos molhados. "Ah! Achei que estivesse sozinha. Por Deus, você me assustou, não consigo ver você. Achei que estivesse sozinha."

"Nós estamos sozinhas. Mórmon, hein?"

"Como você sabe?"

"A forma como você orou, apenas os mórmons oram assim."

"Claro", confessou Mary, lembrando da piada de Hyrum. "Eu me sinto mais como uma 'idiota' nos dias de hoje."

"Você disse que está desanimada? Parece que me lembro de que o profeta disse algo sobre nunca desanimar. 'Se eu fosse afundado nos poços mais baixos da Nova Escócia, com as Montanhas Rochosas empilhadas sobre mim, eu me seguraria, exerceria a fé e manteria a boa coragem, e sairia por cima.'"

"Obrigada. Isso vai me ajudar muito. Meu nome é Mary." Ela respondeu tentando ver através do vapor para distinguir uma figura, mas sem sucesso.

"Mas você não é realmente mórmon, é?"

"O que você quer dizer?"

"Não nasceu mórmon. O que acontece com uma mulher quando suas justificativas superam seus fundamentos?"

"Como assim? O que isso significa?" Mary pensou que significava algo profundo, mas não tinha certeza.

"Wanda Barzee."

"Prazer em conhecê-la, Wanda."

Mary achava que conhecia esse nome, Wanda Barzee, de muito tempo atrás. Outro nome surgiu em sua cabeça: Brian David Mitchell. Esse nome foi uma grande notícia. Tratava-se de um polígamo mórmon maluco que criticou as abordagens químicas modernas para doenças e parou de tomar seus remédios. Ajudado por uma de suas esposas, Wanda Barzee, ele sequestrou uma linda jovem para torná-la sua esposa também.

Ela não conseguia se lembrar do nome da jovem.

"Elizabeth Smart", Wanda completou, como se estivesse lendo a mente de Mary.

"Ah, sim", disse Mary. "Deus, que pesadelo. Espero que ela esteja bem."

Mary falava com a maior naturalidade, mesmo podendo estar diante de uma mulher que afirmava ser Wanda Barzee, uma figura infame, uma daquelas espécies de tristes comparsas, mulheres que ajudam e incentivam os homens a machucar outras mulheres.

"Você espera que ela esteja bem? Ela não está bem", respondeu a mulher. "Ninguém nunca está bem depois disso. Elizabeth Smart. Wanda Barzee. Brian David Mitchell. Ammon Bundy. Bronson Powers."

Mesmo estando ali, Mary pôde sentir os cabelos de sua nuca se arrepiarem. "O quê?" Tantas possibilidades passaram por sua mente sobre aquela mulher à sua frente. Ela teria sido enviada por uma igreja mórmon local para testar sua fé? Ela teria sido enviada pelo povo da Praetorian para ferrar Mary, para enfraquecê-la? Era uma mãe local que de alguma forma tinha ouvido falar sobre o experimento escolar de um ano e ficou chocada com isso? Mary não queria dizer mais uma palavra até descobrir quem era essa adversária e o que ela queria. Mas a mulher continuou falando: "Quem era você antes de ser Mary Castiglione? Jackie Young. Pearl Young Powers. Nenhuma delas está bem". Mary levantou-se rapidamente e ficou tonta. Ela estava no vapor havia muito tempo. Suas pernas estavam fracas. Isso estava ficando muito estranho, e muito rápido. "Quem você pensa que é?", ela rebateu.

"Elizabeth."

"Elizabeth? Você é Elizabeth Smart?"

"Wanda Barzee."

"Você é Wanda Barzee?"

"Pearl Powers."

"Você é uma porra de uma audaciosa, caralho."

"Eu sou o que sou. Eu sou toda mulher, como diz a música", continuou. "Chaka Khan. Eu sou você."

"O quê?"

Mary se moveu lentamente em direção à origem da voz, suas mãos estendidas como alguém vagando em uma floresta escura, como alguém prestes a estrangular outra pessoa. "Quem diabos é você?", ela perguntou. "Qual é o seu nome?" Ela pensou que poderia dar um jeito naquela mulher ali, naquele momento, no meio da sauna.

Mary chegou ao outro lado da sauna, mas não havia ninguém lá. Ela tateou com as mãos e até com os pés, tentando fazer contato com qualquer coisa humana. Aquela senhora louca estava agachada, escondida? Mas não havia mais ninguém. Ela estava totalmente sozinha. A mulher devia ter escapado. Mas não, Mary teria notado a abertura da porta, teria sentido a corrente de ar frio. Ela abriu a porta de vidro e olhou em volta para ver se havia alguém por perto, molhado e suado, um suspeito. Não havia ninguém. O vestiário estava praticamente vazio, e as poucas mulheres ali estavam com roupas de rua e secas. Ela manteve a porta aberta para deixar um pouco do vapor sair e para que pudesse ver toda a sala. Não havia ninguém lá. As mãos de Mary começaram a tremer de novo, como quando era jovem. Assustada, correu para seu armário e começou a se vestir rapidamente quando uma mulher chamada Frankie, com quem ela tinha feito amizade na academia umas semanas antes, veio mancando de muletas em sua direção. Ela havia sofrido um acidente de carro e estava se recuperando de uma fratura na perna, portanto, só faria braços e abdominais hoje. Graças à sua experiência como dublê, Mary tinha bastante conhecimento sobre como se recuperar de pancadas, fraturas e contusões. Frankie agradeceu pela ajuda profissional. Mary ainda a avisou sobre o oxicodona que ela estava tomando, disse que ela deveria jogá-lo fora, já que o corpo tinha seu próprio sistema de cura: a endorfina, um analgésico natural. Além disso, poderia trazer remédios homeopáticos naturalmente disponíveis no deserto. Relutante a princípio, Frankie finalmente concordou e jogou fora os remédios com entusiasmo, limpando suas mãos das drogas farmacêuticas. As duas comemoraram batendo palmas. Depois que Frankie saiu do vestiário fazendo careta de dor em suas muletas e sem nada para ajudá-la, Mary pegou o frasco de remédio do lixo. Estava quase cheio, e ela levou os comprimidos para casa.

Naquela noite, ainda agitada por tudo que havia acontecido, Mary foi tomada por velhos pensamentos e lembranças — ela se perguntou como estariam seus pais adotivos, os Castiglione. De vez em quando, ligava para eles de algum telefone público quando escapava para a Califórnia, mas o clássico e velho casal católico expressou apenas confusão, raiva e censura pela vida de sua filha, seu cabelo, suas escolhas sexuais. Mary então decidiu cortar o vínculo completamente, cortou toda a família. Era mais fácil assim, "tudo ou nada". Uma vez que suas novas raízes estavam firmemente plantadas no deserto, ela se resignou a nunca mais ver seus pais, irmãos, ou — e este era um novo pensamento — seus pais biológicos, dos quais ela não sabia nada e nunca se importou em investigar por medo de ferir ou trair os Castiglione. Em sua mente, Mary havia chegado a este planeta sui generis feita por si mesma, uma verdadeira órfã.

Mas esse computador portátil, o celular, que era novo para ela, trouxe de volta todas as perguntas — na verdade, como um oráculo antigo, tinha todas as perguntas e todas as respostas, e todas as respostas levavam a mais perguntas. Ela pesquisou no Google "Francis e Maria Castiglione Elizabeth New Jersey" e dois obituários apareceram.

Assim, em um piscar de olhos, com um simples clique, seus pais, que estavam vivos em sua mente momentos antes, estavam mortos agora e há muito tempo. Havia até uma foto de seu pai. Ela chorou por eles. Três de seus oito irmãos estavam mortos. Tonta, ela precisou se deitar. Mary estava sobrecarregando a si mesma, as revelações on-line, a súbita noção da passagem do tempo a sufocavam, mas ela não conseguia parar — a informação fácil na ponta dos dedos era como uma droga.

Ela estava prestes a tentar descobrir como investigar seus pais biológicos quando disse a si mesma para desligar o celular, que em breve poderia entrar em contato com um de seus irmãos, talvez um dia descobrir quem eram seus pais verdadeiros e se eles ainda estavam vivos, mas não naquele momento, e guardou o aparelho no bolso. No resto da noite, enquanto preparava o jantar para as crianças, ela alternadamente estava em um tipo de transe sonâmbulo, ou dominada por soluços profundos, que subiam de suas entranhas. Mary correu para o banheiro para esconder das crianças as convulsões. Deuce notou que Mary não tinha comido nada. Depois que os pratos foram lavados, com Pearl na cama, enquanto Deuce fazia a lição de casa e Hyrum estava em uma maratona de *Fortnite*, Mary olhou para o frasco de comprimidos na pia enquanto escovava os dentes. O frasco de pílulas devolveu o olhar. Ela engoliu uma. Quase imediatamente, a sensação foi semelhante à de encontrar um velho e querido amigo. À medida que a sensação de conforto foi se aprofundando, penetrando em seus ossos, e sua cabeça ficou confusa, ela se lembrou vagamente de que esse velho amigo em particular tinha partido seu coração, e que ele também tinha roubado e batido o carro dela. Ele lhe devia dinheiro e, portanto, não era nada confiável. Mas àquela altura já era tarde demais. Mary precisava de apoio para manter suas convicções, e, longe de Bronson, ela sentiu o antigo caos a invadindo novamente. Ela não suportava aquela bagunça cotidiana, a duração de um dia se estendendo pela frente com nada além de preocupação e expectativas. Aquela pequena pílula fez com que ela se sentisse bem no meio dessa loucura.

Mas qual era o grande problema, afinal? Mary estava sozinha com três filhos e sem ajuda. Ela não tinha amigos nem nada para fazer, e, nessa situação temporária que em breve terminaria, esse teste acabaria, eles venceriam e voltariam mais ou menos às suas vidas como eram. Tudo o que ela tinha que fazer era sobreviver. Claro, não teria como conseguir pílulas quando estivesse no deserto, mas lá ela não precisaria delas. Problema resolvido. De modo desconfortável, talvez, mas resolvido. Nenhum dano, nenhuma falta. Sua maior preocupação era onde conseguir mais quando o frasco de Frankie acabasse.

Uma noite no final de outubro, dormindo e também sob efeito do oxicodona, Mary foi acordada por um estranho moreno beijando seus lábios. Por um momento, pensou que estivesse prestes a ser estuprada. Ela ficou tensa e já ia empurrar o estranho para o chão e gritar... mas os beijos eram tão gentis, pareciam familiares, e, enquanto seus olhos se ajustavam na escuridão, ela pôde ver Yalulah sorrindo acima dela, sussurrando "Minha querida, meu amor...".

## 17

Depois de fazerem amor com uma intensidade que não viviam havia anos, Mary e Yalulah se abraçaram. Elas estavam muito famintas por reconexão, e o tempo de separação dera novidade e brilho à rotina fácil das amantes de longa data.

"Eu estou apaixonada de novo", Yalulah suspirou.

"Ah, meu amor..." Mary suspirou de volta.

"Pelo seu colchão."

"Oh, meu Deus, sério? Eu também."

Elas riram e continuaram abraçadas, compartilhando aquele momento.

"Sempre teremos Rancho Cucamonga", brincou Mary.

Yaya acariciou o cabelo de Mary e olhou para as janelas.

"Tinha me esquecido de como nunca fica escuro aqui."

"Ou quieto."

"Eu sinto muito, querida. Eu senti sua falta e tive de desobedecer a primeira diretriz."

"Estou feliz que você tenha vindo. Eu não sabia com quanto tesão eu estava."

Yaya riu novamente.

"Eu tenho que voltar logo ou o Bro vai suspeitar."

"Bro não sabe?"

"Não, querida, ele não está em seus melhores dias. Ele passa a noite no deserto com suas pedras de vidente procurando por respostas. Coloquei as crianças na cama e saí, espero que ninguém acorde. Ele está tendo dores de cabeça novamente e passando por algo profundo e muito, muito masculino."

"Merda. Às vezes eu sonho que ele vem nos sequestrar e nos levar de volta ao deserto."

Yalulah concordou, como se isso fosse uma possibilidade real. A distância tinha dado, na melhor das hipóteses, uma ilusão de separação e independência. Duzentos quilômetros e três meses não eram nada diante de Bronson Powers e vinte anos de relacionamento familiar.

"Fale de Agadda da Vida", disse Mary. Ela não queria dizer, mas acima de tudo sentia falta de sua filha biológica. Yalulah conhecia sua mulher.

"Beautiful está prestes a menstruar, eu acho, e está escrevendo um poema apocalíptico incrível, ela escreve tão bem."

"Apocalíptico? Jesus. Mas ela está bem?"

"Sente sua falta, mas está bem. Alvin acha que vocês estão todos mortos como Jackie, e Joseph faz xixi na cama três ou quatro vezes por semana. Lovina Love acha que vocês foram abduzidos por alienígenas que gostam de fazer coisas com suas bundas. Fora isso, tudo certo."

Mary riu um pouco e anuiu. "Ah, Lovina. Não a ensinamos a usar o banheiro direito?"

Yalulah também riu.

"Você sabe, é como um daqueles móbiles compostos de muitas peças diferentes, se você mexe em uma, todas as outras peças também se movem. Ainda estamos todos unidos no mesmo móbile."

"Sim, estamos."

"Para todo o sempre." Elas se abraçaram com força. A distância havia diminuído quando fizeram amor, porém ainda havia muita coisa arenosa entre elas.

"É... o que você fez com sua boceta?", perguntou Yalulah.

Mary se jogou na cama.

"O que você quer dizer? Tem alguma coisa errada?"

"Como posso dizer... simplificou tudo?"

Mary olhou para ela com curiosidade.

"Quê?"

"Ah, econômico... aerodinâmico?"

"Ah, sim." Mary riu. "Careca. Eu raspei!"

"Puta merda. Com uma lâmina de barbear?"

"Não, com um cortador de grama! Sim, com uma lâmina de barbear."

"Você é uma atriz pornô agora?", Yalulah provocou.

"Não, todas as mulheres fazem isso agora, não apenas as estrelas pornô. O que você acha?"

"Interessante... está bem ali, tipo, 'Oi, prazer em ver você'. Tô desimpedida."

"Essa não é uma palavra sexy."

"Bem, eu gosto de você do jeito que Deus te fez."

"Deus me fez uma louca."

"Deus fez você perfeitamente... louca."

"Assim é melhor."

"Conte-me sobre o Rancho Cucamonga", disse Yalulah.

"Não perdi nenhuma das crianças, então me cumprimente por isso. Bem, de repente... Deuce é solitário, eu acho. A pele dele está horrível."

"Sério?"

"Sim, acne, e isso o deixou um pouco retraído."

"Compreensível. Tadinho."

"Mas ele é um rapaz tão bom, com o coração tão puro. É como se ele tivesse o coração de Jackie, e Pearl tivesse a alma dela."

"Como está a senhorita Pearl?"

"Ela também não fez nenhum amigo."

"Tudo bem, ninguém está criando raízes."

"Sim, está tudo bem. Ela tem sangue frio, você sabe, é uma sobrevivente. Pearl me assusta às vezes, ela é duas vezes mais durona que eu. O que é bom, porque... bem, sendo tão linda como ela é..."

Yalulah assentiu.

"Eu não saberia o que fazer."

Mary beijou a testa enrugada de Yalulah e pensou em contar a ela sobre a mulher na sauna, mas a coisa toda era tão estranha que achou melhor não compartilhar, pensando que, se fizesse isso, pudesse tornar tudo mais real, e então talvez Yaya pensasse que ela estava ficando louca. Talvez estivesse. Mary preferiria simplesmente esquecer, como se isso fosse possível.

"E Hyrum? Como está aquele pequeno neandertal?"

"De verdade, Hyrum está bem. Ele sente falta do deserto, da caça e das flechas e armas e tudo isso."

"Quem não sentiria falta de ser Mogli?"

"Exatamente. Ele voltou para casa com alguns hematomas, então provavelmente deve estar brincando de lutar com outras crianças, mas foi o único dos três que trouxe um amigo para casa, o que é algo bom, certo? Hyrum disse que se juntaria à equipe de luta livre. Não consigo fazê-lo ler um livro."

"Nenhuma novidade."

"Acho que por enquanto está tudo bem. Ele não se importa de não aprender nada aqui, bom para nós para o teste de fim de ano, eu acho."

"Sim. Ele não se interessou por nenhuma garota?"

"Por Deus, não, acho que ele nem sequer tenha pelos pubianos."

"Assim como você."

"Ah, sim, acho que é uma tendência."

Yalulah afastou o cabelo de Mary do rosto. "Uau", disse ela, "seu cabelo está tão macio."

"Chama-se xampu."

"Xampu! Eu me lembro do xampu." Yalulah inalou a doce fragrância artificial dos cabelos de Mary. "Eu tenho de ir", disse, levantando-se, para logo parar e acrescentar: "Você quer voltar comigo, meu amor? Todos vocês. Sabe, cancelar tudo isso? Fiz algumas pesquisas e podemos obter empréstimos sobre o valor do terreno, contratar advogados e lutar contra essa coisa perpetuamente. Podemos ser os mesmos que éramos. Vai ser um aborrecimento, mas nossas vidas vão voltar a ser como eram."

Mary ainda sentia o gosto de Yalulah nos lábios, mas sua boca estava seca e ela queria um oxicodona. Ela saiu da cama e disse: "Nós nunca mais seremos do jeito que fomos um dia". Ela viu Yalulah ficar cabisbaixa. "Mas não vai demorar muito agora, Yaya. Nós podemos fazer isso."

"Cinco longos meses."

"Vai passar rápido." Mary desapareceu no banheiro para beber água da torneira e sorrateiramente engolir um comprimido junto. Ela gritou: "A água não tem gosto de água aqui".

"Qual é o gosto?"

"Quase água."

"Ah, eu sinto falta disso."

"Do quê?"

Yalulah enfiou a cabeça no banheiro.

"Ouvir você mijar."

Mary peidou e o som ecoou dentro da privada.

"Que tal isso? Sente falta disso?"

"Não tanto, só um pouco. Eu vi café na geladeira, sua rebelde", cantou Yalulah.

"Culpada."

"Posso dar um gole?"

"Fique à vontade."

"Se é amigo seu, também é amigo meu."

"Sei. Achei que você fosse uma garota da Starbucks."

"Muito engraçado. Eu só não quero adormecer no caminho de volta."

Mary voltou do banheiro.

"É claro. Você provavelmente terá de abastecer o tanque para que Bronson não perceba."

Yalulah pegou sua camisa do chão, cheirou e fez uma careta. "Posso pegar uma camisa emprestada também? Eu quero usar a camisa do meu amor", disse, enquanto abria a porta do armário e cerca de dez coturnos Ugg caíam como se uma parede tivesse desmoronado, uma parede de coturnos que Mary tinha construído para aplacar o caos de sua mente.

"Que porra é essa?", disse Yalulah. "Estão todas novas." Ela vasculhou mais fundo no armário e viu que ele estava lotado de Uggs em todos os estilos e cores disponíveis, nunca usadas. Eram caixas e mais caixas empilhadas. Ela olhou espantada para Mary.

Mary deu de ombros.

"Você nem precisa mais ir à loja, você pega o telefone e faz o pedido, e paga eletronicamente. É como se você conseguisse de graça."

"Mas você sabe que não é de graça."

"Eu sei. É maravilhoso e horrível ao mesmo tempo. Acho que me empolguei, perdi a noção. Eu amo as Uggs."

A verdade é que Mary fazia compras enquanto estava drogada e depois esquecia que tinha comprado até que um pacote chegasse. Ficava meio sem graça, ficava surpresa, mas também adorava: mais um presente. Alguém lá em cima gosta de mim. Era como ter uma oração respondida em três dias úteis.

"Eu acho..." Uma parte de Yalulah sentiu que havia algo escondido, que essa montanha de camurça escovada poderia estar cobrindo algo mais significativo, e isso deveria ser analisado psicologicamente. Mas já era tarde e ela tinha de ir. Em vez disso, ela apenas perguntou: "Devo me preocupar?".

Mary fez cara de manhosa.

"Não sei por que estou aqui. Você sempre foi a pessoa mais prática. Jackie era a chefe durona e você sempre foi a voz da razão, e eu sempre estive no meio, ou seja, era uma nada. Você deveria estar aqui, não eu."

"Preciso ensinar inglês e história às crianças. Eles precisam fazer as provas no final do ano. E não venha com essa de ser um nada, meu amor."

"Certo. Eu tinha esquecido: a porra do teste."

"Infelizmente, eles terão que ficar sem pintura e música durante o ano, embora Solomona, você ficará feliz em saber, esteja pintando muito bem."

"Solomona já sabe desenhar uma linha."

"Ah, e Little Joe tentou usar o próprio cocô como tinta na semana passada. Não sabíamos bem o que dizer."

"Gênio da multimídia." Elas riram juntas. "Tudo bem, agora entendi." Mary prosseguiu: "Eu continuo me perguntando — o que Jackie faria? Tenho pensado muito nela esses dias. Toda vez que passo por um hospital, eu penso... poderia ter sido diferente...".

"Você não pode pensar isso."

"Não consigo evitar, e acho que Bronson também não. Acho que ele não é o mesmo desde que ela morreu. Algo nele se perdeu ao vê-la sofrer por tanto tempo, algo sobre Deus se rompeu dentro dele. Por que Deus a fez sofrer tanto tempo? Eu sei disso. Ele perdeu algo quando ela teve câncer e não recebeu tratamento. Ele perdeu mais do que uma esposa."

"Você não deveria pensar nisso."

"Isso arrancou algo de Bronson, a plenitude de sua crença. E é como se ele estivesse tentando substituir isso, mas ele na verdade não sabe o que está tentando substituir. É como se estivesse buscando preencher um buraco em forma de Jackie, um buraco em forma de Deus."

"Se a fé de Bronson pudesse ser destruída pela adversidade, então não era uma fé real."

Isso soou tão estranho para Mary que ela nem respondeu. Sua fala estava começando a ficar arrastada por causa da droga e ela não queria transparecer. Ao mesmo tempo, estava se sentindo menos protegida e mais vulnerável. Começou a chorar. "Como podemos viver com um homem por tanto tempo e não o conhecer? Nós falhamos com ele."

Yalulah, que era mais alta e maior, envolveu Mary em um abraço. Ela apenas se entregou àquele encaixe perfeito. "É por isso que temos uma à outra."

"Você sabe que eu estava com medo", Mary fungou, "com a minha partida, pensei que você e Bronson se apaixonariam novamente, e eu seria deixada de fora, no frio, uma velha solteirona. Achei que você tivesse vindo aqui para me dizer isso."

"Você está falando sério? Que adorável ouvir isso..."

"Vá se foder."

"... e errado. Não... meu amor..." Yalulah acariciou o cabelo perfumado de Mary. "Eu quero você e somente você."

"Sim, Yaya."

"Sim."

Mary pegou um lenço de papel para assoar o nariz. Ela precisava de ar fresco, então foi abrir uma janela. Suas pernas estavam bambas. Começou a chover um pouco. Do alto, via grandes gotas de chuva sobre o cimento quente da rua. Ela sacudiu as mãos e calçou um par de chinelos roxo-claros e começou a pular como uma dançarina folclórica ucraniana, mais uma habilidade esquecida, que tinha desde a infância, e que de repente reapareceu de algum recôndito de sua memória. Ela estava nua, exceto por seus chinelos peludos, e cantando. Isso teve o efeito desejado — quebrar o feitiço com alívio cômico — e Yalulah riu, desarmada.

Mary abraçou sua esposa-irmã e viu a preocupação em seus olhos.

"Estamos bem aqui. Isso é o que as crianças dizem: Tá de boa? Eu tô de boa. Tudo na paz." Mary imitou um rapper gesticulando enquanto falava.

"O que você está fazendo?" Yalulah parecia irritada.

"Eu não sei, é assim que as crianças falam agora."

"Pare com isso." Ela segurou as mãos de Mary com um pouco mais de agressividade do que pretendia. Muitas vezes ela se alimentava e se deliciava com a exuberância de Mary, mas agora estava se sentindo incomodada com isso. Mary parecia magoada, então Yaya se desculpou.

"Mas eu gosto disso, *de boa*", Yalulah repetiu. "Está tudo bem. Obrigado, Deus Pai Celestial, Tu fizeste tudo e tudo é bom. Reze comigo, Mary".

Mary não queria rezar. A última vez que ela tentou rezar havia sido na sauna, e não parava de pensar no que aconteceu lá. Mas estava cada vez mais sob os efeitos do analgésico, mole e sem conseguir se impor. Ela não era nada além de obediência.

As duas mulheres se ajoelharam entre as botas Uggs e oraram. Elas oraram por orientação, oraram por perdão e oraram por Bronson e seus filhos. Quando terminaram, Yalulah deu-lhe um beijo de despedida e sussurrou: "Olha, querida, me escute, Bronson diz que vai parar".

Mary recuou.

"Parar?" Se uma palavra pudesse deixá-la sóbria em um instante, essa era a palavra. Ela balançou a cabeça com muita força, como um cachorro faz para acordar.

"Parar."

"Simplesmente parar."

"Sim."

"Por quanto tempo?", Mary perguntou.

Yalulah não respondeu, ela não tinha essa resposta.

"Eu nem sei se eles consumaram o ato."

"Não seja tola."

"Eu não, nem você."

"Bem, se não o consumaram, é apenas uma questão de tempo. E Pearl?" Mary continuou. "Ela vai parar também?"

"Pearl fará o que dissermos a ela para fazer."

"Besteira."

"Nós somos os adultos e podemos lidar com a Pearl. Estamos tão doentes quanto nossos segredos", disse Yaya, jogando uma das frases dos Narcóticos Anônimos favoritas. "E agora não é segredo, já sabemos de tudo. Podemos lidar com qualquer coisa à luz de Deus."

"É por isso que você veio aqui? Para me dizer isso?" As mãos de Mary formigavam. Ela dobrava os dedos e olhou para eles como se pertencessem a outra pessoa.

"Não, eu senti sua falta. Eu sinto falta de nós, todos nós", confessou Yalulah.

"Maioridade na Califórnia é só com dezoito anos."

"No Canadá, é com dezesseis."

"Foda-se o Canadá."

"Oh, por favor, senhorita Educada, você era virgem aos dezessete anos?"

"Essa não é a questão." Mary ergueu o tom da voz. "Perdi minha virgindade aos treze anos. Fui estuprada aos quinze e transei com metade de Venice e um bom pedaço de Los Feliz aos dezesseis. Merda, talvez seja esse o ponto."

"Querida, querida... Em 1889, a maioridade era aos catorze anos. É isso que estou dizendo, tudo é meio relativo e meio arbitrário."

Yalulah permaneceu equilibrada e calma, reunindo factoides em sua defesa.

"É a lei do homem, não a de Deus. A lei do homem adivinha e muda, a lei de Deus permanece, imutável e sagrada."

"Jesus, Yaya, é como se você usasse Deus quando precisa dele e psicologia quando não precisa."

Yalulah apenas concordou com Mary.

"Ele poderia se casar com ela. Eu sei que não é o conto de fadas. Não é a situação ideal, e eu sei que a maior parte do mundo desprezaria essa situação toda e todos nós, mas desde quando nos importamos com o que a maioria do mundo pensa? Fodam-se todos. E só Deus sabe que, provavelmente, Jackie desejaria isso."

Mary se sentia meio flutuando no ar, não estava totalmente ausente, ela queria segurar alguma coisa. Esse algo geralmente era Yalulah, mas não Yalulah agora, qualquer coisa menos Yalulah agora.

"Você é mãe." Mary disse isso como uma maldição.

Yalulah continuou séria.

"Sim, eu sou, mas eu não sou a mãe dela, nem você. Bronson não é o pai dela e eu estou pedindo para você pensar sobre isso. Não há nada de errado. Não é um incesto verdadeiro." Aquela palavra terrível foi dita e não podia ser desdita. Elas olharam uma para a outra silenciosamente em reconhecimento tácito de que não havia como voltar a partir daquele ponto: a partir daquela expressão, um novo mundo havia nascido. Mary podia pensar em algumas coisas erradas com isso.

"Ouça a si mesmo, Yaya. Você acabou de dizer *incesto verdadeiro*."

"Eu sei o que eu disse."

"É assim que ele fala sobre *isso*?"

"Ele não fala sobre isso diretamente."

"Então, o que ele disse, *indiretamente*?"

"Ele não disse nada, Mary. Essa interpretação é minha. Eu acho que ele está confuso e assustado e talvez com vergonha de si mesmo, acho que ele se sente como se estivesse sendo punido. Acredito que ele sinta que é mais um problema moderno. Provavelmente, Bronson acha que foi assim que o Homem da Bíblia fez. Provavelmente acha que Joseph Smith não teria nenhum problema com isso. Ele é um bom homem, Mary..."

"Eu sei que ele é um bom homem", Mary a interrompeu. "Yaya, por favor..."

"Eu acho que ele vai acatar você. O que você sente a respeito. O seu viés cultural."

"Foda-se, você disse *viés cultural*?"

"Disse."

"E foi isso que ele disse?", Mary perguntou com raiva.

Yaya assentiu. Mary não tinha certeza se ela estava dizendo a verdade. Ela não podia imaginar Bronson dizendo isso, ele não falava assim. Yalulah estava determinada a fazer pequenos avanços, mas não queria pressionar muito de imediato. Ela podia sentir que Mary estava em seu limite naquele momento. Havia tempo. Mary mudaria de ideia.

"Pense nisso, Mary?", ela implorou. "Teremos uma à outra."

"Certo."

"Venho visitar você novamente em breve, meu amor."

Mary concordou.

"Vou pensar", ela respondeu, mas sabendo que iria refletir, mas não do jeito que Yaya queria. Yalulah a beijou novamente e, naquele momento, Mary não gostou do cheiro dela, sentiu algo rançoso e estranho. Mary tentou esconder essa repulsa repentina e tentou relaxar com as sensações agradáveis que o oxicodona estava proporcionando.

"Você está bem?", Yalulah perguntou, tentando se reaproximar, mas era como aplicar um pequeno curativo em um enorme ferimento à bala.

"Sim", disse Mary, começando a dançar novamente. "Estamos bem, Yaya. De boa, tudo de boa." Mary riu, afastando-se, voltando à dança ucraniana e vendo sinais luminosos dos quais não fazia ideia do significado.

## 18

Enquanto Yalulah e Mary comungavam secretamente no Rancho Cucamonga em uma noite fria de início de dezembro, Bronson cavalgava para seu novo lugar sagrado no deserto, para onde tinha transferido os três túmulos após a invasão de Maya. Nesse novo lugar, ele comungaria com os mortos e com seu Deus. Sua cabeça latejava havia horas. A luz do dia lhe causava uma dor lancinante atrás dos olhos que teria enviado um homem com menos trabalho e vontade para a cama, com as persianas fechadas. A escuridão da noite trouxe um pouco de alívio.

Ele se ajoelhou primeiro sobre os túmulos de seus dois filhos mortos, Carthage e Nauvoo. Ele agradeceu a Deus pelo pouco tempo que passou com eles. Pôs a mão na lápide de Carthage e fez o possível para lembrar a forma corporal que seu primeiro estado tinha assumido. Carthage, seu terceiro e último filho com Jackie, nascera morto. Jackie segurou seu único filho com Bronson em seus braços por horas, conversando com a forma perfeita e sem vida, e recebendo as crianças para dizerem olá e para se despedirem do irmãozinho que elas tanto esperaram. Somente depois que cada irmão tinha feito sua parte, Jackie permitiu que Bronson levasse seu bebê embora. Esse era o jeito de Jackie, encarar tudo de frente, de olhos abertos. Se Delilah tinha sido o estímulo para a fé de Bronson, Jackie fora sua rocha e seu selo. Ela apresentou tumores pela primeira vez apenas alguns meses depois de perder Carthage.

Em seguida, Bronson tocou a lápide de Nauvoo, que nasceu de Yalulah com má-formação, cheia de múltiplas deformidades. Ela nunca comeu, nunca pegou o peito. Apavorada, Yalulah colocou esse infeliz bebê no peito, mas a boca minúscula se recusou a mamar, como se já soubesse o que era melhor, que isso apenas prolongaria sua agonia. Yalulah podia ver claramente que a medicina não poderia salvar aquele pobre bebê, e estava profundamente envergonhada porque em seu coração, em silêncio, ela orava para que o sofrimento da criança fosse breve. Ela não tinha ideia de como cuidar de uma criatura assim. Foi uma bênção horrível quando Nauvoo, sem nunca ter se alimentado, sucumbiu alguns dias depois. Mas Bronson salvaria sua alma mesmo assim. A alma de Nauvoo não estava deformada, seu primeiro estado fora perfeito para Deus. Ele iria realizar um batismo dos mortos para Nauvoo e Carthage. A morte não era nada para um homem com suas crenças, era um momento no tempo, um tempo que realmente não existia. Apenas a pausa entre respirar e expirar. Yalulah havia ficado abalada pelo nascimento de Nauvoo, sua fé se abalou mais do que ela deixaria transparecer, sua raiva de Deus era proporcional à sua fé, mas ela deu à luz Palmyra treze meses depois, e então a Ephraim, Alvin e Little Joe, e eles todos seguiram em frente, como dizem, o melhor que podiam. Deus levou Nauvoo embora, mas deu muito mais, muito mais saúde, fertilidade e abundância, como se fosse um pedido de desculpas.

Bronson, secretamente, estava cheio de dúvidas por não procurar atendimento médico para os nascimentos dos bebês, ou para Jackie. Também estava preocupado de que Maya ou Janet Bergram descobrissem agora sobre as crianças enterradas e o acusassem de algum crime. Mas essa fora a vontade de Deus. Ele tinha confiado na vontade de Deus, e Nauvoo, pobre Nauvoo, que não tinha nascido completa, cabeça pequena, inocente Nauvoo — nada, ele tinha certeza, poderia tê-la salvado. Colocou a mão na lápide sob o qual estavam os ossos infantis, acariciando a pedra como se fosse carne, como se pudesse sentir, e começou a chorar. "Nauvoo", ele disse várias vezes para sua filhinha. "Pobre Nauvoo, pobre e doce Nauvoo." Ele então se voltou para o túmulo de Jackie.

Ele conheceu Jackie no Templo em Westwood que começara a frequentar logo após seu teste de demonstração de boa-fé com o Ancião. Naquela época, ele ainda estava intrigado sobre como conciliar sua recém-descoberta riqueza de proprietário de terras e a recém-descoberta fé, depois de ter sido dublê em Hollywood e de farrear muito. O Ancião facilitou tudo para Bronson (e para que este ficasse o mais longe possível do Ancião dos Anciões em Utah, é claro). Bronson aproveitou o fato de que a igreja tinha sido construída em um enorme terreno de vinte e três acres que a estrela do cinema mudo Harold Lloyd adquiriu para rodar um filme na década de 1920. A conversão da terra de rancho de cinema em uma igreja mórmon parecia prenunciar e espelhar exatamente o próprio caminho de Bronson.

Jackie, na época com trinta anos e ainda ostentando as coxas torneadas de tenista universitária (terceira colocada nas individuais, primeira em duplas na Brigham Young University), começou uma conversa com Bronson naquele costume mórmon amigável e extrovertido. A ela, ele parecia deslocado, e no bom sentido. Ao contrário dos homens de quarenta anos com aparência de sessenta, flácidos, cinturinha de pochete, brancos, que usavam óculos e ocupavam a maior parte de seu dia de trabalho na Igreja, Bronson era bronzeado e forte, cheio de vitalidade. Ela o achava bonito e raro como uma estrela de cinema. Jackie fora criada como mórmon em Salt Lake e partiu para Los Angeles para um novo começo quando seu casamento terminou. Apenas dois meses depois de ter os gêmeos, Pearl e Deuce, ela pegou seu marido na cama com outro jovem mórmon. Ela não fez perguntas. Fechou a porta do quarto e pediu o divórcio. Ela era assim, irrevogável.

Ao fazer as malas, ela disse ao marido que levaria as crianças e que ele nunca mais teria notícias de ninguém. Em choque, talvez aliviado, ele não discutiu. Ela tinha um diploma de Direito e nunca trabalhou na área. Mas conseguiu um apartamento minúsculo em Westwood e um emprego como escriturária para a própria Igreja. Estava se recuperando quando conheceu Bronson, mas vivia com o medo constante de que seu ex um dia mudasse de ideia e tentasse rastreá-la e levar seus filhos. Ela só queria desaparecer completamente para garantir que isso nunca acontecesse.

Ambos estavam isolados de seus antigos eus. Jackie não conhecia ninguém em Los Angeles. Sem beber mais, Bronson perdeu o ponto em comum com sua equipe de cinema e saiu cada vez menos com sua fraternidade de dublês de Hollywood. Sozinhos e juntos, eles se abraçaram, raramente ficando longe um do outro. Eles eram iguais, aluno e professora. Unindo sua formação em direito à igreja, ela deu à fé dele profundidade e legitimidade. Com seu entusiasmo de recém-convertido, ele revigorou o amor adormecido dela por Deus e reforçou qualquer crença que pudesse ter sido enfraquecida pela traição do marido de Jackie. Eles logo se aprofundaram nas diferenças entre o vetor revolucionário original de Smith e o mormonismo americanizado institucionalizado. Avançaram para as margens das escrituras, instigando um ao outro, quase como em uma simbiose. Bronson se apaixonou aos poucos pela forma de pensar de Jackie, pela intensidade de sua fé, mas também estava extremamente atraído por ela. E ela por ele. Mesmo sendo divorciada, ela não faria amor com Bronson fora da formalidade do casamento. Mas isso não os impediu de se beijar por horas e horas como se fossem adolescentes.

Bronson estava inebriado com o sentimento de um verdadeiro amor e a ideia de uma nova vida. Quando ele compartilhou a história de sua família e a herança de Delilah, foi ideia de Jackie se casar e constituir uma família no deserto. Também foi ideia dela que Bronson deveria ter mais de uma esposa, que a poligamia era um estado natural e uma restauração do modo bíblico — e, citando o profeta, "com mulheres mais dignas do que homens, algumas mulheres não seriam exaltadas sem a pluralidade do casamento polígamo". Quando ela disse maliciosamente que poderia gostar de alguns maridos também, Bronson imediatamente a pediu em casamento, dizendo: "Eu gostaria de ser o primeiro da fila".

Eles se casaram no Templo de Los Angeles, oficialmente selado pela Igreja Mórmon, um vínculo celestial eterno. Para seus votos, escolheram 1 Coríntios 13:1-2. Jackie cantou: "Ainda que eu fale as línguas dos homens e dos anjos, se não tiver amor, serei como o sino que ressoa ou como o prato que retine".

Bronson continuou a partir daí: "Ainda que eu tenha o dom de profecia e saiba todos os mistérios e todo o conhecimento, e tenha uma fé capaz de mover montanhas, se não tiver amor, nada serei".

Após a cerimônia, Jackie e Bronson brindaram com um copo de suco de maçã gaseificado, usando as palavras do próprio profeta Joseph Smith como uma bênção e esperança de um futuro perfeito: "'Como o homem é agora, Deus já foi. Como Deus é agora, o homem pode ser'".

Ela foi o amor de sua vida e a primeira esposa-irmã. Posteriormente, Bronson trouxe Mary e depois Yalulah para ela aprovar. Depois de uma década no deserto, quando Jackie morreu de câncer, recusando as súplicas de Bronson para levá-la a um hospital, ele caiu em uma espécie de depressão profunda. Parecia agir como sonâmbulo. Esse período durou cerca de um ano. Ele se ausentou das crianças, de Mary e Yaya, de tudo, exceto do trabalho duro que Agadda da Vida exigia. Foi durante esse tempo em que Bronson esteve fora que Yaya e Mary se apaixonaram verdadeira e profundamente como um casal. Quando Bronson acordou de seu sono de luto, ele era o estranho. Desde então, ele sempre se sentia sozinho. Até ele notar Pearl.

Pearl o lembrava assustadoramente de Jackie. Mãe e filha tinham um vínculo inexplicável, piadas internas, até uma linguagem inventada que só elas entendiam. Eram como bruxas numa irmandade só delas. Uma noite perto de morrer, enquanto Jackie estava deitada em seu leito e Bronson estava sentado ao lado dela, acariciando sua mão, ela perguntou: "Você não vai me esquecer, vai, Bronson Powers?". Bronson nem precisava responder, mas, mesmo assim, disse: "Nunca".

Ela o incitou docemente.

"O homem é resiliente. O tempo passa, a memória desaparece."

"Pare com isso, amor", disse ele suavemente.

A mão dela na dele estava irreconhecível, como uma fantasia de Halloween, uma garra de dinossauro, estava tão grande, vermelha e inchada, maior que a mão dele. Jackie encarou Bronson e pediu que ele se inclinasse como se ela fosse lhe contar um segredo.

Ela sorriu e, quando abriu a boca para falar, ele pôde sentir o cheiro fétido da morte em sua respiração fraca.

"Procure-me em Pearl quando eu me for. Eu compartilho coisas especiais com ela. Procure-me nos olhos de Pearl."

Foi a última coisa que ela disse. Em seguida, fechou os olhos verdes, caiu no sono e morreu alguns dias depois.

Pearl sofreu muito para aceitar a morte de Jackie. Ela se recusou a entrar e se despedir dela nos últimos dias, e não esteve presente enquanto a mãe era enterrada. Bronson era o único de quem Pearl aceitaria até mesmo o menor consolo e, de fato, ela foi a única de quem ele também aceitaria consolo. Eles ficaram muito próximos, e, enquanto ela crescia, Bronson, como Jackie instruiu, secretamente procurou Jackie na criança, e a encontrou. Era inconfundível, estranho. Parecia quase uma representação de seu amor morto, uma assombração, uma canalização. Ele estava horrorizado e encantado. Bronson estava perplexo e aterrorizado com Pearl. De sua parte, Pearl o adorava como uma jovem pode adorar um pai.

Ainda assim, Bronson manteve certa distância. Mesmo quando ela se tornou uma mulher, ele permaneceu distante. Quando ela atingiu a puberdade, inconscientemente se distanciou cada vez mais. Ele viu como ela estava magoada por seu confidente e melhor amigo ter se afastado sem nenhuma razão que ela pudesse compreender, mas ele não podia fazer nada em relação àquela dor, não podia dizer nada para amenizá-la, pois somente ele sabia a causa e a cura.

Bronson se conteve mesmo quando ela se fazia tão clara para ele, desafiando-o, provocando-o, exercitando na solidão e segurança do deserto seu poder sexual incipiente, olhando-o constantemente com uma mistura de possessividade e prazer. Sim, ele se segurou. Ele a ignorou. Ela não poderia ser ignorada. Pearl era vaidosa e orgulhosa e Bronson não a culpava. Ele sabia que isso era natural dela, da sua perfeição feita por Deus. Ele sabia que Deus era a única coisa entre eles. A pressão era enorme, os pensamentos, constantes.

Ele dormiu espremido entre Mary e Yalulah, embora elas não parecessem querê-lo ali. Ele se sentiu caçado. E, no entanto, durante o dia, não conseguia deixar de ficar perto de Pearl. Fazia carinho em sua cabeça, olhando para ela. Quando ela dispensava sua companhia ou o ignorava, ele ficava mal-humorado e melancólico como um adolescente. Mas ele resistiu à tempestade inicial daqueles anos. Bronson guiou Pearl com amor paternal e atos contidos.

Pearl fez quinze, depois dezesseis anos, e Bronson sentiu que viveu momentos em que precisou escolher o menor dos males. Mas, quando completou dezessete anos, Pearl se tornou hostil e impaciente novamente, e começou a agir com mais intensidade e engenhosidade. Ela começou a flertar com Bronson abertamente, e isso o irritou. Isso irritou Mary e Yalulah também. Ainda assim, Bronson sabia que era natural dela, era sua força vital. Era a natureza de Deus se expressando através do corpo dela. E, conforme Pearl amadurecia, ela se tornou cada vez mais parecida com sua mãe, Jackie. Tanto que às vezes doía em Bronson olhar para Pearl e lembrar de seu amor finado.

Ele trancou a porta de seu quarto quando deixou Mary e Yalulah para dormir sozinho. Noite após noite, ele podia ouvir uma mão hesitante tentar abrir a maçaneta da porta e depois ir embora. Bronson sabia que não se tratava de Mary ou Yaya. Ele poderia ter trancado a porta para sempre. Quão difícil isso teria sido? Mas ele não trancou. Uma noite, ele deixou a porta do quarto destrancada e Pearl se enfiou na cama com ele. E então ele não a interrompeu. Não a mandou embora. Ao contrário, ele a acolheu em sua cama e em seu coração. Bronson sentiu amor novamente, uma espécie de amor por Pearl, simples, profundo e complicado pelas circunstâncias.

Mary com certeza o odiava por isso, provavelmente Yaya também, mas elas tinham uma à outra e se amavam. Onde Bronson ficava nisso, sem amor? Pois, sem amor, como proclamavam seus votos de casamento, um homem não tinha nada. A psicologia era muito confusa, e ele fugiu dela. Bronson não acreditava em psicologia. Sem fé, todos eram meros animais, macacos sem pelos. Babuínos. Sem fé, somos todos bestas engajadas em violência e dominação sem fim, apenas vestindo roupas diferentes ao longo das épocas. As velhas coisas de sempre. Ele não acreditava na marcha do progresso. Não acreditava no relativismo cultural. Não era um homem moderno. Bronson acreditava na restauração da antiga Escritura, conforme ordenado em Atos 3:21, uma restituição de todas as coisas. Restauração e restituição eram o seu chamado. Ele se lembrou de Holden Caulfield pegando aqueles garotos no campo de centeio. Ele também era assim. Um apanhador e um salvador, um restaurador de coisas e almas. Ele restaurou a palavra de Deus no deserto. Ele era um rei no deserto. Como Davi havia sido.

*Davi e Betsabá*, pensou.

E então veio essa ruptura. Seu reino foi dividido, sua fé foi desafiada e enfraquecida. Seu orgulho e medo o fizeram morder a isca dessa aposta estúpida. Mas era só orgulho, não era? A ruptura aconteceu antes mesmo daquela mulher tropeçar neles? Será que ele mesmo fez aquilo de que tinha acusado suas esposas: havia tratado todo o sistema de crenças como um menu do qual ele escolheria as leis que se adequassem ao seu gosto? Essa era a pergunta. Completamente sozinho em seu deserto, ele não protegeu a ordem. Tolerou a homossexualidade. Praticou sexo fora do casamento. Foi negligente com a lei.

Afrouxou as rédeas. Bronson sentiu que Deus avisou o que Ele aceitaria. Mas isso lhe pareceu naquele momento como orgulho, conveniência, racionalização, talvez maldade. Ele lembrou Cristo no Sermão da Montanha "portanto, quem desobedecer até ao menor mandamento, e ensinar outros a fazer o mesmo, será considerado o menor no reino dos céus. Mas aquele que obedecer à lei de Deus e ensiná-la será considerado grande no reino dos céus". Ele próprio era a cobra no jardim? Não poderia ser assim. Não poderia ser. Qual seria a cura? Um regresso às origens. Sempre. Essa sempre foi a cura. Comece do início novamente. Revigorar a palavra, a lei. A lei.

Ele sabia que não era um assassino como o rei Davi. Ele não abusou de seu poder assim, não é? Ele não agiu de maneira a se colocar além do perdão, além do sangue expiatório de Cristo. Bronson citou em voz alta, de memória: "Quando a mulher de Urias soube que o seu marido havia morrido, ela chorou por ele. Passado o luto, Davi mandou que a trouxessem para o palácio; ela se tornou sua mulher e teve um filho dele. Mas o que Davi fez desagradou ao Senhor".* Quando o luto dela terminou. Quando o luto terminou. Em que momento aconteceu esse "quando"? O fato. O fato é o que Davi fez. Ele desagradou ao Senhor.

Bronson abaixou a cabeça e chorou.

Desde que eles selaram o casamento celestial, Bronson sabia que o primeiro estado de Jackie estava no céu e que ela podia ouvi-lo. Ele nem precisou falar em voz alta para ela ouvir tudo isso sobre Pearl. Jackie estava em sua mente. Ela podia ouvir seus pensamentos. Ela sabia tudo. Não foi para isso que ele tinha ido ali naquela noite. Ele ouvia seus pensamentos havia meses, ele os conhecia muito bem. Bronson tinha ido para ver se podia ouvir Jackie. Mas tudo estava em silêncio, e esse silêncio parecia uma censura, um julgamento. Não havia vento, farfalhar,

---

\*   2 Samuel 11:26-27.

uivos ou correria de animais. Seu amor não falava com ele. Ele se sentiu banido, seu paraíso no deserto lhe parecia agora algo estéril, no lado oposto do Éden.

Jackie estava morta. O deserto estava quieto. Deus estava ausente, mas continuava ali. E isso certamente era culpa dele. Ele tinha pecado. Ele não podia ouvir seu amor, sua terra ou seu Senhor. De repente, sem som ou aviso, sem trovões nem relâmpagos, começou a chover.

## 19

Os filmes da Hammer devoraram o cérebro de Maya. Não havia mais nada. Apenas migalhas de um horror ruim, estacas de madeira, atuações engessadas e película podre. *É isso*, pensou Maya, *o único filme decente que poderia sair dessa pilha de lixo é* Os filmes da Hammer devoraram meu cérebro — a história de uma jovem profissional com um diploma acadêmico que pega um vírus mortal que ataca o cérebro ("Mais do que um meme, mais do que o verme mais mortífero, se você preferir. Nós o localizamos na amígdala cerebral, meu amigo, no chamado *cérebro reptiliano*") por haver assistido a muitos filmes B de merda. Quando nossa heroína lhe conta a trama, como a de *Carmilla, a vampira de Karnstein*, dos anos 1970, da chamada trilogia Karnstein (um vilarejo pacífico na Europa do século XVIII é o lar de uma vampira com tendências lésbicas que destrói os habitantes da cidade), você vomita, se caga todo e morre. Seus fluidos corporais infectam o próximo pobre otário com ideias podres até que ele também exploda com uma estupidez contagiosa. Ela escutou a voz do trailer de novo e de novo com admiração condescendente "Experimente, se você ousar, a paixão mortal dos amantes de vampiros — criaturas pervertidas da noite". Que gênio hediondo!

Essas criaturas da noite tomaram todas as horas de seu dia. As longas noites, em especial, eram a hora da Hammer — seus sonhos aparentemente eram dirigidos por aquele estilo grosseiro, inculto, repugnante e vulgar do sr. Jimmy Sangster. Talvez Malouf gostasse de seus vampiros sensuais mais jovens, como em *Luxúria de vampiros*, de 1971, no qual uma mulher sedutora faz o Conde Karnstein (aquele maluco Karnstein novamente!) sair mordendo as meninas em um internato na Estíria do século XIX. Estíria? Ela teve que procurar. Trata-se de um estado da Áustria que faz fronteira com a Eslovênia. Maya se perguntou como seria uma propriedade ali. Pensou em se mudar para lá e começar de novo.

Mas não antes de assistir a *Terror que mata: The Quatermass Xperiment*, de 1955. Isso mesmo, covardes corretores automáticos, nenhum E em *xperiment*, apenas um R em *quatermass*, no mundo Hammer — onde um astronauta retorna à Terra após um voo espacial experimental, afligido por um estranho fungo que o transforma em um monstro assassino. Depois que balas e bombas falham em deter a criatura, a brilhante cientista professora Quatermass (Maya adorava esse nome) se torna a última esperança de sobrevivência da humanidade. Ela perdeu mais tempo do que qualquer outro ser humano a contemplar as ramificações atuais na política de gênero de *O médico & irmã monstro*, de 1971, em que o bom médico, experimentando maneiras de prolongar sua vida, testa a fórmula em si mesmo e se metamorfoseia em uma linda mulher (bem, ela talvez pudesse convencer Malouf sobre isso — Rob Lowe certamente ainda é bonito o suficiente para interpretar o duplo papel... e o Oscar vai para...).

O alter ego de Jekyll acaba agindo de maneira nojenta e muito específica matando prostitutas que, com medo de Jack, o Estripador, acreditam que não têm nada a temer de uma mulher. Que esperteza! "Mas por que", ela refletiu, "sendo mulher, a irmã Hyde matou prostitutas?" Seria aquela uma acusação que pressupunha que o desejo de matar, de cometer violência contra o sexo oposto, no homem, é tão forte que dura mesmo com sua transformação em mulher? Ou, mais repugnante e tão politicamente inconveniente quanto isso, teria sido uma espécie de condenação feita naquela época, ignorante da existência trans e condenando-a como uma perversão bizarra? Ou... foi um ataque inconsciente à própria feminilidade — porque, em sua forma masculina, Jekyll/Hyde nunca assassinou antes de ter uma espécie de vagina temporária, que só trabalhava à noite, e um sutiã *push-up vintage* dos anos 1970, que desafiava a gravidade? O decote me fez fazer isso? Maya balançou a cabeça. Seu cérebro parecia ter derretido. Ela preparou uma Tequila Sunrise.

Ao longo dos meses em que desapareceu na toca do coelho do universo Hammer, enquanto esperava por relatórios sobre os garotos do Rancho Cucamonga, mudanças sutis e preocupantes em sua consciência se manifestaram. Ela perdeu um pouco de sua paixão. Algo sobre contemplar o tempo todo, sobre energia e, sim, até sobre amor, deve ter ido para esses filmes ridículos, o que a princípio lhe pareceu absurdo, até trágico. Passar a vida assim, levando a sério os Quatermasses, os zumbis e as vampiras lésbicas? Estar no leito de morte com essas imagens em sua cabeça enquanto você pensava em suas "conquistas". Eca.

Malouf estava sadicamente atento ao seu trabalho com a Hammer. Ele realmente procurava por um diamante bruto e aproveitava para maltratá-la, testando-lhe a determinação. Ele exigia dez resumos por semana. Queria que ela identificasse pelo menos um remake por mês. Ele a fez ir almoçar com escritores desesperados que a apoiariam e depois tentariam fodê-la. Não era um trabalho árduo, mas não foi para isso que ela estudou, e isso a machucava. Maya perdeu toda a energia para aproveitar o fim de semana em meados de novembro. Ela saía da Praetorian e se arrastava para casa, sempre se perguntando: "o que estou fazendo? Como posso ser melhor do que a Hammer? Talvez eu seja pior. Estou apenas empurrando e movendo os números de um lado para o outro. Minha vida inteira é um esforço abstrato para mover o ponto decimal cada vez mais para a direita? E, no final disso, minhas contorções patéticas nunca vão ocupar a mente de algum garoto entediado ou pária social em alguma matinê chuvosa de sábado à tarde. Sou um clipe de papel vestindo um belo traje social?". Ela não tinha um psiquiatra, amigos íntimos ou um amante com quem desabafar. Seus colegas, os Radicais, diziam que ela precisava transar. Seu treinador tentou fazer piada dizendo que achava que ela tinha "atingido o platô" e talvez desejasse experimentar alguns suplementos do mercado negro da China, tipo chifre de rinoceronte ou pó de pênis de tigre, ou qualquer produto nojento obtido dos animais.

Em um dia de inverno, Malouf a chamou em seu escritório para fazer uma apresentação de vinte minutos para ele e os Radicais sobre um remake de *Carmilla, a vampira de Karnstein*. Seguindo a deixa do chefe, os Radicais ficaram impassíveis e carrancudos durante a apresentação dela, parecendo adolescentes no colégio, animando-se apenas quando a palavra "lésbica" era dita. Claro, Malouf tinha convocado a reunião para as duas da tarde, depois do almoço, e por isso os rapazes estavam sonolentos e um pouco bêbados. Alguns deram um jeito de cochilar. Quando ela terminou, o chefe, de forma cortês, agradeceu e a dispensou. Maya ainda estava perto quando ouviu a porta se fechar e a sala explodir em risadas abafadas. Naquele momento, ela ainda não sabia o que fazer — aguentar as porradas ou revidar? O que Malouf faria?

Então algo aconteceu. A ideia veio quando ela estava contemplando a vida e os tempos de Peter Cushing, a principal estrela de Hammer entre os anos 1950 e 1970. Cushing interpretou o Barão Frankenstein seis vezes e o dr. Van Helsing cinco vezes, além de vários outros heróis e vilões. Doutores Frankenstein e Van Helsing, ele fez de tudo, sem medo. Ela imaginou Cushing em seu leito de morte, cercado por entes queridos, em uma enorme mansão no interior da Inglaterra, que toda aquela brincadeira de criança tinha comprado. E ela pensou: *ele sabia*. Ele sabia a verdade. Não se tratava de como interpretar um homem vivo matando cadáveres ou da melhor maneira de dispensar um vampiro gay da Estíria, ou mesmo da vida interior de Grand Moff Tarkin, mas da própria verdade da vida — ela não importava. Nada dessa merda importava.

Afinal, era tudo brincadeira de criança. E isso foi lindo pra caramba, não trágico. E a energia gasta! A energia doada pelo criador, no caso do sr. Cushing, foi usada, repetidas vezes, em sua luta simulada pela verdade ou pelo mal, ou o que quer que fosse exigido em determinada semana. Cushing não precisou de um Oscar em seu leito de morte em Canterbury, em 1994, para fazer tudo valer a pena: ele foi completo e santo. Contemplando Cushing, a condescendência de Maya se transformou em admiração, e sua letargia mudou. Ela ainda não sabia exatamente o que diabos estava fazendo com sua vida, mas parecia se importar menos com isso. Se a Praetorian era sua Hammer, então que assim fosse. Isso foi crescer ou desistir? Não sabia dizer. E se perguntou se havia alguma diferença.

Em seguida, revitalizada, voltou a atenção para o negócio com os Powers e pensou que talvez fosse uma boa hora para visitar Bronson e cutucar a fera. Dirigiu até San Bernardino para ver Janet Bergram. Janet, por sua vez, parecia participar no projeto quase contra seu próprio bom senso. Ela se preocupava com as crianças. Mas a notícia que Janet transmitiu não foi boa para Maya. Deuce estava indo bem, mas isso não se aplicava a Pearl e Hyrum. O sistema educacional da Califórnia estava falhando com eles. Parecia que Powers poderia estar ganhando a aposta e as terras, e que ela ficaria sem nada.

Maya não podia continuar passiva e ver seu unicórnio morrer assim. Talvez fosse a hora de um pouco de intromissão. "Talvez colocar uma pedra na bota de Bronson, incitá-lo a fazer algo estúpido, e assim reverter as coisas do jeito pretoriano para que minha exótica produção, *Os mórmons se mudam para a cidade*, possa em um futuro próximo pagar grandes dividendos. Vou mover o ponto decimal para a direita." Ainda havia muito tempo para improvisar. As condições estavam boas para encarar o deserto novamente, sem que ela precisasse recorrer às drogas.

Quando Maya estava saindo de seu pequeno escritório, Janet disse: "E, oh, aqueles cem mil que seu chefe prometeu ao sistema escolar de San Bernardino? Até agora, nenhum sinal."

"Não?" Maya se eriçou.

Malouf, nessas questões, era como seu amigo Trump, exibindo doações de caridade sem nenhum acompanhamento real. Era moralmente repugnante — para homens assim, tratava-se apenas de exibição, como um tuíte. Isso refletia mal nela também, manchando-a.

"Nem um centavo", resmungou Janet.

"Talvez tenha sido anônimo."

Maya olhou para o rosto de Janet para ver se aquilo era uma boa piada. E constatou que não.

"Aqui", disse Maya, tirando um talão de cheques de sua bolsa. "Posso lhe passar um cheque de, digamos, dez mil?"

"Bem, não é para mim, mas pode." Quando Maya preencheu o cheque, ela vislumbrou o Tesla prateado novo que ela não podia pagar agora.

"Mas dez não é cem", acrescentou Janet.

Maya teve uma noite agradável no Twentynine Palms, passando algum tempo no spa e algumas horas intermináveis em seu iPad, com opções destruidoras de almas — *As bodas de satã* e *A górgona*. De manhã, ela dirigiu até um ponto de encontro combinado com seu guarda-florestal favorito para sair da estrada para as terras dos Powers.

Dirk ficou feliz em vê-la e estava muito falante — ela sempre dava grandes gorjetas.

"De volta para mais pesquisas em Hollywood, hein?"

Ela riu, porque desta vez, imersa como estava no mundo de Hammer, ele acertou quase em cheio.

"Ah, sim! Estou vendo como investir."

"Eu cresci vendo faroeste. Sinto falta de um bom faroeste", confidenciou Dirk. Por Deus, ela não queria falar sobre filmes com esse cara. Ela nem gostava de cinema. Ponto-final. Ele discursou: "Costner foi bom por um tempo, mas Clint Eastwood... Esse é meu homem. 'Vá em frente, desgraçado, me faça feliz'".

"Clint Eastwood, com certeza." Ela podia dizer que Dirk estava citando alguma coisa, mas não sabia o quê. Tudo o que ela se lembrava daquele cara era quando ele falava como um maluco em alguma convenção política. Ela sempre o confundiu com o cara louco de cabelos grisalhos de *De volta para o futuro*.

"Eles filmaram todos aqueles velhos faroestes aqui", afirmou Dirk. Ela, no entanto, tinha certeza de que isso não era verdade. "Quando estou dirigindo por aí, estou sempre à procura de um pano de fundo familiar. Sim, eu nasci na época errada. Pistola é a arma, certo? Haha, eu sou um cara ocidental."

"Você com certeza é, Dirk", disse ela, pensando *eu queria ter uma pistola agora*.

"Você parece estar meio com sono." Dirk interpretou o tédio abjeto dela como cansaço, então Maya disfarçou com um olhar meio vesgo. "Noite difícil?"

"Sim. Você se importa se eu fechar os olhos e tentar tirar uma soneca?"

"Nem um pouco, mas boa sorte com a estrada esburacada. Eu farei o meu melhor para tornar isso menos agressivo, milady."

"Obrigado, Dirk. Você é meu herói."

Ela fechou os olhos e fingiu dormir por mais ou menos uma hora até chegar à propriedade dos Powers.

"Última parada, princesa. Hora de acordar."

Maya abriu os olhos para ver Yalulah e alguns dos garotos Powers andando em sua direção, atraídos pelos intrusos do jeito que ela imaginava que os zumbis agiriam ao cheirar carne viva. Só que, neste caso, era ligeiramente mais agradável.

"Obrigada, Dirk, você foi incrível, mas eu dou conta a partir daqui."

"Você vai precisar de carona para voltar?"

"Acho que vou demorar um pouco. Por que você não volta e se eu precisar de você, eu ligo?" Ela realmente não o queria por perto para irritar Bronson ou qualquer uma das crianças com sua simpatia acima da média. Talvez Bronson pudesse lhe dar uma carona de volta para Twentynine Palms.

"Por mim, tudo bem. Essas pessoas me dão arrepios."

Maya saiu do veículo e caminhou em direção a Yalulah e às crianças enquanto Dirk voltava para a civilização.

"Oi, família!", Maya gritou, embora soubesse que essa saudação soaria falsa para eles. "Como estão todos?"

"O que há de errado?", perguntou Yalulah imediatamente. "Aconteceu alguma coisa no Rancho Cucamonga? As crianças? Mary?"

Maya percebeu agora que sua mera presença poderia assustar a todos e na mesma hora se sentiu idiota e insensível.

"Ah, não, não, não...", disse, acalmando Yalulah. "Sinto muito. Todo mundo está bem. Todo mundo está indo muito bem."

"Estão todos mortos", disse um garotinho de cerca de sete anos. "Todo mundo morreu de câncer."

Yalulah repreendeu a criança.

"Pare com isso, Alvin, você sabe que eles não estão mortos. Isso não é engraçado. Você está assustando seus irmãos e irmãs."

"Você é um filisteu, Little Big Al." Beautiful suspirou.

"Os alienígenas os levaram para olhar a bunda deles", sentenciou Lovina.

"Uau", disse Maya.

"Você também tem câncer?", perguntou Alvin.

"Senso de humor interessante", disse Maya, dando uma tapinha na cabeça do menino, secretamente pensando que talvez ela devesse ter escolhido esse perdedor esquisito para o teste.

"Por favor, não toque nas crianças."

"Ah, claro, me desculpe."

"Só Deus sabe quais vírus e doenças vocês estão preparando por aí. O que você veio fazer, então?", perguntou Yalulah, sem estender o tapete de boas-vindas.

"Só vim dar uma atualização geral e repassar algumas coisas logísticas. Bronson está por perto?"

"Não e provavelmente não voltará até o pôr do sol. Talvez mais tarde."

"Merda."

As crianças riram do palavrão.

"Sabe andar a cavalo?", perguntou Yalulah.

"Bem, já andei, mas não diria que me considero uma amazona."

"Posso colocá-la em um dos pôneis das crianças e lhe dar instruções."

Maya não sabia se ela estava brincando.

"Instruções?"

"Eu não posso deixar as crianças, posso? Ele pode nem estar de volta esta noite. Se você quer ver Bronson, essa é a única maneira de vê-lo ainda hoje."

"Você vai morrer", disse aquele merdinha do Alvin.

"Alvin, pare com isso." Yalulah o repreendeu, mas no fundo pareceu satisfeita.

"Eu vou te dar uma bússola. É simples, vá direto para o leste."

"Simbora", Maya brincou.

Maya estava morrendo de medo de se perder. Disseram a ela que a viagem poderia levar mais de uma hora e bastava apenas seguir sempre para o leste, em direção a um monte e sem perdê-lo de vista. Bastante simples, mas ela estava no Mojave, sozinha, um deserto sem sombra ou chuva, sem pontos de referência para os novatos, com montes redundantes e que para ela eram todos parecidos, em todas as direções, e uma hora ia anoitecer. Ela se perguntou se Yalulah estava tentando matá-la. Esse pensamento começou pequeno e despretensioso, mas foi crescendo cada vez mais à medida que o sol se aproximava do horizonte. Maya se lembrou de Alvin dizendo: "Você vai morrer". Pensou que estava em um filme da Hammer e zumbis lagartos poderiam atacar a qualquer momento. Na verdade, esse pensamento absurdo a reconfortou e a fez rir.

O sinal do celular estava oscilando muito, então ela desligou para economizar bateria, só por precaução. Apagou algumas fotos usando lingerie que tinha tirado de si mesma algumas semanas antes (porque sua barriga estava ficando trincada), para o caso de ela morrer e o celular ser tudo que restasse dela. Também apagou seu histórico de pesquisa.

Cerca de uma hora e vinte depois, começou a pensar seriamente em voltar, mas ficou com receio de se perder de vez. Tentou manter os olhos no pico que Yalulah lhe mostrara, a leste na bússola, e começou a desconfiar. Uma espiral ascendente de pânico começou a invadi-la: afinal, como funciona uma bússola? Magnética? E se houver uma perturbação no campo magnético? Isso podia acontecer, não podia? Por que ela não sabia como as coisas funcionavam? Por que ela não aprendeu nada útil na faculdade? Uma bússola pode quebrar?

Ela tentou espantar o pânico crescente, engolindo em seco e percebendo que era a sua boca que estava sedenta por água. O que estava pensando? Quem ela estava tentando impressionar indo até ali sozinha? Malouf? Bronson? Nada de bom acontece no deserto. Você recebe uma flecha atirada em você por uma criança, uma cascavel se esgueira atrás de você e você morre de insolação. Ela estava obcecada com cascavéis e ímãs quando ouviu Bronson gritar: "Que porra é essa?". Maya pensou que estivesse tendo alucinações, até que viu um vulto vindo em sua direção em um cavalo duas vezes maior que o dela.

Ela não tinha noção do quão assustada estava até ver o rosto de Bronson e não conseguir esconder seu soluço desesperado. Bronson ofereceu a ela um pouco de sua água. Ela tremia.

"Oh, Jesus, você está morrendo de medo, coitada. Quem deixou você vir aqui sozinha? Yalulah?"

Maya assentiu.

"Jesus Cristo." Ele balançou sua cabeça. "Você está bem?"

"Agora estou."

"Me desculpe por isso. Yaya é durona, Deus a abençoe."

"Ela me deu uma bússola."

"Magnânimo."

"Bem, eu percebi. Acho que sei de onde ela vem."

"Da bunda do diabo, é de lá que ela vem. Me siga", disse Bronson, enquanto a levava para um local com uma sombra agradável. Maya começou a se acalmar e relaxar. Ela notou novamente como Bronson era bonito. Ela já tinha ficado com muitos homens bonitos, tinha transado com alguns, e percebeu que os homens já não chamavam mais a atenção dela como antes. Ela se sentia segura sobre o que era mais importante para ela. Mas, olhando novamente para Bronson e aqueles antebraços, ela bambeou. "Jesus, o que eu sou? Uma tarada por antebraços?" Ela ia voltar para casa, entrar no Pornhub e procurar por "antebraços fortes e suados"? Provavelmente os resultados seriam alguns filmes de *fisting* — melhor não ter isso em seu histórico. Uma vez, uns cinco anos antes, aconteceu um escândalo sexual na Praetorian, envolvendo um executivo, que foi demitido, e, literalmente, muita porra engolida.

Ali, havia algo diferente porque Bronson já não era jovem e o sol tinha bronzeado permanentemente sua pele branca, em especial ao redor do pescoço. Ela percebeu que se tratava de uma beleza laboral, pois Bronson malhava cuidando da fazenda. Era um homem que vivia do trabalho braçal e isso a estava deixando com tesão. "Merda, que esquisito, talvez eu esteja apenas com medo e ele esteja agindo como um cavaleiro de armadura brilhante agora porque eu estava prestes a levar uma picada no deserto, e isso seja uma merda de um romance bobo e eu esteja gostando. Ou talvez ele tenha esse carisma antiquado e incomum que atravessou meus escudos detectores de bobagem modernos e de última geração. Ele é a porra de um polígamo, certo? Ele mantém várias mulheres felizes. Ele é como um líder de culto, também tem aquela vibe de líder de culto, aquele poder sorrateiro do tipo Manson." Maya queria entender e fugir ao mesmo tempo. Merda, ela estava no deserto com Charles Bronson Manson. Isso também não era bom. Ela tinha ido até lá para ferrar com ele e agora estava se sentindo atraída. Maya não percebeu que Bronson tinha feito uma pergunta e aguardava a resposta sorrindo.

"O quê?", ela perguntou.

"Eu perguntei para que você veio aqui."

"Ah... Eu queria lhe dar uma atualização sobre as crianças."

"Mary está fazendo isso."

"Ah, claro. Eu só queria fazer uma visita."

"Visita? Como se estivéssemos do mesmo lado? Não pensei que estivéssemos do mesmo lado. Acho que queremos coisas muito diferentes."

"Queremos?", perguntou ela, e Bronson assentiu. Ela perguntou: "O que você quer?".

Ele balançou sua cabeça.

"Eu sei o que quero, nada vai mudar e eu não preciso falar sobre isso. O que você quer?"

Essa foi uma boa pergunta. O que Maya queria: da Praetorian, da vida, o que havia mudado nos últimos meses? O efeito Cushing/Hammer. Ela não tinha certeza. Então decidiu que começaria a falar e os dois descobririam ao mesmo tempo. Ela confiava em seu instinto. O momento certo viria.

"Vim aqui porque queria fazer fortuna. Eu vi uma oportunidade. Eu tive uma visão. Tenho certeza que você consegue me entender."

Bronson parecia inescrutável.

"Lembra que, no início, a oferta era comprar uma parte de sua terra, menos da metade, e manteríamos o governo longe de você? E deixaríamos você com um pedaço para que você pudesse viver do jeito que quisesse? Coexistência pacífica. Acho que é o melhor negócio. Eu gostaria de descobrir como voltar a isso. Trazer seus filhos de volta para você agora. Eu ganho muito dinheiro para o meu chefe e você fica do jeito que estava."

"O chefe?" Ele riu.

"O que é tão engraçado?"

"Você não sabe quem é o chefe." Ele se levantou e amarrou o pônei junto ao seu cavalo. "E nunca poderemos voltar a ser o que éramos." Ele disse isso oferecendo-lhe a mão. "Vai escurecer em breve e vai esfriar. Vamos cavalgar de volta. Eu a ajudo a se levantar."

Bronson colocou Maya em seu cavalo e montou na frente. Ele não falou por cerca de dez minutos. Estava começando a esfriar e o sol do início de dezembro não aquecia mais. Maya estremeceu quando o suor evaporou de sua pele.

O que estava fazendo com os braços em volta da cintura desse homem forte? Ela tinha que ser honesta consigo mesma. Mas, para isso, teria que se conhecer. E ela sabia o suficiente para saber que, naquele momento, ela era uma desconhecida para si mesma. Imaginou-se vendo os dois, a distância, de forma neutra, um homem e uma mulher montados em um cavalo. Podem ser pai e filha. Ou podem ser amantes. Eles podem estar apaixonados.

Finalmente, Bronson falou, ou parecia falar, porque a princípio Maya não entendia o que estava saindo de sua boca, fossem palavras ou não. Ele estava apontando, também, enquanto falava em outra língua. "*Acmispon argophyllus. Asclepias erosa. Cucurbita denticulada. Agave utahensis. Xylorhiza tortifolia.*" Ela percebeu que ele estava identificando tudo o que via e dizendo seus nomes científicos. Parecia uma missa católica realizada em latim. Parecia sagrado, e fez Maya se sentir sagrada.

Ela se lembrou e as palavras caíram através dela do passado profundo: "*In nomine Patris, et Filii, et Spiritus Sancti.* Amém". Maya não ia à igreja desde criança, com sua mãe católica, mas o latim antigo voltou a ela, contrabandeado das palavras de Bronson. Ela ergueu os olhos para o céu e percebeu que estava na igreja novamente, sempre esteve, e que o deserto era um lugar de adoração, mistério e revelação para esse homem estranho e poderoso. Em sua cabeça, o observador percebeu que esses dois a cavalo poderiam ser professor e aluno, padre e penitente. Bronson continuou: "*Verbena gooddingii. Stipa speciosa. Rafinesquia neomexicana*".

As velhas palavras voltaram Deus sabe de onde. Ela disse: *"Judica me, Deus, et discerne causam meam de gente non sancta: ab homine iniquo et doloso erue me".*\*

"Rochas ígneas/rochas em formato de crânio. O deserto toma decisões baseado naquela cabeça de caveira." Bronson apontou pedregulhos que pareciam destroçados por milênios de chuva formando reentrâncias como olhos, e frentes lisas como testas, como se fosse nada menos que uma enorme caveira feita pelo criador, um autorretrato, a terra pensando em si mesma no início dos tempos, sonhando ela mesma em ser. "Também existe a *Phoradendron californicum. Yucca schidigera*. Às vezes eu acho que meu único trabalho é dizer os nomes, pronunciá-los, dar um simples testemunho. Foi porque estive aqui e disse seus nomes que eu existi, e porque testemunhei e disse seus nomes, eles também existiram. Ah, *Yucca brevifolia* — a árvore de Josué."

"Árvore de Josué", Maya repetiu, como uma criança.

"Preciso dizer o que notei desde que cheguei aqui: a cada ano que passa, parece mais quente e mais seco."

"Chamam isso de mudança climática. Talvez precisemos do latim para nomear."

"Você pode chamar do que quiser, mas está vendo aquele anel de árvores de Josué ali?" Ele apontou para o que parecia mesmo ser um círculo de árvores, como se elas tivessem sido plantadas propositadamente naquela configuração geométrica. "Por causa disso que você chama de mudança climática, a temperatura está mais quente — e as árvores de Josué estão migrando para o que chamam de refúgio climático: elas estão buscando o melhor clima, o mais temperado, pois a natureza é sábia. O problema é que elas estão deixando a mariposa Yucca para trás. Essa mariposa não está acompanhando as árvores, ela voa muito mal, não consegue fazer a viagem. Se você tocar

---

\*   Faze-me justiça, ó Deus, e pleiteia a minha causa contra a nação ímpia. Livra-me do homem fraudulento e injusto. (Salmos 43:1.)

em uma, ela simplesmente cai no chão se contorcendo, mas é essa mariposa que poliniza as flores da árvore de Josué, seu único propósito é esse, ela nunca come o pólen. Por quê? Simbiose perfeita ordenada por Deus: ela põe seus ovos na árvore, que na verdade é uma suculenta, ou seja, eles precisam um do outro para procriar. Mas a mariposa não consegue acompanhar as plantas migratórias, então elas não são polinizadas e não dão frutos, mas estão se reproduzindo assexuadamente a partir de suas raízes, criando esses anéis que você viu. São círculos de plantas mais novas irradiando do centro vazio onde a árvore original costumava estar. Mas essas plantas assexuadas não se reproduzem com segurança e acabam morrendo."

"Jesus, reprodução assexuada, isso é como um filme de terror", disse Maya, sem conseguir evitar pensar nos filmes da Hammer. *Eu só me lembro dos filmes idiotas*, pensou, antes de se perguntar seriamente se havia a semente de um filme para Malouf, algo rápido com as metáforas, as mudanças climáticas pervertendo o planeta, transformando-o em um fantasma assexuado e incestuoso. *Pare*, disse a si mesma. Ela tinha percebido, desde que trabalhava na Praetorian, como de modo automático tentava monetizar informações. Mudanças climáticas? Assunto fascinante: o que isso fará com o setor imobiliário? Qual é o filme? Essa forma de pensar começou muito antes de trabalhar com Malouf: seus primeiros passos foram em casa e na escola, ela não podia contar apenas com o fato de usar sapatos Ferragamo. Mas não era só isso, ela quase podia ouvir Malouf em sua cabeça — e a ideia de que ela estava internalizando a voz dele a assustou pra caramba — esse não era um excelente exemplo de como fazer uma limonada quando a vida lhe der limões? Vendo algo positivo em tudo.

Claro que era, mas depois, porque Bronson parecia estar contando uma história de advertência: logo não haveria água em nenhum lugar, apenas limões. E daí? Bronson não monetizou nada. *Alcançando o clichê*, ela pensou, *ele não sabe o preço de nada e conhece o valor de tudo*. Ela queria elogiar Bronson, mas tudo o que disse foi: "Há uma metáfora para isso em algum lugar. Ou um filme".

Maya pensou ter visto Bronson sorrir quando ela mencionou a palavra *filme*. Talvez ele sentisse falta de sua antiga vida? Ela estalou os dedos. Ela tinha o título — *O efeito mariposa*. Maya disse: "Se uma mariposa bate as asas em Joshua Tree, uma tempestade devasta a Europa".

O sorriso deixou o rosto de Bronson, que desviou o olhar. "*Lepidoptera tegeticula*" foi tudo o que ele disse, como uma bênção para um amigo. Ela podia sentir sua dor real pela mariposa humilde. "Que merda", ela se ouviu dizer. Eca. Que resposta inadequada e sem noção. Ela se sentia como uma intrusa em um planeta que ela deveria estar amando e cuidando. Sim, ela dirigia um Tesla, evitava plástico sempre que possível e carregava um canudo de metal na bolsa, mas talvez isso não fosse suficiente para salvar o mundo.

"Você sabe de onde vem o nome árvore de Josué?", ele perguntou, como um professor favorito, um Indiana Jones da vida real e do tempo presente. "É chamado assim pelos mórmons que colaram primeiro nesta área."

"Mórmons *colaram* nesta área?"

"Modo de dizer."

Ela riu de sua tentativa de linguagem moderna.

"Lembrava-os de quando Moisés levantou as mãos em oração por Josué na batalha."

"Por que não se chama a árvore de Moisés, então?"

"Boa pergunta. Pearl costumava me perguntar exatamente isso. Eu diria a ela que essa definição depende do seu humor. Imagine que você pode chamar aquela árvore de Josué, Moisés, Bill ou Ted. Mas você pode vê-lo — Josué, Moisés ou quem quer que seja?" Ele levantou os braços para o céu em oração. "Você pode vê-lo rezando?"

"Sim", ela disse, observando os antebraços dele novamente, e levantando as mãos em oração também. "Eu posso vê-lo orar."

Ela manteve os braços erguidos por um tempo, mas logo se cansou. Não havia nada que pudesse prepará-la para fazer uma longa oração em cima de um cavalo. Bronson apontou algumas flores surpreendentemente vibrantes sob seus pés.

"Veja aquela flor, *Mimulus bigelovii*, não é fofa? Ah, olhe ali", disse, apontando para uma grande e linda e pálida flor amarela de cinco pétalas; uma cor tão sutil que nenhum mestre pintor poderia se aproximar dela — *Mentzelia involucrata*, a estrela que brilha na areia."

"Uau..."

Novamente parecia ser a resposta inadequada às maravilhas que Bronson estava compartilhando. Mas ela não sabia nada sobre flores, exceto o famoso conto "Mania das tulipas", que ela conheceu na faculdade. Bronson ou não prestou atenção ou não se importou.

"Lá está a favorita de Pearl e sua mãe: a flor de cinco pontas."

Bronson desceu do cavalo e em seguida ajudou Maya. Ele se abaixou até uma flor roxa clara com formato de lâmpada. Se inclinando e observando a flor sem arrancá-la, olhou para Maya e fez sinal para que se juntasse a ele. Bronson gentilmente abriu a flor.

"Veja aqui, *Eremalche rotundifolia*, cinco pontos vermelhos, como a melhor mão de pôquer que você poderia tirar: um *royal flush*."

Maya olhou a beleza pictórica no interior da flor, a ordem oculta naquilo em que ela pensava que existisse apenas um caos aleatório. Uma hierarquia sublime que só os iniciados poderiam descobrir. Ela estava grata por Bronson, seu guia para este outro mundo. A flor pareceu hipnotizá-lo momentaneamente. Ele acariciou delicadamente a flor com a ponta dos dedos, dizendo "Pronto, pronto..." e viajou para algum lugar distante dali.

Mas, com a mesma rapidez, ele já estava de pé e se afastando.

"Malditos bromos e mostardas do Saara que acabam com tudo aqui."

Ele começou a arrancar a grama do chão com raiva.

"Espécies invasoras. Eu me considero um guardião, como o anjo Miguel com uma espada flamejante. Esse bromo não entrará."

Ele tinha um sorriso diferente no rosto. Bronson tinha consciência de sua arrogância. Ela percebeu que ele não chamava essas plantas pelos seus nomes científicos.

"O que essa planta já fez a você?"

"Este deserto não deve ter combustível para queimar. Eis a sua natureza. Essa planta não pertence a este lugar. Ela fará o fogo queimar muito mais do que deveria e queimar o que não deveria."

"Sério? Oh, Jesus."

Ela observou enquanto ele arrancava as raízes. Maya teve a sensação de que ele queria purificar todo o deserto com as próprias mãos. Certamente ele conseguiria.

"Tem certeza que devemos estar aqui? Nós, humanos?", ela perguntou. Bronson parou de arrancar a grama.

"Você quer dizer, como se também fôssemos invasores?"

Maya assentiu.

Bronson respirou fundo. Ele pareceu considerar a possibilidade.

"Suponho que os humanos também sejam combustível para o fogo." Ele se recostou e examinou o horizonte, parecendo absorver a natureza quixotesca da busca de um homem contra a natureza em fuga. "Já disparou uma arma?"

"Não", Maya respondeu, e essa resposta a assustou ainda mais por estarem a sós no deserto.

"Venha aqui". Ele acenou, retirando sua arma de um coldre lateral.

"Já joguei *paintball* uma vez."

"Ah, *paintball*. Então você vai se sair bem."

"Ei, não fale assim do *paintball*."

Ele apontou para um cacto que estava a uns vinte metros de distância.

"Vê aquele saguaro?"

Ela assentiu.

"Ok, aqui, pegue." Bronson colocou a arma na mão dela, e Maya sentiu que era muito mais pesada do que parecia nos filmes.

"Apenas faça de conta que ela e o cano são uma extensão do seu dedo... apenas aponte e atire."

"Como uma câmera."

"Claro, se isso ajudar."

"Nossa, é tão pesada."

"Sim. É o peso da vida e da morte isso que você sente."

"Me mostre", disse ela, percebendo o próprio tom sedutor. Sem se virar, Bronson gesticulou com a cabeça.

"Ok, está vendo aquele garoto lá atrás por cima do meu ombro esquerdo? Ele não está orando, ele está com as mãos prontas para agir."

Ela olhou para onde ele apontava. Havia um cacto grande a uns trinta metros de distância, seus dois galhos, ela não sabia mais como chamá-los, quase perpendiculares ao tronco e direcionados como se quisessem um abraço ou uma briga. Ela poderia facilmente imaginar um homem com uma arma.

"Ele acha que tem uma vantagem sobre mim, mas..."

Em um movimento fluido, Bronson arrancou a arma da mão de Maya e girou como um pistoleiro em um faroeste, atirando na altura do quadril. O cacto ao longe estalou molhado, três vezes, parte de sua carne suculenta se arrebentou e dava para imaginar um corpo humano ali. *Bang, bang, bang*. Ele fez buracos para os olhos e um nariz, do nada. Ele girou a arma em seu dedo indicador.

"Pearl chama isso de 'força do velho'."

"Oh, Deus! Não o machuque", disse Maya, surpresa com a forma como seu coração se sentiu em relação ao saguaro emboscado.

"Não, vai precisar de mais do que uma bala ou duas para derrubar o homem cacto. Ele vai aceitar qualquer coisa que Deus e o homem jogarem nele. Sua pele vai se curar. Sua vez", ele disse, entregando a arma de volta para ela. "Eu ajudo você."

Ele estava se exibindo e ela gostou disso. Bronson ficou atrás dela e segurou seus braços com força, suas mãos em volta das mãos dela. Ele colocou o dedo dela no gatilho e disse: "Inspire, expire, puxe". Ela respirou, exalou e puxou. A bala desapareceu no cacto novamente em um de seus "braços" — um tiro certeiro. Ela gritou com prazer genuíno.

"Desculpe! Desculpe, sr. Cactus, Josué, Bill ou Ted, seja qual for o seu nome", ela gritou.

"Tudo bem, nada mal. Agora tente sozinha, *killer*. Acerte aquele homem mau."

Gostou de ouvir Bronson chamá-la de *killer*, como Malouf fazia nos dias bons. Ela se virou e apontou para o saguaro ferido.

"Firme a mão direita com a esquerda."

"Eu sei. Eu vi *Law & Order*. Eu sou cem por cento Hargitay nessa merda. Ou talvez seja como a Mulher Maravilha."

"Mulher Maravilha tinha um laço."

"Você não viu o *reboot*."

"O laço da verdade."

"Cale a boca, sr. Powers. Respire", disse ela, enquanto respirava, "expire, puxe." Ela puxou o gatilho, a arma recuou, mas foi isso. Não havia nenhum sinal de que ela tivesse batido em alguma coisa.

"O que aconteceu?"

"*Paintball*. Errou feio."

"Você quer dizer que não alcancei meu objetivo?"

"Aparentemente sim, e isso não é fácil", disse Bronson, rindo. "Tente novamente. Use sua visão: respire, expire, puxe."

Ela fez o que ele disse. Apertou os olhos para encontrar a visão e disparou. A bala atingiu a metade inferior do cacto.

"Isso vai funcionar. Bom tiro. Você é natural, mas com um jeito malvado — acertou nos *cojones* do cacto. Hyrum chama isso de 'bem nas bolas'."

O sol estava se pondo quando montaram no cavalo para voltar. Ela estava ficando cansada de se equilibrar com a parte interna das coxas e passou os braços em volta da cintura de Bronson. A tarde no deserto estava com as lindas cores entre rosa e pêssego. Ela achou que tinha visto a casa a distância. Deviam estar perto.

"Quando eu trabalhava nos filmes, eles chamavam isso de hora mágica. Mas não é hora, são apenas cerca de vinte minutos. Não era bem isso."

"Tudo mentiras hollywoodianas, hein?"

"Tudo", respondeu Bronson, suspirando.

A paisagem era estéril, lunar e brilhante. Maya se encheu de sentimento com a beleza nada acolhedora e quase hostil de tudo aquilo.

Maya pôs as mãos nos ombros de Bronson e o virou para ela. Ela gostava de dar o primeiro passo, combinava com sua imagem preferida de si mesma. Ela o beijou profundamente. Bronson a beijou de volta gentilmente. Ele tinha gosto de areia, pedra e sol. O observador que havia nela pensou que esses dois cavaleiros lindamente iluminados naquela hora dourada eram amantes. Depois de retornar ao próprio corpo, ela não estava mais dividida entre o observador e o ator; naquele momento, estava completa. Maya perdeu todo o pensamento e autoconsciência e foi preenchida com algo elétrico e sem palavras.

Embora o observador que havia em Maya tivesse se fundido com ela, o que os dois a cavalo não viram enquanto se beijavam era que havia outro observador no deserto, vindo da casa, cavalgando para encontrá-los, escondido ao longo das sombras do pôr do sol. Pearl, entediada, frustrada e com raiva da escola, fugiu da cidade, sem o conhecimento de Mary, e voltou para ver Bronson. Ninguém sabia disso. Ela conseguiu que um amigo mais velho e traficante de Adderall, Ritalina e Xanax lhe emprestasse sua moto com promessas vagas de favores futuros — que poderiam assombrá-la um dia, mas e daí? Bronson a ensinou a andar em sua Frankenbike quando ela tinha dez anos. Pearl chegou silenciosamente enquanto Yalulah e as crianças estavam jantando e, sem ser vista, foi direto para o celeiro, pegando um cavalo para encontrar Bronson no lugar especial onde ela sabia que ele deveria estar. Ela ainda estava perto de casa quando viu Bronson e aquela mulher de Los Angeles se beijando no cavalo. Do mesmo modo que ela e ele fizeram um dia.

Pearl gentilmente conduziu o cavalo de volta para casa, antes que Bronson e Maya soubessem que ela estava lá. Rapidamente, ela chegou em casa, largou o cavalo, pulou em sua motocicleta e rugiu de volta para Rancho Cucamonga. Era apenas um fantasma.

## 20

Deuce considerava tanto a escola quanto o BurgerTown como locais de aprendizagem, mas, no trabalho, ele realmente se destacava. A velocidade industrializada e desumana, aliada ao dar e receber muito humano do serviço de fast food, eram para ele uma educação no mundo moderno e seu ideal de eficiência, facilidade e simpatia forçada. Mas não havia nada de falso em Deuce. Ele era sincero e bem-intencionado, fosse jogando como goleiro com os mexicanos, fosse construindo hambúrgueres perfeitos de acordo com as especificações da empresa, como uma máquina insana, ou jogando conversa fiada com os clientes.

BurgerTown era fast food, mas com uma vibe mais caseira e pessoal do que o McDonald's ou o In-N-Out, e em uma escala muito menor. Havia cinquenta franquias BurgerTown na Califórnia e no noroeste do Pacífico. Depois de ser treinado e programado para evitá-las como um vírus mortal durante toda a sua curta vida, Deuce descobriu que realmente gostava das pessoas e gostava de ser útil. Ele gostava de servi-las, de estar à disposição delas. Nem se importava com o uniforme tosco, amarelo-mostarda e marrom. Mesmo depois de ganhar o salário-mínimo de onze dólares a hora, ele não o gastou, porque não trabalhava pelo dinheiro. De qualquer maneira, deu seu salário a Mary, para colocar em um fundo da faculdade para si e para seus irmãos.

Ele agora estava determinado a ir para a faculdade. Seus professores já o estavam empurrando para Ivy como sua própria "história de sucesso", mas esses eram tiros no escuro. Mesmo que seu pai tivesse algumas centenas de milhões em imóveis, a família não tinha dinheiro líquido. Bronson Powers não tinha conta bancária ou cartão de crédito. Ele não pagava impostos havia vinte anos. O que ele tinha era um grande estoque de dinheiro escondido em algum lugar da casa, que ele pegava como um mágico para comprar sementes, gasolina, peças e mais nada.

Deuce imaginou que conseguiria uma ajuda financeira melhor se não trocasse de estado — então estava olhando para UC Berkeley, UCLA, talvez Stanford.

Dos vinte e cinco funcionários do BurgerTown, somente alguns eram estudantes, embora o fast food fosse o emprego temporário por excelência dos estudantes norte-americanos. Mas, na economia do século XXI, em Rancho Cucamonga, no condado de San Bernardino, Califórnia, Estados Unidos, o trabalho nas redes de fast food tornou-se predominantemente um trabalho de tempo integral para um cidadão adulto. Deuce era um dos poucos funcionários brancos que eram estudantes. Ele fazia dois turnos de oito horas nos fins de semana e dois turnos de quatro horas depois da escola, às quartas e sextas-feiras. O gerente, Frank, colocou Deuce na frente do caixa principal. "As pessoas gostam de ver um rosto branco quando abrem suas carteiras." Deuce estava constrangido por ter sido escolhido pela cor de sua pele, mas cumpriu o que lhe foi ordenado. Criado por um pai rigoroso, tinha um respeito natural pela cadeia de comando.

No trabalho, o colega favorito de Deuce era um velho mexicano chamado Jaime. Ele tinha cerca de cinquenta anos e trabalhava em tempo integral no BurgerTown, fazendo turnos duplos sempre que podia, trazendo hambúrgueres frios e batatas fritas para casa no final da noite para congelar para seus filhos e netos. Devia trabalhar sessenta horas por semana, geralmente chegava uma hora mais cedo para fazer o que precisava ser feito, sempre com um sorriso no rosto. Deuce se aproximou dele. Um dia, Jaime trouxe um violão para o trabalho e tocou alguma canção de José Feliciano nas cordas de náilon. Deuce nunca tinha ouvido aquilo e ficou impressionado com a velocidade dos dedos do velho, soava como três guitarras tocando ao mesmo tempo. Deuce pediu a Jaime que o ensinasse a tocar assim, e ele o fez, de graça.

Num sábado, Deuce chegou ao trabalho cerca de vinte minutos mais cedo para abrir às seis da manhã. Como de costume, Jaime fora ainda mais cedo. Deuce o viu no alto de uma escada, com sua silhueta desenhada pelo sol nascente, vendo as letras magnéticas de trinta centímetros do letreiro, com cerca de sete metros de altura, que ficava na frente do restaurante. A placa deveria dizer:

**BURGERTOWN**
**VENHA PROVAR A NOSSA COMIDA**
**MAIS DE 100.000 CLIENTES FELIZES!!**

Mas tinha sido reorganizado por algum idiota bêbado da madrugada para se tornar um poema pornográfico.

**SI! SENTA!**
**NO MEW PAU**
**100.000 BVCETINHAS COMIDAS ALLI**
**VEN SE FODER E GOZARRR**

Jaime olhou para baixo da placa e suspirou.

"Isso acontece três, quatro vezes por ano. Muito chato. Mas é a primeira vez que eu vejo 'bvceta'."

Deuce olhou para cima e disse: "Muitos erros de ortografia".

"Eles precisam comprar mais letras, não saiu o *jackpot*, Sally", Jaime gritou.

"O quê?", gritou Deuce.

"*A grande bolada*, cara."

"O que é isso?"

"Você não sabe o que é *jackpot*? Você está mentindo, Sally."

Enquanto Jaime ria, ele estendeu a mão para desembaralhar as letras de trinta centímetros, e se inclinou sobre a escada que tinha colocado no vaso de flores no chão. Com o peso, os pés da escada se moveram no solo macio e o topo da escada tombou, derrubando Jaime no chão. Ela caiu meio de lado e em pé e parecia ter machucado a perna esquerda e a pélvis, além de também bater a cabeça no chão.

Alguém ligou para o 911. Deuce não sabia fazer isso. Mas ele foi visitar Jaime no hospital naquele dia, no seguinte e no outro depois da escola. Nunca tinha visto um hospital antes, e muito menos estado dentro de um. Nunca fora ao médico. Conheceu a esposa de Jaime, Lupe, e seus cinco filhos.

Cerca de uma semana depois do acidente, Deuce foi para o hospital fazer uma visita e Lupe estava chorando no corredor. Ele perguntou a ela o que tinha acontecido. O inglês de Lupe não era fluente, tampouco o espanhol de Deuce, mas ele pôde perceber que Lupe com certeza era católica e ela certamente estava agradecida por Jesus Cristo ter salvado a vida de Jaime. Acontecia que Jaime não tinha seguro pelo BurgerTown e nenhum outro plano de saúde. Por ele ter entrado no país ilegalmente vinte anos antes, e tendo sido demitido pelo BurgerTown, a conta do hospital estava em cerca de cem mil dólares, e eles teriam que deixar o país para obter cuidados mais baratos no México ou seriam jogados na prisão por não poder pagar a conta, ou porque Trump não os deixaria voltar ao país, e as crianças ficariam e seriam jogadas em campos de concentração e ficariam separadas para sempre.

Lupe estava compreensivelmente angustiada com esses piores cenários circulando em sua cabeça. Cem mil dólares parecia uma soma impossível. Deuce foi informado de que isso é o que ele precisaria para passar dois anos de faculdade, e quando se deu conta do tempo que levaria os onze dólares por hora até conseguir juntar para ter uma bolsa de estudos, percebeu que ficaria para sempre guardando seus centavos do BurgerTown, e Lupe e Jaime nunca conseguiriam juntar o valor sozinhos.

Aquelas eram questões que Deuce conhecia de sua dose noturna de Hayes/ Maddow com Mary, mas essa foi sua primeira experiência desta dor sistêmica, a dor de uma família se separando porque um governo foi negligente e as corporações foram gananciosas. Ele gostou do que Bernie Sanders disse sobre assistência médica universal. Tinha visto no YouTube vídeos do presidente negro Obama fazendo promessas. Deuce gostava dele. Viu muitos homens velhos repetirem várias vezes, ironicamente, a palavra "Obamacare". Gostou do que Elizabeth Warren disse sobre a faculdade gratuita para todos e a eliminação das dívidas estudantis. Mas nada disso era lei, eram apenas ideias. Ele leu muito sobre Noam Chomsky, Naomi Klein e Chris Hedges, e os viu como os herdeiros justos e legítimos de Marx, Debs, Hofstadter e Zinn (os brilhantes fundadores da visão de mundo que Bronson havia lhe ensinado), mas eles pareciam muito mal-humorados, pareciam não gostar de ninguém e acreditavam que já estávamos condenados pelo capitalismo e sua usura descuidada do planeta. Eles possuíam a Verdade, pensou ele, deveriam estar felizes e radiantes com o evangelho social da mesma forma que Bronson estava com sua verdade mórmon, como Bronson o ensinou a estar.

Deuce desejou poder ligar para Reinhold Niebuhr, que trouxe um Cristo vivo e vital para a justiça social. Não conseguiu entrar em contato com Chris Hedges para ter essa discussão. Também gostaria de poder ligar para Martin Luther King Jr. e de ser amigo de Sheldon Wolin no Facebook. Ele havia chegado ao mundo tarde demais para os heróis da verdade e da justiça que inspiraram seu pai, mas Chomsky e Klein estavam saudáveis e ativos. Ele conseguiu seus números de telefone com bastante facilidade e ligou para ambos, queria perguntar o que poderia fazer. Gostaria de perguntar: para onde ir? Apenas me aponte a direção certa. Conseguiu o contato das faculdades e institutos aos quais eles eram afiliados e falou com um assistente em ambos os casos, que lhe garantiu uma ligação de retorno.

Nem Klein nem Chomsky ligaram de volta. Mas ele tinha certeza de que eles ligariam, e ele já poderia dar início às boas obras. Imaginou que eles moravam juntos, Naomi e Noam, em uma cabana simples em algum lugar, como Thoreau, cozinhando refeições vegetarianas e sendo gênios mal-humorados juntos. Ele ia ligar de novo para saber de Jaime. Contou a Lupe sobre Chomsky e Klein, e que eles saberiam o que fazer. Lupe disse que não queria advogados e não tinha tempo para esperar. Deuce tentou dizer a Lupe que a família dele também tinha se separado por causa do dinheiro. Tentou explicar a "aposta" que o levou ao Rancho Cucamonga, mas depois percebeu que isso não estava ajudando.

Comparado com todos os grandes problemas que ele queria resolver depois da faculdade, quando fosse mais experiente, esse parecia bem fácil. Ele não estava salvando um planeta, estava salvando um homem bom e trabalhador. Disse a Lupe para não se preocupar, porque ele conhecia o chefe do BurgerTown — no caso, o gerente, Frank. E esse chefe conhecia o chefe dele, e certamente uma vez que eles entendessem o que estava acontecendo e fosse estabelecida uma linha clara de comunicação humana, uma solução rápida seria encontrada e todos viveriam felizes para sempre. Ele acreditava que tudo deveria ser um grande mal-entendido e garantiu a Lupe que cuidaria disso.

Deuce saiu do hospital e ligou para seu gerente, Frank Dellavalle. Ele estava em casa com seus filhos, mas disse que Deuce poderia vir imediatamente. Frank também estava triste por causa de Jaime. Resolveu chamar Deuce de "Ás" e se achou bastante inteligente por isso. Deuce não entendeu o motivo. Nunca havia chegado perto de um baralho.

"Bem-vindo às favelas do Rancho Cucamonga", disse Frank, enquanto abria a porta de sua casa.

Para Deuce não parecia ter diferença alguma. Certamente não era tão grande e reluzente quanto algumas outras casas que ele tinha visto, mas não tinha nada de que se envergonhar, embora Frank Dellavalle parecesse envergonhado. Frank era um cara baixinho, cerca de quarenta e cinco anos, o tipo de homem comum sobre quem dizer que era desinteressante poderia ser descrição demais.

"E aí, meu Ás? Você quer um pouco de água? Gatorade?"

"Gatorade? Aceito. Obrigado, sr. Dellavalle."

Deuce descobriu o Gatorade e, sempre que podia, tomava. Laranja e vermelho. Pensou em entrar para a equipe de atletismo porque Gatorade era caro e nos treinos os atletas ganhavam de graça quantos quisessem.

Deuce tomou um gole de seu Gator e contou a Frank tudo que Lupe havia dito a ele. Não pareceu surpreso com nada. Frank meio que acenou com a cabeça e fez pequenas expressões e sons tristes, como se estivesse tentando resolver um problema de matemática impossível, e ficou com a testa franzida e lábios franzidos. Finalmente disse: "Aqui está o problema: bem, primeiro, você sabe que eu não sou o chefe, certo? Quero dizer, olhe para esta casa, esta não é a casa do chefe".

"É uma bela casa."

"Obrigado, Ás, mas os chefes vivem em uma galáxia muito, muito distante. De qualquer forma, a questão é: o acidente ocorreu a que horas?"

"Pouco antes de abrirmos."

"Certo, isso está no relatório do acidente, antes das seis da manhã. Antes de Jaime bater o ponto."

"Jaime sempre chega ao trabalho pelo menos meia hora mais cedo, às vezes uma hora... ele procura coisas para fazer."

"Eu sei. Eu amo aquele cara. Gostaria de ter mais vinte e cinco como ele, como ele e como você, assim eu nunca teria que sair de casa. Se ao menos ele fosse branco."

"Ele não é branco?"

Frank riu dele.

"De onde você é, Ás? Não, ele não é branco, é mexicano."

"Ele tem a mesma cor que eu e você. Eu não entendo, ele foi demitido porque é mexicano?"

"Eu não disse isso. E eu nunca diria isso. Eu não tenho nem uma unha racista no meu corpo." Deuce começou a ter uma sensação estranha. Frank continuou: "Ele não tinha batido ponto quando o acidente aconteceu. Ele estava por conta própria. A queda não se qualifica como acidente de trabalho porque oficialmente ele ainda não estava trabalhando".

"Isso não faz nenhum sentido."

"Se ele sofreu um acidente trabalhando em sua própria casa, machucou o dedo cortando um abacate, seu empregador deveria pagar por isso também?" Deuce começou a sentir a mudança de tom e a animosidade em Frank, que agora parecia zangado. "E quem pediu para ele subir na porra de uma escada, desculpe o meu latim, uma escada de sua própria caminhonete — que, aliás, é melhor que a minha — para cuidar de assuntos da empresa?"

"Alguém mudou a placa para dizer algo engraçado."

"Estou ciente do que os idiotas fazem com esse letreiro. Eu perguntei à empresa se poderíamos mudar as antigas letras removíveis, porque isso acontece algumas vezes por ano. Mas eles dizem que é parte do 'legado' da empresa, que eles têm esse letreiro desde os anos 1970, blá-blá-blá de nostalgia."

"Espere aí." Deuce tentou voltar aos trilhos. "Você está dizendo isso porque Jaime não tinha começado oficialmente sua jornada de trabalho, mesmo que ele estivesse dando a você mais do que você paga. Ele foi demitido e você não lhe dará nenhuma licença médica remunerada e não pagará seus gastos médicos."

"A licença médica é como o bicho-papão de uma loja como BurgerTown. Eu tenho mais chances de conseguir um boquete da Britney Spears do que Jaime tem de ver um centavo de licença médica remunerada."

"Conseguir o quê de quem?"

Dellavalle respirou fundo.

"Eu adoraria pagar as contas dele, Ás, mas ele deveria ter seguro, isso é com ele e com o Obama, mas, na verdade, é corporativo. Há níveis. Sou eu aqui embaixo, uma abelha operária. E há uma parede para Jaime escalar entre cada nível. Há uma parede entre mim e você, eu e meu chefe, meu chefe e seus chefes, e cada uma dessas paredes é mais alta que a anterior. Então, se você passar por uma delas, sempre haverá outra."

"É por isso que precisamos de um sindicato."

"O quê? Quem falou em sindicato?"

"Ninguém."

"Bom. Se houvesse um sindicato formado sob o meu comando, eu seria demitido, e então estaria fodido novamente. Desculpe o meu latim."

"Não, Jaime está fodido."

"Você deveria relaxar, Ás, você vai para a faculdade, você está do lado vencedor das paredes. Você acha que eu sou o cara mau? Eu ganho setenta mil por ano, meu chapa, tenho três filhos e sou divorciado, e estou cheio até o pescoço de impostos para pagar. Sou um homem endividado."

"Setenta mil por ano?! Quanto dinheiro!"

"Você é engraçado, garoto."

"Por que não existe sindicato?"

"Por que não existe Papai Noel? Não sei, talvez por causa da alta rotatividade de crianças trabalhando."

"Jaime não é criança. Ele era funcionário registrado."

Dellavalle exibiu um sorriso feio.

"Talvez seja o fato de ser inexperiente, desculpe meu latim, mas você não precisa saber porra nenhuma para trabalhar no BurgerTown. Sem ofensa, mas um macaco pode virar um hambúrguer. Levo no máximo uma semana para treinar alguém para fazer o trabalho de Jaime, e sindicatos são para trabalhadores qualificados. É o sistema, tudo manipulado."

"É a lei Taft-Hartley de novo."

"Como?"

"Foi uma lei aprovada em 1947 por um Congresso Republicano para enfraquecer os sindicatos, reduzir sua capacidade de forçar os trabalhadores não sindicalizados a pagar as taxas sindicais."

Dellavalle gostava de Deuce, mas com certeza não gostava de ser superado por ele, ou de se sentir estúpido.

"Ok, sr. Sabe-Tudo. Faz sentido. Mais dinheiro no bolso, certo? Melhor para quem trabalha duro."

"Curto prazo. É assim que eles venderiam, mas os sindicatos são melhores para o trabalho duro a longo prazo."

"Sou antigoverno", disse Dellavalle, com a certeza de que dizia algo de inegável substância.

"O que isso tem a ver?"

"O sindicato é como o governo. Impostos, contribuições sindicais, mesma coisa."

"Eles absolutamente não são a mesma coisa. Você não percebe isso?"

Deuce ergueu a voz pela primeira vez. Ficou estupefato ao notar que aquele homem era imune à razão. Tendo conhecido tão poucos homens, acreditava que Dellavalle deveria ser único nisso.

"Eu entendo que meus chefes me dizem para reprimir qualquer conversa sindical que ouço." Dellavalle estava ficando cansado de ser repreendido por aquele garoto com a cara cheia de espinhas. "Então vamos mudar de assunto. Talvez você devesse pensar mais na sua pele do que nos mexicanos, hein? Você já ouviu falar do Roacutan? Minha sobrinha começou a usar — droga milagrosa, limpou toda essa merda. Pense nisso, vai mudar tudo. Quando você transar, você começará a ver o que realmente importa e esquecerá essa merda de sindicato. Quer outro Gatorade?"

Deuce estava tentando compreender aquele cenário surreal e desconexo em perspectiva, mas as peças não se encaixavam. Por que Frank continuou dizendo que falava latim e então continuava a falar inglês? Ele desejou que Noam ou Naomi ligassem para ele e explicassem tudo.

Frank pôs a mão no ombro de Deuce.

"Coisas ruins acontecem com pessoas boas, Ás. Eu estou com a consciência tranquila. E você também. Você, eu, Jaime — todos nós temos que sacudir a poeira, levantar e seguir em frente. É o jeito americano. Não tem refeição grátis." Ele guiou Deuce até a porta. "Deixe isso de lado, Ás, esquece. Jaime é um grande homem, ele vai sobreviver. Você quer um Gatorade para ir tomando no caminho?"

"Não, obrigado", disse Deuce, desejando não ter aceitado o primeiro.

Enquanto voltava para casa em uma espécie de estupor confuso, Deuce pensou em seus heróis, em Marx e Klein, Zinn e Chomsky, Debs e Bronson, Lennon e McCartney, Lennon e Lênin, e percebeu que Jaime também era um herói para ele. Aquele homem trabalhador com uma perna e pélvis quebradas, que estava sem dinheiro para se tratar. *"A working class hero is something to be"*, cantou John Lennon em sua cabeça.[*] Parte do precioso catálogo pós-Beatles que Bronson tinha permitido em Agadda da Vida. Deuce começou a entender. Jaime deve ter o poder. O povo deve ter o poder. *"Power to the people!"*,[**] cantou Lennon novamente. Abaixo as corporações. É o que Jesus e John Lennon queriam. É o que Joseph Smith queria. É por isso que Bronson fugiu do mundo e de sua corrupção.

E é por isso que, a seu ver, ele fora trazido de volta ao mundo. Lutar. E isso o atingiu naquele momento. Ele lutaria contra a prefeitura, o que quer que isso significasse. Começou a sentir o vazio se preencher novamente com algo novo e verdadeiro, o vazio criado quando Joseph Smith partiu. Ele não precisava esperar por Bronson, não precisava esperar que Noam e Naomi ligassem de volta. Ele ouviu as palavras de Eugene Debs, fundador do Industrial Workers of the World, ecoarem na voz de Bronson em sua mente, pois, quando ele era criança, Bronson algumas vezes leu Debs para fazê-lo dormir. Essas eram as histórias de ninar em Agadda da Vida. "Não tenho país pelo qual lutar. Meu país é a terra e eu sou um cidadão do mundo." Deuce sabia o que precisava ser feito. Práxis.

Ele começaria um sindicato no BurgerTown.

[*]    "Um herói da classe trabalhadora é algo para ser." (N. T.)
[**]    "Poder ao povo." (N. T.)

## 21

À medida que Deuce se envolvia mais com a recuperação de Jaime e a política local do BurgerTown, menos tempo ele tinha para Mary e seu banquete noturno vendo Hayes/ Maddow. Odiar Trump sozinho não era tão divertido, mas alguém tinha que fazer isso. Ela estava obcecada com o presidente, seu cabelo cor de amendoim e seus olhos de peixe morto, sua estupidez intransigente e vocabulário de pré-adolescente, uma piada de mau gosto e um idiota impulsivo que milhões escolheram para ser o homem mais poderoso do mundo. Com chances de se repetir. "Ele me faz querer fugir para o deserto", ela dizia.

O último presidente de que ela se lembrava era o jovem Bush. Ela o via como um boneco fracassado e desajeitado, com um pouco de charme peculiar na grande tradição dos legados das famílias clássicas anglo-saxãs, brancas, protestantes, mas ela desapareceu e foi para Agadda da Vida antes que os frutos trágicos da autoconfiança infundada, do desinteresse e dos privilégios de Bush se manifestassem. Ela estava conhecendo Obama somente agora, e arrependida de sentir falta dele, de certa forma. Ela realmente gostava dele. O último presidente a quem ela prestou atenção tinha sido Bill Clinton em seu segundo mandato. Ele tinha sido perseguido pelo abominável Newt Gingrich e a sombra do impeachment republicano.

A vertigem espiritual que Trump induziu em Mary foi generalizada e, junto com sua crescente sensação de deslocamento em Rancho Cucamonga, quase a levou ao limite. A ferida profunda e cega que Trump criou parecia uma gárgula que se alimentava do caos e da dor. O ódio que emanava dele, como um xamã sombrio, trouxe à tona o ódio no país. Mary sentiu a regressão e a violência em todos os lugares, e isso a assustou. Ela nem tinha certeza se o deserto estava a salvo dessa vingança primordial desencadeada, semelhante a Caim. Ela percebia o sentimento se espalhando sem fronteiras, como a poluição do ar. Para se acalmar, recorria à bebida ou a algo do gênero, mas não só à noite — era na porra do dia inteiro. Ela podia sentir o cheiro em seu sono. Havia apocalipse no ar. Ela precisava de uma reunião do AA e foi a uma, mas ouvir os contos selvagens e as histórias tristes a fez querer beber ainda mais.

Mary, como muitos norte-americanos em 2019, assistia às notícias políticas como entretenimento diário, como a uma novela, ou melhor, a um filme de terror. Por isso, ela nunca poderia ver sozinha. Então, depois de perder a companhia de Deuce, pediu a Pearl para acompanhá-la. Mas Pearl, embora ainda sem admitir, estava no meio de uma punição de um ano dado à Mary por tê-la levado para longe de Bronson, e não se sentaria com ela no sofá por algumas horas. Então Mary recrutou Hyrum como substituto, com a promessa de mais chocolates Reese's, a nova obsessão dele nos últimos dias. Ele tentou corajosamente por algumas noites: toda vez que Trump falava, Hyrum explodia em gargalhadas e quase ficava sem ar, e olhava para Mary estupefato por ela não estar igualmente divertida.

"De que tanto você ri?", perguntou Mary. Ela nunca tinha visto Hyrum dar uma gargalhada daquelas. Ela percebeu que o cara o entretinha, talvez como um Oompa Loompa.

"Tudo. Esse cara é histérico. Parece um desenho animado. Por que você não está rindo?"

"Não vejo nada de engraçado." Chegou ao ponto em que as explosões de Hyrum deixaram Mary tão desconcertada que ela perguntou se ele tinha algum dever de casa para fazer.

"Claro. Você quer que eu vá fazer as tarefas?"

"Por favor."

"Tudo bem", disse, enquanto pegava outro chocolate Reese's, adentrando em seu covil e fechando a porta. Dos sons subsequentes que atravessaram as paredes, com "dever de casa" ele aparentemente quis dizer ouvir rap e jogar *Fortnite*.

Sentir-se sozinha naquele lugar novo fez Mary querer ainda mais sua pequena pílula como recompensa por estar em alerta máximo o dia todo. Por sorte, ela havia conseguido falsificar a assinatura de Frankie na farmácia do outro lado da cidade e manteria o suprimento de oxicodona renovado, pelo menos até ser descoberta. Ela astutamente tomou uma pílula e, não tendo coragem de enfrentar Trump sozinha, mudou de canal para uma estação chamada MeTV — Memorable Entertainment Television, que transmitia todos os programas antigos dos anos 1960 e 1970. Ela se perdeu na ilusão de um tempo mais simples e na atuação pífia de William Shatner na nave estelar Enterprise, sentiu-se verdadeiramente tocada com a fala rápida e triste de Alan Alda em *M \*A \*S \*H*, e viajou à deriva na sublime incompetência da *Mulher-Maravilha* de Lynda Carter.

Enquanto levava Hyrum de carro por um trajeto de menos de cinco quilômetros até a escola Etiwanda Intermediate (Go Wildcats!) de manhã, Mary, a princípio, disputava com ele o controle do rádio do carro. Uma batalha real de dez minutos pela supremacia sonora. Ela preferia o canal dos Beatles na rádio Sirius,* que os mantinha em sua zona de conforto e sem dúvida era o que Bronson iria querer, mas Hyrum já estava entrando em seu novo mundo. Ele queria o contemporâneo, e Mary achou que talvez isso fosse um bom sinal. Ela ficou surpresa por ele saber todas as letras de tantas músicas que eram novas para ela, e então foi emocionante ouvi-lo cantar junto com as músicas. Ele era muito bom nisso, tinha o ritmo e a entonação. Hyrum chamava isso de seu "flow". Ele cantou o rap junto com um homem chamado A$AP Rocky, *"Praise the Lord: I came, I saw, I came, I saw/ I praise the Lord, then break the law"*.\*\*

Mary estava hipnotizada como se aquilo fosse canção de ninar. Foi realmente emocionante para ela ver Hyrum assim. Embora ela não entendesse metade da letra, e duvidasse que

---

\*   The Beatles Channel, canal da rádio Sirius XM com foco na música dos Beatles. (N. T.)

\*\*  "Louvo ao Senhor: Eu vim, eu vi, eu vim, eu vi/ Eu louvo ao Senhor, depois quebro a lei." (N. T.)

Hyrum também entendesse, ele parecia realmente acreditar no que estava dizendo, tinha convicção. Era a primeira vez que ela via Hyrum interessado em algo além do *Fortnite*: a música e as letras falavam com ele de uma forma que não acontecia com ela. Algo naquilo, ela imaginou, o lembrava de como ele costumava se sentir no deserto, selvagem e livre, o céu aberto e grande o suficiente para sua energia, com a necessidade de deixar sua marca. Rancho Cucamonga devia ser como uma gaiola para Hyrum, pois ele não conhecia nada além de sua vida livre e selvagem como Mogli. Essa música tocou em sua tristeza, sua perda e também sua confusão e raiva. Esse tipo de música causava raiva e revolta. Um pássaro recentemente engaiolado tinha encontrado a canção representativa de todos esses sentimentos.

"Por que você gosta dessa música?", ela perguntou a Hyrum.

"Não sei."

"Me diga, eu quero saber."

"Por que você gosta de uma música? Por que você gosta da música que você gosta? Porque simplesmente gosta."

"Sim, mas seja um pouco mais reflexivo, use suas próprias palavras."

"Como assim?"

"Por exemplo, eu gosto dos Beatles porque me lembra de quando eu era jovem e de Agadda da Vida."

"Eu gosto dessa música porque não me lembra de nada."

"Você gosta porque não são os Beatles?"

"Não."

"Você gosta porque eu não gosto?"

"O quê?"

"Porque é novo? Parece novo? Sem associações, sem bagagem?"

"Parece que foi feita para mim. Eu gosto porque é minha, ok? Podemos parar com essa conversa?"

A música era dele. Então ela estava grata por isso, pelo menos. Ele mexeu no celular e disse: "Veja aqui, talvez você goste disso. Parece mais antigo".

Ela viu que a música se chamava "Redbone", de um tal Childish Gambino. Ela gostou desse nome. A música era um funk lento, algo que Sly and the Family Stone poderia ter feito, ou George Clinton, ou até mesmo os Stylistics.

"Ah, gostei dessa. É como o Parliament-Funkadelic. Obrigado, Hy."

"Ok, coroa, por favor, pare de dançar."

"Eu não estou dançando. Estou dirigindo e estou me divertindo enquanto dirijo. Estou sacudindo meu corpinho."

"Seja o que for, pare com isso, por favor."

Ela fez uma cara triste para ele, mas não era como realmente se sentia. Mary continuou acompanhando o ritmo do baixo. Ela tinha ficado satisfeita: Hyrum estava tentando chegar a um engajamento com a vida por meio de um engajamento musical.

Mary tentou pegar a letra. Ela perguntou a Hyrum: "Ele está dizendo *niggas creepin*?".

Hyrum assentiu.

"Eu não gosto dessa palavra."

"Não, mãe, o sentido é que são outros caras, apenas outros caras que estão tentando ficar com a namorada dele, se esgueirando pelas costas dele, e ele quer ficar acordado, você sabe, acordado."

"Oh, como 'Back Stabbers', a música dos O'Jays: *'they smile in your face, all the time they wanna take your place'.*"* Essa música velha surgiu do nada em sua cabeça.

"Claro, mãe, tanto faz."

Ele não se importava com as lembranças suscitadas, não estava curioso sobre sua nostalgia e suas notas de rodapé, e nem deveria estar. Seu mundo era novo e não tinha parâmetros. *Nada digno de nota aconteceu antes, e era assim que deveria ser*, pensou Mary. Cabia a ela viver em seu mundo agora, o atual,

---

\* "Eles sorriem na sua cara, o tempo todo querem tomar seu lugar." (N. T.)

tornar-se fluente em sua língua, e não o sobrecarregar e aborrecê-lo com suas canções de fantasmas.

Mas, assim que deixou Hyrum, Mary voltou para os Beatles. Ela pôs "Helter Skelter" para tocar no caminho até a Equinox, onde ela malhava, se drogava e matava o tempo até as aulas terminarem. Mas ela continuaria tentando encontrar Hy e esse novo mundo no meio do caminho.

Mary tentaria ficar acordada. Ela tentaria não fechar os olhos. Ela burlaria a lei, e então louvaria ao Senhor.

## 22

Apesar de praticamente ter esquecido de tudo, Pearl acabou sendo chamada de volta à sala do diretor do Rancho Cucamonga High, dr. Jenkins, para discutir o "incidente do banheiro". Já fazia algum tempo do ocorrido — as rodas da justiça escolar giram com rapidez, mas estão sujeitas a mudanças improvisadas dependendo do clima político e social e da interação entre o capricho ou a atenção do corpo discente versus o decreto autoritário tradicional da administração escolar. Não havia nada específico nas regras escolares a respeito de um menino colocando os pés no banheiro feminino, mas Jenkins estava ciente de que esse era o tipo de transgressão que poderia se tornar uma bomba atômica nos dias de hoje. O diretor queria seguir um caminho entre o crime e a punição, que não criasse mártires em ambos os lados que aquela porta do banheiro separava.

Isso aconteceu alguns dias depois da tentativa frustrada de ver Bronson, quando Pearl o viu com outra mulher. Ela ainda estava de mau humor por causa daquela visão infeliz. Ela deixou claro para o dr. Jenkins, o mais rápido que pôde, que o menino, Josue, não tinha estuprado ou tocado ou feito um movimento sequer para tocar, ou mesmo falado sobre tocar em alguém, nem mesmo parecia estuprador ou assustador. O diretor a informou que ela tinha direito, como vítima, à justiça, e principalmente a ser ouvida. Pearl afirmou que não se sentia vítima, que não havia vítimas porque nenhum crime tinha sido cometido.

"Não sei por que ainda estamos falando sobre isso", ela disse.

"Sim, eu ouço o que você está dizendo." Dr. Jenkins respondeu em seu melhor tom pedagógico de Fred Rogers. "Mas também estou tentando ouvir o que você *não* está dizendo."

"…"

"O que você não está dizendo."

"Não estou dizendo… nada."

"Não quero colocar palavras na sua boca."

"Sim, eu também não quero isso."

"Em algum momento durante o evento você se sentiu insegura?"

"Evento?"

"A coisa, o incidente, o menino cisgênero no banheiro feminino."

"Insegura?"

"Desconfortável?"

"Eu me sinto desconfortável agora."

"Você está fazendo graça da situação?"

"Tentando... Acho que não."

"Isso pode ser o que chamamos de 'mecanismo de enfrentamento'. O efeito irônico. Às vezes, somos engraçados quando estamos escondendo algo, como dor ou abuso. Uma atitude engraçadinha é o primeiro alerta." Esse cara falava tão devagar e com cuidado, pensou Pearl, como se pensasse que as palavras eram como minas terrestres. Nesse ritmo, ela ficaria olhando para a cara triste dele o dia todo. Ela se viu hipnotizada pela bolsa de pele macia que ele tinha sob o queixo, onde terminava o cavanhaque. Ela queria pôr o dedo ali.

"E às vezes somos engraçados porque estamos entediados."

Ela percebeu que Jenkins realmente queria que ela se sentisse pior do que de fato estava. Pearl achou tudo estúpido. Então pensou em trazer à tona o bullying das garotas malvadas, que se intensificou depois da coisa do banheiro, mas sentiu que isso era problema dela, sua cruz para carregar. Havia um grupo de garotas, talvez cerca de cinco na vida real, e um grupo maior e anônimo nas redes sociais de garotas que não eram conhecidas da escola, e que a atacavam por ser mórmon, chamando-a de "Notável boqueteira" e "Mórmon Peito de Espanhola" e "Garota Rabuda" — termos que ela teve que pesquisar para saber o que significava e que, no fim, pouquíssimo incomodavam. Ela não queria fazer parte de nenhum grupo, já que em alguns meses iria embora, então ser condenada ao ostracismo por um bando de moleques não doeu tanto. Secretamente, Pearl considerava o bullying um distintivo inverso de honra — se esses idiotas a odiavam, ela devia estar fazendo algo certo. Ela poderia aprender a linguagem facilmente, poderia soar como um deles, vestir-se como eles, mas ela nunca seria um deles. Nunca.

Ela tinha resolvido ir mal na escola, aumentando a aposta em favor do ensino domiciliar para fazer a família ficar reunida novamente. Deixou para Deuce o papel de menino prodígio. Ela vestiria a máscara do FODA-SE e aproveitaria seu ano com muita maconha, Adderall e cigarros eletrônicos. Se ela quisesse, tiraria notas máximas num piscar de olhos, mas optou por deixar suas notas caírem constantemente para noventa, setenta... até mesmo uns zeros para temperar no período letivo final. Era um plano simples e perfeito, e a única coisa em sua vida que ela ainda podia controlar. Hyrum, com seus videogames e rap, sua calça jeans de cintura baixa e cueca box aparecendo ia foder tudo também, mesmo sem querer — ela já tinha sacado isso desde o início. Pearl nem precisou pedir ajuda a ele. Suas notas já estavam caindo. Ponto a favor. O ensino em casa venceria por dois a um, o baixo desempenho de Pearl e Hyrum venceria Deuce, e então eles voltariam para Agadda da Vida como se nada tivesse acontecido. Aquele ano seria um mero erro no percurso de suas vidas.

Pearl ficou muito chateada ao ver Bronson no cavalo com aquela mulher, mas seria capaz de perdoá-lo com o tempo e com os ensinamentos de Deus. E sabia que era seu direito, como mórmon, ter várias mulheres. Sabia que ele se casaria com ela, ele afirmou isso, não com muitas palavras, mas insinuou um futuro para eles, e ela ascenderia ao seu lugar de direito na família. Mary compreenderia. Qual é o grande problema? Ela agora era uma mulher, sabia que não pertencia àquele lugar, com todas aquelas crianças estúpidas e imaturas.

Pearl sabia que não deveria entrar nessas questões com o dr. Jenkins, é claro, então não falou nada sobre o bullying ou sobre qualquer coisa controversa. Foi fácil porque Jenkins estava tão focado nesse garoto, Josue, e no crime que ele supostamente tinha cometido, que ela apenas deixou que a miopia de Jenkins o conduzisse.

Então Mary e Janet Bergram foram chamadas à escola para uma recapitulação do que ocorrera e para assinar qualquer ação ou não ação que fosse tomada. Mary fez uma ligação rápida e convidou Janet para comparecer como uma "amiga". Também poderia ter dito que Janet tinha coisas muito mais importantes para fazer, como cuidar dos seus sessenta casos. Depois de alguns minutos com o dr. Jenkins, Janet e Mary concordaram com Pearl que parecia não haver nada a ser feito a não ser seguir em frente. Nenhum dano, nenhuma infração. Todos satisfeitos. E todos se levantaram para apertar as mãos.

"Muito barulho por nada", disse Pearl. "Sabe, se há alguma vítima aqui, é o Josue, porque aquela garota era uma vadia."

Mary abafou uma risada; aquilo ali era Jackie no corpo de Pearl, ali mesmo, com suas "bolas de aço". O diretor não achou graça. "Agradecemos sua opinião, Pearl, embora, como política, desencorajemos o uso de termos depreciativos femininos, mesmo que o usuário de tais termos seja do mesmo sexo. Minha porta está sempre aberta para um membro do corpo estudantil ou da família de todos/todas/todes", continuou o dr. Jenkins, como se estivesse lendo um texto decorado, um robô quase humano. Ele as conduziu para o corredor, sua mão pairando acima dos ombros de Pearl, mas nunca fazendo contato que pudesse ser interpretado como fisicamente inadequado ou emocionalmente condescendente. Então uniu as palmas das mãos na frente dos lábios, curvou-se levemente de uma maneira vagamente asiática, que ele esperava que não fosse racista, e recuou, silenciosamente como uma névoa, de volta ao seu escritório.

"O que foi isso? Todes?", perguntou Mary no corredor, removendo de sua lapela o adesivo com o pronome "ela/dela" que a assistente de Jenkins havia pedido que ela preenchesse antes de entrar na reunião.

"É elu/delu, não elu/delx." Janet Bergram explicou o sistema elu do gênero neutro.

"Ah... acho que entendi! Elu é como um combo ele/ela. Isso é legal, mas complicado. Entendeu, Pearl?"

"Sim, minha progenitora cisgênero LGBTQIAPN+."

"Não é complicado. Eu entendo ela/dela, ele/dele, elu/delu." Mary riu, mas por dentro sentiu saudade da pequena e inocente Pearl de dez anos. Para onde havia ido aquela garota, agora substituída por essa adolescente de língua ferina, esse dente de serpente?

Pearl ainda tinha aulas, então se despediu de sua mãe, que voltou para Equinox, e de Janet Bergram, que voltou para San Bernardino, onde as crianças realmente precisavam de sua ajuda. Pearl voltou para a aula, para fingir que estava lutando para aprender coisas que já sabia. Estava levemente irritada porque a conversa com Jenkins a fez perder a aula de "Introdução à Psicologia da Mitologia", que era realmente a única em que ela tinha algum interesse. Pearl não tinha aprendido nada sobre as teorias da mente humana no deserto porque Bronson era inflexivelmente antipsicologia, sendo mais um marxista que acreditava na luta do capital e das classes, e não na psique.

Durante a aula, eles discutiam os deuses gregos como se fossem uma versão inicial de um mapa da psique, algo que a fascinou precisamente porque era pré-cristão, pré-monoteísmo e pré-Bronson. A configuração de um deus começou a parecer tão mesquinha, limitadora, e não tinha sentido, não tinha graça. A vida era mais confusa do que isso. Por que não ter um elenco inteiro de divindades? Zeus, Hera, Eros — Id, Ego, Superego. Perséfone e Hades — a beleza e o princípio da morte. Pearl decidiu aplicar e experimentar essa ideia em sua vida. Ela gostou tanto que estava achando difícil tirar um D. Mas hoje, perdera a aula por causa daquela reunião idiota.

No intervalo, Josue encontrou Pearl no refeitório e perguntou se podia se sentar com ela. Ela estava sozinha, como sempre.

"É um país livre."

"Obrigado por esta manhã", disse ele, enquanto se sentava. "Ouvi dizer que você foi como minha advogada. Então, obrigado por exercer seu privilégio branco em meu nome."

"O quê?"

"Eu só estou sendo um idiota. Obrigado."

"Não me agradeça. Acabei de dizer a verdade. Você não fez nada."

"Eu sei, mas eu entrei no banheiro feminino. Isso foi idiota."

"Sim, foi estúpido."

"Mas, seu tom de voz, seu timbre..."

"Você já disse isso."

"Eu também canto."

"Parabéns."

"Eu canto coisas antigas também. Teatro musical."

"Isso é onde você canta?"

"Não, é o que eu canto, o estilo. Mas também faço contemporâneos, como *Hamilton*, *Evan Hansen*. Fiz o papel de Burr em *Hamilton* no ano passado e Evan Hansen em *Querido Evan Hansen*."

"Eu nem sei o que é isso."

"Haha."

"Eu não estou brincando, garoto, eu não sei o que é *teatro musical*."

"É uma peça com música, onde os personagens falam, mas também cantam."

"Isso não faz sentido. Por que as pessoas apenas cantam em vez de falar?"

"Como ópera. Mas não é chato como a ópera."

"Por que você não disse ópera, então?"

"Porque não é ópera. Estamos fazendo *West Side Story* este ano. Eles querem fazer algo que seja atualizado e relevante para hoje, com a situação na fronteira e todo o drama atual entre brancos e latinos. Eles acham que voltou a ser relevante, tanto faz, mas a música é muito incrível. Stephen Sondheim/Leonard Bernstein."

"Se você diz..."

"Spielberg está fazendo um filme sobre isso."

"Quem é Spielberg?"

"Você é engraçada. É baseado em Shakespeare, Romeu e Julieta, você já ouviu falar dele?"

"Sim."

"Você arrasaria como Maria."

"O que você quer dizer com *como*?"

"Atuando. Fazendo o papel. Você está zoando comigo?" Josue não sabia que Pearl não estava brincando. Ele não conhecia sua história completa. Não sabia que ela era meio selvagem. Nenhum dos alunos sabia.

"Quem é Maria?"

"A protagonista feminina — a Julieta."

Pearl assentiu e então incorporou o jovem Capuleto usando a sua memória perfeita em pentâmetro iâmbico impecável: "O que há num nome? O que chamamos rosa / Teria o mesmo cheiro com outro nome; / E assim Romeu, chamado de outra coisa, / Continuaria sempre a ser perfeito, / Com outro nome. Mude-o, Romeu, / E em troca dele, que não é você, / Fique comigo".*

Se Josue ficou paralisado ao ouvir a voz de Pearl emanando do banheiro feminino, agora o impossível se repetiu e mais uma vez ele ficou estupefato. Por alguns segundos, sem preparação, sem parecer tentar ou se importar, ela se transformou em Julieta Capuleto no refeitório do Rancho Cucamonga High.

"Sua boca está aberta, amigo", disse ela, voltando a ser Pearl.

"Você existe de verdade?" Josue mal conseguia balbuciar as palavras.

"Que tipo de pergunta é essa?"

---

\* SHAKESPEARE, William. *Romeu e Julieta*. Tradução e introdução de Barbara Heliodora. Rio de Janeiro: Nova Fronteira e Saraiva de Bolso, 2011.

Josue engoliu em seco e piscou várias vezes para voltar à realidade, então contou o motivo que o fez se sentar com ela.

"Maria é a protagonista feminina apaixonada por Tony. Acho que você está fodendo comigo. Acho que você já sabe disso."

"Quem é Tony?"

"Eu. O legal é — o jeito que eles querem ser *woke* é — eu estaria interpretando o cara branco, Tony, mas eu sou mexicano, e, se você interpretasse Maria, que na verdade é porto--riquenha, você estaria interpretando como uma... qual a sua nacionalidade?"

"Não é porto-riquenha."

"E qual é?"

"Eu sou metade minha mãe e metade meu pai. Eu sou eu. Por que isso importa?"

"Importa."

"Eu sou mórmon. Acho que, se sou alguma coisa... uma rosa com qualquer outro nome."

"Mórmon porto-riquenha e cara mexicano branco. Perfeito. Eles chamam isso de elenco contratipo."

"Então eu estou apaixonada por você?"

"Não. Seu personagem está apaixonado pelo meu personagem e vice-versa."

"Você sabe cantar?"

"Sim, eu já disse isso."

"Quero ouvir você."

"Aqui e agora?"

"Exatamente."

"De jeito nenhum."

"Como assim, Josue. Por que não?"

"Estamos em público."

"Cara, você entrou no banheiro das meninas e está com medo de cantar aqui no refeitório?"

Josue aceitou o desafio e começou a cantar "Maria". No começo, Pearl queria que ele parasse porque era uma situação embaraçosa, todas as crianças meio que pararam de comer para ver o show de Josue, mas depois ela percebeu que ele tinha uma boa voz, muito boa. A música, a melodia e a letra eram tão encantadoras; ela nunca tinha ouvido nada parecido antes e não queria que o momento terminasse. Ela deixou Josue cantar seu solo. Ela queria se juntar com ele num dueto, mas não sabia a letra. Quando Josue terminou, algumas crianças gritaram o nome dele, outras bateram palmas. Josue fez algumas reverências e se sentou novamente.

"Isso foi muito bom", disse Pearl.

"Obrigado. Você virá às audições depois da escola hoje? Você vai fazer um teste para Maria? Você vai conseguir o papel. Eu prometo. Você deixou todo mundo alucinado aqui."

"Talvez", disse Pearl, imaginando *Por que não passar o resto do meu tempo aqui no Inferno cantando uma bela música?*. Não atrapalharia em nada o seu plano-mestre, de voltar para o deserto e para Bronson.

## 23

Deuce fez a lição de casa. Depois, entrou em contato com o National Labor Relations Board* para ver quais etapas preparatórias eram necessárias para sindicalizar o BurgerTown. Ele precisava criar um comitê organizador que, no caso, era ele mesmo. Feito. Depois, teve que criar um programa de problemas a serem resolvidos. Ele gostava do movimento "Lute por quinze dólares" e queria um plano de saúde decente para aqueles que não estavam incluídos no plano de seus pais. Feito. Terceiro, o representante do NLRB disse que ele precisava criar um burburinho, uma motivação para agitar o sindicato. Deuce era um garoto com muita energia e poderia criar essa agitação.

Ele se armou de fatos e números. Estava classificando um a um seus colegas de trabalho, em conversas particulares, por semanas, ouvindo, fazendo proselitismo e educando, sempre educando. Ele sabia exatamente onde não havia problema em ter esse tipo de discussão — na sala de descanso ou em locais fora do trabalho. Ele faria as coisas do jeito certo. Seus olhos tinham uma nova luz. Mary pensou que talvez ele estivesse apaixonado e perguntou se ele tinha uma namorada. Ele disse que não, e que estava apenas envolvido em algumas coisas interessantes no trabalho.

"Coisas interessantes de hambúrguer?", ela perguntou distraidamente.

"Exatamente, coisa interessante de hambúrguer", respondeu Deuce com um sorriso.

Depois de sentir que já havia conversado o suficiente com os trabalhadores de BurgerTown individualmente e visto o bastante do interesse geral para convocar uma reunião, ele or-

---

\* Criada em 1935, é uma agência federal independente dos Estados Unidos responsável por aplicar a legislação trabalhista, examinar reclamações de conduta — de empregados, sindicatos ou empregadores — e organizar votações a fim de resolver cada disputa. (N. E.)

ganizou um encontro sem Dellavalle saber. Porque, caso ele ficasse sabendo, poderia combater o movimento sindical com as armas tradicionais e ilegais do empregador: oferecendo aumentos e incentivos por fora, ameaçando fechar a loja porque um sindicato quebraria o negócio financeiramente e ameaçando demitir alguém. Mas Dellavalle ainda gostava muito dele e não desconfiava de nada. Deuce sabia jogar com a vaidade e a torpeza de seu chefe.

Deuce suspeitava que os verdadeiros inimigos ali eram a apatia dos trabalhadores estudantis (iriam deixar o emprego em questão de meses de qualquer maneira, então por que fazer alvoroço?) e o medo por parte dos trabalhadores hispânicos adultos (se eles fossem demitidos, eles não tinham outras opções). Talvez eles estivessem preocupados com documentação, real ou imaginária. Havia histórias de horror, de que Trump intimidaria todos os marginalizados. Medo e apatia, Deuce intuiu, eram poderosamente resistentes à lógica. Ele não ia racionalizar o caminho para o céu, e sabia por seu pai, por Joseph Smith e por Eugene Debs que a paixão justa era contagiosa. Ele sabia que as origens gregas da palavra *entusiasmo* significavam literalmente *ter Deus em você*. Zelo era apenas mais uma palavra para Deus.

Ele precisava que trinta por cento dos trabalhadores prometessem seu apoio à sindicalização para apresentar uma petição ao NLRB. Trabalhou rápido, porque sabia que, se Dellavalle descobrisse, tentaria sabotar a unidade da maneira que pudesse, com mentiras e táticas de intimidação, ameaçando os trabalhadores, dizendo que o sindicato tirava mais do salário do que os impostos — coerção testada e verdadeira.

Era isso que ele estava enfrentando na noite em que reuniu toda a equipe no estacionamento do BurgerTown. Em resumo, quando chegou a hora da votação, havia apenas vinte e cinco funcionários, então tudo o que ele precisava eram aqueles oito votos a favor. Ele orou por um momento, pedindo clareza a

Deus, e a Aarão a palavra, a capacidade de inspirar e a honra de servir ao próximo. Então ele começou e falou de improviso por vinte minutos seguidos, sem pausa, sobre a dignidade inerente ao homem, o direito de um homem ou uma mulher a um trabalho digno e bem remunerado, a injustiça do capitalismo e a misericórdia de Cristo. Ele conhecia essa desgraça toda. Ele estava possuído por um espírito santo, o espírito de Deus Pai e Bronson, seu pai, o espírito de Tom Joad. Zelo. Deuce não titubeou. Ele imaginou seu pai na plateia, batendo o punho, gritando em aprovação, e isso lhe deu coragem. Depois de quinze minutos praticamente sem respirar, olhou para o estacionamento escuro embaixo daquela placa idiota do BurgerTown e viu homens e mulheres adultos chorando com ele, chorando lágrimas de esperança e alegria.

Quando ele terminou, todo o estacionamento irrompeu em aplausos selvagens, cantando: "Sindicato sí! Sindicato sí! Sindicato sí!" e "Sally! Sally! Sally!". Deuce não estava cansado e sentiu que poderia ter continuado por horas. Examinou a pequena multidão, fazendo contato visual com cada colega de trabalho, o reconhecimento e o respeito fluindo uniformemente, até que seus olhos pousaram sobre um homem que ele não tinha visto quando começou seu discurso. Um homem batendo palmas mais alto de todos, com lágrimas escorrendo pelo rosto. Seu pai, Bronson Powers. Deuce fez menção de ir até ele, mas as pessoas estavam ao seu redor. Então, ele apertou as mãos de um casal e recebeu abraços, um beijo e uma benção de Jaime, que, apesar de ter sido demitido, estava lá de muletas. No momento em que ele chegou no local em que viu seu pai em pé, começou a perceber que o velho nunca esteve lá, que ele só o queria lá, precisava de sua presença. Pois não havia ninguém. Se o homem esteve ali, ele se foi sem deixar vestígios, desaparecendo como um espírito santo.

## 24

Vinte segundos depois da audição de Pearl para o papel principal na produção de primavera de *West Side Story* do Rancho Cucamonga High, Bartholomew, chefe do departamento de teatro e diretor, sabia que tinha acabado de conhecer a garota para interpretar Maria. Ele imaginou as presenças guardiãs de Bernstein e Sondheim* batendo em seu ombro, apontando e acenando sabiamente. Ele se sentiu como o cara que viu pela primeira vez a audição da jovem Meryl Streep. Porque não era apenas sua voz que estava pronta para a Broadway, era sua atuação. Instantaneamente, sem preparação, assim que abriu a boca ela se tornou uma Maria perfeita. Durante o tempo que levou para interpretar a música, ela passou de uma garota de dezessete anos taciturna, entediada, embora bonita, para algo tão incandescente e atemporal quanto Natalie Wood.

Claro, a garota poderia melhorar alguns detalhes e aprender técnicas, limpar certas coisas. Era uma joia a ser lapidada, mas a transformação imediata tinha sido perfeita e completa. Foi um truque de mágica. Ele se sentiu abençoado, pois não tinha visto uma transformação como essa desde a Primeira Comunhão, quando o padre acenou com a mão, e vinho tinto barato e uma bolacha sem sal se tornaram o sangue e o corpo de Cristo. Talvez, ponderou, pudesse estar exagerando um pouco, por haver esperado tanto tempo por algo assim naquela cidadezinha chata. Bem, que assim fosse. Ele reagiria exageradamente. Ele era uma *drama queen*, afinal, sempre havia sido, sempre seria. Ele seria o homem que descobriu Pearl Powers. *Pearl*, como o clássico álbum de Janis Joplin. Uma estrela pronta. Ela nem precisaria mudar de nome.

Quando Pearl terminou, Bartholomew se levantou e bateu palmas lentamente, balançando a cabeça como se não pudesse acreditar no que tinha ouvido.

---

* Leonard Bernstein e Stephen Sondheim, autores, respectivamente, de melodia e letra de "Maria", canção que integra o musical *West Side Story*. (N. T.)

"É seu, Pearl. Todo seu. Você pode interpretar Tony também, se quiser. Desculpe, Josue. Interprete todo mundo. Pearl, querida, você é o Coro do Tabernáculo da Praça do Templo que ganhou o Grammy e o Emmy. Acabei de morrer e fui para o céu. Você e Josue. Meu trabalho está feito. Vou apenas sentar, acompanhar o desenrolar e levar todo o crédito."

Nas semanas seguintes, Pearl se jogou nos ensaios. Mesmo que tivesse aqueles muros erguidos em torno de si, aquela segurança sombria não era nada se comparada com o espírito que a invadia enquanto ela cantava e atuava. Ela encontrou os primeiros indícios de um chamado. Isso com certeza complicava qualquer retorno para Agadda da Vida, parecia até impedir aquilo, mas ela não permitiu que sua mente pensasse nisso. Como qualquer garota de dezessete anos, ela vivia o dia a dia, o momento, e os momentos no palco de ensaio, olhando nos olhos de Josue/Tony, vendo os Jets aprontarem suas travessuras com o policial Krupke, eram os melhores dias que ela já tinha vivido. Começou a se abrir com o sr. Bartholomew e com Josue. Pearl realmente gostou da sensação de pertencimento em meio a toda a equipe de atores; ela se encontrou vivendo de verdade o ensino médio e a vida, e se sentia pertencente àquilo.

Embora provavelmente fosse cerca de dois anos mais velha que Josue, ele assumiu a responsabilidade de ser seu mentor e ensiná-la sobre o mundo depois de 1969. Ele estava orgulhoso por ter sob sua proteção essa bela garota mais velha que ele, uma mulher com um passado misterioso. Pearl lhe confidenciou os limites de sua educação e experiência, ela não sabia nada de cultura pop, e ele planejou um curso intensivo de música e filmes para ela, alguns dos quais ele mesmo veria e ouviria pela primeira vez. Pearl gostou de Spielberg e Paul Thomas Anderson. Agradeceu por ter nascido no deserto quando viu Tubarão. Bagdad Café a lembrou de casa, e ela aprendeu a cantar a bela e assombrosa música-tema de Jevetta Steele, *"Calling You"*: *"A desert road from Vegas to nowhere / Someplace better than where you've been".*  Ela amou *E.T. — o extraterrestre, De repente 30* e *O último tango em Paris* (Brando era um deus, mas ela não viu o filme até o final, pois ficou desconfortável de assistir com Josue). Josue interpretou O homem da Califórnia porque achou que ela se identificaria com um personagem do passado distante sendo jogado no vale dos dias modernos. Ela riu. Ele a chamou de "a mulher da Califórnia".

Secretamente, Pearl assistia até o final aos créditos de alguns filmes de ação, que realmente não eram sua praia, procurando o nome Bronson Powers entre a equipe de dublês. Ela ficou surpresa e orgulhosa de encontrá-lo em vários, em especial em um clássico cult (o favorito de Josue), o profético "Rowdy" Roddy Piper** no filme de ficção científica *Eles vivem*, de John Carpenter. Bronson teve toda uma outra existência antes dela, uma vida excitante. Pearl começou a se perguntar se algum dia haveria um crédito de filme, um registro dela em algum lugar, se seu nome seria escrito para que alguma pessoa do futuro lesse e se perguntasse quem ela havia sido. Ou ela desapareceria sem ser vista e apreciada, como uma de suas amadas flores do deserto, que florescem e morrem na obscuridade invisível? Ela escreveu seu nome em um pedaço de papel e deu para Josue colocar em sua carteira, como um autógrafo.

"Eu sei o seu nome."

"Eu não quero que você esqueça."

Ela curtiu The Cure, ficou viciada no Nirvana (conheceu, se apaixonou e lamentou a morte de Kurt Cobain de uma vez só) e Stone Temple Pilots (o mesmo com Scott Weiland, e menção honrosa a Layne Staley, do Alice in Chains), e não podia acreditar que Michael Jackson era humano. Passou horas ouvindo Lou Reed, Billie Holiday, Aimee Mann, The Kinks e Little

---

\* "Uma estrada deserta de Las Vegas para lugar nenhum. Algum lugar melhor do que aquele em que você esteve." (N. T.)

\*\* Nome artístico do ator e lutador de luta livre canadense Roderick George Toombs (1954-2015). (N. T.)

Jimmy Scott. Josue tocou o álbum *The Joshua Tree* do U2 (ele docemente imaginou que ela gostaria dessa obra, e que a lembraria de sua casa, como em *Where the Streets Have No Name*), que ela achou ótimo, mas pretensioso. Ela podia assistir ou ouvir qualquer coisa por apenas alguns segundos e já sabia se sua alma seria tocada, se tinha a vitalidade do real ou o fedor da imitação.

Sua mente era tão pura, não classificava nada, tudo era novidade e ela estava sedenta. Josue levou Pearl para ver *Coringa* no AMVC Victoria Gardens 12, seu primeiro filme no cinema. No caminho, ele explicou a ela a mitologia do Batman. "Parece algo saído da bíblia mórmon", ela disse. Josue sorriu. Ele disse que seu sonho era fazer um musical do Batman com um protagonista hispânico (ele), no qual a figura de Bruce Wayne começa a usar uma máscara como lutador profissional na Cidade do México, batizando-se de Hombre Murciélago, e, depois de sofrer um ferimento na cabeça durante um combate de luta livre, começa a confundir a própria identidade com o personagem vigilante Lucha Libre, que ele criou, aventura-se fora do ringue buscando se infiltrar "nos cartéis de drogas e no crime organizado", como um ser misterioso que distribui por meio da luta uma justiça poética e radical, redistribuindo o dinheiro sujo para as pessoas.

"Uau, isso soa tão louco, é possível?"

Ele sorriu ainda mais e se virou para uma sinopse de *The Pillowman*, que ele disse ser a melhor e mais subestimada peça de todos os tempos, e desejou que ela pudesse vê-la.

Quando entraram, Josue mostrou a ela que misturar confeitos de chocolate na pipoca dava um "efeito agridoce". Já Pearl não conseguia acreditar na largura da tela; sentia como se estivesse olhando para o céu noturno no deserto. Não era como assistir a um filme no computador ou na TV; aquilo era uma alucinação para os cinco sentidos.

Eles deram as mãos e comeram todos as besteiras doces e salgadas durante os trailers e comerciais, mas, quando o filme começou, o som estava tão alto que atingiu Pearl diretamente no estômago. Ela ficou nervosa. Adorou o violoncelo na partitura e a paleta áspera e ricamente saturada da cinematografia. Ela se emocionou com o físico excêntrico de Joaquin Phoenix, seu sorriso meio torto e sua voz cadenciada, calma e levemente efeminada. O caos mal controlado dentro dele a fez lembrar de Bronson, e ela sentiu, enquanto todos os outros atores estavam em um filme, que Phoenix poderia pular da tela para seu colo a qualquer momento. De repente, ficou saturada de tudo aquilo: a paternidade trágica das HQs, uma criança traumatizada percebendo que seu pai amado é louco e ruim. E os sons: seu corpo parecia se afogar. O violoncelo era como uma faca eviscerando-a ritualisticamente em padrões melódicos. Pearl saiu correndo.

Josue a encontrou ofegante e lhe comprou um suco *blue slushie* para acalmá-la.

"Não gostou do filme?"

"É como se o filme não gostasse de mim", ela conseguiu sussurrar. Parecia que ela ia vomitar uma mistura profana de bala de gelatina, pipoca, *slushie* e confeitos de chocolate. Josue disse a ela para respirar e fez com que se sentasse. Foi bom correr para resgatar sua donzela aflita. Mas ele podia ver que tinha calculado mal. Ela não era como as outras. Pearl era pura e sua mente não havia sido embotada por ter crescido em um mundo de agressão sensorial vinte e quatro horas por dia, sete dias por semana. Ele a contemplou agora, encantadoramente inconsciente de que seus lábios e sua língua estavam azuis, e pensou que ela podia ser comparada a um animal: linda, inocente, selvagem, como um cavalo, embora ele nunca tivesse tocado em um cavalo. Seu rosto estava marcado pelas lágrimas. Ele as enxugou e virou seu rosto para que ela se olhasse no espelho da máquina de pipoca e mostrasse a língua. Ela riu quando viu que estava toda azul.

"Como o Coringa."

"Não, como uma smurfette", Josue respondeu, procurando uma comparação mais doce e menos anárquica.

"Quem é smurfette?"

"Eu já te explico", disse ele, puxando-a para um abraço. Ela inclinou a cabeça bruscamente em seu ombro para o conforto. Ele a abraçou o máximo que pôde, como se pudesse tomá-la totalmente dentro de si, *um canguru*, pensou, outro animal que ela não conhecia. Segurando-a assim, ele a levou para fora do Victoria Gardens. Eles tinham aprendido uma lição. O resto da educação em cultura pop aconteceria na segurança do pequeno quarto de Josue, em casa.

Pearl não conseguia ver nada da Disney ou qualquer animação. Ela não foi com a cara de Jim Carrey, mas curtiu Will Ferrell, Dave Chappelle e George Carlin. Não ligou para *Harry Potter* e *O senhor dos anéis*. Ela tinha pouco espaço para fantasia, preferia a realidade. O currículo de Josue era abrangente, variando de dia para dia com seu humor e memória. Ele fez Pearl assistir a todas as temporadas de *Família Soprano* em três dias. Ao final, ela ficou muito triste ao saber que James Gandolfini estava morto. Desistiu dos Sex Pistols e *Sex and the City* quase imediatamente. Ela gostava de *Flight of the Conchords*, *Breaking Bad* e Philip Seymour Hoffman. Rejeitou *Game of Thrones* ("Se eu vir um dragão, caio fora", disse). Ela gostou de *New Girl* (e de Zooey Deschanel) e Marie Kondo e ficou fascinada por programas de culinária. *Tiny Kitchen*, do YouTube, a deixou feliz, assim como *Chef's Table* e *The Great British Bake Off*. Ela nunca tinha visto comida ser preparada, servida e desperdiçada daquela forma.

Josue era um professor feliz com uma aluna aplicada. Todos os dias, depois da escola, quando não estavam ensaiando, eles estavam na casa de Josue, ouvindo música e vendo filmes. Mas ele morava meio longe. Geograficamente, ele não deveria estar estudando no Rancho Cucamonga High, mas, por se tratar de um colégio muito melhor do que a escola do bairro, seu pai fez um acordo com um cara: pagava a conta de energia elétrica dele e Josue aparecia como se morasse no bairro certo e, assim, podia estudar no Rancho Cucamonga. Josue se via como um garoto de rua durão que sonhava em crescer, mas mantendo-se fiel às suas raízes (ele podia se ver no *American Idol* como aquele garoto mexicano vindo de um bairro humilde, que se apaixonou pelas músicas de show, mas ainda podia sintonizar Control Machete, Café Tacvba e Marc Anthony). Como não conhecia a história toda de Pearl, ele a avaliou como uma inocente que precisaria ser protegida na cidade grande e ruim. Com apenas quinze anos, Josue se autonomeou como mentor e protetor. E estava irremedia-velmente apaixonado por Pearl desde que a ouviu cantando com atitude naquele banheiro. Ele já tinha dado uns amassos com algumas garotas no ano anterior, mas Pearl era diferente. Foi a primeira vez que ele se apaixonou. Ele nem fazia ideia da existência de Bronson.

Uma tarde, Pearl decidiu que era uma boa ideia lerem juntos *Romeu e Julieta* para ver como isso poderia contribuir com seus personagens em *West Side Story*. O sr. Bartholomew tinha su-gerido esse exercício. Eles estavam deitados na cama de Josue, trocando versos de Shakespeare enquanto o álbum *Nevermind* tocava repetidamente. Eles tinham se beijado antes e se beija-ram muito, mas não tiveram muita oportunidade fora da escola para ir mais longe. O que era bom para Josue, porque ele era virgem e tinha um pouco de medo de ir até o fim. Certa tarde, durante o ensaio, Pearl encontrou uma espada cenográfica nos bastidores e prontamente engoliu metade dela, como sua mãe artista de rua, Mary, lhe ensinara. O sr. Bartholomew a puxou de lado e tentou avisá-la das ramificações gestuais de tal ato antes de desistir, dizendo: "Como quiser, senhorita Pearl. Já que consegue, fique aí se mostrando".

Mas Josue quase desmaiou naquela demonstração e as fo-focas foram longe. Ele tinha certeza de que tudo significava alguma coisa, mas não tinha certeza do que era. Josue só sabia que ela estava vindo de um lugar que ele não conhecia. Ela o encheu de desejo e medo. Sim, ele viu na internet como fazer sexo, via pornografia em seu celular, é claro, e a pornografia com certeza tirou algum mistério, mas também de alguma forma tornou a coisa toda ainda mais intimidadora. Aqueles caras eram muito dotados e pareciam foder eternamente, sem parar. Ele se contentou em dar uns amassos com Pearl, ficando somente nos beijos. Ir mais longe era um grande, turbulento e assustador desconhecido. *"And I swear that I don't have a gun"*, Cobain cantava. *"No, I don't have a gun..."* \*

Do nada, Pearl tirou a camisa de Josue e arranhou levemente seu peito, causando-lhe arrepios, literalmente. Pearl não sentiu culpa, nem vergonha, ainda não. Ela pensou no id que tinha aprendido na aula de psicologia. Pensou em Eros. Não pensou em Bronson.

Pearl tirou a própria blusa e guiou a boca de Josue até seu mamilo.

"Beije", ordenou, e ele beijou seu mamilo. "Morda", ela disse. E ele fez o que ela pediu. "Mais forte." Ele não queria machucá-la, mas mordeu e ela gemeu alto. O gemido dela o deixou constrangido por um momento, e, embora os pais de Josue estivessem no trabalho e não fossem voltar até a noite, ele aumentou o volume do Nirvana um pouco mais. Ela mordeu a orelha de Josue e enfiou a língua dentro dela, algo que Bronson lhe ensinara. Josue estava quase em transe, à medida que o horizonte de possibilidades sensuais se expandia exponencialmente. Ele não podia acreditar que seu ouvido pudesse ser o local de tal prazer. Por um momento, ficou paralisado, sentindo as reações do próprio corpo. Ela estava dentro de sua cabeça.

---

\* "E eu juro que não tenho uma arma", Cobain cantava. "Não, eu não tenho uma arma..." (N. T.)

Quando Pearl retirou a língua, foi pra falar. Ordenou: "Faça sexo comigo". E com isso quis dizer que tomaria a iniciativa. Josue, o jovem protetor, jurou silenciosamente em sua alma fazer o que aquela garota lhe pedisse, obedeceu e deixou que ela o conduzisse. Ele não sabia como ela conhecia todas aquelas coisas que ele não conhecia, ele só sabia que ela conhecia. Josue tinha ouvido merdas malucas sobre os mórmons e suas habilidades. Talvez fosse isso. Ela era sua aluna do mundo, ele era seu aluno na cama. Ele tremeu nas mãos dela.

Depois, suando e ainda maravilhados com o que tinham acabado de fazer, deitaram-se na cama de Josue, cochilaram e ficaram se beijando até o sol se pôr. Josue tinha tantos pensamentos, perguntas, tantas inseguranças que queria sanar, mas se contentava simplesmente em sentir o cheiro dela: a parte de trás de seu pescoço, onde o cabelo caía, parecia ter a maioria das respostas que ele estava procurando. A maioria...

*Sin sangre. Sin sangre. Mas não há sangue*, ele pensou.

## 25

O colégio onde Hyrum cursava o ensino fundamental, Etiwanda, ficava a apenas alguns quilômetros do colégio em que aconteciam as aulas do ensino médio, mas na verdade aquilo era um mundo à parte. Um estranho selvagem e ruivo, Hyrum começou como um exotismo para seus colegas de classe. Ele era pequeno para sua idade, mas sobrenaturalmente forte, e além disso Bronson o ensinara a lutar, algo que ele ensinou a todas as crianças. Depois de ser intimidado por algumas delas, Hyrum resolveu o problema com as próprias mãos, dando uns sopapos no playground, um após o outro, até que não houvesse mais adversários. Depois daquele torneio no playground, Hyrum foi aceito, até mesmo exaltado, como uma espécie de "fodão". Como ele nunca denunciou ninguém, isso ficava fora do alcance dos professores e dos pais. Mary nunca soube que Hyrum estava se metendo em brigas até que um dia ela foi chamada pela psiquiatra da escola, Julie Harwood, dizendo que Hyrum provavelmente tinha problemas de TDAH e raiva. Mary não podia acreditar em sua sorte.

Justamente quando seu golpe para se abastecer com oxicodona falsificando a assinatura de sua amiga Frankie estava começando a levantar suspeitas na farmácia do outro lado da cidade, veio essa benção do nada.

"Ah, sim", ela disse à psiquiatra da escola. "Isso soa típico para um adolescente como ele. Qual é a cura?"

"Bem, não há cura, mas tivemos sucesso com ritalina e Adderall. Depende da criança, cada uma responde de uma maneira."

"O que é isso? Nunca ouvi falar, parecem drogas perigosas. Sabe como é, vivi fora do mundo nos últimos vinte anos..."

"Fora do mundo?", perguntou a psiquiatra, sorrindo. "Não é nada perigoso. Milhões de crianças as tomam. Bem, é claro, qualquer droga é perigosa se usada abusivamente."

"Claro, mas se você diz isso, você é médica, eu acredito se você diz que acha que vai funcionar."

"Vai. Acho que vale a pena você conhecer mais a respeito."

"Eu confio em você."

"Obrigada", disse a dra. Harwood, que se sentiu à vontade para perguntar "E como foi viver em outra época por vinte anos?"

Mary lhe contou o esboço geral de toda a história de Agadda da Vida. A médica ficou fascinada e encantada com a história da ex-engolidora de espadas transformada em irmã-esposa mórmon descrevendo sua vida no harém do deserto como ditava o Antigo Testamento, o trabalho duro na fazenda e as lições difíceis, o programa de estudos revolucionário, as crianças traumatizadas por acompanharem, impotentes, a mãe levando dois anos para morrer. Mas ela também estava preocupada com Mary como mulher, essa coisa de "irmã-esposa". Depois do movimento #MeToo, ela já sabia como Mary se comportaria. De tal modo que foi isso mesmo que aconteceu, Mary alimentou a narrativa predominante e se inclinou em descrições exageradas da inatacável dominação masculina de Bronson.

Quando Mary terminou, a dra. Harwood ficou em silêncio por alguns momentos antes de voltar a encará-la para então dizer, em tom sério: "Isso que você viveu é trauma, o que aquele homem fez você passar como parte de um harém. Agora você tem que conhecer seu verdadeiro valor".

Mary olhou para ela, cabisbaixa e envergonhada.

"Meu valor?", perguntou, como uma garotinha.

"Exatamente", disse a dra. Harwood, enquanto se aproximava para segurar a sua mão. Mary cogitou enfiar a língua na boca da médica para assustá-la, mas não queria afugentar essa galinha dos Adderall de ouro.

"Fico ansiosa sem motivo: palpitações, suores, falta de ar."

Ela tinha lido sobre aqueles sintomas, mas, porra, ela estava falando o que realmente sentia.

"TEPT."

"TEPTE?", repetiu Mary, se fazendo de boba.

A dra. Harwood riu e balançou a cabeça.

"Não, TEPT: transtorno de estresse pós-traumático, você vê isso em soldados, esposas que sofreram violência doméstica, ex-membros de cultos, até cães, orcas, elefantes. Todos os seres sencientes cuja vontade foi violada e apagada por violência física ou psicológica. Minha especialidade, obviamente, são as crianças, mas eu ficaria feliz — *feliz* é a palavra errada, eu seria coerente e justa — em lhe dar uma receita para alprazolam ou zolpidem, ou ambos, junto com uma receita para o Adderall de Hyrum. Sou psiquiatra infantil, mas não trabalho mais em clínicas particulares. Acho mais gratificante espiritualmente o que posso fazer em uma escola pública. Desculpe, você tem um médico de família?"

"Médico de família? Nenhum dos meus filhos tinha ido a um médico antes deste ano. Confiamos em Deus para nos curar por meio da oração." Bem, ela sabia que podia estar indo um pouco longe demais com aquela conversa vagamente científica e cristã, mas não, Julie Harwood engoliu todo aquele papo exótico.

"Uau, tudo bem. Incrível." Dra. Harwood assobiou. "Eu digo alprazolam e zolpidem porque as pessoas têm reações diferentes, e você pode escolher qual funciona melhor. É só me avisar, certo?"

"Cada cabeça, uma sentença. Diferentes pílulas para diferentes males."

"Precisamente."

"Você realmente acha que eu preciso de ajuda?"

Mary se viu na estranha posição de ser totalmente honesta e desonesta. Mentir para ter acesso a essas drogas ao mesmo tempo que pedia ajuda fez com que se sentisse frágil e poderosa ao mesmo tempo.

Ela já tinha conseguido o que queria, e ainda assim continuava bajulando a médica, enquanto a dra. Harwood preenchia receitas em papel timbrado e assinava de forma tão descuidada que Mary seria capaz de forjar e obter infinitas receitas. Ela passou alguns cheques sem fundo em Venice Beach décadas atrás e sabia como fraudar esse sistema. "Acho que consigo me virar sozinha."

"Todos nós precisamos de ajuda. O abuso prolongado pode alterar a química do cérebro, e isso às vezes exige uma resposta química para reequilíbrio. E acho que é melhor tratar a família como um sistema, não como indivíduos." *Ah*, pensou Mary, *boa sorte para trazer Bronson aqui*. Harwood disse: "As pílulas são apenas o começo, no entanto. E você não precisa tomá-las, às vezes basta saber que elas estão lá, saber que a opção está lá. O principal é: você precisa falar com alguém. Seus filhos precisam conversar com alguém. Todos vocês passaram por uma guerra".

"Tudo bem. Posso conversar com você?" Mary sentiu que estava interpretando uma personagem em uma peça, e, quanto mais tempo ela ficava na cena, mais naturalmente as falas vinham.

"Por enquanto, por hoje, você pode falar comigo, claro, mas precisamos encontrar outra pessoa a longo prazo, certo? Para começar o verdadeiro trabalho e a verdadeira cura."

"Você será como as rodinhas da minha bicicleta." Mary viu uma mudança no rosto da médica e, por um momento, ficou com medo de ter ido longe demais com a babação de ovo. Mas não, Julie Harwood estava simplesmente segurando as lágrimas.

"Sim. Deixe-me escrever algumas sugestões para você também. Boas pessoas, bons recursos nesta cidade."

Ela pegou um lenço de papel para si mesma, depois apanhou caneta e papel.

"Obrigada, dra. Harwood."

"Me chame de Julie. E como seus outros filhos estão indo na escola?"

"Estão bem."

"Histórias de sucesso das escolas públicas, hein? Precisamos de mais casos desses. Incrível. Mas devemos também ficar de olho nos que voam alto. Às vezes, eles são os mais problemáticos."

Julie entregou as receitas e uma lista de terapeutas locais que ela poderia procurar.

"Conheça alguns deles, não feche com o primeiro, encontre o que melhor se ajustar a você. Funciona como uma espécie de Tinder para a mente."

"Não entendi!"

"Ah, claro... o que quero dizer é para experimentar antes de comprar."

*Mas já encontrei o que precisava, está aqui na minha mão*, pensou Mary. Ela abraçou e beijou Julie, e saiu feliz da vida daquele consultório, jogando a lista de psiquiatras sugeridos na lata de lixo mais próxima e indo direto para a farmácia na próxima esquina. Hyrum não precisava disso, ele acabaria descobrindo o que significava ser um menino, o que fazer com aquela energia e testosterona. Além disso, ela não ia começar a drogar o garoto! Vocês estão todos malucos? Que tipo de monstro faz isso? Você coloca uma criança sã em um mundo louco e sua reação louca significa que ele é são, não louco! Todos esses garotos bem ajustados e drogados? Eles são os loucos! Quem poderia estar bem ajustado neste mundo de América e Trump e século XXI? Drogue as pessoas sãs — e todas ficarão loucas!

Não há nada de errado com Hyrum. Ele é um garoto selvagem, nascido, como todos os garotos, para ser selvagem. O mundo vai lhe ensinar as lições em breve, ele não precisa de drogas para isso. *Não há cura para a natureza*, ela pensou, *você só precisa sobreviver a ela.*

*Mas meu mal-estar é diferente. Estou velha e machucada, estou perdida, estou com a alma doente, preciso de ajuda, preciso disso. Tudo isso. Basta dizer os nomes adderall/ritalina/alprazolam/zolpidem — palavras mágicas como feitiços antigos. Já estou me sentindo melhor, mas não o suficiente. E, tomando tudo e mantendo essas drogas perniciosas longe de Hyrum, serei uma boa mãe e protetora. É o meu dever.*

Ela olhou o rosto no espelho retrovisor e viu que estava sorrindo.

## 26

Havia alguma coisa entre Josue e Pearl, algo não dito e dolorido, que incomodava como uma dor de cabeça latejante. Pearl sentia isso e queria que fosse embora. Estava assim desde que fizeram sexo. Ela realmente se abriu para ele, e ele se afastou. "Movimento clássico de menino", ela imaginou. Mas outra coisa não estava bem, algo que precisava ser dito e não foi. Eles tiveram uma pausa no ensaio e Bartholomew disse aos atores para que todos fossem jantar, e que eles fariam uma revisão completa após a refeição. "Vocês estão fedendo a baseado nos últimos dias, especialmente meus protagonistas — Pearl e Josue. Eu não sei o que está acontecendo com vocês, mas não tragam isso para o palco. Parece que vocês nem se conhecem. Deixem o lixo do mundo real no mundo real!" Isso foi embaraçoso.

Pearl viu Josue pegar a jaqueta e sair com Bernardo, Chino, Baby John, Anybodys e Action.

Ela colocou a mão no ombro dele.

"Posso falar com você?"

Josue parecia irritado.

"Claro", ele murmurou. Pearl o levou a um local isolado atrás do andaime do set, onde eles poderiam ter um pouco de privacidade.

"O que está acontecendo?"

"Nada. O que você está querendo dizer?"

"Josue, fala sério. Há alguma coisa. Você não me olha nos olhos a menos que estejamos ensaiando a peça."

"Você sabe do que se trata."

"Não sei, não."

Josue baixou os olhos, olhou para cima, olhou ao redor, não viu saída e finalmente disse: "Não havia sangue".

"Como assim? Quando?"

"Quando nós... quando nós... fizemos sexo, *sin sangre*."

"O quê?"

"Não havia sangue". Ele apontou na região da cintura de Pearl. "Sem sangue."

"Ah!", disse Pearl.

"'Ah!' Isso é tudo que você tem a dizer? 'Ah!'" Ele a imitou sarcasticamente e isso a machucou.

"Acho que estourei meu hímen andando a cavalo anos atrás. Quando eu tinha onze anos."

"Besteira."

"Besteira? Você agora é um especialista em anatomia feminina?"

Ele sofreu uma onda quente de insegurança por ela estar aludindo à sua falta de experiência sexual e seu desempenho. Ele ergueu a voz.

"*Besteira*. Culpar um maldito cavalo."

"Você realmente não sabe nada sobre mim." Ela estava falando gentilmente, mas com firmeza, tentando não o atacar, embora ele estivesse sendo maldoso com ela. "De onde eu venho. Como era minha vida antes. Não sou como ninguém daqui."

"Eu sei sobre você. Eu sei o suficiente."

"Eu sou como uma alienígena."

"Como se viesse do espaço sideral? Continue, você é uma alienígena que monta em cavalos. O que mais?"

"Josue, imaginei que não precisaria lhe contar. Eu pensei, não sei, eu poderia ser duas pessoas diferentes, mas eu não posso, sabe?"

"Não sei... Eu não quero saber."

Ele estava fazendo beicinho, mas tentando olhar duro ao mesmo tempo. Era a cara que ele faria depois de perceber, como Tony, que acabou de matar um homem.*

"Então acho que não tenho nada a dizer", disse Pearl, começando a se afastar.

---

*   Referência a um dos protagonistas de *West Side Story*. (N. T.)

Ele foi atrás.

"Você se acha tão diferente e tão especial? Então você pode ser algum tipo de vagabunda?"

"Sim, Josue. Eu sou uma vadia, ok?"

Ele agarrou o cotovelo dela e sussurrou com urgência: "Foi minha primeira vez, você sabe".

"Eu sei."

"O que você quer dizer?"

"Não importa. Esqueça isso."

"Não, Pearl, eu te amo pra caralho e quero saber o que está acontecendo."

Essa foi a primeira vez que um homem lhe disse que a amava. Bronson nunca havia dito isso. Ela ansiava que ele dissesse, mas ele não o fez. Ele tinha demonstrado, ela calculou, mas nunca tinha dito em voz alta. Ele era muito tenso. Josue foi mais corajoso. O "eu te amo pra caralho" da boca dele soou como música para ela. Ela queria continuar ouvindo essa música mais e mais vezes.

"Você me ama?"

"Sim, eu te amo como um louco. Eu penso em você o tempo todo. E eu quero saber tudo sobre você. Eu aguento, seja lá o que for, apenas me ajude porque estou ferrando a minha cabeça, estou ficando maluco. Me desculpe, estou com ciúmes, mas essas perguntas vêm e vão sem parar."

"Sim, eu entendo. Eu sei como é o ciúme."

"Vá em frente, você pode me dizer como é no espaço sideral com a porra de todos os cavalos e tal. Eu sou homem, eu vou aceitar. Eu quero a verdade de você. Eu não quero ir a lugar nenhum. Eu quero ficar com você. 'Útero ao túmulo', sabe?"

Ela podia ver que ele estava chorando. *Ah, ele não está com raiva, está triste*, pensou. Pearl o puxou para um abraço e colocou os lábios em seu ouvido e começou a falar em um sussurro. "Do berço para a Terra." Ele sorriu, aliviado, pronto para seguir em frente, mas Pearl precisava dizer algo. "Não, você não é o primeiro garoto que eu amei, Josue." Ele tentou se afastar de sua dor novamente, mas ela o segurou com força. Ela se sentiu forte. "Vou lhe contar uma história." E então contou tudo a ele.

Depois do intervalo para o lanche, depois que todas as crianças voltaram arrotando e peidando, Bartholomew subiu ao palco. "Crianças, estou em recuperação. De muitas coisas e de muitas pessoas. Da vida. E a amizade ajuda, sendo gentis uns com os outros, amando uns aos outros e fazendo arte juntos. Este será apenas um momento em suas vidas, quando apresentarmos nosso pequeno show no próximo fim de semana, apenas um momento em uma pequena peça do ensino médio, mas olhem para todos os outros rostos. Alguns de vocês conhecerão o sucesso, alguns de vocês conhecerão o fracasso, exceto você, Pearl, você nunca falhará e viverá para sempre..."

Todas as crianças riram. Bartholomew continuou: "Todos vocês conhecerão a doença, a traição e a morte. Todos vocês, cada um de vocês conhecerá o desgosto e a morte". Ele olhou em volta e viu que todos prestavam atenção nele. Ele tinha sua audiência. Ele mesmo estava começando a chorar e disse, com toda a emoção em seu coração: "Mas não aqui! Não! Não esta noite! E não no próximo fim de semana! TUDO o que conheceremos aqui é amor, tudo o que conheceremos é confiança, e tudo o que conheceremos é a verdade! Agora, porra, atuem e cantem assim! Ato um, cena um, *West Side Story* agora! Em suas posições!".

E os jovens, impulsionados pela sinceridade e paixão de um velho cavalheiro, corresponderam. Bartholomew se preocupou com o fato de ter feito o discurso motivador cedo demais, mas era tamanha a força que se via nos olhos dos atores que ele sabia que isso continuaria pelo menos até a próxima semana e, se tivessem sorte, pelos próximos anos. Quando a última cena terminou, todos olharam para a plateia onde Bartholomew normalmente se sentava, e viram que estava vazia. Ele saiu em algum momento, feliz com o que viu, querendo que as crianças experimentassem ter sido ótimas não para ele, mas para si mesmas, elas eram seu próprio público. Todos pularam para cima e para baixo e se abraçaram. Enquanto Pearl estava abraçando Anybodys, viu Bronson por cima do ombro parado na primeira fila perto do palco, com um enorme sorriso no rosto. Pearl não tinha certeza se estava tendo uma alucinação ou não. Ela seguiu em direção à aparição, como Hamlet temendo e desejando igualmente o fantasma de Cláudio.

"Pai?"

"Oi, Pearl." Ele era real. Sobre o palco, ela via Bronson por cima. E, nesse ângulo, pôde ver uma pequena careca que ela nunca tinha notado antes.

"Há quanto tempo você está aqui?"

"O suficiente para saber o quão maravilhosa você é. Eu nunca vi nada parecido. Você é um anjo. Melhor que Natalie Wood." E é verdade, ele sabia do que estava falando, pois tinha trabalhado com as maiores estrelas de Hollywood. Sua filha tinha tanto carisma quanto qualquer uma delas. Ele se viu dominado por uma combinação de orgulho e possessividade. Pearl sentiu que Bronson estava olhando para ela de uma maneira que nunca tinha olhado antes. Era uma maneira que ela costumava imaginar que os homens olhavam para as mulheres por quem estavam apaixonados, e ela queria que ele a olhasse assim, mas ele nunca a olhou e agora que ele a olhava daquele jeito, ela não queria mais, queria que ele parasse, sentia pena dele, um marmanjo careca olhando para uma menina de dezessete anos com aquele estúpido olhar sentimental de cachorro perdido. Ela sentiu nojo dele e queria dar um jeito naquela situação.

"Josue!"

O rapaz estava conversando com o policial Krupke e veio correndo até ela.

"E aí, babe?", ele perguntou. Bronson se encolheu visivelmente quando notou a intimidade entre os dois.

"Josue, eu quero que você conheça meu pai."

"Bronson. Você é um ótimo Tony", disse Bronson, estendendo a mão até o palco onde Josue poderia agarrá-la. O garoto estava dando a ele um olhar engraçado, porém, meio insolente, como um sorriso. Bronson cogitou a possibilidade de esmagar sua mãozinha macia e deixá-lo de joelhos.

"Pai, este é Josue, meu namorado."

## 27

Bronson ficou aliviado por estar de volta em sua motocicleta depois disso. Era estranho estar de volta ao ensino médio com esses sentimentos de raiva e ciúme por uma garota, porque justamente ele não sentia essas coisas desde o ensino médio. Foi bom sair de lá rápido, foi necessário. Ele encontrou o quarteirão onde Mary e os filhos moravam temporariamente. Ele ia cumprimentar Mary, Hyrum e Deuce, talvez falar com Pearl quando ela chegasse em casa, embora não soubesse o que dizer a ela. Tinha a sensação de que deveria esperar. Talvez esperar ou levá-la de volta com ele para o deserto naquela noite. Ele veria como estaria se sentindo quando chegasse a hora.

Ele desceu da moto e estava passando por um pequeno parque em direção ao endereço de Mary quando ouviu uma voz que parecia familiar. Meio que cantando, meio que falando... fazendo rap. Parecia Hyrum. Ele seguiu a voz até uma praça onde encontrou um grupo de crianças que estavam amontoadas em torno de uma beatbox improvisada. Bronson passou por algumas crianças, e Hyrum estava no centro. Seu filho estava vestido como um palhaço. Suas calças eram grandes demais na cintura, quase caindo nos pés, expondo sua boxer, e ele não usava nenhum *garment*. Trajava uma bandana vermelha na cabeça e pulseiras de todos os tipos no braço. O que parecia ser uma pesada corrente de ouro em volta do pescoço tinha que ser falso, pois era da espessura de seu dedo.

Hyrum olhou para o velho estranho no meio deles e abriu um sorriso enorme. "Ei, velho! Mano, e aí?", e ofereceu a seu pai um aperto de mão elaborado. Bronson não respondeu nada, não ofereceu nada. Ele atacou antes que pudesse formular um pensamento: deu um tapa tão forte no rosto de Hyrum que derrubou o garoto.

Uma das crianças disse: "Deu merda!". E Bronson foi em direção ao menino como se fosse derrubá-lo também. O garoto calou a boca.

"Por que você está falando assim, Hyrum?"

"Eu falo do jeito que eu falo, mano."

"Levante-se."

"Por que, para que você possa me derrubar de novo, velho? Vai meter bala em mim, mano."

"Cale-se! Em pé! Agora!"

"Foda-se, mano."

Com raiva, Bronson arrancou seu filho do chão, jogando-o por cima do ombro com um movimento atlético, e saiu do parque. Os outros garotos recuperaram a coragem e começaram a tirar sarro de ambos, Hyrum e Bronson, chamando-os de "bichas" e "boiolas" enquanto eles ainda podiam ouvi-los.

Bronson não largou Hyrum até que Mary abriu a porta e deixou os dois entrarem. Bronson largou o filho no chão, de costas. A boca de Hyrum estava sangrando, mas ele não se importou. Ele se levantou devagar, deliberadamente. Agora de pé, de frente para o pai, Hyrum o desafiou. "Já terminou, tolo?"

"Que diabos aconteceu?", perguntou Mary.

"Eu o encontrei agindo como um palhaço no parque."

"O único palhaço aqui é você, mórmon."

"Você ouviu isso?", Bronson perguntou a Mary. "Há quanto tempo ele está assim? Falando desse jeito? Ele tem onze anos!"

"Hyrum, vá para o seu quarto. Vamos todos nos acalmar e podemos falar sobre isso mais tarde."

"Mais tarde só pra vocês", zombou Hyrum, enquanto estalava os lábios sangrentos em um som de desprezo, para em seguida desaparecer, se trancando em seu quarto.

"Que porra está acontecendo, Mary?"

"Adaptação de costumes, Bronson."

"Como?"

"Ele está apenas tentando se encaixar. Não é real, isso é temporário."

"Parece real para mim. Onde está Deuce? Por que ele não está cuidando do irmão?"

"Deuce está trabalhando no BurgerTown. E Pearl está na escola, no ensaio. Ela está participando..."

"Eu sei onde a Pearl está!", gritou Bronson, cortando-a com veemência. "E o que ela está fazendo. Venha aqui."

"O quê? Pra quê? Eu estou bem aqui."

"Venha até mim, eu disse." Incapaz de resistir, ela caminhou até ele.

"Mais perto. Olhe para mim."

"Estou olhando pra você", disse Mary, olhando para baixo.

"Deixe-me ver seus olhos." Ela relutantemente olhou para ele. "Você está chapada. Você está totalmente chapada. Jesus Cristo, Mary."

"Eu não consigo fazer isso sozinha, Bro", disse, chorando. "Não consigo, sinto muito, não sou mais forte o suficiente, preciso de ajuda e não tenho. Você não sabe como é aqui fora. Tudo está uma merda o tempo todo. Eu preciso de Yaya e preciso de você."

Ela começou a soluçar. Bronson não se comoveu. O volume da música que saía do quarto de Hyrum, o baixo ecoando nas paredes finas, tornava impossível pensar ou sentir qualquer coisa além de raiva. Ele não queria fazer nada estúpido e não estava em condições de ver Pearl novamente agora. Então se virou e foi embora.

## 28

Bronson estava voltando para Joshua Tree, seguindo para o leste na autoestrada por volta das dez da noite de uma quarta-feira. Não havia necessidade de desacelerar, e ele mantinha uma boa velocidade, entre 130 a 160 km/h. Sentia saudade de uma estrada bem pavimentada como esta, era um convite para relaxar. Bronson tirou as mãos do guidão e colocou seus pés, deitando-se de costas, como fez uma vez em uma exibição quando era apenas um jovem dublê. Agora, ele estava mais velho e seu equilíbrio já não era tão estável quanto antes. A moto oscilou, depois se endireitou. De costas, ele olhava diretamente para as estrelas que voavam acima dele como pontos em partituras de piano. Essa era uma lembrança de quando era criança e via os filmes em preto e branco. O mundo atual trouxe de volta suas memórias. É por isso que ele não gostava de sair de casa. Pensou em *Abbott e Costello contra Frankenstein* e riu, a moto serpenteou novamente. Ele se endireitou na garupa e acelerou por três estradas distintas até pegar uma saída.

Bronson saiu da estrada, andou alguns quarteirões e voltou para o lado oeste. Ele voltaria e pegaria Pearl, para tirá-la do mundo e trazê-la para casa, na fortaleza da solidão. Mas, quando chegou a hora de pegar a saída, ele se viu passando pelos desvios para Rancho Cucamonga e acelerando para Los Angeles. Em uma hora, estava passando por todas as ruas que davam para os estúdios onde costumava trabalhar. A Western Avenue ou a La Brea para a Paramount. A Overland para Fox e Sony. Todas as velhas lembranças estavam se aglomerando sobre ele — os velhos amigos, as alegrias e as decepções. Sua Frankenbike, construída com peças perdidas de Harleys, Ducatis e BMWs, era uma máquina do tempo improvisada e o transportara de volta vinte, trinta e até quarenta anos atrás.

Mas ele não queria mais voltar ao passado, pois lá só existiam feridas, desonestidade e confusão — bebidas, brigas, sexo e arrependimento. Bronson continuou a achar curioso como apenas estar fisicamente em um antigo refúgio trouxe de volta imagens e pensamentos de tanto tempo atrás que estavam adormecidos, esperando que estremecesse o chão e liberasse os esporos levantados na poeira. Assombrações foram derrotadas. Ele preferia a claridade de um deserto árido que não contivesse fantasmas ou lembranças humanas. Bronson queria viajar no tempo em outra direção, para o futuro, para ver se ele tinha um. Cerca de dez minutos depois, gentilmente se inclinou para a direita e empurrou a moto para fora da estrada em direção a Bundy em Santa Monica. Às onze e meia, ele tocou a campainha de Maya Abbadessa.

Maya dormia com um taco de beisebol ao lado da cama. Tratava-se de um taco de madeira que ela encontrou na garagem quando se mudou para a atual casa onde morava. Ela tinha jogado softball no ensino médio e era uma boa rebatedora, sabia como usar os quadris para balançar as mãos, obter algum torque. O taco caiu como uma luva em suas mãos, ela podia girá-lo de ambos os lados. Santa Mônica/Brentwood era um bom bairro, mas, à noite, as ruas ficavam vazias e silenciosas, e a possibilidade de irromper uma boa e velha violência sem sentido do sul da Califórnia, como o fim dos tempos de Charles Manson, que Joan Didion cobriu de forma memorável, estava sempre no limiar das possibilidades de sua mente, como uma nota sombria e dissonante por trás das harmonias ensolaradas dos Beach Boys. Em outra época, Nicole Brown Simpson foi assassinada não muito longe de sua porta. Depois de haver usado uma arma com Bronson no deserto, ela pensou em adquirir uma, mas ainda não o havia feito.

Ela se aproximou da porta segurando o bastão com o braço direito.

"Quem é?"

"Bronson."

Ela abriu a porta. Bronson tinha uma péssima aparência, como a de alguém sob muita pressão, prestes a explodir.

"Surpresa."

Maya ainda estava com o bastão no ombro e pronta.

"Oi."

"Você vai balançar esse taco, Steve Garvey?"

"Quem é Steve Garvey?"

"Um grande Dodger. Antes da sua época, eu acho. Tinha antebraços como os do Popeye."

"Sou fã dos Phillies. Quem é Popeye?"

"Grande marinheiro. Da mesma época, bem antes de você. Antebraços como Steve Garvey."

Ele era consistentemente mais engraçado e charmoso do que ela poderia esperar. Ela deu um pequeno golpe nele com seu taco.

"Rá. Talvez, se eu vir um arremessador que me agrade." Ela deixou Bronson entrar e trancou a porta.

Ter Bronson Powers direto de Joshua Tree em seu pequeno bangalô alugado em Santa Monica era como ter um cavalo ou um urso como animal de estimação. O homem se sentia muito grande dentro de casa, como se não pudesse se virar ou se sentar corretamente sem encostar em algo ou quebrar alguma coisa. Ele não bebia: coisa de mórmon. Bronson desmoronou no sofá dela, suspirou e falou sobre Pearl e como ela estava ótima em *West Side Story*, o quanto ela se parecia com sua falecida esposa, Jackie, que ele claramente ainda amava. Ela não sabia se ele quis dizer isso, mas achou sua devoção eterna a essa Jackie atraente e comovente. Ela tinha sido enterrada em uma daquelas sepulturas misteriosas que Maya tinha visto quando estava chapada.

Ele falou com muito orgulho sobre Deuce estar liderando um movimento sindical em uma lanchonete. Ele tinha um recorte dobrado de um jornal local de Rancho Cucamonga com a manchete "O transformador de dezessete anos", comparando o ativismo juvenil de Deuce com o dos jovens sobreviventes de Parkland.

"E uma criança os conduzirá...", disse ele. "Você sabe, eu sempre esperei que as crianças quisessem voltar para o deserto quando crescessem, mas nós as ensinamos, as preparamos para o mundo da melhor maneira possível, enquanto ainda as mantivemos fora dele."

"Então eu apareci para estragar tudo."

"Nós não culpamos você."

"Não mais."

"Não mais."

"Acho que é assim, né? As crianças vão embora." Ela não sabia.

"'Um homem cheio do amor de Deus não se contenta em abençoar apenas sua família, mas percorre o mundo inteiro, ansioso para abençoar toda a raça humana.'"

"Muito legal. Quem disse isso?"

"Joseph Smith."

"Quem? Nunca ouvi falar dele. É brincadeira... Estou brincando."

Ele entendeu e deu uma risada. *Ele entende. Talvez possamos comemorar, ele não é um maluco total*, ela pensou, *talvez seja mais como um colecionador excêntrico de coisas, só que, em vez de carros ou cartões de beisebol, ele coleciona recordações de uma religião*. Ela conversaria com ele como se ele fosse um cara normal.

"Eu me pergunto se eles já estão namorando."

"Quem?"

"Deuce e Pearl."

O rosto dele mudou completamente. "Ah, não."

"Hum... estou vendo a sua cara. Você é um desses pais, hein? Do tipo que saca a arma?"

"O quê?" Bronson parecia intrigado e irritado.

"Não, eu adoro." Maya recuou um pouco. "Eu gostaria de ter um pai assim. É sexy. Quero dizer, no pai de outra pessoa é sexy, não no meu... em você."

"Ah. Ok."

"Só estou tentando dizer que parece que você fez um bom trabalho criando seus filhos."

Bronson pareceu ter focado nela de novo, voltando do lugar perturbador aonde tinha acabado de ir.

"Isso é uma má notícia para sua empresa. Posso citar você, certo? Fim de jogo."

"Eu vou negar." Maya forçou um pequeno sorriso. "Não quero falar de negócios."

Maya começou a perceber que o que ela gostava naquele homem era sua natureza antipsicológica, se é que essa palavra existia. Era como se ele tivesse nascido em uma época anterior à terapia, antes de Freud, antes mesmo de Cristo. Ela sutilmente se lembrou da própria infância sem pai, esperando que ele fizesse perguntas, mas ele não fez nada, como se esse impulso nunca o tivesse atingido. Mas não que ele fosse egoísta, esses detalhes pareciam insignificantes dentro de um contexto, de alguma verdade maior para a qual ele detinha as chaves. Ele lhe parecia um herói grego, um Ulisses, um homem de ação e integridade. Sua certeza era inebriante, dava cores a seus movimentos, a maneira como ele se postava, como andava, como tocava as coisas. Ela nem precisava concordar com ele para se sentir um pouco entorpecida com isso.

Bronson se levantou e começou a olhar ao redor. Ele não parava de pensar em uma velha esquete do *Saturday Night Live*, com Phil... *Quem era? Kevin Nealon? Não, Bill, Phi... foi Phil Hartman que, sob uma maquiagem protética hilariamente ruim, interpretou um neandertal descoberto sob o gelo, posteriormente descongelado e reanimado. Ele vai para a faculdade de direito e pratica advocacia em peles de animais. Tão bobo.* Mas era assim que ele se sentia nesta noite. Como se tivesse sido descongelado depois de séculos. Normalmente as escrituras flutuavam em sua mente, mas esta noite eram as emissoras de televisão. Ele não conseguia se lembrar como se chamava. Gelo... Advogado... Advogado congelado, ou algo assim.

A casa de Maya era bonita, simples e organizada. Parecia uma daquelas casas construídas para exposição. Não tinha livros. Ela observou Bronson vagar por aí, bisbilhotando.

"Parece que você está procurando por pistas", disse ela.

"Onde estão todos os seus livros?"

"No meu iPad."

"Ai o quê?"

"Você está me zoando?"

"Não."

"É uma tela eletrônica portátil capaz de armazenar milhares de livros."

"O advogado das cavernas descongelado!", disse ele, estalando os dedos.

"O que foi isso?"

"Nada. Estava apenas tentando lembrar de algo." Ele tentou descrever a velha sátira para ela, mas assim não era engraçado. De qualquer modo, ele tentou.

"Acho que só teria graça vendo ao vivo", disse ela, com um sorriso.

"E isso tudo significa que me sinto deslocado. Fora do lugar e fora do tempo."

"*Saturday Night Live* ainda está no ar, eu acho."

"Não acredito."

"Acho que está sim."

"Por quê?" Ele perguntou como se fosse uma questão existencial.

"Eu não sei, só estou atualizando você."

"Ah, como um serviço público?"

"Precisamente. Colocamos um homem na lua também."

"Pare com isso."

"Ainda não tivemos uma mulher como presidente do país, no entanto."

"Bem, fico feliz em ver que algumas tradições permanecem."

"Ok, agora é você quem pode parar com isso."

Maya sentiu como se estivesse participando da comédia romântica mais estranha da história. Então ela se lembrou do filme favorito de sua mãe, *Splash: uma sereia em minha vida*, que Maya tinha visto uma centena de vezes, e pensou que, se ela se apaixonasse por aquele caubói-dublê mórmon que vive em um trisal, ainda assim não seria tão estranho quanto transar com um peixe.

"Estava escrito 'Parkland' naquele artigo sobre Deuce. O que é Parkland?", Bronson perguntou.

"Um tiroteio em massa ocorrido em uma escola da Flórida. Estudantes do ensino médio foram baleados e mortos por outro estudante."

"Como Columbine? Columbine foi uma das razões que me fez querer criar filhos longe do mundo."

"Acontece muito." Ela suspirou. "Tivemos de aprender a atirar na minha escola, na Filadélfia."

"Aconteceu muitas vezes desde Columbine?"

"Muitas, cerca de uma vez por ano, pelo menos. Mais. Acho que ele fez cerca de vinte vítimas."

"Com uma arma?"

"Não era, tipo, apenas uma arma de fogo. Era um rifle, talvez muitos rifles, armas de guerra. E havia aquele garoto Dylann Roof, que atirou em uma igreja de negros."

"Um assassinato religioso?"

"Religioso/racial, eu acho."

"Isso é irremediável. Que tipo de criança mata assim?"

"Alguém que precisa de ajuda."

"Que tipo de ajuda?"

"Psicológica, eu acho. Terapia."

Bronson riu com desdém.

"Terapia? Falar salvará sua alma?"

"Eu... não sei. Para mim, é mais uma questão de controle de armas", ela gaguejou.

"O controle de armas salvará sua alma? Não. Apenas uma coisa salvará sua alma."

Às vezes a falta de dimensão psicológica dele a encantava, às vezes a assustava. Ele era intenso e muito masculino em toda a veemência do seu discurso. Ele era um homem sem duplo sentido. Você pode não gostar totalmente dele, mas ele nunca enganaria você. Perto de Bronson, ela se sentia sã. Nem se comparava com todos os bebês chorões que ela já ficou. A comédia romântica tinha desaparecido um pouco, mas esse frisson intelectual era algo novo para ela em um encontro. *Oh, merda*, ela pensou, *isso é tipo um encontro?* Ou um bom e velho encontro de Tinder com um mórmon?

"Quem dá a uma criança má uma arma de guerra?", Bronson perguntou tristemente.

"Nós damos. Não estamos mais em *West Side Story*."

Bronson balançou a cabeça e começou a chorar, soluços intensos que a tocaram profundamente. Um herói grego que pode chorar. *Jesus, isso era tão atraente*. Maya o abraçou enquanto ele se recompunha. Ao mesmo tempo, ele começou a falar de Hyrum e Mary, e de como as coisas estavam fodidas, e que ele queria ir com ela para Praetorian amanhã e chegar a um acordo com seu chefe. Estando tão próxima a ele, Maya notou o cheiro dele enchendo a sala de estar. No cavalo, no grande campo aberto, ela tinha gostado de seu almíscar, mas, por dentro, ele parecia rançoso, sujo. Ela pensou em pedir para ele ir embora, mas não queria que ele fosse. Estava curiosa para ver o que havia por baixo de sua armadura. Ela lhe ofereceu um banho e uma cama e ele aceitou. Enquanto Bronson tomava banho, Maya bebeu algumas doses de tequila para se acalmar. Estava excitada, mas também ansiosa, por razões que ela não conseguia entender inteiramente naquele momento. Bem, havia um caubói mórmon polígamo no banheiro dela. Quando ele viesse para a cama dela, estaria com o cheiro do sabonete dela. Naquele dia, quando visitou o rancho, eles apenas se beijaram, não fizeram amor. Depois disso, ela teve fantasias sobre abandonar a Estrela da Morte Pretoriana e se mudar para o deserto para ficar com ele, tornar-se uma esposa-irmã, mas ela sabia que isso era loucura — um sonho tolo por passar o tempo demais lendo sinopses de filmes da Hammer.

Mas ela poderia sair com ele? A introdução dos três filhos no mundo moderno também seria o início da reintrodução dele? Ele poderia parar com a poligamia grosseira e ser seu namorado caubói sexy e mais velho, que ela poderia exibir em festas para envergonhar todos esses homens molengas do West Side? Ele poderia ser como seu Christopher Lee pessoal, um ator britânico alto e sexy que interpretou muitos Dráculas em filmes da Hammer com uma fisicalidade que o tornava muito mais atraente e perigoso para Maya do que o lúgubre e famoso Bela Lugosi. Ou, melhor ainda, seu próprio Brad Pitt, que tinha acabado de interpretar um velho dublê sexy no novo filme de Tarantino.

E agora ali estava ele em sua cama, seu próprio homem selvagem para brincar, nu e cheirando a Goop e produtos de banho comprados na Sephora. Ela tinha tantos preconceitos sobre como um homem do tipo do Bronson faria amor que quase ficou chocada quando ele foi para a cama e ela viu que ele não tinha vários paus ou um estilo misterioso inspirado em algum filme. Ela meio que esperava que ele apresentasse a ela uma nova posição, ou tivesse qualquer caraterística física que provasse que ele pertencia a alguma espécie quase extinta.

Ele a beijou. Foi um beijo gostoso. Maya gostou da aspereza de sua barba por fazer. Ela ficou excitada, mas havia tantas razões para não continuar ali que seria difícil para ela se soltar completamente. Além disso, era a primeira vez deles, e as primeiras vezes sempre são um pouco estranhas. Ela podia sentir o pau de Bronson grande e duro contra sua coxa e sabia que ele estava com muito tesão.

"Eu não posso fazer amor com você", disse ele.

"Não?"

"Não."

"Ah, não até nos casarmos?", ela brincou. "Que medroso".

Ele sorriu.

"Agora você me pegou."

Maya o beijou com força. Ele correspondeu ao beijo, então se afastou um pouco.

"Tá falando sério?", perguntou ela.

"Estou."

"Isso é ridículo."

"Ah, o absurdo das minhas crenças é essencial em mim. Qualquer filho da puta preguiçoso poderia acreditar em um Deus razoável."

Ela arregalou os olhos e assobiou ironicamente.

"Essa é a sua conversa pra boi dormir?"

Ele sorriu.

"Pois é."

"Você enlouqueceu, meu amigo mórmon. Isso é loucura. Estamos com o maior tesão, isso é injusto. Você é apenas um provocador?"

"De qualquer maneira, eu sou muito velho para você."

"Besteira. Veremos isso."

Ela fez um movimento exageradamente engraçado e óbvio de mergulho para baixo dos lençóis, para começar um boquete nele. Ele gentilmente a interrompeu, mas se divertiu com ela. Bronson achava Maya bonita e engraçada, e estava encantado com a forma esquisita como ela se expressava. Fazia muito tempo desde que ele havia se relacionado dessa maneira com uma mulher. Ele achou o abismo entre eles, a grande diferença dela em relação a ele, a distância em relação a ele, psicologicamente, espiritualmente e cronologicamente atraentes. Eles eram de terras estrangeiras. Tinham um para o outro o apelo de viajantes do tempo.

"Venha aqui", disse ele, oferecendo o peito para que ela recostasse a cabeça. "Sou um velho cansado. Vamos dormir um pouco."

"Eu nunca fui rejeitada por um mórmon antes."

"Como se sente?"

"Nada mal...", ela respondeu, aninhando-se nele, "realmente nada mal."

Enrolando-se em seus braços, ela podia sentir que sua necessidade não era sexual. Sentia-se triste, forte e inalcançável. Qualquer que fosse o desejo dele, era indecifrável para ela, como um desejo animal. Ela nunca tinha experimentado nada parecido com outro homem. *Isso é uma brincadeira*, ela decidiu, mas nunca funcionaria, e não deveria funcionar, não com a aposta ainda na mesa. Ela manteria os olhos no prêmio. Mas ficou encantada com ele do mesmo jeito, e não foi apenas a ideia. Por que não ceder e aproveitar? Ela poderia separar por setores, *como um cara faz*, ela pensou. Poderia desfrutar um pouco desse exotismo e ainda se dar bem com o negócio.

Pelo som da respiração, Maya reparou que Bronson tinha adormecido. Ela brincou com alguns pelos grisalhos do peito dele. Foi o primeiro homem que conheceu que ela sentiu que não estava tentando provar algo ou se aproveitar dela.

Quando acordou sozinha no dia seguinte, ela não ficou surpresa. Mas, logo em seguida, viu a arma de Bronson sobre a cômoda e escutou sons na casa. Ela vestiu um roupão e se arrastou até a sala de estar para ver Bronson na cozinha envolvido em uma luta com sua máquina de café expresso.

"Bom dia", disse Maya, sorrindo. "O que você está fazendo?"

"Bom dia, Maya. Estou há uma hora tentando descobrir como sua maldita cafeteira funciona."

"É uma cafeteira Breville. Achei que os mórmons não bebessem café."

"Exatamente. Na verdade, eu estava tentando fazer um pra você."

"O advogado das cavernas descongelado?", Maya perguntou.

"Ah, você prestou atenção."

"Bonitinho da sua parte tentar", disse ela, fazendo um expresso duplo.

"Você faz parecer tão fácil", ele disse com tristeza.

Enquanto dirigiam para a Praetorian, Bronson estava muito interessado no funcionamento do Tesla.

"Que incrível produto tecnológico. É muito silencioso. Estou acostumado com o ronco do motor. Você está tentando salvar o planeta... isso é admirável. Mesmo no deserto, vi grandes mudanças no comportamento das estações nos últimos dez anos. Mudança climática, você disse? Estação seca cada vez mais seca, estação chuvosa com mais chuvas. A vida está desequilibrada."

Maya passava batom usando o espelho retrovisor.

"Ah, é para isso que servem", brincou Bronson. "Fiquei sabendo agora."

Ela franziu o cenho e sorriu.

"Você sabe o que vai dizer ao meu chefe? Ele não sabe os detalhes do acordo e não tem interesse em saber."

"Sim. Talvez falar sobre a venda de alguns direitos minerais."

"Ok."

"Talvez eu aceite o acordo de divisão meio/meio, o primeiro que você sugeriu. Acho que ainda serão centenas de milhões para que você nos deixem em paz e tirem o governo de nossas costas."

"Acho que é o melhor para todos", concordou Maya.

Ela estava insegura nesse momento, com a ascensão meteórica de Deuce, contrastada pelos ganhos menos expressivos de Pearl e Hyrum. Os Bronson ganhariam a estranha aposta acordada por métricas nebulosas. Ela sempre esperou que não fosse chegar a esse ponto, então estava satisfeita e otimista. O acordo deixaria Malouf e Bronson satisfeitos e traria dezenas de milhões, talvez centenas, para a Praetorian. Era uma grande jogada, um grande negócio, um unicórnio, que ela planejou e trouxe para casa.

"Não sei de nada ainda...", disse Bronson. "Acho que o melhor seria se tivéssemos ficado quietos." Eles dirigiram o resto do trajeto em silêncio.

Maya acompanhou Bronson até o escritório de Malouf, e o chefe vestiu sua personalidade de anfitrião mais graciosa.

"Bem-vindo, bem-vinda, meus dois favoritos. Sentem-se. Café?"

"Não, obrigado", Bronson respondeu.

Ele e Maya se sentaram em frente a Malouf, que apontou para os pés de Bronson.

"Amei suas botas, cara! Nunca consegui usar uma por tempo suficiente a ponto de amaciar o couro. Ralph Lauren?"

"Não."

"Maya me disse que você é um grande cavaleiro."

"Claro."

"Você joga polo?"

"Polo?"

Malouf ergueu uma revista com fotos para Bronson ver.

"Ah... Não."

"Que pena! Qual é a coisa mais importante sobre andar a cavalo na sua opinião?"

"Não caia", brincou Bronson.

Malouf e Maya riram.

Maya sabia que Bronson tinha um limite muito baixo para esse tipo de papo furado. E ela sabia que essa conversa fiada era tudo o que Malouf queria. Era sua maneira de cansar os adversários, aborrecê-los para que concordassem com seus termos apenas para fugir dele e de sua conversa a respeito de polo e cavalos. Maya interrompeu. "Bronson tem uma negociação em mente, um acordo. Todos saem ganhando."

Malouf agiu como se Maya não estivesse na sala, falando sem tirar os olhos de Bronson.

"Veja, estou sempre conversando com cavaleiros — jóqueis, vaqueiros, até policiais montados, para ganhar vantagem como jogador de polo. Estou sempre procurando melhorar minha habilidade com os cavalos. Essa é a chave, eu acho. Qual é a coisa mais importante entre você, como cavaleiro, e o cavalo? Se você tivesse que escolher apenas uma coisa." Malouf sorria, como se aquilo fosse um jogo divertido que estavam prestes a começar. Maya notou que as gengivas dele estavam recuando. Bronson não sorria.

"Confiança", Bronson finalmente disse.

"Ah, confiança, isso é interessante, pensei que você diria isso. Eu respeitosamente discordo, irmão. Quer sabe qual o aspecto mais importante da relação cavalo-pessoa, na minha opinião?"

Bronson não respondeu. Ele observava o oceano pela janela.

"Medo", afirmou Malouf. "O cavalo tem que saber quem manda. Nosso domínio vem do medo deles, depois vem a confiança, quando o cavalo sabe quem é o chefe." E piscou para Maya. Malouf notou Bronson olhando pela janela para o Pacífico.

"Você também é marinheiro?"

"Não." Bronson se levantou, caminhou até a janela e olhou para fora, a cabeça inclinada para o lado como um homem observando um navio desaparecer no horizonte. "Com licença", disse, "tenho que refletir um pouco. Já volto."

Quando Bronson saiu do escritório, Maya sabia que ele não voltaria e provavelmente nunca mais o veria. Malouf atendeu alguns telefonemas, e gesticulou para Maya quando uma figura especialmente poderosa ligou, como se ela fosse parte do clube, para contar a grande piada. "O Mnooch! Como posso ajudar?" A certa altura, murmurou para Maya: "Secretário Mnuchin..." enquanto mexia as sobrancelhas alegremente. "Amei você no programa do Hannity ontem à noite e amo esse encontro de amigos. Você é um gênio louco. Você teve algo a ver com o perdão ao financista Milken? Ah, eu sabia, seu puto desgraçado! Vamos reunir a galera novamente. Você está iluminando o caminho, meu amigo. Ah, eu sei que é tudo graças a você, sei que o Kush é um inútil, um pau-mandado. E seu cabelo está ótimo! Como está a adorável Louise?" Maya sorriu de volta e tentou parecer impressionada.

Depois de esperarem Bronson voltar do banheiro por quinze minutos, Malouf desligou o telefone e apontou para a porta para Maya sair também. "Vá e, por favor, Wharton, nunca mais traga um vagabundo para o meu escritório. Vou ter que mandar limpar. Tá tudo com cheiro de Aqua Velva e mijo aqui."

"Sim, senhor." Ela se levantou rapidamente e saiu.

## 29

"O estacionamento faz parte do BurgerTown, então você não pode jogar futebol aqui e com certeza não pode trabalhar em prol do sindicato aqui!", gritou Frank Dellavalle enquanto caminhava em direção a Deuce, uma hora antes do horário de abertura da loja, em uma manhã de primavera na sexta-feira. Deuce conseguiu reunir todos os membros entre os vinte e cinco funcionários do BurgerTown para votar no sindicato antes do horário oficial de trabalho. Todos vieram, Jaime de muletas, até mesmo os sonolentos trabalhadores estudantis de meio período que agora estavam presos na cápsula do tempo de Deuce, no fervor e no zelo religioso pelo povo baseado nos anos 1960. Todos queriam fazer parte do movimento e dizer que estiveram presentes.

Deuce se tornou uma pequena celebridade local. Escreveram artigos sobre ele no *Boletim Diário de Inland Valley*. Outro artigo no *San Bernardino Sun* chegou a ser publicado no *Los Angeles Times* também, e ele apareceu três vezes no noticiário da *TV do Sul da Califórnia* (KTLA). Nesse mundo novo e covarde das mídias sociais, no entanto, não havia ninguém como ele. Deuce tinha um perfil nacional em ascensão, ainda pequeno, é verdade, mas algumas pessoas em todo o país, e até no mundo, já conheciam o "jovem socialista incendiário", o "Baby Bernie", o "Defensor de Cucamonga", ou seja, ele era uma pequena celebridade. Não era Emma González ou Greta Thunberg, mas tinha sua importância, mesmo que menor. Sua causa, a sindicalização local, não era tão sexy ou global quanto o controle de armas ou a mudança climática, mas atingia um nicho. A hashtag #Deucejusticeiro chegou a ser um dos assuntos em alta no Twitter havia poucas semanas. Absolutamente nada disso importava para ele. "Sr. Dellavalle", disse Deuce calorosamente, "estamos prestes a realizar a votação. Estou feliz que você tenha conseguido vir."

Então Dellavalle sabia que aquela era uma batalha difícil, mas estava disposto a ser demitido se o sindicato fosse aprovado. Ele era o capataz que tinha perdido o controle da produção, e mesmo que os patrões dos patrões não dessem a mínima para aquela franquia, eles se importavam com o contágio se espalhando para outras lojas, o que poderia infectar os resultados. O precedente. A linha de um desenho começando a nascer. McDonald's, Burger King e muitas outras empresas lutavam havia décadas contra a sindicalização de seus trabalhadores.

Dellavalle não deixaria de lutar até o último segundo. Ele estava trabalhando nos bastidores. Subornou alguns trabalhadores mexicanos, comprou seus votos contrários com promessas de aumentos e favores — ilegalmente, é claro. Somando-os ao seu próprio voto, ele só havia conseguido dez. Precisaria assustá-los pra caralho agora, para obter mais alguns.

"Este é o estacionamento comunitário de cinco empresas, sr. Dellavalle, eu verifiquei. Não é considerado parte nos negócios do BurgerTown. Podemos ter conversas sindicais aqui."

Dellavalle caminhou até Deuce, ficou cara a cara com ele. Desejou ser mais alto e poder intimidá-lo fisicamente. O garoto era desengonçado, mas tinha um metro e oitenta e dois de altura.

"Você tem noção de que serei demitido?", Dellavalle sussurrou. "Tenho três filhos. Eles vão passar fome."

Pegou seu telefone e mostrou fotos de sua família para a multidão. "Meus pais eram imigrantes italianos e trabalharam duro, e eu trabalhei duro para ganhar o que tenho. Esse é o sonho americano, e vocês podem conseguir isso também! Se você trabalhar duro. O sindicato é contra o trabalho duro. É o comunismo! É o socialismo! Ele é como Bernie Sanders, um antiamericano, e agora você está tirando comida da boca dos meus filhos!"

Alguém gritou: "Você é branco, cara, cale a porra da sua boca, você vai conseguir outro emprego". A multidão concordou com raiva.

Deuce levantou a mão.

"Não estamos falando sobre negros, brancos ou pardos, mas sobre as pessoas, todos nós, os noventa e nove por cento contra o um por cento. Sem cor." Voltou-se para Dellavalle e lhe disse: "Você é um de nós, sr. Dellavalle. O sindicato abordará qualquer ação recriminatória que seus chefes tomarem contra você, você estará protegido".

"Ah, então o sindicato vai acabar com os problemas de todo mundo? Isso é uma merda, e você sabe disso!"

"Não, não é uma panaceia. Mas é parte da solução."

Dellavalle não sabia o que era uma "panaceia", mas continuou assim mesmo.

"Você nem vai ficar por muito mais tempo, e todas essas pessoas serão demitidas assim que os holofotes desaparecerem. Eles vão fechar nossa loja, em vez de manter um sindicato."

"Isso seria ilegal."

"Eles são donos da lei! Eles escrevem a lei, e, se não gostam de uma lei, eles simplesmente escrevem uma nova!" Dellavalle ergueu a voz, dirigindo-se agora a toda a multidão, e não apenas a Deuce. Os termos em que ele falou convenceram Deuce de que ele havia sido treinado pela sede da corporação. "Então o que você é, o salvador branco? Isso é tão racista. Todos esses pobres mexicanos precisam de um garoto branco privilegiado para entrar e educá-los? Ajude-os, porque eles são estúpidos demais para qualquer coisa... Por que vocês estão ouvindo esse garoto branco rico? Ele não se importa com vocês!" Deuce olhou para a multidão e considerou o ponto de Dellavalle, concluindo que era besteira. Poder para o povo independe da cor.

Dellavalle fez uma pausa, como se estivesse tentando se lembrar de um roteiro. Seus olhos olhavam para o céu em busca de sua memória recente. "Vocês vão ter que pagar taxas sindicais, mais impostos. A Imigração e a Alfândega vão ficar sabendo de nós, de vocês. Talvez vocês tenham os documentos certos, mas e todas as pessoas com quem vivem? Hein? Seus primos?

Os primos deles? Todos têm famílias grandes! Você sabe quem é a porra do presidente?"

Deuce podia ver o medo legítimo que alguns funcionários ali sentiam, mas ele não iria parar Dellavalle: essas eram as regras da democracia. Ele não silenciaria ninguém. O povo tinha o direito de ouvir todos os argumentos, por mais mentirosos ou demagógicos que fossem. A justiça não precisava erguer a voz ou usar os músculos para prevalecer.

Jaime não se conteve, no entanto. Sorrindo, mais zen do que Ray Zinn, Jaime, parcialmente aleijado, com mais de cem mil dólares em contas médicas para pagar em casa, dirigiu-se a Dellavalle com uma cadência resignada: "Você é um idiota, *cara*. Foda-se Trump e foda-se você".

A multidão explodiu em uma gargalhada.

"Vocês precisam votar!", disse Jaime. "*Vamonos*!" A multidão começou a cantar, "*Va-monos! Sal-va-dor! Va-mo-nos!*"

Deuce sabia que o momento estava chegando. Ele se levantou e encheu os pulmões com o ar puro da manhã.

"Todos aqueles a favor do sindicato", ele gritou, "levantem as mãos e digam *sim*!"

"Sim!", veio a resposta retumbante, todas as mãos levantadas, exceto uma, a de Dellavalle. Frank olhou para os nove funcionários que ele tinha subornado, e eles olharam de volta como se nunca tivessem visto o rosto dele. Cada um deles havia mudado de ideia com a maior naturalidade.

"Eu conto vinte e quatro votos a favor", disse Deuce, e sua voz revelava um novo poder. Ele parecia ficar mais alto a cada segundo. Deuce não estava liderando a multidão, mas sendo carregado nos ombros pela força coletiva. "Os que forem contra", Deuce agora trovejava, "levantem a mão e digam *não*!"

Até mesmo Dellavalle teve que mentalmente impedir que seu braço subisse em assentimento momentos antes, tal era o poder proselitista desse garoto. "Não", disse ele, calmamente.

Deuce fez a contagem: "Vinte e quatro a favor, um contra". Ele fez uma pausa dramática. "O sindicato está criado!" Todos começaram a cantar: "Salvador! Salvador! Salvador!".

Alguém levantou Deuce, erguendo-o para a multidão. Ele se sentiu caindo, instintivamente tentou se segurar, proteger a cabeça, mas não caiu no chão. Na verdade, ele estava nos braços dos seus amigos, embalado, olhando diretamente para o céu nublado daquela manhã. Ele se sentiu elevado, livre da gravidade. Não sabia como nomear aquilo, mas estava surfando na multidão. Sendo passado de mão em mão e ungido. Como uma estrela do rock socialista. Esse foi apenas o começo.

## 30

No exato momento em que Deuce surfava nos braços da multidão, Pearl estava acordando com uma sensação nova. Estava nervosa, e gostou disso. Fazia com que se sentisse viva. A primeira das três apresentações de *West Side Story* seria naquela noite. Ela mesma preparou alguns ovos, pelo menos é assim que eles chamavam, porém, se comparados com os ovos que eles tinham em Agadda da Vida, aqueles tinham um gosto insosso, mas tudo bem, era um quebra-galho. Entrou para se despedir de Mary, mas ela ainda estava dormindo. Ultimamente, ela andava dormindo até mais tarde.

"Mãe, acorda, você precisa levar o Hyrum para a escola." Mary não se mexeu. Pearl a sacudiu suavemente. Nada ainda. "Mamãe?" Pearl agarrou os ombros de Mary e a sacudiu com força. Mary respirou com força como se tivesse buscando ar vinda de águas profundas.

"Que merda, Pearl, você me assustou."

"Tá na hora de levantar. Tenho que chegar cedo na escola para ajudar com o figurino, e você tem que levar Hyrum para a escola, ok?"

"Ah, sim", disse Mary, voltando a si. "Figurino para quê?"

"A apresentação de hoje à noite."

"Ah, sim, vai ser hoje à noite? Claro, hoje à noite. Hoje à noite, hoje à noite, haverá um show hoje à noite...", ela começou a improvisar desafinadamente.

"Por favor, pare", disse Pearl, saindo pela porta.

"Você está nervosa?", perguntou Mary.

"Sim", disse Pearl, ligeiramente insegura.

"Bom, isso significa que você vai ser ótima."

Pearl sorriu e saiu. Mary continuou cantando sonolenta atrás dela: "Hoje à noite, minha filha canta hoje à noite e todo o dia da da dee... brilhará tanto...".

O dia escolar demorou para passar. Pearl via Josue no corredor entre as aulas e eles meio que checavam um ao outro com aprovação. Ela não conseguiu prestar atenção a nenhuma aula, nem em sua amada psicologia, ficava repassando as falas em sua cabeça, fechando os olhos e imaginando cada cena, cada música, até que a memória se fundiu com o instinto de atriz e, no final do dia, ela tinha se tornado Maria. Pearl viu Deuce em sua aula de História Avançada. Obviamente, a nota dele era sempre um A+, enquanto a dela era um C-. Hoje, ele parecia um pouco estranho, meio corado, meio chapado. Ela ficou um pouco preocupada. Pearl se sentou ao lado dele, algo que nunca havia feito.

"Oi, irmão."

"Oi, irmã."

"Você está bem? Você parece engraçado." Ela colocou a mão na testa dele.

"Eu estou bem, obrigado."

"Você ainda está crescendo ou algo assim?"

"Não, acho que parei."

"Você está se barbeando, cara? Deixando crescer um bigode?"

"Com essa pele? Não, não por muito tempo. Eu devo? Você também parece diferente."

"Você acha? Você vai à apresentação hoje à noite?"

"Claro, cara! Finalmente, eu consegui ingressos para Kanye no Staples Center em LA para esta noite, o Kanye Schmanye."

"Que baboseira. Essa é a primeira vez em sua vida que você disse a palavra *Kanye*. Pensando bem, é a minha primeira vez também."

"Ou *Schmanye*."

"Pois é."

"Merda, irmã."

"Obrigada, maninho."

Eles sorriram um para o outro, deliciando-se com o companheirismo e a proximidade fácil que só os gêmeos podem conhecer.

"Saudades, mano. Precisamos conversar mais."

Deuce assentiu.

**324**

"Você acha que o papai vem?"

Ela não tinha parado para pensar nisso. E, por um momento, ela estava de volta ao deserto, e voltou a ser Pearl. Ela teria que reencarnar Maria novamente. "Eu não sei", finalmente respondeu. "Deuce, preciso te contar algo."

"Aham."

A professora de história os interrompeu da frente da sala de aula.

"Eu vou ter que separar vocês dois?"

"Mais tarde?", Deuce sussurrou para sua irmã.

"Mais tarde."

Depois da escola, os Sharks e os Jets se encontraram nos bastidores, pediram pizza e ficaram ali. Logo atrás, Bartholomew podia vê-los trabalhando juntos, todos motivando uns aos outros. Ele estava orgulhoso deles e de si mesmo, mas ficou de olho em qualquer atitude negativa, e interviria se necessário. Bartholomew sabia que não era nenhum gênio, mas não era cego; ele sabia que era mais Guffman do que Bob Fosse, mas, ao menos naquela noite, ele agiria como os grandes que sempre o inspiraram. E, por melhor que Pearl estivesse ensaiando até agora, ele sentia que o talento dela ainda era inexplorado, e que ele poderia ajudá-la a crescer mais. Observando-a, viu que seu olhar autoconfiante se fora. Ela estava andando e de repente, parecendo nervosa pela primeira vez desde sua audição, se ajoelhou com as mãos em oração.

Ele se aproximou, deu um tapinha no ombro dela e disse: "O que você está fazendo?".

"Rezando."

"Se você ensaiar o suficiente, não precisa orar."

"Sempre rezei. Sempre."

Ele estendeu a mão para ela e a ajudou a levantar: "Vamos dar uma volta".

Quando chegaram a uma parte silenciosa e isolada dos bastidores, Bartholomew perguntou: "Por que você está fazendo isso?".

"O que você quer dizer?"

"Por que você quer atuar?"

"Eu não sei. Porque é divertido?"

"Divertido, hein? Você poderá ir além. Está nervosa?"

"Estou."

"Por que acha que está nervosa?"

"Porque eu quero me sair bem?" Pearl parecia estar adivinhando.

"Ok, para quem?"

"Minha família. Eu mesma."

"Razoável."

"Razoável? Essa é uma resposta ruim?"

"Não é uma resposta ruim, é a sua resposta."

"Você tem outra?"

"Bem, Salinger... você conhece Salinger?"

"Meu pai costumava ler para mim *O apanhador no campo de centeio*."

"Bem, Salinger disse: 'Faça pela mulher gorda', e eu gosto disso".

"Que mulher gorda?"

"O que ele quis dizer é: faça isso por outra pessoa, não por si mesma." Bartholomew não pôde deixar de sorrir; ele tinha Pearl exatamente onde ele a queria. "Sabe, Pearl, você é talentosa, mas é egoísta. Eu acho que você adora interpretar Maria porque se identifica com ela, por amar o garoto errado e tudo mais." Ele arqueou as sobrancelhas e insinuou que estava falando sobre Josue, é claro, mas não era nisso que Pearl pensava quando interpretava sua versão de Julieta/Maria. "Você adora estar lá em cima porque acha que está contando sua história, e você é boa nisso, mas os grandes, os grandes de verdade: eles fazem isso para falar por aqueles que não têm voz — para eles não se trata de egoísmo, para eles isso é uma oração pelos impotentes. Existe alguém que você queira alcançar com essa performance, alguém que você queira representar?"

Pearl entendeu totalmente o que ele dizia. Ela percebeu que tinha sido egoísta e que esse homem gentil acabara de ensiná-la a passar de boa a ótima. Percebeu que atuar poderia ser mais do que divertido, poderia ser sua missão. "Bem, minha mãe que morreu, minha mãe de verdade, acho que ela é como Maria. Minha mãe não pode mais orar por si mesma. Então eu vou orar por ela." Pearl o abraçou com tanta força que ele reclamou. *Foda-se Guffman*, pensou ele, *estou em ponto de bala*. Ele se afastou e deixou Pearl com sua preparação mística.

Pearl sentiu sua mãe com ela, de uma forma como nunca esteve em anos. E começou a ouvi-la. Jackie estava com ela, dentro dela. Jackie começou a falar com ela, através dela. Pearl parecia ter incorporado a mãe para os impotentes, os que foram silenciados e os que se foram há muito tempo. Ela não seria egoísta, ela seria útil. É assim que agiria a partir de agora.

Hyrum não queria ver *West Side Story*, mas Mary não ia deixá-lo ficar em casa. "Vamos, você tem que apoiar sua irmã. É isso que as famílias fazem."

Ele olhou para ela com uma cara do tipo que não queria nem se dar ao trabalho de responder. "Pare com essa breguice, mãe. Eu vou se você parar de dizer essas coisas."

A apresentação começou às sete e meia da noite, e Mary e Hyrum foram os primeiros a chegar, meia hora antes. Hyrum mexia em seu terno e em sua gravata como se fossem uma camisa de força sufocando-o.

Bartholomew foi até onde as pessoas se aglomeravam e se dirigiu até Mary e Hyrum, apresentando-se a eles. "Quero que você saiba que eu tomei a liberdade de entrar em contato com a Juilliard sobre Pearl."

"Quem é Julie Yard?", perguntou Hyrum.

"Não é quem, mas o quê. Juilliard é a melhor escola de atores na América. Enviei uma fita de um ensaio. Ah, eles não chamam mais de 'fita', né? Enviei um vídeo do meu celular — imagem ruim, som ruim — e eles ficaram doidos. Ofereceram bolsa integral e tudo. Eles a querem para ontem. Eu também enviei para a Yale Drama, e eles até disseram que alguém da escola poderia vir ao show amanhã à noite! Eu disse para eles que ela é ainda uma caloura, no ensino médio, e que nem tinha falado com os pais dela... então que acalmassem seus ânimos..."

Mary balançou a cabeça atordoada com a torrente de palavras e informações simultâneas. Poderia tomar um comprimido de oxicodona, pensou, ou algum Adderall, uma taça de chardonnay, qualquer coisa. Consultou o relógio: ainda tinha tempo de chegar ao banheiro para pegar alguma coisa antes do sinal avisando para as pessoas se sentarem. "Pearl tem muito no que pensar agora, assim como eu. Nem sabemos onde estaremos no próximo ano."

"Ah, por favor, não me diga que vocês estão se mudando. Já decidi que vou cruzar as fronteiras sobre as questões de gênero no ano que vem para Pearl interpretar os papéis principais tanto em *Hamilton* quanto em *Next to Normal* — um escândalo, eu sei!"

"Nunca ouvi falar", disse Mary.

"Hahaha."

Bartholomew riu, não acreditando como podia existir uma pessoa que não tivesse ouvido falar de Lin-Manuel Miranda. "Eu vejo onde Pearl adquiriu seu timing cômico." Ele piscou. "E também uma mistura profunda de mágoa silenciosa. Preciso ir. Vocês podem se sentar e apreciar o espetáculo. Encantem-se. Você vai entender o que quero dizer. Teremos muito tempo para conversar depois."

Ele se virou para ir, mas Mary o deteve.

"Desculpe-me, mas o que a torna tão boa? Quero dizer, eu sei que ela tem uma boa voz e é bonita, mas não é como milhares de outras meninas?"

Bartholomew se voltou e sorriu por ela ter feito essa pergunta. "É carisma", disse ele. "Glamour era originalmente uma palavra celta para descrever a névoa mágica em torno de uma pessoa admirada. Alguns tinham, outros não. É *isso*. Pearl tem *isso*."

"E o que seria *isso*?"

"Ah, mas essa é a pergunta de um milhão de dólares, não é? É tudo ao mesmo tempo. É a aura numinosa em torno de uma personalidade narcisista."

"Narcisista?"

"Sim, mas da melhor maneira, a maneira grega. *Um lugar gracioso, mas imponente e impessoal*. Ah, você está interpretando isso do jeito errado. Eu acho que a resposta para isso... a vida é injusta. Moisés fez tudo que lhe pediram e acabou morrendo no deserto. Davi era um adúltero que gostava de moças e Deus lhe deu tudo. Davi tinha carisma, Moisés não. O *dom da graça*, em grego, ou *favor dado gratuitamente*. Nem Deus resiste a *isso*." Ele notou o olhar atordoado no rosto de Mary e fez um movimento como se estivesse alisando uma saia que tinha voado para cima, como a famosa imagem de Marilyn Monroe. "Oh, me desculpe, meu lado Camille Paglia está evidente demais?"

O que Bartholomew disse tinha tantas interpretações pessoais disponíveis para Mary que ela por alguns momentos não conseguiu pensar direito. Pearl estava falando com aquele homem sobre religião? Ela estava falando com ele sobre Bronson? Ele estava dizendo que Pearl de alguma forma havia sido escolhida. Por Deus? Por Bronson? Houve alguma diferença em relação a Pearl? Ele estava dizendo que Bronson deu a ela esse presente? Ele estava parado ali agora como se não tivesse para onde ir no mundo, e só faltavam alguns minutos para a apresentação. Tudo o que Mary conseguiu dizer foi: "Sim, mas o que é *isso*?".

Bartholomew se aproximou de Mary e ela pôde sentir o cheiro de coquetéis doces em seu hálito. Com sua vasta experiência no AA, ela poderia detectar ingredientes como um cão farejador de drogas — no caso, vinho branco e licor de cassis. Ele é um homem que gosta de kir royale. Claro, deveria estar muito nervoso na noite de estreia. Ele sussurrou como se fosse contar um segredo: "Ela transforma a dor em ouro. Alguém a objetificou cedo e ela está acostumada a ser tratada como um objeto. Não procure culpados, mãe. Ela gosta que a gente olhe para ela. Como todas as grandes musas: Marilyn. Judy. Betsabá. Ela tem alguma ferida interna e permite que a gente veja isso. Que uma mulher tão bonita tenha tanta dor masculina, isso torna todos nós humanos e faz com que sintamos a injustiça da vida juntos".

"Jesus." Mary quase engasgou.

Bartholomew piscou e, mesmo sendo um homem tão corpulento, esgueirou-se habilmente para longe deles de volta ao palco.

"Quem é esse viado gordo?", perguntou Hyrum.

"... não é legal falar assim, cara. Não é legal." Deuce, de modo gentil, mas firme, advertiu seu irmão.

"Sim, Hyrum", concordou Mary. "Nada legal."

"Merda, foi mal", disse Hyrum.

Faltavam menos de dois minutos para a apresentação começar. A cortina estava prestes a subir e todos os lugares estavam ocupados na fileira onde estavam sentados. Não seria mais possível para Mary dar um pulo no banheiro a tempo de relaxar sem chamar atenção. *Talvez no intervalo*, ela se consolou. As luzes se apagaram e a abertura começou, com a banda do ensino médio tocando a partitura de Bernstein ao vivo. Mary se sentou, respirou fundo e se acalmou.

Quando veio o intervalo, pareceu uma interrupção. Mary não queria que o show parasse nem por um momento, não queria que acabasse. Suas bochechas estavam molhadas com o equivalente a uma hora de lágrimas. Aquele homem estava certo. Pearl... Pearl foi... Pearl estava além de qualquer descrição. Sua voz, sua postura, sua grandeza. Mais do que isso, Mary viu outra figura no palco esta noite através da personagem. Ela viu Jackie.

Ela não podia acreditar no início, pensou que deveria estar projetando, mas depois ficou claro. Através de alguma alquimia mágica, Pearl estava incorporando Jackie esta noite — os maneirismos, o tom, a risada — e tudo foi perfeito. Mary ficou atordoada.

"Nossa...", disse Deuce. "Ela é muito boa mesmo."

Até Hyrum teve que concordar.

"A vadia sabe cantar."

"Hyrum, por favor, pare de falar assim!"

"A vadia tem gogó?" Ele ofereceu como alternativa para fazer todos rirem. Deuce riu.

Mary sorriu. "Não, não, você está certo", ela concordou. "Ele está certo: quando você está certo, você está certo — a vadia sabe cantar."

Mesmo orgulhosa como estava, Mary ainda precisava de seus comprimidos. Qualquer extremo mexia com ela: se ficava muito triste, precisava tomar algo. Se ficava muito agitada, também precisava de algo: ela se sentia segura apenas no meio. O problema é que, no Rancho Cucamonga, ela sempre precisava de ajuda para permanecer no meio; esta era a primeira vez em muito tempo que ela precisava de ajuda para acalmar seus ânimos. "Eu tenho que fazer xixi, pessoal, estarei de volta em um minuto."

A caminho do banheiro, Mary foi parada por Janet Bergram.

"Oh meu Deus! Sua filha é puro brilho!"

Mary ficou surpresa ao vê-la ali, mas Janet parecia mais confortável agora para se associar com os Powers em público. Como uma amiga da família, ela sentia satisfação e orgulho em ter participado daquilo de alguma forma. Com suas conexões profundas em todo o sistema escolar, mas relativo anonimato em Rancho Cucamonga, ela tinha seus meios de manter o controle sobre as crianças sem chamar nenhuma atenção. O que quer que fosse acontecer com a terra deles, para ela não importava. Quaisquer que fossem as motivações conflitantes por trás da aposta, eles claramente fizeram uma boa jogada, e as crianças nitidamente saíam ganhando. Ela estava orgulhosa.

"Obrigada."

"Mas eu realmente quero falar de Deuce."

"Tudo bem, mas tenho que fazer xixi, tipo, há quarenta minutos já."

"Eu também. Eu vou com você."

*Porra*.

"Tudo bem", disse Mary.

Janet continuou enquanto a acompanhava.

"O que Deuce fez hoje foi incrível."

"O que Deuce fez hoje?"

"Tá brincando, né? Ele não contou?"

"Não."

"Não? Isso o torna ainda mais incrível."

"Nós realmente ainda não conseguimos ficar a sós hoje."

"Ele conseguiu o voto do sindicato. Seu filho de dezessete anos sindicalizou uma franquia de fast food."

"Uau."

"Não é incrível? E, embora seja uma prova da paixão e da educação que você e seu marido e sua esposa, me desculpe, deram a ele para conhecer as oportunidades que lhe demos, não é assim que mostraremos. Vamos reivindicar como sendo uma história de sucesso para o colégio Rancho Cucamonga High e vamos chamar atenção, uma atenção positiva, que vai se espalhar para todas as escolas públicas da região. Se você concordar."

"Claro, realmente não importa quem recebe crédito. Bronson não daria a mínima. Estou feliz por Deuce e pelo pessoal do sindicato também, claro."

"Estou tão empolgada!", Janet disse, quando elas entraram no banheiro e foram para as suas cabines. "Não importa, na verdade, quem ganha a aposta, todos saem ganhando. Nunca confiei naqueles caras de Santa Monica, a Praetorian, e agora nem precisamos deles. Quero dizer, se eles quiserem reivindicar algum crédito também e começarem a investir dinheiro na área, tudo bem, mas eu sou do pensamento que é melhor nos afastarmos deles."

Ela falou um pouco mais alto quando acionou a descarga.

"Tudo bem?", Janet perguntou, assim que Mary conseguiu colocar um Adderall em sua boca, engolindo o comprimido sem água mesmo.

"Tudo bem, estou bem. Quero dizer, é um grande ajuste, obviamente, cada dia traz um novo desafio."

"Já pensou no que quer fazer no próximo ano? Logo logo estará aí. Onde você quer morar? Ah, caramba, e esqueci de dizer, eu acabei interrompendo: Harvard, Yale e Princeton entraram em contato com a escola e literalmente imploraram para que Deuce se inscrevesse. Berkeley também, se ele quiser ficar mais perto. Alguns deles não separam gêmeos, então Pearl poderia ir também, se você preferir."

Mary enrubesceu.

"É muita coisa... tanta coisa para lidar."

Elas se encontraram novamente diante dos espelhos ao lavarem as mãos. Janet podia ver que Mary estava chorando. Ela sabia o motivo e sorriu.

"Nada como saber que seus bebês estão bem, não é? Como está Hyrum? Desculpe, tenho estado tão ocupada com a quantidade de casos."

Nesse instante, o sinal para o final do intervalo foi anunciado.

"Hyrum está bem, fazendo algumas coisas estúpidas de pré--adolescente para se encaixar, mas é algo temporário."

No momento em que a cortina desceu sobre uma Maria despedaçada, a multidão ficou em pé ovacionando. A produção era, na melhor das hipóteses, desigual: Bernardo tinha escolhido falar com um sotaque castelhano e Baby John parecia a pessoa mais velha no palco, mostrando sua barba por fazer no segundo ato, mas Pearl tinha levado a noite inteira a um nível que aqueles pais suburbanos nunca tinham visto antes.

**333**

Mary desejou que Yalulah e Bro estivessem lá para testemunhar tudo aquilo. Jackie também, mas especialmente Bronson. As crianças se tornaram o que eram por causa dele, de sua visão e de sua rebeldia. Foi preciso que ele abrisse mão delas para que pudessem ser elas mesmas. Elas precisaram de sua presença para formar suas bases e trabalhar suas mentes, tanto quanto precisaram de sua ausência para se libertarem. Ainda assim, ela queria que ele sentisse esse orgulho feroz. Tudo o que Mary conseguia pensar era se aproximar daquela jovem agora, abraçá-la, beijá-la e apertá-la com força.

"Deuce, você fica de olho em Hyrum? Vou dizer a Pearl que ela foi esplêndida."

"Claro, diga a Pearl que eu não achei ela tão ruim", disse Deuce, sorrindo com orgulho genuíno.

Nos bastidores, Mary encontrou Pearl, que abraçava alguns outros atores e depois ficou beijando um deles na boca por muito tempo. Ela não conhecia esse garoto que interpretou Tony. Ela tinha ouvido o nome dele — "estamos ensaiando na casa de Josue, na casa de Tony" —, mas só. Pearl nunca tinha mencionado o nome dele em outro contexto.

"Mãe!" Pearl veio correndo quando a viu. "Eu quero que você conheça meu namorado. Josue, esta é Mary, minha mãe."

"Como a música dos Beatles?", perguntou Josue.

"Você está aprendendo", disse Pearl, com um sorriso doce.

Josue estendeu a mão e Mary a apertou. Em seguida, o puxou e beijou sua bochecha. Pearl colocou o braço em volta dele e olhou para a mãe. Pearl estava se desculpando por tudo, sua rebeldia, o excesso de cigarro eletrônico, as drogas, a atitude e, embora não precisasse, se desculpava com Mary por Bronson. Agora seu braço estava em torno de seu rapaz, que começava a exibir um ralo bigode, mas ela manteve os olhos em Mary.

"É tão bom conhecer você, Josue", Mary conseguiu dizer antes de ceder a um grande soluço.

"Por Deus, mãe", disse Pearl, abraçando-a e sussurrando em seu ouvido: "Eu te amo, mamãe, e sinto muito". Mary ansiava por ouvir essas palavras havia meses. As palavras simples tiveram um efeito físico que ecoou nela, tirando o peso de seu coração e preenchendo-a com uma alegria plena.

Mary soluçou no ouvido de sua filha.

"Você não precisa voltar, querida."

Agora Pearl estava chorando também.

"Você também não precisa voltar, mãe."

"Ah, meu Deus", disse Josue, desviando o olhar das duas mulheres chorando. Do outro lado da sala, Bartholomew viu as lágrimas, ouviu os soluços e gritou alegremente: "Odeio dizer que eu avisei, mas eu avisei, não avisei? Eu te disse!".

No auditório, várias pessoas também cercaram Deuce. Muitas o parabenizavam por sua irmã, outras porque ouviram falar do sindicato ou leram sobre ele e queriam dar-lhe tapinhas nas costas, tocá-lo, como se fosse um ícone religioso em formação. Mesmo aquele atacante que tinha lhe dado o horroroso apelido veio pedindo perdão e, desta vez, cumprimentou-o com um tapinha nas costas.

Hyrum estava entediado e, esgueirando-se silenciosamente, saiu para o estacionamento.

**31**

Assim que pôde, Hyrum arrancou a gravata, tirou o paletó e desabotoou a camisa. Ele podia respirar novamente. Só o fato de estar usando camisa com botões já lhe dava a sensação que estava sendo sufocado. Seguindo algumas pessoas, ele se dirigiu para onde pensou que Mary tivesse estacionado o carro. Como ele não conhecia o lugar, tentou se virar. Não conseguia ver o carro deles em lugar nenhum. Pensou em voltar para casa a pé. Então, se dirigiu para um canto escuro do estacionamento que lhe parecia familiar.

Fazia cerca de trinta minutos que a peça tinha terminado e o estacionamento estava praticamente vazio, mas ainda não havia sinal de Mary, Deuce ou Pearl. Um grupo de cinco a seis garotos avistou Hyrum andando pela beira do estacionamento, iluminado pelas lâmpadas. Eles se aproximaram vagarosamente, ameaçadores. Hyrum não os conhecia, pareciam estudantes mais velhos.

"É ele? Aquela bicha mórmon?", perguntou um dos garotos.

Em resposta, Hyrum fez uma demonstração exagerada de como essa situação era chata para ele. "Chicano, por favor", ele sussurrou e continuou andando.

"Oh, seu chicano, quem você está chamando de chicano, hein?", disse o garoto, se aproximando.

"Foi mal. Nada demais", disse Hyrum, esperando que eles simplesmente fossem embora. Ele não estava com medo, mas não estava disposto a lutar com seis caras maiores que ele.

Um dos meninos pegou o celular e começou a filmar.

"Você está certo, *foi mal, foi mal, tô cagando pra dentro*. Seu Mitt Romney, *opie*\* filho da puta." Os outros garotos gritaram e gargalharam alto.

---

\* Xingamento equivalente a "noia", forma agressiva de chamar pessoas com dependência de substâncias químicas. (N. T.)

Hyrum assentiu.

"Boa, cabeção."

Mas o líder, que Hyrum conseguia ver de perto, provavelmente era mexicano, tinha um bigode ralo e uns quinze ou dezesseis anos. Era bem maior que ele, devia pesar uns noventa quilos. Ele continuou. "E sua irmã, ela está chupando todo o time de futebol, caralho! Ela é uma porra de uma puta mórmon. Dizem que elas não fodem, só sabem fazer boquete."

Hyrum se irritou com a menção a Pearl.

"'Seja legal, cara, seja legal.'" Hyrum citou a peça, tentando ser engraçado para evitar o confronto direto. Porém, o efeito foi justamente o contrário.

O grandão sentia que não estava sendo levado suficientemente a sério e continuou. "Ela chupa pra caralho. É por isso que ela canta tão bem, tanto pau assim relaxa a garganta. Ela caiu no meu pau, mas ele é grande demais, ela se engasgou toda com a minha pica."

Hyrum se virou para ir embora, mas o garoto se moveu para ficar bem perto de seu rosto novamente. "Que foi, bicha? Aonde vai? Tem alguma pica pra chupar igual a sua irmã, *pendejo*? Você tem um encontro, bichinha? Mórmon passivinho, quer cair de boca aqui também?"

"Essa é uma oferta intrigante, mas não, obrigado", respondeu Hyrum.

A frieza dele enfureceu o outro garoto. Hyrum se virou novamente para ir embora. O outro garoto correu para encará-lo outra vez.

"Vire as costas para mim de novo e eu vou comer sua bunda, se é isso que você quer, bicha."

O garoto começou a fingir que estava fodendo Hyrum, fazendo diversos sons característicos na cara dele.

Hyrum estava respirando rápido, as coisas ditas sobre Pearl realmente o irritaram, e ele murmurou: "Cala a porra da sua boca, palhaço".

O garoto deu um soco no nariz de Hyrum. Ele era forte. Em seguida, deu-lhe um tapa no rosto, e Hyrum sentiu o gosto do próprio sangue. Hyrum ficou um pouco tonto, mas atacou o garoto, prendendo-o com os braços. Ele sabia luta livre, sabia lutar e dar um bom soco com ambas as mãos. Bronson o ensinou bem nas muitas disciplinas de autodefesa que um dublê deve aprender ao longo dos anos. Mesmo pesando cerca de quarenta e cinco quilos, Hyrum sabia cuidar de si próprio. Os outros garotos ficaram empolgados e formaram um círculo em torno dos lutadores.

Hyrum e o garoto caíram no chão algumas vezes, mas levantaram e continuaram, ambos ensanguentados, nenhum dos dois querendo ceder. Hyrum era ágil e escorregadio como uma enguia, e conseguia se livrar do inimigo para se endireitar e retomar a luta. Seu pai ensinou que, se ele entrasse em uma briga, deveria dizer ao outro cara que ele iria matá-lo. Claro, ele não ia matá-lo, mas seu pai disse que isso assustaria o outro cara, iria enfraquecê-lo, fazê-lo desistir. Faça-o pensar duas vezes antes de lutar contra um assassino, um cara que faria qualquer coisa para sobreviver. Lembrando-se de tudo isso, Hyrum olhou para o outro garoto enquanto ambos tentavam recuperar o fôlego, e o amaldiçoou: "Morra, lamanita".

O grandão olhou, sem entender, para Hyrum. Ele estava cansado, ficando frustrado, e Hyrum sabia que poderia vencê-lo. Além de grande, ele era pesado e mole, e agora Hyrum sabia como lutar contra ele. O grandão não esperava uma briga longa como essa com um moleque de onze anos. Ele queria que isso acabasse, queria desistir, mas jamais deixaria isso acontecer. Hyrum viu a fadiga se transformar em desespero quando o garoto abaixou a cabeça a cinco metros de distância e partiu para um ataque final. Foi exatamente isso que Bronson lhe disse que aconteceria. Em determinado momento, quando o homem se cansar, ele se tornará tolo e desesperado e atacará você de cabeça baixa, cego como um touro, e é aí que você aguarda... e acerta ele com um uppercut ou um gancho. Use seu impulso contra o adversário, faça seu soco valer como o soco de dois homens. Hyrum viu a cabeça abaixada e os cabelos escuros se preparando para investir contra ele, então ele dobrou os joelhos e se abaixou, virando todo o corpo para a esquerda. Num rápido movimento, ele se desenrolou, soltando um gancho de esquerda rente à têmpora, que derrubou o garoto. Este caiu com o impacto da própria força investida contra Hyrum. O garoto bateu a cabeça na beira de um pequeno degrau de cimento, fazendo um barulho horrível. E não se levantou, estava de bruços, beijando o chão, apagado. Acabou a luta. Seu corpo caído parecia uma boca sorrindo. Seus olhos estavam fechados e o pescoço estava arqueado como se estivesse dormindo em um travesseiro. Nocaute.

Todos os espectadores estavam gritando ensandecidos, alguns estavam até rindo ao ver seu amigo nocauteado assim por um molequinho, e tentavam filmar os olhos fechados do garoto que, naquele momento, dava uns espasmos. Foi uma boa luta. Outro garoto encarou Hyrum, que assumiu sua postura de luta novamente. Porém, o garoto sorriu e levantou as mãos em rendição. "Afaste-se agora, *hombre*, você ganhou", disse ele. "Você botou ele pra dormir. Tamo de boa. Você é fodão."

Sua família ainda não tinha dado sinal de vida, mas Hyrum precisava sair dali, então começou a caminhada de volta para casa. Ele gostaria de ter tomado essa decisão antes. Não queria brigar, mas a luta o encontrou. Não era uma caminhada tão longa, talvez dez minutos depois que ele soubesse onde estava, mas Hyrum já estava longe demais para ouvir quando um dos garotos no estacionamento gritou: "Puta merda! Ele não está respirando! Por que ele não está respirando?! Ele não está respirando! Socorro!".

O garoto continuou gritando: "Ele não está respirando!".

# PARTE III
## Expiação de sangue

O homem pode cometer certos pecados graves — de acordo com sua luz e conhecimento —, que o colocarão fora do alcance do sangue expiatório de Cristo.

Joseph Fielding Smith, 1954

## 32

John Lennon estava vivo nos sonhos que Mary teve na noite anterior. Fora dormir se sentindo mais feliz do que se sentira em meses, e não conseguia se lembrar de nada de seus sonhos a não ser a familiar e adorada voz de tenor anasalada. Abriu os olhos e ele ainda estava cantando, bem ali, no seu quarto em Rancho Cucamonga: *"Imagine there's no heaven, it's easy if you try/ No hell below us, above us only sky".*\* Não estava mais sonhando. Era seu celular, cujo toque era um trecho de "Imagine". Alguém ligava insistentemente para ela, havia horas. A primeira coisa que lhe passou pela cabeça foi: *Bronson morreu*. Assim que tocou de novo, ela atendeu.

Era Janet Bergram. Hyrum, disse a assistente, envolvera-se em uma briga. O garoto agredido por Hyrum ficou bastante machucado e havia sido levado para o hospital local, onde ainda estava inconsciente. Mary estava grogue, a adrenalina que tomou conta dela na noite anterior foi substituída pelo pavor. Janet explicou que a briga poderia ser considerada um crime de ódio. Mary não sabia o que era isso. O garoto que apanhou de Hyrum era mexicano, e isso mudava o cenário. Para pior.

Mary enfiou os pés nas botas Uggs, vestiu o roupão e abriu a porta do quarto do filho. Ele devia ter voltado a pé para casa depois de *West Side Story*. Na noite passada, Hyrum não estava no carro quando ela finalmente conseguiu ir para o veículo depois da apresentação. Assim que chegou em casa, foi ao quarto dele para se desculpar por ter demorado tanto e, no escuro, o menino disse que estava tudo bem, que estava muito cansado e precisava dormir.

E, de fato, ainda dormia, encolhido em posição fetal como um bebezinho. Os primeiros raios da manhã revelaram o lábio

---

\*  "Imagine que não há paraíso, é fácil se você tentar/ Sem inferno abaixo de nós, acima de nós apenas o céu." (N. T.)

inferior inchado e com sangue seco, os arranhões nos cotovelos e nos nós dos dedos. Mary não conseguia respirar. Não conseguia pensar. Precisava de café. E ia tomar um café, droga, não eram nem seis da manhã.

Deu uma olhadinha no quarto de Deuce, e ele também estava dormindo. Deu uma olhadinha no quarto de Pearl. A cama estava vazia e, a julgar pela aparência, ninguém tinha dormido nela. A filha provavelmente tinha passado a noite na casa do namorado. Tudo estava fugindo de seu controle. Sim, lembrava que ela tinha pedido: "O pessoal vai dar uma festinha depois da peça e então nosso grupinho vai comemorar na casa de Josue, posso ir? Não se preocupe, não vou beber. Te amo...". Pearl dizendo isso era novidade. Era como oxigênio para Mary. A filha devia estar lá. Ficou tarde e ela acabou dormindo por lá. Como uma festa do pijama. Ou então quis ficar sozinha com ele. E estava tudo bem também, não estava? Já tinha dezessete anos, uma mulher, quase uma mulher.

Ah, não sabia como lidar com isso. O que diria a Bronson? A Yalulah? E o crime? Crime de ódio? Um garoto hospitalizado. O que Hyrum tinha feito?

Ligou de volta para Janet Bergram. Disse que o filho ainda estava dormindo, mas que tinha, sim, marcas de quem tinha se metido em uma briga. Janet disse que estava indo para lá. Queria ser a primeira a falar com Hyrum, antes que ele fosse para a escola ou que a polícia fosse acionada, até mesmo, se possível, antes que Mary falasse com ele. Explicou que, normalmente, algumas famílias mexicanas ficam hesitantes quanto a envolver autoridades, mas, como esses pais conheciam sua reputação e confiavam nela, falariam com Janet. Mas agora, como o menino continuava hospitalizado, era só uma questão de tempo até que a notícia sobre a briga se espalhasse e tudo podia descarrilar com noticiários, com a escola, a polícia etc. A coisa podia ficar feia, e Janet queria garantir que os fatos recentes viessem direto de Hyrum, sem distorções, para que pudessem se adiantar a todo esse circo que estava por vir. Por isso queria conversar com Hyrum antes que perdessem a narrativa.

Mary apanhou alguns comprimidos de Adderall de Hyrum e os engoliu com uma golada de café. Isso lhe emprestou um pouco de confiança. Janet chegou e, se estava preocupada com o próprio emprego ou com a exposição que tal violência poderia trazer à aposta que tinha feito, não demonstrou. Parecia genuinamente preocupada apenas com as crianças envolvidas. Boa mulher.

Mary a acompanhou até o quarto de Hyrum e as duas o acordaram.

"Hy, querido, precisamos conversar contigo. Janet precisa conversar contigo." Mary sussurrou.

"Tá bem", disse ele, e sentou-se na cama, esfregando os olhos. Mary notou que o filho já tinha o hálito azedo matinal de um homem, o doce e inocente cheiro de criança corrompido pelo rompante escancarado de hormônios.

Janet sentou-se na cama.

"Você se envolveu em uma briga ontem à noite?"

"Sim."

"Conte pra mim o que aconteceu. Vou fazer algumas anotações, tudo bem?"

Hyrum deu de ombros. Janet pegou um lápis e um bloquinho em sua bolsa, e o abriu com um meneio de pulso, *tal e qual os velhos detetives dos seriados de TV*, pensou Mary.

"Uns moleques vieram pra cima de mim no estacionamento, depois da peça", disse Hyrum, respirando calma e profundamente.

"Quem começou a briga?"

"Não sei o nome deles."

"Foi você que começou?"

"Não. Eles eram uns quatro ou cinco, por que eu começaria uma briga?"

"Só estou perguntando como aconteceu. Conta pra mim."

**344**

"Uns meninos me chamaram, falando tipo, 'ei, e aí', e eu respondi, 'e aí', e então eles começaram a me provocar, me xingando. Xingando Pearl."

"Do que eles xingaram você e a Pearl?"

Hyrum fechou os olhos, tentando se lembrar.

"'Bicha mórmon', esse tipo de merda... 'Mitt Romney'... mas com esse já estou acostumado. '*Opie*.'"

Janet lambeu a ponta do lápis e anotou todos os nomes no bloquinho.

"'*Opie*'?", perguntou Mary. "Tipo... o personagem de Ron Howard?"*

Janet confirmou que sim.

"Quem é Ron Howard?", perguntou Hyrum.

"Você conhecia o menino?", Mary perguntou ao filho.

"Nunca o tinha visto antes."

"O nome dele é Hermano", disse Janet.

"Tá bem."

"Você xingou o outro garoto primeiro?"

"Não. Eu tava andando quieto, na minha."

"Você não o chamou de 'crioulo' ou 'chicano'?"

"Na verdade, chamei, sim." Hyrum bocejou, ainda meio adormecido. "Mas não foi pra valer... Foi tipo 'E aí, chicano'... Não foi, você sabe, xingando de chicano. Desculpe, sei que é errado um nefita dizer isso."

"Jesus, Hyrum, que horror", disse Mary.

"Todo mundo fala assim", argumentou Hyrum.

"Isso não é desculpa! Você não é todo mundo", Mary lhe deu uma bronca. Janet encarou Mary, querendo impedi-la de interromper ou influenciar Hyrum; queria um relato o mais franco e direto possível dos eventos da última noite.

"Obrigada por se desculpar, mas preciso que me diga exatamente as palavras que usou ontem à noite."

---

* Referência a Opie Taylor, personagem da série *The Andy Griffith Show*. (N. E.)

"Acho que, hã, talvez 'crioulo' e 'chicano'..."

"Mas você não o atacou porque ele era hispânico?"

Hyrum encarou Janet, confuso.

"Porque ele era latino", Janet elaborou.

"Atacar? O moleque era bem maior que eu, mais velho. Só estava me defendendo. Palavras não importam."

"Palavras importam, sim." Janet corrigiu com firmeza. "As palavras que você usou dizem muito sobre seu intento, revelam o que se passa no seu coração. E importam especialmente por causa de certas coisas que possam ter ensinado a você em casa, com sua bíblia..."

"O quê?", interveio Mary.

"Mary, por favor." Janet olhou para ela, e então virou-se para Hyrum. "Jeitos de olhar para pessoas que são diferentes de você, Hyrum, pessoas de cor diferente, como se fossem inferiores. Está entendendo?"

"Como se eu quisesse lutar com ele só porque ele era mexicano?"

"Sim."

"Que estupidez. Eu quis lutar porque ele veio pra cima de mim, estava ofendendo Pearl e então me deu um soco."

"Ele que deu o primeiro soco?"

"Os dois primeiros."

"E você não revidou depois do primeiro soco?"

"Não."

"Depois do segundo?"

"Sim."

"Muito bem. É importante que você seja claro e honesto comigo, Hyrum, porque você é sua única testemunha contra outros cinco garotos. Um contra cinco. E, se quer saber, a história deles é bem diferente da sua, por isso é tão importante que você conte a verdade agora, porque terá de contar a sua história muitas e muitas vezes, na escola e talvez até na polícia, e ela não pode mudar ou vão pensar que você está mentindo, mas, se você disser a verdade, a verdade não vai mudar, a verdade não pode mudar, tudo que você tem de fazer é lembrar-se e eu poderei confirmar que você esteve dizendo a mesma coisa o tempo todo. Isso faz sentido?"

"Claro."

"Algum detalhe que você gostaria de mudar? Enquanto ainda pode? Algo que quer me contar?"

Hyrum fez que não.

"Hyrum, os outros garotos que estavam lá dizem que você atacou Hermano pelas costas. Que o emboscou e bateu a cabeça dele no chão. Que chutou a cabeça dele enquanto ele ainda estava caído e disse 'Morra, Chicano'. Esta é a história deles."

"Hyrum!", gemeu Mary.

"Por favor, Mary, por favor, deixe Hyrum falar."

"Que ridículo. Fake news", ele disse. Hyrum se lembrava de ter dito algo assim, mas era algo que o pai tinha lhe ensinado, algo entre os dois. Não tinha vergonha, mas não queria compartilhar os segredos que os mantinha unidos. À menção de "fake news", Mary viu Janet ficar de orelha em pé, e podia adivinhar o motivo. Instantaneamente se arrependeu de um dia ter feito Hyrum assistir ao programa da *Rachel Maddow* com ela.

"Você não o atacou de surpresa?", perguntou Janet.

"Não desse jeito."

"O que quer dizer com 'desse jeito'?"

"Hyrum não é assim", Mary acrescentou. Janet repreendeu Mary com o olhar mais uma vez.

"Você não chutou a cabeça dele quando ele estava caído, Hyrum?", perguntou Janet.

"Não. Aconteceu do jeito que eu contei."

"Você gostaria de dizer mais alguma coisa?"

"Não."

"Não quer pedir desculpas?" Mary estava quase chorando.

"Foi ele que começou", protestou Hyrum.

"Mas o garoto está machucado. Está no hospital!", argumentou Mary.

"Ele não devia ter começado."

"Peça desculpas."

"Não."

Mary agarrou o menino pelos ombros e lhe deu um safanão.

"Peça desculpas!"

Hyrum permaneceu calado, apenas olhando para a frente.

"Mary!" Janet falou mais alto, afastando-a do filho. "Tá bom. Tá bom. Já chega. Obrigada, Hyrum." A assistente pegou o celular. "Deixe-me tirar algumas fotos dos seus machucados antes de você se limpar."

"Não estou machucado."

"Só me deixe tirar algumas fotos do seu rosto e das suas mãos e então você pode se lavar, tudo bem? Eu preciso ter tudo registrado, entende?"

Mary ainda estava trêmula, mordendo os lábios.

"Tá bom, mas posso escovar os dentes primeiro?"

"Não! Que parte de 'antes de você se lavar' você não entendeu?", Mary respondeu, gritando.

Assim que Janet documentou o estado físico de Hyrum, e o garoto foi tomar banho, Mary acompanhou Janet até a porta.

"Você precisa se acalmar, Mary."

"Me acalmar?"

"Sim, sei como você se sente, mas..."

"Você tem filhos?"

"Não, mas todas as crianças com quem trabalho..."

"Então você vai me desculpar, mas você não sabe merda nenhuma do que está falando."

"Entendo que se sinta assim, mas esta não é a discussão que devemos ter agora. Você precisa se controlar e levá-lo a um médico para garantir que Hyrum esteja bem. E também precisa de um laudo médico dos machucados dele."

Mary tentou respirar fundo algumas vezes, mas parecia que o ar não passava por seu peito oprimido.

"Você acredita nele? Nem sequer pediu desculpas. Ele é mesmo filho do Bronson dos pés à cabeça. Nunca se desculpa. Eu tentei amaciá-lo, mas tenho a impressão de que ele já chegou para mim completo, em cada pedacinho, desde o primeiro dia." Mary agora estava divagando, acrescentando: "Ele é um menino tão raivoso. Eu não sei de onde vem tanta raiva".

*Os pecados do pai*, pensou Janet. Raiva passada de homem para homem desde o início dos tempos. Mas ficou quieta.

"O fato de Hyrum não pedir desculpas, por mais que aborreça você, não vejo como algo negativo, ele não está preocupado em parecer arrependido, e isso fala mais alto sobre ele se sentir injustiçado do que qualquer esforço ensaiado de se desculpar ou qualquer remorso fingido que poderíamos arrancar dele. Está entendendo aonde quero chegar?"

"Não."

"Ele não está fazendo joguinhos. Pelo que vi, não é o tipo de garoto que entra no jogo porque se sente pressionado a dizer a coisa certa, ele não está nem aí para o que seria a coisa certa a se dizer."

"Que horror! Do jeito que você está falando, ele parece um psicótico."

"Não, do jeito que estou falando, ele parece franco e honesto, o que, eu espero, só poderá servir a seu favor a longo prazo. Se vale de alguma coisa, tive a impressão de que ele se sentiu mal, por mais que não tenha dito. Já lidei com psicóticos e não creio que ele seja um." Janet não estava cem por cento segura disso, mas precisava acalmar Mary.

"Não vale muito", Mary se queixou.

"Mas já vale alguma coisa, certo?"

"Certo."

"Isso é só uma briga de escola. Acontece o tempo todo. Não teve facas nem nenhum outro tipo de arma envolvida. Na verdade, foi tudo bem inocente. O único porém é a questão racial."

"O negócio do México?"

"Não fale desse jeito. Mas, sim", Janet a corrigiu. "E estou bem no meio disso. Advogo por essas pessoas, entende, e elas precisam de mim, precisam de alguém que advogue por elas."

"Hyrum também precisa."

"Hyrum tem você."

"Então ele está ferrado, porque eu não tenho a menor ideia de como toda essa droga funciona."

Janet podia ver que Mary estava entrando em pânico, e entendia. Imaginou-se retirando-se do mundo por décadas, tentando recriar um passado de dois mil anos atrás, e então sendo arrancada, de repente, de volta ao tempo presente. Era traumático, avassalador. Mas agora isso não importava, Mary precisava manter a cabeça fria.

"Mary, eu preciso que você me diga, porque isso vai me ajudar aqui. Por acaso o seu filho foi ensinado a olhar para pessoas de outras cores como inferiores? Seu marido pregava isso?"

Mary a encarou como se não tivesse entendido a pergunta, o que Janet interpretou como um sinal positivo.

"Nenhuma vez", Mary disse, confiante, "não consigo me lembrar de nenhuma vez em que Bronson tenha dito algo assim. Na verdade, a bíblia mórmon vê os americanos nativos, os Israelitas — nós os chamamos de Lamanitas — como os verdadeiros habitantes desta terra, e não os brancos. Smith diz algo como 'Deus não repudia quem quer que o procure' — ninguém, veja bem — brancos e negros, escravizados e livres, homens e mulheres... todos são iguais perante Deus. Smith já era superinclusivo antes mesmo de todo mundo começar a falar de inclusão. E os meninos sabem disso. Você está procurando um jeito de culpar Bronson pelo que aconteceu?"

"Não, estou averiguando todos os detalhes, só isso. E, droga, Pearl arrasou ontem em *West Side Story*, mas, talvez, essa não seja a melhor hora para uma garota branca da sua família estar representando o papel de uma latina. Merda."

**350**

"Como é que é?"

"Aparências."

"As aparências enganam."

"Não? Não..."

Janet estava no meio do caminho entre descobrir a verdade, proteger as crianças que precisavam de proteção, e também proteger o próprio rabo. Culpar Bronson poderia ser uma solução satisfatória. Feia, incompleta, mas satisfatória. Não respondeu de pronto. Estava levantando circunstâncias amenizantes que talvez viessem a ser usadas em outra ocasião, explicações parciais para eventos inexplicáveis.

"Você se lembra de qualquer sinal de, sei lá... doutrinação, antes disso?"

"Doutrinação em quê?" Mary não tinha a menor ideia.

"Coisas da internet. Grupos de ódio. Salas de bate-papo. Precisamos olhar o celular dele. Você tem ele aí?"

Mary foi até o quarto de Hyrum e pegou o aparelho. Ouviu o filho no banho, cantando rap. Digitou a senha dele, *Jsmith*, a mesma usada por toda a família, e entregou o telefone a Janet, que acessou o histórico de navegação.

"Não vejo nada de anormal ou preocupante. Só um pouco de pornografia."

"Jesus." Mary suspirou. E leu algumas dos termos que o garoto tinha pesquisado — acenos vagos e inocentes ao homem adulto que estava se tornando, como *mulheres peitudas*, *pessoas peladas transando* e *pênis na vagina* várias vezes. A linha tênue entre a curiosidade infantil e a bocarra infinita e polimorfa da perversão digital trouxe lágrimas de luto aos olhos de Mary pela inocência perdida.

"É normal", Janet a tranquilizou.

"Nessa idade?"

"Completamente. Eu estaria mais surpresa se não tivéssemos encontrado nada assim."

"Eu odeio esses malditos celulares."

"Você não pode culpar os celulares."

"Acho que posso, sim."

Era bom culpar o telefone e, subitamente, o belo e pequeno objeto pareceu-lhe insidioso e demoníaco, como uma granada ou um cavalo de Troia.

"Mais alguma coisa do gênero?", Janet perguntou. "Não queremos ser pegas de surpresa por nenhuma evidência, nada que possa dar pano pra manga em uma narrativa de intimidação étnica, nenhum tipo de preocupação ou premeditação."

Mary pensou por um momento e então retornou ao quarto de Hyrum. Pegou um caderno dessa vez, repleto de desenhos garatujas a lápis e a caneta.

"Esses rabiscos." Mary entregou o caderno a Janet. "Significam alguma coisa?"

Janet folheou as páginas e soltou um assovio.

"Isto aqui você deve jogar fora imediatamente", ela sugeriu.

"Por quê?"

"Provavelmente por nada, mas esses símbolos aqui são runas nórdicas, é o tipo de imagem usada por grupos neonazistas, supremacistas brancos."

"Nazistas? Puta merda. Puta merda, eu não posso..."

"Como eu disse, provavelmente não é nada, mas é melhor você se livrar disso e de qualquer coisa do tipo. Não passa uma boa impressão. Ele está tomando o Adderall?"

"Hã?"

"Sei que o médico prescreveu Adderall para Hyrum. Tem certeza de que ele está tomando direitinho?"

Mary assentiu em concordância, mentindo. Quer dizer, os comprimidos estavam sendo tomados, essa parte não era mentira.

"Você vai perder seu emprego?" Mary focou em Janet e desviou o assunto da medicação.

"Essa é a última coisa em que estou pensando agora", respondeu Janet. Mentia, mas sentiu que era justificável evitar as implicações dessa pergunta.

"Isso não é sua culpa", disse Mary, abraçando-a. O gesto desarmou Janet. E a deixou desconfortável. Gostava de crianças muito mais do que de adultos. Deixou que Mary a abraçasse sem, no entanto, corresponder, e então retomou sua distância.

"Eu sei. E obrigada, Mary. Mas sou cúmplice. Sou parte disso."

As duas mulheres pararam diante da porta da frente. Mary a abriu para Janet, mas não a deixou sair.

"O que podemos fazer agora? Eu funciono muito melhor com instruções, por favor. O que posso fazer? O que devo fazer?"

"O pai dele já sabe? Yalulah?"

"Não, eu acabei de descobrir. Não é fácil falar com eles, mas vou entrar em contato assim que puder. Devo contratar um advogado?"

"Espere um pouco. Vamos ver em que pé a situação estará mais tarde. Se possível, eu gostaria de manter tudo sob panos quentes e não envolver advogados. Talvez haja uma solução discreta."

"É só uma briga de escola, né? Por que fazer estardalhaço?" Mary tentou sorrir. Teve a impressão de que seu rosto ia trincar, como se fosse de vidro.

"Exatamente. Se precisarmos de um advogado, conheço alguns que são bons e honestos. Eu basicamente colhi o testemunho ocular de Hyrum, e sou formada em direito. Isso vem a calhar neste momento. Vamos procurar lidar com isso internamente.

Janet se virou para sair. Mary a deteve mais uma vez. Janet percebeu que ela não queria ficar sozinha. Estava acostumada a ser uma de três mães, não a única. Esperava que Yalulah chegasse logo ali, ou mesmo Bronson. Como não tinha filhos, Janet mais uma vez ficou maravilhada com o fato de trabalhar como especialista em crianças, confrontando o que a princípio aprendera em livros e estatísticas com o fato de que ninguém sabia fazer isso direito, isto é, ser pai ou mãe, criar crianças para que se tornem homens e mulheres felizes que não vão sair por aí estuprando e matando uns aos outros. Uma rima boba se formou em sua cabeça: "Um pai, dois pais, três pais, nenhum, fazer merda é o que todos têm em comum". Achou melhor não compartilhar o versinho com Mary.

Mary ainda estava surtando. A mulher era capaz de andar na corda bamba com serras elétricas, mas naquele momento não conseguia nem manter o próprio equilíbrio mental. "Mas deve haver algo que eu possa fazer. Não posso simplesmente ficar sentada esperando..."

Já tendo atravessado a soleira, Janet se virou para encará-la mais uma vez. Tinha que sair dali. Precisava mensurar quão rapidamente a história estava se alastrando, que forma estava tomando. Precisava assumir a narrativa, moldá-la, se pudesse, não podia perder nem um minuto. Apontou de volta para a casa.

"Apenas continue amando o garoto lá dentro. Mantenha sua família unida. Ore. Eis o que você pode fazer. Esse é o seu trabalho. Essas são suas instruções."

Todo seu aprendizado, todos os livros, todos os anos, e aquela era a somatória de seu conselho de especialista: amor e orações. O cego guiando o cego. *Jesus Cristo, me perdoe*, ela pensou.

"Está bem."

"E ore pelo garoto no hospital."

Durante o resto daquele dia longo e tumultuado, Mary enviou um recado a Bronson pelos guardas-florestais de Joshua Tree, mas alguém precisava ficar com as crianças, então Yalulah veio para o Rancho Cucamonga. Hyrum foi levado ao hospital para ser examinado. Com exceção do rosto esfolado, um olho roxo e alguns arranhões nos joelhos e nos nós dos dedos, ele estava perfeitamente bem. Em seguida, foi levado à delegacia, onde foi interrogado e deu um depoimento idêntico ao que dera a Janet Bergram. Mary ficou aterrorizada, aquele menino tinha gelo correndo nas veias. Era claramente um caso de legítima defesa. Hyrum relatou aos policiais que deu um soco no outro garoto, um adolescente de dezesseis anos chamado Hermano Ruiz, mas parecia que ele tinha batido a cabeça no concreto. Os policiais estiveram na cena e viram as manchas de sangue na guia e tinham uma boa ideia de como a luta tinha se desenrolado. As histórias dos outros garotos, o grupo de Hermano, estavam completamente desencontradas — cinco garotos e cada um parecia ter visto uma briga diferente a cada vez que eram solicitados a recontar o que tinham testemunhado.

Somente o relato de Hyrum permanecia inalterado. Portanto, os policiais pensaram que ou ele era um gênio do mal psicótico ou era a criança que estava falando a verdade. O problema é que não se tratava só de um olho roxo ou um lábio inchado, a situação de Hermano estava feia. Os rumores eram de que os médicos diziam que ele corria risco de nunca mais andar, nunca mais falar, vários rumores, mas o fato é que ele corria o risco de nunca mais ser o mesmo. E, no meio de toda aquela dor e aflição, alguém iria pagar o pato e ninguém era cem por cento inocente.

Pearl e Deuce voltaram para casa para ficar com o irmão. Yalulah se sentou com Hyrum e o menino lhe contou a mesmíssima história, nenhum detalhe mudou. Naquela noite, Yalulah também se sentou com Mary depois que as crianças foram para a cama e tentou entender que porra tinha acontecido e como poderiam voltar à estaca zero. Mary não disse a Yalulah que não queria mais voltar à Agadda da Vida.

Mas lhe disse que Harvard estava interessada em Deuce e Juilliard, em Pearl. Os dois não voltariam e Mary os apoiava. Yalulah também aprovava.

"Como foi que o comportamento dele passou batido?", ponderou Yalulah, pisando, mas não cruzando a linha de culpar Mary pelo que tinha acontecido com Hyrum.

"Não passou batido. Ele sempre foi um menino selvagem. Acabou se metendo numa briga e um acidente aconteceu —

vamos tentar não fazer um circo em torno disso. Não é culpa de ninguém. Foi um acidente." Se continuasse falando assim, esperava que, mais cedo ou mais tarde, acabaria acreditando no que dizia. Finja, até que seja verdade — lembrou-se do AA.

"Só uma briga de escola?", repetiu Yalulah.

"Pois é. Sabe como os garotos são..."

Mary perguntou a Yalulah como Bronson tinha recebido a notícia, e ela contou que ele riu ao ouvir que o pequeno e magrelo Hyrum tinha dado uma surra num garoto mais velho. Mary tentou preveni-la de que o mundo tinha mudado bastante por ali nos últimos vinte anos e que, agora, as pessoas se sentiam no direito de saber por que coisas ruins aconteciam, que queriam alguém para colocar a culpa. Que a família tinha de ser cuidadosa ao falar sobre o ocorrido. Que o jeito como falavam sobre a briga era quase mais importante do que a briga em si.

"Eles querem culpar alguém pelo mundo ser um lugar de merda?", Yalulah perguntou.

"Acho que sim", respondeu Mary.

"Jesus, nós deixamos essa merda toda para trás há anos. Nós sabemos! Estamos do outro lado."

"Pois é, eu sei, mas, para eles, somos o inimigo." Mary estava fazendo o melhor que podia para transmitir o que Janet tinha lhe explicado.

"Mas... um garoto de onze anos?"

"Provavelmente não. Hyrum me disse que esqueceu de contar a Janet Bergram que acha que tinha alguém gravando tudo com um celular e, se conseguirmos achar essa gravação, poderemos provar que ele está dizendo a verdade."

"Bem, então você devia contar para ela. Parece promissor."

"Estou com receio de ver essa gravação. Se tudo der certo, não chegaremos a esse ponto."

"Então, talvez, devêssemos visitar a mãe do outro garoto. Pedir desculpas. Quando ela vir que estamos sendo sinceras, isso vai mudar o rumo das coisas."

Mary sorriu, era uma boa ideia, humana, à moda antiga, mas não tinha estômago para executá-la. Não confiava em si mesma para lidar com a intensidade de um confronto, por mais bem-intencionado que fosse. Yalulah era melhor em situações de crise, menos emocional. Ela devia ir.

"Eu não consigo. Você consegue? Você também é mãe dele."

"Sim, pode deixar. Eu vou. Hyrum vai comigo e esse bostinha vai pedir desculpas ao coitado do outro garoto e à mãe dele e vai prometer que fará tudo o que puder para compensar suas atitudes."

Estava indo chamar o menino quando alguém bateu na porta. Yalulah abriu e deu de cara com três policiais que lhe informaram de que teriam de levar Hyrum para ser interrogado novamente e que ele seria liberado dentro de algumas horas, se não houvesse risco de fuga.

"De novo? Por quê?"

"Não sei, senhora", disse o agente no comando.

"Eles têm mais informações?"

"Não sei, senhora."

"Risco de fuga?", Mary escarneceu. "Que porra é essa? Ele não sabe nem dirigir um carro. Vai fugir de bicicleta até a América do Sul?"

Yalulah também mal podia acreditar, e acrescentou:

"Para onde diabos um garoto de onze anos fugiria?"

"Ótimo." O policial ignorou a reação das mulheres. "Então tudo estará terminado em poucas horas. A menos que o juiz decida que ele deva permanecer no reformatório, o que é improvável."

"E depois?"

"Dentro de trinta dias, haverá uma audiência de adjudicação."

"Adjudicação?"

"Sim, é como um julgamento, mas para crianças. Em vez de um júri, é o juiz quem decide. É melhor contratar um advogado, senhora."

Mary interveio, colocando-se diante do policial à porta e apontando o dedo para ele:

"Não precisamos de um advogado. Ele é inocente."

"Até mesmo os inocentes precisam de advogados, senhora. E queira tirar esse dedo da minha cara agora."

"E se ele for considerado culpado?", Yalulah perguntou educadamente, afastando Mary do policial com delicadeza.

"Muita água ainda vai correr até chegarmos a esse ponto, senhora. Que tal darmos um passo de cada vez?"

"E se ele for considerado culpado?", Yalulah repetiu.

"Honestamente, eu não sei, senhora." O policial deu de ombros. "Nunca levei uma criança tão nova antes."

"Quão culpado um garoto de onze anos pode ser considerado?", Mary perguntou, lembrando da pornografia que viu no celular de Hyrum e dos desenhos no caderno, agradecendo a Deus por ter encontrado toda aquela merda de runas e ter jogado tudo fora.

"Quem é a mãe aqui?", perguntou o policial, demonstrando sinais de aborrecimento com todas aquelas perguntas.

"Nós duas", Yalulah respondeu. O policial pareceu surpreso e virou-se para dar um sorrisinho malicioso para os outros dois oficiais.

"Somos sapatões", Mary disse, afrontosamente. "Edição mórmon. Duas baitas sapatões mórmons... Isso te deixa excitado, seu filho da puta nojento?"

Mary não lidava bem com policiais. Tinha sido muitas vezes intimidada e assediada por eles quando era uma jovem moradora das ruas em Venice Beach e, desde então, sempre se sentia instintivamente acuada quando os via, reagindo com desconfiança.

"Certo", disse o oficial, começando a compreender. Mary percebeu que gotículas de suor começavam a se acumular sobre seu lábio superior e isso aumentou sua confiança. "Entendi. Bem, é melhor fazer tais perguntas a outro homem, senhora, um advogado, como eu disse, ou talvez um padre."

"Um padre?" Mary quase cuspiu nele. "A porra de um padre da igreja católica? Seu ordinário!" Yalulah a deteve mais uma vez. O policial levou a mão ao porrete em seu cinto e a deixou ali, como um aviso. Os outros dois agentes atrás dele estavam irritados.

"Isso mesmo, um padre", ele retorquiu, "e, sim, todos os padres que conheci eram católicos."

"Oh, olha só, um policial e comediante", Mary zombou.

"Cala essa boca, Mary", Yalulah suplicou.

"Não, só um policial. Mas também sou um filho e também tenho um filho. Escute aqui, madame, eu sou apenas um policial, não estou aqui para julgar. Isso virá depois. Agora precisamos levar o garoto. Ele está em casa?"

Sem esperar resposta, os policiais passaram pelas duas mulheres e entraram na sala.

"Gostaríamos de dar uma olhadinha, se vocês não se importarem."

## 33

"Sem dúvida, é a pegada dos estúdios Blumhouse. Acompanhe meu raciocínio: pegue o conceito de um filme antigo de horror, dê uma guinada política mais puxada para a esquerda no roteiro original, estabeleça um orçamento para filmagem, eu diria de cinco a dez milhões, transforme todos os vilões em homens velhos e brancos cheios de privilégio e todos os heróis em mulheres negras, ou só em mulheres mesmo. Para a minha heroína, dra. Hyde, pense em Viola Davis ou Gal Gadot ou Phoebe Waller-Bridge — você já viu *Fleabag*? É tão legal. Então, Jekyll é uma cientista brilhante. Ela já teve que galgar seu espaço contra todos os preconceitos da comunidade científica, que é predominantemente masculina. 'Mulheres não têm cérebros assim', diz algum velhote branco com sotaque britânico. Além disso, ela é lésbica, ou bi, ou talvez até trans, ou prestes a virar trans — ainda não decidi, porque 'trans-formação' é a alegoria militante do filme, que vai conquistar a aprovação dos robôs-críticos para sustos baratos e muita carnificina."

Maya estava no restaurante Ivy by the Shore, beliscando uma salada que tinha duas vezes o tamanho de sua cabeça, escutando o *pitch* de um jovem de vinte e dois anos chamado Sammy Greenbaum para o *reboot* de um filme da Hammer que ela tinha selecionado como promissor, *O médico & irmã monstro*. Malouf, único proprietário do catálogo da Hammer, obrigou-a a ter esse almoço de negócios. Sammy tinha dirigido um curta sobre a relação entre um sem-teto e seu cachorro, chamado *O melhor amigo do cachorro*, seu projeto de conclusão de curso na Universidade do Sul da Califórnia, que foi selecionado para o Festival de Sundance no ano anterior e fez algum barulho. Porém, o mais importante é que ele era filho de um dos colegas bilionários que fazia parte do conselho da Praetorian e jogava polo com Malouf.

Sammy estava com sede, tomava a quarta coca-cola zero do almoço, fumava um cigarro eletrônico e falava sem parar. "Então, claro que no original o dr. Jekyll é um homem, e claro que vamos mudar isso — essas merdas desse patriarcado tóxico —, e então nossa dra. sra. Jekyll toma a poção, que poderia ser de hormônios, hoje em dia teriam de ser hormônios para a coisa de ser trans, sabe, já se preparando para se trans-transformar, ele/ela mata prostitutas, o que não faz o menor sentido, exceto pelo fato de que ela pensa que a polícia vai pensar que é o Jack Estripador, arrá! — mas não vou ambientar nosso filme em Londres e muito menos no passado, vai ser uma obra contemporânea, ambientada em San Francisco, e o principal suspeito vai se chamar Jack Ripperwell. Gostou? Vamos rodar em Vancouver por conta das taxas de câmbio, afinal não tem diferença de Costa Oeste para Costa Oeste — no nosso filme —, mas ela precisa matar homens, não mulheres. Isso é óbvio. E, agora vem a sacada de gênio, os alvos dela são abusadores sexuais. Ela é uma cientista, olha só a reviravolta, ela é uma pesquisadora que também é dona de uma clínica particular bem-sucedida que atende principalmente homens gays... de repente, a gente até pode ambientar a trama no ápice da crise de aids no final dos anos 1980, tipo... ela conseguiu a fórmula quando tentava achar a cura para aids — caramba, isso é bom! Que reviravolta. Mas o assassino não pode ser gay, não como em *O silêncio dos inocentes*, dá pra imaginar fazer aquele filme hoje em dia? Nem fodendo. Se importa se eu gravar uma anotação?"

"Fique à vontade."

Sammy falou para o próprio celular:

"San Francisco, período de 1988? Aids, organização Gay Men Health Crisis, paciente zero, cura?"

O celular de Maya começou a vibrar e ela torceu para que fosse alguma emergência que pudesse salvá-la do restante daquele *pitch* selvagem, mas, por educação, deixou tocar.

"Então, nossa doutora tem amigos no alto escalão, políticos e tal, ela é bem conectada, e eles arranjam uma lista dos criminosos sexuais na área dela, uma parada bem sinistra no estilo da maçonaria — 4chan, 8chan, Charlie Chan — Q Anon no máximo — Wieners, Weinsteins, Epsteins, só que eles não podem ser todos Steins, afinal não podem ser todos judeus, né, porque isso seria zoado, aquele tal de Keith Raniere era judeu? Raniere é um nome judeu? O cara da NXIVM? Enfim, acho que ele é canadense, não é? Melhor ainda, Vancouver é onde vamos filmar, né? Preciso checar isso. Que reviravolta. Um vilão canadense não ofende ninguém. Justin Trudeau vai me xingar no Twitter? Cara, isso é tão militante, eu adoro! Aliás, um dos vilões pode ser um padre católico, perfeito, tipo o R. Kelly, assim cobrimos todos as bases de caras maus — e daí ela faz uma lista com todos esses predadores e vai à caça, acho que ela poderia castrar todos eles antes de matá-los e depois obrigá-los a comer os genitais, só pra enfiar um pouco de poesia e justiça medieval no rabo deles, né? Ah, e a assinatura dela seria deixar uma fumaça azul, tipo de uma bomba de fumaça, como se fosse seu Bat Sinal — azul é cor de menino? Mas azul é o novo rosa. Entendeu? Ela se apropria de uma cor tradicionalmente masculina, como quem manda na porra toda. Chegou a nova dona do pedaço, a poderosa chefona. Caralho, é tudo muito visual. É assim que eu escrevo — com imagens. Minha paleta é iluminada pra caralho. Afinal, estamos falando de uma arte audiovisual, não de audiodescrição. Justiça poética! Ela também é meio Dexter. De repente, pode até encontrar um link entre uma mutação genética no DNA desses estupradores e a cura para aids, então matar todos eles acabará salvando outras pessoas — isso ainda não está definido, mas talvez algo por aí, nessa pegada."

Maya até que estava se divertindo com Sammy, do mesmo jeito que se entretinha parcialmente com um daqueles vídeos de animais fazendo coisas humanas, de um esquilo andando de skate ou um pombo vestindo um terninho. Sem dúvida, ele não interpretou corretamente o meio sorriso dela.

"Quem é Dexter?"

"O protagonista de um seriado que eu via quando era criança — ele é um *serial killer* que mata *serial killers*."

"Ah, que engenhoso. Peraí, você disse que ela dá os genitais para eles comerem?

"Sim, eu disse, sim."

"Radical. Crus ou cozidos?"

"Oh. Não sei. Diria que provavelmente crus, porque não quero deixar subentendido que uma mulher tem que cozinhar, sabe? Seria zoado."

"E, quando comem, eles sabem que estão comendo os próprios genitais?" Maya percebeu que uma mesa ali perto começou a prestar atenção na conversa deles.

"Boa pergunta. Ainda não sei. Você faz perguntas muito boas, de verdade. Acho que vai depender de como ela vai servir, sabe, se vai ser tipo um ensopado ou só, tipo, servir o pinto assim, como se fosse uma linguiça." Sammy ficou momentaneamente fascinado com a palavra *pinto*, encantado e desarmado. "Hã, estou pensando em ensopado. Estou improvisando aqui, mas, é, ensopado. Mas como um tartar, cru, como eu disse."

"Faz sentido. Super. Legal. Bem, isso tudo é bem intenso. Me dá licença um minutinho."

Maya pegou o celular na bolsa e viu que era Janet Bergram tentando ligar, e que ela já tinha deixado três mensagens na caixa postal. Não tinha notícias de Janet havia mais de um mês, portanto tal urgência era preocupante.

"Sammy, só preciso fazer uma ligação rápida pra garantir que isso aqui não é uma emergência. Você é ótimo. Seu *pitch* é ótimo. Em muitos níveis. O melhor que já ouvi até agora."

"Sem problemas, e me chame de Sam", disse ele, estalando os dedos para o garçom como um bom jovem branco mimado para pedir a quinta coca-cola zero. Maya se levantou, ligou para Janet e foi até o bar para ter um pouco de privacidade.

"Oi, Janet, Maya Abbadessa."

"Até que enfim. Liguei numa hora ruim?"

"Sim, a pior, e obrigada." Ela riu.

"Estou tentando ligar pra você há algumas horas."

"Acabei de ver. O que aconteceu?"

"Tivemos um incidente."

Janet resumiu a situação de Hyrum. Maya, silenciosamente, tapando o microfone do celular com a mão, pediu um *shot* de tequila ao bartender. As notícias eram péssimas. Todo o negócio do teste Praetorian/Powers estava ferrado agora, obviamente, mas, além disso, era uma tragédia muito, muito triste, ela ouviu "postura descerebrada", "lesão cerebral anóxica", "pressão intracraniana" e que os médicos estavam preocupados com "herniação cerebral" e "estado vegetativo". Sentiu-se tonta e quase vomitou os trinta e cinco dólares de salada Cobb com lagosta. O futuro de Hyrum corria um sério risco. Engoliu a tequila, queria pedir outra, mas achou melhor não. Sentia-se um lixo. Depois de assistir a um milhão de filmes da Hammer, sabia que os exploradores não deviam se envolver com os nativos, que cientistas não deviam brincar de Deus, que ela não devia ter quase transado com Bronson e ferrado com essa família já tão fodida. Precisava voltar imediatamente ao escritório para contar o ocorrido a Malouf e provavelmente ser demitida.

"Obrigada por me contar, Janet. E eu sinto muito."

"Não precisa transmitir suas condolências para mim. Oh, só mais uma coisa, o motivo de eu ter ligado."

"Sim?"

"Hyrum me disse que acha que um dos garotos filmou tudo com o celular e isso provaria que ele está falando a verdade sobre o incidente. Que foi legítima defesa, não um crime de ódio et cetera. Eu tenho meus meios de localizar esse telefone, mas sou negra, e tem um limite para o quanto essas famílias mexicanas confiam em mim."

"Bem, eu sou branca, meu espanhol é uma merda, e eles nunca me viram, então não sei como eu poderia me sair melhor que você nisso..."

"Não, eles não conhecem você, mas você dispõe de recursos que eu não tenho, aposto que alguém da sua firma poderia entrar em cena oferecendo uma bela de uma grana. Com dez mil, menos, até, você poderia achar o vídeo e comprar o celular, são só crianças, crianças pobres, de famílias pobres, lembra, com cem mil você poderia comprar todos os telefones do bairro — será que vale a pena?"

Então Janet Bergram também sabia jogar. Até os certinhos tinham que descobrir os ângulos malignos e fazer acordos escusos. No fim das contas, todo mundo tinha as mãos calejadas e sujas de sangue. Maya não sabia se tal revelação a fazia se sentir profundamente triste ou profundamente coerente. Cutucou a boca para tirar um pedaço de lagosta alojada em cima do incisivo. O bartender, que parecia um adolescente de quinze anos com bíceps enormes, balançou a cabeça em desaprovação e cochichou:

"Nada de celulares no bar."

"Foda-se, bebezão", Maya respondeu. Então, sorrindo, acrescentou, "ei, quer participar de um filme de horror?"

"Tá me tirando? Claro que sim!", respondeu o bartender com cara de criança.

"Então fale com aquele garoto ali depois que eu for embora. Ele é o próximo J. J. Abrams." Ela apontou para Sammy Greenbaum.

"Mais uma tequila, gata? Por conta da casa. E fique à vontade para usar o celular o quanto quiser."

Maya engoliu o *shot* e então foi se desculpar com Sammy por precisar ir embora de repente por causa de um problema no trabalho — tarifas do Trump e um mercado volátil que tiravam a estabilidade imobiliária, blá-blá-blá, blá-blá-blá — mas será que, ela perguntou meio flertando, ele toparia encontrá-la para um drinque no Shutters on the Beach para terminar aquela conversa, talvez naquela noite, ou no dia seguinte, se ele estivesse livre? Aí ele poderia lhe contar mais de sua visão para o filme.

Precisava ser legal com o garoto, pois o pai dele fazia parte do conselho da Praetorian.

"Ah." Ele sorriu, contente de que aquela poderosa e atraente guardiã dos portões cinematográficos queria vê-lo após o pôr do sol. "Então você quer fazer negócios com Sammy Greenbaum, hein?"

"É isso aí", Maya disse e lhe deu um selinho, ou quase isso, e correu de volta para a Praetorian.

Na verdade, deu de cara com Malouf e Darrin no elevador da empresa. Eles também estavam retornando do almoço. Darrin mancava, pois estava usando um par de botas de caubói novinhas em folha que Malouf tinha visto em Bronson e o deixaram com inveja. Darrin estava laceando os calçados para o chefe.

"Como foi com Sammy?", perguntou Malouf. "Garoto esperto. Você achou ele bonito? Você gosta de caras baixos? Magrelos?" *Ai, caramba, não começa*, Maya pensou.

"Hora da Hammer", Darrin arrotou, mas a tentativa de menosprezar a tarefa de Maya soou ridícula enquanto ele arrastava os pés doloridos com uma careta de dor ao utilizar as famigeradas botas.

"É, Sammy é bonitinho. Preciso falar com o senhor sobre o acordo com os Powers."

Malouf concordou, com um olhar frio. As portas se abriram e ele colocou a mão no ombro de Maya e a guiou para fora do elevador, dispensando Darrin com um aceno de cabeça conforme as portas se fechavam. Colocou o indicador sobre os lábios.

"Não gosto de falar sobre esse acordo no escritório. Vamos mantê-lo fora do radar."

Um elevador vazio se abriu e Malouf puxou Maya para dentro e apertou o botão para o último nível do subsolo, o P4. Quando chegaram às entranhas do estacionamento, Maya lhe contou tudo o que sabia e então perguntou se ele achava que podia encontrar esse celular que talvez tivesse a briga gravada.

Ele balançou a cabeça por um longo momento, processando as informações, e finalmente disse:

"É meu dever encontrar esse celular, Maya. Colocamos o menino em uma situação difícil aqui, é parcialmente nossa responsabilidade o que aconteceu, com os dois garotos na verdade, e precisamos fazer o que pudermos para consertar as coisas. E garantir que a justiça seja feita, não importa aonde isso leve. Talvez soframos alguns baques, mas que assim seja."

Maya mal podia acreditar. Esperou um pouco para ver se ele ia soltar uma gargalhada maníaca e dizer "Só tô tirando uma com a sua cara", mas ele sustentou o olhar dela com sinceridade. Os olhos castanhos e intensos até pareciam marejados por um sentimento similar a culpa ou empatia. Ela o subestimara todo esse tempo, pensou. Talvez esse fosse o motivo de Malouf estar onde estava — ele era excelente em momentos de crise.

"Pode crer que meu pessoal vai conseguir achar esse celular. Fácil." Ele garantiu. "Você não precisa saber. Não deve saber. Vou precisar dos nomes e do endereço dos garotos. Amanhã à noite teremos esse aparelho e então veremos o que há nele e em que ponto estamos. Vejo que você está chateada, mas não dá pra fazer linguiça sem moer a carne. O processo é feio, mas o resultado é delicioso."

"Obrigada", Maya agradeceu. "Vou falar com Janet e conseguir essas informações o quanto antes."

"Posso?" Malouf abriu os braços. Maya fez que sim e deu um passo na direção do chefe. Deixou que ele a abraçasse bem ali, sobre a linha divisória entre o P4 Amarelo e o P4 Verde. Ela suspirou, quase aliviada. "Isso, isso, Wharton... É assim que aprendemos."

Ela começou a chorar. Ele a abraçou mais apertado. Cada vez que ela suspirava, ele parecia apertar o abraço mais um pouquinho. Lembrou-se vagamente de um factoide de sua pesquisa sobre suas inimigas, as serpentes, de que as jiboias-constritoras jamais pressionam suas presas, elas não estrangulam ativamente, simplesmente ocupam os espaços deixados em cada expiração até que os pulmões não conseguem mais se expandir e inalar dentro do abraço letal. Sentiu-se um pouco tonta e percebeu que estava ficando com dificuldade para respirar amparada pelo consolo musculoso do chefe. Afastou-se, ligeiramente em pânico. Repousando as mãos sobre os ombros dela, Malouf esticou os braços e gentilmente ergueu o queixo de Maya com um de seus polegares e o toquinho do dedo que lhe faltava, de modo que pudesse encará-la nos olhos lacrimosos e lhe oferecer suas arduamente conquistadas palavras de sabedoria:

"Aquela que consegue suportar mais dor vence", sussurrou. Ela fungou e conseguiu responder em tom de brincadeira:

"Aposto que você diz isso a todas as garotas."

Malouf sorriu concordando.

"É claro, logo antes de mandar que fiquem de quatro." Maya nem sequer teve tempo de reagir antes que ele acrescentasse: "Agora engula o choro e levante essa cabeça".

## 34

Em poucas horas, Hyrum foi liberado de sua segunda visita à delegacia para retornar à custódia de suas mães, com a ordem de que não deveria sair da cidade de Rancho Cucamonga. O único terno do menino estava esfarrapado e sujo de sangue por causa da briga, então Yalulah encontrou a melhor camisa polo que ele tinha e um par de calças que não ficava lhe caindo pela bunda e foram visitar o garoto hospitalizado. Assim que chegaram, foram informados de que Hermano estava na UTI e apenas a família podia visitar. Mas o hospital parecia estar quase vazio, não havia seguranças em parte alguma, então Yalulah e Hyrum seguiram discretamente os sinais que indicavam o caminho à Unidade de Tratamento Intensivo e foram passando de quarto em quarto até que Hyrum disse:

"Aqui."

Yalulah viu um adolescente de cabelos escuros na cama do hospital. Ele parecia um monstro. Metade de sua cabeça estava raspada e tão inchada de um lado que mais parecia um melão desfigurado, os olhos estavam fechados e também inchados. Havia uma espécie de tubo que conduzia algum líquido que, ela logo entendeu, era o fluido que estava sendo drenado do cérebro intumescido. Como também era mãe, Yalulah sentiu um nó na garganta e uma vontade terrível de chorar, mas pigarreou e engoliu em seco. Recompôs-se e perguntou a Hyrum.

"É ele?"

"Acho que sim", ele confirmou, parecendo assustado, como se apenas agora tivesse lhe caído a ficha do estrago que tinha feito. "Eu sinto muito."

Yalulah sentiu as pernas bambas e caiu de joelhos, lamuriando.

"Hyrum, Hyrum, o que você fez?"

Hyrum permaneceu impassível, então ajoelhou-se diante de Yalulah.

"Tá tudo bem, mãe, vem, levanta." Ele colocou as mãos sob os braços dela e a puxou delicadamente. "Levanta."

Enquanto ajudava a mãe a se reerguer, outra mulher entrou no quarto, uma senhora mexicana de meia-idade, provavelmente a mãe de Hermano ou talvez até sua avó. Começou a falar com eles em espanhol. Yalulah não falava o idioma, mas Hyrum, por outro lado, fazia um ano que estudava a língua em Etiwanda e trocou algumas palavras com a mulher.

"O quê? O que você está dizendo?", Yalulah perguntou, estendendo a mão para a outra mulher. "Oi. Eu sou a mãe, Yalulah."

"Peraí, mãe. O nome dela é Esmeralda. Ela é a avó dele." Os dois continuaram conversando com palavras poucas e simples. Hyrum apontou para o próprio coração e disse "*Yo lo siento*". Várias e várias vezes.

Lentamente, a mulher compreendeu que estava falando com o agressor de seu neto. Ela fez o sinal da cruz e apontou para Hyrum, dizendo, "Você? Você? Você?" e então avançou para cima dele, estapeando-lhe com selvageria, mas sem eficiência. Hyrum não reagiu, simplesmente protegeu o rosto e esperou que a mulher exaurisse suas forças. Yalulah intercedeu e tentou puxar Esmeralda, que berrava, possuída por uma raiva cega, mas a mulher então virou o ataque para ela. Então foi Hyrum que teve de tirar a mulher de cima de sua mãe, tentando segurar os braços dela para trás.

"Tire suas mãos de cima dela!", gritou um homem de terno, que irrompeu quarto adentro e empurrou Hyrum para longe, enquanto amparava Esmeralda, que caía em seus braços, desvanecida. "O que pensam que estão fazendo, atacando uma senhora? Como entraram aqui?"

"Nós só perguntamos por ele e viemos até aqui", respondeu Yalulah.

"Puta merda, mas que droga de hospital. Saiam já daqui!"

"Só queríamos pedir desculpas", disse Yalulah. "Hyrum queria se desculpar."

"Pedir desculpas? Pra quem?"

"Pra ele", disse Hyrum, apontando para o garoto inconsciente na cama.

"Ele? 'Ele' tem um nome; ele é uma pessoa, caralho. Ele se chama Hermano!"

O homem então pareceu se dar conta de que estava abraçando uma mulher em prantos:

"Saiam daqui, pode ser?", ele pediu, em um tom ligeiramente mais calmo. "Falo com vocês em um minuto, tá bem? Por favor, senhora, saia do quarto e me espere no corredor. Eu já vou sair."

"Claro. E nós sentimos muito, muito, muito mesmo."

No corredor, Yalulah andava de um lado a outro tentando se recompor.

"Você está bem, mãe?"

"Sim, querido, estou bem."

"Ele vai ficar bem?"

"Hermano?"

"Sim, Hermano."

"Eu não sei. Espero que sim. Se Deus quiser. E espero que sim."

Cerca de dez minutos depois, o homem saiu do quarto de Hermano e fechou delicadamente a porta atrás de si, então conduziu Yalulah e Hyrum para um local onde pudessem conversar sem serem ouvidos.

"Vocês não deviam ter entrado lá."

"Eu sei. Peço desculpas, mas é que estávamos nos sentindo tão mal e não sabíamos o que fazer. Eu não sabia que era tão grave", explicou Yalulah.

"Sim, é bem grave. E peço desculpas por ter gritado com vocês", disse o homem.

"Está tudo bem", disse Yalulah, pousando a mão em seu braço.

O homem desvencilhou-lhe do toque.

"Meu nome é Benny Ruiz. Sou um dos tios de Hermano, e também sou advogado."

"Ah, sim. Eu sou Yalulah Powers. E este é Hyrum. Cumprimente o moço, Hyrum."

"Sei quem ele é", respondeu Benny, recusando a mão estendida do garoto.

Yalulah não gostou disso.

"Hyrum queria se desculpar pela parte dele no acontecido."

"Parte dele?"

"Sim, a parte dele." Yalulah não seria intimidada.

"Por que vocês vieram aqui? De verdade?"

"Como assim? Já falamos, pra pedir desculpas", disse Hyrum.

"E você acha que isso basta?" Benny Ruiz começava a arfar mais uma vez.

"Eu não sei..." Hyrum encolheu os ombros.

"Não, claro que não, mas é um começo", respondeu Yalulah.

"Eu não deveria nem falar com vocês, afinal vocês, mórmons, estão acima do bem e do mal, não é mesmo?! Quantos anos você tem?"

"Onze", respondeu Hyrum.

"Diga 'senhor'", repreendeu Yalulah.

"Onze, senhor."

Benny Ruiz deu um sorriso irônico.

"Não venha com 'senhor' pra cima de mim, moleque. É tarde demais pra bancar o mocinho."

"Ah, vá se foder", disse Hyrum, perdendo a paciência.

"Hyrum!", Yalulah agarrou o filho pelos ombros.

"Arrá! Aí está o privilégio branco emergindo, logo abaixo da superfície. Que pena que você não é mais velho. Você vai se safar porque é novinho e clarinho. É sempre assim, nada de cadeia pros desbotados, mas eu adoraria te ver apodrecendo atrás das grades."

"Entendo a sua raiva, mas..."

"Você não entende porra nenhuma." Benny Ruiz cortou Yalulah.

"Mas um menino de onze anos, preso?", ela perguntou, incrédula.

372

"Pode apostar que sim, pra esse animal ruivo. Mas, dane-se, afinal o sistema de justiça criminal desse país foi feito pra servir a vocês, o homem branco, ou, neste caso, o moleque branco."

"Você entendeu tudo errado." Yalulah balançava a cabeça, não podia acreditar no que aquele homem dizia. Ele estava colocando sua família no mesmo saco que continha tudo o que ela mais detestava nos Estados Unidos. Tudo o que ela, Bronson, Jackie e Mary tinham rejeitado, tudo aquilo de que tinham fugido. Cada tentativa de se desculpar só deixava o homem mais colérico. Os olhos dele faiscavam com um ódio imediato, mas também ancestral, e ela percebeu que ele a encarava não como uma pessoa, mas como uma coisa. Um símbolo de um sistema injusto. Ela começou a temer que Hyrum também se tornasse um símbolo para todos os demais, um novo bode expiatório em uma nova ordem. O sr. Ruiz não deixava mais ela falar. Ergueu a mão. Ele sabia o que sabia, sentia o que sentia.

"Foi você que entendeu tudo errado", ele retorquiu. "Acabou a brincadeira. Vocês, mórmons, são dinossauros. Mortos-vivos. Agora deem o fora daqui. Não aceitamos suas desculpas." Ele se inclinou tão perto de Yalulah que ela podia sentir o hálito dele. Por baixo do café, o odor peculiar de quem esteve chorando, o cheiro azedo da perda repentina e do luto. Conteve-se para não o abraçar.

"Mas antes que vá", ele baixou a voz para um sussurro íntimo e raivoso, "quero que me escute atentamente: não haverá um julgamento para esse garoto branco, mas haverá uma adjudicação e depois um processo civil. Aquele belo garoto pardo deitado ali teve a vida arruinada, jamais se recuperará plenamente, e nós vamos colocar um preço nisso, um número bem, bem alto, e então vamos multiplicar esse número pelo fator 'crime de ódio', o que vai acrescentar ainda mais zeros e, consequentemente, cada centavo que você possui, cada centavo que você e sua prole, cada centavo das gerações de gente branca que ainda estão por vir, serão destinados àquele pobre garoto e à família dele. O recorde em um processo desse tipo na Califórnia foi de quatro milhões, mas agora os tempos são outros e acho que você pode multiplicar esse valor por vinte. Vai levar algum tempo, alguns anos, mas vai acontecer."

"Nós não temos nenhum dinheiro", disse Yalulah.

"Pode cortar a ladainha. Eu fiz meu dever de casa, Yalulah Ballou, e você e sua família da Nova Inglaterra, ou seu marido Powers, possuem uma fortuna em terras. Ou melhor, possuíam. Essa terra agora pertence a Hermano. Você acabou de conhecer seu novo senhorio e o nome dele é Hermano Jesus Ruiz. Vejo você no dia do depoimento. Agora queira, por gentileza, cair fora daqui, porra!"

## 35

O Rancho Cucamonga High foi fechado por tempo indeterminado depois da briga. As duas últimas apresentações do musical foram canceladas, portanto os representantes de Yale não veriam a atuação de Pearl. As aulas também foram suspensas, mas as portas do colégio, bem como as salas de aula, permaneceram abertas com orientadores de luto, a postos para "processar os eventos" em um momento de aprendizado, caso os alunos quisessem dar uma passadinha para conversar sobre o trauma e elaborar aquilo em conjunto. O mesmo foi feito em Etiwanda Intermediate, a escola que Hyrum frequentava. Os jornais locais chamavam o incidente de "*West Side Story* da vida real", sensacionalizando a questão racial e comparando-a com o espancamento de um homem branco por um grupo de mexicanos no estacionamento do Dodger Stadium alguns anos antes, que havia deixado a vítima com sequelas permanentes.

E então Hermano morreu.

Conforme a notícia se propagava, Mary, Yalulah, Hyrum, Deuce e Pearl se enclausuraram na casa em uma espécie de estado de sítio. Mary saía de fininho para tomar uma oxicodona ou um Adderall sempre que sentia o cerco se fechando. Um policial estava postado diante da porta da residência com o duplo propósito de protegê-los e garantir que não fugissem. Toda vez que algum deles saía, era seguido por um repórter, ou blogueiro, ou youtuber, ou aspirante a jornalista, ou um autointitulado vigilante com um celular em mãos, pronto para atormentá-los com mil perguntas, tentando conseguir alguma declaração ou provocar alguma reação digna das manchetes. Notícias vazaram que eles eram "Sobrevivencialistas Mórmons", o furo era que possivelmente fossem supremacistas brancos. Janet pôs um advogado em contato com a família, que os orientou a não falar com ninguém.

Hyrum isolou-se no mundo do *Fortnite* e mal saía do quarto. Pearl passava a maior parte do tempo falando ao telefone ou trocando mensagens com Josue. O clima na casa era taciturno e claustrofóbico, mas, pelo menos por enquanto, estavam seguros ali. Mary, que se tornava cada vez mais inútil e desorientada em Rancho Cucamonga, foi enviada de volta à Agadda da Vida para tomar conta das crianças no deserto, liberando Bronson para vir falar com Hyrum e rever os outros filhos. Não iriam expor os mais novos a esse circo do mal.

Bronson chegou três dias após o incidente. Deuce correu até ele e o abraçou com força. Ali estava seu pai e seu professor, alguém que não tocava há meses. Deuce inspirou profundamente; aquele homem era como um alimento que lhe trazia sustento.

"Andei lendo sobre você, filho. Estou tão orgulhoso", disse Bronson, fazendo Deuce abrir um largo sorriso. Pearl se aproximou e também abraçou Bronson como se tivesse voltado a ser uma menininha. "Minha Pearl, também ouvi falar de você. Muito orgulhoso de você também." Ele soltou a filha e disse: "Oi, Yalulah, é bom ver você também. Onde está Hyrum?".

"Lá dentro", ela respondeu, apontando para o quarto do garoto. "Jogando *Fortnite*."

"O que é *Fortnite*?"

"Ah, você vai ver."

Bronson agarrou a maçaneta da porta do quarto de Hyrum, mas foi interrompido por Yalulah.

"Bronson, Hyrum ainda não sabe, mas acabamos de ouvir que o menino morreu."

Por um instante, Bronson ficou completamente sem ação. Baixou a cabeça e começou a chorar baixinho. Yalulah foi em sua direção, mas ele ergueu a mão para mantê-la afastada. Caiu de joelhos e assim ficou por algum tempo, suas lágrimas sendo absorvidas pelo carpete felpudo.

"Meu menino é um assassino", ele sussurrou.

"Foi a pancada no chão que matou o garoto", Yalulah disse com suavidade, "quando ele bateu a cabeça na calçada. Foi uma tragédia, mas Hyrum não o matou."

Bronson olhou para cima e balançou a cabeça, pesaroso:

"Yaya, oh, Yaya...", ele gemeu, estendendo a mão para que a mulher e os filhos se juntassem a ele no chão para orar pelo garoto assassinado. Eles se deram as mãos e oraram com o coração pesado e a alma condoída. Quando terminaram, Bronson disse: "Me dê o nome do garoto e eu vou garantir que ele seja batizado para que tenha a vida eterna".

"Hermano Jesus Ruiz", informou Yalulah.

"Jesus...", ele repetiu. Então se levantou, entrou no quarto de Hyrum e fechou a porta. Cerca de uma hora depois, Bronson emergiu. Parecia menos abalado do que quando chegara. Por trás da porta fechada, não se ouviram vozes elevadas, apenas o murmúrio contínuo de uma voz grave e profunda perguntando, consolando, e uma voz jovem e aguda respondendo, explicando, pedindo desculpas e, finalmente, ambas as vozes se fundindo em lamentos e lágrimas, antes de mergulharem no silêncio.

"Como ele está?", perguntou Yalulah.

"Ele vai ficar bem. Vai levar algum tempo, mas ele vai ficar bem. Vou garantir que fique. Deus tem um plano para esse menino e sua expiação e pretendo apoiá-lo neste processo." À menção da palavra *expiação*, Deuce lançou um olhar esquisito a Pearl, e Bronson percebeu. "Quer dizer alguma coisa, filho?"

"Não, pai", Deuce respondeu. O herói da classe trabalhadora em ascensão ainda se acovardava facilmente diante do pai caubói.

"Ótimo", retorquiu Bronson.

"Ah", interveio Yalulah, "Maya Abbadessa de uma tal de Praetorian ligou para você enquanto você estava com Hyrum."

Bronson meneou a cabeça.

"Eu já estava me perguntando quando os lobos começariam a ladrar."

"Eles querem que você vá encontrá-los em Santa Monica. Ela disse que eles têm algo importante pra discutir com você e que não pode ser por telefone."

Bronson deu um aceno afirmativo e saiu da casa.

# 36

A corrida de Frankenbike na rodovia 10 West até Santa Monica e um encontro com a Praetorian num lugar chamado Hotel Casa del Mar lhe traziam um alívio moderado. A via expressa não era tão expressa naquele horário quanto era à noite, mas só o fato de estar em movimento fazia Bronson se sentir melhor. Quando ia mais devagar ou parava, vinha-lhe um aperto no peito e suas têmporas latejavam com o peso mórbido da gravidade de tudo o que tinha acontecido. A 120 km/h, com o vento uivando em seus ouvidos, continuava pensando, mas de forma mais difusa e menos repetitiva. Ao sair da rodovia, entretanto, os pensamentos voltaram a assaltá-lo em toda sua glória sinistra e, para piorar, as ruas de Santa Monica pareciam o inferno asfaltado. Quando chegou ao Casa del Mar, o manobrista não sabia dirigir motocicletas, o que Bronson achou bom, já que não tinha nenhum tostão consigo. Estacionou a moto na esquina e entrou no hotel.

Era fácil avistar Malouf no bar. Ele estava sozinho, sem Maya. Bronson se perguntou se tinha sido ela ou Malouf que ligara para ele. Malouf se levantou quando o viu.

"Foi mal, mas hoje será só a Fera, sem a Bela. Espero que não se importe de nos encontrarmos aqui. Claro que eu preferiria o Shutters, mas conheço muita gente por lá, ou melhor, muita gente por lá me conhece."

"Aqui está bom", disse Bronson.

"Aceita um drinque... ah é, você não bebe, que tal um Arnold Palmer*... ah não, tem cafeína... é, você não é alguém fácil de agradar, meu amigo mórmon. Eu conheço Mitt, sabe. Homem de bem. Meio austero, mas um homem de bem. Poderia ter derrotado Barack Hussein Obama, devia ter derrotado. Assim não teríamos enfrentado a recessão. Acho que nada disso importa pra você lá no meio do deserto, né?!"

---

*   Drinque feito com chá preto gelado e limonada. (N. T.)

"Água está bom. Você pode pedir uma pra mim... Esqueci seu nome..."

"Bob Malouf. Bob. Que nem o De Niro."

"Certo."

"Maya me disse que você trabalhou com Bobby De Niro. *Fuga à meia-noite*?"

Bronson confirmou com um aceno de cabeça.

"Deve ter sido empolgante."

"Com certeza foi."

"*Diga-me o que aconteceu em Chicago, Jack*, certo? Um clássico. Diga-me o que aconteceu em Rancho Cucamonga, Bronson... É, não tem o mesmo apelo."

Bronson bebericou um gole de água. Costumava conviver com gente assim, caras ricos que eram fãs de coisas geek e queriam sair por aí com belas atrizes e estrelas de cinema e punir todas as mulheres bonitas que não deram para eles quando não tinham dinheiro.

"Maya te falou que eu comprei todo o catálogo da Hammer?"

"Não."

"Ah, achei que vocês dois estivessem sempre em contato, com conversas íntimas, achei que vocês eram... amigos. Pois é, eu quero entrar mais no ramo do entretenimento."

"Por que não?", respondeu Bronson, sem real interesse.

"Não sou um artista, mas sou um apreciador das artes. Meu pai é que era o verdadeiro artista, era escultor. Trabalhava com pedras e madeira, mas, quando mudamos da Palestina para cá, ele só conseguiu ser remunerado por seus dotes trabalhando como carpinteiro nos sets de filmes. Foi assim que perdi este dedo."

Malouf ergueu a mão esquerda para mostrar os quatro dedos e a colocou sobre o ombro de Bronson, apertando de leve e conferindo a potência de seu musculo trapézio. Ele era um daqueles caras que leram que, se alguém elogiar as pessoas, vai ganhar a confiança delas, Bronson pensou. *Ah, como queria estar no tal do Shutters para acabar com ele na frente de todos os seus amiguinhos.*

"Ouvi dizer que você era dublê. Um cara durão, hein?!" Bronson olhava fixamente para a frente, como um predador a postos, indiferente à brisa soprando nas árvores, atento apenas aos movimentos de sua presa. "Chegou a conhecer Bruce Lee?", Malouf perguntou.

"Não."

"Acha que seria páreo para ele?"

"Não."

Malouf retirou a mão do ombro dele e continuou falando.

"Artistas são péssimos com dinheiro. Por isso, quando ficam na pindaíba, se eu gosto deles, às vezes compro suas propriedades com seus débitos, e então eles podem continuar com suas vidas e continuar gastando uma mesada que dou para eles. São como crianças, e eu acabo ficando com a arte, a produção deles. E todo mundo sai ganhando. Fiz isso com Michael Jackson, o Rei do Pop. Rei das dívidas também, devo dizer... Libertei-o de seus grilhões financeiros para que ele pudesse cantar novamente e deleitar a todos nós. Que descanse em paz. Falando nisso, Neverland me lembra do seu refúgio, sabe, um lugar onde você pode relaxar e ser você mesmo, se permitir uns pequenos prazeres longe de olhos bisbilhoteiros. Como chama mesmo aquele lugar?"

"Agadda da Vida."

"Soa como 'Jardim do Éden'. Que bom pra você. Todo grande homem deveria ter seu próprio jardim de prazeres terrenos. O Éden original ficava no Iraque, sabia, só algumas centenas de quilômetros do lugar em que meu pai nasceu. De onde é seu pai?"

Bronson meneou a cabeça negativamente, não falaria de seu pai com aquele homem.

"Enfim", Malouf balbuciou, "também fiz o mesmo que fiz com Michael com Annie Leibovitz, e tá dando bem certo. Sabe quem é?"

"Não."

"Fotógrafa. Fotógrafa de celebridades. Faz todas as capas da *Vanity Fair*. Ela fez um belo retrato meu montado no meu cavalo."

Malouf estava tentando fazê-lo implorar. Bronson não iria implorar. Terminou de beber sua água, o bartender encheu seu copo de novo. "Sei que estou falando muito de mim, mas quero que você fique à vontade comigo. Quero que você saiba com quem está lidando. É por isso que estou me gabando, puxando meu próprio saco."

"Sei muito bem com quem estou lidando."

"Ótimo. Porque você parece desnorteado, meu amigo, e eu faço amizade com desnorteados, é isso que eu faço", disse Malouf. "Ah, falando de fotografia..."

Malouf enfiou a mão no bolso e pegou um celular todo detonado. Bronson sabia que era um celular. Malouf o colocou no balcão do bar com um floreio.

"Aí está."

"O quê?"

"Dá uma olhadinha no vídeo."

"Não sei como fazer isso."

"Ai, caramba, que fofura!" Malouf pegou o aparelho e o manipulou como se fosse um passe de mágica. "Você é mesmo adorável, sabia disso?" Passou o celular para Bronson. "Aperte a seta do *play*. Sabe o que é, né?"

Bronson apertou e viu o vídeo. Era uma filmagem da luta entre Hyrum e os outros meninos. Mostrava claramente que o filho tentou evitar a briga com Hermano, que o garoto que tinha começado a xingá-lo e, na verdade, deu dois socos em Hyrum antes que ele revidasse. Mas, além disso, mostrava (e o áudio também estava bem nítido) que tinha sido Hermano que praticara o tal do crime de ódio e que Hyrum, basicamente, reagira em legítima defesa.

Seu filho era inocente. Que notícia excelente.

Mas então, perto do fim, pouco antes da queda fatal, enquanto os dois meninos já ensanguentados pegavam ar, Bronson ouviu claramente Hyrum dizendo: "Morra, lamanita". *Morra, lamanita*. Bronson sentiu uma súbita tontura. Pressionou o botão quadrado para interromper o vídeo.

**381**

"Espere", disse ele.

"O que foi?", Malouf perguntou, enquanto Bronson retrocedia o vídeo. "Ah, olha só quem já aprendeu a voltar o vídeo. Espertinho. Você viu que o estado de Utah está avançando depressa para descriminalizar a poligamia? Vai rolar. É, sensacional... Salt Lake City, aqui vamos nós."

Bronson nem sequer ouviu. Assistiu novamente ao filho dizendo "Morra, lamanita". Não estava enganado. Ele disse aquilo mesmo, e disse com vontade. Como se quisesse matar um homem santo. Como se se considerasse um nefita usurpador no direito de matar um lamanita. De assassinar um israelita! Como é que podia o seu filho se identificar com opressores assassinos? Será que seu filho achava que estava no meio de uma guerra religiosa, cometendo um rito de homicídio de um dos povos escolhidos de Deus? Será que, no fim das contas, isso era mesmo um crime de ódio, visível apenas para olhos que podiam enxergar o passado distante? Bronson estava desconcertado. Aquilo o pegou completamente de surpresa e era realmente a pior coisa que podia acontecer. Voltou o vídeo pela terceira vez e o assistiu do começo ao fim, a imagem congelando no garoto caído no chão, agonizante. Sentia como se tivesse uma arma na palma das mãos.

"Isso", disse Malouf, pegando o celular de volta, "é o que o nosso presidente chama de 'exoneração total e completa'." Bronson não pegou a referência, mas não importava. Toda essa merda não tinha importância.

"Tô vendo sua cara, mas não precisa se preocupar com a parte em que ele diz 'morra, lama... não sei o quê'."

Bronson não ficou nem um pouco surpreso por Malouf ter focado aquele momento. Por mais que quisesse pensar que estava lidando com um idiota, aquele cara não era burro. É claro que ele não tinha entendido corretamente o X da questão, mas não seria Bronson que o corrigiria. Deixou o sujeito prosseguir.

"Vamos tirar esse 'morra' do áudio, meter uma buzina de carro por cima, ninguém nem vai saber que esteve lá. Ah, a mágica da edição de som, você, como dublê, sabe muito bem do que estou falando. Vou colocar profissionais para cuidar disso, vai ficar irrastreável. Hollywood."

"O que você vai fazer com isso?"

"Nada. Por enquanto. Vai voltar para o meu bolso e, antes que você comece a pensar em bancar o engraçadinho pra cima de mim, saiba que tenho pessoas a postos que podem deletar o vídeo remotamente num estalar dedos. Tente tomar este celular e eu destruo a única evidência favorável ao seu filho. Além disso, a parte do 'morra' ainda está lá e é preocupante."

Sim, era mesmo muito preocupante, mas não pelos motivos que Malouf estava pensando.

"E por que você foi atrás desse vídeo se não pretende utilizá-lo?", perguntou Bronson.

"Ah. Agora você quer que eu continue falando, né?", Malouf disse, sorrindo.

"Sim."

"Diga 'por favor.'"

Ali estava um homem que, acima de tudo, gostava de fazer outro homem implorar. Bronson não ligava. Aquilo não lhe dizia respeito.

"Por favor."

"Eu não disse que não ia usar, só não disse quando. Você, meu amigo, está prestes a enfrentar um processo que vai tirar até suas cuecas. E, como não tem patrimônio líquido, sua terra será usada como garantia e leiloada por uma fração de seu valor. Você vai terminar sem ter onde cair morto. Sua vidinha no deserto, com que você já está acostumado, está acabada."

Bronson ficou imóvel. Queria socar a cara do filho da puta, mas ainda não, ainda não.

"Ou..." Malouf fez uma pausa intencionalmente longa. "Gostaria de sugerir algo diferente. Porque me sinto cúmplice dessa tragédia. Se não tivesse dado o aval à ideia de Maya de tentar conseguir suas terras... Você sabe que foi tudo ideia dela, não? Tudo ideia dela."

Bronson não sabia, e toda aquela história de teste também não tinha mais importância. Todos eles não passavam de um bando de animais humanos ruins fazendo maldades a outros animais humanos ruins neste país esquecido por Deus. Não queria saber de achar culpados, só queria colocar um ponto-final naquela espiral de eventos para que pudesse resgatar o que ainda era sagrado. Tentou criar um círculo mágico lá no deserto e manter um espaço seguro para Deus, mas o demônio era muito forte, muito astucioso. E o demônio pediu outro drinque.

"Quero que você mantenha sua terra e seu estilo de vida. Tenho o maior respeito por isso. Do mesmo jeito que respeito os artistas. Você é um empreendedor, um artista da vida, um homem que fez as próprias regras e o próprio Jardim do Éden. Portanto, eu vou salvar você: e aqui vai a minha sugestão. Você me vende 75% das suas terras por um preço bem baixo, mas não a mixaria que o governo vai pagar a você em cinco anos, e eu o deixo continuar vivendo no seu quarto de terreno com quantas esposas quiser — aliás, meus parabéns! Eu tive três esposas, mas uma de cada vez, e elas me custaram o olho da cara. Como você consegue?"

"Meu reino por um celular."

"O quê?"

"Eu te vendo minhas terras, e depois?"

"Talvez você até consiga convencer Maya a ir contigo, a se juntar ao caldo de mulheres. Três esposas de uma vez? Na sua idade? Meu Deus. Você deve comer Viagra como se fosse Tic Tac. Sabe, aquelas balinhas que vêm numa caixinha plástica..."

"Eu sei o que é Tic Tac."

Bronson continuou encarando Malouf fixamente, sem piscar. Malouf se deleitava com o esforço que imaginava que Bronson estava fazendo para permanecer impassível. Prosseguiu:

"Acho que a Maya vai cair fora do meu mundo logo, logo. Não creio que ela aguente o tranco, é briga de cachorro grande. E ela tem muita emoção e nenhum colhão. Aliás, como ela é na cama? Manda bem? Eu diria que sim. Garotas ambiciosas sabem trepar. Aqueles peitos são verdadeiros ou falsos?"

"Tá, eu te vendo parte das minhas terras, e depois?"

"Ok, você vai dizer que está de coração partido e não pode mais voltar pra casa, vai dizer que precisa de liquidez para defender seu filho no tribunal, para contratar o time dos sonhos. Tenho amigos que você vai contratar por uma bolada para a defesa, de repente o Dershowitz está dispon... ah, Dersh é meu parça, mas, enfim, caras desse nível, matadores que adoram os holofotes; você também vai investir uma pequena fortuna contra o processo de homicídio culposo que aqueles mexicanos vão meter contra seu filho e a família dele, ou seja, contra você."

Malouf tomou um grande gole de seu drinque e prosseguiu.

"Vamos deixar a poeira baixar em torno do acordo imobiliário, tirar tudo dos jornais — do jeito que as notícias se propagam hoje, dou um mês, dois, no máximo, pra esquecerem de tudo. Vamos deixar o processo civil se arrastar, meus amigos advogados são pagos e vão ficar andando em círculos ao redor desses advogados de meia-tigela que se acham os Jacoby & Meyers, Cellino & Barnes dessas cidadezinhas, vamos deixar a mídia esquerdista fazer a festa, entrar na onda de 'brancos não prestam' e, então, quando eles acharem que já estão com tudo ganho, a gente diz: quer saber, seus mexicanos filhos da puta, olha só o que encontramos! Encontramos o celular! Bum! *Game over*!"

"E por que não fazemos isso agora? Por que já não mostramos o vídeo à polícia?"

"Porque, se usarmos o trunfo do telefone agora, não poderemos entrar com uma contestação!!! Ah, eu vou amar quando você entrar com a contestação, acusando aqueles mexicanos de crime de ódio."

"Não quero processar ninguém. Parece uma perda de tempo."

"A contestação é minha parte preferida, e também já tô de saco cheio com toda essa onda do #MeToo, de politicamente correto e temporada de caça aos brancos. Não. Esse é um prato que é melhor quando servido frio. É assim que temos de fazer. Me dê tempo de agir do jeito que eu quero, de preparar a terra, ver o que há no subsolo, checar tudo direitinho. Ei, não me olhe assim. Sou um caçador de tesouros, que nem o seu herói Joseph Smith. Um oportunista. É isso aí, eu fiz minha lição de casa: a princípio, Joe Smith usou aquelas pedras de vidente, Urim e Tumim, para procurar prata no subsolo, não para traduzir a palavra de Deus. Então, pode parar de me julgar. Estou retomando as suas verdadeiras raízes. Você, meu amigo, vai me proporcionar um tesouro de bilhões de dólares e grande satisfação emocional. E, no fim das contas, seu filho vai ficar bem. Além disso, você vai poder voltar a trepar com suas esposas. Três dão o mesmo trabalho que uma?"

Sim, o jovem Joseph Smith fora um caçador de tesouros, que procurava ouro e prata, mas mudou, tornara-se um caçador de Deus. Homens mudam. Bronson suspirou. Malouf parecia contente por estar exasperando o outro homem. Estendeu a mão.

"Temos um acordo?"

"Preciso pensar", respondeu Bronson.

"Não há nada para se pensar. Já pensei tudo pra você. E você não tem escolha. Mas, porque é um homem de verdade e eu respeito isso, vou lhe dar alguns dias e então você pode dizer a si mesmo que está no controle." Bronson apoiou a cabeça nas mãos. "Aposto que você poderia tomar um drinque agora, né?", provocou Malouf. "Vá em frente, não vou contar a ninguém."

Bronson se levantou.

"Preciso falar com minha família. Entro em contato em alguns dias."

Então deu as costas e saiu andando, mas, após alguns passos, virou-se novamente e retornou até o lugar onde Malouf estava sentado, pairando sobre ele. Conforme Bronson se aproximava, percebeu que o homem estremeceu ligeiramente, com o medo primitivo de ser agredido, o que fez Bronson sentir uma pontada de prazer. Deu uma bufada de desdém por entre os lábios cerrados, para deixar claro a Malouf que sabia que ele era um covarde.

"Mas vou precisar de um favor pra agora", disse Bronson.

"Como posso ajudar?" A voz de Malouf falhou quase imperceptivelmente.

"Preciso de dinheiro pra gasolina, uns dez dólares, só pra voltar a Rancho Cucamonga."

"Quem é o seu melhor amigo, Bronson Powers?", disse Malouf, abrindo a carteira. "Só o que tenho são verdinhas."

Retirou uma nota perfeita de cem dólares da carteira grossa de couro e lhe estendeu.

"Não precisa me pagar."

# 37

A princípio, nem mesmo a alta velocidade foi capaz de desanuviar os pensamentos de Bronson, mas, a cerca de trinta quilômetros de Rancho Cucamonga, ele teve um insight radiante, uma clareza de ideias que normalmente só alcançava na solidão do deserto, com suas pedras de vidente. Mas ali, naquela noite, em sua moto, uma ideia começou a consumir todos os seus pensamentos, e uma calmaria profunda se abateu sobre ele, tal e qual quando o Espírito Santo acalmou as águas no início dos tempos. "Sim", Bronson declarou para si mesmo, e foi como se o mundo moderno e todas as suas relatividades e concessões tivessem desaparecido, e ele se sentiu como se estivesse trilhando uma estrada na antiga Galileia ou na Palestina. Pressentiu que um milagre estava tomando forma, estava prestes a acontecer, vislumbrava seus contornos épicos. Não estava feliz, mas estava honrado. Sentia-se pleno. "Sim", repetiu em voz alta, testemunha de si mesmo, "acontecerá."

Bronson esperou dar meia-noite para buscar Hyrum. Apresentou-se como o pai do garoto ao policial de guarda na frente da casa e entrou silenciosamente na residência de Rancho Cucamonga para não acordar ninguém. Passou de quarto em quarto, como um fantasma. Primeiro, Deuce, então Pearl, e por fim Yaya. Deu um beijo carinhoso na esposa e nos filhos adormecidos e então foi até o quarto de Hyrum. Debruçou-se sobre a cama e pegou o filho nos braços. A leveza do menino o surpreendeu. Essa coisinha de vinte e cinco quilos tinha derrotado alguém que tinha três vezes o seu tamanho. Mesmo nesse momento de luto, não conseguia deixar de se surpreender com a sanha, o espírito guerreiro do garoto. Pegou também a mochila do filho e saiu de fininho pela porta dos fundos.

A caminho do local onde Bronson deixou a moto estacionada, Hyrum despertou nos braços dele.

"Pai, aonde estamos indo?"

"Para um lugar onde não tem *Fortnite*", brincou Bronson, pondo Hyrum no chão.

"Ah, qual é! Aonde estamos indo?"

"Pra casa."

"Já estou em casa."

"Não, não está", Bronson rebateu, montando na moto e gesticulando para Hyrum fazer o mesmo.

Dirigindo de volta para Agadda da Vida com uma decisão tomada e o filho abraçando sua cintura, Bronson sentiu a certeza tomar conta de si, uma certeza que não tinha havia muitas luas. Virou a cabeça para que seu passageiro pudesse ouvi-lo.

"Você é um bom garoto, Hyrum."

"Valeu."

"E eu amo você mais do que posso exprimir, Peregrino." Bronson tentou compartilhar um pouco de sua clareza reveladora, chamando-o pelo velho apelido carinhoso que tinha dado a todos filhos, tirado de um filme de John Wayne *O homem que matou o facínora*. "E espero ser digno de meu amor por você."

"Também te amo pra valer, paizão. Por você, eu mato e morro." Hyrum gritou ao vento, Bronson sorriu. A corrida era muito curta.

Assim que chegaram, Hyrum ficou alucinado por estar em casa. Estavam no meio da noite, mas ele saiu gritando e correndo pela propriedade, pegou seu velho arco e flecha e saiu desembestado, provavelmente indo ver sua adorada vaca, Fernanda, antes de disparar para o deserto, vagando como um animal selvagem. Livre. Bronson não perguntou aonde ele estava indo. Não importava. O deserto estava vazio de gente, seguro, e Bronson tinha muito trabalho a fazer. Foi consultar alguns livros. A velha e gasta edição das cartas e discursos de Joseph Smith. Brigham Young também. Precisava ter certeza. Precisava saber as palavras de trás para frente. Ouviu Hyrum gargalhando ao longe, relaxado e feliz. E aquele som o encheu de esperança e remorso. O garoto estava seguro. O garoto agora estava com seu pai. O garoto estava em casa.

## 38

Já era quase meio-dia quando Yalulah percebeu que Hyrum tinha sumido. Por conta do estresse dos últimos dias, estava deixando o menino dormir até mais tarde e, quando foi ao seu quarto, já passava das onze da manhã. Tomou um susto ao deparar-se com a cama vazia. Não tinha ideia de onde ele estava. Saiu correndo para a rua, mas havia aquele maldito bando de curiosos, repórteres e bisbilhoteiros aleatórios gritando ofensas e ameaças, além da viatura policial estacionada do outro lado da rua, então ela deu meia-volta e entrou em casa. Para quem tinha passado vinte anos isolada, aquele não era o melhor momento para se reintroduzir na sociedade. Mas não tinha escolha. Pegou o telefone fixo e ligou para Deuce e Pearl, perguntando se eles sabiam onde o irmão estava. Pearl estava na casa de Josue e disse que não tinha visto Hyrum naquela manhã, achou que ele estivesse dormindo. Deuce falou que já estava voltando para casa.

Deuce parecia muito preocupado com o sumiço de Hyrum. Disse a Yalulah que não acreditava que o menino tivesse fugido, temia que fosse um ato de vingança de algum tipo de justiceiro, talvez outra briga ou, quem sabe, e ele esperava que não fosse o caso, o pai o tivesse levado embora. Deuce ligou para Pearl e pediu que ela voltasse para casa. Yalulah não achava que Bronson tivesse levado o garoto, mas continuava tentando ligar para Hyrum e só dava caixa postal. Ela disse que enlouqueceria se ficasse ali sem poder fazer nada, então Deuce lhe mostrou como poderia sair pelos fundos da casa e se esgueirar pelo quintal do vizinho para evitar o tumulto na frente da residência. Yalulah colocou um chapéu e óculos, determinada a dirigir até o shopping e procurar nos lugares que Mary tinha dito que Hyrum gostava de frequentar — a pracinha, a praça de alimentação, o salão de jogos.

"Me ligue se ele voltar pra casa."

"Você não tem celular", lembrou Deuce.

"Ah, é verdade", ela exclamou, passando para o quintal do vizinho. "Então dispare um sinalizador."

Enquanto esperava Pearl voltar para casa, Deuce ligou para Janet Bergram, mas ela não atendeu. Tentou deixar um recado, mas a caixa postal da assistente social estava lotada. Por mensagem, Pearl lhe disse para ligar para Maya Abbadessa, de quem Bronson gostava e em quem confiava. O rapaz conseguiu deixar uma mensagem de voz dizendo que precisava falar com ela com urgência. Maya ouviu o recado quase imediatamente, mas Deuce não atendeu quando ela ligou. Temendo que algo ruim tivesse acontecido, Maya achou melhor dar uma passadinha em Rancho Cucamonga para checar qual era o problema e se havia algo que ela podia fazer, se podia ajudar de alguma forma.

Pearl e Maya chegaram praticamente juntas. Yalulah ainda estava caçando Hyrum.

"Alguma novidade?", Deuce perguntou à irmã, que negou com um aceno de cabeça. Os dois se entreolharam e Pearl o chamou para junto de si.

"Preciso te contar uma coisa."

Eles se aproximaram e Pearl cochichou algo em seu ouvido, exatamente como tinha feito com Josue. Maya não conseguiu ouvir o que a moça dizia, mas parecia ser algo bem íntimo e pessoal e, portanto, ela se virou para o outro lado.

Deuce se afastou, parecendo bastante abalado.

"Não."

Pearl o conteve, consolando-o.

"Aquele bastardo. Aquele maldito bastardo", ele cuspiu entredentes.

Maya nunca tinha ouvido Deuce xingar daquele jeito. Não era algo natural para ele. O rapaz se sentou com as mãos na cabeça, repetindo: "Que bastardo. Que bastardo".

Maya esperou um pouco antes de perguntar.

"O que está acontecendo?"

Os dois permaneceram quietos, até que Pearl respondeu:

"Assunto de família. Yaya não vai encontrar Hyrum."

"Como você sabe?"

"Porque meu pai o levou embora."

"Bronson?"

Pearl confirmou.

"E o levou para onde?"

"Agadda da Vida."

"Bastardo!", Deuce continuava resmungando.

"Você o viu?", Maya indagou.

"Não."

"Então como sabe que foi isso que aconteceu?"

"Porque eu conheço o meu pai, tá legal? Deuce?"

Pearl dirigiu-se delicadamente ao irmão: "Eu preciso de você".

Deuce a encarou, com os olhos vermelhos e marejados. Pigarreou algumas vezes, como se tivesse algo amargo e cortante entalado na garganta.

"Estamos com medo de envolver a polícia", Pearl continuou falando por eles. "Não queremos que nosso pai seja preso por sequestro. Será que você consegue dar um jeito de mantê-lo sob controle sem envolver a polícia?"

"Não sei. O que vocês têm contra a polícia?"

"Nada."

"Se vocês não me disserem que merda está acontecendo, juro que chamo a polícia agora mesmo."

Pearl se aproximou de Deuce e pegou a mão dele. O rapaz pigarreou mais uma vez e finalmente falou, embora estivesse com a voz trêmula, como se estivesse tentando encobrir a gravidade do que tinha a dizer.

"Quando contarmos o que estamos prestes a te contar... não creio que a polícia, ou o governo irá... respeitar... nosso pai o bastante."

"Amamos nosso pai. Bronson nos deu tudo", Pearl acrescentou.

"O que quer dizer com 'respeito'? Do que estão falando?", Maya perguntou.

"Respeitar suas crenças religiosas. Considerar que, para ele, as crenças religiosas são mais importantes que as leis deste país e que ele pode até estar infringindo a lei, mas, para ele, trata-se de uma questão maior, de necessidade moral", Deuce explicou.

Não podia acreditar que aquele garoto tinha dezessete anos. Ele era um ser humano impressionante. *Quando eu tinha essa idade*, ela pensou, *jamais seria capaz de formar uma frase como essa*. Mesmo agora, não tinha certeza de que seria capaz de falar assim. Mas, enfim, ainda não tinha entendido aonde ele queria chegar. Parecia que estavam escondendo alguma coisa.

"Ok, acho que posso fazer isso, ou pelo menos tentar, embora não saiba exatamente com o que estou me comprometendo. Contem-me mais. Estavam falando de sequestro?"

"Não", disse Pearl.

Deuce respirou fundo.

"Já ouviu falar de 'expiação de sangue'?"

O primeiro pensamento que passou pela cabeça de Maya foi que isso soava como um filme que ela tinha deixado passar batido no catálogo da Hammer — *Expiação de sangue das raposas vampiras do vale*.

"Expiação de sangue? Talvez... mas acho que não. Não."

"Expiação de sangue é um preceito mórmon arcaico", Deuce continuou. "Joseph Smith não escreveu muito sobre isso, mas antigos anciãos, sim. Brigham Young. É um princípio bem rígido, que não é universalmente aceito e que, assim como a poligamia, foi oficialmente rejeitado no final do século XIX, mas é algo em que nosso pai, que é um originalista e profundamente cético em relação a qualquer modificação pragmática das verdades religiosas por influência do governo, acredita, e algo que ele nos ensinou."

"Tá bom, mas o que isso significa?"

"Significa que, sob certas circunstâncias, tirar a vida de outro homem é um crime tão sério que o sacrifício que Jesus Cristo fez na Cruz, a expiação que ele proporcionou a um mundo decaído com sua morte, torna-se incompleto para o assassino. A alma do assassino está além do perdão da Crucificação de Cristo, e o único jeito de retornar à graça é oferecendo seu próprio sangue como resgate, sendo morto ou se sacrificando, apenas seu próprio sangue pode expiar o derramamento de sangue. Daí 'expiação de sangue'."

"Que tipo de circunstâncias?", Maya perguntou.

"Não está claro."

"Não está claro?"

"Parece ser uma matéria de julgamento pessoal, espiritual."

"Julgamento pessoal de quem?"

"Anciãos da igreja. Revelação divina. Não está claro. Suponho que a pessoa que esteja em posição de julgar tenha o poder e a vontade, a inspiração e a integridade de levar isso a cabo."

Maya se sentiu desconfortável, como se estivesse aprendendo as regras de um jogo que já estava em andamento, em um país desconhecido, com costumes desconhecidos. Estava com dificuldade de entender o sentido daquilo tudo.

"Então é algo do tipo 'olho por olho'?"

"É, mais ou menos isso. Em última instância, a igreja deixou esse preceito de lado para mostrar ao governo federal que iriam se curvar às leis estatais e não às leis divinas", Pearl explicou pacientemente.

"Ok, entendi, entendi o conceito, eu acho... É basicamente uma pena capital... mas, em primeiro lugar, ao pé da letra Hyrum não matou ninguém, ele provavelmente estava se defendendo, e foi um acidente. Em segundo lugar, ele só tem onze anos!"

"Isso não importa para nosso pai. Joseph Smith acreditava que a partir dos oito anos as pessoas já são responsáveis por suas ações."

"Oito anos? Uma pessoa de oito anos já é responsável por suas ações? Que ações? Limpar a própria bunda?"

"Não quero entrar nesse debate", Deuce respondeu, sem mudar o tom. "O que estou dizendo é que a idade de Hyrum pode ter importância para a lei, mas não para meu pai. Seu único foco é o estado eterno da alma de Hyrum, o que ele chama de 'primeiro estado'. Bronson pode se ver em posição de ter que salvar o primeiro estado de Hyrum, mesmo que isso signifique acabar com o corpo em que ele estava encarnado."

"Que absurdo", disse Maya.

"Você é cristã?"

"Talvez. Acho que sim. Não praticante, mas sou."

"É mais absurdo do que uma virgem dar à luz, que a ressureição?"

"Bem, não. Mas ninguém acredita, ninguém *acredita mesmo* nessas coisas. É uma história com uma moral. E ninguém mata por causa da Virgem."

"Tem certeza disso?", indagou Deuce.

"As Cruzadas. A Inquisição Espanhola, a Reforma...", Pearl acrescentou.

"Água em vinho? Vinho em sangue? Paraíso? Inferno? Dezenas de outros dogmas religiosos irracionais causaram a morte de milhões e milhões..."

"Mas não de crianças!", Maya cortou Deuce.

"Crianças, sim", interveio Pearl.

"Mas não os próprios filhos! É insano."

"Não é insano para nosso pai. Não o estou defendendo, estou tentando explicar suas motivações."

"E não creio que Mary tenha a força de vontade para impedi-lo agora", Pearl acrescentou.

Para Maya, o que eles diziam era absurdo.

"Não acredito nisso. Conheço Bronson um pouco. Ele não é irracional assim. Não é um bárbaro, é um homem bom."

"Isso vai além do bem e do mal."

Pearl tinha lido um pouco de Nietzsche nas aulas de psicologia.

"Achamos que ele está meio fora de si no momento", disse Deuce.

"O que quer dizer? Que ele parou de tomar seus remedinhos?" Maya estava confusa.

Deuce e Pearl se entreolharam como se coubesse a ela explicar esta parte. A garota deu um passo à frente e disse:

"Não, ele não parou de tomar remédios, porque nunca tomou. Olha, deixa eu explicar uma coisa sobre nosso pai, algo que aprendi neste ano, longe da convivência com ele. Bronson pode até parecer um homem que você conhece, que você sabe quem é, mas a verdade é que ele não é como nenhum homem que você já conheceu."

"Nisso eu acredito", Maya concordou.

"Ele não é um homem deste século. Ele não acredita em psicologia e sentimentos. Ele só acredita em sua Bíblia e no seu Joseph Smith. E, por mais que não acredite em psicologia, ainda assim ele tem uma. Tá me entendendo?", Pearl explicou.

"Não, não tô entendendo. Continue falando, ou não diga mais nada. Continue falando."

"Tudo que aconteceu ao longo deste ano", Pearl continuou cuidadosamente, "a separação da família, a possibilidade de perder a terra, Hyrum, eu... Tudo isso mexeu com ele. Bastante." Ela desviou o olhar.

"São várias coisas", Deuce acrescentou, estendendo a mão para um lado, num gesto que um pai de família faria para impedir uma criança de atravessar uma avenida movimentada, para tentar manter algo sob controle, para tentar impedir que todos os fatores que pudessem estar perturbando seu pai viessem à tona naquela conversa. "Nosso pai se culpa pelo que aconteceu. Ele pode estar culpando a fraqueza de sua própria fé, mas a reação dele não será tentar entender o porquê disso, como você talvez faria, sabe... tentar melhorar, aprender, descobrir por que algo do passado pode ter resultado no que ele é hoje. A reação dele é se retrair, voltar para sua bíblia, para Smith e Brigham Young, retomar a escrituras. E ele também não vai sair debatendo misericórdia. Ele é um cara durão, mas não é mau. Ei, Pearl, lembra de Black Bart?"

Pearl sorriu e acenou tristemente. Deuce continuou com mais suavidade.

"Ai, ai, papai sempre tentava me fazer ser alguém melhor... Quando a gente era criança e brincava de faroeste, eu sempre queria ser o vilão, usar o chapéu preto. Então, ele me chamava de Black Bart, aquele conhecido fora da lei, e eu fazia ele ser o chapéu branco, o xerife, e ele me capturava e levava à justiça por contrabando de gado ou por matar o xerife anterior, qualquer coisa assim. A gente fazia aquelas perseguições épicas a cavalo, eu no meu cavalinho, Tamsin, e ele me conduzia a algum beco sem saída no deserto, sacava sua pistola, sorrindo — não me entenda mal, eu adorava essa parte — e com um sotaque bem carregado ele me dizia: 'Ah, então você acha que é legal ser o vilão, hein, Black Bart? Mas agora é hora de acertar as contas'. E então ele citaria Joseph Smith com aquela voz brincalhona, enquanto girava sua arma na mão: 'Eu me oponho ao enforcamento, mesmo se um homem matar outro... vou atirar nele, ou cortar sua cabeça, derramar seu sangue no chão e deixar a fumaça subir até Deus. E aí, gostou ou quer mais, Peregrino?'"

Maya fitou esse jovem sorrindo com ternura à lembrança do pai e teve uma vertigem, como se estivesse à beira do abismo de uma revelação pessoal, por mais que só começasse a vislumbrar o que esse homem, Bronson, realmente significava para essas crianças que o amavam e temiam na mesma medida. Pearl agora estava chorando. Deuce aproximou-se de Maya, dizendo gentilmente:

"Se papai questionar Hyrum e avaliar que ele matou aquele garoto num acesso de raiva ou num ato de retaliação, e ele provavelmente estava irritado durante a briga, bem, o fato de ter sido legítima defesa não terá importância, e a idade não terá importância, assassinato é assassinato. Deus não se importa com circunstâncias e desculpas, ou se importa? E pode ser que nosso pai também não se importe."

"Puta merda", sussurrou Maya. O homem que eles estavam descrevendo era um tipo de monstro, uma espécie de vilão da Hammer em carne e osso, sem brincadeira. Um homem que esteve em sua cama havia pouco tempo. Um homem com quem ela se sentiu segura para dormir junto.

"Deixe-me repetir em voz alta pra ver se eu entendi mesmo." Maya disse lentamente, prestando atenção ao que dizia enquanto falava. "Vocês estão me dizendo que Bronson é instável e raptou Hyrum e que vai matá-lo?" Os gêmeos se entreolharam mais uma vez.

Pearl controlou os soluços e disse: "Não sabemos exatamente o que papai está pensando. Ele não pensa como a gente, mas pode ser que seja isso".

"Que absurdo."

"Será?", Deuce questionou. "Você continua repetindo isso, mas é mesmo mais absurdo do que violência armada, ou do que ignorar a mudança climática? Morrer por uma bandeira? Matar por uma bandeira? Papai está tentando, com as ferramentas de que dispõe, manter a ordem em um mundo que ele vê fora de controle. Podem ser armas obtusas, mas já salvaram a vida dele antes."

"Mas você o estava chamando de bastardo agora mesmo", argumentou Maya.

"Sim", admitiu Deuce, sem dizer mais nada.

Maya teve a impressão de que aquelas crianças não estavam lhe contando a história toda; porém, também tinha a impressão de que jamais seria possível entender aquilo tudo. Poderia tentar entender racionalmente, psicologicamente, mas tinha a sensação de que algo mais primitivo e animalesco estava em jogo ali. Era quase como se sua primeira imagem de Bronson — quando estava viajando e imaginando que ele era uma espécie de homem primitivo, um *Homo erectus* recém-saído da África — fosse verdadeira. Como se ele tivesse sido transportado para os dias atuais. Meu Deus, Bronson era mesmo um advogado das cavernas que tinha sido descongelado. Era assim que ela entendia o que as crianças estavam lhe dizendo. E, sim, era maluco.

"E por que vocês não fazem nada para impedi-lo?", perguntou a Deuce e Pearl, que se entreolharam mais uma vez. Eles nunca pareceram mais gêmeos do que agora.

"Você não entende... Não posso ir atrás dele agora", disse Pearl.

"Então me faça entender."

Deuce olhou para Pearl e fez um sinal negativo, repetindo aquele gesto protetivo com a mão, para impedir que certas coisas fossem ditas.

"Se fôssemos contra ele, isso o deixaria de coração partido, e, se não conseguíssemos impedi-lo, teríamos de matá-lo para garantir que ele não seguisse em frente, e não podemos matar nosso pai, tanto quanto não podemos permitir que ele mate nosso irmão."

"Puta merda." Maya estava ofegante. "E vocês não querem chamar a polícia?"

"Não. Creio que a presença dos policiais funcionaria como um acelerador e o forçaria a agir mais depressa. Ele não reconhece a autoridade policial, mas os veria como uma ameaça, e muitos poderiam morrer."

"Uau! Tá bom, tá bom, me desculpem, continuo falando uau, uau... Mas como vocês dois permanecem tão calmos e prudentes? Eu estou surtando."

"Somos como nosso pai nos fez. Ele nos deu tudo de si, e não o abandonaremos agora, justo no momento em que ele mais precisa. Por favor, nos ajude...", disse Pearl.

Esses dois deixavam Maya embasbacada. Ela desviou o foco deles, sua aparente clareza e desespero, dizendo: "Acho que posso fazer uma coisa. Acham que ele me escutaria?".

"Acho que sim. É por isso que estamos contando tudo isso. Ele gosta de você. Vi como ele gosta e a escuta", disse Pearl, encarando Maya com um misto de escárnio e gratidão.

Maya teve o ímpeto de perguntar o que a garota estava insinuando e como sabia disso, mas Deuce emendou em seguida: "Mas tenha cuidado, porque também acho que, se ele já estiver absolutamente decidido em seu intento, será difícil para qualquer um impedi-lo de seguir em frente. Meu pai é um homem altamente capaz. Ele será a Mão de Deus".

## 39

Maya queria muito chamar a polícia, essa seria sua reação instintiva, mas tinha dado sua palavra a Deuce e a Pearl, e eles pareciam saber como lidar com essas crenças mórmons arcaicas e arcanas. Conferiu o celular, tinha de voltar a Santa Monica para encontrar Sammy Greenbaum de novo, droga, tinha prometido. Confiava nessas crianças e as crianças confiavam nela, e eram bons garotos; além disso, já tinha ferrado o bastante com essa família. Talvez pudesse compensar, reparar. Mas foda-se a expiação, a expiação de sangue — que merda primitiva, que absurdo de olho por olho, dente por dente era isso? E quanto a Bronson? Ele esteve em sua casa, em sua cama, em seus braços, ela quase se apaixonou por ele, e ele era essa pessoa bíblica irracional, horrível, antiquada? Como não tinha visto isso? Ele disse que era um homem do passado. Ele disse, mas ela não escutou. Claro que era um fanático religioso, esse era basicamente seu cartão de visita, ela que escolheu não enxergar, ou melhor, escolheu ver isso como um atributo, tipo um hobby, e não como o alicerce de seu caráter. O que estava errado com seu radar?

Ou talvez tenha sido justamente por isso que se interessou por ele. Comparado a todos os moleques cínicos, gananciosos, calculistas e avarentos com quem convivia, Bronson era um sopro de ar fresco, tinha convicções verdadeiras, era um homem de verdade. Se tivesse de escolher entre Malouf e Bronson, escolheria os braços fortes daquele caubói-dublê sem sequer pensar duas vezes. Braços talhados pelo trabalho árduo e não jogando polo ou indo à academia, e as mãos também, mãos fortes, que agarram e seguram e fazem amor, mãos que também subjugam e matam. Será que estava a um passo de se tornar uma daquelas mulheres que apareciam no programa *20/20*, que se apaixonam por assassinos no corredor da morte? De repente, tomada por um misto de culpa e fascinação, via aquelas mulheres com outros olhos. Percebeu que seu próprio ego estava cego para a impossibilidade de não conseguir ler o caráter de um homem, que a intensidade necessária para um homem acreditar com tanta certeza na expiação de sangue fazia parte da própria urdidura do carisma que ela via em Bronson. Maya só não sabia até então que nome dar a isso. Tentar desvencilhá-lo desse fanatismo seria o mesmo que tentar transformar um leão em vegetariano e passear com ele pela cidade preso em uma coleira.

Reparou que dirigia o Tesla a mais de 120 km/h de volta a LA. Era tão fácil ir rápido, o motor não fazia o menor ruído. Desacelerou e deixou de lado as autorrecriminações, focando nas crianças, em Hyrum. Quarenta e cinco minutos depois, estacionou na rotatória do hotel Shutters, com a bateria do Tesla quase descarregada. Antes de entrar e se submeter a uma segunda rodada de Sammy Greenbaum, inspirou fundo a brisa marítima e contemplou o mar, a poucos metros de onde estava. *É por isso que as pessoas vivem em LA*, pensou. Hipnotizada, caminhou em direção à água. A proximidade desse grande manto azul valia bilhões de dólares no jogo imobiliário. Entendia o porquê. Inalou o cheiro de mar profundamente e tentou acalmar o turbilhão dentro de si. Sammy podia esperar uns minutinhos.

Tirou os sapatos de salto alto quando saiu do asfalto, deslizou o pé descalço na areia e teve um vislumbre de clareza. Ligaria para aquele guarda-florestal, Dirk — ele não era um policial, pelo menos não oficialmente. Mas tinha um uniforme e uma arma e, Maya presumiu, treinamento para usá-la. Já tinha até sacado a arma na frente dela uma vez, e pareceu interessado nela, talvez quisesse impressioná-la.

Ligou para Dirk. Ele estava de folga, mas disse que isso era bom, pois assim seria mais fácil lhe fazer algum favor. Maya lhe explicou a situação, disse que a vida de um jovem menino inocente poderia estar em risco.

"Que horror sentir-se assim... que alguns estão além da salvação e do perdão. Parece até que estão menosprezando a própria missão de Cristo, como se seu sacrifício não tivesse sido completo. Não gosto nada disso", disse Dirk, recorrendo ao seu discurso de sabe-tudo e, então, ficou mudo do outro lado da linha. "Eu não te contei isso", ele enfim prosseguiu, enquanto Maya ponderava que na verdade ele não tinha contado a ela quase nada, "mas tive um irmão que foi assassinado quando eu era mais jovem. Por isso que fui trabalhar na Guarda Florestal. Queria dar àquela terra a proteção que meu irmão não teve."

Bem, nada daquilo fazia muito sentido, mas Dirk estava se abrindo com ela e parecia receptivo à ideia de se prontificar para ajudar.

"Oh, eu sinto muito."

"Quer saber, vou chamar uns camaradas agora mesmo, uns caras casca-grossa, que gostam de lançar mão de seus direitos da Segunda Emenda para usar suas armas — acho que entende o que estou querendo dizer —, e esses são os mocinhos — civis que patrulharam o parque comigo voluntariamente durante a paralisação de Trump em dezembro de 2018. Benfeitores fodões. Vou ligar pra eles. Vou juntar meu bando *ahora mismo*, e vamos fazer uma visitinha ao Sr. Caubói Mórmon e trazer o garoto de volta são e salvo até o pôr do sol de hoje, *no problema*."

"Por favor, não machuque ninguém."

"Senhorita, a arma é um instrumento de paz; é usada justamente para que ninguém se machuque. Quando as palavras não são persuasivas o bastante, a arma tem um poder de convencimento maior. É assim que funciona."

"Eu não sei, Dirk... Por favor, não quero que eles se machuquem. Não quero que você se machuque. Ele também está armado."

"Você é mesmo uma doçura. Nunca atirei em ninguém na vida, e não pretendo mudar isso hoje. Ele estará cercado e então ouvirá a voz da razão. Compreende?"

"Pode ser que ele não escute a razão."

"Ficar cara a cara com uma arma costuma tornar os homens bem razoáveis, até os mais insensatos. Eu prometo, não vou atirar. Sem derramamento de sangue. Deixe comigo."

"Promete que vai me ligar de hora em hora?"

"Sim, mamãe, de hora em hora", ele riu.

"Como posso pagar você?", ela perguntou. "Pago o que você quiser."

"Assim você me ofende, senhorita. Faço isso por amor. Sou um homem cristão, e um cristão verdadeiro, nada dessa baboseira mórmon. E o que está em jogo aqui é o amor e a misericórdia, e uma criança."

*Cada um age movido por suas próprias razões*, pensou Maya. Amor, misericórdia e uma criança eram tão boas quanto quaisquer outras em que conseguia pensar.

"Tá bom. Muito obrigada."

Houve uma pausa do outro lado da linha.

"Só me deixe levar você para jantar quando tudo isso estiver acabado."

... Oh, Jesus. Um pequeno preço a pagar. Estava pronta para cruzar essa linha quando chegasse a hora.

"Eu adoraria, Dirk."

## 40

Bronson consultou suas pedras de vidente e tentou ler o céu. Quanto mais decididas fossem suas ações, mais veria com clareza. Havia quatro nuvens sobre ele hoje, e conforme observava as pedras, as nuvens assumiram a forma de quatro homens e então se fundiram em uma nuvem enorme que virou fumaça, fumaça de fogo, um incêndio tão abrangente que, por um momento, Bronson duvidou de si mesmo e quis mudar o rumo de suas ações. Mas foi uma sensação passageira. Estava com frio de manhã, uma fogueira cairia bem. Cheirou o ar e lembrou daquela velha música de Dylan que dizia *"you don't need a weatherman to tell which way the wind blows"*.* Não se lembrava do nome da canção agora, mas a encrenca estava soprando do oeste. Sabia onde colocar as armadilhas.

Depois que fez isso, foi para os fundos dos estábulos. Usava as baias do fundo como uma espécie de porão, onde guardava seus velhos equipamentos de dublê, e vários rojões e outros fogos de artifício que gostava de usar para divertir as crianças quando elas queriam um show pirotécnico. Era o único espetáculo que lhes concedia. Todo ano, no dia 23 de dezembro, aniversário de Joseph Smith. Dois dias depois do solstício de inverno, o dia mais escuro do ano. Os fogos de artifício representavam a volta da luz para o mundo, luz na forma de Joseph Smith, luz na forma de Bronson Powers. Ainda tinha uma tonelada dessas tralhas, truques de seu antigo ofício. Pegou o que achou que poderia precisar, voltou para casa e esperou, olhos e ouvidos atentos ao oeste. O som viajava com clareza no deserto. Fez uma varredura, virando a cabeça como um coiote. Naquele momento, orelhas tinham mais serventia que os olhos. E os ouviu ao longe.

---

\* "Você não precisa de um meteorologista para saber para que lado o vento sopra." Verso da canção "Subterranean Homesick Blues", de Bob Dylan (N. T.)

E ali eles vinham, bem na hora, conforme lhe fora revelado pelas pedras de vidente, as quatro nuvens avançando sobre ele como uma só, quatro homens em quadriciclos, tais e quais os quatro cavaleiros do apocalipse suburbano. Bronson pegou seu equipamento e dirigiu-se ao lugar que escolhera para encontrá-los, perto de um notável grupo de árvores de Josué. Precisava chegar lá antes deles. Pulou no cavalo. A corrida tinha começado. Entregou uma arma para Hyrum.

"Pegue seu arco e flecha também. Monte em seu cavalo e venha comigo, Hyrum. Parece que temos companhia."

Aprontaram as selas no celeiro e encontraram os homens nos quadriciclos em frente da casa. Bronson ergueu a mão, mostrando o revólver, e pediu que eles parassem.

"Rapazes, vocês estão invadindo uma propriedade privada", avisou.

Dirk sorriu. Aquilo era uma abertura perfeita de um faroeste, pensou, satisfeito. Os outros três homens saltaram dos quadriciclos, ameaçadores.

"Meu nome é Dirk. E não queremos problemas, Bronson Powers", disse o guarda-florestal, pensando, *Caraca, parece que essas frases foram escritas para mim — isso vai ser fácil, quatro contra dois*, "mas precisamos que você nos entregue o garoto, Hyrum."

"Meu garoto? Vocês querem tirar meu menino de mim?" Eles estavam com medo — ele sabia disso pelo jeito como estavam agrupados um perto do outro, como um bando de presas. Predadores do topo da cadeia alimentar caçavam sozinhos, como Bronson.

"Aonde está indo nesse cavalo?", Dirk perguntou. "Volte aqui."

"Parece que você está com medo", Bronson respondeu. "Isso aí na sua cara é pólvora?"

"O quê?" Dirk passou a mão no rosto e viu os dedos esbranquiçados pelo excesso de protetor solar com que sempre besuntava no rosto. "Não, cara, é protetor solar. Você também devia usar.

Vai acabar tendo câncer de pele. Mas chega de conversa fiada, entregue sua arma." Os outros três homens avançaram ao mesmo tempo para mais perto de Dirk, levando as mãos às armas, o rosto pingando nervosamente o suor esbranquiçado de protetor solar.

"Esta pistola?" Bronson puxou lentamente a jaqueta mais uma vez, pousando a mão no revólver, e os quatro homens sacaram suas armas com diferentes níveis de facilidade e destreza.

"Oh, meu Deus, Hyrum... parece que estamos em menor número..."

Hyrum puxou uma flecha de sua aljava e a carregou no arco com a mesma rapidez que qualquer um daqueles homens miraria suas armas, e deixou a flecha voar. Os benfeitores fodões dos quadriciclos se encolheram e gritaram, tentando se defender. A flecha atingiu o pneu dianteiro de um dos veículos e o ar começou a sair.

"Droga, filho", reclamou Dirk. "Não faça isso. Estamos do seu lado."

"Não queremos problemas", Bronson disse, inabalável. "Só estamos pedindo que nos deixem em paz. Hyrum não gosta de desperdiçar flechas com pneus, não é, Hyrum?"

"Não, senhor. Não tenho nada contra pneus."

"Só deem meia-volta e me deixem quieto aqui na minha terra pra cuidar da minha vida."

"Veja bem, não posso fazer isso, Bronson." Dirk aprendera com filmes de negociações de reféns que continuar repetindo o nome do raptor acaba criando uma conexão humana. "Porque sei muito bem como pretende cuidar da sua vida hoje, Bronson, e não posso deixar você machucar Hyrum."

"O que ele está dizendo, pai?"

"Ele tá falando merda, filho. E está prestes a pôr os pés em um mundo para o qual não está preparado."

"Ele vai machucar você, garoto. Seu próprio, pai. Abaixe a arma", ordenou Dirk, embora sua voz estivesse um pouco trêmula.

"Não, obrigado, senhor. Escute, qual é mesmo seu nome?"

"Dirk. Dirk Johnson."

"Escute, Dirk Dirk Johnson, você é um guarda-florestal, né? Já vi você antes."

"Correto, Bronson."

"Ótimo. Então, quando você vê algo triste, mas natural, acontecendo no deserto durante seu trabalho... por exemplo, se vê um falcão capturando um coelhinho bonitinho, ou vê um coiote macho matar e comer os próprios filhotes durante uma seca, ou quando está passando fome, você se mete porque acha que sabe mais que a natureza? Você banca Deus porque acha que já sabe qual seria o final feliz? Ou deixa o deserto ser o deserto?"

"Isso é diferente, Bronson."

"Não é diferente, Dirk. Estou pedindo que você deixe o deserto ser o deserto." Os homens estavam desconcertados e silenciosos, e confusos com o tom pastoral e a impenetrabilidade à pressão masculina que eles estavam tentando impor.

"Você vai acabar na prisão, Bronson", disse Dirk, com a maior neutralidade que conseguiu. "Como vai cuidar do seu garoto, então?"

"Estou disposto a ir à prisão por ele", rebateu Bronson. "Droga, estou disposto a ir ao inferno por ele. Mas não estou disposto a ir ao paraíso sem ele."

Hyrum olhou para o pai, apertando os olhos, e inclinou levemente a cabeça, tentando discernir de onde vinha o som. Mas um dos benfeitores fodões deu um passo à frente de repente, e Hyrum se virou, já mirando o arco.

"Que merda é essa?", o homem gritou, gesticulando com a arma em punho. "Cale a boca e abaixe a porra dessa arma, seu moleque doido!"

"Ei, calma aí, Sam, tá bom. Calma, calma, todo mundo. Vamos pensar antes de agir."

Dirk forçou um sorriso e ergueu a mão, tentando acalmar seus homens.

"Bronson, tire sua arma do coldre, coloque lentamente no chão e se afaste. O mesmo vale pra você, filho, abaixe esse arco. Isto aqui não é a porra de *O último dos moicanos*."

Bronson olhou para Hyrum suspirando.

"Nós tentamos, filho. Vamos."

Bronson puxou as rédeas e instigou seu cavalo para longe dos homens. Hyrum o seguiu de perto como uma sombra. Abriram uma boa dianteira porque os dois homens no quadriciclo com o pneu murcho tiveram de pegar suas coisas e passar para o outro veículo antes de começar a persegui-los. Bronson estava com seus dois melhores cavalos e tinha a vantagem de conhecer o terreno. Toda vez que o quadriciclo sobrecarregado se aproximava, Bronson desviava para uma ravina ou para um leito rochoso onde eles não podiam segui-los diretamente, apenas continuar em seu encalço por caminhos paralelos. Esse jogo irresistível se arrastou por cerca de trinta minutos.

Os cavalos estavam espumando, sedentos, quando Bronson os levou ao lugar sagrado onde Maya os viu pela primeira vez. O lugar onde seus bebês tinham sido enterrados. O terreno estava repleto de avisos de "Não ultrapasse", além de velhos e bizarros espantalhos que pareciam profanas gárgulas semi-humanas. Atrás de Bronson e Hyrum, a fachada íngreme de um rochedo bloqueava o caminho de um lado e, do outro, o terreno acidentado e os cactos impossibilitavam a passagem dos cavalos. Parecia, aos perseguidores no quadriciclo, que Bronson tinha estupidamente se metido num beco sem saída.

Ele virou o cavalo e encarou os outros homens. Hyrum era uma sombra precisa seguindo cada movimento do pai. Dirk olhou para os três colegas. Acenaram uns para os outros e avançaram, em conjunto, como um bando de presas, como os humanos fracos e modernos que eram.

"Mãos ao alto! Você também, moleque!", Dirk gritou, esquecendo, na empolgação, o nome de Hyrum.

Bronson levantou os braços, em rendição, tal e qual uma árvore de Josué, e Hyrum fez o mesmo. Enquanto Dirk recuava alguns passos, mantendo a arma apontada para Bronson a cerca de dez metros de distância, os outros três se arrastaram para a frente.

"Coloque sua arma no chão! Coloque o arco e as flechas no chão! Agora!"

"E como é que vou fazer isso se estou com as mãos pro alto?", disse Bronson, com a impresso de que tinha usado essa piadinha em um filme no qual tinha sido dublê do caubói protagonista.

"É, seu filho de uma vadia!", acrescentou Hyrum.

"Ei, não fale assim", Bronson repreendeu o filho. "Não gosto de palavrões."

"Foi mal, pai."

"Não me xingue, garoto, estou tentando te ajudar", reclamou Dirk.

"Ele sente muito. Passou muito tempo na cidade ultimamente", explicou Bronson.

"Me desculpe, foi mal."

"Obrigado", disse Dirk, sentindo-se em vantagem. "Parece que você se meteu num 'desfiladeiro sem saída'. Imaginei que um cara do deserto conheceria melhor os caminhos."

Bronson olhou para a fachada de rocha atrás de si e para o emaranhado de cactos do outro lado, assentiu, cuspiu e baixou a cabeça. Dirk pensou que o homem estava envergonhado, humilhado por ter cometido tal erro de principiante na frente do próprio filho e por ter sido superado por outro homem com conhecimento superior do deserto.

"Agora, larguem suas armas e desçam dos cavalos, vocês dois. Já cansei de brincar de pega-pega", Dirk ordenou. A longa perseguição lhe dera tempo de recuperar o fôlego e a coragem. Seu sotaque de caubói de faroeste era reforçado à medida que ele ficava mais confiante. Bronson e Hyrum quase fizeram como lhes havia sido ordenado, desmontando obedientemente dos cavalos e jogando as armas, o arco e as flechas a cerca de dois metros. "Eu disse *larguem* as armas, não *joguem* as armas, caramba!", reclamou Dirk, indicando aos parceiros que recolhessem as armas. A princípio, os homens reagiram com cautela, mas logo caminharam agressivamente até onde Bronson e Hyrum as tinham jogado.

Os três homens, lado a lado, chegaram a poucos centímetros das armas e do arco de Hyrum, e um deles levantou o pé, como se tivesse pisado em alguma coisa, procurando na areia o que poderia ser.

"Mas que merda...?", ele começou a dizer, mas caiu antes de terminar a frase, quando a areia retrocedeu sob seus pés. O homem estava perplexo com a instabilidade repentina e tentou se agarrar aos outros dois colegas para recuperar o equilíbrio, mas, em vez disso, acabou puxando-os para a frente. E, antes que pudesse entender o que estava acontecendo, todos os três desapareceram na areia, como se a própria terra, cansada deles, os tivesse engolido.

Antes que Dirk pudesse estabelecer qualquer linha de raciocínio, antes que pudesse passar da curiosidade à autopreservação, Bronson tinha saltado e recuperado as armas e o arco de Hyrum. Dirk, o herói de bang bang, entrou em pânico e atirou em Bronson, mas apertou o gatilho bem antes da hora e errou feio. A bala acertou uns bons dois metros longe de seu alvo. Bronson lançou um olhar ironicamente empático para Dirk, como se dissesse, "Não se preocupe, filho, tente de novo".

Estendendo a mão calmamente para Hyrum, Bronson disse:

"Pegue minha mão, filho."

Hyrum pegou. Dirk mirou e atirou mais uma vez, mas pecou pela hipercorreção, e seu tiro passou ainda mais longe dessa vez, acertando o rochedo atrás de Bronson.

"Filho da puta..." Dirk resmungou e baixou a cabeça para outro tiro. Não erraria uma terceira vez.

Sem pressa, Bronson levantou sua arma e, sem malícia nem satisfação, atirou bem no meio da testa do guarda-florestal, atravessando o chapéu de aba larga. Dirk inspirou profundamente e arregalou os olhos, com uma expressão não muito diferente de um homem que, no meio de uma conversa, tinha finalmente lembrado o nome de alguém que não conseguia recordar. O grande chapéu foi arremessado para trás, junto com um bom pedaço do topo de seu crânio e, no seu último ato de vida, Dirk levantou a mão esquerda para tentar agarrá-lo, como se esse fosse o assunto mais urgente do momento, como se fosse capaz de colocar o cérebro de volta na cabeça se pudesse segurar o chapéu. Seus olhos então reviraram e ele caiu de lado, com o braço esticado, o sangue vazando de seu cérebro, empoçando e criando grumos na areia sedenta.

Bronson podia ouvir os homens gritando de dentro do buraco. Montara aquelas armadilhas anos atrás com Deuce, quando o filho ainda era um garotinho, para deter coiotes e outros grandes intrusos, como homens. Era uma armadilha no estilo das estacas punji do exército vietnamita. Bronson cavou várias delas ao redor deste local sagrado e seus filhos sabiam que tinham de ficar longe dali. Tinha montado essas arapucas havia bastante tempo para garantir que, se alguém descobrisse os filhos que tinha enterrado ali, essa pessoa não voltaria para contar histórias. Mas nunca nada tinha disparado as armadilhas, até agora.

Bronson aprendeu a montar aquelas arapucas quando fazia pesquisas de trabalho para filmes ambientados no período da guerra do Vietnã. *Rambo*, *Nascido em 4 de Julho*, *Platoon*. Até caíra em algumas delas, por dinheiro. Mas sempre havia um colchão no fundo para amparar sua queda. Não havia colchão para esses homens, no entanto. Bronson não havia lambuzado as estacas com fezes e urina para causar infecções, como os vietnamitas faziam, mas tinha jogado umas cascáveis lá dentro naquela manhã, só por garantia. Aquilo era um buraco infernal, sem dúvida, e os sons dos torturados e dos condenados subiam aos céus ensurdecidos. Não se aproximou para espiar dentro do buraco de quase cinco metros de profundidade porque sabia que eles ainda estavam armados. Os homens gritavam sobre braços e pernas quebrados, sangue e cobras, e pediam misericórdia. Implorando por ajuda ao inspirar e ameaçando vingança ao expirar. Ouvia que eles tentavam desesperadamente usar os celulares.

Bronson puxou o corpo sem vida de Dirk até a borda do buraco, agarrou-o por um braço e uma perna e, girando-o tal e qual um arremessador de martelo olímpico, jogou-o lá para dentro. Os três homens lá no fundo gritaram e choraram quando o cadáver de Dirk aterrissou sobre eles. Até podia apontar a arma para lá, mesmo sem ter uma boa visão, e começar a atirar, mas não valia a pena desperdiçar balas ou se expor à mira desesperada deles. Censurou o menino curioso.

"Não chegue perto demais do buraco, filho."

Decidiu simplesmente ir embora. Atirou nos pneus do quadriciclo e pegou a chave. Se os homens tentassem escalar as paredes arenosas, acabariam sendo enterrados vivos e, se não tentassem, as estacas, as cobras e o calor os matariam rapidamente. E se conseguissem sobreviver tempo o bastante para serem resgatados? Tudo bem, também, que assim fosse, Bronson só precisava mantê-los longe por algum tempo. Deus, ou o diabo, decidiria os detalhes.

Bronson e Hyrum montaram de novo em seus cavalos e dispararam de volta para casa, deixando para trás os lamentos desesperados. Mais homens, melhores, mais bem treinados e com armas melhores, chegariam muito em breve atrás de seu garoto, pensando que o estariam protegendo, quando, na realidade, só o estariam condenando. Eles não sabiam o que estavam fazendo. Precisava se preparar. Em poucas horas, faria quase quarenta graus e o vento quente já estava soprando, implacável — os ventos terríveis de Santa Ana — e ainda havia muito a fazer.

## 41

Horas se passaram, e a hora em que Dirk deveria ligar e se encontrar com Maya veio e se foi havia muito tempo. Mas Maya ainda estava procrastinando no bar Shutters com um Sammy Greenbaum totalmente à vontade (depois de três doses de whiskey sour). Ela estava com medo de se mexer e perder uma ligação do serviço costeiro, então ficou presa lá na beira do Pacífico, sentada em uma mesa de bar, observando o celular com todas as barras de sinal funcionando. Aparentemente, Sammy Greenbaum ia mudar o mundo com um filme de terror.

"Como *Corra* mudou o mundo", disse ele, saboreando sua terceira cereja marrasquino.

"Como assim, mudar o mundo?"

"Claro que sim, porra, por um ano inteiro, até mais. Mais do que a porra do *Ghandi*."

"A pessoa ou o filme?"

"Ambos. Que importa? Por que você olha tanto para o celular? Você tem namorado ou algo assim?"

"Não é da sua conta."

"Ah, namorada... peguei você?" Sammy perguntou, esperançoso, levantando as sobrancelhas.

"Não, sem namorado ou namorada."

"Bem, eu estava meio que esperando que você tivesse..." Sammy gaguejou, pedindo seu quarto whiskey sour. "Estou com disposição para um caso imprudente com uma mulher madura." Foda-se a Praetorian, foda-se a Hammer, e foda-se o mundo, esta mulher madura estava prestes a liberar o irresponsável dentro de si quando, finalmente, seu celular tocou. Mas não era Dirk ligando, era Janet Bergram. Sammy estava bisbilhotando.

"Oooooh", ele murmurou, "Janet... quem é Janet?"

"Minha carcereira", disse Maya, piscando para Sammy e se desculpando. Ela não queria que um Sammy naquele estado ouvisse a conversa.

Ela saiu do hotel, de olho no sinal do celular, que estava fraco, mas com duas barras. Havia pessoas circulando por toda parte, esperando o manobrista, então ela disse a Janet para esperar um momento, tirou os scarpins novamente e seguiu à direita para a areia, que agora estava fria sob seus pés. Era uma noite clara e sem vento, e a praia estava quase vazia. A lua brilhava tanto que praticamente iluminava toda a orla.

"O que diabos está acontecendo? Eu liguei para Deuce e ele disse para ligar para você", Janet perguntou.

Maya caminhou em busca de privacidade em direção à orla. Embora tivesse que levantar um pouco a voz para ser ouvida por causa das ondas quebrando, ela contou a Janet sua discussão com os gêmeos sobre aquela coisa maluca de "expiação de sangue" e a decisão de enviar os guardas, não os policiais. "Você está louca, porra?" Janet parecia estar no viva-voz. "Esses guardas-florestais não são policiais — eles não são treinados para isso. Eles são como seguranças de shopping. Você tem que chamar a polícia e não se envolver mais, Maya. Isso é uma merda séria. Muito séria para mim. Se você não chamar a polícia, eu vou chamar. Agora mesmo."

"Pearl e Deuce não queriam que eu fizesse isso."

"Eles são crianças, seja a adulta, use a porra da sua cabeça, Maya. Você quer ser cúmplice? É hora de recuar. Hyrum não deveria ter deixado o Rancho Cucamonga. Bronson sequestrou o próprio filho, infringiu a lei. Ponto-final. Estou chamando a polícia agora mesmo."

"Não."

Os policiais significariam o fim do negócio, sem dúvida. O fim de tudo. Maya ainda tinha esperança de uma solução silenciosa, seguida de uma apropriação de terras que os tornaria ricos. Ela também não gostava de receber ordens de uma funcionária pública 'toda santinha'.

Janet não via a coisa dessa forma.

"Olha, Maya, você conseguiu o que queria. Chame a polícia, Bronson será preso e perderá a guarda dos filhos. Por que você de repente está tendo um ataque de consciência?"

A retidão e a certeza de Janet estavam cansando Maya.

"Com quem você se importa, Janet?"

"Que pergunta é essa?"

"Você entendeu o que eu disse."

"Acho que não."

"Você não se importa com Bronson."

"Talvez você se importe demais com Bronson."

Maya ignorou o comentário e continuou.

"Eu não sei se você realmente se importa com Pearl e Deuce. Não sei até onde vai seu interesse em usá-los e como isso reflete em você. Tenho certeza de que você não se importa com Hyrum. Você se preocupa com suas escolas e com o dinheiro que entra em sua comunidade."

Maya esperou que Janet se defendesse. Nada. Maya pensou que talvez a ligação tivesse caído.

"Alô? Alô? Janet? Porra."

"Estou aqui. E eu não vou ter essa discussão agora com você, Maya. Estou chamando a polícia. Mas, para responder à sua pergunta, sim, eu me importo com essas crianças, mas me importo com todas as crianças, e tento calcular quem receberá o maior benefício, se atingirá o maior número possível de beneficiados. É nisso que eu acredito. Matemática. Essas são apenas três crianças, três crianças de milhares que nunca receberam uma vacina, e a cada ano nascem mais. Eu me importo mais com os milhares do que com os três. Você quer me xingar por causa disso? Não me importo. Estou chamando a polícia."

Janet desligou na cara dela. Uma grande onda se formou e bateu na areia como o rugido de algum animal ameaçador, assustando Maya. A água branca e espumante correu para ela de repente, atingindo-a na altura do joelho com tanta força que ela quase perdeu o equilíbrio. Durante a conversa acalorada, ela não tinha percebido que quase entrou no mar. Seu vestido preto curto estava encharcado com as ondas que batiam em suas pernas, como um ser insistente e irracional, incitando-a a deixar a praia e ir além, arrastando-a para o mar. Maya ergueu os olhos quando uma onda de um metro quebrou sobre ela. Ao longe, no horizonte, o luar caía sobre o mar como lâminas reluzentes.

## 42

Mary acordou com sons estranhos, que começaram baixo e foram aumentando à medida que despertava: sons de motores e homens discutindo. Ela vestiu algumas roupas e saiu cambaleando para a cozinha: "O que está acontecendo, Bro? Eu ouvi alguns gritos e alguns motores?". Bronson estava olhando pela janela da cozinha, seu olhar era o de um pregador. Seu rosto estava suado, ele estava agitado e ao mesmo tempo distante, louco com a perspectiva da salvação. Ela tinha tomado o último de seus comprimidos de oxicodona na noite anterior e ainda estava um pouco grogue. Teria de comer restos da janta no café da manhã, o que não era uma forma agradável de começar o dia. Ela queria um café.

Bronson pregava.

"'E o Senhor disse a Josué: 'estende a lança que está em tua mão para Ai; porque eu o entregarei em tua mão. E Josué estendeu a lança que tinha na mão em direção à cidade'."

"E um bom dia para você também, Bro."

Bronson não sorriu. Ela sabia a que ele estava se referindo, uma lenda alternativa à nomeação da árvore de Josué, assim chamada não pela postura de oração de Moisés no Êxodo, mas sim pelo braço estendido do próprio Josué segurando uma lança em preparação para a batalha violenta, em Josué 8. "Hoje, minhas mãos não estão levantadas em oração. Minhas mãos estão levantadas segurando uma lança. Junte as crianças, Mary, e pegue sua arma." Bronson foi para os fundos da casa e Mary foi atrás dele.

"O que foi, Bronson? O que está acontecendo?"

"Eles estão vindo atrás de nós, Mary. Mas eu não vou deixar nenhuma das crianças se machucar. Entendeu?"

"Sim, mas por que eu preciso da minha arma?"

Bronson parou e colocou suas mãos nos ombros de Mary, dizendo: "Em 1844, Joseph Smith declarou lei marcial em Nauvoo. Estou declarando o mesmo em Agadda da Vida, Joshua Tree, hoje. Não haverá outro massacre de Hawn's Mill".

"O quê? Querido, você não pode declarar lei marcial."

"'O que é lei para o leão, para o boi é opressão.' Eles estão vindo atrás de nós como vieram atrás de Joseph e Hyrum em Carthage em 1844. A multidão pintou os rostos de preto com pólvora e está vindo para matar."

Mary conhecia as histórias mórmons, oscilando entre os antigos textos bíblicos e as adições de Joseph Smith no século XIX, sua constelação de alusões, mitos e histórias. Ela tinha aprendido bem com Jackie e Bronson. Sabia que Bronson estava criticando os assassinos do profeta Joseph Smith e seu irmão Hyrum, e, quando olhou para seu homem, não sabia se ele e a sua mente também estavam em 1844, se ele estava completamente identificado com o fundador de uma família e de uma religião, Joseph Smith, ou se era um homem confuso e conflitante em 2020. Foi por isso que tinha vindo para o deserto? Para entrar no tempo mitológico, no tempo geológico? O que foram 176 anos para a terra empoeirada, senão um piscar de olhos? Para os pedregulhos e areia, que antes eram um oceano, 1844 não era apenas um milissegundo antes de 2020? E não era o próprio Bronson Powers um ser mitológico, uma extensão humana do deserto? Uma árvore de Josué que magicamente ganhara vida, como um homem com braços suplicantes?

Bronson deve ter notado Mary pensando, porque pegou as mãos dela gentilmente. "Você acha que eu perdi a cabeça?"

Ele perguntou com uma inocência e uma vulnerabilidade tão diretas que ela quis abraçá-lo e acariciar seu rosto. Depois que Jackie morreu, ela tentou tomar o lugar dela como uma rocha, embora ninguém pudesse substitui-la, e a natureza de Mary não fosse a de uma rocha. Mas ela tinha sido a primeira não mórmon a dizer a ele que sua visão de uma vida no deserto não era uma farsa ridícula. Isso significou muito. Ela sempre tentou ser, mesmo antes de acreditar plenamente em si mesma, a terra firme sob os pés dele. Ela não conseguia deixar de ser o chão sob os seus pés ou de lhe trazer o sol ardente do céu.

"Ah, Bro... Não. Acho que talvez você tenha se perdido."

Ela viu um véu cair de seus olhos quando ele percebeu isso.

"Perdi meu caminho?", perguntou Bronson a si mesmo, embora aquilo soasse mais como afirmação do que como pergunta. Ele estava de volta, um homem racional do século XXI que via a religião como uma diretriz para uma moralidade cristã amorosa, e não como um conjunto de regras intransigentes e sangrentas. Ele não era o profeta em fuga em 1844.

"Sim, querido", disse Mary, gentilmente.

Bronson parecia prestes a chorar, como se pudesse desmoronar nos braços dela, mas então inclinou a cabeça como se tivesse ouvido alguma coisa, como se estivesse sintonizado a uma frequência que só ele podia ouvir e que, de repente, foi ficando mais aguda; Mary não ouvia nada. E, com a mesma rapidez o véu, invisível, mas tão ofuscante quanto as pedras de vidente, caiu novamente sobre os olhos dele, e ele se endureceu. Ele agora balançava, quase dançando. Sentindo que sua vulnerabilidade estava desaparecendo rapidamente, Mary usurpou o papel de pregadora e buscou as escrituras, Malaquias 4:6, esperando chamar seu homem de volta à razão com as palavras fundamentais que ela ouviu em sua mente. "E ele converterá o coração dos pais aos filhos, e o coração dos filhos a seus pais, para que eu não venha e fira a terra com maldição."

"Eles estão vindo agora", disse Bronson.

Mary sabia que tinha que dizer algo, alto e imediatamente.

"Ele é apenas nosso garoto, Bronson. Apenas um garotinho."

Bronson assentiu, mas havia partido, voltando para um passado que era o eterno presente no tempo mítico, perdido em uma visão de si mesmo como ator e dublê, um herói de película em um filme de história antiga. Ele não estava mais performando como costumavam dizer no AA, ele não estava atuando, estava sendo ele mesmo, com absoluta certeza. Sua fé original não se baseava no amor fraterno e nas boas obras, no exemplo de Jesus amando seus inimigos e virando o rosto, mas no mistério sangrento no coração de tudo, um homem muito mortal em uma cruz sofrendo sob o olhar passivo de um Pai que se recusou a levantar a mão para salvar Seu filho. Bronson sentiu esse filicídio sagrado dentro de seus ossos, porque, sem isso, a religião que ele havia aceitado era apenas um monte de prós e contras e canções de ninar. Não que ele próprio fosse um assassino nato, ele não era, ele era um homem gentil, mas precisava sentir aquela escuridão aniquiladora, porque, sem escuridão, sem contraste ou visão, não havia verdade ou ressonância. É aqui que tudo começa e termina — Cristo, o filho perfeito e imperfeito, sofrendo todas as dores que um corpo humano pode oferecer, sangrando lentamente e sufocando até a morte enquanto seu inescrutável e incognoscível Pai olha do céu. Esse era o Pai por quem amar e lutar. Bronson pensou em seu próprio pai e depois em seu próprio filho. Ele sentiu um solavanco, como se um relâmpago percorresse seu corpo, uma fortificação de sua alma, empurrando-o para a frente. Ele estava novamente cheio de raiva e amor. Enquanto reafirmava as origens de sua fé, Bronson podia ver que Mary pensava que ele estava perdido, e isso o enchia de tristeza, fazendo-o se sentir sozinho, mas isso acontecia apenas porque, pensou consigo mesmo, ele tinha corrido tão à frente dela, sim, de todos eles, que eles o tinham perdido de vista. Ela o seguiria, ela iria alcançá-lo, seus passos, solitários e visíveis na areia, mostrariam a ela, mostrariam a todos eles, o caminho.

"Você confia em mim, Mary?"

"Como assim?"

Ela confiava nele, absolutamente, mas isso não significava que se sentisse segura com ele.

"Em tudo. Eu nunca faria nada para prejudicar o menino. Eu preciso da sua fé agora."

Mary olhou novamente para Bronson rezando, agitado. Viu aquela velha necessidade em seus olhos. Esse era o homem com quem ela tinha se casado. Sim, ele era falho de uma forma que tantos homens eram, mas ela estava distante dele havia quase um ano e não viu nada lá fora que a convencesse de que houvesse uma vida melhor em qualquer lugar na civilização. Esta era a vida dela, com ele, com esta família, fosse boa ou ruim. Pearl e Deuce estavam seguros e livres, eles estavam construindo seus futuros longe dali. Abençoados sejam. Ela tinha feito seu trabalho. Ela ficaria e garantiria que o resto das crianças sobrevivesse e saísse também. Ela ficaria em Agadda da Vida e seria uma proteção amorosa quando necessário. Então, Mary sentiu um cheiro que chamou sua atenção imediatamente, um cheiro estranho, mas familiar, como ovos podres que ela não conseguia identificar por causa dos efeitos da oxicodona. Havia uma substância clara e levemente pegajosa nas mãos de Bronson, quase como um muco, que também estava nas mãos dela agora.

"Que cheiro é esse?"

Bronson soltou as mãos de Mary, limpando as palmas das mãos nas calças, e se dirigiu para a casa, chamando-a: "Pegue sua arma, Mary, e leve o resto das crianças para o celeiro. Hyrum e eu ficaremos em casa. Apenas permaneça no celeiro. Tudo ficará bem."

Ela tentou detê-lo uma última vez, colocando todo o amor, preocupação e história que ela tinha em uma palavra.

"Bronson!"

Aquilo o congelou. Ele sabia que Mary sempre o chamava de *Bro*, a menos que estivesse chateada. Quando ela o chamava de *Bronson*, ele sabia que algo estava acontecendo. Naquele instante, várias lembranças de felicidade e brigas domésticas o atingiram, e ele sentiu uma pontada agradável e nostálgica. Bronson se virou para encará-la e sorriu, grato por tudo que viveram juntos. O que quer que estivesse fazendo, ele estava totalmente no controle. Bronson piscou e disse: "Eu tenho que dar um jeito no babuíno". E então ele virou as costas e foi embora.

## 43

Os três carros da polícia de San Bernardino estavam respondendo a um distúrbio doméstico/possível sequestro em um endereço a que nunca tinham ido, do qual nunca tinham ouvido falar e que, aparentemente, não existia. Tiveram que ser guiados pelo GPS no meio do deserto, andando em um terreno que danificou seus veículos. Passaram algumas horas frustrantes vagando, até que finalmente viram uma casa erguer-se milagrosamente diante deles, como uma miragem. Mas não era uma miragem. Eles se arrastaram até lá com cautela, apertando a sirene para se anunciarem e falando pelo megafone: "Departamento do Xerife do Condado de San Bernardino". Ninguém respondeu.

Saíram dos veículos e gritaram novamente: "Departamento do Xerife do Condado de San Bernardino".

Uma bala acertou um farol. Eles se esconderam atrás dos carros.

Os homens começaram a conversar, nervosos.

"Jesus, acho que ele não está com vontade de falar."

"É algum tipo de mórmon maluco."

"Tem que ser, para viver aqui nestas condições."

"Mórmon? Achei que eles fossem os mocinhos."

"Nós somos os mocinhos", disse o sargento Paul Dark.

Ele já estava havia trinta anos no cargo, e sua voz forte e sem pressa, que dava comandos através de um grosso bigode grisalho, inspirava confiança em seus homens e lhe rendia muitas comparações com o ator Sam Elliott. Ele era conhecido carinhosamente como "sargento Coors".

"Quantos vocês estão vendo?"

"Eu vejo um homem na janela da frente, do lado esquerdo, sargento."

"Vejo um menino, janela do lado direito."

"Um homem e um menino? Só? Deveria haver mais crianças."

"Vamos ligar para ele, falar com ele."

"Ele não tem telefone", respondeu o sargento Dark.

"Sem telefone? Agora estou com medo — isso é alguma loucura."

"Não, ele é uma espécie de acumulador sobrevivente, vive fora do radar."

"Supremacia branca?"

"Nenhuma informação sobre isso. Não tenho outro histórico, além do fato de ele ser mórmon e louco por seu filho", confirmou Dark.

"Cara, não gosto de não saber com quem estou lidando", disse um dos policiais.

"Eles nos mandaram foder com o pau meio mole."

"Talvez a gente devesse esperar por mais informações."

"Sei, você quer esperar até o filme sair, para aí então ver o que deve fazer?"

Dark interrompeu o debate.

"Mocinhas, vamos parar de reclamar?"

"Ele é um tipo diferente de cara, hein?"

O sargento respondeu com firmeza.

"Sim, um tipo diferente de cara. E nossos paus estão sempre duros. Não é fácil, mas é a vida, certo, rapazes?"

"Certo", todos responderam em uníssono.

"Tudo bem, Adams", continuou o sargento, "volte para o carro e dirija até o lado da casa, à direita, para ter visão da parte de trás também. Jacko, siga para o lado esquerdo, e não deixa de vigiar também a parte de trás, está bem? Vamos prendê-lo e esperar por mais reforços. Ele vai se sentir acuado e vai desistir. Ele é um pai que ama seu filho. Ele só está confuso neste momento. Vou fazê-lo falar, de homem para homem, de pai para pai, de cristão para cristão."

"E se eu der um tiro no idiota da supremacia branca?", perguntou Adams.

"Ninguém disse que ele é um supremacista branco."

"Sargento, e se ele acabar se mostrando exatamente do jeito que pensamos que possa ser..."

"Adams, fique quieto agora", disse o sargento Dark. "Ainda não temos certeza de nada."

"Aquela porra de tiro já mostrou muita coisa."

"Se eu tiver uma chance, posso dar um tiro nele?", perguntou Jacko. "Se ele está querendo ser morto por um policial ao ameaçar aquele garoto, devo dar isso a ele?"

"Ei, todos vocês", Dark estendeu os braços. "Calma. Não estamos em um filme. Sem fogo cruzado agora, ok? Ninguém dá um tiro. Ninguém aperta a porra do gatilho ainda. Nós vamos cansá-lo. Sem individualidade. Atuamos em equipe. Entenderam?"

"Entendido."

Todos foram respondendo em sequência.

"Jacko? Você me ouviu?"

"Ouvi, sargento. Sem confronto direto."

Os homens acenaram solenemente um para o outro. Todos tinham algum nível de treinamento para essa situação, mas eram policiais comuns, nenhum deles jamais esteve em uma situação real com refém. Algumas horas antes, todos estavam almoçando em San Bernardino e falando besteira sobre mulheres e esportes, pensando em malhar mais e comer menos. Agora isso. Vida e morte. Cada um deles estava aterrorizado à sua maneira com essa situação repentina e extrema, sonhando em ser herói ou envergonhado por estar com um medo cada vez maior: a covardia, o pior pesadelo.

"Já me casei três vezes. E tenho seis filhos", disse Dark. "Sei como lidar com sequestradores."

Os homens riram de alívio com a frieza de seu imponente sargento Coors.

"Vamos continuar falando com ele no megafone. Se ele sair com o menino, atirando, não atirem no menino, não atirem nele quando estiver perto do menino. Se virem alguma criança, não atirem. Mesmo que ele esteja atirando — procurem cobertura e se protejam. E falem comigo no rádio, combinado?"

"Sim, sargento."

"Pode haver outras crianças na casa e nós não sabemos. Está claro?"

"Claro, sargento."

"Ninguém se machuca hoje. Este é o filme que estamos fazendo. Não vamos agir precipitadamente. Vamos mantê-lo preso e fazê-lo falar, cansá-lo. Chame a SWAT aqui. Agora!"

Dois homens uniformizados entraram em um carro e dois no outro, o sargento e outro homem ficando atrás do terceiro carro. Os dois carros ocuparam as posições opostas na casa e foram atingidos por algumas balas no movimento. O sargento Dark informou pelo rádio que a situação estava se agravando rapidamente e solicitou a SWAT e, talvez, helicópteros. O rádio dele estava uma merda, não funcionava direito, a comunicação era ruim no deserto. Ele achava que seu pedido havia sido ouvido, mas não tinha total certeza. Os outros policiais não precisavam saber disso.

De sua posição no celeiro, Mary podia ver os carros da polícia se posicionarem com as armas apontadas para a casa, para Bronson e Hyrum. O efeito do remédio já tinha passado e ela permaneceu quieta, tentando garantir que os policiais não fossem atraídos por nenhum movimento, e que as crianças estivessem bem escondidas e silenciosas nos fundos do celeiro, a salvo de qualquer tiro. Os policiais tomaram suas posições, escondidos atrás de seus carros, mas Mary tinha uma visão clara e fácil de quatro deles. E ela era uma excelente atiradora. Ficou abaixada, ergueu a arma lentamente, equilibrando-a na moldura de uma janela vazia, mas esperou para atirar, mesmo sabendo que tinha seus alvos fáceis.

De dentro da casa, Bronson viu os dois carros de polícia parando nas laterais da casa. Ele sabia que buscavam vistas simultâneas da frente e de trás da casa, e era isso que ele queria:

que a vissem por dentro, para ver o que ele estava fazendo, na tentativa de estar um passo à frente dele. Os policiais estavam a apenas trinta metros de distância, podiam ver Hyrum e Bronson conversando, mas sem poder distinguir as palavras.

"Bronson Powers!", veio a voz do megafone. "Sou o sargento Paul Dark. Estou com o Departamento do Xerife do Condado de San Bernardino. Eu gostaria de conversar com você."

Bronson respondeu dando alguns tiros em um dos carros da polícia, e assistiu aos homens se escondendo e depois voltando. Recarregou. Hyrum apontou a arma do outro lado da casa para o outro carro.

"Não acerte em ninguém, filho", Bronson gritou do outro lado da sala.

"Eu sei. Se quisesse acertar um, já teria conseguido."

Bronson ficou maravilhado com a frieza do menino. Como ele costumava se divertir tanto com o pequeno guerreiro que ele era, e como essa mesma natureza o incomodava hoje — talvez houvesse algo mais sombrio ali. Ele sentiu o cheiro das balas disparadas no ar, sulfuroso como o diabo.

"Venha aqui."

Bronson chamou Hyrum. O menino fez o que lhe foi dito e correu para o lado de seu pai. A voz do Sargento Dark ecoou no megafone. "Bronson, pare de atirar. Não queremos que ninguém se machuque hoje. Estou aqui para ouvir. Vamos encontrar uma solução."

Bronson gritou para os carros da polícia: "Ei... ei!!!" até conseguir chamar a atenção de todos. Então ele rapidamente agarrou Hyrum pelo pescoço e apontou a arma para sua cabeça. "Eu vou matá-lo agora se vocês fizerem outro movimento! Ele é meu e eu faço o que eu quiser!"

"Socorro!", Hyrum gritou. "Ele vai me matar! Ele é maluco! Por favor, me ajudem!" Bronson se surpreendeu ao ver que seu filho era um ator tão bom. Realmente pareceu que ele queria dizer aquilo.

Bronson sussurrou "Muito bem" no ouvido de Hyrum. "Mas não fale palavrão."

De onde estava, Mary podia ver os policiais reagirem, se reposicionarem e apontarem suas armas. Ela não podia ver Bronson e Hyrum lá dentro, mas conhecia o suficiente sobre uma arma para saber que os policiais estavam mirando em um alvo difícil agora. Ela mirou também, tinha uma clara visão entre a cabeça de dois policiais. Apoiar a arma no parapeito da janela tirou o tremor de suas mãos. Ela sentiu o metal do gatilho encaixar perfeitamente em seu dedo. Gostava de atirar. E sabia que não podia matar um policial, como também sabia que o faria se eles começassem a atirar em seu homem e em seu filho.

Um policial falou no rádio: "Sargento, ele está com a arma no garoto, está ameaçando o garoto. A criança tá pedindo ajuda".

"Dá para derrubar apenas o pai?", Dark perguntou.

"Negativo."

"Eu tenho um ângulo, mas não é ótimo. Ele... a criança."

"O quê... Faço..." O rádio começava a falhar. "O quê? O que eu...?"

"Fiquem prontos para... nada."

"Pronto para quê, sargento?"

"Preparados."

"Eu tenho uma cl... tenho um... sem atirar."

O rádio estava falhando.

"O quê?"

"Perdi."

"Não estou te ouvindo! Maldito rádio! A porra do deserto está fodendo com a gente."

"Perdi."

"Porra, eu te disse para não atirar, Jacko!", gritou Dark.

"Problemas no rádio." Agora não havia nada além de estática.

O sargento Dark jogou o rádio no chão. Parecia que o deserto estava do lado de Bronson.

"Estamos a cem metros de distância uns dos outros e os malditos rádios não funcionam. Alguém me dê alguns copos de plástico e um barbante."

"Senhor?"

A bala quebrou a janela de Bronson, e os estilhaços cortaram o seu rosto. Mary tinha a mira perfeita no policial mais próximo a ela. Ela podia ver que ele era muito jovem, talvez na casa dos vinte anos. Estava prestes a puxar o gatilho quando Bronson, ainda segurando Hyrum pelo pescoço, disparou alguns tiros nos carros da polícia e depois ambos correram para o outro quarto fora da sala de estar, longe da vista dos policiais que tinham se escondido atrás das viaturas. Mary tirou o dedo do gatilho. O sargento Dark não sabia dizer se alguém havia se ferido.

"Falem comigo! Alguém ferido?"

"Merda! Ele fugiu", disse um dos policiais, agachado atrás do carro.

"Para onde?"

"Perdi contato visual...! Ele cor... casa. Ele está... o... garoto! Ordens?"

"Puta que o pariu!!! Correu para onde? Estou cego aqui. E o menino?"

Dark pegou o rádio.

"Espere! Não..."

"Não o quê, sargento?"

"Não..."

"Sargento?" O policial esperou. "O que devemos fazer, Sargento? Não consigo te ouvir. Nós estamos entrando! Ele vai matar o menino! Nós vamos entrar!" O rádio começou a falhar novamente.

O sargento Dark jogou o rádio no chão, levantou-se, acenando com os braços e gritou para seus homens perto da casa.

"Não! Não entrem! Ele quer que vocês entrem!"

Ele tinha acabado de chamar a atenção dos homens quando um tiro atingiu seu ombro. Ele se abaixou.

"Porra, o homem tem uma boa mira!!! Achei que estivesse fora de alcance. Isso era uma espingarda. Esse cara é bom. Me dê o megafone."

Os policiais mais próximos da casa não ouviram o sargento gritar para eles ficarem de fora, mas viram quando ele tomou um tirou e caiu. Eles ainda tentaram se comunicar pelo rádio, mas nada.

"Eles atiraram em Coors. Vamos!", Jacko gritou.

Os quatro policiais saíram de trás dos veículos em direção à casa. O movimento decisivo os encorajou, e a justiça a ser feita em sua missão de resgate os fortaleceu. Quando o sargento pegou no megafone para tentar detê-los, a adrenalina e o sangue correndo para os ouvidos os deixaram surdos. Os policiais estavam quase na casa. Bronson espiou pela janela e os viu fazendo seu movimento. Ele não atirou.

Do celeiro, Mary viu os policiais correndo também, e ela estava prestes a começar a atirar quando sentiu o cheiro de ovo podre outra vez. Era um cheiro comum que às vezes ela sentia nos sets de Hollywood, e de quando era engolidora de espadas. Claro que ela conhecia aquele cheiro. Dos dias de acrobacias com fogo. Era uma substância altamente inflamável, dissulfeto de carbono. Que diabos Bronson estava fazendo com aquilo nas mãos? Antes que ela pudesse arriscar um palpite, a resposta veio. Os policiais invadiram a casa, arrombando a porta. Quatro deles invadiram a casa. Cerca de dez segundos depois, veio a primeira explosão, digna de um grande filme de ação. O impacto fez Mary cair. Ela gritou para as crianças se protegerem. Ao se levantar, viu dois policiais pegando fogo, correndo e gritando dentro da casa. Aquela cena, digna de um filme de terror, na verdade era o filme que Bronson fazia ali.

A explosão seguinte sacudiu as tábuas de madeira, derrubando-a de novo. "O que está acontecendo, mãe?", Beautiful perguntou, com medo. "É o fogo, não é? O fogo!"

"Alvin! Volte aqui, Beautiful! Escondam-se, todos vocês, e calem a boca!" Mary ordenou. "É o fogo! Eu te disse! O fogo!", Beautiful gritou.

Mary se virou momentaneamente para olhar para Beautiful, que estava perdida em suas próprias profecias de destruição, que, naquele momento, aparentemente estavam se tornando realidade. Mary estava se aproximando da filha para consolá-la, quando uma terceira explosão jogou seu corpo para o lado, e ela bateu a cabeça contra a parede do celeiro. Um fio de sangue começou a escorrer. As crianças gritaram. Beautiful estava fora de controle. Mary se recuperou rapidamente e pegou a filha nos braços para acalmá-la, mas ela estava hipnotizada por suas próprias visões, inconsolável e desesperada, como um cavalo assustado.

Mary ouviu e sentiu a quarta explosão. Desta vez, o fogo se alastrou e a estrutura de madeira passou a estalar com o calor e o ar quente e seco do deserto. Mary segurou firme em Beautiful enquanto se levantava novamente para ver do lado de fora. Bronson e Hyrum ainda estavam lá. Ela ouviu os gritos dos outros policiais, enquanto a casa balançava, com sua estrutura cada vez mais comprometida. Todos os velhos truques de Bronson como ilusionista agora davam frutos reais e mortais. Ela viu silhuetas através das janelas e ouviu os homens em chamas, de uniforme escuro, gritando, se contorcendo e cambaleando em agonia, incapazes de encontrar uma saída no calor e na fumaça. Ela segurou o rosto de Beautiful contra o peito, evitando que ela visse a cena, repetindo sem pensar a mentira: "Não há fogo... não está acontecendo nada... não há fogo...".

"Eu posso sentir o cheiro do fogo!", Beautiful gritou. "Está aqui! Está acontecendo! Este é o fim!"

De repente, a porta dos fundos da casa se abriu e uma bola de fogo digna de Hollywood emergiu, faminta por mais oxigênio. Dentro dessa bola de fogo, Mary distinguiu duas figuras atravessando as chamas — um homem e um menino. "Oh,

Jesus, Deus", ela orou para si mesma, "não me faça ver meus entes queridos queimarem até a morte." Sua boca se abriu instintivamente, como se estivesse se preparando para engolir o fogo, como fazia no calçadão de Venice muito tempo atrás. Mas tornou a fechá-la. Aquele fogo não podia ser engolido.

Beautiful continuava entoando sua cantilena.

"Está aqui. Está acontecendo!"

Mary estava prestes a perder a paciência.

"Beautiful, isso não está ajudando! Crianças, fiquem protegidas! Não olhem!"

Mary se virou novamente e observou com horror quando a figura maior em chamas pegou um extintor de incêndio que estava escondido atrás com algumas mochilas, e que ela não tinha notado. Em seguida, empurrou a figura menor, que parecia encharcada de água, para o chão. Ele rolou apagando uma parte das chamas. Após pegar o extintor, a figura menor direcionou a espuma branca para apagar as chamas da figura maior, até que apenas uma fumaça preta escura emanasse de seus corpos. E ali, sob a espuma e as cinzas, agora de pé, a figura maior agarrou o rosto da menor com as mãos e lhe puxou a cabeça para cima. Mary engoliu em seco, até que reconheceu que o rosto não era um rosto, mas uma máscara, uma barreira retardadora de chamas, um revestimento de pirex (ela usou algumas vezes aquela parafernália), e sob tudo isso surgiu Hyrum, puxando ar com força para voltar a respirar. Agora ela reconhecia os trajes retardadores de chamas do passado, enquanto as figuras rapidamente removiam sua camada externa de Kevlar quente e carbonizada. A figura maior também retirou sua máscara e surgiu ofegante. Nenhum dos dois teria sido capaz de respirar por mais de um minuto com esses protetores faciais afixados sobre seus narizes e bocas. Com as máscaras no chão, Bronson e Hyrum ficaram ali, mãos nos joelhos, ofegantes, mas vivos e aparentemente ilesos. Bronson tinha guardado escondido esse equipamento raro de efeitos especiais por todo aquele tempo.

Uma vez a cada cinco anos, mais ou menos, ele usava o fogo para controlar o bromo, uma planta que crescia ao redor da propriedade. Se não fizesse isso, elas seriam ingrediente para uma queimada de altas proporções. Bronson também aproveitava para encenar para as crianças vestindo a roupa protetora de chamas, se autoincendiando e depois voltando à vida, ileso.

"Dá a eles um certo senso de respeito pelo velho. Quando você vê um homem queimar e sair vivo disso, você tende a fazer o que aquele homem diz — serviu para Moisés...", Bronson dizia, rindo. "Além disso, é divertido pra caramba."

Ela estava congelada no lugar. Bronson e Hyrum tiraram o resto de seus trajes à prova de fogo, pegaram as duas mochilas e foram em direção aos cavalos, que estavam assustados com as explosões e o fogo. Enquanto observava Bronson e Hyrum correrem, ela pensou que nunca tinha visto nenhum deles tão vivo como ali. Eles passaram tão perto que quase tocou neles, mas ela não estendeu a mão nem tentou falar com eles, só deixou que passassem. Tudo acontecia como se eles estivessem em uma tela de cinema. Outra coisa chamou mais a sua atenção: a casa com labaredas enormes sopradas pelo vento nas quatro direções. O brilhante fogo era lindo, parecia senciente, como vaga-lumes grandes, borboletas incandescentes dançando e pousando onde quisessem. Ela, quase sorrindo, viu as faíscas em chamas se acomodarem no celeiro como se estivessem polinizando o local. Saiu desse estado de encantamento quando percebeu que as largas vigas do celeiro também estavam em chamas. O fogo consumia tudo muito rapidamente. Então correu para soltar os outros cavalos de suas baias.

Antes de montar em seu cavalo, Hyrum seguiu para os currais onde ficavam a vaca, os porcos, as galinhas e os avestruzes. Tirou a arma da mochila, correu até a vaca leiteira e colocou o rosto na cabeça do animal.

Bronson se virou de seu cavalo e viu.

"O que você está fazendo, Hy?"

"Fernanda vai queimar. Todos vão queimar. Não quero que ela sofra."

Bronson ficou comovido com esse ato de misericórdia.

"Não atire nela, apenas abra o portão e a ponha para fora. Ela vai correr para um local seguro."

Bronson não sabia se isso ia acontecer ou não, mas, acima de tudo, não queria que seu filho colocasse uma bala na cabeça de sua amada vaca.

"Tudo bem", disse Hyrum.

Ele destrancou o portão. A vaca não se mexeu. Em vez disso, ela lambeu o rosto do menino. Hyrum abraçou o pescoço largo da vaca e começou a chorar.

"Pai? O que eu faço? Fernanda não sai do lugar."

"Enxote ela. Bata na bunda dela!"

Bronson saltou de seu cavalo. Eles não tinham tempo para aquela merda. Ele correu para o curral e chutou o traseiro da vaca velha. Ela se virou para ele, com um olhar acusador, recusando-se a mover seu corpo de oitocentos quilos. Seus grandes olhos castanhos pareciam chorar por essa traição.

A cena era um caos. Os sons de porcos, galinhas e cavalos assustados com o fogo eram horríveis: puro medo animal. Bronson não conseguia raciocinar direito. "Xô!", ele gritou, e disparou sua arma bem perto da cabeça da vaca. Ela se assustou com o barulho e tropeçou para fora do portão, correndo desesperadamente para um lado e para o outro, ora em direção ao fogo, ora para longe.

"Vamos, Hyrum!", Bronson gritou.

Ele correu para libertar os outros animais de seus cercados. Hyrum ajudou a enxotar as bestas aterrorizadas para fora.

"São animais inteligentes. Eles encontrarão um local seguro. Deus cuidará deles. Vamos embora!"

Bronson percebeu que Hyrum não ia sair até ver todas as criaturas livres e, então, agarrou seu braço.

"Vamos, filho! Isso é tudo o que podemos fazer."

Hyrum limpou os olhos e o nariz com as costas do braço e guardou a arma na mochila. Eles montaram novamente em seus cavalos, que estavam muito felizes em galopar para longe do fogo que se espalhava e da loucura dos humanos, e desapareceram no deserto.

"Não olhe para trás, filho. Apenas siga em frente."

"Vamos, crianças! Mãos dadas! Corram!", gritou Mary. O celeiro estava pegando fogo agora, vigas estalavam, algumas caíam. Mary juntou as crianças e correu com elas para uma ampla varanda ao redor da casa, perto dos policiais e do carro da polícia, mas ainda a uma distância segura deles. O calor das chamas estava cada vez mais intenso. Beautiful parou, congelada, olhando para sua casa em chamas como se estivesse vendo o futuro previsto acontecer diante de seus olhos. Mary a pegou nos braços. A menina era quase do seu tamanho, mas Mary era mãe e sua força surgiu diante da catástrofe que acontecia.

Enquanto mancava, carregando Beautiful nos braços e conduzindo o resto das crianças à sua frente para a segurança do carro da polícia, Mary notou uma grande forma escura pairando sobre seu ombro. Parecia um homem, seria um demônio, como um anjo vingador? Ela engasgou, tropeçou e, quando se virou para olhar, viu que era um avestruz, passando por ela em disparada e deixando-a para trás. Mary cambaleou um pouco quando o avestruz e várias outras aves passaram por ela. Ela viu algo nos olhos daqueles animais, esbugalhados como nos desenhos animados: o instinto de sobrevivência. Vê-los foi como se ver no espelho. Muitos animais assustados, correndo em todas as direções. Porcos, galinhas, cavalos — era como testemunhar um cenário de fim de mundo. Mary puxou as crianças mais para perto de si para evitar que fossem pisoteadas.

Ela se virou e olhou para a frente de novo. Agora podia ver, a cerca de vinte metros de distância, os dois policiais que estavam vivos, um caído e sangrando, o outro em posição de tiro, olhos arregalados de pânico, arma apontada, mas inseguro com a situação. Ele estava com o dedo no gatilho, sem saber o que fazer, para onde atirar: nos pássaros pré-históricos de cento e cinquenta quilos com garras afiadas, correndo ao redor deles tão rápido quanto carros, ou em Mary, que ainda segurava uma arma em uma das mãos e com a outra agarrava Beautiful e os outros filhos. Os policiais não tiveram treinamento específico para situações como aquela debandada jurássica. Mary fechou os olhos, que ardiam muito. Suas pernas não queriam obedecer, mas ela se forçou assim mesmo. Ouviu o som de pistolas automáticas sendo engatilhadas, ouviu as crianças e os animais gritando de terror, e ainda assim continuou conduzindo sua família para a direção de onde vinha o som das armas.

## 44

O pôr do sol hoje tinha um brilho fora do comum, por causa dos incêndios violentos que ainda estavam em curso. Pela quantidade de fumaça vista a distância, Bronson supôs que o incêndio perto da casa não tinha sido contido. O que ele não sabia era que, por causa da seca intensa e dos novos extremos causados pelo aquecimento global (ar mais quente é sinônimo de vento mais forte), e também por falha dos bombeiros, que estavam com falta de pessoal e excesso de trabalho (muito dinheiro e mão de obra haviam sido desviados para outros desastres e incêndios no estado), aquele era o início do evento que se tornaria conhecido como o "Incêndio de Joshua Tree" de 2020, que durou quase um mês. Milhões de acres foram queimados, inúmeras vidas e milhões de dólares foram perdidos. Foi quase como uma versão reduzida do incêndio mais destrutivo da história da Califórnia, o *Camp Fire*, de 2018.

Os helicópteros da polícia que estavam sobrevoando o deserto em busca de Bronson e Hyrum acabaram dando lugar aos helicópteros do corpo de bombeiros, que despejavam água e supressores de chama nas brasas famintas. Chegou-se ao ponto de até esses helicópteros e pequenos aviões desaparecerem, pois foram chamados de volta para defender áreas povoadas enquanto o fogo procurava mais combustível, encontrando-o nos bromos invasores enriquecidos com nitrogênio (obrigado, névoa de poluição rastejante de Los Angeles).

Enquanto observava o fogo queimando à distância, Bronson pensou: *Beautiful estava certa o tempo todo*. Desta vez foi o fogo. Ela era a verdadeira profeta. Beautiful era a filha espiritual de Jackie. *Jackie*. Ele não podia mais senti-la em sua cabeça. Suas dores de cabeça foram embora. O fogo do lado de fora apagou o fogo do lado de dentro. Ele estava onde deveria estar, no deserto, cumprindo a lei. Observou a civilização em algum lugar além do horizonte. Vocês estragaram tudo. Todos vocês.

Deus lhes deu este planeta para vocês serem guardiões e vocês o rasgaram e se empanturraram de suas vísceras, seu óleo e seu ouro, e o estupraram até que não restasse nada além de palha seca. *Foda-se a praga que é a humanidade. Queimem*, pensou.

O novo local sagrado, o segundo templo em que Bronson e Hyrum acamparam e onde Jackie, Carthage e Nauvoo estavam agora enterrados não estava em chamas. Embora não pudesse senti-los, Bronson esperava que seus espíritos ainda pairassem ali. Suas almas batizadas e salvas. Bronson era um salvador de almas. Ele pensou brevemente nos homens presos nas armadilhas, mortos ou moribundos, no primeiro templo em ruínas: todos silenciariam em breve, a curta estada deles no planeta estava terminada, mas sua longa viagem apenas começava. Ele conheceria seus nomes, batizaria todos e os salvaria a tempo.

Embora estivesse difícil de respirar e o céu se parecesse com representações medievais do próprio inferno, e pai e filho também tivessem construído a própria fogueira, ao terminarem a refeição fazia muito frio. Eles se deitaram para ver o céu apocalíptico mudar de vermelho para preto. Embora não houvesse nuvens, esta noite não veriam estrelas no céu cheio de fumaça. O mundo do deserto logo ficaria escuro como uma cripta.

"Eles virão atrás de nós", disse Hyrum.

"Eles virão atrás de mim, Hyrum, não de você. Eles não estão atrás de você. E ainda vai demorar, porque agora estão ocupados com o incêndio. Lamento que tenha acontecido isso, não era a minha intenção."

"Estou com medo."

"Do quê? Do fogo? Daqueles homens?"

"Não. De você. Da maneira como você está agora."

"Como estou?"

"Como se você também estivesse pegando fogo."

"Você não tem nada a temer, filho. Tenho apenas o bem-estar eterno de sua alma em mente." Bronson se levantou. "Mas você sente minha preocupação. Estou com medo por causa de sua ação assassina. Receio que você esteja indo para a prisão espiritual."

"Prisão espiritual?"

"Existem alguns pecados que o colocam além do sangue misericordioso de Cristo. Pecados como assassinato."

"Eu não queria matá-lo."

"Mas... você nunca teve medo de matar, não é, filho?"

"Eu acho que não."

"Animais ou homens."

"Nunca quis."

"O que você acha disso?"

Hyrum pensou um pouco.

"Não sei".

"Justo. Mas você disse: 'Morra, lamanita'."

Bronson deixou a ameaça dita reverberando na noite silenciosa. Ele apertou os olhos em direção a Hyrum, que pareceu surpreso com a referência e talvez tenha vacilado por um momento, mas estava apenas se lembrando.

"Sim, eu disse", disse Hyrum, inocentemente. Ele balançou a cabeça, ainda tentando se lembrar daquele momento.

"Por que 'lamanita'?"

Hyrum continuava balançando a cabeça, tentando lembrar o momento exato.

"Eu queria chamar ele de alguma coisa."

"Nefita?"

"Não, nefita, não", ele riu. "Aquela outra palavra com N."

Bronson teve que pensar por um momento.

"Ah, entendi."

"Pois é, aí acabei falando isso."

"Hyrum, eu preciso que você me diga a verdade agora."

"Essa é a verdade, pai. É o que saiu da minha boca. É apenas uma palavra. Por que todos estão tão presos às palavras? Não sei por que disse isso."

O menino ou era um inocente ou era um assassino a sangue-frio. Ou um simples anjo selvagem ou um Satanás dissimulado e sombrio. Não havia meio-termo.

Bronson assentiu.

"Eu também não sei. Há algo em sua natureza. Algo que você já chegou aqui carregando, algo inato, talvez algo que você carregasse por mim, algo que você precisa desaprender, algo para expiar."

"Sou só eu, eu acho."

"Sim. E tenho medo também, medo de que, quando eles vierem atrás de mim, eu não possa mais cuidar de você e garantir que você more comigo no céu. Tenho medo do que devo fazer no pouco tempo que tenho. Você entende?"

"Na verdade, não."

O menino olhou para cima, aparentemente despreocupado com a luta interna que seu pai travava.

"Não vamos ter nenhuma estrela esta noite", disse Hyrum, e então se levantou com um sorriso. "Eu tenho chocolate na minha mochila, quer um pedaço?"

"Tem cafeína nele."

"Qual é, pai, aproveite a oportunidade."

Bronson observou seu filho, iluminado pelo fogo, vasculhando a mochila. Eles poderiam ser como um pai e filho comuns acampando por aí, sem pressa para voltar. Bronson sorriu também. Às vezes, a pieguice aparece por conta própria, como uma possessão, trazendo uma satisfação temporária.

"Você não precisa ser supermórmon o tempo todo, sabe", Hyrum o alfinetou. Ele estava crescendo, desenvolvendo um senso de humor, abraçando a ironia, desafiando seu pai timidamente.

Bronson sorriu novamente, dando boas-vindas àquilo também. Por um breve momento, ele se permitiu deleitar-se com esses arquétipos de merda transmitidos de geração em geração. A reconfortante ligação entre pai e filho.

"Tá bem, eu vou comer um pequeno pedaço!"

Hyrum largou a mochila, voltou para Bronson e lhe entregou uma lasca. Bronson colocou na boca o primeiro pedaço de chocolate que ele comia em décadas.

"Droga, isso é bom."

"Pai, olha o linguajar", Hyrum brincou novamente.

"Chocolate da Reese? Isso é uma puta delícia."

"Ah, você quase acertou. Mamãe pega os do Trader Joe. Diz que são mais saudáveis. Esse é o meu preferido."

"Tal pai, tal filho."

Os arquétipos foram desaparecendo, perdendo profundidade e dimensão, virando memes comerciais. Era o capitalismo corrompendo a verdade. Bronson suspirou. Ele não era mais capaz de desfrutar, apenas desfrutar, de uma porra de um pedaço de chocolate. Isso não mudaria. Hyrum sorriu. Ele não tinha problema com nada disso.

"É um mundo totalmente novo lá fora, pai."

Bronson riu.

"Sim. Você gostou do mundo, Hy?"

"Só uma parte."

"A parte do chocolate?"

"Haha. Engraçadinho, pai. Tenho mais aqui, se você quiser."

"Obrigado, filho, não quero mais." Bronson assentiu de novo, lentamente, com tristeza, então jogou uma pergunta no ar. "Como você pode expiar a natureza por fazer exatamente o que sua natureza lhe diz para fazer?"

"Eu não entendo o que você está perguntando."

"Como você expia diante de Deus por ser da maneira como Ele o fez?"

"Parece que isso é com Ele, não comigo."

Bronson assentiu. O garoto tinha razão.

"Ser capaz de matar por uma ideia torna essa ideia verdadeira?"

"Não foi minha intenção matar. Eu não queria", disse Hyrum.

"Isso é o que você diz. Morrer por uma ideia faz com ela seja digna de que se morra por ela?"

"Isso é como uma pergunta real? Não sei do que você está falando."

"Talvez eu também não saiba." Bronson suspirou.

"Mas você me perdoa?", Hyrum perguntou depois de algum tempo.

Bronson piscou, sentindo um impacto em seu coração.

"Ah, claro que sim, meu lindo menino."

E perdoou, realmente perdoou. Mas ele não podia falar por Deus Pai. Tentava ouvir o que Ele queria, e seu Deus sempre falou em códigos misteriosos e línguas indecifráveis. O alvo estava tão longe que ele mal podia vê-lo. Parecia que ele estava em um campo de futebol sem fim e bem distante, um poste com os braços erguidos, como uma árvore de Josué. Ele tinha que levar seu filho até lá. Bronson se perdeu nessa analogia do futebol, não sabia como jogar, não conseguia dar o primeiro passo, mas sabia que a bola, seu filho, estava em suas mãos. Disso ele sabia.

"Vamos às coisas mais importantes primeiro. Traga-me minha água, filho, precisamos batizar aquele menino que você matou. Adicionar o nome dele à Montanha dos Nomes."

"Hermano."

"Sim, Hermano. Hermano Ruiz. Garantiremos que ele tenha vida eterna. Pode não ser suficiente, mas é o mínimo que podemos fazer."

"Como você vai fazer isso?", Hyrum perguntou, enquanto entregava a garrafa de água ao pai.

"Vou batizá-lo através de você. Você será o agente da salvação dele, e talvez isso seja o agente da sua própria salvação. Você vai substituí-lo. Você será ele."

"Isso parece estranho, pai."

"Abaixe a sua cabeça."

Bronson começou a entoar as palavras para o batismo mórmon dos mortos. As mesmas palavras que ele disse para seus bebês, Carthage e Nauvoo, as mesmas palavras que ele planejava dizer em breve para Dirk Johnson e os homens que ele matou hoje. Ele não tinha nenhuma fonte de água, mas sentia que aquela terra era um templo santificado. Ele borrifou, depois derramou um pouco de água no couro cabeludo de Hyrum.

"Não sei se ele iria querer isso."

"Eu não me importo. Diga o nome dele."

"Hermano Ruiz. Não sei se a família dele iria querer isso."

"Não estou preocupado com a família dele. Diga o nome dele."

"Hermano Ruiz. A água está fria."

"Fique quieto, Hyrum, você está fazendo uma coisa sagrada. Tendo sido comissionado por Jesus Cristo, eu te batizo em nome de Hermano Ruiz e em nome do Pai e do Filho e do Espírito Santo. Amém."

Quando terminou e se convenceu de que a alma de Hermano Ruiz tinha recebido a vida eterna indiretamente por meio de seu filho selvagem, Bronson se deitou na areia. Ele tinha dado o primeiro passo em direção à meta, em direção ao perdão e à restauração. Estava atento ao seu Deus agora, examinando o horizonte em busca de um novo sinal, para ver se isso era suficiente. Com as sombras se atenuando e o sol descendo mais para o oeste a cada segundo, em um momento os braços das árvores de Josué pareciam lhe dar um abraço de boas-vindas, depois pareciam querer afastá-lo, como um truque de câmeras. Para a frente e para trás, assim como a noite que finalmente caiu neste dia repleto de mortes. Eles observaram as estrelas tentando brilhar, mas elas apenas surgiam para desaparecer na fumaça ondulante. Olharam para o céu preto e vazio.

"É assim que pais e filhos fazem as pazes, Hyrum, por meio do batismo pelos mortos. O presente é o filho e o passado é o pai, e nesse momento eles se encaram com amor. O presente salva o passado."

"Se você diz que é assim..."

"É assim."

Bronson riu da honestidade prosaica de seu filho. Sempre pensara nele como um ser perfeito, mas estranho, organizado de forma diferente das outras crianças. "Não é que ele seja desorganizado", ele dizia a Mary e Yaya, "ele é organizado de forma diferente."

"Foi divertido hoje, não foi?", Bronson perguntou.

"Impressionante."

"Retidão é sempre divertida. Sentir a mão de Deus na sua mão."

"Verdade."

"Você teria sido um tremendo dublê."

"Acha?"

"Melhor que eu."

"Sério? Eu gostei de lidar com o fogo. Foi quente!"

"Claro que foi quente!"

"Não, pai, quente significa, tipo, que foi muito bom. Qualquer coisa pode ser quente se for boa."

"Ah, tudo bem. Legal. E você é um homem mais durão do que eu. Aos onze anos, já é mais homem do que qualquer um que conheci. Mas você não quer ser um dublê — apenas uma sombra de um ator, e um ator já é apenas uma sombra de uma pessoa de verdade fazendo outras sombras em uma tela branca no escuro. Sombras de sombras. É uma existência de merda, mas você poderia ter feito isso."

"Obrigado, pai. É nóis."

"É 'nóis'?"

"Significa, tipo, concordo com você."

"Ah, entendi, estamos do mesmo lado, uma gíria que é um pronome, mas que quer dizer que todos pensam da mesma forma. Isso é quente. Muito obrigado."

"Tá bem, velhote. Disse tudo, pai. Eu nunca mais vou dizer isso de novo."

Bronson riu. Ele estava feliz porque, assim que voltou para o deserto, Hyrum, pelo menos na maior parte do tempo, parou de se apoiar naquela linguagem estúpida e naquela postura machista, como se tivesse falado uma língua estrangeira enquanto esteve em uma terra estrangeira. Agora ele voltava à sua língua nativa. O que ele estava fazendo era apenas para provocar. É como se o garoto da cidade tivesse mudado e voltado a si mesmo agora. Esse era seu Hyrum.

"Feche os olhos, Hyrum."

"Por quê?"

Hyrum começou a respirar com força. Foi a primeira vez que Bronson viu o menino mostrar qualquer sinal de angústia. Ele parou por um momento. Seus rostos estavam pouco iluminados com a luz bruxuleante da fogueira. Não eram mais o pai e o filho de um comercial de TV. Agora eram o pai e o filho das histórias mais antigas da Bíblia.

Bronson entoou: "'A voz do sangue de teu irmão clama a mim do chão'".

"Ele não era meu irmão."

"Todos os homens são seus irmãos." Bronson se levantou, seus velhos joelhos estalando como o fogo. "Você confia em mim para livrá-lo do mal, para fechar essa distância do seu Deus? Pois, como disse o profeta, em Alma 42: 'Deus não deixa de ser Deus e a misericórdia reclama o penitente e a misericórdia advém por causa da expiação; e a expiação realiza a ressurreição dos mortos; e a ressurreição dos mortos traz os homens de volta à presença de Deus; e assim eles são restituídos em sua presença'."

"Eu me sinto restituído aqui com você, pai. Fizemos o lance do batismo. Acho que é o suficiente por hoje. Eu me sinto bem."

"Você pode se sentir assim, mas não é assim. Eu os restaurarei à Sua presença. Pregamos aos vivos e aos mortos. Ensinamos a revelação aos mortos e batizamos os mortos, Hyrum, não há diferença para sua alma entre os estados de vida e morte. É apenas um corpo. Hyrum, seus olhos, por favor, feche-os."

"Você fica bravo comigo por causa do jeito que eu falo. Por que você fala assim?"

"De que jeito?"

"Como em um filme. Como em um livro. Você não é assim."

"Ore comigo, Hyrum."

"Eu não quero rezar."

O menino estava certo. As palavras estavam falando com ele, e não o contrário. As palavras soaram loucas e falsas, mas Bronson acreditou nelas. Ele teve que acreditar. Ele teve que recuperar sua fé através do sacrifício e da lei. Era tudo que lhe restava, sua falta de certeza e seu dever; a única maneira de recuperar sua certeza era através do dever.

Bronson sabia o que deveria fazer, mas não conseguia olhar nos olhos de seu filho. Estava muito fraco. Enterrar Jackie, depois Nauvoo e Carthage, foram as coisas mais difíceis que ele tinha feito. Até agora. Ele estava diante de algo que parecia impossível, como se estivesse tentando respirar embaixo d'água, seu instinto de sobrevivência em sua mente.

"Levante-se, Hyrum", ele ordenou, e Hyrum levantou-se lentamente. "Você se lembra da história de Abraão e Isaque?"

"Sim."

"Como Deus pediu a Abraão para provar sua devoção sacrificando seu filho, uma oferenda, como tudo que queimou hoje?"

"Deus é meio idiota, hein?"

"Pode parecer assim, filho, mas é só porque não somos inteligentes o suficiente para entender os planos Dele. Brigham Young disse: 'Há pecados que podem ser expiados por uma oferta sobre um altar, como nos tempos antigos; e há pecados que o sangue de um cordeiro, um bezerro ou uma rolinha não pode perdoar, então eles devem ser expiados pelo sangue do homem'."

Hyrum franziu o rosto.

"Que porra? Rolinha? Uma rola pequena?"

"Hyrum..."

"Tudo bem, entendi, sem piadas. É o que os meus professores de Cucamonga dizem. Mas Abraão não fez isso, não é? Ele sumiu."

"Não. Deus segurou sua mão."

"Deus mudou de ideia?"

"Eu acho que sim. Acho que Deus viu que eles estavam dispostos, que seu amor era verdadeiro, e isso foi o suficiente."

Hyrum formulou seu próximo pensamento lenta e cuidadosamente, como se sua vida dependesse dessas palavras.

"Se Deus é perfeito e muda de ideia, isso não significa que Ele é imperfeito?"

Ah, essa velha pegadinha. Bronson passou anos lutando com esse paradoxo. Ele estava pronto.

"Não, porque a mente de Deus é tão grande que pode conter uma coisa e seu oposto e não ser falsa."

Hyrum ficou em silêncio absoluto.

"A mente de Deus, não a minha mente."

Eles ficaram em silêncio outra vez, até Hyrum perguntar: "Como você sabe quando Deus já teve o suficiente?".

Bronson não tinha uma resposta pronta para isso.

"Não sei, filho. Temos que estar dispostos. E desistir da esperança. Você está disposto?"

Bronson caminhou atrás de seu filho e ficou parado, ambos de frente para as fogueiras que brilhavam a distância.

"Talvez isso aconteça de novo. Talvez Deus já tenha tido o suficiente. Talvez ele mude de ideia de novo."

"Talvez Ele tenha tido o suficiente."

"Eu não gosto de Deus."

"Tudo bem, eu também não gosto muito dele agora, mas temos que amá-lo, como você ama a si mesmo, pois você também será um deus."

"Isso não faz sentido."

"É porque o significado está além do sentido. Vai ficar mais claro se você desistir da esperança, filho. Você está disposto?"

"Meus olhos estão fechados, pai. É isso que você quer, certo? Cansei de ficar falando assim, está me dando dor de cabeça."

Bronson ergueu sua arma e a segurou a menos de uma polegada da parte de trás do crânio de seu filho.

"Sim, Hyrum, eu entendo. E eu amo você." Bronson teve que sufocar um soluço. "Você me perdoa?"

"Perdoá-lo por quê?"

Em um movimento sutil e rápido, Hyrum enfiou a mão na mochila e tirou algo, girou e estendeu para o pai. Por um momento, Bronson pensou que o filho estivesse lhe oferecendo outro pedaço de chocolate, trocando um pedaço de chocolate por sua vida, e essa esperança infantil e patética rasgou o coração de Bronson em mil pedaços. Mas, quando ele olhou mais de perto, a luz trêmula do fogo mostrou que o filho estava apontando uma arma para ele. Eles ficaram ali, próximos, pai e filho com suas armas apontadas um para o outro na posição que Bronson interpretou tantas vezes: o impasse mexicano. Uma cena imprescindível nos filmes de Hollywood. Outro arquétipo, outra velha e cansada história.

"Perdoá-lo por quê?", Hyrum perguntou novamente, e seu tom agora era assertivo, agressivo.

"Pelo que eu preciso fazer."

"E por tudo que você já fez? Que tal?"

"O que você quer dizer?"

"Para a família."

"Você quer dizer... minha família. É minha família."

"E daí?"

"Não me julgue, garoto."

"Você está me julgando."

"Você tem Satanás em você, Fred. Você disse: 'Morra, lamanita!'."

"Hein? Quem é Fred?! O que há de errado com você, pai?"

Bronson meio que esperava que o garoto fosse atirar nele para impedi-lo de fazer o que tinha que fazer.

"Pai, há algo errado com você. Talvez você precise de ajuda."

"Não há nada de errado comigo. Me dê a arma, Hyrum."

"Não. Você me dá a sua."

"Não, eu não vou fazer isso. Você terá que me matar se quiser minha arma."

"Eu mato, se for preciso."

Bronson se divertiu com a coragem do seu filho. Ele estava muito orgulhoso dele, e talvez até com um pouco de medo.

"Atire. Eu quero que você me acerte."

"Não. Por favor, vamos parar."

"Não podemos parar com isso. Só Deus pode impedir isso."

"Besteira. Por quê?"

"Você vai ter que atirar em mim para me impedir."

"Eu vou."

"Vá em frente, então, garoto."

Bronson deu um passo à frente.

"Fique onde você está, pai."

"Não, estou com vontade de andar. Atire na porra do seu pai."

"Eu não quero atirar em você."

"Atire em mim, por favor!"

"Não!"

"Então me dê a porra da arma!"

"Não!"

Bronson fez um movimento repentino para pegar a arma da mão de Hyrum, que recuou. Bronson lhe deu um tapa no rosto e agarrou sua arma. Hyrum deu um passo para trás e mirou.

Hyrum apertou o gatilho, a arma deu um forte coice e ele acertou seu pai no peito. Podia sentir o cheiro de pólvora. Hyrum olhou nos olhos de Bronson.

"Por quê, pai? Por que você me fez fazer isso?"

Ele gemeu, depois vomitou. Abaixado, vomitou novamente. De joelhos, ele olhou e esperou que seu pai voltasse para o pó de onde retornou.

Mas nada aconteceu. Bronson nem piscou. Continuou ereto e respirava normalmente. Hyrum não viu sangue.

"Eu imaginei... Achei que você conseguiria... Achei que você pudesse me matar." Ele assentiu lentamente, como um advogado que havia reunido todas as provas de que precisava. "Mas eu não posso morrer, filho, não sabe disso? Atire em mim de novo."

Hyrum se levantou, cuspindo vômito. Bronson caminhou em direção a ele, tentando tomar a arma das mãos de Hyrum, que recuou, gritou e apertou o gatilho novamente, quase à queima-roupa. Bronson levou o golpe acima de seu coração, seu ombro esquerdo foi para trás com a força do impacto, mas ainda assim não caiu. Ele se aproximou de Hyrum, deixando cair as duas mãos ao lado do corpo, e disse: "Sou um monstro. Eu sou um homem exaltado. Onde o homem está, Deus já esteve. Onde Deus está agora, o homem estará. Eu sou Deus". O corpo todo de Hyrum tremia: ele não estava diante de uma mulher invasora, uma cobra ou um garoto duas vezes maior que ele. Ele estava diante de seu pai. A mão que segurava a arma estava tremendo.

Bronson era um super-herói e um monstro, um deus do passado e um homem do futuro, invencível. Hyrum, sentindo o verdadeiro pânico pela primeira vez na vida, mordeu o lábio e puxou o gatilho várias vezes. Bronson continuou recebendo os golpes, indo para trás com o impacto, mas continuava em frente, a cena parecia um filme de terror. À medida que Bronson avançava, Hyrum recuava passo a passo, como se estivessem sincronizados, dançando em dupla, e o menino atirou no corpo do pai até ficar sem munição. Hyrum olhou para a arma impotente em sua mão, impotente contra o poder mítico do pai.

"Isso é tudo?", Bronson perguntou. Hyrum verificou e sua arma estava sem projéteis. Bronson estendeu a mão lentamente e colocou sua mão na arma do menino. Hyrum não ofereceu resistência. Ele olhou para o pai onipotente, olhou-o de cima a baixo em busca de qualquer sinal de mortalidade ou fraqueza. Tudo o que ele podia ver era um pouco de sangue seco em sua bochecha, onde um caco de vidro o havia cortado durante o confronto com os policiais. Hyrum estava incrédulo. Ele balançava a cabeça sem parar, suas pernas estavam um pouco bambas.

"Mas eu atirei em você", ele gemeu.

"Cartuchos de festim", disse Bronson, erguendo a arma com orgulho. "Como no caso da conspiração dos Carthage Greys.

Carreguei a arma com balas de festim antes de dar a você, nesta manhã."

Hyrum ficou surpreso.

"Mas eu atirei em você, eu vi você recuar quando as balas te acertaram, eu vi elas te acertarem!"

"Eu sou um dublê, filho. É assim que um profissional faz."

Hyrum caiu de joelhos, a cabeça caída de vergonha. Depois, encarou Bronson, oprimido e confuso por saber que seria capaz de matar seu próprio pai.

"Sinto muito", sussurrou Hyrum.

"Eu sei, filho. Se apenas desculpas fossem o suficiente... Eu não queria mais sangue em suas mãos, entende? Você já tem o suficiente para expiar."

Bronson agora apontou sua própria arma para a parte de trás da cabeça de Hyrum e transferiu toda a consciência para seu dedo no gatilho, colocando-se discretamente em posição segura.

"Eu amo você, filho. Você sabe disso?"

O menino não respondeu. *Se ao menos o amor fosse suficiente*, Bronson pensou, fixando seu olhar na parte de trás da cabeça de seu menino, o cabelo ruivo espesso, o precioso colar de dentes de tubarão do deserto em seu pescoço. A arma de Bronson parecia pesada em sua mão, como se uma mão invisível estivesse ali. Ele curvou o dedo para o gatilho, mas o próprio gatilho parecia travado, como se houvesse uma tonelada ali. Mas esse garoto, sua pedra bruta viva, era um assassino implacável. Sempre foi. Sim, ele mostrou misericórdia por aqueles animais hoje, isso foi encorajador, mas não havia mostrado misericórdia para aquele pobre lamanita.

E se fosse um crime de ódio, um crime religioso, um tipo pior de assassinato? E se fosse tão profano? Hyrum precisaria de uma absolvição radical. Ele não conseguiria isso aqui na América. Eles culpariam os videogames pelo assassinato, culpariam a raça, seus pais, sua religião, o exonerariam, o libertariam de responsabilidade. Eles o levariam e o colocariam num reformatório, escolas especiais, fariam terapia, psicanálise, o colocariam nas drogas, no sistema, cortariam suas bolas, e ele viveria apenas para morrer uma morte natural, sem salvação, sem perdão, condenado à danação eterna.

*Meu garoto, meu lindo e violento garoto... condenado*? Essa era a pior coisa que um pai poderia desejar a um filho. Pior que qualquer negligência. Pior que a ausência. Pior que a morte. E Bronson não tinha tempo. Eles viriam em breve capturá-lo. Ele também não seria levado vivo para ser analisado. Para ser chamado de fanático com problemas de saúde mental. Um filho que tinha questões não resolvidas com o pai. Problemas com a mãe. Problemas de natureza sexual. Foda-se tudo isso.

Bronson tirou e pôs o dedo no gatilho várias vezes. Repetia esse movimento pois estava protelando, esperando, procurando um sinal de que o sangrento Deus de Moisés, Jesus, Maomé e Joseph Smith já haviam sofrido o suficiente por hoje, para pôr fim à repetição desse crime antigo. Seu ombro doía. Ele queria largar o revólver, ansiava por uma revelação. Ele era um lamanita e um restaurador justo da intenção original de Deus, ou um daqueles tolos que veste um uniforme para reencenar as batalhas da Guerra Civil? Ele se sentiu tão fraco, certamente era Deus segurando sua mão. Talvez ele tivesse feito o suficiente para passar nesse teste de fé. Ele caminhou, como Abraão, até a beira do abismo com um coração disposto e ferido. Talvez isso fosse suficiente.

A mente agitada de Bronson se lembrou da avó Delilah, uma mulher que ele nunca conheceu, mas que foi o principal motivo de ele estar ali hoje. Por alguma razão, ele deu a ela o rosto de Mary quando pensou nela agora, e isso foi desconcertante. Ele pensou ter ouvido um som se aproximando, talvez fossem cascos ou cobras, talvez fosse o diabo. Ele suspeitava que estivesse alucinando por causa do cansaço e por estar sob pressão. Ele se virou para olhar na direção do som, mas não viu nem ouviu nada. Estava sozinho com o filho. Para se concentrar, sussurrou fragmentos de um sermão de Brigham Young, colocando mais uma vez o dedo no gatilho. "'É verdade que o sangue do Filho de Deus foi derramado pelos pecados por causa da queda e dos pecados cometidos pelos homens, mas os homens podem cometer pecados que ele jamais poderá perdoar... Há pecados que...'"* Ele engasgou. Não fazia sentido. Poderia realmente não haver perdão? Nada fazia sentido. Ele não conseguir mais proferir outra palavra, própria ou de qualquer outra pessoa, fosse homem, anjo, profeta ou diabo. Ele estava impotente.

Mais uma vez, ele tirou um pouco o dedo do gatilho, parecendo ceder: um sinal, o sinal de que logo tudo terminaria. Seu dever estaria cumprido. Ele iria... enterrar o filho, e então, sendo o miserável assassino de crianças que era, tiraria a própria vida. Expiação de sangue. Assim seria. Ele seria lembrado como polígamo e pedófilo, assassino de crianças, incestuoso, estuprador, assassino de policiais. Um pária mítico. Uma coisa maligna. Eles entenderiam a história de maneira errada. Eles falariam sobre ele da mesma forma que falaram de Bundy, Manson, Koresh e Jones. Ele não se importou, nunca quis ser conhecido. Bronson não se importava se eles entendessem tudo errado. Eles também tinham entendido Joseph Smith errado. Bronson sussurrou: "Nenhum homem conhece minha história". Ele sabia o que era, de verdade, assim como seu Deus. Ele se reuniria com Jackie e eles fariam amor, e os descendentes de seu amor celestial seriam mais almas para serem encarnadas em mais homens e mulheres em seu caminho, para se tornarem mais deuses. Mas primeiro este pecado, este pecado antigo, e a partir daqui, a redenção. Deixe sangrar. Ele estremeceu e iniciou, pela última vez, o movimento de apertar o gatilho.

Bronson, então, ouviu o tiro fatal soar e seu coração se partiu.

---

\*   Brigham Young, sermão proferido em Bowery, Great Salt Lake City, em 21 de setembro de 1856.

## 45

Bronson caiu de cara no chão, gemendo aos pés de Hyrum, com a voz abafada. "Oh, Senhor, meu Deus...", disse, virando-se de costas, como se estivesse contemplando as estrelas. Ele sorriu para Hyrum e sussurrou: "Ele me parou, Peregrino. Fogo devorando fogo... Fogo". Bronson Powers então olhou para o céu com a expressão de um homem vendo um rosto familiar na multidão, suspirou e morreu.

Hyrum viu o sangue escorrendo da camisa do pai, o peito aberto por uma bala, seu coração vermelho bombeando, expiando, no deserto marrom-escuro. Ele abriu a boca para gritar, mas nada saiu. Não havia mais nada dentro dele. Logo atrás de seu pai morto estava sua mãe, Mary, em pé, à beira da fogueira, a arma ainda fumegante em sua mão direita. Ela estava chorando. Mary largou a arma e Hyrum correu, tropeçando, até onde ela estava. Ele foi abraçá-la e ser abraçado por ela.

# Um homem exaltado

Em-a-gadda-da-vida, baby
Você não sabe que eu estou te amando
Em-a-gadda-da-vida, baby
Você não sabe que eu sempre serei verdadeiro
Oh, você não virá comigo
E pegar minha mão
Oh, você não virá comigo
E andar nesta terra
Por favor, pegue minha mão.

Iron Butterfly, "In-A-Gadda-Da-Vida"

Cerca de três semanas depois, Malouf deixou uma mensagem no celular de Maya: "Um grande homem, meu amigo Karl Rove, disse certa vez: 'Somos um império agora e, quando agimos, criamos nossa própria realidade. E, enquanto você estuda essa realidade — criteriosamente, como desejar —, vamos agir de novo, criando outras novas realidades, que você também pode estudar, e é assim que as coisas vão se resolver. Somos atores da história... e a vocês, a todos vocês, resta apenas estudar o que fazemos'.* Você pode voltar para o escritório agora. Nos vemos amanhã às sete da noite."

No dia seguinte, Maya entrou no estacionamento da Praetorian pela primeira vez em quase um mês. Enquanto esperava o portão se abrir, ela viu Randy Milman, que ela não via desde o passeio no jatinho, saindo em um Porsche Cayenne novinho em folha. Ela não se lembrava de tê-lo visto no escritório antes, nem mesmo nesse prédio. Os vidros do carro eram escuros como os de uma estrela de cinema, mas ela tinha certeza de que ele a notou, pois o carro diminuiu a velocidade e ela pareceu ter visto ele murmurar "piranha", de forma bem lenta, para que ela pudesse fazer leitura labial. Isso não era um bom presságio.

Um pouco abalada, ela dirigiu até a sua vaga. Respirou fundo algumas vezes e depois fez a familiar caminhada até o escritório de Malouf, pouco depois das sete da noite. Ela não viu ninguém além dela.

Malouf estava sozinho, o único em todo o escritório pretoriano. "Aí está ela. Srta. Wharton, sente-se, mas primeiro..." Ele se levantou e caminhou em direção a ela, sorrindo e abrindo os braços como se fosse um abraço. Maya não queria ser tocada por ele. Ele viu o desgosto no rosto dela e disse: "Ah, não, não vou abraçar você, não hoje e nestas circunstâncias... eu vou te revistar".

Ela afastou os braços e ele correu seus dedos longos e ossudos ao redor de sua cintura, apertando seus ombros e braços.

---

\*   Citação de Karl Rove retirada de sua entrevista a Ron Suskind.

Depois, ele se ajoelhou diante dela e passou as mãos pelas coxas dela até a virilha, passou a mão pelo meio de suas pernas até alcançar a bunda para checar se ela estava usando um fio ou dispositivo de gravação.

"Alguém está malhando. Dieta cetogênica? Pilates? Essa é a melhor combinação: força e flexibilidade. Me dê seu celular, por favor." Maya lhe entregou seu telefone.

"Vou guardar isso até o final da reunião, se você não se importar. Agora vire-se, por favor." Ela ficou vermelha de raiva pela humilhação e violação. Corou um pouco mais quando pensou que ele poderia ver essa reação como fraqueza. "Tudo bem. Desculpe-me. Agora sente-se, por favor." Maya se sentou. Ele voltou para trás de sua mesa novamente e sentou-se também, entrelaçando seus nove dedos. "Senti sua falta nos funerais. Foram belos funerais", disse ele.

"Não fui convidada."

"Tantos funerais. Fiz ótimos discursos. As pessoas estão dizendo que eu deveria me candidatar."

Maya levantou as sobrancelhas, franziu a boca e assentiu sarcasticamente, suas bochechas ainda vermelhas e quentes. Ela queria dizer a ele que homens como ele, que "sentem" como ele, um vilão de nove dedos brega e grosseiro da Hammer, não são eleitos, mas ela não queria ser má. E ele já sabia disso. Seu doloroso conhecimento de suas próprias deficiências o tornava inteligente e perigoso.

Ela estava sendo cuidadosa em relação à hora certa de confrontá-lo, pois não queria ficar presa. A versão da realidade de Malouf era um ilusório jogo de espelhos, tecida com mais força do que uma teia. Você teria que discutir o significado de palavras básicas antes de poder compartilhar algo em comum. "Tudo depende do significado real das coisas." Uma eternidade cheia de meandros, sugadora de almas. Não era seu habitat natural. Ela se perderia nas ervas daninhas do pântano onde vivem homens com letras miúdas e cláusulas de fuga, como ele.

**457**

Então ela o deixou divagar, com suas lágrimas de crocodilo e empatia fingida.

Sentindo-se em casa naquele pântano, ele mergulhou novamente.

"Você realmente deixou uma bagunça lá. Tem sorte de trabalhar para mim, porque limpei tudo. Isso é o que eu faço. Você já viu *Pulp Fiction*? Eu sou como o sr. Wolf, o Limpador. Harvey Keitel?"

Maya ainda não sentiu a necessidade de responder a essa besteira: sempre esse mundo machista e fora da lei, à moda de Tarantino, Coppola, Scorsese e Mamet.

"Primeiro de tudo, você está demitida." Isso veio como um alívio. Ela ia pedir demissão mesmo. Maya suspirou. "Não fique surpresa, eu disse que isso aconteceria. Sinta-se com sorte por não ter acusações contra você. Janet Bergram também perderá seu emprego no setor público. Que ela seja feliz. Porque ela fez uma coisa estúpida. Funcionários públicos sem talento nenhum. Quem não consegue algo melhor, trabalha para o governo. Mas Deuce Powers vai para Harvard no ano que vem, com um ano de antecedência. Esse menino está sempre surpreendendo. A propósito, a franquia BurgerTown, que ele sindicalizou, está fechando. Eu sei, é uma pena que eles não conseguiram ganhar dinheiro suficiente naquele local. E a Imigração e Alfândega dos Estados Unidos está investigando esse Jaime Rodriguez por tentar enganar o seguro. Ele é um homem ruim."

"Isso não faz sentido. Aquele BurgerTown está ali há quarenta anos."

"Eu sei. Estranho, certo? Para perder negócios tão repentinamente em um mercado tão volátil, acho que você precisaria de um diploma e um monte de logaritmos da Wharton para descobrir o porquê. A boa notícia é que em alguns meses eles vão abrir um novo BurgerTown, não sindicalizado, a alguns quarteirões de distância. Funcionários novos. Os que Deuce 'ajudou' agora estão desempregados. Que herói. *C'est la vie*.

Mas houve uma campanha da Sociedade Histórica Rancho Cucamonga para salvar o letreiro original, para que o monumento aos valores das pequenas cidades americanas permaneça! Adorei."

Maya queria cuspir em Malouf, estrangulá-lo, mas ela sabia que ele era como uma daquelas criaturas de ficção científica em um filme de Hammer, que se alimenta da raiva e fica ainda mais forte. Então ela engoliu sua indignação, por enquanto. Malouf parecia quase desapontado por ela não ter se atirado sobre ele do outro lado da mesa. Ele suspirou e continuou: "Pearl Powers está matriculada na Juilliard com um ano de antecedência. Pearl e Deuce são histórias de sucesso, e acho que ao menos parte disso eles devem a você. O processo da família Ruiz contra Hyrum e a família Powers será arquivado. A evidência no vídeo gravado no celular é muito contundente. Estou pensando em processar de volta os idiotas que abriram esse caso contra nós. Parece que os advogados deles sabiam da existência desse vídeo o tempo todo e tentaram escondê-lo. Crime de ódio o meu caralho, idiotas!". Ele fez um movimento absurdamente longo e elíptico de masturbação com a mão direita.

"Nove homens estão mortos", disse Maya. Quando aquilo saiu de sua boca, pareceu o refrão de uma música de protesto dos anos 1960: quatro mortos em O-hi-o.*

"Já estou chegando lá, minha flor da manhã."

"Está?"

"Estou comprando a propriedade inteira da família Powers por uma ninharia. Não sei o que vou fazer com essa terra, mas é um negócio de um bilhão de dólares. Você realmente me trouxe um unicórnio."

Maya sorriu com certo prazer ao ouvir aquilo, afinal, esse tinha sido seu sonho, que se perdeu. Malouf continuou: "Quando Joshua Tree parar de queimar, vou pesquisar o seu valor em mi-

---

\* Referência à canção "Ohio", de Crosby, Stills, Nash & Young. (N. T.)

nérios e petróleo. Vou conseguir licença para abrir um cassino. Você estava certa, há muitos indígenas vivendo em suas comunidades por aí prontos para vender suas terras. Podemos fazer loteamento e vender os terrenos, construir casas e comércios, pelo menos atrair Walmarts e Amazons famintos por armazéns em San Bernardino, spas, campos de golfe. Algo parecido com o que Michael Milken está tentando fazer em Reno, criando zonas de oportunidade para a indústria. Eu vou fazer isso em 'Dino', afinal, é isso o que somos: democratas apenas no nome. Assim, vamos renomear San Bernardino: 'Dino'. Excitante, não acha? Gostou do trocadilho?".*

Maya podia sentir o gosto amargo no fundo da garganta. Ela começou a respirar pausadamente e tentou relaxar os músculos tensos de sua mandíbula. "O Mnooch conseguiu esses incentivos fiscais para as zonas de oportunidades aprovadas em 2017, e agora você me trouxe a oportunidade. Cara, nós aprendemos uma lição em 2008, e aprendemos como fazer isso ainda melhor desta vez. O secretário Tom Price, do Departamento de Saúde e Serviços Humanos, deu o pontapé inicial, e o secretário Ryan Zinke fez um ótimo trabalho de base no Departamento do Interior dos Estados Unidos. Só precisamos de algumas estradas, de infraestrutura! E Trump, visionário que é, apoia a América de volta para o povo, a quem ela realmente pertence, ele está abrindo os monumentos nacionais Bears Ears e Grand Staircase-Escalante, ambos em Utah, e tudo conspira a nosso favor. Toda essa terra do parque nacional que vai ser desperdiçada, é uma vergonha. Trump a está devolvendo para aqueles com quem nossos fundadores queriam que ficassem: as pessoas. É a única maneira de derrotar o perigo amarelo. A Declaração de Independência originalmente dizia 'vida, liberdade e busca de propriedade', sabia?"

---

* Provavelmente, o gracejo se refere a "Democrat in Name Only", "democrata apenas no nome". (N. T.)

"Sim."

"Claro que sim, senhorita sabe-tudo. Propriedade e felicidade eram sinônimos para os Pais Fundadores."

"Não é esse o seu real significado."

"Concordo em discordar."

"Não, vamos apenas discordar."

"Sim, concordo em discordar."

"Não estou concordando com nada."

Maya balançou a cabeça rapidamente para se livrar daquele vaivém idiota. Teve que se segurar para não retrucar. Ela não seria atraída por aquele racismo ostensivo ou sexismo à moda antiga. Não podia ser puxada para ambiguidades semânticas ou questões obscuras e desfocadas. Isso é o que ele queria. Malouf esperou. Maya esperou. Ele deu de ombros e continuou: "Eu reservei um pequeno pedaço de *felicidade* para as crianças Powers. Eles merecem, depois do que você fez eles passarem. Quero ter certeza de que estarão confortáveis. Eles podem morar lá ou podem vendê-lo de volta para mim a preço justo, fazendo um bom pé-de-meia".

"Nove homens estão mortos. Como nós reparamos isso?" Ela imediatamente se arrependeu de dizer "nós". Sentiu uma repulsa física por de alguma forma ter comungado com aquele homem, mesmo que, teoricamente, sob pressão.

"O incêndio de Joshua Tree começou a partir do incêndio criminoso na casa de Bronson. As explosões ainda estão acontecendo, quarenta por cento do incêndio foi contido até esta manhã, mas ainda há ameaças rondando áreas mais populosas do condado de San Bernardino. Estima-se que até o momento já tenha custado incontáveis dezenas de milhões de dólares em danos. Meus pensamentos, agradecimentos e orações vão para os heroicos socorristas e aqueles que estão ameaçados nas comunidades vizinhas. Eu me preocupo com eles porque também possuo terras lá, afinal, agora eu tenho, em 'Dino'." Ele sorriu, satisfeito consigo mesmo. "Já fiz contribuições consideráveis para organizações de apoio a estudantes como o PAL Center, que perdeu alguns homens, como você sabe, e também para o sistema escolar de San Bernardino. Como um dos maiores proprietários de terras da região pretendo fazer muitos amigos, fazer boas ações, ajudar muitas crianças."

"E nove homens estão mortos."

"Sammy Greenbaum recebeu sinal verde da Sony Pictures para refazer *O médico & irmã monstro*. Ele está escrevendo o roteiro e dirigindo. Orçamento sensato de quinze milhões. Não tem como dar errado. Estamos conversando com Nicole Kidman para produzir/estrelar. O vilão será canadense. Jack Ripperwell é a merda de um canadense! Quão inteligente é isso? O filme de terror da Hammer feito pela Praetorian está em andamento!"

"E nove homens estão mortos."

Eles se encararam.

"Mas como posso ajudar nisso?", Malouf perguntou, fingindo desamparo.

Iluminado pelo sol que se punha sobre o Pacífico atrás dele na janela, Malouf parecia um holograma, com uma cor estranha e não humana, um truque de luz sem profundidade ou dimensão. Ela esfregou os olhos enquanto ele continuava: "O que está feito está feito. Esse foi o seu jogo, que provou ser mortal. Isso é com você. Agora, eu não tenho que comprar o seu silêncio, você sabe disso. Mas, se eu ouvir você aceitar o cartão de qualquer advogado, acredite em mim, eu vou esmagá-lo e fazer o resto de sua vida um inferno litigioso, e você não tem os meios mentais ou financeiros para isso, nós dois sabemos. Talvez você seja presa, mas eu vou protegê-la enquanto eu puder, contanto que você seja legal comigo".

Maya ficou em silêncio. Ela se sentia infeliz, fraca, sem força para reagir. O homem à sua frente estava disposto a lutar com ela todos os dias, pelo resto da vida. Ela só podia se maravilhar com sua perversa resistência, seu eterno desejo de competição e destruição.

Malouf sorriu.

"Mas por que devemos nos despedir assim? Prefiro que sejamos amigos. Você enganou a si mesma. Pensou que fosse algo que não é. Isso não é incomum, apenas um pouco triste. Você não tinha o que era preciso para ser bem-sucedida aqui na Praetorian, mas isso não faz de você uma pessoa ruim."

"Você nunca mais vai ouvir falar de mim."

"Muito bem, mocinha! Vou fazer um cheque para você."

"Eu não quero o seu dinheiro. Você ainda deve cem mil dólares ao distrito escolar de San Bernardino. Por que você não preenche aquele cheque?"

"Nossa, não fique bravinha... Não é meu dinheiro, é apenas dinheiro, vai do meu bolso para o seu e pronto, é o seu dinheiro. Quinhentos mil. Não é muito, mas deve lhe dar algum tempo para descobrir o que você quer fazer quando crescer."

"Eu não quero."

"Você terá duzentos e cinquenta mil depositados diretamente em sua conta, pense nisso como uma rescisão e um lembrete amigável, além do acordo de não divulgação que você assinou com seu último contrato, para não fofocar sobre mim. É o nosso pequeno acordo especial. Faça o que quiser. Gaste em roupas, faça mais tatuagens, foda mais homens casados, cubra seus empréstimos estudantis na Wharton, se quiser doe para caridade como uma idiota, isso não me diz respeito."

"Isso é tudo?"

"Isso é tudo de mim. Tenho certeza de que você tem muito a dizer, mas eu não quero ouvir. Tenho certeza de que sei o que é, e não quero que você se sinta mal mais tarde por ferir meus sentimentos, então vamos nos poupar, certo?"

Ele se virou na cadeira, de costas para ela, para encarar o mar. O sol estava prestes a mergulhar no horizonte, como se quisesse se extinguir na água, cansado dos incêndios deste dia.

"Parasita", Maya sussurrou, quase para si mesma.

Seus lábios permaneceram entreabertos, congelados em uma espécie de escárnio, a ponta de sua língua encostada na parte de trás de seus dentes superiores da frente, surpresa por ter dito essa palavra em particular, não um de seus epítetos de uso diário. Ela nem tinha formado a palavra em sua mente antes que ela tomasse forma em sua boca e escapasse, como uma fugitiva, para a sala.

Malouf se virou para encarar Maya com suas sobrancelhas tão arqueadas que pareceram desaparecer momentaneamente sobre o topo de sua cabeça careca.

"Parasita? Você me chamou de parasita?"

Ele se levantou de sua cadeira, cerimoniosamente, parecendo estufar o peito para ficar maior.

"Impressionante. E o que você fez, toda poderosa? O que você fez em sua vida, srta. Wharton? Hein? Você fez suas pequenas tarefas de casa e conseguiu um passe livre para o fluxo capitalista do homem branco, *uau, parabéns*. Você teve a sorte de nascer em um país que vive um momento da história em que mulheres, ainda de forma muito imprecisa, em especial mulheres brancas, como você, são postas na segunda base e informadas de que acertaram uma rebatida dupla — sim, todo mundo ganha um troféu. Vocês conseguiram isso. Como está a vista?"

"Que vista?"

"A visão que você tem apoiada na porra dos meus ombros."

Ela teve vontade de rir — essa mudança veio tão repentina, como se um interruptor tivesse sido acionado, uma brincadeira. Claro, ela estava esperando algum tipo de ataque, mas esse discurso saiu inesperado e se tornou tão desagradável e ofensivo que Maya ficou um pouco em choque, imaginando qual seria a versão feminina dessa falácia ad hominem... "*ad feminam*"? Ela não tinha estudado latim suficiente para saber a resposta.

"E como você conseguiu seu bilhete dourado?", ele continuou, o tom de voz subindo, o sarcasmo fervendo. "Você tirou só notas máximas. Uau, parabéns. Medalhas, melhor aluna, boa menina. Sabe como eu consegui? Eu criei meu bilhete dourado!"

Ele bateu no peito com ambas as mãos, como um gorila de dorso prateado. Mais uma vez, Maya pensou que poderia tirar sarro dele pelo clichê, mas ele estava muito sério e puto. Malouf estava pairando sobre ela agora.

"Comecei do nada. Ex nihilo. Eu fiz tudo isso!"

Ele abriu os braços, mostrando a sala e seus móveis fabulosos, os escritórios da Praetorian, mas ele poderia muito bem estar se referindo ao mundo inteiro fora de sua janela — Santa Mônica, os Estados Unidos, a Terra. Robert Malouf conquistou tudo. Maya ficou prostrada na cadeira com essa demonstração autêntica e assustadora de poder, a hipocrisia e a saliva saindo de Malouf.

"Você acha que eu sou um canalha, um republicano de Vichy, um minivigarista de Trump, um narcisista maligno, um velho careca, bronzeado, feio e tóxico: me interrompa se você já ouviu isso! Puta merda, você está certa! Culpado! Sou tudo isso."

Ele riu, como se aquela série de condenações o tivesse deixado mais leve. "Que escolha eu tinha? O que Deus me deu? O quê? Eu não sou branco como você, não mesmo. Já chamaram você de 'terrorista' durante uma negociação imobiliária? Duvido. Você acha que eu não conheço metade dos filhos da puta que trabalham para mim e que me chamam de "Sirhan" pelas minhas costas? Não tem nada a ver com 'sir'. Sirhan, o cara que atirou em Robert Kennedy. Inteligente pra cacete. Por que você não está rindo?"

Maya balançou a cabeça levemente. Ela poderia sentir pena dele, mas ele já tinha se adiantado, já estava sentindo pena de si mesmo, bloqueando qualquer genuína boa vontade que ela pudesse ter. Malouf respirava todo o ar e exigia toda a luz para ele. A única piedade que ele podia sentir era por si mesmo. Ele continuou se eviscerando, revirando-se do avesso com raiva.

"Eu não sou bonito como você, uma vadia linda que estudou. Eu não tenho uma bela buceta molhada para me dar jantares grátis. Eu não posso dançar, cantar, atuar, lutar, rebater uma bola ou escrever livros. Não tenho herança como o seu querido

Bronson. Deus me deu merda! Uma mão de merda. Que eu peguei e blefei como se tivesse um royal flush. Ganhei. Consegui-tudo-isso-sozinho-caralho!" Ele apontou para os céus. "Sem dinheiro, sem beleza, sem talento, nada — Deus Todo-Poderoso não me deu nada!"

Malouf abaixou a mão e os olhos, parecia envergonhado, e voltou a se sentar. Maya achou que ele estivesse exausto, mas não estava. Ele olhou para cima e encontrou os olhos dela, e, com uma voz muito mais baixa e suave, falou como um devoto religioso.

"Exceto por uma coisa." Ele ergueu seu dedo indicador, que mexia sem parar. Maya imaginou o que seria aquilo. "Deus me deu uma coisa, uma coisa magnífica." Ele fez uma pausa dramática. "Consegue ver?"

Ela não tinha certeza sobre o que ele estava falando — ela conseguia ver o dedo dele? Ela podia ver onde seu dedo costumava estar, como costumava parecer? Ele parecia tão orgulhoso quanto um garotinho que confundiu sua mãe com um enigma. Ela com certeza esperava que ele não estivesse falando sobre seu pau. "É difícil de ver", disse ele, ainda esperando por um palpite dela. Maya tentou usar uma expressão que transmitisse total desinteresse, mas ela estava curiosa e não tinha ideia do que ele estava prestes a dizer, e ele sabia disso.

"Vazio", ele finalmente disse, tocando cautelosamente o ar diante dele como um cego andando em um mundo desconhecido, como se fosse uma coisa tangível, a presença escura de uma ausência sem fim. "Sim. Necessidade. Desejo. Meu desejo é infinito. Eu quero tudo." Ele se levantou novamente, reenergizado, acariciando a própria barriga tonificada. "Eu quero o que Ele tem. Eu quero o que você tem. Eu quero o que eles têm. Eu quero. Eu quero! É meu único presente. Eu sou um gênio do desejo. Foi isso que Deus me deu — a porra de um desejo do tamanho do mundo!"

Ele apontou para onde seu coração deveria estar. "Parasita. Sim! Obrigado! Pode apostar! Tudo o que sou é uma boca, olhos, um cu e um pau — vendo, comendo, falando, pegando, comprando, cagando, fodendo e ganhando dinheiro. Uma das criaturas mais feias, simples e perfeitas de Deus. Um parasita cultivando o trabalho pesado de viver para o hospedeiro. Eu me banqueteio. E foda-se você — a propósito, você aceitou esse emprego porque queria ser como eu, então aprenda com o mestre. Você queria me usar como seu hospedeiro — um parasita em treinamento. Então foda-se sua retidão repentina."

"Justo."

"Concorde comigo. Eu tenho mais moral aqui. Pelo menos eu sei o que sou. Você foi minha hospedeira por um ano. Você pensou que estava chupando meu sangue... Errado! Eu estava sugando você. Eu peguei sua visão, seu sonho, seu unicórnio e me enrolei dentro dele, me alimentando dele e esperando — destruindo a justiça — sugando a humanidade, comendo a bunda da sua empatia — esqueça a justiça do mundo, sua ilusão de que todo mundo sai ganhando. Na vida só um vence, sua merdinha ignorante. Ah, eu suguei tudo, até não restar mais nada do seu sonho, exceto a casca e a terra. Agora seu sonho está morto, mas a terra permanece, e é toda minha, essa terra, e eu vou sugar ela também. E você, coitada, já passando dos trinta, hein? Você também está secando, novinha, num piscar de olhos tudo terá passado."

Ele suspirou pesadamente e seus ombros magros caíram. Malouf parecia exausto, finalmente, como se fosse chorar. Ele parecia tão surpreso com o que acabara de dizer quanto ela. Ele sorriu, quase se desculpando.

"Você acha que eu sou o cara mau, o vilão da história. Me procure daqui vinte anos, quando você tiver cinquenta. Eu atenderei sua ligação e você vai me dizer que eu estava certo, vai me dizer que eu fui o herói de tudo."

Maya sorriu também — agora com sinceridade. Porque Malouf finalmente deixou cair a cortina de sua personalidade amigável e até obsequiosa. Ele a deixou conhecer o que havia por trás da máscara. Ela sorriu porque agora entendia o motivo que a atraiu para a órbita em torno desses dois homens poderosos, Bronson e Malouf. De maneiras muito distintas, em suas visões de mundo veementemente antipsicológicas, ambos eram os exemplos atuais de homens que já existiram antes. Bronson tentou ultrapassar o humano confuso do século XXI, com sua visão primitiva centrada em um homem parecido com um macaco, que precisava do jugo da lei para transformá-lo de fera em um rei-santo. Malouf percebeu que o homem regrediu ainda mais no tempo geológico, além de seus amados cães pavlovianos, retrocedendo um bilhão de anos, até os primeiros micróbios que se uniram para proteção e eficiência na sopa primordial para formar seres cada vez mais complexos. A visão dele sobre o homem era brutal, predeterminista e robótica, o homem como uma espécie de zumbi assombrado por parasitas (obrigada, filmes da Hammer, tudo fez sentido; de repente, tudo se conectou), amaldiçoado pelas antigas e autopreservadas demandas químicas corporais para fazer escolhas pré-conscientes apenas com a ilusão do livre-arbítrio. O homem Malouf foi relegado à vida como um autômato de carne com desejos codificados mitocondriais e cromossômicos, além de genes egoístas, para travar uma batalha mortal em que apenas as máquinas delicadas venceriam, desde que não fossem paralisadas por coisas como empatia, integridade, neurose, culpa, vergonha, penitência, contrição ou amor espiritual, que só enfraquecem o homem.

Esses dois homens inquietos encontraram um poder majestoso na dimensão do eu — a presença monolítica e animal do máximo predador ou de um parasita inferior, construído para fazer uma coisa, mover-se, agir, não hesitar ou prevaricar, construído para vencer, livre de suposições da consciência e da psicologia. Ela ficou cega pelo calor e pela simplicidade desses dois homens, pelo charme e pelas projeções pessoais, confundindo intensidade com integridade. Mas agora seus olhos tinham sido lavados pelo sangue, destruídos pelo fogo, limpos pela morte e destruição, agora ela podia ver a verdadeira forma das coisas. Ela podia ver a si mesma. Ela não tinha certeza sobre quem era, mas começava a ver o que não era. Maya era culpada, sim, de muitos pecados, mas não era o que eles eram. Não, ainda não. Ela foi liberada. Ela se sentiu radiante, uma imensa gratidão inundando suas entranhas com um calor arrebatador e inebriante.

"Obrigada", disse ela, sem nenhum traço de ironia.

Sua gratidão genuína pareceu desconcertar e aborrecer Malouf mais do que se ela tivesse demonstrado desconfiança e raiva. Ele franziu a testa, desistindo dela de uma vez por todas, e virou a cadeira para encarar o mar novamente, dando-lhe as costas. Por cima do ombro, ele fez um gesto de desprezo para Maya sair, dar o fora. Ela observou a parte de trás de sua cabeça inclinar-se para a janela e imaginou que o mar, seu inimigo, o estava amaldiçoando agora também, caçoando de seu dedo decepado e sua mortalidade. Mas, ainda assim, ela sabia que ele devia estar sorrindo, certo de que estava vencendo todas as batalhas no caminho para perder a guerra. Ao sair, ela o ouviu sussurrando para si mesmo, para o mar e talvez para sua versão de Deus: "Nove homens não significam nada".

A caminho de casa, Maya pensou no que poderia fazer. Pensou em um advogado, diabos, ela tinha pensado em se tornar uma — ela era jovem o suficiente, embora se sentisse décadas mais velha do que se sentia um ano atrás. Pensou em escrever roteiros, não de filmes de terror, mas filmes reais, sobre pessoas reais fazendo coisas reais, talvez documentários. Pensou em dar aulas. Nove homens estavam mortos, outros muitos estavam vivos. Ela precisava fazer as pazes, expiar o dano que causara por sua ganância de dinheiro e segurança, sua ambição e sua inocência. O futuro estava aberto, mas sua direção era clara. Ele indicou o caminho da ajuda, da gratidão, da responsabilidade. *Afinal, é curioso como de maneira tortuosa chegamos a uma espécie de religião, com seus caminhos misteriosos e tudo mais*, ela pensou. Sua raiva por Malouf e sua confusão e tristeza pela tragédia de Bronson se transformaram em uma espécie de sensação de liberdade. Maya percebeu que Malouf tinha ficado com seu celular. Mais liberdade.

Em vez de voltar para pegar o celular ou voltar para casa, Maya dirigiu seu Tesla em direção à estrada e seus quase quatro mil quilômetros, que cruzavam o país, do Pacífico ao Oceano Atlântico. Sim, ela teria que recarregar o carro a cada quinhentos quilômetros mais ou menos, isso teria algum custo, mas agora ela poderia ir a qualquer lugar, ser qualquer coisa. Maya tinha mudado de forma, como a cobra em seu braço, era tão ilimitada agora quanto a grande estrada americana que se abria diante dela. Bronson lhe ensinara isso. A arte da reinvenção radical. Ele abandonou o mundo para escapar de si mesmo, e acabou encontrando a tragédia, que espreitava no deserto e nas sombras da árvore de Josué. Ele não poderia restaurar o passado bíblico, tampouco escapar de seu próprio passado.

A visão de Bronson era defeituosa, humana, mas seu alcance era divino. Maya tinha aprendido alguma coisa, ou tudo, com ele. O santo ato de restauração, recuperando os tempos perdidos e proclamando que as coisas presentes e os milagres ainda podem ocorrer — ela aprendeu tudo isso com um assassino em série. O que quer que acontecesse de agora em diante, seja lá o que ela fizesse e quem ela se tornasse, ela se dedicaria silenciosamente à grandiosidade condenada no coração de Bronson Powers. O Ocidente estava em chamas, metafórica e literalmente. Bronson temia isso também, embora simplesmente não soubesse admitir. Maya admitiu. Não restava mais nada para ela em LA. Ela iria para o Leste.

A fumaça do incêndio de Joshua Tree transformou o céu do pôr do sol de LA em uma bola flamejante que queimava, fazendo seus olhos arderem. Ela ajustou o destino no GPS do seu carro elétrico, amigo do planeta, forçando-o a passar pelo ainda perigoso incêndio florestal que continuava. Mary e Yaya e as crianças, incluindo Hyrum, estavam com a antiga família ianque de Yalulah Ballou em Providence, Rhode Island. A simples Jane, filha anglo-saxã, branca e protestante, tinha voltado para casa de seus pais com pedigree Mayflower. Ela voltou e levou com ela uma esposa de olhos italianos arregalados, movida a pílulas, e um bando de filhos mórmons selvagens. Tudo bem. Haja choque cultural. Maya considerou que o pequeno Sammy Greenbaum viciado em cocaína deveria tentar escrever essa história.

Os jovens filhos da família Powers receberiam novos nomes e seriam criados com o máximo de privacidade possível no estado que começou como uma colônia penal, e que garantia a liberdade religiosa, Rhode Island, que antes era conhecido como Rogue Island. Ah, a verdadeira história norte-americana de genocídio, escravidão e estupro escondida sob as belas e ofuscantes palavras de 4 de Julho. Essas crianças passaram por muita coisa e teriam um longo e difícil caminho pela frente, mas, como Janet Bergram diria, elas são amadas e isso é um começo.

Aos dezessete anos, Deuce logo estaria em Boston, o berço da Revolução, estudando em Harvard. De fato, Deuce ligou para *ela* na semana anterior para ter certeza de que *ela* estava bem. Ele disse que existe apenas uma trindade que vale a pena abordar: capitalismo, racismo e mudança climática, e, como a Santíssima Trindade, ele sentia que essas três questões são a base de tudo, e que ele esperava encontrar a raiz comum a elas e arrancá-la do solo americano. Ele começou a falar sobre renda universal, dignidade de dados e sindicalização da internet. Faria um curso intensivo de francês neste verão para poder ler Thomas Piketty e Tocqueville no original. A curva de aprendizado do garoto era uma linha vertical. Ela não fazia ideia dos motivos de toda a sua animação, mas seu zelo empático e sua certeza humilde a enchia de esperança. Ela sentiu um pequeno consolo por saber que um menino como aquele estava amadurecendo neste mundo.

Em alguns meses, Pearl estaria na Juilliard, em Nova York, embora Maya não achasse que alguma escola pudesse mantê-la por muito tempo. Pearl e a Big Apple. Maya sorriu para aquele casamento com a única cidade compatível com o talento e a ambição daquela jovem. Ambas as crianças eram uma prova da visão original de Bronson. Ele os havia enchido com o passado para transformar o presente, para serem eles mesmos os santos e milagres dos últimos dias.

Entretanto, hoje, ela dirigia em direção ao desastre. Havia muitas pessoas lá que precisavam de socorro. Os filhos de San Bernardino que iam perder a boa defensora Janet Bergram. A família Ruiz, as famílias dos homens que Bronson matou, a família dos policiais, a família dos guardas-florestais, os feridos do grande incêndio que ainda ardia. Perdas, perdas em todos os lugares. Ela deve dar significado a toda essa perda. Era sua única esperança. Ela teve uma lembrança súbita e vívida de sua avó, as contas do rosário gastas deslizando por seus dedos artríticos. "A ti clamamos, pobres filhos banidos de Eva. A ti enviamos nossos suspiros, lamentando e chorando neste vale de lágrimas."

Ela choraria, sim, e faria expiação por sua cegueira, orgulho e ganância para os vivos, não para o Deus de Mamom, nem para um Deus que enviou um homem sozinho ao deserto e colocou pedras nos olhos dele para ele ver. Seus olhos estavam abertos e claros, ela faria as pazes entregando a força de seu sangue, sua juventude, inteligência, seu suor e seu amor, não por algum inútil derramamento de sangue, nem simbólico, nem de nenhum outro tipo. Ela tinha visto a face perfeita de Deus, experimentado Seu apetite por obediência e morte, e ela se afastaria d'Ele agora em direção a Seus filhos banidos, à face imperfeita do homem, da mulher e de todas as coisas vivas e sofredoras. Ela arriscaria sua alma para salvar tudo isso. Maya entrou na rodovia, certa e convicta, e caminhou em direção ao fogo.

# Agradecimentos

A gênese desta história começou anos atrás, quando li o que Harold Bloom escreveu sobre o fundador mórmon, Joseph Smith. Tive o privilégio de estudar com o professor Bloom quando fazia pós-graduação em literatura inglesa em Yale, em meados dos anos 1980.

Sua mente era única e ampla. Ele era inspirador, encantador, assustador — um universo em si mesmo. A ocasião de sua morte, enquanto eu escrevia este livro, me levou a um luto surpreendentemente mais complicado do que eu imaginei, já que eu não o conhecia, nem ele a mim, nunca tivemos uma conversa pessoal e por trinta anos não havia pensado nele. E, ainda assim, o homem deixou uma marca em mim. Bloom, na verdade, é uma das razões pelas quais me tornei ator. Foi em seu seminário, por volta de 1985 ou 1986, que resolvi que estava em desvantagem no campo acadêmico e, já com 25 anos, comecei a procurar nervosamente outras coisas para fazer com minha vida. (Ah, é uma boa história — triste, engraçada e absurda — o recado é: "Um mundo sem adjetivos". Eu sei... eu sei que isso não é o suficiente, mas existem outros nomes envolvidos, nomes famosos, então eu só conto essa história para amigos. Amigos íntimos. E essa é daquelas histórias para depois. Um livro de memórias, que talvez eu nunca escreva.)

Avancemos alguns anos, talvez para o ano 2000. Eu não ia a New Haven havia provavelmente quinze anos. Morando em Los Angeles, eu estava escrevendo um episódio para *Arquivo X* que acabaria sendo conhecido como o episódio "Hollywood A.D.". Para o enredo, crime, roubo, e gracejos, e a temática misteriosa da série, eu concebi um personagem vagamente inspirado em um caso que tinha lido — Mark Hofmann, um mórmon, falsário e assassino que acaba condenado. Fiquei impressionado com o fato de que Hofmann, ao forjar, com a caligrafia de Joseph Smith, documentos religiosos extremamente sensíveis e valiosos, parecia ter acreditado que, em sua mais pura essência, ele mesmo tinha se tornado Joseph Smith.

Na verdade, e portanto em um sentido profundo, suas falsificações não eram falsificações, mas uma canalização ou uma revelação contínua, um retorno à autenticidade. Ele pensava e escrevia como um ator que tivesse se perdido completamente, tornando-se o personagem. Eu estava no meio do fenômeno mundial que a série tinha se tornado, com suas exigências e reivindicações sobre minha própria identidade. Para milhões de pessoas em todo o mundo, eu não era David Duchovny, eu era Mulder. Os Arquivos X existiam, certo? O governo estava escondendo a verdade. Mulder era real para as pessoas. Mais real do que o David. Mas eu sabia que era mentira, não sabia?

Eu estava muito interessado em desenvolver essa linha de pensamento entre possuir um personagem, a atuação e a realidade, e tentei retratá-la através de uma espécie de lente extravagante, usando o cenário e os personagens da série na época. Obrigado, Chris Carter, por me deixar sequestrar sua série para me ajudar a resolver por uma semana meus problemas existenciais com fama e identidade. Ofereci a Oliver Stone o papel principal de ator convidado (o radical dos anos 1960 que se tornou fundamentalista religioso), e ele ficou interessado, mas, depois de algumas discussões animadas, não conseguimos conjugar as agendas. O ator e poeta Paul Lieber fez o teste, conseguiu o papel e fez um trabalho maravilhoso e extraordinário. Consegui que meu grande amigo Garry Shandling me interpretasse — quero dizer, interpretasse Mulder no filme que está sendo feito sobre o caso de falsificação/assassinato na série, que constitui a mudança de quadro e o questionamento da narrativa e da verdade histórica. Em 2020, essas ainda parecem ser perguntas relevantes.

De qualquer maneira, durante a pesquisa sobre Mark Hofmann que fiz em 2000 (no episódio, chamei o personagem de Micah Hoffman — tantas pistas, tantas indicações na cena — eu queria ser conhecido, sabe, ser descoberto, e meu Hoffman era um falsificador de Jesus Cristo, não de Joseph Smith — quem não arrisca não petisca, certo?) eu me deparei com o trabalho de Bloom de 1992, *The American Religion*, no qual ele professa algo mais do que mera admiração por Joseph Smith. Ele viu o gênio que existia ali. Como assim? Naquele momento, eu não tinha nenhum sentimento ou interesse natural pelo mormonismo. Esse tema chegou a mim apenas por causa de minha ambição voraz de mostrar a história singular, fascinante, humana e trágica de Mark Hofmann como uma maneira de discutir/refletir sobre falsificação, mentira, autenticidade, atuação, crime e carisma enquanto conversava com meu amigo Garry nos estúdios da Fox. Como a maioria dos norte-americanos, eu somente conhecia as linhas gerais dos mórmons: muito corretos, muito brancos, sem café ou álcool, sem relações sexuais antes do casamento, e sua poligamia. O "profeta" Joseph Smith em fuga, assassinado ainda jovem. Eu sabia que Danny Ainge do Boston Celtics e Steve Young do São Francisco 49ers eram mórmons. Essa era a extensão do meu conhecimento sobre o assunto.

No entanto, encontrei nas reflexões que Bloom escreveu sobre Joseph Smith todas as coisas que meu personagem Bronson Powers encontra quando se converte, por acaso e por necessidade, ao mormonismo. A organização e a alteridade que Bloom vê nos mórmons, sua verdadeira natureza americana abstrata. Acima de tudo, foi esse senso de vitalidade tardia, em vez da entropia do fim dos tempos, que achei libertador e correto, digno de uma história. Como devoto da literatura, antes de me tornar ator, senti o peso esmagador do passado e dos seus gênios, o que o próprio Bloom chamaria de "ansiedade da influência" em sua obra mais conhecida. Como escapar desse peso, do peso do passado? Uma maneira é esquecer, ou não conhecer, não ler, tornar-se desinteressado e chamar de mentira qualquer coisa que não seja de seu interesse próprio. Não vejo isso dando certo hoje. Pessoas de boa consciência olham horrorizadas para o poder da autorreinvenção diária na política e no Instagram. É assim que somos americanos? Gatsby é um homem comum?

Agimos assim o tempo todo? Eu vejo uma liberdade inebriante, mas eles estão se libertando da verdade, e não de verdade.

Como honrar os gênios do passado e ao mesmo tempo escapar deles? Essas são questões incontornáveis, são obrigações. Apenas uma grande alma como Smith ou Bloom lidaria profundamente com tais questões e, com sorte, a luta de Bronson Powers com esse anjo contraditório também viesse a merecer atenção, iluminar e dar prazer. Como se sentir importante quando você chegou tão tarde em cena? Todos esses vetores estavam em jogo com Bloom e Smith, além da própria América.

Então peguei o que precisava na época, em 2000, para escrever o episódio, e segui em frente. Mas as sementes foram plantadas, o interesse foi crescendo. Até que, em 2005, eu me deparei com uma excelente biografia de Joseph Smith escrita por Richard Bushman, chamada *Rough Stone Rolling*. Ali ficou claro que o assunto ainda não tinha terminado. Outra história que eu estava considerando usar para escrever um romance ou fazer um filme era a de um garoto do ensino médio, insatisfeito, que também era traficante de drogas, e passava por um despertar sexual e político durante a organização de um sindicato de franquias de fast food (trata-se do documentário de 2002 feito por Magnus Isacsson, chamado *Maxime, McDuff & McDo*). Eu estava chamando essa história de "Tio Samburger", e ela foi desmontada, transformada e adaptada como a guerra de Deuce no BurgerTown, um dos cenários vividos na saga da família Powers. Todo o empreendimento começou a crescer, a ganhar forma e vida própria. Acrescente-se a isso meu interesse contínuo pelas mudanças climáticas e pela destruição das belezas naturais, como visto no parque Joshua Tree, e a obscenidade abjeta do governo Trump — cito alguns dos membros do governo no livro, seus nomes não devem ser esquecidos. Price, Zinke, Mnuchin, Pence — eu digo seus nomes para que não nos esqueçamos deles — são todos vilões. Vilões reais, ao contrário dos cães que latem mas não mordem contra os quais eles se queixam. Seus crimes ainda levarão anos para serem totalmente analisados e julgados. E aqui estamos, em 2021. E aqui está *Real como um relâmpago*. Paciência.

Também quero agradecer a uma professora que tive em Princeton, Maria DiBattista, que, enquanto me sobrecarregava com os grandes — Woolf, Beckett —, não me transmitiu o inevitável atraso e fatalismo de Harold Bloom. Ela conjurou mais um sentimento de amor recíproco pela literatura, uma visão positiva e mutuamente nutritiva, do que a luta patriarcal, o brilho sobre o caso de amor não correspondido ou pelo menos perigosamente desequilibrado que vi em Bloom. Acho que sou um pouco dos dois. Eles são meus exigentes pais literários.

Meus sinceros agradecimentos a Jonathan Galassi, que me fez apresentar algumas ideias para um próximo livro, ficou animado com este e me disse: "Gostaria de ver você fazer isso". E então ele continuou comigo e me fez ir até o fim antes que eu me distraísse com outro trabalho, perdesse a energia, depois a esperança, e o abandonasse. As ideias são tão frágeis quando começam, seus sistemas imunológicos ainda são tão subdesenvolvidos, que qualquer coisa pode matá-las antes que floresçam. Jonathan é um jardineiro sábio e gentil. E sabe podar. Seu olhar editorial novamente foi certeiro e inspirador. Acho que não teria escrito um romance, quem diria quatro, se não tivéssemos começado a trabalhar juntos.

Obrigado ao meu agente e meu grande incentivador, Andrew Blauner, que, quando eu contei que Jonathan gostou desta nova (antiga/nova) ideia, disse: "Vamos conseguir um contrato".

Eu disse: "Não, ou serei legalmente obrigado a escrevê-lo".

E ele respondeu: "Haha, exatamente".

Ele me conhece.

Obrigado ao meu amigo, o grande ator Ron Eldard, que aguentou minhas inúmeras dúvidas bobas sobre o mormonismo durante nossas incontáveis refeições no restaurante A Votre Santé, em San Vicente.

Obrigado a Emlyn Cameron por sua pesquisa detalhada, rodando pelas estradas nas quais não tive paciência para me perder, e a Christian Kerr, que me ajudou com minhas pesquisas para eu encontrar o que precisava, em 2018.

Agradeço também aos meus primeiros leitores — Monique Pendleberry, Carrie Malcolm, Matt Warshaw, Chris Carter, Amy Koppelman, Janey L. Bergam, John McNamara e Brad Davidson.

Fontes **Manuka, Signifier**
Papel **Pólen Natural** 70 g/m²
Impressão **Imprensa da Fé**